Danksagung

Meine Mitarbeiterin Carol J. Reynard und ich verdanken den Keim für die Idee zu diesem Buch dem Sänger und Liedermacher Roy Orbison. Sein Lied *Workin' for the Man* inspirierte mich dazu, mir einen Außenseiter auszumalen, der aus den falschen Kreisen stammt. Er schmiedet Pläne, wie er die Tochter seines Chefs umwerben und heiraten kann, um dann selbst ›the Man‹ – der Boss – zu werden. Dass er sich trotz der berechnenden Art, in der er die Beziehung eingeht, in die Frau verlieben würde, stand von vornherein fest.

Den Hintergrund zu unserer Geschichte, die transkontinentale Eisenbahn der Jahre 1868 und 1869, verdanken wir meinem Mann Jim. Er schlug vor, unseren Roman in diese lebhafte, farbenreiche Zeit zu verlegen, in die Ära der großen Räuberbarone wie Charlie Crocker, Collis Huntington und Dr. Thomas C. Durant. Unsere Lektorin Jennifer Endelin darf nicht unerwähnt bleiben, denn sie bat uns, noch ein Buch mit indianischem Hintergrund zu schreiben, da ihr *The Endless Sky* so gut gefallen hatte. Als mir nicht recht klar war, wie ich Cain mit seiner Herkunft versöhnen sollte, gelang es Jim nicht nur, mich zum Schreiben der Szenen in der Lebenshütte zu bewegen, sondern er stellte mir zudem noch das benötigte Material über diese Zeremonie zusammen.

Für die Hintergrundstudien zu diesem Buch erwiesen sich die öffentlichen Bibliotheken von St. Louis und St. Louis County erneut als Quelle von unschätzbarem Wert. Das gilt auch für die Missouri Historical Society.

Mein alter Freund und lebenslanger Eisenbahner bei der Missouri Pacific, Robert F. Fallon, war so freundlich, die Passagen über das Zugunglück zu lesen und uns mit dem technischen

Rat eines Experten zur Seite zu stehen. Um unzählige historische Einzelheiten nachzuprüfen, hat sich Carol mit Zittern und Zagen ins Internet gewagt. Für stundenlange Unterstützung beim Surfen bedankt sie sich ganz herzlich bei Mark Hayford. Wie immer gilt unser Dank dem Waffenexperten Dr. Carmine V. DelliQuadri, Jr., D.O, der Cain und alle anderen – sowohl Eisenbahner als auch Banditen – bewaffnete.

Prolog

Nebraska Territory, 1863

Der Mann, der der »Kurzhaarige« genannt wurde, kam die enge Schlucht hinaufgeritten und brachte seinen kastanienbraunen Hengst erwartungsvoll neben dem einsamen Wächter zum Stehen. Schweigend und mit ernster, ein wenig finsterer Miene nickte er dem älteren Mann zu. Beiden war klar, dass es nun kaum mehr zu sagen gab.

»Er wartet«, erklärte der Cheyenne und wies auf den steinigen Pfad, der hinter ihm lag.

»Dann wird es jetzt zu Ende gebracht«, kam rau die Erwiderung.

Als der jüngere Mann an ihm vorbeiritt, flüsterte der ältere so leise, dass der Kurzhaarige die Worte kaum zu hören vermochte: »Nein, es hat gerade erst begonnen.«

Ohne noch einen weiteren Blick auf den alten Indianer zu werfen, lenkte das junge Halbblut sein Pferd mit den Knien in langsamem, sorgfältigem Schritt den Pfad hinauf. Kurz bevor er das offene Land erreichte, das hinter der felsigen Schlucht lag, zog er sein Patterson-Repetiergewehr aus der Hülle und prüfte die Zündhütchen. Das Gewehr mochte alt sein, aber in den richtigen Händen stellte es auf eine Entfernung von siebzig bis achtzig Metern nach wie vor eine verlässliche Waffe dar.

Der berittene Cheyenne-Krieger, der auf der anderen Seite der flachen, weiten Ebene wartete, war mit einem neuen Karabiner der Marke Volcanic, den er bei einem Überfall auf einen Güterzug erbeutet hatte, besser bewaffnet. Seine Augen blitzten hasserfüllt, als er nun seinen Blick prüfend über die Felsschlucht gleiten ließ. Er wartete. Als er seinen Feind auftauchen sah, stieß er einen markerschütternden Kriegsschrei aus, trieb sein Pferd mit den Hacken zum Galopp an und verschmolz bei dem rasanten Ritt mit dem riesigen Tier zu einer Einheit.

Der Kurzhaarige konzentrierte sich ganz auf den heranstürmenden Reiter, der jetzt seine Waffe hob, zielte und schoss. Der Schuss ging ins Leere, die Kugel splitterte von einem Felsen ab, und Gesteinsfetzen streiften schmerzhaft Gesicht und Hände des Kurzhaarigen, ergossen sich über Nacken und Schulter seines Pferdes. Der Kastanienbraune tänzelte nervös, als nun auch sein Reiter die Waffe in Anschlag brachte und das sich rasch nähernde Ziel anvisierte.

Der Cheyenne feuerte erneut. Und diesmal verfehlte sein Schuss das Ziel nicht. Eine schmale, blutende Furche öffnete sich auf der rechten Wange des Kurzhaarigen. Dieser holte tief und geräuschvoll Luft, als der Schmerz in sein Bewusstsein drang, rührte sich aber nicht und wartete regungslos darauf, dass der Herankommende sich aufrichten würde, um erneut zu schießen. Rasch verringerte sich die Entfernung zwischen den beiden Männern: achtzig Meter, siebzig, sechzig ... Mit den Knien hielt das Halbblut sein Pferd völlig ruhig und drückte dann ab.

Die Wucht der Kugel warf den Cheyenne aus dem Sattel, und er landete – wie ein zerbrochenes Spielzeug, das ein verärgertes Kind von sich geworfen hatte – im kurzen Präriegras. Langsam ritt der Kurzhaarige an den Gegner heran und stieg dann vom Pferd. Einen Augenblick lang starrte er auf den roten Fleck, der sich auf der bemalten nackten Brust rasch ausbreitete. Nie wieder würde sich diese Brust atmend heben und senken. Das Gewehr lag ganz in der Nähe, bösartig in der hellen Mittagssonne glitzernd. Mit einem Fluch trat der Mann gegen den Schaft des Gewehres, wobei er einen kleinen Staubhaufen aufwirbelte, der rasch vom Wind zerstoben wurde. Von nichts anderem hatte er so lange geträumt – aber nun, da die Rache vollzogen war und der Cheyenne ausgestreckt vor ihm lag, erschien sie ihm mit einem Mal gar nicht mehr so befriedigend. Seitlich am Hals tropfte ihm Blut herab; er berührte es vorsichtig, starrte dann auf die klebrige Flüssigkeit an seinen Fingern und wischte sie sich hastig an der Hose ab. Dann wandte er sich wieder seinem Pferd zu.

Er hatte seinen Feind durch den halben Staat Colorado und bis tief in das Nebraska Territory hinein verfolgt. Und nun war es endlich zu Ende.

Es fängt gerade erst an. Leise geflüsterte Worte versuchten, sich in sein Bewusstsein zu drängen, doch er wischte sie rasch beiseite, schwang sich in den Sattel und ritt den Weg zurück, den er gekommen war, um dem alten Mann mitzuteilen, dass er seinen Bruder getötet hatte.

Vicksburg, Mississippi, 1863

»Roxy, meine Süße!« Captain Nathaniel Darby dehnte seine Worte genussvoll, und seine kalten grauen Augen zogen die Frau, die vor ihm stand, förmlich aus. »Gib mir, was ich möchte, und ich setze dich morgen auf ein Pferd, dessen Nase nach Norden zeigt!«

Roxanna Fallon starrte dem attraktiven Offizier der konföderierten Armee unbeeindruckt ins Gesicht. »Sie, mein Herr, sind eine Wanze! Das niedrigste Lebewesen, das Gott für seine grüne Erde erschaffen hat!«

Darby kicherte hinterhältig – ein Lachen, das seine Augen nicht ganz erreichte. »So wie ich es sehe«, erwiderte er und ließ eine lose Strähne ihres silberblonden Haares durch seine langen, eleganten Finger gleiten, während er lüstern abwartete, wann sie zurückzucken würde, »so wie ich es sehe, haben Sie zwei Möglichkeiten.« Roxanna verzog keine Miene und blieb stocksteif vor ihm stehen. Da begann das langsame Katz- und Mausspiel ihn auch schon zu langweilen, und seine Stimme klang trotz des weichen Südstaatenakzents plötzlich hart und präzise. »Die konföderierten Staaten von Amerika könnten Sie hängen lassen, denn Sie sind eine Spionin. Ihre andere Möglichkeit: Sie gewähren mir eine einzige Nacht lang endlich all die Freuden, die Sie die ganzen vergangenen Wochen versprochen haben.«

»Wie können Sie unter diesen Umständen eine Frau begehren?« Kaum hatte Roxanna die Frage gestellt, als sie sie auch schon bereute.

Darby lächelte erneut. »Was könnte begehrenswerter sein, als den hartnäckigen Stolz einer Unionistin zu brechen?«

»Und es hat gar nichts damit zu tun, dass ich Sie und Pemberton und all die anderen Rebellen um den alten Joe Johnston herum zum Narren gehalten habe?« Warum provozierte sie ihn nur derart? Wollte sie sich unbedingt mutwillig der einzigen Möglichkeit berauben, die ihr noch geblieben war, um ihr Leben zu retten – wenn auch um den Preis ihrer Ehre?

Es schien, als hätte der Captain ihre Gedanken gelesen, denn nun sagte er mit leiser, seidiger Stimme: »Ich gebe Ihnen noch ein paar Stunden in dieser finsteren Zelle mit all den Ratten, dann werden Sie bestimmt zur Besinnung kommen. Denken Sie daran, wie es sein wird, wenn wir Ihnen den Strick um Ihren wunderschönen schlanken Hals legen. Haben Sie je zugesehen, wie ein Mann gehenkt wurde, Roxy? Kein schöner Anblick, besonders nicht, wenn der Ärmste nur wenig wiegt und nicht wuchtig genug fällt, weshalb dann sein Genick nicht bricht, wenn der Henker die Falltür öffnet. Dann erstickt er nämlich ganz langsam, sein Gesicht wird blau, die Augen platzen ihm einfach so aus dem Kopf ... Was wiegen eigentlich Sie, mein Schatz?«

Über den Felsen ging die Sonne auf. Vicksburg lag über die Hügel gebreitet wie ein juwelenbesetzter Wandbehang da. Die weiß gekalkten Häuser glitzerten hell im Nebellicht des frühen Morgens. Stille lag über der Stadt, und in diese Stille ritt Roxanna Fallon hinaus. Ihr Pferd hielt die Nase nach Norden gerichtet.

Kapitel 1

Nordkalifornien, 1867

Er hieß Cain, und in den Sierras fürchtete ihn jedermann. In Cisco waren die raschen Hände des großen, ruhigen Mannes mit den kalten, schwarzen Augen wohl bekannt, und man wusste, dass er einen möglichen Unruhestifter erschießen oder mit dem Pistolenknauf niederschlagen konnte, noch ehe dieser wirklich damit begonnen hatte, Unruhe zu stiften. Eine Aura kaum gezähmter Gewalttätigkeit umgab diesen Cain und ließ die Menschen in den primitiven, rasch zusammen gezimmerten Lagern der Eisenbahn Abstand zu ihm halten. Gut – er war Halbblut; allein diese Tatsache hätte ihn zum Außenseiter gestempelt, auch ohne seine Funktion als erster »Schlichter« für die Central Pacific Railroad. Aber wie es schien, hatte sich Cain für die Rolle des Einzelgängers selbst entschieden und war nicht ausschließlich von den anderen da hineingedrängt worden. Von ihm bekam man kurze, knappe Befehle zu hören, ansonsten sprach er mit niemandem – mit Ausnahme der Kulis, mit denen er sich in ihrer geheimnisvollen chinesischen Sprache unterhielt. Jeder Amerikaner zwischen San Francisco und den Sierras verachtete diese klein gewachsenen Fremden in ihren blauen Schlafanzügen und mit den Hüten, die aussahen wie Lampenschirme. Cain aber hatte man nur im Gespräch mit einem von ihnen je lächeln sehen.

Zielstrebig ging der junge Mann den schlammigen Bretterpfad entlang, der zum Hauptbüro des Konstruktionsleiters der Central Pacific Railroad führte, und blickte weder nach rechts noch nach links. Er schien die schwitzenden Arbeiter und scharfäugigen Spieler gar nicht wahrzunehmen, die rasch beiseite traten, um ihm den Weg freizugeben. Cisco wirkte wie eine kleine, hässliche, in die wundervollen Höhenzüge der Sierras geschlagene Schneise. Die aus grob behauenen rohen Baumstämmen zurechtgezimmerten Häuser und die schlammigen Straßen der Stadt wirkten vor dem Hintergrund schneebedeckter Berggipfel, kristallblauer Seen und in die Höhe ragender weißer Kiefern sehr wenig attraktiv.

Schnee lag in der Luft; schon bald würden die Eisenbahnerlager wieder unter drei und mehr Metern begraben sein. Während der wütenden Schneestürme würden erneut viele Männer ihr Leben verlieren; sie würden, in ihre Wolldecken gehüllt, erfrieren, lebendig begraben werden, wenn Schneetunnel zusammenbrachen, oder verhungern, weil sie sich nicht zu den Lebensmittellagern durchkämpfen konnten und von Lawinen fortgerissen wurden. Bereits zwei solcher Höllenwinter hatte Cain nun schon hinter sich. Er kannte sie nur zu gut. Von daher war er heute auch ins Basislager zurückgekommen.

Über der Tür des zweistöckigen Holzhauses hing ein schweres Holzschild mit der Aufschrift: *CENTRAL PACIFIC RAILROAD, ANDREW POWELL, BEREICHSLEITER*. Er stieß die Tür auf und betrat das Holzhaus. Der rohe, leicht modrige Geruch nach nassen Sägespänen vermischte sich mit dem von Andrew Powells teuren Zigarren – eine nicht wirklich unangenehm zu nennende Mischung. Der Eingangsbereich des Hauses wirkte recht spartanisch, das Innere jedoch, in dem sich der Bereichsleiter mit seinen besser gestellten Untergebenen zu treffen pflegte, war weitaus komfortabler ausgestattet. Und dabei verbrachte Powell so wenig Zeit wie irgend möglich in diesem Haus: Er zog die Annehmlichkeiten von San Francisco bei weitem vor und überließ es seinem Kollegen Charlie Crocker, in Schnee und Matsch herumzustapfen.

»Wo ist Powell?« Cains Stimme klang leise und tödlich gefährlich.

Der Schreiber im Büro des obersten Vorgesetzten warf fast

den einzigen Stuhl im Zimmer um, als er sah, wie finster Cain dreinblickte. Er sprang auf und stotterte: »Mr. Powell befindet sich gerade in ... in einer Besprechung, Mr. Cain. Ich ...«

Cain schritt an ihm vorbei und riss die schwere Kieferntür auf, während der Schreiber hinter ihm noch keuchte:

»... würde da jetzt nicht reingehen!«

Ohne den aufgeregt Stotternden eines Blickes zu würdigen, schlug Cain die Tür vor dessen Nase wieder zu. »Powell, wir müssen miteinander reden!«

Andrew Powell kippte den Lehnstuhl aus Mahagoni zurück und verschränkte mit einem unwilligen Brummen die Arme vor der Brust. In seinem langen, kantigen Gesicht fielen besonders die schweren grauen Augenbrauen auf, die gerade Patriziernase, ein schmaler Mund und eine breite, kräftige Kinnlade. Das strenge, habichtartige Gesicht eines Aristokraten. Am stärksten aber beeindruckten die Augen des Mannes: blitzende, tief dunkelblaue Augen, die jeden zu verbrennen drohten, der sich ihm in den Weg stellte. Powell kippte seinen Stuhl wieder nach vorn und erhob sich mit nachlässiger Anmut. »Ich hatte erklärt, dass ich nicht gestört zu werden wünsche, aber Sie hatten ja noch nie besonders gute Manieren.«

Cains Augenbrauen hoben sich in gespieltem Amüsement. »Ich habe es einfach aufgegeben, Sie durch Höflichkeit beeindrucken zu wollen. Sie gehen doch über jeden, der wirklich gute Manieren hat, einfach hinweg wie eine Dampfwalze!« Bei diesen Worten blieb Cains Blick auf dem dritten Mann im Zimmer hängen, der Powell gegenübersaß. »Guten Morgen, Larry.«

Lawrence Erskine Powell stand nun ebenfalls auf. Im Gegensatz zu Andrew war er blond und mittelgroß, um etliche Zentimeter kleiner als die beiden stattlichen Männer, zwischen denen er gerade stand. Bei Lawrence Powell handelte es sich um einen feingliedrigen Mann mit einem runden, angenehmen Gesicht, das viele Frauen wohl attraktiv finden mochten. Auch Lawrences Augen waren blau, aber heller als die Andrews und weniger eindringlich. Da Cain gerade angedeutet hatte, er lasse sich von seinem Vater überfahren wie von einer Dampfwalze, wurde der jüngere Powell knallrot und stotterte: »G-guten Morgen, Cain. Vater und ich haben gerade ...«

»Wir besprachen eine Familienangelegenheit«, unterbrach Andrew ihn, mit der Betonung auf dem Wort »Familie«. Als Cain sich daraufhin merklich versteifte, schenkte ihm der Ältere ein eisiges Lächeln.

»Ich werde mich verheiraten, Cain«, warf Lawrence ein, scheinbar unbeeindruckt von der fast greifbaren, wütenden Spannung, die zwischen Cain und dem älteren Powell entstanden war.

»Und wer ist die glückliche Braut? Eine Schöne aus San Francisco?«, fragte Cain interessiert. Die Ankündigung kam unerwartet und hatte seine Wut ein wenig gedämpft.

Andrew lächelte selbstgefällig. »Nein, nicht San Francisco. St. Louis. Alexandra Hunt ist die Enkelin von Jubal MacKenzie.«

Cains Augen wurden schmal. »Gehe ich recht in der Annahme, dass Sie für dieses Abkommen verantwortlich zeichnen?«, wandte er sich an Andrew. Aber eigentlich war es gar keine Frage.

»Natürlich. Als ich MacKenzie letzten Monat bei den Kongressanhörungen in Washington traf. Der clevere alte Schotte muss seine Risiken streuen: Offenbar verlegt man bei der Union Pacific Railroad die Schienen nicht so schnell, wie es laut Vertrag eigentlich geschehen sollte. Und nun steckt die Hälfte seines persönlichen Vermögens in der Ausrüstung der Baukolonnen, die er zur Verfügung stellen muss.«

»Ein Fehler, den Huntington und Sie bei der Central Pacific bestimmt nie gemacht haben!«

»Nur ein Narr tut so etwas, wenn überall in Mengen Regierungsgelder herumliegen! Natürlich sind Collins und ich wesentlich geschickter darin, solche Gelder aus unseren ehrenwerten Gesetzgebern herauszulocken, als die Narren Ames, MacKenzie und Konsorten. Und daher wünscht der alte Herr sich mit uns durch eine Heirat zu verbinden. Er rechnet sich aus, dass er so, sollte er das letzte Hemd an die Union Pacific verloren haben, in unsere Verträge einsteigen und mit der Central Pacific bis hoch in die Washington Territories und im Süden bis nach Arizona hinein Schienen verlegen kann. Und auch für uns wäre die Sache profitabel: Er verfügt in Washington über Beziehungen, wie ich sie einfach nicht habe.«

»Und Sie, Larry, was halten Sie von dieser Alexandra? Sie werden ja schließlich mit ihr leben müssen – zur Hölle mit allen Eisenbahnen!«

»Ich kann nicht wirklich sagen, dass ... ich meine ... ich habe sie noch nicht kennen gelernt. Vater und ich haben bisher mit MacKenzie sozusagen nur die Vorgespräche geführt.«

»Und natürlich haben Sie unbesehen in den Handel eingewilligt.«

Lawrence richtete sich indigniert zu seiner ganzen Höhe auf. Cain schaffte es immer wieder, ihn zu verunsichern. »Das ist meine Pflicht als ein Powell. Männer aus meiner Schicht können wohl kaum nur aus Liebe heiraten.«

»Männer aus Ihrer Schicht können machen, wonach ihnen verdammt noch mal der Sinn steht – aber ich bin wohl kaum der Richtige, um das zu beurteilen. Was ich jedoch sehr genau weiß, ist Folgendes: Nur ein Narr würde ein weibliches Wesen heiraten, das er noch nie in seinem Leben gesehen hat. Was ist denn, Larry, wenn sie so hässlich ist, dass sie sich von hinten an einen Spiegel anschleichen muss?« Cains Frage war von einem Lächeln begleitet, das nicht ganz bis in seine Augen strahlte.

Andrew brach in raues Gelächter aus. »Sie erstaunen mich, Cain: Für einen romantischen Menschen hätte ich Sie weiß Gott nicht gehalten! Das Aussehen des Mädchens spielt doch überhaupt keine Rolle. Alexandra stammt aus einer guten Familie und wuchs in St. Louis in den allerbesten Kreisen auf. Vergnügen kann ein Mann sich immer außerhalb der Ehe suchen.«

»Sie müssen es ja wissen«, entgegnete Cain abfällig.

Powell schnaubte verächtlich, strich sich über das Kinn und

blickte Cain aus seinen beunruhigend blauen Augen, die schon so manchen Feind in ein jämmerliches Häufchen Elend verwandelt hatten, prüfend an. »Meine Moral infrage zu stellen, steht Ihnen ja wohl kaum zu. Ich jedenfalls habe in meinem Leben noch keinen Brudermord begangen; Sie jedoch brachten Ihren roten Bruder um, nur um den alten Narren Sterling zu rächen. Und der, das wussten Sie genau, hätte das noch nicht einmal gewollt! Und da frage ich mich doch, zu welchen anderen Scheußlichkeiten Sie in der Lage wären, wenn nur der Preis stimmt.«

Lawrence wurde blass und errötete dann bis unter die Haarwurzeln. »Vater, bitte, das ist jetzt aber nicht mehr amüsant!«

»Amüsant?«, höhnte Andrew. »Natürlich findest du das nicht amüsant – du bekommst es wohl eher mit der Angst zu tun, was? Warum nur zum Teufel hast du nicht den Schneid dieses Halbbluts!«, fragte er aufgebracht.

Lawrence stand steif und mit zusammengepressten Lippen neben dem riesigen Mahagonischreibtisch. »Was sollte ich denn deiner Meinung nach tun? Revolverheld werden?«

»Bloß nicht – du würdest doch nur deinen eigenen Fuß treffen!«, kam die verächtliche Antwort.

»Aber ich bin eigentlich wegen einer anderen Sache hier«, sagte Cain und blickte mitleidig auf den jungen Lawrence.

»Und warum also sind Sie hier so hereingestürmt?«, gab Andrew zurück. »Ich hätte gedacht, Sie wären bei Ihren geliebten Chinesen am Gipfeltunnel.«

»Daher komme ich auch gerade. Weiter oben beginnt es wieder zu schneien, und Strobridge will dieses verdammte patentierte Sprengöl verwenden. Er sagt, Sie hätten Ihre Einwilligung gegeben.«

»Habe ich auch. Wir hinken dem Zeitplan jetzt schon Monate hinterher, weil wir versuchen, uns durch soliden Granit hindurchzugraben. Selbst wenn wir wagonweise Schwarzpulver da raufbringen, kriegen wir es damit auch nicht geschafft. Wohl aber mit dem Nitroglyzerinöl.«

»Oberhalb der Arbeiter lagert der Schnee tonnenschwer, sodass wir Lawinen auslösen werden! Ich habe in diesem Monat bereits siebzehn Männer verloren.«

»Keine Männer, Cain: Kulis!« Andrew zuckte achtlos die Schultern. »Nur weil Sterling, der Narr, Ihnen beibrachte, deren Singsang nachzuplappern, heißt das doch noch lange nicht, dass Ihr Herz für die Leute bluten muss. Nächste Woche bringe ich tausend weitere Arbeiter aus San Francisco hoch.«

»Also sind sie austauschbar – wie Rothäute.«

»Und ein Halbblut.« Der Ältere konnte es nicht lassen, seinen Angestellten herauszufordern, auch wenn ihm beim Anblick des Feuers in Cains tiefschwarzen Augen das Herz heftig zu klopfen begann.

»Mit einigen Unterschieden, Powell. Ich bin nicht fast dreitausend Meilen von zu Hause entfernt, schutzlos in einem fremden, eisigen Land – und ich spreche Englisch. Auch dafür hat Enoch gesorgt. Sie zwingen die Kulis, beim Eisenbahnbau wie Sklaven zu schuften, aber ich will verdammt sein, wenn ich wie ein Verräter zuschaue, wie noch mehr von ihnen ins ewige Himmelreich gesprengt werden. Wir können um den Gipfeltunnel herum arbeiten und mit den Sprengungen bis zum Frühjahr warten.«

»Nein.« In der Stimme des älteren Mannes lag eine kalte Endgültigkeit. »Wir sprengen jetzt.«

Lawrence wich zurück und verbarg sich schweigend in einer Ecke, während sein Vater und Cain immer näher aneinander herantraten, die Blicke ineinander verkeilt. Die Spannung zwischen den beiden Männern war mit Händen zu greifen. Er blickte vom dunkelhäutigen Gesicht des Halbbluts zu dem seines Vaters und sah beide Männer im Profil, groß, schlank und gerade, mit ausgeprägtem Kinn und brennenden, tief liegenden Augen, wild wie die eines Adlers. Gespannt wartete Lawrence darauf, wie Cain wohl auf die Herausforderung reagieren würde.

»Ich kündige.«

Powell lachte rau. »Sie sind den ganzen Weg von Nebraska

bis San Francisco geritten und haben mich praktisch auf Knien um einen Job angefleht – um irgendeinen Job, solange es nur bei der Central Pacific Railroad wäre.«

»Angefleht? Sie wissen, dass es nicht so war. Ich habe für Sie mit derselben Leichtigkeit Männer erschossen, wie ich Wild erlegte, um die Arbeiter damit zu versorgen. Aber dies hier ist etwas anderes. Hier mache ich nicht mehr mit.«

»Wollen Sie mehr Geld? Eine Lohnerhöhung?«, fragte Powell langsam und bedächtig, wobei sich seine Augenbrauen um ein Weniges hoben.

»Das, was ich koste, können Sie sich nicht leisten!«, erwiderte Cain und wandte sich zum Gehen.

Er schritt über den Teppich, als Powell ihm nachrief: »Sie haben Ihr Leben lang darum gerungen, ein Weißer zu werden, doch wenn Sie jetzt durch diese Tür da hinausgehen, dann sind Sie nichts weiter als ein dreckiges Halbblut – Ihr Preis? Wer stellt Sie denn an, es sei dann als Spurenleser für die Landvermesser oder als Jäger?«

Cain hielt inne, die Hand bereits am schweren Messingtürgriff. »Jubal MacKenzie stellt mich ein. Ich werde für die Konkurrenz arbeiten, und dann sehe ich zu, dass ich Sie in den Ruin treibe.«

Hannibal, Missouri, 1867

Ein lauter, schriller Pfeifton von der *Mississippi Belle* hallte über das Kopfsteinpflaster am Deich, als Roxanna Fallon leise die Hintertreppe hinunter stieg, in jeder Hand eine abgeschabte Reisetasche aus Teppichstoff. Sie war dankbar für den Lärm des ablegenden Flussschiffes, der das leise Quietschen von Mrs. Priddys baufälligen Treppenstufen übertönte. Roxannas Herz schlug so heftig und so laut, dass sie fest davon überzeugt war, die alte Vettel müsse es noch auf der anderen Seite der schäbigen Pension hören können.

Herrgott im Himmel, war sie froh, dem schimmeligen Geruch zu entkommen, der vom Flussufer ins Haus drang, den fettigen, öden Mahlzeiten und der klumpigen Matratze, in der ein ganzer Clan Bettwanzen hauste! Aber es tat ihr in der Seele weh, dass sie den Job bei der Theatergruppe hatte aufgeben müssen. Man hatte ihr die Rolle der Desdemona in Shakespeares *Othello* übertragen gehabt, und die Truppe hatte bereits Engagements auf der *Belle* für Vorstellungen auf der ganzen Strecke zwischen St. Louis und New Orleans. Nun jedoch hatte das Schiff ohne Roxanna abgelegt, und sie besaß kein Geld, um ihre Mietschulden zu bezahlen.

Zerbrich dir nur nicht den Kopf über Dinge, die du nicht mehr ändern kannst!, befahl Roxanna sich entschieden, wie bestimmt schon gut hundert Mal in den vergangenen vier Jahren. Fast hatte sie das Ende des engen, dunklen Flures erreicht, da griff eine fleischige Hand nach ihr, riss sie herum, und das käsige, runde Gesicht von Hepsabah Priddy hing über ihr wie ein böswilliger Mond. Ein beißender Knoblauchgeruch – der Eintopf vom vergangenen Abend – drängte sich Roxanna gewaltsam in die Nase, als die Wirtin nun zischte: »Dachtest wohl, du könntest dich einfach so davon schleichen, wie eine heimtückische Spionin das eben so macht, was? Ich weiß alles über dich. Kein Wunder, dass Captain Guarrard dich aus seiner Truppe geworfen hat. Du bist noch nicht einmal gut genug, um zu den leichten Bühnenweibern zu gehören!«

»Ich schicke Ihnen das Geld, sobald ich es habe. Und da Isobel Darby dafür gesorgt hat, dass ich in Hannibal nie wieder Arbeit finden werde, bleibt mir schließlich keine andere Wahl, als zu gehen«, erwiderte Roxanna verbittert.

»Mrs. Darby ist eine ehrbare Südstaatendame. Ich will kein Wort gegen sie hören! Und nun gibst du mir entweder die Miete, die mir für die letzte Woche zusteht, oder ich schleife dich an deinem weißen Haar rüber ins Büro unseres Sherrifs!«

Der Griff um Roxannas Arm verstärkte sich schmerzhaft. Alles, was sie überhaupt noch besaß, waren die Kleider in ihren

Koffern und einige Schmuckstücke ihrer Mutter, die sich seit Generationen in der Familie Fallon befanden. So, wie die Dinge lagen, würde sie wohl das Armband mit dem Skarabäus verkaufen müssen, um die Passage den Fluss hinunter nach St. Louis bezahlen zu können. Vielleicht würde es ihr ja in einer großen Stadt gelingen, sich so erfolgreich zu verbergen, dass Isobel sie nicht würde aufspüren können.

»Mrs. Priddy, ich habe nur noch meine Kleider, ich besitze nicht einen einzigen Dollar. Wenn ich keine Arbeit finde, werden Sie Ihr Geld nie bekommen.«

Hepsabah wischte sich mit der freien Hand über das Gesicht und schnaubte verächtlich. »Hältst du mich für blöd? Du hast bestimmt nicht vor, mich zu bezahlen. Du bist eine Yankee-Spionin. Wenn ich dafür sorgen kann, dass du hinter Gittern verschwindest, wo du hingehörst, dann ist das das Mindeste, was ich für unsere Sache tun kann!«

Die Wirtin war groß und so breit, dass sie von vorne ebenso dick wirkte wie von der Seite, aber sie war auch langsam und unbeholfen. Roxanna hob die Reisetasche mit den Theaterkostümen und ihrem letzten Paar guter Stiefel auf, holte aus und schleuderte sie der dicken Frau an den Kopf. Der Schlag traf Hebsabah Priddy direkt an der Schläfe; sie taumelte zurück und gab Roxanna frei, die mit einem Satz an ihr vorbei war und den Flur entlang zur Vordertür hinaushastete.

Unangenehm feucht und kalt legte sich die kühle Morgenluft auf die heißen Wangen der jungen Frau, als diese jetzt zum Fluss hinunterrannte. Immer größer wurde der Abstand zu der Pension; die erbitterten Schreie der Wirtin klangen schwächer und schwächer. Roxanna hielt ihre beiden Taschen fest umklammert und schlüpfte hinter ein mit dichten Geißblattreben bewachsenes Gartenhäuschen. Sie holte ein paarmal rasch und stoßweise Atem, bis ihr Herz wieder normal zu schlagen begann und auch die Seitenstiche, die sie geplagt hatten, verschwunden waren.

»Lass dir was einfallen, Roxy! Nachdenken!«, befahl sie sich selbst energisch. Lag noch ein weiteres Schiff am Anleger, das heute die Stadt verlassen sollte? Hannibal war eine verschlafene kleine Stadt am Fluss, viel Verkehr spielte sich hier nicht ab. Die *Memphis Queen* hatte am Vortag in der Stadt angelegt, um Proviant an Bord zu nehmen. Vielleicht würde sie ja an diesem Morgen wieder ablegen? Aber wie dem Sheriff entgehen, den Mrs. Priddy mit Sicherheit auf die Suche nach ihrem verbrecherischen Pensionsgast schicken würde? Ein halbes Lächeln lag auf Roxannas Lippen, als sie sich im Schutz der Geißblattlaube hinkniete, um ihre Reisetaschen zu durchwühlen.

Eine Stunde später humpelte Althea Goodman, eine ältere, gichtgeplagte Witwe, an den wachsamen Augen des Sheriffs vorbei den Bootssteg der *Queen* hinauf und hatte dem Kapitän des Schiffes eine herzzerreißende Geschichte zu erzählen.

Bei Einbruch der Nacht befand sich Roxanna bereits auf dem Weg nach St. Louis. In dieser großen, wohlhabenden Stadt, der einzigen unterhalb von Iowa, die mit den Nordstaaten sympathisierte, würde es ihr sicher möglich sein, ihre Identität so zu ändern, dass Isobel Darby sie nicht würde aufspüren können. Natürlich war es nicht einfach, zu einer anderen Person zu werden, und Roxanna würde weit mehr tun müssen, als einfach nur ihren Namen zu ändern. Ihre Augen und ihre einzigartige Haarfarbe stellten das eine Problem dar, die Frage nach dem Lebensunterhalt das andere. Sie war, der Not gehorchend, zur Schauspielerei gekommen und hatte mit jenem Beruf auch nicht schlecht gelebt – jeweils genau bis zu dem Zeitpunkt, an dem die bezahlten Detektive ihrer Feindin sie aufgespürt hatten. Den Detektiven auf dem Fuß folgte dann jedes Mal Mrs. Darby persönlich, um mit tränenreichen Lügen über eine schamlose Hure, eine Yankee-Spionin, aufzuwarten, die angeblich einen Kriegshelden der konföderierten Armee umgebracht hatte. Von wegen Kriegsheld! Eigentlich hätte Isobel Darby Schauspielerin sein sollen, nicht Roxanna!

Aber vielleicht würde es diesmal, in St. Louis, anders laufen. Die Stadt war Roxanna vertraut, sie hatte dort vor dem Krieg ein Mädchenpensionat besucht. *Vor dem Krieg* ... Wie anders ihr

Leben damals gewesen war! Sie hatte ein Heim gehabt, eine Stellung in der Gesellschaft, Behaglichkeit – und vor allem die Liebe ihrer Familie. Zwar hatte ihre Mutter Roxannas älteren Bruder Rexford angebetet, aber dafür war Roxanna für ihren Vater der Mittelpunkt des Lebens gewesen und war ihm wie ein junger Hund überallhin gefolgt.

Und so hatte sie auch von seiner Arbeit für die Untergrundbewegung erfahren. Eines Nachts, sehr spät, war sie an der Platane vor ihrem Schlafzimmerfenster hinabgeklettert und hatte sich auf die Suche nach ihrem Vater gemacht, der nicht nach Hause gekommen war. Sie traf ihn an, wie er gerade drei völlig verängstigten schwarzen Männern den Weg in die Rübenmiete unterhalb der Scheune des Anwesens wies. Er nahm der zehnjährigen Roxy das Versprechen ab, über das Gesehene zu schweigen, und von diesem Tag an wurde seine Sache auch zur ihren. Wer vermutete auch schon in dem Wagen, den ein Mädchen mit Haaren so hell wie Sahnekaramell auf die Fähre nach Illinois lenkte, entlaufene Sklaven?

In den Jahren, die Roxanna auf der Schule in St. Louis verbrachte, sehnte sie aus ganzem Herzen jeden Feiertag und vor allem die Ferien herbei, um nach Hause fahren und ihrem Vater bei seiner Arbeit helfen zu können. Aber eine brutale und blutige Nacht des Jahres achtzehnhunderteinundsechzig beendete auf einen Schlag jegliche Kameraderie, jegliches Abenteuer. Ein Dutzend maskierter Hinterwäldler kam mit brennenden Fackeln auf den Hof geritten, wo Jerome Fallon sich ihnen tapfer entgegenstellte. Roxanna würde Zeit ihres Lebens nicht vergessen können, wie ihr Bruder sie festhalten musste, weil sie schrie und in dem verzweifelten Bemühen, sich loszureißen, um sich trat, während die Bande ihren Vater auf ein Pferd band und mit ihm davon ritt. Am nächsten Tag brachte der Sheriff der Familie den leblosen Körper zurück.

Roxannas Kindheit fand in dieser Nacht ein jähes Ende. Ihre Mutter konnte den Schmerz um den Mann nicht verwinden und starb vor Kummer; Rexford schloss sich der Unionsarmee an. Und Roxanna lernte auf die einzige Art zu kämpfen, die ihr als Frau offen stand: Sie wurde Spionin.

Nun aber: kein Grund, jetzt in diese Abgründe zu steigen! Roxanna zwang sich mit einem Ruck, die schmerzlichen Erinnerungen beiseite zu schieben und stattdessen an ihre alte Freundin Alexa zu denken. Alexandra Hunt stammte aus einer der ersten Familien von St. Louis. Sie war eine furchtsame, unscheinbare junge Frau, schüchtern und ohne jegliches Selbstbewusstsein. Der draufgängerischen, selbstbewussten Roxanna hatte sie Leid getan. Als die Leiterin des Mädchenpensionats die beiden so unterschiedlichen Mädchen zusammen in einem Zimmer untergebracht hatte, hatte Roxanna sich bemüht, die Jüngere aus ihrem Schneckenhaus hervorzulocken. Mit wenig Erfolg – aber zwischen den beiden Mädchen war eine Freundschaft entstanden, die alle in Erstaunen versetzt hatte und nun schon seit Jahren hielt.

Jetzt aber hatte Roxanna seit gut einem Jahr nichts mehr von Alexandra gehört. Vielleicht war die Freundin ja verheiratet, oder sie war aus St. Louis fortgezogen. Wahrscheinlich jedoch war der Kontakt einfach abgebrochen, weil man Roxanna wegen ihres Zigeunerlebens als Schauspielerin brieflich so schlecht hatte erreichen können. Bitte, Alexa, bitte, sei zu Hause! Ich brauche einen Zufluchtsort, bis ich Arbeit gefunden habe! Irgendwo ganz hinten in Roxannas Kopf machte sich der Gedanke breit, die Freundin könne sich womöglich scheuen, einer schlecht beleumdeten Schauspielerin, die einst Spionin gewesen war, Unterschlupf zu gewähren, aber die junge Frau weigerte sich energisch, diese Möglichkeit derzeit überhaupt in Betracht zu ziehen. Sorgen kommen von allein, man sollte sich nicht noch unnötig zusätzliche aufladen.

Letztendlich erwies sich Roxannas Befürchtung als unbegründet. Kaum war das junge deutsche Dienstmädchen fortgeeilt, um ihrer Herrin mitzuteilen, Miss Roxanna Fallon sei zu Besuch gekommen, da wurde Roxanna auch schon in Alexas Privaträume in dem eleganten Haus am Lafayette Square geführt.

»Roxanny, wie lange wir uns nicht gesehen haben!«, sagte Alexa und winkte die Freundin näher an ihr Bett heran.

Alexa war schon immer blass und irgendwie nicht von dieser Welt gewesen, aber nun wirkte sie zum Zerbrechen mager, ihre Augen glanzlos, das einst silbern schimmernde Haar matt. Roxanna musste schlucken; die wenigen Jahre hatten die Freundin so sehr verändert! Rasch durchquerte die junge Frau das Zimmer und ergriff sanft eine knochige Hand, die eiskalt war. »Du bist krank gewesen!«, stellte sie fest, als ein heftiger Hustenanfall die Freundin erschütterte.

Sobald sie wieder zu Atem gekommen war, schüttelte Alexa den Kopf. »Nur eine kleine Grippe, meint mein Arzt. Um dich habe ich mir Sorgen gemacht – meine letzten Briefe nach St. Paul und Davenport kamen zurück.«

Roxanna zuckte die Schultern. »Meine Arbeit. Schauspielertruppen ohne festes Haus bleiben selten mehr als ein paar Wochen am selben Ort.« Die böswilligen Nachstellungen durch Isobel Darby mochte sie nicht erwähnen, obwohl diese sie jedes Mal und nach jedem Umzug den Job gekostet hatten. »Ich hätte dir öfter schreiben sollen.«

»Das ist nun alles vorbei. Du bist hier, und ich freue mich unendlich«, entgegnete Alexa und verstärkte ihren schwachen Griff um Roxannas Hand. »Wie lange kannst du bleiben? Oh, bitte, sag, kannst du den Winter über hier sein? Seit Mama starb, bin ich in dem großen leeren Haus so allein!«

»Wie lieb von dir! Du weißt, dass Papas Bank schließen musste, nachdem sie ihn umgebracht hatten, und dann verlor ich im Krieg meinen Bruder ... Ehrlich gesagt, Alexa: Ich bin pleite, solange ich keine Arbeit gefunden habe.«

»Dann ist ja alles geregelt. Du wohnst hier bei mir. Wir werden es uns so schön machen wie damals im Pensionat – wenn ich erst einmal wieder auf den Beinen bin.«

Aber aus dem Herbst wurde Winter, und Alexa kam nicht wieder auf die Beine. Der schreckliche Husten klang mit der Zeit immer schlimmer, und es fiel der jungen Frau zunehmend schwer, Nahrung bei sich zu behalten. Roxanna war Krankenschwester und Gesellschafterin zugleich und kümmerte sich rührend um ihre Freundin, die, wie nun auch der Doktor zugab, an Schwindsucht zu Grunde ging.

Der Winter war außergewöhnlich nass gewesen. Nun aber zwitscherten vor dem Schlafzimmerfenster vergnügt ein paar Rotkehlchen, und mit einer warmen Brise wehte der himmlische Duft des blühenden Flieders ins Zimmer. Aber Roxanna hatte für die Schönheit des Tages gar keine Augen; sie blickte auf den mageren Körper der Freundin hinunter. Diese schien jeden Tag weiter zu schrumpfen, als wollte das Bett sie langsam, aber sicher verschlingen.

»Alexa, du musst deinen Großvater benachrichtigen. Er ist dein einziger lebender Verwandter. Jubal MacKenzie schuldet es dir, nach St. Louis zu kommen.« Roxanna war es mit dieser Bitte sehr ernst.

»Ich mag Großvater nicht stören, Roxanna. Er ist der wichtigste Mann beim Bau der transkontinentalen Eisenbahn. Die Union Pacific ist bereits bis auf das Wyoming Territory vorgedrungen. Ich glaube noch nicht einmal, dass ein Brief ihn überhaupt erreichen würde.«

»Du hast ihm immer noch nicht mitgeteilt, dass du krank bist, oder?«

Alexa wich Roxannas prüfendem Blick aus und zupfte nervös an ihrer Bettdecke. »Nein ... ich habe es ihm nicht mitgeteilt. Ich habe Angst vor ihm, Roxanna. Ich kann mich kaum noch an ihn erinnern, ich war ein kleines Mädchen, als ich ihn das letzte Mal sah. Ich sehe vage einen riesigen Mann mit einem mächtigen roten Bart und einer dröhnenden Stimme vor mir. Selbst Papa hatte ein wenig Angst vor ihm, und Papa war so viel mutiger als ich oder Mama. Wie enttäuscht er sein wird, wenn er erfährt, dass ich sterbe und er ohne Erben zurückbleibt!«

»Rede keinen Unsinn! Du wirst nicht sterben«, versicherte Roxanna der Freundin zum wahrscheinlich tausendsten Mal.

Aber Alexa schüttelte nur traurig den Kopf. »Du weißt genau, dass ich sterben werde.«

Ehe Roxanna etwas Beschwichtigendes erwidern konnte, unterbrach ein leises Klopfen an der Zimmertür die beiden und Gretchen trat ein, einen Briefumschlag fest in der Hand.

»Gerade ist ein Brief für Sie gekommen, Miss Hunt, mit der Sonderpost!« Vorsichtig näherte sich das Mädchen dem Krankenbett; es hatte Angst, sich anzustecken. Ebenso vorsichtig hielt es der Kranken den Umschlag hin.

Roxanna riss ihn ihr aus der Hand, entließ das Mädchen, öffnete den schweren gelben Umschlag und reichte Alexa dessen Inhalt. Der Brief war in Denver abgestempelt. Kaum spricht man vom Teufel, schon hüpft er aus dem Schächtelchen, dachte Roxanna missmutig. Wenn Alexa Jubal MacKenzie nicht benachrichtigen wollte, würde sie es eben selbst tun müssen. Dann hörte sie, wie das Papier in Alexas Händen raschelte, und drehte sich zur Freundin um. Alexa wirkte womöglich noch bleicher als gewöhnlich – falls das denn überhaupt möglich war. »Was gibt es, stimmt etwas nicht?«

Alexas Augen sprachen von grenzenlosem Schrecken, und ihre Hände zitterten erbarmungswürdig, als sie der Freundin die Seiten hinhielt.

Rasch überflog Roxanna den Brief und widerstand mühsam dem dringenden Bedürfnis, ihn zu zerknüllen und aus dem offenen Fenster zu werfen. »Das ist doch das reinste Mittelalter! Er kann dir nicht einfach mitteilen, dass er einen Mann für dich gefunden hat, und dann erwarten, dass du ohne Widerworte an irgendeinen gottverdammten Ort mitten in der Wildnis reist, um einen vollkommen Fremden zu heiraten.«

Roxannas wütende Rede zauberte ein mattes Lächeln auf Alexas Lippen. »Die Hochzeit soll in Denver stattfinden, was nun nicht gerade Wildnis bedeutet. Großvater möchte, dass ich zu ihm in sein Eisenbahnlager nach Wyoming komme, damit wir ein wenig Zeit miteinander verbringen können...« Sie verzog schmerzhaft das Gesicht. »Wenn ich doch nur könnte! Er hat mich schon so oft gebeten, zu ihm in den Westen zu reisen, ihn zu besuchen, aber ich hatte stets viel zu viel Angst. Ich glaube, ich hatte immer schon Angst vor dem Leben, Roxy, und nun wünschte ich, ich hätte so viele Dinge getan...«

»Alexa, tu dir das bitte nicht an«, erwiderte Roxanna und legte der Freundin den Arm um die Schultern. Wie die Knochen eines Vögelchens, so zart, so zerbrechlich, durchfuhr es sie. Erneut begann Alexa zu husten und Roxanna bemerkte mit Schrecken den leuchtend karmesinroten Flecken auf dem Taschentuch, das sich die Freundin vor den Mund presste. Das Leben war so schrecklich unfair! Sie tauschte das durchnässte Tuch rasch gegen ein frisches aus, klingelte nach dem Mädchen und ließ den Arzt rufen.

Später in derselben Nacht saß Roxanna mit rot geweinten Augen in Alexas Zimmer und starrte auf das leere Bett, in dem die Freundin in den letzten Monaten den größten Teil ihres Lebens verbracht hatte. Der junge Arzt hatte getan, was er konnte, aber in dem langsam fließenden karmesinroten Rinnsal war Alexas Leben verebbt. »Zumindest ist damit auch ihr schreckliches Leiden beendet«, murmelte Roxanna, doch die Worte klangen hohl. Im Erdgeschoss richtete der Leichenbestatter Alexas Körper für die Beerdigung her. Papa. Mama. Rexford. Und nun Alexa. Es gibt niemanden mehr für mich!

Die Totenwache begann am Morgen darauf. Aber da Alexa selbst vor ihrer Krankheit ein äußerst zurückhaltendes Leben geführt hatte, kamen nur wenige, um sich von ihr zu verabschieden, und bis auf einen Mann handelte es sich hierbei durchweg um alte Freunde der Familie. Als Gable Hogue eintraf, war Roxanna glücklicherweise gerade in der Küche, um der Köchin Anweisungen zu erteilen. Sobald sie Isabel Darbys hartnäckigen Detektiv erspäht hatte, verbarg sich die junge Frau hinter den schweren Samtvorhängen im Flur, und ihr Herz klopfte zum Zerspringen. Wie hat er mich nur finden können?, überlegte sie.

Sie lauschte, während er dem Mädchen diskret vorschwindelte, er sei ein ehemaliger Lehrer der verstorbenen jungen Dame und gekommen, dieser die letzte Ehre zu erweisen. Gretchen, sauertöpfisch und verdrossen wie immer, machte sich zum Glück nicht die Mühe, den »Lehrer« auf die alte Schulfreundin von Miss Alexa hinzuweisen, die sich zurzeit noch im Haus aufhielt. Zum ersten Mal war die ständige missmutige Laune des Mädchens Roxanna richtig sympathisch. Sie sah zu, wie Hogue an den Sarg trat und Alexas leblose Gestalt prüfend betrachtete. Dann wandte der Detektiv sich ab und verließ schweigend das Haus.

Roxanna verharrte einige Tage lang in Angst und Schrecken, während sie das Haus versorgte und den Dienstboten den ihnen zustehenden Abschiedslohn aushändigte. Roxanna hatte in den vergangenen sechs Monaten die Kontrolle über die Finanzen des Haushalts übernommen, weshalb sie in der Lage war, allen Angestellten einen Bonus zu zahlen und sie zu verpflichten, Hogue, sollte dieser zurückkehren, nichts von ihrer Anwesenheit zu verraten. Am Ende der Woche beschloss sie, davon auszugehen, dass er wohl von einer jungen Frau gehört haben musste, die sehr zurückgezogen gelebt hatte und dann verstorben war und deren Beschreibung auf Roxanna Fallon zutraf. Wahrscheinlich war es ihm nie in den Sinn gekommen, dass die Erbin eine Freundin gehabt haben könnte, die dieselbe ungewöhnliche Haarfarbe hatte wie sie selbst.

Aber es war nur eine Frage der Zeit, bis er sie finden würde. Denn das tat er immer, sodass Roxanna mittlerweile an einem Punkt angekommen war, an dem ihr keine Möglichkeiten mehr offen standen. Sobald Jubal MacKenzie die Nachricht vom Tode seiner Enkelin erhalten hatte, würde er seine Geldzuweisungen einstellen. Und sie, wohin sollte sie gehen? Was konnte sie tun, um nicht Hungers zu sterben? Die letzten vier

Jahre hatten sie gelehrt, dass es völlig sinnlos wäre, sich noch einmal um Arbeit auf der Bühne zu bemühen. Dort hatte Hogue sie noch jedes Mal für Isobel finden können. Und um Lehrerin oder Gouvernante werden zu können, fehlten ihr Referenzen. Fabrikaufseher warfen unfehlbar einen einzigen Blick auf ihr blassblondes Haar und ihren feinknochigen aristokratischen Körper und lachten nur, wenn sie sich um ehrbare Arbeit bewarb. Natürlich boten sie ihr stattdessen eine andere Art von Arbeit an ...

»Soll ich denn wirklich so enden – von hunderten Männern befingert und benutzt, bis nichts mehr von mir übrig bleibt?« Roxanna saß ganz allein in dem leeren Haus und lauschte, am ganzen Körper zitternd, dem Stöhnen des kühlen Frühjahrswindes. Nach den Ereignissen in Vicksburg war es unvorstellbar, unerträglich, dass je ein Mann sie wieder berühren würde. Der Gedanke an eine endlose Prozession von Männern, die sie alle benutzen würden, ließ Roxanna ihren Blick auf Terence Hunts Duellpistolen richten, die an der Wand des Arbeitszimmers hingen. Selbst der Tod war einem Leben als Hure vorzuziehen.

Roxanna stand auf und trat resoluten Schrittes hinüber zum Fenster, das mit einem dichten Vorhang verhängt war. »Nein, ich werde meinen Körper nicht verkaufen, und ich werde mir auch nicht das Leben nehmen.« Das war der Ausweg eines Feiglings gewesen!

Sie verfügte immer noch über ein ansehnliches Guthaben in Alexas Namen – falls der alte Jubal MacKenzie ihr gestattete, das Geld zu behalten, nachdem sie ihm den Tod seiner Enkelin mitgeteilt hatte. Irgendwer würde es ihm sagen müssen, aber der Familienanwalt hier in St. Louis, dessen Aufgabe es gewesen wäre, war in der vorangegangenen Woche ganz plötzlich verstorben.

Mit den Gedanken bei Jubal MacKennzie trat Roxanna an den Schreibtisch und ließ sich ein paar Papierseiten durch die Finger gleiten, die dort lagen. Der letzte Brief des alten Mannes an seine Enkelin. Eine arrangierte Heirat – das erschien ihr so kaltblütig! Ohne Zweifel war eine profitable Geschäftszusammenführung damit verbunden. Der zukünftige Bräutigam arbeitete für die kalifornische Seite der transkontinentalen Eisenbahn, für die Central Pacific Railroad. Die arme, schüchterne Alexa, die sich vor Männern zu Tode geängstigt hatte, einfach versteigert an den Meistbietenden!

Plötzlich brannte sich, betäubend klar, eine Idee in Roxannas Kopf. Nein! Sie versuchte, die Vorstellung abzuschütteln und als lachhaft abzustempeln.

»Das könnte ich wirklich nicht...« Wieder fiel ihr Blick auf den Brief. Der alte Schotte war zum letzten Mal vor acht Jahren zu Besuch bei seiner Tochter in St. Louis gewesen, nach dem Tod von deren Ehemann. Als Alexas Mutter vor zwei Jahren gestorben war, hatte er sich gerade in der kanadischen Wildnis aufgehalten und für seine geliebte Eisenbahn einen Vertrag über Holzlieferungen ausgehandelt. Die Einladung an seine verwaiste Enkelin, zu ihm nach Denver zu kommen, hatte Alexa abgelehnt. MacKenzie schien ein Mann zu sein, der es erwartete, dass alle nach seiner Pfeife tanzten, und wer das nicht tat, mochte zur Hölle gehen, um den kümmerte er sich nicht weiter. Roxanna hatte den Mann noch nie in ihrem Leben zu Gesicht bekommen, und doch war er ihr bereits unsympathisch.

Aber auch MacKenzie hatte seine Enkelin zuletzt gesehen, als diese dreizehn gewesen war – eine kleine, hartnäckige Stimme in Roxannas Hinterkopf wurde nicht müde, auf diese Tatsache hinzuweisen. Er wusste nicht, wie Alexa als erwachsene Frau ausgesehen hatte! Ebenso wie Roxanna war auch Alexa schlank gewesen, mit hellen Augen und blassblondem Haar. Gable Hogue hatte Alexa Hunt für Roxanna Fallon gehalten. Was, wenn aus Roxanna Fallon nun Alexa Hunt würde?

Wem würde ich denn damit schaden? Alexa war tot, und sie, Roxanna lebte. Sie konnte sich durchaus in Jubal MacKenzies Enkelin verwandeln – sie war ja immerhin Schauspielerin. Aber das bedeutete, einen Fremden heiraten zu müssen, einen

Mann, den sie noch nie in ihrem Leben gesehen hatte. Würde sie das schaffen? Roxanna saß da, starrte auf MacKenzies Brief und versuchte, zwischen den Zeilen zu lesen.

»Was für ein Mann bist du, Jubal MacKenzie?« Rücksichtslos, ohne Zweifel. Und würde sich der Mann, den sie heiraten sollte, als ebenso habgierig entpuppen? Aber selbst wenn es so sein sollte – es handelte sich immerhin nur um *einen* Mann. Und durch die Heirat wäre sie in einem gewissen Maße vor Isobel geschützt. Als Mrs. Lawrence Powell, San Francisco, würde sie selbst Gable Hogue nie finden können. Sie wäre eine Ehefrau, keine Hure.

Alexa hatte darauf bestanden, der Freundin anwaltliche Vollmacht zu erteilen. Roxanna brauchte also nichts weiter zu tun, als von Alexas Konten ausreichend Geld abzuheben und nach Wyoming zu reisen, um ... den Bräutigam kennen zu lernen.

Roxanna zitterte trotz der milden Frühlingsluft, richtete sich dann kerzengerade auf und holte tief Atem. »Ich tue es!«

Kapitel 2

»Da draußen gibts nix außer Land, Land und nochmals Land, und darauf können Sie Gift nehmen«, sagte der alte Fahrer und spuckte einen dicken Klumpen Kautabak in den Staub, der mit einem vernehmlichen Plop auf Roxannas Füßen landete. Der Mann sah genauso windzerzaust aus wie die öden, sanft geschwungenen Hügel rings um ihn; tausend winzige Fältchen zogen sich durch sein Gesicht, dessen Haut wie gegerbtes Leder wirkte. »Und nun auf, auf: Zeit, dass wir in die Hufe kommen, wenn wir die nächste Station noch vor Einbruch der Dunkelheit erreichen wollen.«

Ohne weitere Umstände kletterte Jack »Kaninchen« Sam auf den Bock der alten klapprigen Kutsche, die Jubal MacKenzie für seine »Enkelin« gemietet hatte. Roxanna – jetzt Miss Alexa Hunt – überließ der Kutscher sich selbst, und das war der jungen Frau gerade recht: Jack das Kaninchen war so schmutzig, dass man ihn ohne weiteres als Grund und Boden hätte verkaufen können. Mit einem Seufzer kletterte Roxanna durch die hohe enge Tür in das Innere der Kutsche, das zwar ein wenig abgenutzt und staubig war, mit den verblassten hellbraunen Samtpolstern aber dennoch recht vornehm wirkte.

Als die Kutsche sich nun mit einem jähen Ruck in Bewegung setzte, lehnte Roxanna sich in die klumpigen Kissen zurück und sah zum Fenster hinaus. Der Korridor von Nebraska unterschied sich in all seiner Trostlosigkeit nicht im Geringsten von den anderen scheinbar endlosen Ebenen, die dem gewundenen Lauf des Platte River folgten. Das sanft wogende Präriegras war mit der Zeit kargen Sandhügeln gewichen, auf denen sich Krüppelweiden im Wind duckten. Ganz weit im Westen, am Horizont, brüteten die Felsklüfte der Rocky Mountains vor sich hin,

Wächter der harten, endlosen Leere, die man die High Plains nannte. Das vor Roxanna und ihrem Kutscher liegende Land war einem jüngsten Zeitungsbericht zufolge derart karg und unfruchtbar, dass man ihm noch nicht einmal die Bezeichnung *lebende* Wildnis verleihen konnte. Roxanna, die im fruchtbaren, reichen Bauernland des nördlichen Missouri aufgewachsen war, konnte dem nur zustimmen.

Roxanna jedoch würde mit ihrem Bräutigam – wenn sie denn auf die Heiratspläne einging – nach San Francisco gehen, und diese Stadt galt allen Berichten nach als durchaus zivilisiert. Roxanna fragte sich erneut, ob sie sich wirklich mit Lawrence Powell vermählen sollte. Was für ein Mann ließ sich darauf ein, eine Frau unbesehen zu heiraten, nur um den Ehrgeiz seiner reichen Familie zu befriedigen? Noch während Roxanna über diese Frage nachdachte, wandten sich ihre Gedanken der unglaublich raschen Wandlung zu, die ihr Leben durchgemacht hatte, seit sie ihrem »Großvater« geschrieben hatte.

Schon eine Woche darauf war ein Telegramm mit genauesten Anweisungen eingetroffen, wie sie die Reise gen Westen bis zu ihm in das Dakota Territory zu bewerkstelligen habe. Dieses Telegramm hatte auch den Hinweis auf die angemietete Postkutsche enthalten, in der sie nun saß und die sie an den neuen Eisenbahnknotenpunkt bringen sollte, den man nach einem hitzigen und kriegerischen Stamm von Wilden, die die Gegend unsicher machten, Cheyenne genannt hatte.

Beim Gedanken an die Cheyenne erschauerte Roxanna und wünschte sich zum wiederholten Mal, die Kavallerieeskorte, die man ihr in Fort Kearny zur Verfügung gestellt hatte, hätte sie noch weiter nach Westen begleiten können. Aber der kommandierende Offizier hatte seinen Männern befohlen, hinab zum South Platte zu reiten und dort nach einer Gruppe von Banditen zu suchen, die sechzig Meilen weiter östlich einen Umspannplatz überfallen hatten.

Roxanna schob jeglichen Gedanken an skalpierende Wilde beiseite und konzentrierte sich auf das neue Leben, das sie nun beginnen würde. Jubal MacKenzies Brief an Alexa sowie dann später das Telegramm zeugten von einer gewissen brüsken Geschäftstüchtigkeit des Mannes, aber in seinen Anweisungen war durchaus auch Wärme zu spüren gewesen, ja sogar ein wenig Sinn für Humor. Wärme und Humor aber passten nur schlecht zu einem Mann, der sich nichts dabei dachte, aus rein geschäftlichen Erwägungen heraus eine Heirat zu arrangieren, um dann der betroffenen Enkelin lapidar mitzuteilen, wann und wo sie sich einzufinden habe.

Eins jedoch schien klar: Bei Alexas Großvater handelte es sich um einen sehr reichen, sehr mächtigen Mann, der es gewohnt war, dass alles so lief, wie er es wollte. Und dasselbe galt wahrscheinlich auch für Lawrence Powell.

»Gut, Gentlemen, geben Sie nur ruhig Ihr Schlechtestes, ich halte dagegen!«, murmelte Roxanna finster, während die Kutsche wieder einmal durch ein tiefes Loch in der so genannten Landstraße holperte, weswegen die junge Frau hart gegen die Kutschentür geschleudert wurde. Bildete sie sich das nur ein, oder waren sie schneller geworden? Jack Kaninchen fluchte immer, wenn er auf die Pferde eindrosch, aber jetzt lag eine neue Dringlichkeit in seiner Stimme, und die Peitschenhiebe kamen rasch und böse zischend, während die Kutsche in heftigen Sätzen und Sprüngen hin und her schaukelte wie der Brummkreisel eines Kindes, der außer Kontrolle geraten ist.

Dann hörte sie die Stimmen, leise zuerst, wie das Stöhnen der ewigen Präriewinde. Nun wurden sie lauter. Kurzes, rasches Kläffen und hohe, lange, schrille Schreie, deren Wildheit Roxanna das Blut in den Adern gefrieren ließ, mischten sich mit dem Hämmern von Pferdehufen auf steinharter Erde. Vorsichtig spähte Roxanna aus dem Fenster.

Ein Dutzend Indianer, vielleicht sogar mehr, galoppierte über das wogende Grasland heran, und bei ihrem Anblick stieß Roxanna einen leisen Schrei aus. Immer näher kamen die Männer der schwankenden Kutsche; schon konnte Roxanna die bemalten, zu wilden, ungezähmten Grimassen verzerrten

Gesichter erkennen. Jeder der Krieger ritt tief über den Nacken seines Pferdes gebeugt, als wäre er eins mit seinem schwitzenden Pony. Bald würden sie die Kutsche erreicht haben. Grundgütiger, was würden sie ihr antun? Roxanna hatte seit ihrer hässlichen Begegnung mit Nathaniel Darby noch viele Male dem Tod ins Antlitz sehen müssen, aber im Vergleich zu dem Schicksal, das sie jetzt unter Umständen in den Händen dieser Wilden zu erwarten hatte, schien ja selbst das Ersticken am Ende eines Stricks angenehmer.

Dann krachte ein Schuss aus einem Gewehr. Zwei weitere Schüsse folgten rasch, und Jack »Kaninchen« sank leise vom Kutschbock, wonach er von der Staubwolke verschluckt wurde, die die Kutsche hinter sich herzog. Ohne dem Körper des Kutschers irgendwelche Beachtung zu schenken, schlossen die Wilden zur Kutsche auf.

Roxanna schalt sich selbst heftig und ausführlich dafür, dass sie ihre kleine Repetierpistole nicht bei sich in der Handtasche trug. Was nutzte die ihr denn in der Reisetasche oben auf dem Kutschdach? Zwei der Wilden sprangen nun geschickt von ihren ungesattelten Ponys auf die beiden Leitpferde der Kutsche, während ein dritter direkt neben der Kutschentür einher galoppierte. Der Wagen war noch nicht ganz zum Stehen gekommen, als dieser dritte auch schon den Türgriff packte und die Tür aufriss. Dann streckte sich ein bronzefarbener Arm nach Roxanna aus.

Sie trat um sich und kämpfte wie wild, aber sie schrie nicht. Sie hatte auf ihrer Reise nicht viel über Indianer zu hören bekommen, aber diesem Wenigen hatte sie entnommen, dass sie Mut mehr als alles andere schätzten. Also würde sie nicht schreien, und sie würde auch nicht betteln, ganz gleich, was sie ihr antun mochten. Das ist wahrscheinlich leichter geschworen als getan, dachte sie dann, als der Krieger sie nun aus der Kutsche zerrte und zwei seiner Kumpane ihr die Arme auf dem Rücken verdrehten, womit sie es ihr unmöglich machten, sich noch weiter zu wehren.

Unbeweglich und stur geradeaus starrend, ließ Roxanna es zu, dass einer der Indianer mit seinen dunklen Fingern durch ihr langes, blassblondes Haar fuhr und dabei etwas von sich gab, was sie für Ausrufe des Erstaunens hielt. Er zog ihr die letzte Haarnadel aus der Frisur – ihren Hut hatte sie schon längst verloren – und hielt die Haarpracht wie ein Bündel Seide hoch, damit alle sie bewundern konnten. Guter Gott, wollte er sie etwa hier und jetzt skalpieren? Roxannas Blick glitt hastig zu dem breiten Messer am Gürtel des Mannes, aber dieser schien keine Anstalten machen zu wollen, es aus der Scheide zu ziehen.

Also dann zuerst das andere, dachte die junge Frau heftig zitternd. Es war ja nun nicht so, als wäre sie noch Jungfrau und wüsste nicht, was auf sie zukam. Und bestimmt unterschieden sich alle Männer der Welt in diesem einen Aspekt nicht wesentlich voneinander. Sie würde es ertragen. Steif und gerade richtete sie sich auf, biss sich auf die Lippen und starrte in die dunklen Augen des Anführers, während sich der Kreis der Krieger um sie schloss.

Hölle auf Rädern, so hatten die Eisenbahner diese Stationen entlang der Union Pacific Line getauft. Cain ritt die breite Straße von Cheyenne, Wyoming hinunter, auf der dicht wie Treibsand blasser brauner Staub lag, der darauf wartete, die Straße beim nächsten großen Regen in ein morastiges Schlammloch zu verwandeln. Vor einem riesigen Leinwandzelt verkündigte ein Transparent: *HAVALANDS TANZSAAL: SCHÖNE MÄDCHEN, KÜHLES BIER*. Dabei waren die Frauen hässlich und das Bier warm. Ein Spieler mit harten, schmalen Augen, stutzerhaft ganz in Schwarz gekleidet, lehnte in der Türöffnung eines bretterverschalten Hotels und ließ einen speckigen Stapel Spielkarten durch seine Hände gleiten. Er trug einen Diamantring am kleinen Finger, der obszön im Sonnenlicht glitzerte. Cain gab dem Mann eine Woche: Dann würde ihm jemand in einer dunklen Hintergasse die Kehle durchschneiden, um ihn von seinem protzigen Schmuck zu befreien. Jeden Morgen veröffentlichte der *Cheyenne Leader* unter der Überschrift: *Morde der letzten Nacht* eine Kolumne, die dann stets den mit Abstand längsten Artikel der Zeitung darstellte.

»Komm doch rüber, du Hübscher! Oh, was bist du für ein Schöner, so ein Langbein!«, lockte eine schwarzhaarige Hure mit roten Lippen schmachtend und musterte Cain genussvoll von oben bis unten, als wäre er ein großes, saftiges Steak und sie selbst ein verhungernder Kojote. Für eine Hure der Hölle auf Rädern, die bestimmt schon viel herumgekommen war, sah sie noch nicht einmal schlecht aus, aber Cain stand der Sinn nicht nach sexuellen Ausschweifungen.

Auf dem Weg aus der Stadt mischte sich plötzlich der starke, zu Kopf steigende Geruch von Salbei zusammen mit dem süßen Duft von Prärieklee in den allgegenwärtigen Wind, und die Sonne schien warm auf Mann und Pferd. Cain hatte Cheyenne bald hinter sich gelassen und betrachtete nun die blaue Wölbung des Himmels, die sich wie eine riesige Schüssel über die Landschaft stülpte. Er war zufrieden, einfach nur so existieren zu können, eine Zufriedenheit, die seiner ruhelosen Seele selten zuteil wurde. Wie oft hatte sein Onkel vom Stamm der Cheyenne versucht, ihm nahe zu bringen, welche Freuden mit einem Leben im Einklang mit der Natur verbunden waren! Dem weißen Teil seiner Seele jedoch war der Gedanke zu fremd gewesen, jegliches Denken auszuschalten, damit der Körper alles, was um ihn herum war, in sich aufnehmen konnte. Und Cain hatte immer gespürt, dass der weiße Anteil in ihm überwog.

Sein Kastanienbrauner verfiel in einen ausgreifenden Galopp, und so erreichte Cain Fort Russell schon nach kurzer Zeit. Als die Ansammlung niedriger, aus Lehmziegeln errichteter Häuser vor ihm auftauchte, murmelte er vor sich hin: »Diesmal hat MacKenzie mir aber wirklich den schwarzen Peter in die Schuhe geschoben!« Am Rande des Exerzierplatzes, dort, wo ein Wimpel fröhlich in der Brise flatterte, zügelte Cain sein

Pferd. Ein Sergeant mit einer Stimme wie ein Tornado drillte gerade eine Gruppe junger Rekruten. Das groß gewachsene Halbblut schwang sich aus dem Sattel, ging zum Haus, in dem das Hauptquartier untergebracht war, und stieß die Tür auf, deren rostige Scharniere lautstark Einspruch erhoben.

»Mein Name ist Cain, ich will zu Colonel Dillon«, sagte er zu dem jungen Corporal, der dort Wache hielt.

Ehe der Unteroffizier noch antworten konnte, öffnete sich die Tür zum inneren Büro, und ein Mann mit der Statur eines Weinfasses, viereckigem, wettergegerbtem Gesicht und bereits ein wenig dünnem braunen Haar trat, einen Haufen Papiere in der narbigen Hand haltend, aus dem Büro. Augen, die viel zu viel vom Leben gesehen hatten, begutachteten Cain von oben bis unten; dann schob der Mann dem Corporal die Papiere zu und erklärte: »Treten Sie ein, Mr. Cain.« Damit drehte er sich auf dem Absatz um und betrat das kleine, bis in den letzten Winkel mit Möbeln voll gestellte Büro.

Cain folgte und schloss hinter sich die Tür.

Dillon, der in einem breiten Streifen Sonnenlicht stand, der durch das einzige Fenster des Zimmers fiel, betrachtete Cain erneut prüfend. »Also Sie sind der, den man die ›Rothaut des Schotten‹ nennt.«

»Ich bin Jubal MacKenzies Mann«, erwiderte Cain knapp.

»Sie sind Jubal MacKenzies Gewehr«, gab der Colonel unbeeindruckt zurück.

Dieser Dillon hatte Schneid, das musste Cain ihm lassen. »MacKenzie braucht in der Stadt die Unterstützung der Armee. In Cheyenne tummeln sich die Räuber und Betrüger in rauen Mengen, und das führt bei unseren Leuten zu so vielen Fehlzeiten, dass wir unseren Zeitplan nicht werden einhalten können.«

»Falls Ihnen das nicht bekannt sein sollte: Ich habe hier draußen ein schwer wiegendes Indianerproblem!« Ein anklagender Finger wies auf die Berge, die in weiter Ferne emporragten. »Ich bin hierher geschickt worden, um feindliche Rothäute zu befrieden, nicht um für eine Gruppe betrunkener Iren den Babysitter zu spielen!«

»Man hat Ihnen dieses Kommando übertragen, damit Sie dafür sorgen, dass die Arbeiten an der Eisenbahn mit der notwendigen Geschwindigkeit durchgeführt werden können. Sobald die transkontinentale Verbindung fertig gestellt ist, wird die Armee problemlos an jeden Ort Truppen entsenden können, an dem Feindseligkeiten auftreten.«

Dillon schnaubte. »Ich bezweifle sehr, dass das in naher Zukunft so einfach sein wird, Eisenbahn hin oder her! Momentan jedenfalls stehen mir noch nicht einmal einhundert Mann zur Verfügung, und das für einen Bereich von mehreren tausend Quadratkilometern. Vielleicht können Sie mir ja erklären, wie man mit zwei Soldaten ein Dutzend Cheyenne umzingelt!«

»Dann werde ich wohl den Sicherheitsausschuss bitten müssen, mir bei meinem Problem zu helfen.«

Dillon wusste genau, wie eifrig die Mitglieder der Sicherheitsausschüsse geholfen hatten, die Friedhöfe von North Platte und Julsburg zu füllen. »Das führt zu einem Blutbad, und das wissen Sie genau!«

Cain zuckte die Schultern. »Ihre Entscheidung.«

Dillon versteifte sich, und auf seinem Gesicht zeigten sich rote Flecken. »Wollen Sie mir drohen, Cain?«

»Betrachten Sie es als Bitte. Cheyenne wird der größte Ausladebahnhof zwischen Omaha und Salt Lake werden, der Knotenpunkt für die Verbindungslinie südlich nach Denver und nördlich in die Goldgebiete von Montana. Auf die eine oder andere Art wird man dort Ordnung schaffen müssen. Wenn Sie es nicht tun, werde ich mich darum kümmern.«

»Und es juckt Ihnen auch nur so in den Fingern – Sie würden doch lieber heute als morgen Ihren Colt zücken und anfangen!« Dillons Augen bohrten sich in die von Cain.

»Auch wenn Sie das anderes gehört haben mögen: Ich werde nicht pro Skalp bezahlt.« Cain konnte spüren, wie die verdammte Narbe, die an seinem Kinn entlanglief, zu zucken begann.

Mit einem Mal ließ Dillon die Schultern sinken, legte die Hände flach auf die Tischkante und ließ sich erschöpft auf seinen Schreibtischstuhl sinken. »Bei Einbruch der Dunkelheit wird ein Sonderkommando in der Stadt eintreffen.«

Um elf Uhr am selben Abend hatte die Armee in der Stadt ihr Werk vollendet. Cain saß im »Saloon zur gescheckten Katze« und genehmigte sich mit dessen Besitzerin, Kitty O'Banyon, im privaten Hinterzimmer des Lokals einen Schluck. Die »Katze« war das eleganteste Vergnügungsetablissement in Cheyenne, mit zwei Bar-Tresen ganz aus Mahagoni, Spiegeln an drei Wänden und einem Ölgemälde an der vierten, das eine den Fluten entsteigende Venus zeigte. Hier waren selbst die Spucknäpfe aus blank poliertem Messing und wurden jede Nacht gereinigt.

Cain starrte in seinen Whiskey, als berge die bernsteinfarbene Flüssigkeit alle Geheimnisse des Universums.

Kitty, eine große, vollbusige Irin mit feuerroten Locken und einem Temperament, das genau zu ihrer Haarfarbe passte, betrachtete ihn prüfend. »Welche Laus ist dir denn über die Leber gelaufen, Cain? Colonel Dillon hat seine Sache gut gemacht, das muss selbst ich zugeben. Die Gangster aus Chicago rollen auf Schienen gen Osten, und eine hart arbeitende Frau wie ich kann wieder in Ruhe ihr unredliches Auskommen erwirtschaften.«

Cain hob sein Glas, prostete Kitty zu, leerte es dann in einem Zug und lehnte sich in seinem Stuhl zurück. »Ich muss morgen zwei neue Planiertrupps einarbeiten. Wenn diese Dummköpfe doch nur das Gelände ebenso gut platt machen würden, wie sie sich selbst platt machen! Bei der Central Pacific starben mir meine Chinesen bei Explosionen und durch Lawinen – diese Tölpel hier holen sich die Cholera, weil sie das Wasser aus irgendwelchen Tümpeln trinken, und bei den Weibern, mit denen sie schlafen, holen sie sich Syphilis. Oder sie sterben an einer Alkoholvergiftung. Gut, jetzt sind wir die Gangster des Syndikats los, aber das verzögert den Verfall doch nur; es hält ihn letztlich nicht auf.«

»Du nimmst dir alles viel zu sehr zu Herzen, mein Junge. Männer können nun einmal Dummköpfe sein. Meistens sind sie es auch. Verlangt denn MacKenzie von dir, dass du aus ihnen neue Menschen machst?«

Cain rieb sich die Nasenwurzel und lächelte verlegen. »Nein, das erwarte ich selbst von mir – zumindest, soweit es den Zeitplan für unseren Bau betrifft. MacKenzie zahlt mir einen Bonus für jeden Mann, der einen Monat lang seine Schicht durchhält, ohne einen einzigen Tag zu fehlen.«

»Du trinkst kaum, du hast verteufeltes Glück beim Kartenspiel, und die Damen berechnen dir nichts für das Vergnügen deiner Gesellschaft. Zumindest ich nicht«, fügte Kitty bissig hinzu. »Was willst du eigentlich mit dem vielen Geld machen, wenn die Eisenbahn einmal fertig ist.«

»Mich bei einer anderen Eisenbahn einkaufen.«

»Aber nach Macht sehnst du dich nicht, Cain, auch nicht nach Geld«, bemerkte sie nachdenklich.

»Doch, ich will das Geld schon, und die Macht will ich auch.«

»Er macht sich eben bemerkbar – dein Vater, wer immer das gewesen sein mag.«

Überrascht blickte Cain auf, und seine Augen verengten sich bedrohlich.

Leise lachend hob Kitty die Hand. »Du kannst dich gleich wieder beruhigen, du hast es mir selbst erzählt. An dem einzigen Tag, an dem ich dich je wirklich betrunken erlebt habe.«

Cain schnaubte zornig. »Die Nacht, als ich vom Überfall auf das Dorf von ›Truthahnbein‹ zurückkam.«

»Du warst völlig durcheinander und wolltest so gern alles sofort vergessen. Du siehst es nicht gern, wenn die Leute deiner Mutter getötet werden, nicht?«

»Sie hatten unsere Landvermesser umgebracht, haben die

Planiertrupps angegriffen. Ich musste sie aufspüren – so hat die Armee wenigstens einmal die richtigen Indianer zusammengetrieben.«

»Aber auch die Indianer haben das Recht, auf ihre Art zu denken und zu leben, selbst wenn sie all das getan haben sollten, was du ihnen gerade vorgeworfen hast. Das Eisenpferd wird ihnen den Rest geben.«

»Das ist der Fortschritt Kitty, wir können ihn nicht aufhalten.« Cain wusste, wie defensiv seine Worte klangen, und wechselte das Thema. »Was habe ich denn damals über meinen Vater gesagt?«

Sie zuckte die Schultern und blickte ihm fest in die Augen. »Nur, dass er dich und deine Mama bei den Cheyenne zurückgelassen hat und fortgeritten ist. Und dass er zurückkam und dich in irgendein Internat verfrachtet hat. Aber du hast nie aufgehört, um seine Liebe zu werben.«

»Das habe ich nie erzählt, weder nüchtern noch betrunken!«

Kitty grinste. »Das brauchtest du auch gar nicht zu sagen, Süßer. Ich bin viel herumgekommen, ich kann zwischen den Zeilen lesen.«

»Halt dich von jetzt an nur an die Zeilen, ja?«, brummte Cain abweisend. »Ich muss gehen, meine Decken werden ohnehin nicht mehr richtig warm, ehe der Morgen graut.« Er schob den aus einem alten Eichenfass geschnitzten Stuhl zurück und erhob sich.

Mit abschätzenden Blicken sah Kitty zu ihm auf. »Wenn es dir um warme Decken geht, dann weißt du ja, wo du sie finden kannst, Cain. Jederzeit...«

Sie schaute ihm nach, wie er sich langsam der Tür zuwandte und das Zimmer verließ, dann murmelte sie leise: »Ich hoffe, du findest eines Tages, was du suchst – so wahr mir Gott helfe, das hoffe ich.«

Jubal MacKenzie war ein unbeugsamer schottischer Presbyterianer, der es aus eigener Kraft zum Millionär gebracht hatte. Außerdem war er ein leidenschaftlicher Gegner der Sklaverei und hatte die Kriegsjahre als hochrangiges Mitglied im Kabinett Lincoln verbracht. Nach dem Krieg hatte sich seine Leidenschaft nach Westen gewandt, zu den eisernen Schienen, die einmal den Atlantik mit dem Pazifik verbinden würden. Im Westen lag die Zukunft; er war reich an Bodenschätzen, fruchtbar und für einen Mann, der in den schmutzigen Straßen Aberdeens aufgewachsen war, wo er für zwei Penny das Stück Kohlensäcke geschleppt hatte, von atemberaubender Schönheit.

Jubal stand über den polierten Walnussschreibtisch in seinem privaten Pullmannwagen gebeugt und studierte die Landkarte vor sich mit grimmiger Konzentration. Dann schob er die Karte mit einem Fluch zur Seite und ging mit langen Schritten auf dem Perserteppich auf und ab. Zwischen den Zähnen zerbiss er eine feine kubanische Zigarre, und er hatte die riesigen, knotigen Hände tief in die Taschen seiner Anzugjacke vergraben.

So fand Cain ihn vor, als er dem dringenden Ruf seines Arbeitgebers Folge leistete, der ihn am Schießstand des Lagers erreicht hatte. Ein Blick auf MacKenzie genügte, um Cain wissen zu lassen, dass der alte Schotte überaus erregt war. »Jubal, was ist los? Sind auf Nummer sieben wieder Maultiere ohne Vorwarnung verreckt?«

MacKenzies schwere rötliche Brauen hoben sich bedrohlich, wodurch sich das Muster aus großen Sommersprossen, mit denen das fleischige Gesicht gesprenkelt war, deutlich verschob. Die schweren Linien um seinen Mund herum vertieften sich, als er jetzt eine Grimasse schnitt und die Zigarre zwischen den soliden Zähnen herauszog, um Cain antworten zu können. »Es geht um etwas viel Wichtigeres als Maultiere oder Männer!« Seine Stimme klang tief und grummelnd und erinnerte trotz der fünfzig Jahre, die der Mann bereits in seiner neuen Heimat weilte, immer noch deutlich an Schottland. »Entsinnen

Sie sich, dass ich einmal die geplante Heirat zwischen meiner Enkeltochter und Powells Sohn Lawrence erwähnte?«

»Eine dynastische Verbindung, wodurch Sie einen Anteil an der Erweiterung der Central Pacific erhalten, und zwar die ganze Westküste hinauf und hinunter.«

»Wenn Sie mal nicht ein wirklich cleverer Hund sind!« MacKenzie blickte Cain aus seinen intelligenten grauen Augen prüfend an und strich sich dann über den struppigen Bart, der wild um sein Gesicht herumstand wie ein Wald aus roten und grauen Eichhörnchenschwänzen. »Ja, ich will einen Anteil an der Central Pacific. Und außerdem kann ich so auch ein Auge auf Andrew Powells schmierige Seele haben.« Er zögerte. »Aber es geht auch um mehr bei der Sache ... meine Enkelin. Sie war seit ein paar Jahren in St. Louis so ganz allein. Ich muss für sie sorgen.«

»Und Sie denken, das können Sie am besten tun, wenn Sie sie mit der Familie Powell verheiraten?«

»Besser, als wenn sie sich für jemanden entscheidet, der nur ihr Vermögen im Sinn hat, wie ihre Mutter es tat«, brummte Jubal verächtlich und nahm seinen unruhigen Gang durch den Wagen wieder auf. Trotz seines beträchtlichen Umfangs war der Mann beweglich und flink auf den Beinen, und er wirkte knorrig und zäh wie eine hundertjährige Eiche. Mit einer Handbewegung wischte er nun die Vergangenheit beiseite und sorgte dafür, dass diese sich im Rauch seiner Zigarre auflöste. »Es wird für sie eine gute Heirat sein – wenn sie lange genug lebt, um überhaupt zum Traualtar schreiten zu können.«

Er warf Cain ein Telegramm zu, dass der Adjutant von Fort Kearny abgeschickt hatte. Cain überflog es rasch und blickte den alten Mann dann an. »Und was wollen Sie unternehmen?«

MacKenzie beugte sich über den Tisch vor, und seine riesigen Fäuste ruhten auf der Schreibunterlage, als er Cain betrachtete. »Was würden Sie vorschlagen? Sie kennen diese Menschen. Der Adjutant sagt, es waren Cheyenne. Ich bin in

Washington nicht ohne Einfluss, ich kann General Sherman ein Telegramm schicken. Kann mir genug Truppen schicken lassen, um das ganze Dakota Territory zu überfluten, und wenn sie dafür den Wehrdienst wieder einführen müssten. Aber ich muss jetzt handeln, rasch. Wenn ich an das arme Mädchen in den Händen der feindlichen Indianer denke ...«

»Soldaten sollten Sie nicht zum Einsatz kommen lassen. Wenn die Armee zufällig über das Lager stolpert, in dem Ihre Enkelin gefangen gehalten wird – und nur so können die sie überhaupt finden –, würden die Cheyenne das Mädchen töten.«

Cain las das Telegramm noch einmal sorgfältig durch. »Es hört sich so an, als wären sie darauf aus gewesen, eine weiße Gefangene zu machen, als handelte es sich bei der Sache nicht um einen normalen Überfall auf eine Postkutsche.«

»Wie konnten die Indianer wissen, dass sich meine Enkelin in der Kutsche befinden würde?«

Cain schüttelte den Kopf. »Das konnten sie nicht wissen, sie waren wohl einfach hinter jemandem her, der wichtig genug wäre, um ihn zu entführen.«

»Lösegeld, meinen Sie?«

Erneut zuckte Cain die Schultern. »Ihre Version von Lösegeld, ja.«

»Könnten Sie sie da rausholen?« Die zinngrauen Augen des alten Mannes waren unverwandt auf das junge Halbblut gerichtet.

»Wenn ich es nicht kann, dann kann niemand es. Zumindest nicht lebend.«

»Ich zahle jeden Preis, den die Bastarde verlangen. Geld spielt ...«

»Geld werden sie nicht wollen, Jubal. Die Prärie ist im Moment ein einziges Pulverfass, da kann kein Cheyenne es wagen, in einen Handelsposten zu reiten und Bargeld auf den Tisch zu legen. Sie werden Gewehre haben wollen, Medizin, Decken. Hauptsächlich Gewehre, nehme ich an.«

»Wenden Sie sich an die Leute vom Nachschub und besorgen

Sie alles, was Sie brauchen. Es ist ein dicker Bonus für Sie drin, wenn Sie es schaffen, das Mädel sicher zurückzubringen.«

Cain nickte und wandte sich zum Gehen, aber MacKenzie hielt ihn auf, als er seine Hand bereits am verzierten Messingtürgriff hatte. »Meinen Sie, die ... tun ihr weh?«

Cain war von der Verunsicherung im Tonfall des alten Mannes überrascht. Seit Cain den alten Brummbären kannte, war Jubal MacKenzie stets laut, unflätig und entschieden selbstbewusst aufgetreten. »Ich kann Ihnen nicht versichern, dass sie sie nicht benutzt haben, wenn es das ist, was Sie meinen. Eine weibliche Gefangene, die die Pubertät hinter sich hat, wird in der Regel einem Krieger als Sklavin zugeteilt. Aber wenn die Leute einen Austausch anstreben, ist es auch möglich, dass sie sie nicht angefasst haben.«

MacKenzies Gesicht wurde blass wie Molke, was seine Sommersprossen auf groteske Art und Weise betonte. Er schüttelte den Kopf, sagte aber nichts mehr, als Cain die Tür hinter sich schloss.

Kapitel 3

Fünf Tage lang ritt Cain nach Nordwesten in das Sand Hill-Gebiet von Nebraska hinein, querte Pfade, hielt an jedem Lager der Cheyenne oder Arapaho, stellte unverfängliche Fragen und hielt heimlich Ausschau nach möglichen Hinweisen auf eine weiße Gefangene. Die Stämme durften die Gesetze der Gastfreundschaft nicht brechen, und da Cheyenneblut in seinen Adern floss, hießen sie Cain willkommen, doch der Empfang, der ihm an den Lagerfeuern zuteil wurde, war sehr unterschiedlich. Er war ein »Kurzhaar«, einer, der der indianischen Art zu leben den Rücken gekehrt und sich dem Feind angeschlossen hatte; so traf er auf Misstrauen und kaum verhüllte Feindseligkeit.

Die High Plains hatten in den vergangenen fünf Jahren eine sehr blutige Zeit erlebt. Auf das Sand Creek-Massaker, für das die Colorado-Freiwilligen von Colonel Chivington verantwortlich zeichneten, hatten die Cheyenne und ihre Verbündeten von Julesburg bis Plum Creek mit Plünderungen und Verwüstungen reagiert, woraufhin General Sherman den berüchtigten General Custer auf sie losgelassen hatte, um es ihnen mit gleicher Münze heimzuzahlen. Um einer direkten Konfrontation mit der Kavallerie zukünftig aus dem Wege zu gehen, hatten sich die Indianer in kleine Gruppen aufgeteilt und über das Land verstreut, wie Blätter im Wind. In diesen kleinen Gruppen streiften sie nun umher und suchten, oftmals vergeblich, nach den aussterbenden Büffeln und nach anderem Wild, das zunehmend dem verhassten Eisenpferd zum Opfer fiel. Nachdem Cain ungefähr zwei Wochen unterwegs gewesen war, begann er zu befürchten, er habe sich getäuscht und MacKenzies Enkelin sei von ihren Entführern getötet worden. Dann aber gelangte er in ein kleines

Dorf von Arapaho-Indianern, wo er erfuhr, dass der alte Indianer namens Lederhemd mit seiner Gruppe hoch oben an einem Nebenfluss des Niobara kampierte. Die Gruppe hatte die Frühjahrsjagd unterhalb des Arkansas bereits abgebrochen und sich nach Norden gewandt, was die Arapaho-Krieger sehr verwunderte.

»Warum geht er, wo doch die Büffel noch ziehen?«, hatte der Häuptling zu bedenken gegeben.

Konnte es sein? War Lederhemd derjenige, der Alexa Hunt gefangen genommen hatte? Wie dem auch sei – der alte Mann konnte durchaus etwas über das Schicksal der jungen Frau wissen.

Zwei Tage nach seinem Aufenthalt bei den Arapaho näherte Cain sich dem Lager von Lederhemds Leuten. Als er zwischen den Zelten hindurchritt, stürmten von allen Seiten Erinnerungen an seine Kindheit auf ihn ein. Zwei nackte kleine Jungen warfen in der warmen Morgensonne einen Ledersack zwischen sich hin und her; um die beiden herum tobte ein munterer kleiner Hund, der die freudigen Schreie der Jungen mit vergnügtem Kläffen kommentierte. Eine Gruppe kichernder junger Frauen kehrte vom Feuerholzsammeln ins Dorf zurück; jede von ihnen trug ihre Ausbeute in einem Bündel auf den Rücken geschnürt.

Auf einer Klippe oberhalb des Dorfes stand mit kerzengeradem Rücken ein einsamer Jüngling, starrte in die aufgehende Sonne und schien die zahlreichen Aktivitäten, die um ihn herum vor sich gingen, gar nicht wahrzunehmen. Cain wusste, dass der Junge den ganzen Tag über völlig regungslos verharren würde, um seine Disziplin und Belastbarkeit unter Beweis zu stellen und dem Großen Geist eine Freude zu bereiten.

Auch er hatte einst von diesen harten Initiationsriten geträumt ... bis er erfahren hatte, dass sein weißer Vater für derartig fantastischen, barbarischen Aberglauben nichts als Verachtung übrig hatte. Mit einem Schulterzucken schob Cain jede Erinnerung an die Vergangenheit beiseite und ritt im Schritt auf die Zelte zu, die in einem geordneten Halbkreis aufgebaut waren. Das Leittier der Packmaultiere führte er an einem Strick hinter sich her. Im Dorf stand jedes Tipi so, dass sein Eingang nach Osten gerichtet war, dem Sonnenaufgang zu. Über die Hügel hallte der Gesang, mit dem ein alter Mann den Tag begrüßte, und der Sänger erinnerte Cain an seinen Onkel. In den ersten Jahren seiner Kindheit war er jeden Tag vom Morgengesang des Onkels geweckt worden.

Je mehr Cain sich dem Dorf näherte, desto mehr Aufmerksamkeit zog er auf sich. Frauen, die ihre Feuer schürten, um die Morgenmahlzeit zu bereiten, betrachteten ihn neugierig; Männer, die mit Reparaturen an ihren Waffen beschäftigt waren, beobachteten ihn prüfend aus zusammengezogenen, dunklen Augen. Ein Jugendlicher, der eine Kriegslanze hielt, streckte diese wie in Abwehr aus, als der »Kurzhaarige« an ihm vorbeiritt, und ein Krieger, der die Narben der Kriegergemeinschaft der Hundesoldaten im Gesicht trug, stellte sich Cain in den Weg. Diesen Mann hatte Cain einst seinen Freund genannt.

»Ich grüße dich, Der Mit Dem Wind Reitet. Ich würde gern Lederhemd sehen.«

»Er erwartet dich, Kein Cheyenne.« Der Mit Dem Wind Reitet drehte sich auf dem Absatz um und zeigte Cain den Weg, wobei jede Faser seines Körpers seinen Widerwillen zum Ausdruck brachte.

Sieht Viel saß mit ungerührter Miene vor seinem Feuer. Hat er gewusst, dass ich kommen würde? Cain lief ein unbehaglicher Schauer über den Rücken, als er vom Pferd stieg. Der alte Mann hatte schon immer eine besondere Fähigkeit besessen, in die Zukunft zu sehen, eine Fähigkeit, die Enoch mit all seinen Lehren nicht hatte wegerklären können.

Silbrig schimmernde Augen, die nichts wahrzunehmen schienen, starrten an Cain vorbei in die Flammen, als der alte Mann nun seine Hand ausstreckte und den Besucher näher zu sich heranwinkte. Sein Körper war mit dem Alter geschrumpft, aber es steckte trotz der gebeugten Schultern und der mageren Arme und Beine immer noch viel zähe Kraft in ihm. Das dünne weiße Haar umstand ein Gesicht, das für die kräftige Nase und den großzügigen Mund fast zu schmal schien. Sieht Viel lächelte nicht, aber um seinen Mund lag ein zufriedener Zug, vielleicht so etwas wie Genugtuung, als er jetzt sprach: »Mein Bruder hat schon auf dich gewartet.«

»Du wusstest, dass ich kommen würde.« Das war weniger eine Frage als eine Feststellung.

Aus dem Inneren des Zeltes, vor dem der alte Mann saß, antwortete eine Stimme: »Sieht Viel, unser Medizinmann, hat die silberhaarige Frau in einem Traum gesehen.« Mit diesen Worten trat Lederhemd aus dem Zelt und stand Cain Auge in Auge gegenüber, so groß und kerzengerade wie sein älterer Bruder gebeugt und verschrumpelt war. Lederhemd hatte bereits sechzig Winter erlebt, aber seine langen Zöpfe waren noch immer schwarz und nur von einzelnen grauen Strähnen durchzogen. Er hatte ein scharfes, kantiges Gesicht, mit einer großen Nase und kräftigen Wangenknochen. Tiefe Falten, eingegraben wie Furchen, zogen sich bis zu einem breiten Mund, dessen Winkel nach unten zeigten. Tief liegende schwarze Augen blickten Cain prüfend an.

»Dann hast du die Frau, nach der ich suche.«

Lederhemd blickte auf die schwer beladenen Packtiere, die Cain mit sich führte. »Du redest ohne Höflichkeit, wie die mit den weißen Augen, Kein Cheyenne, und so will ich dir ebenso ungeschlacht antworten. Ja, es waren meine jungen Männer, die die Frau gefangen nahmen.«

»Weil Sieht Viel eine Vision hatte?«

»Du zweifelst, aber dennoch bist du gekommen.« Der alte Schamane lachte an seinem Feuer leise in sich hinein.

Lederhemds Augen glitten über Cains kastanienbraunen Hengst mit dem glänzenden Fell und dem silberbeschlagenen Sattel und über den Spencer-Karabiner, Kaliber zweiundfünfzig, der in seiner Hülle am Sattelgurt hing. Ihnen entging weder die Smith & Wesson, Kaliber vierundvierzig, Modell drei, die Cain an der Hüfte trug, noch die teuren, handgefertigten Lederstiefel des Besuchers. »Du bist bei den Leuten deines Vaters wohlhabend geworden und hast ein Leben hinter dir gelassen, das jetzt sehr, sehr hart ist. Wild ist knapp, und unsere Kinder weinen, denn ihre Mägen sind leer. Unsere Frauen schlitzen sich die Arme auf aus Trauer um Krieger, die von den Kugeln des weißen Mannes niedergestreckt wurden. Wir kämpfen gegen euer Eisenpferd, aber wir können es nicht besiegen. Wir würden gern weiter nach Norden ziehen, in das Gebiet von Yellowstone, das unseren Brüdern, den Lakota, gehört, weit fort vom beißenden Rauch und den Blauröcken. Aber dafür brauchen wir Gewehre, damit unsere Krieger jagen und die Frauen und Kinder beschützen können.«

»Und um euch den Weg an Shermans Armee vorbei zu erkämpfen«, fügte Cain hinzu. »Ich habe Gewehre gebracht.«

»Wie du gesagt hast«, wandte sich Lederhemd an Sieht Viel. »Und es ist wahr geworden.«

Der alte Mann nickte nur und betrachtete Cain aufmerksam mit seinem durchdringenden Blick. Dann sprach auch er. »Du musst eine Zeit lang bei unserem Volk bleiben. Du musst unsere Art zu leben wieder erlernen.«

»Man nennt mich hier inzwischen Kein Cheyenne, ich bin ein Kurzhaar. In deinem Volk wird man mich nicht willkommen heißen.«

»Es ist jetzt fünf Winter her, dass du Wolf Mit Hohem Rücken getötet hast. Die Zeit der Verbannung ist für dich beendet«, entgegnete Lederhemd. »Wenn dein Herz nicht zu deinem Vater gehörte, könntest du dich uns anschließen.« Seine ausdruckslose Miene ließ darauf schließen, dass er wusste, Cain würde das Angebot ablehnen.

»Mein Herz gehört nirgendwohin.«

»Es ist nicht gut, nirgendwo hinzugehören«, erwiderte Sieht Viel sanft.

Lederhemd schnaubte verächtlich. »Ein Weißer mehr, Bruder! Ich habe dich gewarnt, es würde ein gefährliches Unterfangen sein.«

»Urteile nicht vorschnell, Lederhemd«, tadelte Sieht Viel leise.

Lederhemd nickte und sagte zu Cain: »Lerchenlied wird dir zeigen, wo du essen und dich ausruhen kannst, während sich Eisendrache um dein Pferd und die Maultiere kümmert. Dann werden wir über die Frau reden ... und über andere Dinge.«

Von der anderen Seite des Lagers her beobachtete Roxanna aufmerksam den Austausch zwischen den alten Männern und ihrem Besucher. Dieser war gekleidet wie ein Weißer, sah aber ebenso abgehärtet und gefährlich aus wie die, die sie entführt hatten. An seinem langen, schlanken Körper hing ein halbes Waffenarsenal – war er ein Waffenhändler oder ein Whiskeyschmuggler? Das glatte schwarze Haar und die Bronzehaut wiesen darauf hin, dass gemischtes Blut in seinen Adern floss. Und doch waren seine Gesichtszüge wie gemeißelt und fast klassisch schön zu nennen, wenn man bereit war, die vorspringende Nase und die hohen Wangenknochen in Kauf zu nehmen. An seiner Wange entlang verlief eine schmale Narbe, die ihm etwas leicht Anrüchiges verlieh, sein gutes Aussehen aber nicht beeinträchtigte.

Roxanna hatte gesehen, wie er ins Dorf geritten war, und sofort gehofft, er möge als ihr Retter gekommen sein. Irgendetwas jedoch hatte sie davon abgehalten, auf ihn zuzustürzen. Gnadenlos abschätzend war der harte, funkelnde Blick des Mannes über das Lager gestreift, und Roxanna hatte instinktiv gespürt, dass diese Augen sie versengen würden, sollten sie sie finden. Die junge Frau hatte inmitten dieser fremden, wilden Menschen einen Platz für sich geschaffen und sah nun keinen Grund dafür, diesen Platz vorschnell wieder aufzugeben. Schon gar nicht für einen grobschlächtigen Halunken wie den Mann dort drüben am Feuer von Sieht Viel. Bestimmt war es viel sinnvoller, erst einmal abzuwarten.

Wenn Roxanna an die vergangenen drei Wochen zurückdachte, konnte sie es jedes Mal kaum glauben, dass sie all die Strapazen überstanden hatte. Die Krieger hatten sie aus der Kutsche gezerrt, ihr jedoch keinerlei Leid zugefügt, sondern sie nur, an Händen und Füßen gefesselt, einem der ihren auf das Pferd geworfen. Zwei Tage lang war sie gezwungen gewesen, wie ein Sack Mehl über dem Pferderücken liegend zu reiten, und man hatte ihr lediglich dünne, getrocknete Streifen Fleisch zu essen gegeben, die zäh wie Leder gewesen waren und die sie mit morastigem Brackwasser hatte herunterspülen müssen. Schmutzig, verängstigt und völlig erschöpft war sie dann endlich vor den Häuptling des Dorfes gebracht worden, den alten Mann, der Lederhemd genannt wurde. Sein Englisch reichte für eine Verständigung aus, das seines Medizinmannes war weitaus besser. Der Häuptling hatte sie an Sieht Viel weitergereicht, der überraschend freundlich zu ihr gewesen war.

Roxanna fand bald heraus, dass man vorhatte, irgendwann einmal Lösegeld für sie zu verlangen. Wann genau, das sagte ihr niemand, aber da die Alternativen Folter, Vergewaltigung oder Tod gewesen wären, beschloss sie, in diesem Punkt nicht kleinlich zu sein. Man hatte verschiedene junge Frauen beauftragt, für sie zu sorgen. Lerchenlied und Weidenbaum sprachen ein wenig Englisch, was sie durch Gesten und Handzeichen ergänzten, und so kommunizierten die Frauen nicht schlecht miteinander.

Von Sieht Viel erfuhr sie, dass man sie ihres Mutes wegen sehr bewunderte. Sie hatte sich gegen die Entführung durch die jungen Krieger so lange mit aller Kraft gewehrt, bis ihr das nicht mehr möglich gewesen war, und sie hatte dabei nicht ein einziges Mal geschrien. Dann hatte sie den langen harten Ritt stoisch über sich ergehen lassen und war dem grimmigen Lederhemd furchtlos entgegengetreten. Sieht Viel erzählte ihr nun, dass sie an den Lagerfeuern der Cheyenne Geht Aufrecht genannt wurde.

Der Fremde folgte Lerchenlied jetzt in das Zelt, das Lederhemd gehörte. Einer der Jugendlichen kümmerte sich um das Pferd, ein paar andere luden die Maultiere ab. Deren Last war offenbar recht schwer gewesen, denn die starken jungen Männer mussten sich sehr anstrengen und gerieten ordentlich ins Schwitzen, ehe sie alles vorm Zelt des Häuptlings abgelegt hatten. Ehe Roxanna weitere Überlegungen anstellen konnte, sah sie Weidenbaum mit zwei Körben herankommen. Es wurde Zeit für das tägliche Ritual der Suche nach Wurzeln und Knollen für das Abendessen. Vielleicht konnte sie ja von den anderen Frauen etwas über den Besucher erfahren.

Den verschlungenen Pfad entlang bis zu einem Walddickicht gleich neben dem Fluss beharrte Roxanna auf ihren Fragen, aber zu ihrem großen Ärger bemühte sich keine der jungen Frauen in ihrer Begleitung um eine Antwort, auch wenn sie wusste, dass die anderen genau verstanden, worum es ihr ging.

Bedeutete das nun etwas Schlimmes? Roxanna hatte zunehmend ein unsicheres Gefühl, was dieses geheimnisvolle Halbblut betraf, und beschloss, nach ihrer Rückkehr ins Dorf Sieht Viel aufzusuchen und zu verlangen, dass er ihr erklärte, was vor sich ging.

Nachdem sie ein paar Stunden lang nach Wurzeln gegraben hatten, fühlte sich Roxanna in der Mittagshitze heiß und verschwitzt, und bald legte auch die Anführerin der Frauen ihren Grabstock und ihren gutgefüllten Korb beiseite, womit sie das Zeichen für ein Bad im Fluss gab. Die Sauberkeit der Indianer, die täglich badeten, hatte Roxanna anfangs sehr erstaunt. Die Krieger, so hatte Sieht Viel ihr erklärt, schwammen selbst bei kältestem Wetter in den eisigen Wildbächen. Wenn Roxanna an all die schlecht riechenden Weißen dachte, die sie auf ihrer Reise von St. Louis bis in den Westen getroffen hatte, dann ließ ihr die gängige Unterteilung in ›wild‹ und ›zivilisiert‹ keine rechte Ruhe mehr.

Schnell streiften nun die Frauen ihre weichen hirschledernen Hemden und Beinkleider ab und schämten sich dabei ihrer Nacktheit nicht. Roxanna hatte sich noch nicht ganz an dieses unbefangene Verhalten gewöhnen können, besonders, da ihre sehr helle Hautfarbe von den Cheyennefrauen stets mit neugierigen Blicken und leisem Gelächter kommentiert wurde und diese sich nichts dabei dachten, interessiert auf die intimsten Körperteile der Fremden zu deuten und diese auch anzufassen. Am ersten Tag hatten sie ihr, die stocksteif da gestanden hatte ohne weitere Umstände das verschmutzte und zerrissene Kleid heruntergezogen und waren dabei angesichts der vielen Kleiderschichten, die die weiße Frau trug, in erstaunte Rufe ausgebrochen. Die Frauen hatten das ruinierte Reisegewand samt allen Unterkleidern dem Feuer überantwortet und Roxanna selbst einfach in den kalten Fluss geworfen. Glücklicherweise konnte diese schwimmen – ihr großer Bruder hatte es ihr, zum großen Entsetzen der Mutter, heimlich beigebracht, als sie ein Kind gewesen war.

Nach ein paar Tagen schon hatte man ihr zugestanden, sich zum Waschen zurückzuziehen. Hier in dieser riesigen, weglosen Wildnis konnte man zu Fuß nirgendwo hinlaufen. Roxanna hatte sich mit der Routine des Dorfes vertraut gemacht und wusste jetzt auch – was ihr besonders wichtig war –, wo man des Nachts die große Pferdeherde unterbrachte.

Nun streifte sie sich die hirschlederne Kleidung vom Leib und stieg an einer einsamen Stelle, etwa hundert Meter oberhalb der anderen Frauen, in den Fluss, wobei sie in Gedanken ihre Fluchtpläne durchging. Ob sie warten sollte, bis sie erfuhr, warum der Fremde gekommen war? War dieser vielleicht eine Art Sklavenhändler, der sie mit sich nehmen würde, um sie an einen anderen Indianerstamm zu verkaufen, oder hatte Jubal MacKenzie ihn geschickt?

Während Roxanna sich die möglichen Alternativen durch den Kopf gehen ließ, verließ Cain das Lager in Richtung der Stelle, an der er, wie Sieht Viel ihm gesagt hatte, die Frauen bei der Arbeit antreffen würde. Er wollte sich Jubal MacKenzies Enkelin einmal anschauen. Wenn eine Familienähnlichkeit vorlag, würde sie ja ungefähr so attraktiv sein wie gepresster Unrat! Als er jetzt Kichern und Spritzen vernahm, begriff Cain, dass die Frauen ihre Arbeit beendet hatten und nun badeten. Er hätte zu gern einen kleinen Blick riskiert, wusste aber, dass die strenge Moral der Cheyenne es einem Krieger verwehrte, die Jungfrauen des Stammes heimlich zu beobachten. Er hatte bereits gegen viele Stammesregeln verstoßen. Es schien ihm nicht wert, seine Mission aufs Spiel zu setzen, nur um seine lüsterne Neugier zu befriedigen.

Ziellos wanderte er stromaufwärts, weg von den badenden Frauen, und überlegte, was er tun würde, sobald sich Alexa Hunt in seiner Obhut befand. MacKenzie hatte als Schotte und Mann von der Ostküste keine Vorstellung davon, wie arg sich die Heiratschancen seiner Enkelin verschlechtern würden, wenn sich die Nachricht von ihrer Entführung herumsprach. Cain lächelte finster: Wenn Andrew Powell erfuhr, dass das Mädchen sich eine Woche lang in seiner, Cains, Begleitung befunden hatte, dann würde ihm das allein ausreichen, um die Verlobung platzen zu lassen – all die anderen Indianer würden da keine große Rolle mehr spielen!

Das sanft plätschernde Summen des kühlen Wassers lockte ihn in ein Dickicht aus Traubenkirschen. Ein Sprung ins Nass wäre jetzt bestimmt das Richtige, um Klarheit in seinen Kopf zu schaffen. Also ging Cain geräuschlos durch das Gebüsch zu einem umgestürzten Baumstamm. Rasch zog er sich das Hemd über den Kopf, warf es über den Stamm und setzte sich dann, um seine Stiefel auszuziehen. Als er wieder aufstand, um seinen Pistolengurt abzulegen, hörte er direkt neben sich ein lautes Plätschern, gefolgt von dem zufriedenen Seufzer einer Frau. Cain erstarrte und spähte dann vorsichtig durch die dünnen, herabhängenden Zweige einer Trauerweide.

Der Anblick, der sich ihm bot, raubte ihm den Atem. Vor ihm im Wasser lag Alexa Hunt genussvoll auf dem Rücken. Ihr schimmerndes langes Haar, in dem sich die Farben Gold und Silber zu mischen schienen, breitete sich wie ein Fächer auf den

Wellen aus. Die junge Frau bewegte sich kaum, plätscherte nur ein wenig mit den Füßen, um nicht in die rasche Strömung zu geraten. Vorlaut spähten zwei allerliebste kleine Brüste durch den durchsichtigen Wasservorhang, und auf den rosigen Brustspitzen bildeten Wassertropfen winzige goldene Sprenkel. Alexas Gesicht wirkte, so ruhig auf dem Wasser liegend, erwachsener, als Cain es sich vorgestellt hatte; ein zierlich geformtes und doch auch ausdrucksstarkes Gesicht mit einer gebogenen Nase und einem vollen, festen Mund. Die hohe Stirn wurde von silbernen Augenbrauen gekrönt, und über die weit auseinander stehenden Augen breiteten sich dichte blasse Wimpern. Eigentlich ging Cain die Augenfarbe der jungen Frau ja gar nichts an, aber er ertappte sich dabei, dass er sie zu gerne gewusst hätte.

Mein Gott, sie ist eine Schönheit! Diese Wassernymphe glich ihrem Großvater nun wirklich in keiner Weise! Cain war klar, dass er die Frau nicht weiter beobachten durfte, konnte aber unmöglich die Augen von ihr wenden. Gerade hob sie einen zarten Arm aus dem Wasser und fing an, rückwärts zu kraulen, und er hatte Muße, ihren ganzen Körper zu betrachten, einen langen Körper, schlank und elegant geformt. Er hielt sie für ein wenig größer als den Durchschnitt der weißen Frauen, und als Alexa nun am Flussufer angekommen war und sich aufrichtete, konnte er sehen, dass er mit seiner Schätzung richtig gelegen hatte. Aber das war nicht das Einzige, was er sah! Mit einem Satz erwachte sein Körper zum Leben und begann mit dem altvertrauten Pochen. Schon viel zu lange war er jetzt ohne Frau gewesen – aber diese hier war auf jeden Fall tabu. Jubal MacKenzie würde ihm lebendigen Leibes die Haut abziehen, wenn er Alexa auch nur mit den Fingerspitzen berührte! Sie war für jemand anderen bestimmt – wie alle wirklich guten Dinge im Leben.

Ganz in seine Gedanken versunken, hatte Cain gar nicht mitbekommen, wie nah die junge Frau seinem unzureichenden Versteck gekommen war, und nun klang plötzlich ihr scharfer Schreckenslaut durch die warme Nachmittagsstille. Nun war es

Alexa, die stocksteif stehen blieb und durch den Vorhang aus Weidenzweigen erschrocken auf den Fremden starrte. Glitzernd wie Silberschmuck rann das Wasser von ihrer Alabasterhaut, über die weichen Kurven ihrer Brüste, Hüften und Waden. Cain verspürte den verrückten, verzweifelten Wunsch, beide Hände über diese matte Haut gleiten zu lassen und sie mit der Glut seiner Lippen zu trocknen.

Roxanna hatte vor sich im Gebüsch eine leichte Bewegung wahrgenommen und dann festgestellt, dass dort ein Mann stand – er! Er war halb nackt und barfuß, zweifellos, um sich besser an sie heranschleichen zu können. Ein dichtes Muster aus schwarzen Haaren bedeckte die nackte Brust und endete spitz zulaufend knapp oberhalb der eng sitzenden wollenen Reithosen, unter der sich jetzt deutlich alle Anzeichen seiner Lust abzeichneten. Schwarze Augen, so unergründlich wie der Nachthimmel, durchbohrten Roxanna mit ihrem Blick und schienen ihr durch die Haut hindurch bis auf den Grund ihrer Seele zu sehen. Sie hätte sich umdrehen und fliehen können, sie hätte sich zumindest bedecken können, aber ihr Instinkt sagte ihr, dass der Mann genau das erwartete. So erwiderte sie stattdessen seinen Blick und starrte kühn und herausfordernd zurück.

»Ich verstehe jetzt, warum Sieht Viel Sie Geht Aufrecht nennt«, bemerkte Cain, als Roxanna endlich nach dem hirschledernen Hemd griff, das vor ihr im Gras lag. Mit einer königlichen Geste hielt sie sich das Kleidungsstück vor den Körper und weigerte sich, auch nur einen Schritt zu weichen.

Zur Hölle mit dem Kerl und seinem Grinsen! Roxanna warf den Kopf zurück. »Und wer sind Sie – mal abgesehen von einem ungehobelten Flegel?« Falsch, Roxy, falsch! Die junge Frau hätte sich am liebsten auf die Lippen gebissen, kaum dass sie die Worte ausgesprochen hatte.

»Ich heiße Cain, Miss Hunt.« Höflich tippte sich der junge Mann an den Kopf, ohne den bewundernden Blick von Roxanna zu wenden. »Ihr Großvater hat mich beauftragt, Sie wohlbehalten nach Hause zu bringen.«

»Und machen Sie das immer so, dass Sie sich durch das Gebüsch anschleichen und der Enkelin Ihres Arbeitsgebers beim Baden zusehen? Verdienen Sie so Ihr Geld? Da haben ja selbst die Vollblutindianer bessere Manieren!«

Cains Miene wurde bedrohlich finster, und das unverschämte Lächeln verschwand. Mit einem einzigen Satz sprang der Mann lautlos wie ein Panter an Roxannas Seite und versperrte ihr so den einzigen Weg aus dem Dickicht. Roxanna begriff, dass sie einen empfindlichen Nerv getroffen hatte.

»Ich würde Ihnen nicht empfehlen zu schreien – es sei denn, Sie hätten gern die Hälfte von Lederhemds Kriegern hier, die dann auch alle Ihre lilienweiße Haut bewundern dürften.« Cain musste sich ungeheuer zusammennehmen, um die junge Frau nicht zu berühren. Bei Gott, er begehrte sie so sehr – und hasste sich selbst, weil er sie begehrte. Solange er zurückdenken konnte, seit er angefangen hatte, sich zu rasieren, hatte er auf weiße Frauen faszinierend und abstoßend zugleich gewirkt. Das Verbotene war eben verlockend, und er war ein Wilder, gekleidet nach der Sitte des weißen Mannes, ein Wilder mit Bildung, eine Kuriosität, die mit Messer und Gabel essen konnte und sogar in der Lage war, Shakespeare zu rezitieren. O Gott im Himmel, wie leid er es war, ein Halbblut zu sein! Cain holte tief Luft, um sich zu beruhigen, und ließ dann seinen Blick langsam und abschätzend über Roxanna gleiten, erfreut über die leise Schamröte, die ihre Wangen färbte und sich dann langsam nach unten ausbreitete. »Mit dem Hemd, das Sie da hochhalten, können Sie aber nicht viel verbergen! Und außerdem habe ich auch schon alles gesehen, was es zu sehen gibt.«

»Sie sind unerträglich grob!« Roxannas Mund war staubtrocken, und es fiel ihr schwer, die Worte auszusprechen.

»Und Sie sind unerträglich arrogant. Genau wie von Jubals Sippschaft zu erwarten.«

Da der Mann keinerlei Anstalten machte, nach ihr zu greifen, fragte Roxanna sich, was für ein Katz- und Mausspiel er wohl mit ihr vorhatte. Erneut spürte sie heftigen Zorn in sich aufsteigen und zwang sich zur Ruhe. »Mein Großvater würde jedem seiner Arbeiter das Fell gerben, der es wagt, sich mir gegenüber Freiheiten herauszunehmen!« Nach dem zu urteilen, was ihr Alexa über den alten Schotten erzählt hatte, war das noch nicht einmal eine leere Drohung.

»Das ist gut möglich ... aber dazu muss ich Sie erst einmal aus Lederhemds Lager befreien und sicher zu Ihrem Großvater zurückbringen.« Mit diesen Worten wandte Cain sich zum Gehen, blieb dann aber noch einmal stehen und fügte hinzu: »Und ich würde an Ihrer Stelle hier nicht mehr so locker herumspazieren. Ich habe Pawnee-Spuren entdeckt. Wenn die Sie in die Finger bekommen – und das würden sie gern, denn die Cheyenne sind ihre Feinde –, dann können Sie sich darauf verlassen, dass es Ihnen ein ganzes Stück schlechter geht als je zuvor in Ihrem Leben.«

Mit dieser finsteren Warnung ging Cain an Roxanna vorbei auf das Wasser zu. Sie sah, wie er die Knöpfe an seinem Hosenschlitz öffnete, und konnte sich einen verrückten Moment lang von diesem Anblick nicht trennen: Sie wollte sehen, wie er seine Hose auszog, wollte zu gern auch den Rest dieses langbeinigen, muskulösen Körpers zu Gesicht bekommen! Dann aber unterbrach seine Stimme ihren höchst schockierenden Gedankengang.

Cain schüttelte vorwurfsvoll den Kopf und warnte: »Aber wer wird denn, Miss Hunt! Wenn Ihr Großvater erfährt, dass Sie die Gerätschaften eines seiner Arbeiter inspizieren wollten, dann gerbt er am Ende gar Ihnen das Fell!«

Roxanna stolperte den Pfad hinauf, der sie zurück zu den anderen Frauen führen würde, und hielt ihre Kleider fest mit einer Hand umkrampft. Hinter ihr erklang leises Lachen, mit dem der Mann sich über sie lustig machte, und dieses Lachen dröhnte ihr noch lange in den Ohren.

Als Roxanna ins Lager zurückkehrte, meinte sie, auf dem Gesicht des alten Schamanen einen selbstzufriedenen Ausdruck wahrnehmen zu können, so, als wüsste der, was sich zwischen ihr und dem verhassten Halbblut abgespielt hatte. Wut und Scham und noch ein paar andere Gefühle, die sie nicht genau hätte benennen können, tobten immer noch in ihr, als sie sich zusammen mit der Enkelin von Sieht Viel an die Vorbereitung des Abendessens machte. Sie schnitt wilde Zwiebeln und Knollen für den Eintopf, lauschte dem Geplauder der anderen Frauen und beruhigte sich ein wenig. Es war unschwer zu erraten, dass die aufgeregten Gespräche der anderen sich ausschließlich um Cains Besuch drehten.

»Dieser Mann, Cain, hat er deine Leute früher schon einmal besucht?«, wollte Roxanna von Lerchenlied wissen.

Die hübsche Cheyenne kicherte und nickte. »Nicht besucht. Er lebte hier ... mit Mutter.«

Weidenbaum, die Ältere, Erwachsenere, runzelte die Stirn: Zu offensichtlich war die jüngere Schwester in den hübschen Besucher verliebt. »Kein Cheyenne ist ein Kurzhaar. Kein gutes Herz für unsere Leute.«

»Kein gutes Herz für irgendwen«, murmelte Roxanna unhörbar. Also war dies das Volk seiner Mutter? »Und wer war sein Vater?« Die Frage schien sich ganz von allein zu stellen.

»Seine Augen Sind Kalt, er ist weit weg«, antwortete Weidenbaum mit einer Handbewegung, die andeutete, dass sie das Thema für beendet hielt.

Ehe Roxanna noch weitere Fragen stellen konnte, näherte sich Lederhemd in Begleitung von Sieht Viel und Cain. Die drei unterhielten sich auf Cheyenne, und es ging offensichtlich um den Inhalt der Packlasten, die das Halbblut nun zu öffnen begann. Bald hatte sich eine Gruppe von Kriegern versammelt, die alle einen respektvollen Abstand zum Lagerfeuer hielten, aber alles ganz genau beobachteten. Cain zog ein Gewehr mit einem glänzenden Messingmagazin aus einem der Packen, ein »Yellow Boy« der Marke Winchester, wie Roxanna auf ihrer Reise in den Westen gelernt hatte – das bei den Stämmen der Prärie beliebteste Gewehr. Ein bewunderndes Murmeln erhob sich, als Cain nun zu sprechen begann und auf die anderen Packladungen wies. Deshalb waren die also so schwer gewesen! Er hatte wohl ein ganzes Arsenal dieser heiß begehrten Langwaffen herbeigeschafft!

Die Diskussion ging noch eine Weile weiter; dann löste sich die Menge auf, und die Führer der Gruppe begaben sich in das Häuptlingszelt, bei dem man die Büffelhäute am Eingang hochgerollt hatte, um eine kühle Brise hineinzulassen. Lederhemd stopfte eine Pfeife, setzte sie bedächtig in Brand und vollzog dann das komplizierte Ritual, dessen Zeugin Roxanna seit ihrer Gefangennahme durch diese ihr so fremden Menschen bereits mehrmals geworden war.

Die Frauen hatten ihre Vorbereitungen für das Abendessen der Männer beendet. Weidenbaum füllte eine großzügige Portion des reichhaltigen Gemüse- und Schildkröteneintopfs in eine Schale, reichte diese an Roxanna weiter und befahl: »Geh, gib Essen!«, wobei sie auf Cain deutete.

Roxanna konnte nicht verhindern, dass ein betroffener Ausdruck über ihr Gesicht glitt, hatte sich aber gleich darauf wieder in der Gewalt. Man hatte sie im Dorf rasch gelehrt, dass Befehle zu befolgen waren und Ungehorsam nicht geduldet wurde. Lerchenlied verbeugte sich bereits vor Lederhemd und Sieht Viel und stellte das Essen für diese Männer vor die beiden auf den Boden. Roxannas Finger schlossen sich um die Schüssel, die sie servieren sollte, und biss angesichts der Ungerechtigkeit, diesen unverschämten Banditen mit einer Verbeugung bedienen zu müssen, die Zähne zusammen. Ein einziges dreistes Lächeln, und sie würde ihm die glühend heiße Schüssel über den Kopf stülpen und sich einen feuchten Kehrricht um die Konsequenzen scheren!

Aus den Augenwinkeln heraus sah Cain die junge Frau näher kommen und wusste, wie ungern eine aristokratische weiße Dame selbst für einen weißen Mann eine solch einfache Dienstleistung erbringen würde – von einem Halbblut ganz zu schweigen. In den blitzenden türkisblauen Augen lag ein Blick, der zu töten im Stande gewesen wäre, aber Roxanna verbarg diesen Ausdruck hinter einem unbeweglichen Gesicht und kniete anmutig mit der Schüssel in der Hand vor dem Fremden nieder. Als Cain die Schale aus ihren Händen nahm, berührten sich ihrer beider Finger leicht, und sie zuckte zusammen. Trotz der harten Arbeit, die sie täglich im Lager verrichtete, waren Roxannas Hände überraschend weich und weiß geblieben. Sieht Viel schien sie nicht allzu streng zu behandeln.

Die Männer aßen, wie es Sitte war: Sie spießten größere Stücke Fleisch und Gemüse mit dem Messer auf und schlürften die Brühe in tiefen Zügen, um sich danach den Mund mit dem Handrücken abzuwischen. Cain war sich sicher, dass eine Frau wie Alexa großen Wert auf Tischmanieren legen und das Verhalten der Indianer von daher abstoßend finden würde. Er verfluchte sie im Stillen für diese arrogante Haltung, fischte sich ein saftiges Stück Schildkröte aus seiner Schüssel und nahm dann einen tiefen Zug von der nahrhaften Brühe.

Roxanna spürte die Augen des Fremden auf sich ruhen, während dieser aß. Sie hockte auf den Fersen, wie es ihr beigebracht worden war, und wartete ab, ob sie ihm noch mehr Essen würde bringen müssen. Vorhin, als seine langen braunen Finger die ihren gestreift hatten, hätte sie um ein Haar die Schale fallen lassen. Ein merkwürdiger Kraftstrom schien von diesem Mann auf sie überzugehen und umgekehrt ebenso: Sie wusste, dass auch er ihn verspürt hatte.

»Die Frauen der Cheyenne sind schamhaft. In Gegenwart eines Kriegers halten sie den Blick gesenkt.« Cain konnte es einfach nicht lassen, sie, wenn auch halb im Spaß, zurechtzuweisen, als ihm klar wurde, dass sie ihn ebenso unverwandt musterte wie er sie.

»Ich bin keine Cheyenne, und da ich gehört habe, wie man Sie Kein Cheyenne nannte, sind Sie ja wohl auch kein Krieger«, gab Roxanna schlagfertig zurück.

Er salutierte mit seiner leeren Essschale. »Getroffen, Türkisauge! Und nun möchte ich mehr.«

Sie schnappte sich die Schale und stürmte davon.

Sieht Viel bemerkte: »Es scheint dich zu erfreuen, Geht Aufrecht zu ärgern. Ich frage mich, warum.« Letzteres kam als rhetorische Frage, etwas, was Sieht Viel sehr liebte.

»Du hattest eine Vision von dieser Frau, deshalb hat Lederhemd die Krieger geschickt, um sie zu entführen. Erzähle mir davon.« Abwartend blickte Cain von Lederhemd zu Sieht Viel.

»Ich wusste, dass du mit Gewehren kommen würdest, um sie auszulösen«, meinte Sieht Viel heiter.

»Wir brauchen Waffen. Die Büffel sind selten, unsere Feinde zahlreich – Weißaugen mit dem Eisenpferd und unsere alten Widersacher, die Pawnee«, erklärte Lederhemd.

Ehe Cain weitere Fragen stellen konnte, warf Sieht Viel ein: »Unsere Späher berichten von einer großen Gruppe Pawnee am Lodgepole Creek. Wenn du jetzt mit der Frau fortreitest, seid ihr nicht sicher.«

»Ihr Großvater ist sehr besorgt um sie. Er möchte sie so schnell wie möglich zurückhaben. Sie wird jetzt schon seit über einem Monat vermisst.« Cain wusste, dass Gerüchte über diese Entführung durchsickern würden, wenn es ihm nicht gelänge, die Frau bald zurückzubringen.

Lederhemd zuckte die Schultern. »Du wärst ein Narr, wolltest du den Pawnee allein gegenübertreten, in Begleitung einer silberhaarigen Frau! Ihr Skalp wäre eine feine Trophäe – aber du hast ja immer schon getan, was du wolltest.«

Der Tadel in den Worten des alten Mannes war nicht zu überhören. Cain fluchte leise vor sich hin und sagte dann laut: »Ich warte ab, bis die Pawnee den Lodgepole verlassen haben.«

Lederhemd verzog keine Miene, aber Sieht Viel lächelte.

Später in derselben Nacht warf sich Roxanna unruhig auf ihrem Lager hin und her. Sie hatte sich im Laufe der vergangenen Wochen daran gewöhnt, mit nichts als einer Lage Kiefernnadeln und einem Büffelfell zwischen sich und der harten Erde zu schlafen. In dieser Nacht aber schien es ihr nicht gelingen zu wollen, zur Ruhe zu kommen. Cain! Sie wusste, dass es ihr seinetwegen so schlecht ging. Jedes Mal, wenn sie die Augen schloss, tauchte sein markantes, von Narben gezeichnetes Gesicht vor ihr auf. Sie schauderte bei dem Gedanken, auf dem Weg durch die Wildnis, hin zu Jubal MacKenzie, Tage allein mit ihm verbringen zu müssen.

Vielleicht war Isobel Darby ja gar keine schlechte Alternative! Roxanna drehte sich wieder einmal auf die andere Seite und schloss die Augen, wobei sie sich schwor, diesmal kein Bild von Cain zuzulassen. Endlich übermannte sie der Schlaf.

Sieht Viel sah das ruhelose Träumen des Mädchens auf seinem Lager. Als Roxanna im Schlaf leise aufstöhnte, kroch er leise an ihre Seite und legte ihr sanft die Hand auf die Stirn.

»Ruhig, Tochter. Du weckst die anderen auf. Komm mit mir.«

Er stand auf, hob leise den Türvorhang des Zeltes an und verschwand durch den Eingang. Rasch kam Roxanna zu sich, froh, den Albträumen der nächtlichen Welt entronnen zu sein. Sie folgte Sieht Viel nach draußen und hinab zum Flussufer, wobei ihr der volle Mond den Weg ausleuchtete.

Sieht Viel erwartete sie auf einem großen flachen Felsen sitzend. Roxanna nahm zu seinen Füßen Platz und sah in das Gesicht des alten Mannes, der, seit über einem Monat nun, sowohl ihr Wärter als auch ihr Beschützer gewesen war. Es war ein eigenwilliges, aber auch freundliches Gesicht. Sieht Viel hatte ihr erzählt, dass er die »Zunge des weißen Mannes« von seinem Neffen erlernt habe. Er hatte Roxanna vom Tage ihres Eintreffens im Lager an versichert, dass sie bei seinen Leuten in Sicherheit sei und dass man sie letztendlich ihrem Volk zurückgeben werde, ohne ihre »Ehre« verletzt zu haben. Roxanna erinnerte sich nur, wie sie angesichts der Besorgnis, die der alte Mann für diese ihre »Ehre« aufbrachte, damals heimlich und bitter hatte lachen müssen.

Roxanna hatte Sieht Viel wirklich lieb gewonnen und gelernt, ihm zu vertrauen. Er behandelte sie wie eine Tochter. Und sie lebte ja auch in seinem Zelt zusammen mit seinen beiden unverheirateten Enkelinnen. Weidenbaum und Lerchenlied hatten die Weiße rasch als Schwester angenommen. Und auch der Rest der Gruppe des alten Schamanen schien sie als eine der ihren anzusehen. Sie teilte die Arbeit der anderen Frauen, aber sie teilte auch deren einfache Freuden und durfte sich innerhalb und außerhalb des Lagers frei bewegen. Sie war auf eine merkwürdige Art und Weise eigentlich sehr zufrieden gewesen – bis Cain aufgetaucht war; und das war eigenartig, denn immerhin war er von Jubal MacKenzie geschickt worden, um sie zu retten.

»Worum macht Geht Aufrecht sich Sorgen?«, fragte Sieht Viel.

»Ich ... ich hatte einen Traum«, murmelte Roxanna leise.

Der alte Mann nickte und streichelte liebevoll ihre Schulter. »Und das war bestimmt ein sehr böser Traum, wenn er jemanden erschrecken konnte, der so tapfer ist wie du, Kind.«

Wieder blickte Roxanna in das freundlich lächelnde Gesicht und kicherte leise. Aber das Kichern verklang rasch. »Ja, es war ein schlimmer Traum, Sieht Viel.«

»Erzähle ihn mir.«

»Ich stand auf einem kleinen Hügel und beobachtete eine kleine Büffelherde ... wie die, die wir letzte Woche gesehen haben. Und dann sah ich plötzlich auf einem Hügel direkt mir gegenüber ... aber ganz weit weg, glaube ich ... einen Fleck ... oder so etwas.« Roxanna hielt inne und dachte nach. »Und dann kam der Fleck auf mich zu ... Er wurde größer und größer; schließlich konnte ich sehen, dass es noch ein Büffel war. Die Herde stand zwischen ihm und mir, aber die Herde teilte sich einfach und mein Büffel ...«

Sieht Viel unterbrach sie: »Dein Büffel?«

Roxanna nickte, schüttelte dann aber rasch den Kopf. »Ja ... aber ... ich meine nicht wirklich: mein ...«

Erneut tätschelte der alte Mann ihre Schulter. »Vergib mir, Geht Aufrecht. Es ist nicht recht, jemanden zu unterbrechen, der einen Traum erzählt. Bitte fahre fort.«

»Die Herde teilte sich, und der Büffel kam auf mich zu. Er kam direkt zu mir und stand dann vor mir. Er war schön ... er war so schön, dass ich ihn anfassen wollte. Ich wollte ihm mit den Fingern durch seine schwarze dicke Mähne fahren. Ich blickte in seine Augen und wusste, dass auch er von mir berührt werden wollte.«

Erneut hielt das Mädchen inne, ehe sie dann fortfuhr: »Ich vergaß zu erzählen, dass es in meinem Traum dunkel war. Aber plötzlich schien die Sonne, und ich konnte sehen, dass etwas nicht stimmte. Blut tropfte von den großen glänzenden Hörnern des schönen Büffels, und ich bekam Angst – er wirkte so zornig ... vielleicht verletzt. Er wich zurück und begann, mit den Hufen auf dem Boden zu scharren und den Kopf mit diesen großen blutigen Hörnern emporzuschleudern ... und dann hast du mich geweckt.«

Der alte Mann und die junge Frau verharrten lange Zeit schweigend. Da begann Sieht Viel zu sprechen, fast im Flüsterton.

»Du hast vom einsamen Bullen geträumt. Bisweilen haben ihn die anderen aus der Herde vertrieben. Bisweilen befiehlt ihm sein Geist, eigene Wege zu gehen. Aber immer wieder wird sein Pfad den der Herde kreuzen. Er ist aus derselben Art wie die Herde, und dennoch ist er kein Teil von ihr.«

Der alte Mann schwieg. Roxanna wartete, ob er noch etwas hinzufügen würde, und als dies nicht geschah, fragte sie:

»Es muss eine Bedeutung haben, dass seine Hörner blutig waren. Warum tropfte Blut von seinen Hörnern?«

Sieht Viel sah sie mit einem schwer zu deutenden Gesichtsausdruck an. »Das weiß ich nicht sicher, Tochter.«

Und zum ersten Mal, seit sie Sieht Viel kennen gelernt hatte, wusste Roxanna, dass der alte Mann ihr nicht die Wahrheit gesagt hatte.

Kapitel 4

Am nächsten Tag erfuhr Roxanna, dass Cain bei Lederhemd ihre Freilassung im Austausch gegen die Gewehre durchgesetzt hatte, dass sie beide die Sicherheit des Cheyenne-Lagers aber erst verlassen würden, wenn die Pawnee weitergezogen waren.

»Ich habe die Zeitungen – unsere sprechenden Blätter – so verstanden, dass die Pawnee den Weißen wohl gesonnen sind. Die Union Pacific Railroad stellt sie sogar ein, um die Eisenbahnarbeiter zu schützen«, sagte Roxanna zu Weidenbaum, als die beiden Frauen Holz für die morgendlichen Kochfeuer sammelten.

»Pawnee sind alte Feinde unseres Volkes. Sie spähen dort«, Weidenbaum wies auf eine steile Felsböschung in der Ferne, von wo aus ein Krieger ohne weiteres das Lager am Fluss beobachten konnte. »Wenn du von hier weggehst, denken sie, du gehörst zum Volk. Dann töten sie.«

Die Art, in der Weidenbaum Roxannas langen silbernen Zopf ansah, beruhigte die junge Frau in keiner Weise. Schaudernd wandte sie sich wieder ihrer Arbeit zu. Nach allem, was sie bis jetzt überlebt hatte, würden ein paar weitere Tage bei den Cheyenne nicht weiter schlimm sein – auch angesichts der Tatsache, dass ihr die bevorstehende gemeinsame Reise mit Cain sehr unangenehm erschien.

Beunruhigende Gedanken über den Traum der vergangenen Nacht schossen Roxanna durch den Kopf – wie lebendig er gewesen war! Und wie merkwürdig Sieht Viel reagiert hatte, als sie ihm den Traum geschildert hatte. Seltsam verschlossen – und fast, als wäre er befriedigt gewesen. Roxanna beschloss, den alten Mann noch einmal darauf anzusprechen, sobald sich eine Gelegenheit bot und sie mit ihm allein war.

Da kam plötzlich Lerchenlied herbeigerannt, die braunen Wangen rosig vor Aufregung. »Wieselbär ist wieder da!«

Wieselbär war ein Anführer der Kriegergemeinschaft der Hundekrieger, der Mann, den Lederhemd damals losgeschickt hatte, um Roxanna zu entführen. Bei den jungen Frauen der Gruppe galt er als äußerst guter Fang, aber Roxanna fand, dass ihn eine Aura verdrossener Grausamkeit umgab, besonders, wenn er sie ansah, als wäre sie ein Insekt, das er zu gern unter seinen Mokassins zerquetschen würde.

»Er hat Büffel gesehen – einen Tagesritt entfernt! Wir brechen das Lager ab und folgen ihnen. Es wird eine große Jagd geben und ein großes Fest!«, fügte Lerchenlied auf Cheyenne hinzu und übersetzte dann stockend, damit auch Roxanna sie verstand.

Rasch beendeten die Frauen ihre Arbeit und kehrten ins Lager zurück, das vor Aufregung summte. Roxanna wusste, dass die Büffelherden seltener geworden waren und dass es mit dem Vordringen der Weißen immer schwieriger geworden war, sie zu finden. Sie hatte Berichte über diese gigantischen Tiere gelesen, die in Herden von mehreren zehntausend in riesigen wogenden Wellen über die weiten Ebenen zogen. Es war bestimmt sehr spannend, so eine Jagd selbst einmal mitzuerleben.

Überall um Roxanna herum waren die Frauen des Dorfes eifrig dabei, die Zelte auseinander zu nehmen. Aus den langen Zeltstangen und den aus Häuten zusammengenähten Planen stellten sie Transportgestelle zusammen, um darauf die Taschen aus enthaarter Büffelhaut zu stapeln, in die man die Koch- und Essutensilien sowie die Decken von den Schlafstätten verpackt hatte. Junge Mädchen beaufsichtigten die ganz kleinen Kinder und sahen zu, dass ihnen nichts passierte, sie aber auch niemandem im Weg standen, während ihre Mütter und die älteren Schwestern das Lager auflösten. Alle schienen eine Aufgabe zu haben und arbeiteten zusammen wie eine gut geölte Maschine.

Die Anführer der Kriegergemeinschaften schickten die Jungen aus, um die Pferde zusammenzutreiben, und die älteren Männer packten die Medizinpfeifen und andere religiöse Gegenstände zusammen. Die Krieger selbst bewaffneten sich und bereiteten sich darauf vor, ihre Gruppe auf der Reise hin zu besseren Jagdgründen zu beschützen.

Cain sah Alexa zu, die mit Hand anlegte und den Enkelinnen von Sieht Viel half, die schweren Büffelhäute zusammenzurollen, die ihr Zelt bedeckten. Sie passte erstaunlich gut zu den anderen, schien gern und bereitwillig zu helfen und beschwerte sich auch nicht, als Weidenbaum ihr nun Anweisungen für anstrengendere Arbeiten erteilte. Diese Alexa überraschte ihn immer aufs Neue: zuerst mit ihrer überraschenden Schönheit, dann mit ihren verwöhnten Launen und nun dadurch, dass sie zäh und kräftig war und sich nicht beschwerte. Verwöhnte Schönheit aus St. Louis hin oder her – die Frau besaß zweifelsohne ein Talent zum Überleben.

»Schließt du dich der Jagd an, Kein Cheyenne, oder bist du weich wie eine Frau geworden, während du bei unseren Feinden lebtest?«, spottete Wieselbär. Seine Augen folgten Cains Blick, und hinterhältig fügte der junge Krieger hinzu: »Dein weißes Blut zieht dich zu der Blassen, aber sie wird niemanden nehmen, dessen Blut gemischt ist, selbst wenn er ein Kurzhaar wurde.«

Cains Narbe spannte zum Zerreißen, so sehr presste er die Kiefer aufeinander. Er hatte Wieselbär gehasst, seit sie beide kleine Jungen gewesen waren. Stets hatte sich der Hundekrieger mit Cains Cheyennebruder zusammengetan, um das junge Halbblut zu quälen. »Die Frau bedeutet mir nicht mehr, als ich ihr bedeute. Man wird mich sehr gut bezahlen, wenn ich sie ihrer Familie zurückbringe. Denke nur nicht daran, dich hier einzumischen. Ich habe bereits einmal Cheyenneblut vergossen. Ich würde nicht davor zurückschrecken, dies noch einmal zu tun.« Er sah die Wut in Wieselbärs Augen aufflammen und schenkte dem anderen ein eisiges Lächeln.

»Also wirst du nicht jagen!« Voller Verachtung spuckte Wieselbär auf den Boden.

»Oh, ich werde jagen. Sieht Viel und Lederhemd sind alt und brauchen Fleisch.« Cain sah befriedigt, dass Wieselbär vor Wut dunkelrot wurde, als er diesen Tadel hörte. Der Hundekrieger war der am engsten mit den beiden alten Männern verwandte junge Krieger, und so war es seine Aufgabe, die beiden zu versorgen.

»Ich sorge schon dafür, dass sie nicht Hunger leiden – anders als du, der es nicht abwarten kann, zu den weißen Augen zurückzukehren!« Der Krieger wandte Cain den Rücken zu und stürmte davon.

»Du hast dir einen gefährlichen Feind gemacht«, bemerkte Lederhemd und trat neben Cain.

»Das wäre auch nichts Neues«, erwiderte Cain, der Auseinandersetzung überdrüssig. »Er ist nur einer unter vielen.«

»Und zählt auch dein Vater, Seine Augen Sind Kalt, zu diesen vielen? Du gehörtest zu ihm, und er hat dich verlassen.«

Cain sah nachdenklich in die blitzenden schwarzen Augen des alten Mannes, die seinen eigenen so sehr glichen. Auch aus ihnen ließ sich nie etwas lesen ... »Ich gehöre zu niemandem«, entgegnete er dann tonlos.

»Und wirst du noch mehr Cheyenne-Blut vergießen, so wie du prahlerisch angekündigt hast?«

»Ich habe nicht geprahlt. Ich habe ihm nur geraten, sich von der weißen Frau fern zu halten, mehr nicht.«

Roxanna hatte das Transportgestell fertig beladen, das nun unter der schweren Last ein wenig stöhnte. Einer der kleinen Söhne von Gespaltene Ohren saß weinend in der Nähe; seine Mutter und die Schwestern waren damit beschäftigt, hastig einen riesigen Kochtopf in ihrem Lastenberg zu verstauen, und hatten keine Zeit für ihn. Roxanna trat auf den Kleinen zu, setzte sich neben ihn und klopfte einladend auf ihren Schoß. Sofort kletterte das Kind darauf und schmiegte sich an sie, wobei es zufrieden an seinem Daumen lutschte.

Sie streichelte das glänzende schwarze Haar des Jungen und ließ mit zusammengekniffenen Augen den Blick über das Lager schweifen, bis er an Cain hängen blieb. Er wirkte an diesem Morgen womöglich noch unzivilisierter als sonst, denn er hatte sich eine Wildlederhose und ein Wildlederhemd übergezogen, eine Kleidung, die von den Männern des Grenzgebiets bevorzugt getragen wurde. Fast schon unzüchtig klebte das weiche, abgetragene Leder an seinem schlanken, langbeinigen Körper, während die hübschen Zierfransen in der Brise flatterten und bei jeder Bewegung des Mannes verführerisch zu locken schienen. Sein Hemd stand vorne offen und gestattete einen Blick auf die schwarz behaarte Brust. Seine Füße steckten in hohen geschnürten Mokassinstiefeln. Wenn er schon in seinen hart besohlten Reitstiefeln so leise hatte gehen können, wie geräuschlos bewegte er sich dann erst jetzt auf weichen Sohlen? Allein der Gedanke an die entwürdigende Szene, die sich am Vortag am Wasser abgespielt hatte, trieb Roxanna brennende Röte ins Gesicht. Wie sollte sie nur die bevorstehende gemeinsame Reise überstehen?

Cain spürte plötzlich, dass ihm jemand zusah, wandte sich um und traf mit seinen schwarzen Augen auf Alexa Hunts beunruhigend blasse. »Weißauge«, murmelte er und berührte spöttisch grüßend seine Hutkrempe. Die junge Frau hob das Kinn und blickte zur Seite, jeder Zoll die hochnäsige Erbin, auch wenn sie im Schneidersitz im Präriegras saß und ein nacktes Cheyennebaby auf dem Schoß hielt.

Der Tag wurde lang, heiß und staubig, als die kleine Menschenkolonne sich ihren Weg westwärts in Richtung auf den Oberlauf des Niobrara suchte. Kleine Kinder ritten auf den hoch beladenen Transportgestellen, Frauen und alte Leute gingen geduldig neben ihnen her. Die Jungendlichen waren für die große Pferdeherde verantwortlich. Alle Krieger saßen zu Pferde, einige ritten voran, während die anderen von der Spitze bis zum Ende des sich windenden Zuges eine geschlossene Verteidigungslinie bildeten. Alle hielten aufmerksam nach den Pawnee Ausschau, aber als sie sich dem äußeren Rand der riesigen Büffelherde näherten und am Ufer eines breiten Nebenflusses ihr Lager aufschlugen, war von den uralten Feinden weit und breit nichts zu sehen.

Die Laute des Rufers hallten über den Halbkreis aus Zelten, als die Sonne sich am Horizont ihren Weg bahnte und rosagoldene Strahlen durch die offen stehenden Türvorhänge eines jeden Heimes sandte. Zwar konnte Roxanna die Worte des Rufers nicht verstehen, sie wusste aber dennoch, dass hier die Elchkrieger allen anderen die Anweisungen für die Jagd gaben, für die diese Kriegergemeinschaft die Verantwortung tragen würde. Die Frauen kochten einen Brei aus Kräutern und setzten ihn den Kriegern vor, die schnell aßen, um sich dann auf die Aktivitäten des Tages vorzubereiten.

»Komm, wir sehen zu«, sagte Sieht Viel zu Roxanna, die den Kriegern hinterherschaute, wie sie aus dem Lager ritten.

Cain ritt mit nacktem Oberkörper auf seinem Kastanienbraunen, dessen Sattel er von allem Überflüssigen befreit hatte. Auch wenn das Haar des jungen Mannes kürzer war als das der anderen und sein Pferd einen Sattel trug, war seine Haut ebenso bronzefarben, seine Wangenknochen und die Nase aus demselben Guss wie die der anderen Krieger. Und doch machten ihn die Adlerzüge seines Gesichts ebenso zu einem Außenstehenden wie der dunkle Schatten eines Bartes auf seinem Kinn und die Haare auf seiner Brust.

Er ist ein Indianer und doch kein Indianer, dachte Roxanna, die mit einem freudigen Nicken auf Sieht Viels Angebot einging und dem alten Schamanen folgte. *Ein Indianer und doch ...* Die Worte klangen wie das Echo von etwas, das Sieht Viel ihr einmal erzählt hatte, aber sie wies den Gedanken rasch von sich, überquerte an der Seite des Medizinmanns den Bach an seiner flachsten Stelle und kletterte einen steilen, felsigen Abhang hinauf. Oben angekommen, schaute Roxanna auf die flache vor ihnen liegende Ebene hinab, und ihr stockte einen Moment lang der Atem.

Unter ihr breitete sich eine riesige Bisonherde aus, genauso, wie sie die Zeitungen im Osten beschrieben hatten, eine bewegte, lärmende dunkelbraune See, die sich in endlosen Wellen bis zum Horizont ergoss.

»Einst war das ganze Land von den Great Staked Plains unterhalb des Red River bis zum Land der Mutter Königin im Norden mit diesen Tieren gefüllt«, erzählte Sieht Viel.

»Das sind ja tausende ... zu viele, um es wirklich zu begreifen«, erwiderte Roxanna voller Ehrfurcht. Ein kleines, wohl gerade eben geborenes Kalb, hüpfte neben seiner Mutter einher. Die junge Frau lächelte: »Sieh nur, es hat eine andere Farbe als die anderen.«

»Alle Neugeborenen sind gelb. Mit der Zeit wird ihr Fell dunkler – nur nicht beim weißen Büffel, der unserem Volk heilig ist.«

Während die beiden sich unterhielten, hatten sich auch andere Frauen, Kinder und Männer, die zu alt zum Jagen waren, schweigend am Rande der Klippen versammelt. Die Büffel, die schlecht hören und sehen konnten, hatten davon nichts mitbekommen, denn die Menschen hatten Acht darauf gegeben, sich den Tieren windwärts zu nähern. Dann tauchten unter ihnen die bewaffneten Krieger auf. Langsam, in einem weiten Bogen, ritten sie im Schritt auf die Tiere zu und formten an den nördlichen Rändern der riesigen Herde einen Halbkreis. Ohne es zu wollen, suchte Roxanna nach Cains deutlich erkennbarer Gestalt. Sieht Viel folgte ihrem Blick, lächelte, schwieg aber.

Einige wenige Augenblicke noch weideten die riesigen Tiere wie blind und ohne etwas zu beachten, dann drehte der Wind nach Süden, und ein gedämpftes Schnauben hallte über die Prärie: Die Bisons witterten Gefahr. Sofort änderte sich die Stimmung der Herde, und die zuvor so friedlichen Tiere gerieten in Raserei; ihre scharfen Hufe stampften über die harte Erde wie Donner. Dichte Staubwolken wirbelten auf, und mit hellen Rufen trieben die Cheyenne ihre Pferde im gestreckten Galopp zur Verfolgung an. Hier, da und dort ertönte ein Schuss, und in den Lärm der Gewehre mischte sich Triumphgeheul, als nun etliche Büffel zu Boden gingen.

»Die neuen Gewehre sind gut«, sagte Sieht Viel zu Geht Aufrecht. »Es ist gut, dass Einsamer Büffel sie uns gebracht hat.«

Roxanna, die sich bemühte, Cain nicht aus den Augen zu verlieren, sobald sich die Staubwolken ein wenig senkten, stutzte bei den Worten »Einsamer Büffel«. Rasch wandte sie sich dem alten Mann zu und sah ihn verwundert an. »Du nanntest ihn den Eisamen Büffel?«

»Das war der Name, den seine Mutter Kornblumenfrau ihm gab. Immer war er als Junge ein Außenseiter, stolz und dickköpfig angesichts der Grausamkeit, mit der die anderen Kinder ihn, der halb weiß war, quälten.«

Roxanna wurde bleich, denn sie erinnerte sich an ihren Traum. »Und letzte Nacht hast du gesagt, du wüsstest nicht, warum ich von einem einsamen Büffel mit blutigen Hörnern geträumt habe!«

»Die Mächte haben mir noch nicht mitgeteilt, was das Blut zu bedeuten hat«, entgegnete Sieht Viel mit einem besorgten Seufzer.

»Aber du wusstest, wofür der Büffel stand«, beharrte die junge Frau.

Sieht Viel nickte. »Vor zwei Monden sah ich in einem Traum eine silberhaarige Frau.«

»Mich?«

Er lächelte. »Ja, Kind, dich – und es wurde klar, dass du das Mittel warst, um Einsamer Büffel zu seinem Volk zurückzubringen ... und sei es nur für kurze Zeit. Der Heilungsprozess muss stattfinden ...« Seine Worte verklangen, als hätte er eigentlich gern noch etwas hinzufügen wollen.

Roxanna setzte zu einer Frage an, aber gerade da näherte sich Cains Kastanienbrauner in rasendem Galopp seitwärts einem riesigen Bullen. Von der anderen Seite kam ebenso rasch Wieselbär herbei. Beide Männer schienen entschlossen zu sein, dieselbe Beute zu Fall zu bringen. Cain erreichte als Erster das Ziel und lehnte sich vor, die Spencer direkt auf einen Punkt unterhalb der Schulter des Tiers gerichtet. Roxanna sah, wie die Beute zu Boden ging, als er nun feuerte. Dann schloss auch Wieselbär auf. Er stieß einen wütenden Fluch aus, drängte seinen Schecken hart in die Flanke des Kastanienbraunen, hob sein Gewehr und schlug Cain mit aller Kraft den Kolben in den Rücken.

Ein lauter Schrei entrang sich Roxannas Kehle, als Cain von seinem Sattel geworfen wurde und im dichten Staub zwischen den scharfen Hufen der flüchtenden Herde verschwand. »Sie werden ihn umbringen!«

Sieht Viel schloss die Augen und schien zu beten, während unter ihm der Staub umherwirbelte. Hilflos standen die beiden da. Roxanna starrte auf das Chaos unter sich und versuchte, den Kastanienbraunen zu entdecken. Dann sah sie Cain. Sein linker Fuß war wohl im Steigbügel hängen geblieben, aber anstatt nun hinter dem Pferd zu Tode geschleift zu werden, hatte er es geschafft, sich Stück für Stück am eigenen Bein hochzuhangeln, den *sudadero* zu packen, sich bis zum Hinterzwiesel des Sattels vorzuarbeiten, bis er den Sattelknauf zu fassen bekam. Dann schwang er das linke Bein über den Rist des Pferdes und saß wieder auf.

Cain beugte sich über den Nacken des Kastanienbraunen, ergriff die Zügel und lenkte das Pferd aus der Stampede heraus. Roxanna und Sieht Viel rannten den felsigen Hügel hinab auf ihn zu. Als sie bei ihm ankamen, war er auf seinem über und über mit Schaum bedeckten Reittier zusammengebrochen.

»Sei vorsichtig! Hilf mir, ihn auf den Boden zu legen«, bat Sieht Viel, als Cain ohnmächtig im Sattel zusammensackte. Die

Herde war an ihnen vorbeigerast, nur das Donnern der Hufe ließ immer noch die Erde erzittern, als der alte Mann jetzt einen Arm des Verwundeten ergriff und Roxanna den anderen. Langsam und vorsichtig befreiten die beiden Cain aus seinen Steigbügeln und ließen ihn zu Boden gleiten, wo er mit einem Fluch aus seiner Ohnmacht erwachte.

»Meine Rippen!«

Dann entdeckte Roxanna den roten Fleck, der sich rasch ausbreitete. »Er blutet!«, rief sie erschrocken aus.

Ruhig untersuchte Sieht Viel die Wunde. »Als er vom Sattel geworfen wurde, hat ihn einer der Büffel mit dem Horn geritzt.«

»Sattel ... hat mir das Leben gerettet«, stöhnte Cain.

Sieht Viel lächelte, als er aus seinem Hemd schlüpfte und dies als Druckverband über der Wunde anbrachte. »Du musst ja immer unbedingt ein Weißer sein! Und diesmal war das auch gut so.«

»Ich hole Hilfe«, erklärte Roxanna und rannte rasch hinüber zu den Frauen, die, so hoffte sie, Arznei und Bandagen bei sich haben würden.

»Was ist geschehen?«, fragte Cain, der sich sehr anstrengen musste, um nicht erneut das Bewusstsein zu verlieren.

Sieht Viels Gesicht verriet wenig. »Dein Cousin, Wieselbär, hat dich mit seinem Gewehrkolben geschlagen. Ihr hattet beide dasselbe Tier erwählt, und du warst als Erster zur Stelle.«

»Er ... hat mich immer schon gehasst«, murmelte Cain und sah Alexa nach, die wild gestikulierend auf Weidenbaum und eine Gruppe von älteren Frauen zulief.

Der alte Mann drückte prüfend auf die blutigen Prellungen, die Cains Oberkörper zierten, und hielt sein Hemd weiter fest auf die offene Wunde gepresst. »Und selbst jetzt können sich deine Augen nicht von ihr trennen. Ich glaube, sie ist dein Schicksal.«

»Sie bedeutet Ärger ...«, keuchte Cain, **und dann** endlich umgab ihn barmherziges Vergessen.

Wenig später stand Roxanna vor dem Zelt, in das man Cain gebracht hatte, und stotterte: »Aber ich bin keine Krankenschwester, ich falle in Ohnmacht, wenn ich Blut sehe!«

Sieht Viel sah sie nur leidenschaftslos und völlig unbewegt an. »Schau in dein Herz, Tochter: Nicht das Blut ist es, was du fürchtest. Du wurdest nicht ohnmächtig, als du mir halfst, ihn vom Pferd zu heben. Und ich glaube auch nicht, dass du jetzt ohnmächtig werden wirst. Ich brauche eine Frau, die mir hilft.«

»Warum können das nicht Weidenbaum oder Lerchenlied machen?«

»Sie nehmen den Büffel aus, den Einsamer Bulle erlegt hat. Und ich sage dir – bei dem Anblick könntest du sehr wohl ohnmächtig werden!« Mit einem leisen Lachen erinnerte der Schamane sich an das erste Mal, als Roxanna angewiesen worden war, zwei frisch in der Falle gefangene Kaninchen zu töten und auszunehmen. Sieht Viel nahm seine Medizinbeutel, beugte sich vor und schlüpfte durch den offenen Türvorhang, wobei er davon ausging, dass die junge Frau ihm folgen würde.

Und widerstrebend tat sie das auch. Cain lag auf dem Rücken und atmete flach. Als er die beiden das Zelt betreten hörte, blickte er Roxanna aus schmerzlich zusammengezogenen Augen an, um dann erneut das Bewusstsein zu verlieren. Sieht Viel kniete neben dem Lager nieder und öffnete die Lederbeutel, denen er verschiedene Kräuter, pulvrige Substanzen und etliche lange, sehr weich gegerbte Streifen Rehfell entnahm. Dann knöpfte er Cains Hose auf und begann, sie dem jungen Mann über die Hüfte zu ziehen.

»Was tust du denn da?«, entfuhr es Roxanna, obwohl das ja eigentlich offensichtlich war.

»Ich muss feststellen, ob die Rippen gebrochen sind, und ich muss die Wunde reinigen. In diesen engen Kleidern des weißen Mannes kann er hier nicht liegen bleiben.« Sieht Viels Erwiderung war vollständig einleuchtend. »Komm, hilf mir. Zieh an den Hosenbeinen.«

Hässliche Erinnerungen an Vicksburg ließen Roxanna erschauern, aber als sie bemerkte, dass Sieht Viel geduldig auf ihre Hilfe wartete, schob sie die Erinnerungen beiseite und sagte sich stattdessen, dass hier ein verletzter Mann lag, der heftige Schmerzen litt. Aber es war ja nicht einfach irgendein Mann! Was hatte dieser Cain nur an sich, das sie derart verunsicherte? Sie glaubte doch nicht etwa den Andeutungen des alten Schamanen über die Träume, die dazu geführt hatten, dass man sie geraubt hatte!

Roxanna kniete zu Cains Füßen nieder, von denen die Mokassins entfernt worden waren, und begann, an den Hosenbeinen zu ziehen, während der Schamane das Kleidungsstück über die schmalen Hüften des jungen Kriegers schob. Als Cains Geschlecht sichtbar wurde, warf sie einen kurzen Blick darauf, dann wandte sie rasch ihre Augen ab. Das männliche Glied würde für Roxanna immer hässlich bleiben.

Sieht Viel legte eine leichte Decke über Cains Hüften und entfernte dann das Päckchen, mit dem er die Wunde bedeckt hatte. Geronnenes schwarzes Blut verklebte die eine Brusthälfte und war auch hinunter auf die Rückenhaut geflossen. Sanft drückte Sieht Viel auf die Rippen um die verletzte Stelle herum und wies Roxanna dann an, die Kompresse auf die Wunde zu halten, während er den Krieger umdrehte.

Roxanna tat, wie ihr geheißen wurde, aber als der Schamane Cain auf die Seite drehte, rief sie erschrocken: »Die Wunde hat wieder zu bluten begonnen.«

Der Medizinmann nickte nur und untersuchte rasch den Rücken des jungen Kriegers, auf dem sich ein hässlicher schwarzer Fleck zu bilden begann. »Wieselbär wird einiges zu erklären haben. Schon immer waren seine Launen schwer zu berechnen. Es ist gut, dass er weggelaufen ist. Sein Verhalten war sehr unehrenhaft; er wird sich schämen und sich verbergen wollen.« Sieht Viel hatte sich davon überzeugt, dass in Cains Rücken kein Knochen gebrochen war, drehte den jungen Mann wieder zurück und nahm Roxanna die Kompresse aus der Hand.

Deren Hände waren blutrot. »Kann er denn überleben, wenn er so viel Blut verliert?«, fragte sie.

»Es scheint mehr zu sein, als es wirklich ist. Bei einer Wunde wie dieser hier, die tief und schmal ist, liegt die Gefahr eigentlich darin, dass das Blut im Körper bleibt und diesen vergiftet. Darum müssen wir das schlechte Blut aus dem Körper fließen lassen.« Er zeigte auf einen kleinen Mörser und griff dann nach einem Beutel, der mit getrockneten Ampferwurzeln gefüllt war. »Ich werde diese zu Pulver zermahlen, und du holst frisches Wasser vom Oberlauf des Flusses und bringst es zum Kochen.«

Als das Wasser kochte, sah Roxanna zu, wie der Medizinmann davon über die zerstoßenen Wurzeln goss, bis ein klebriger Brei entstanden war. Während dieser vor sich hin kochte, reinigte er Cains Wunde vom getrockneten Blut, und als er diese Arbeit zu seiner Zufriedenheit beendet hatte, trug der alte Mann seine Medizin auf, um dann einen weiteren Beutel zu öffnen, in dem sich ein Bündel Teichkolben befand. Diese dienten als weiche, absorbierende Bandagen.

»Und jetzt müssen wir seine Rippen verbinden. Zumindest eine von ihnen ist angebrochen, dort, wo das Horn des Büffels ihn traf.«

Um dem alten Mann dabei behilflich sein zu können, Cain mit den langen, weichen Streifen aus Rehleder zu umwickeln, musste Roxanna an der Seite des Halbbluts niederknien und sich über den Mann beugen. Sie konnte dessen Hitze spüren, als sie seine Haut so intim berührte, und wusste, dass er unter der leichten Decke nichts trug. Eine Strähne nachtschwarzen Haars glitt Cain in die Stirn, und Roxanna strich sie sanft wieder zurück, ohne recht zu bemerken, was sie da tat.

Sieht Viel lächelte zufrieden in sich hinein, als er seine Medizinbeutel und Gerätschaften einsammelte. »Ich werde tagsüber bei ihm sitzen. Geh, iss und ruh dich aus, denn du sollst die Nachtwache übernehmen, wenn ich müde werde.«

Mühsam kletterte Cain aus einem tiefen, schwarzen Brunnen voller Schmerzen, blinzelte und versuchte, die verschwommene Gestalt zu erkennen, die sich über ihn beugte. Alles, was er wahrnehmen konnte, war ein silbriger Heiligenschein um deren Kopf herum. *Alexa!* Hatte er den Namen laut ausgesprochen? Ehe er noch lange darüber nachdenken konnte, brach der Schmerz in seiner Seite wieder auf, und er sank zurück in den schwarzen Brunnen.

Roxanna wusch ihm mit einem feuchten Tuch das Gesicht, spülte das Tuch dann aus und legte es ihm erneut auf die Stirn. Als sie ihn zum ersten Mal gesehen hatte, an dem Tag, als er ins Lager geritten war, da hatte sie seine Gesichtszüge als hart und gefährlich empfunden; aber nun, da er bewusstlos vor ihr lag, konnte sie in ihnen eine unglaubliche männliche Schönheit entdecken, das Beste aus zwei Welten, der roten und der weißen. Leicht berührte sie seine von Bartstoppeln bedeckte Wange mit den hohen Wangenknochen der Cheyenne und ließ ihre Finger über den Sattel der geraden Nase gleiten, über den elegant geformten Mund, wobei sie sich daran erinnerte, wie strahlend weiß das Lächeln in seinem bronzefarbenen Gesicht gewesen war.

Wie würden sich diese Lippen auf den meinen anfühlen? Woher kam nur dieser unmögliche Gedanke? Erschrocken zog Roxanna die Finger fort, setzte sich zurück und wandte ihren Blick von Cains Gesicht, das in der Ruhe so jung und unschuldig wirkte. Sie entdeckte den Eimer mit Mannstreu, einem fiebersenkenden Kraut, das dort in frischem Wasser weichte. Da war nichts zu machen, Sieht Viel hatte ihr gezeigt, was sie mehrmals in der Nacht tun sollte. Cain verglühte.

Roxanna drückte die überschüssige Flüssigkeit aus einer Hand voll Kräuter und begann, die heiße, trockene Haut des jungen Mannes damit abzureiben, wobei sie unbewusst die harten, zähen Muskeln seines Körpers mit denen der konföderierten Offiziere verglich, denen sie während des Krieges begegnet war. Die Männer aus den Rängen, die es wert gewesen waren, dass sie ihnen Aufmerksamkeit schenkte, waren alle älter gewesen, mit Bauchansätzen und schlaffen Muskeln. Hier weiblichen Charme einzusetzen, um aus aufdringlichen Männern mit säuerlichem Atem und rohen, grabschenden Händen Informationen herauszulocken, war eine unangenehme Aufgabe gewesen. Für die Pflege dieses wunderschönen jungen Mannes galt das nicht.

Roxanna hatte Cain die Arme und die Brust abgerieben und wandte sich nun den Beinen zu. Bei der Körpermitte zögerte sie.

»Worauf warten Sie?«, flüsterte da Cain mit rauer Stimme. Fast hätte er lachen müssen angesichts ihres ängstlichen Blickes – dann zog sie ihre Hand rasch fort und sah ihn an.

»Sie waren fiebrig, nicht bei Bewusstsein. Mir wurde gesagt...!«

»Ich habe gehört, was Ihnen gesagt wurde. Nun sollten Sie es auch tun«, befahl er und fragte sich, ob sie wohl mutig genug wäre – ob er mutig genug wäre.

»Wenn Sie wach sind und so gut bei Bewusstsein, dass sie Befehle erteilen können, dann werden Sie mich ja kaum brauchen, um Ihr Fieber zu kühlen«, entgegnete Roxanna mit wütender, atemloser Stimme und warf den Haufen Kräuter geräuschvoll zurück in den Eimer.

»Da haben Sie Recht. Und zudem wette ich, Sie verstehen sich besser darauf, jemanden zum Fiebern zu bringen, als Fieber zu löschen, oder liege ich da falsch?«

Roxanna wurde kreidebleich. Diese schwarzen, glühenden Augen schienen ihr direkt in die Seele zu blicken – als wüsste er alles! Rasch stand sie auf und floh aus dem Zelt.

Cain starrte in die flackernden Flammen des Feuers und lauschte dem einsamen Heulen eines Kojoten – vielleicht war es ja auch ein Späher der Pawnee. Er wollte fort von diesem gefährlichen Ort und all den schmerzlichen Erinnerungen, er wollte nichts mehr zu tun haben mit dieser silberhaarigen Frau, die nichts als Ärger bedeutete und die für Powells Erben bestimmt war. Würde denn nie irgendetwas ihm gehören? Oder er an einen Ort?

Als er sein Gesicht vom Feuer abwandte, fluchte er einmal kurz vor Schmerz und verfiel dann in einen unruhigen Schlummer.

In den folgenden Tagen, in denen Cain sich langsam erholte, bestand Sieht Viel darauf, dass Geht Aufrecht sich um den jungen Krieger kümmerte, obwohl die junge Frau heftig dagegen protestierte. Freundlich, aber bestimmt wies der alte Medizinmann jede Entschuldigung zurück, die sie vorbrachte, jedes Argument, warum Weidenbaum besser geeignet sei als sie selbst. Verzweifelt nahm Roxanna schließlich all ihren Mut zusammen und wandte sich an den alten Lederhemd. In Gegenwart des strengen, abweisenden Häuptlings fühlte sich die junge Frau stets unbehaglich; es schien ihr, als hätte er sie gewogen und für zu leicht befunden.

»Ich möchte Einsamer Bulle nicht pflegen. Kann das nicht eine der Frauen aus eurem Volk tun?«, fragte sie und begegnete dem Blick aus den beunruhigend dunklen Augen mutig und geradeaus.

Schweigend betrachtete der Häuptling die Fremde, als wüsste er die Erwiderung vorsichtig abwägen. »Er ist nicht länger Einsamer Bulle. Sein Name ist Kein Cheyenne. Er ist weiß. Du bist weiß.« Letzteres klang, als wäre es als Anklage gemeint. »Und er hat viele Gewehre bezahlt, um dich zu besitzen.«

»Aber er besitzt mich nicht«, entfuhr es ihr, und dann lief sie schamrot an. »Ich gehöre niemandem!«

»Deine Gedanken verraten dich«, meinte der alte Mann. »Kehre nun an Kein Cheyennes Feuer zurück.« Er hob seinen Arm und wies auf das betreffende Tipi, eine Geste, die keinen Widerspruch duldete. Nachdenklich blickte Lederhemd der jungen Frau nach, die langsam auf das Zelt zuging, und ihre letzten Worte gingen ihm durch den Kopf. *Ich gehöre nieman-*

dem! »Sieht Viel, mein Bruder, du hattest Recht.« Daraufhin lächelte der alte Häuptling, und man hätte dieses Lächeln fast freundlich nennen können.

Deine Gedanken verraten dich. Auch Lederhemds Worte hallten immer noch in Roxannas Kopf nach, als sie sich an diesem Abend auf den Rückweg in das Zelt vorbereitete, in dem Cain auf das Abendessen wartete.

Weidenbaum und Lerchenlied hatten ein großes Stück vom Büffel gegrillt, zusammen mit Stückchen getrockneter Lunge – Letzteres war eine Delikatesse, die Roxanna nicht probieren wollte. Sie lud das Fleisch auf einen Teller, nahm dazu noch eine Schale Traubenkirschen, die mit Honig gesüßt waren, und trug das Essen ins Zelt hinüber.

Cain saß aufrecht gegen einige schwere Taschen aus enthaarter Büffelhaut gelehnt, die ihm als Rückenstütze dienten. Er blickte zu Roxanna auf, als diese sich seinem Lager näherte, und bemerkte, dass ihre Wangen leicht gerötet waren. Seit der Nacht, als er erwacht war, während sie ihn gewaschen hatte, verhielt die junge Frau sich in seiner Gegenwart so nervös wie eine Katze, die zu hoch in einen Baum geklettert war. Was konnte sie denn nun wieder verärgert haben? Er sagte nichts, sah ihr nur zu, wie sie niederkniete und das Essen vor ihn hinstellte. Sie war so anmutig wie ein Schmuckstück der weißen Gesellschaft, auch wenn sie in Hirschleder gekleidet ging und auf dem nackten Fußboden eines rauchgeschwärzten Zeltes hockte. Als sie das Fleisch auf dem Brett mit dem Messer angerichtet hatte, erhob sie sich und wandte sich zum Gehen.

Und auf einmal wollte er, dass sie blieb. »Gehen Sie nicht – essen Sie bitte mit mir. Sie werden doch hungrig sein.«

Roxanna war verwundert. Die Einladung schien spontan und ernst gemeint zu sein, zwei Eigenschaften, die sie nie mit Cain in Verbindung gebracht hätte. Eine silberne Augenbraue hob sich. »Aber eine einfache Frau darf doch gewiss nicht mit einem Krieger zusammen essen!«

»Ich bin Kein Cheyenne, haben Sie das vergessen? Ich kann tun, was mir beliebt, und nun möchte ich mein Essen mit Ihnen teilen ... wenn Sie sich dazu herablassen könnten, sich zu mir zu setzen.«

Irgendetwas brachte Roxanna dazu, wieder Platz zu nehmen – war es das Zittern in ihren Knien? Sie langte nach ein paar Traubenkirschen, während er das schwärzliche trockene Bisonfleisch in mundgerechte Stücke zerlegte, von denen er ihr eines anbot.

»Rindfleisch ist es nicht, aber es schmeckt nicht schlecht«, bemerkte er, nahm selbst ein Stück und missachtete die verschrumpelte Lunge.

»Sie haben Recht, nicht wahr, Sie sind kein Indianer. Ich meine ... Sie scheinen nicht gern hier zu sein, auch wenn Sie hier geboren wurden«, stellte sie offen fest, denn nun endlich hatte ihre Neugierde über die Wachsamkeit gesiegt. Viele Dinge, die Sieht Viel und Lederhemd in den Tagen seit Cains Ankunft geäußert hatten, faszinierten sie – Einsamer Bulle faszinierte sie, wie sie widerwillig zugeben musste.

Ein wachsamer Ausdruck lag auf seinem Gesicht, als er zurückfragte: »Was hat man Ihnen über mich erzählt?«

Sie zuckte die Schultern. »Nicht viel. Dass Ihre Mutter, Kornblumenfrau, Sie Einsamer Bulle nannte. Dass Ihr Vater ein weißer Händler war, den man Seine Augen Sind Kalt nennt, und dass Sie sich entschieden haben, die Gruppe zu verlassen. Und nun nennt man Sie Kein Cheyenne.« Plötzlich schoss Roxanna ein Gedanke durch den Kopf. »Jubal – mein Großvater –, ist er vielleicht Ihr Vater?« Aber es bestand doch gewiss keine Ähnlichkeit mit der alten vergilbten Fotografie, die auf Alexas Kaminsims gestanden hatte!

Cain atmete tief durch, eine schwierige Aufgabe, da seine Rippen noch immer verbunden waren. Dann flog ein bitteres, halbes Lachen über seine Lippen. »Nein, Jubal ist mein Arbeitgeber – verwandt sind wir nicht.«

Roxanna war merkwürdig beruhigt – warum, darüber wollte

sie lieber nicht nachdenken. »Warum haben Sie Ihr Volk verlassen?«

»Ich habe es nicht verlassen, ich wurde verbannt«, erwiderte er knapp.

»Warum?« Wieder erinnerte sie sich an ihren Traum vom jungen Büffel mit den blutigen Hörnern. Sieht Viel hatte verstanden, worum es in diesem Traum ging, aber sich geweigert, ihn ihr zu erklären. Roxannas Blick ruhte auf dem verletzten Mann mit den harten Gesichtszügen und den schwermütigen Augen, und mit einem Mal spürte sie so etwas wie eine Vorahnung.

Noch nie hatte Cain einem Weißen seine Geschichte erzählt, aber jetzt spürte er mit einem Mal das Bedürfnis, diese mit Alexa Hunt zu teilen, einer verwöhnten, arroganten Erbin von der Ostküste! Der ehrlich besorgte – und verwirrte – Blick, mit dem diese ihn musterte, ließ ihm den Atem stocken. Das war doch Wahnsinn, diese Anziehung, die sie auf ihn ausübte! Es war das Beste, ihr rasch die Wahrheit zu erzählen – oder zumindest einen Teil der Wahrheit.

»Ich habe meinen Bruder umgebracht.« Seine Lippen verzogen sich zu einem kalten, wilden Lächeln, das aber gleich wieder verschwand und einem Ausdruck der Verzweiflung wich. »Den Namen Cain wählte ich, um mich immer an das Blut zu erinnern, das an meinen Händen klebt.«

Unendlicher Selbsthass klang aus diesen Worten, und Roxanna erahnte den tiefen Schmerz des jungen Kriegers, auch wenn das, was dieser ihr eben erzählt hatte, sie völlig entsetzte. »Sie werden es nicht ohne guten Grund getan haben«, entgegnete sie leise.

»Ich glaubte, einen guten Grund zu haben, damals, als ich noch so jung war, so voller Verzweiflung und so allein ... Ich war der zweite Sohn meiner Mutter«, begann er seine Erzählung und versetzte sich in Gedanken all die Jahre zurück. »Ihr Cheyenne-Ehemann wurde von Weißen umgebracht, als mein Bruder, Wolf Mit Hohem Rücken, drei Jahre alt war. Mein Vater stieß an einem der Versammlungsorte zu der Gruppe meiner Mutter. Er war Händler und Fallensteller. Er heiratete Kornblumenfrau nach den Gesetzen ihres Volkes, und dann kam ich zur Welt. Vielleicht wäre alles anders gekommen, wenn er zum Indianer geworden wäre, wie das so viele Männer der Berge getan haben, und mit uns gelebt hätte. Aber er ging oft fort, und ich war Wolf Mit Hohem Rücken und seinen Freunden überlassen, die mich quälten, sobald meine Mutter nicht hinsah. Sieht Viel war gut zu mir, aber das war nicht dasselbe, wie einen Vater zu haben, der einem beibringt, was man wissen muss, um ein Krieger zu werden. Ich lebte für die Zeiten, in denen mein Vater bei uns war, doch je älter ich wurde, desto weiter lagen diese Zeiten auseinander. Er hatte auch in der Stadt eine Frau, müssen Sie wissen, eine weiße Frau und einen anderen Sohn, einen weißen Erben, der wirklich zählte. Ich bedeutete ihm nichts.«

Seine Worte hatten so bitter geklungen, dass Roxanna voll Mitgefühl seufzen musste. Auch sie war seit Kriegsende sehr einsam gewesen, aber sie hatte doch eine glückliche Kindheit gehabt, mit einem Vater, einer Mutter und einem Bruder, die sie alle unendlich geliebt hatten. Ruhig wartete sie ab, und dann setzte er seine Geschichte fort, wobei er ins Feuer starrte, während draußen vor dem Zelt die Dämmerung immer dichter wurde.

»Als ich zehn Jahre alt war, kam mein Vater endlich wieder einmal zurück, nachdem er jahrelang fort gewesen war. Vielleicht hatte er sein Gewissen verspürt, gut möglich, aber ich glaube eher, dass er den Indianern nichts überlassen mochte, was ihm gehörte ... auch wenn er dieses Etwas, wie in meinem Fall, gar nicht selbst haben wollte. Er nahm mich mit, um mich in einer Missionsstation bei Big Sandy Creek im Colorado Territory erziehen zu lassen. Die Mission wurde von einem Mann namens Enoch Sterling geleitet ... die freundlichste, sanfteste Seele, die je gelebt hat. Enoch hatte viele Jahre lang für die Methodisten in China, in Kanton, missioniert, war dann aber durch irgendetwas dazu bewegt worden, sich der Indianermission zuzuwenden. Die Cheyenne nannten ihn Gutes Herz. Und dieser Name traf wirklich zu.«

»Und so fanden Sie einen Vater, um den zu ersetzen, der Sie im Stich gelassen hatte.«

Cain war überrascht darüber, wie gut die Frau ihn verstand. Er nickte. »Bekehrt hat Enoch mich nie, aber er hat mir seine beachtliche klassische Bildung zukommen lassen. Ich lese Latein und kann sogar Kantonesisch sprechen! Ersteres wird ja im Westen kaum gebraucht, Letzteres schon. Ich blieb neun Jahre lang bei Enoch in der Mission. Die ganze Zeit über schrieb ich immer wieder Briefe an meinen Vater, und Enoch sorgte dafür, dass der mir auch hin und wieder antwortete, doch er ist nie gekommen, um mich zu besuchen.«

»Und was hat Sie dann zu den Cheyenne zurückgeführt?«

»Meine Mutter wurde krank, in dem Winter, in dem ich zwanzig wurde. Sie wusste, dass sie sterben würde, und ließ mir mitteilen, dass sie mich noch einmal sehen wollte … Ich war, was meine Besuche bei ihr betraf, nicht viel besser gewesen als mein Vater mit seinen Besuchen bei mir. Ich kam in Lederhemds Lager, als mein Bruder gerade mit seinen Freunden unterwegs war, um Raubzüge zu unternehmen.

In den späten Fünfzigerjahren waren die Probleme zwischen Cheyenne und Weißen immer zahlreicher geworden. Mehr und mehr Weiße strömten über den Pfad der Einwanderer; Siedler, die unterwegs nach Oregon waren, Goldsucher auf dem Weg nach Montana und Kalifornien. Eine Abordnung Soldaten aus Fort Lyon ritt hinunter zu einem Cheyennelager, in dem einige unserer Verwandten lebten, und brachte alle Cheyenne dort um. Wolf Mit Hohem Rücken trommelte daraufhin ein paar hitzköpfige Krieger aus der Gemeinschaft der Hundekrieger zusammen, um Rache zu nehmen. Wieselbär war einer von ihnen.

Meine Mutter starb einen Tag, nachdem ich gekommen war. Ich war froh, dass ich zurückgekommen war, um sie noch ein letztes Mal zu sehen ... bis ich dann in die Mission zurückkehrte und die qualmenden Ruinen vorfand. Enoch ... Er rang um Worte, und die Bilder waren selbst jetzt, nach fast acht Jahren, so schrecklich, dass sie ihm die Sprache verschlugen.

»Enoch war nicht tot. Sie hatten ihn gefoltert und liegen lassen, damit ich ihn finden sollte ... Die Kriegslanze meines Bruders steckte in seinem Bauch. Mit seinen letzten Worten flehte er mich an, Wolf Mit Hohem Rücken nicht zu töten.« Cains Stimme brach, doch er war jetzt so in seine Erzählung vertieft, dass er gar nicht mitbekam, wie diese auf die weiße Frau ihm gegenüber wirken mochte. An Enochs Grab schwor ich Rache.

Wolf Mit Hohem Rücken wusste, dass ich ihn suchen würde, und er machte es mir schwer, ihn zu finden. Er streifte in der Prärie umher, mordete und brandschatzte in der ganzen Gegend vom Bozeman Trail bis hin zu den Stakes Plains in Texas. Ich habe ihn gefunden – oder er hat es letztendlich zugelassen, dass ich ihn finde, denn wie es sich genau verhalten hat, werde ich nie wissen –, als er zurückkam, um Lederhemds Gruppe einen Besuch abzustatten.

Sieht Viel versuchte, mich von meinem Vorhaben abzubringen. Lederhemd drohte, mich zu töten, aber beide Männer wussten, dass weder ich noch mein Bruder ruhen würden, ehe nicht einer von uns tot wäre. Nun endlich sah Cain vom Feuer auf und Roxanna direkt in die Augen. »Nachdem ich Wolf Mit Hohem Rücken getötet hatte, verkündeten die Ältesten des Stammes meine Verbannung, aber das machte mir damals nicht viel aus. Hier gab es nichts mehr für mich, es war nichts mehr geblieben.«

Roxanna hatte noch nie einen Menschen getroffen, der eine solches Aura der Einsamkeit um sich verbreitete wie dieser Cain. Was konnte sie sagen, um seinen Schmerz zu lindern? Minutenlang dehnte sich die Stille zwischen den beiden, aber merkwürdigerweise schien ihnen das nichts auszumachen, denn, wie seltsam auch immer, zwischen ihnen war ein neues

Band der Kommunikation entstanden. Einem Impuls folgend, streckte Roxanna die Hand aus und legte sie über die von Cain.

Cain sah auf ihre schlanken, blassen Finger, die sanft den Rücken seiner riesigen bronzenen Faust streichelten. Dann hob er seine Augen zu ihr empor.

Kapitel 5

Roxanna erwiderte den Blick, und ihr stockte der Atem, als sie das nackte Begehren in Cains schwarzen, wie Obsidiane glänzenden Augen sah. Er öffnete seine Hand, umschloss ihr Handgelenk mit seinen langen Fingern und zog sie zu sich heran. Willig, fast wie hypnotisiert, glitt sie in seine Arme und ließ es zu, dass er ihre Hand zu der haarigen breiten Wand führte, die seine Brust war. Sie konnte sein Herz laut und stürmisch pochen hören und wusste, dass ihr eigenes wie ein Echo dieser wilden Jagd klang.

Prüfend und unverwandt blickte Cain in Roxannas Augen und las dort, in der unergründlich türkis schimmernden Tiefe, ihre Zustimmung. Langsam, fast quälend langsam senkte er seinen Mund auf den ihren; er wartete, prüfte, ob sie sich nicht noch in letzter Sekunde zurückziehen würde. Fast wünschte er, sie würde es tun. Es war doch Wahnsinn – sie war MacKenzies Enkelin! Der alte Mann würde seinen Kopf auf einem Silbertablett fordern – von den edelsten Teilen seines Unterkörpers ganz zu schweigen! Aber die junge Frau wich nicht zurück, sondern beugte sich stattdessen mit einem leisen Aufseufzen noch ein wenig weiter zu ihm herüber. Ihre Lippen öffneten sich leicht ... warm ... weich ... unwiderstehlich.

Er wollte sie küssen, und sie lud ihn dazu ein! In den Jahren, in denen Roxanna als Spionin und dann als Schauspielerin gearbeitet hatte, waren viele Männer begehrlich an sie herangetreten, wobei deren Berührungen ihr nur widerwärtig gewesen war. Dies ... dies ... würde anders sein.

Cain unterdrückte einen wilden Ansturm der Lust; am liebsten hätte er stürmisch seinen Mund auf den ihren gepresst und ihr einen leidenschaftlichen Kuss nach dem anderen geraubt.

Stattdessen erforschte er mit allen Sinnen die feste Zartheit ihrer blassrosa Lippen, erfreute sich daran, dass die Unterlippe leise zitterte, als er sie streifte, dann nippte er sacht an ihr, um sie schließlich ganz sanft zwischen seine Zähne zu ziehen. Roxanna holte tief Luft und grub die Fingernägel in die Muskeln seiner Schultern. Noch weiter öffneten sich ihre Lippen, und rasch umspielte er das sich formende zarte O mit seiner Zunge, tauchte sie hinein und ließ sie leicht gegen die ihre schnellen, um sich dann wieder zurückzuziehen. Zaghaft antwortete sie und ließ nun die rosige Spitze ihrer Zunge um seine Lippen spielen. Da verlor er die Beherrschung und begrub mit einem Seufzen animalischer Lust ihren Mund unter dem seinen.

Seine Lippen passten sich den ihren an, verführten sie spielerisch, sich ganz zu öffnen. Seine Zunge dagegen hatte die sensible Forschungsreise eingestellt und fuhr nun fordernd über Roxannas Zähne, wand sich um Roxannas Zunge, tanzte die empfindlichen Seitenwände ihres Mundes entlang und tauchte tief, tief in den Mund ein, um sich dann rasch wieder zurückzuziehen. Mit einem Wimmern, das nicht ganz Furcht ausdrückte und auch nicht ganz Vergnügen, aber durchaus ein starkes Gefühl, wie Roxanna sich eingestehen musste, klammerte sich die junge Frau mit aller Macht an den Mann.

Sie spürte seine Hand ihren Kopf umspannen, fühlte, wie sich seine Finger in ihren Haaren verloren, ihren Zopf lockerten und mit ihm spielten, während er ihren Körper nach hinten bog, um ihrem Mund näher zu sein. Mit seinem freien Arm presste er sie eng an seine Brust. Sie konnte seine Hitze spüren, eine ganz andere als die fiebrige Schwäche der einen Nacht, als er bewusstlos dagelegen hatte. Diese Hitze war voller Kraft, männlich, hungrig und hätte Roxanna ängstigen sollen – sie hätte schockiert sein sollen, angewidert! Stattdessen verbrannte diese Hitze, die nun auch in ihr aufstieg, alle Gefühle, außer dem verzehrenden Bedürfnis, seinen Körper, seinen Mund, seine Hände auf sich zu spüren.

Leicht berührten Cains Fingerspitzen die üppige Weichheit ihrer Brust, und er fühlte, wie sich ihr Fleisch spannte, die Brustwarzen hart wurden wie kleine Kiesel. Diese Frau war eine Vision aus Rosa, Silber und Weiß. Das Bild von ihr, wie sie nackt im Fluss gestanden hatte, würde bis an sein Lebensende in sein Gedächtnis gebrannt sein. Aber sie war für ihn so unerreichbar wie Schnee für die Sahara – nur eben in diesem Moment gerade nicht. *Jetzt, jetzt könnte sie mein sein.*

Und er würde sie besitzen! Ihre Hände legten sich um seinen Nacken und zogen ihn hinab, als er sie in die weichen Felle seines Lagers hinabsenkte. Sie protestierte leise, als sein Mund den ihren freigab, bog sich aber freudig seinen heißen Lippen entgegen, die nun eine Spur aus feuchten, warmen Küssen ihren Hals hinab und über das Schlüsselbein hinaus zeichneten, um dann dort, wo sich ihm ihre Brüste entgegenstreckten, mit dem Ausschnitt ihres Hemdes zu spielen.

Roxanna nahm wahr, wie seine Hände die Schleifen an ihrem Hemd lösten, und sie fühlte, wie sich ihre Brustwarzen immer stärker spannten, wie ihre Brüste im seltsamen Einklang mit dem Pochen tief unten in ihrem Leib schmerzten. Warum nur stoppte sie ihn nicht? Das war doch schlimm, was sie taten, völlig wahnsinnig! Wollte sie wirklich ihre ganze Zukunft an einen Fremden wegwerfen, ein Halbblut, einen Revolverhelden, wahrscheinlich sogar gesuchten Verbrecher? Dann sogen seine Lippen mit all ihrer glühenden Hitze an ihrer Brust, und die Welt drehte sich und versank. Sie grub ihre Finger in sein nachtschwarzes Haar und spornte ihn an, als er nun mit den Lippen die andere Brust suchte und dabei in sanften, dunklen Tönen unverständliche Koseworte murmelte.

Cain ignorierte das Pochen in seiner gerade erst verheilten Seitenwunde, ignorierte die Prellungen auf seinem Rücken und achtete nur auf den viel dringlicheren Schmerz in seinen Lenden. Behutsam legte er die Frau auf den Rücken und bedeckte ihren Körper mit seinem. Schon spürte er, wie sie die langen, schlanken Beine öffnete, bereit, ihn tief, ganz tief in sich aufzunehmen. Gerade wollte er sich anschicken, den Hosenbund zu öffnen und sein Geschlecht zu befreien, als ein leises, aber deutliches Husten das Stöhnen auf dem Lager übertönte. Auf Cain wirkte der traditionelle Cheyennegruß draußen vor dem Zelt wie ein Eimer eiskaltes Flusswasser. Er hatte Lederhemds Stimme erkannt, der sich nun räusperte und ungeduldig ein zweites Mal hustete.

Roxanna hatte eben noch unter Cains hartem, hungrigem Körper gelegen und fieberhaft darauf gewartet, an einen Ort entführt zu werden, an dem sie noch nie gewesen war – und im nächsten Moment schon lag sie allein, zitternd vor Entsetzen da, und er, er hatte sich mit einem Fluch von ihr gerollt und begonnen, hastig seine Hose zu schließen. Wie eine Hure lag sie auf das Lager gebreitet, und wie eine Hure fühlte sie sich auch: die Beine gespreizt, das Hemd nach oben geschoben, die Brüste bloß in der kühlen Abendluft. Der Geruch von kaltem, fettigem Fleisch und süßen Früchten mischte sich mit dem Geruch des Holzfeuers sowie dem nicht zu missdeutenden Geruch nach Sex. Roxannas Magen drehte sich, als sie sich jetzt aufsetzte und mit zitternden Händen die Schulterschleifen ihres Hemdes zuband. Cain beobachtete sie aus halb geschlossenen Augen, was noch zu ihrem Gefühl der Demütigung beitrug.

Dann rief er etwas auf Cheyenne und sprach ein weiteres Mal, als er sah, dass sie fertig angezogen war. Lederhemd öffnete den Türvorhang und trat ins Zelt. Er würdigte Roxanna keines Blickes, wechselte nur ein paar kurze, hart klingende Sätze mit Cain und ging dann ebenso abrupt, wie er gekommen war. Roxanna hatte sich vor dem Häuptling unendlich gedemütigt gefühlt, war jedoch auch dankbar dafür, dass er sie und Cain überrascht hatte. Was hätte ich getan, wenn er nicht gekommen wäre?

»Voller Bedauern, Silberhaar?«, neckte Cain sie, wodurch er seine Wut darüber zu verbergen suchte, dass etwas zwischen ihm und der Frau verloren gegangen war, was über die Lust eines einzigen Augenblicks hinausging. Nein, du irrst, ermahnte er sich, es war pure Lust, mehr nicht. Es ist besser, dass ich sie nicht bekommen habe. Er wusste durchaus, dass er sich gerade selbst etwas vormachte, mochte aber nicht darüber nachdenken, warum.

»Was wollte Lederhemd?«, fragte Roxanna schließlich, als sie das ungemütliche Schweigen zwischen sich und Cain nicht mehr ertragen konnte.

»Sie meinen, außer uns zu stören bei unserem kleinen ...«

Mit einem lauten Klatschen landete ihre Hand auf seiner Wange und wischte den zynischen Ausdruck aus seinem Gesicht. Roxanna war tief betroffen, und Scham fraß sich in ihre Seele – sie war also für ihn nicht mehr als ein Spielzeug, wie sie in jener grässlichen Nacht in Vicksburg eins gewesen war. Sie hatte erwartet, dass er nach der Ohrfeige wütend werden würde, weshalb sie erstaunt war, als er sich stattdessen nur mit ausdruckslosem Gesicht zurücksetzte.

»Das hatte ich wohl verdient.« Er sah, wie erschrocken und plötzlich sehr vorsichtig sie ihn ansah, als er versuchte, das Unerklärliche zu erklären, denn etwas musste ja unternommen werden, wenn sie gemeinsam den ganzen Weg bis in Mackenzies Eisenbahnlager zurücklegen wollten. »Sehen Sie, Alexa: Niemand von uns beiden hatte vor, das zu tun, was wir heute fast getan hätten ... Es geschah ganz einfach. Mein Gott!« Er fuhr sich mit den Fingern durchs Haar. »Sie haben Sieht Viel geholfen, mein Leben zu retten! Ich schulde Ihnen mehr als ... Ach, verdammt noch mal!«

Sie starrte auf ihre verkrampften Hände. »Und ich schulde Ihnen etwas dafür, dass Sie mich gefunden und Verhandlungen über meine Freilassung geführt haben. Also glaube ich, wir sind quitt, Cain!« Damit erhob sie sich, denn sie wollte so rasch wie möglich fort von ihm, um ihre Purzelbaum schlagenden Gefühle wieder unter Kontrolle zu bringen sowie alles ruhig zu überdenken und zu ordnen, wie es ihre Art war.

Ehe sie aus der Tür fliehen konnte, bemerkte er: »Lederhemd teilte mir mit, dass die Pawnee nach Süden weitergeritten sind. Es ist also sicher für uns, falls wir morgen früh losreiten.«

Sie drehte sich nicht um, wandte nur den Kopf über die Schulter und fragte: »Und sind Sie gesund genug zum Reisen?«

Er fuhr sich leicht über die Seite. »Es schmerzt noch, aber ich hatte schon schlimmere Verletzungen. Ja, ich kann reiten.«

»Dann werde ich fertig sein.« Mit diesen Worten verschwand sie durch die Zelttür.

»Wie merkwürdig: Als ich hier ankam, konnte ich an nichts anderes denken als an Flucht. Nun bin ich traurig darüber, dein Volk verlassen zu müssen. Ihr wart sehr gütig zu mir«, sagte Roxanna zu Sieht Viel.

Der alte Mann nahm einen Zug aus seiner Pfeife und legte diese dann beiseite. Sie waren allein in seinem Zelt, denn beide Enkelinnen nahmen an einem Tanz teil, mit dem das Verschwinden der feindlichen Pawnee von den Jagdgründen der Cheyenne gefeiert wurde. Der Medizinmann betrachtete die wunderschöne junge Frau, deren Mut und deren Güte ihn berührt hatten. »Mein Herz freut sich, diese Worte zu hören. Du bist aus einem guten Grund hierher gebracht worden. Ich war nur das Werkzeug.«

Roxanna lächelte: »Um Waffen zu bringen, damit dein Volk jagen kann?«

»Nein, das war für uns nur ein kleiner zusätzlicher Segen. Es gibt größere Dinge, die sich in deiner Welt und in unserer entfalten werden, ehe wir uns wiedersehen...!«

Sie betrachtete ihn voller Neugier. »Du hast schon einmal diesen Traum erwähnt, den du hattest – in dem ich entführt wurde. Und du hast den Eisamen Bullen erwähnt. Wie passt er da hinein? Und du hast nie meinen Traum vom Büffel mit den blutigen Hörnern erklärt.«

»Er hat dir die Gründe für seine Verbannung genannt.« Das war eine Feststellung, keine Frage.

Roxanna nickte. »Das erklärt, warum der Einsame Bulle Blut an den Hörnern hatte, nehme ich an, aber was hat das mit mir zu tun?«

»Der Tod von Wolf Mit Hohem Rücken liegt lange Zeit zurück. Dieser Kreis schließt sich nun, denke ich. Vielleicht bringst du Heilung für Einsamer Bulle, denn er bedarf der Heilung sehr, oder denkst du nicht so?«

»Doch – ich habe nie einen Mann getroffen, der so ... so allein war.« Sie suchte verzweifelt nach Worten, mit denen sie ihre Gefühle für Cain besser hätte beschreiben könne, fand jedoch keine. »Aber ich kann ihn nicht vom Mord an seinem Bruder freisprechen.«

»Du kannst ihn lieben. Das wird genügen.«

Ihr Kopf flog mit einen Ruck hoch, und sie fühlte, wie sich ihre Wangen im Widerschein des Feuers röteten, als ihr Blick auf den des Medizinmannes traf. »Ihn lieben?«, wiederholte sie erstaunt und mit brüchiger Stimme. Hatte Lederhemd ihm erzählt, was sich gerade eben in Cains Zelt abgespielt hatte? Ihr war sehr an der guten Meinung des alten Schamanen gelegen – ebenso wie an der ihres Vaters, damals, als dieser noch gelebt hatte.

»Liebe ihn. Alles andere wird sich uns im Lauf der Zeit offenbaren.«

Du kannst ihn lieben. Sieht Viels Worte hallten noch in Roxannas Kopf wider, als sie sich jetzt von den Freunden verabschiedete, die sie bei ihrem Aufenthalt bei den Cheyenne gewonnen hatte. Der alte Lederhemd stand streng blickend abseits, aus seiner Miene war nichts zu erkennen. Verdammte er sie jetzt als weiße Frau von lockerer Moral, nachdem er sie und Cain letzte Nacht gehört hatte? Roxanna hatte gelernt, dass die Cheyenne – ganz im Gegensatz zu dem, was die Weißen über sie dachten –

die Keuschheit betreffend sehr strenge Regeln hatten. Dann nickte ihr Lederhemd in seiner kühlen, abschätzenden Art zu, als wollte er sagen: Ziehe in Frieden, Geht Aufrecht. Sie lächelte nicht, sondern erwiderte seine Geste ernst und schweigend.

»Wir werden dich vermissen«, meinte Weidenbaum und schlug sich mit der starken braunen Faust gegen die Brust, auf der Höhe des Herzens. Lerchenlied brachte dieselben Gefühle zum Ausdruck, und beide Frauen umarmten Roxanna zum Abschied, wobei Sieht Viel wohlwollend zusah.

Cain beobachtete diese Verabschiedung und wunderte sich über die Zuneigung, die Alexa Hunt diesen Menschen entgegenbrachte. Jede andere weiße Frau in ihrer Lage hätte sich den Staub des Lagers so rasch wie möglich von den Schuhen geschüttelt und wäre davon geritten. Lederhemd blieb unbeweglich, als er Kein Cheyenne anstarrte. Das ist alles, was ich je für ihn sein werde: Kein Cheyenne, dachte Cain bitter, als eine Szene, die nun schon lange zurücklag, sich erneut vor seinem geistigen Auge abspielte.

Er hatte sich an den Häuptling gewandt, als er von Enochs zerstörter Mission zurückgekommen war und diesen um Gerechtigkeit gebeten, aber sie war ihm verweigert worden.

»Was, wenn Wolf Mit Hohem Rücken Sieht Viel umgebracht hätte? Würdest du dann auch denken, es sei falsch, dass er für seine Tat stirbt?«

»Nur dein weißes Blut lässt es zu, dass du einen aus deinem Volk ermordest. Wolf Mit Hohem Rücken würde so etwas nie tun. Sein Herz war schlecht, als er den weißen Medizinmann tötete, aber er wird für diese Tat nicht sterben, und wir werden ihn auch nicht verbannen, denn er hat keinen der unsrigen umgebracht. Das ist unser Gesetz. Ich habe gesprochen.«

»Dann will ich von eurem Gesetz nichts wissen, denn für mich und meinesgleichen hat es niemals gegolten! Du sagst ja ganz deutlich, dass ich nie dazugehört habe.«

»Du hast vor langer Zeit in deinem eigenen Herzen die Wahl getroffen. Du willst nur zum Volk deines Vaters gehören.«

»Dann wird auch niemand um mich trauern, wenn ich verbannt werde. Sollen sie doch um Wolf Mit Hohem Rücken trauern, der für seine Sünden bezahlen wird. Ich habe gesprochen!«

Sieht Viel beobachtete Einsamer Bulle und wusste, dass dieser noch einmal die Verletztheit und den Zorn durchlebte, mit denen er beim letzten Mal Abschied von seinem Volk genommen hatte. Würde eine Zeit kommen, in der dieser junge Mann mit Freuden zu ihnen eilte? Wenn doch nur der Große Geist das Gebet eines alten Mannes erhören würde! Die Ankunft von Geht Aufrecht war ein günstiges Zeichen gewesen. Vielleicht würde sich alles zum Guten wenden. Der Schamane war sicher, dass die Frau dem Einsamen Bullen würde helfen können ... wenn der stolze Außenseiter es nur zuließ!

Als die beiden vom Lager der Cheyenne fortritten, bemerkte Roxanna, dass Cain nicht einmal zurücksah oder winkte. »Die Verbannung muss für Sie sehr schmerzhaft gewesen sein. Haben Sie denn in der Gruppe keine lebenden Verwandten mehr?«, fragte sie.

»Sieht Viel ist mein Großonkel. Lederhemd ist mein Großvater«, antwortete Cain tonlos und verfiel dann in ein Schweigen, das keine weiteren Fragen oder Kommentare mehr zuließ.

Roxanna musste die Auskunft erst einmal verdauen, auch wenn diese, jetzt, da sie darüber nachdachte, nicht wirklich überraschend war. Zwischen den zwei großen, schlanken Männern bestand durchaus eine gewisse körperliche Ähnlichkeit. Die indianischen Züge, die Cain besaß, hatte er von seinem Großvater geerbt. Roxanna war ebenso neugierig, was Cains weiße Abstammung betraf, wusste aber, dass jetzt nicht der richtige Zeitpunkt war, dieses bedrückende Thema anzusprechen. Der Vater, der Cains Liebe zurückgewiesen hatte, war ein noch eifriger gehütetes Geheimnis als seine Cheyenne-Familie.

Als Nächstes dachte Roxanna über die Leidenschaft nach, die sie und den Mann, der jetzt an ihrer Seite ritt, in der vergangenen Nacht fast überwältigt hätte. Cain hatte ja Recht, als er gesagt hatte, es sei weder von ihm noch von ihr so geplant gewesen. Gott war ihr Zeuge: Der Mann hatte alles dafür getan, sie mit Hohn, Spott, ja selbst Beleidigungen auf Abstand zu halten. Aber irgendetwas zog sie unwiderstehlich zu ihm hin. War es der Traum? Oder die Einsamkeit, die Verletzlichkeit des jungen Mannes? Beides waren sicher auch Eigenschaften, die sie mit ihm teilte – und ein Übermaß an Stolz, den sie beide wie einen Panzer trugen, um sich vor allen weiteren Grausamkeiten des Lebens zu schützen.

Das Schicksal hatte interveniert, und zwar in der Gestalt von Cains Großvater, der Cain und sie davor bewahrt hatte, sich hoffnungslos zu kompromittieren. Cain war Jubal MacKenzies Angestellter. Was, wenn sie mit ihm geschlafen hätte und ihm dann hätte entgegentreten müssen, nachdem sie sich mit Lawrence Powell vermählt hatte? Und hätte sie dann überhaupt noch guten Gewissens eine solche Heirat eingehen können?

Dieses ganze Heiratsabkommen war Roxanna nie wirklich real erschienen. Sie hatte versucht, sich selbst davon zu überzeugen, dass so eine arrangierte Heirat mit einem Fremden besser sei als das Schicksal, das Isobel Darby ihr zugedacht hatte, und in St. Louis war ihr der Plan auch noch durchführbar erschienen. Doch mit jeder Meile, die sie einer Realisierung der Angelegenheit näher kam, schmolz ein Teil ihres Selbstvertrauens dahin.

Und das alles nur wegen Cain!

Aber sofort rief Roxanna sich zur Ordnung. Ihre Bedenken hatten mit Cain gar nichts zu tun; die Vorstellung, sich ein Leben lang an irgendeinen Mann zu binden, bedrückte sie! Sie hatte im Krieg gelernt, dass Männer logen, brutal waren und betrogen, wo sie nur konnten. Die Vorstellung, einer von diesen würde sie noch einmal berühren, verursachte ihr eine Gänsehaut. Aber als Cain dich berührte, da wolltest du mehr und immer noch mehr!, dachte sie. Nachdenklich blickte Roxanna von der Seite auf Cains verschlossenes Profil. Er hatte sich in den vergangenen beiden Tagen nicht rasiert, und mit dem leichten Schimmer der Bartstoppeln wirkte sein Gesicht mehr denn je wie das eines Piraten. Zur Vervollständigung des Bildes fehlte eigentlich nur noch der goldene Ohrring.

»Hier schlagen wir heute unser Lager auf«, unterbrach Cain die Überlegungen seiner Begleiterin. Er schwang sich vom Pferd und trat dann neben die graue Stute, die er für Alexa besorgt hatte. Diese hatte Mühe, vom Pferd zu steigen, ohne dass dabei der enge Rock ihres Kleides nach oben rutschte und noch mehr von ihren langen Beinen preisgab, als ohnehin schon der Fall war. Mit einem leicht zynischen Lächeln streckte Cain die Arme aus, umschlang Roxannas Hüfte und hob die Frau, als wäre sie ohne Gewicht, mühelos aus dem Sattel.

Roxanna war schlank, aber für eine Frau auch recht groß und nicht daran gewöhnt, sich einem Mann gegenüber klein und zierlich zu fühlen. Die Cheyenne jedoch waren ein außergewöhnlich hoch gewachsenes Volk, und selbst unter ihnen galt Cain als großer Mann. Seine Finger schienen durch das Rehleder ihres Kleides hindurch bis auf ihre Haut zu brennen, als er sie aus dem Sattel hob und sanft zu Boden gleiten ließ. Roxanna klammerte sich an seine Schulter, spürte die kräftige, geschmeidige Bewegung seiner Muskeln und musste unwillkürlich schlucken. Falsch, Roxy, ganz falsch, schalt sie sich gleich darauf, als ein Blick aus Cains unergründlich schwarzen Augen sie traf. Ehe sie sich noch genug zusammenreißen konnte, um ihm für seine Hilfe zu danken, sah er auch bereits wieder weg, gab sie abrupt frei und wandte sich zum Gehen.

»Ich reibe die Pferde trocken. Sorgen Sie für ein Feuer. Aber lassen Sie es nicht zu groß werden. Wahrscheinlich sind wir hier sicher, doch ich möchte ungern die Aufmerksamkeit ungebetener Besucher auf uns lenken.« Mit diesen Worten löste er den Sattelgurt seines Kastanienbraunen, warf das schmucke Stück ins Gras und sattelte dann auch die graue Stute ab.

Roxanna beobachtete mit Staunen, wie der junge Mann, der doch erst vor weniger als einer Woche eine lebensgefährliche Verletzung erlitten hatte, sich ohne sichtliche Anstrengung den schweren Sätteln widmete. Wie schnell er sich erholt hatte! Manchmal entfuhr ihm ein leises Stöhnen, aber ansonsten ließ er sich keinerlei Schwäche anmerken.

Als er sah, dass sie einfach nur so dastand und ihm zusah, drehte er sich mit einer spöttisch gehobenen Augenbraue zu ihr um und sagte: »Ich nehme doch an, dass man Ihnen beigebracht hat, wie man ein Feuer entfacht? Sie waren immerhin über einen Monat lang bei den Cheyenne!«

Roxanna fühlte, wie sie peinlich berührt knallrot anlief. »Natürlich kann ich Feuer machen«, murmelte sie und suchte die Umgebung des Lagerplatzes rasch mit den Augen ab. In einiger Entfernung gab es ein kleines, von Kiefern und roten Zedern dicht umstandenes Wasserloch. Dorthin ging sie, um trockenes Holz zu sammeln.

Cain wandte sich nach Westen und betrachtete den Himmel, an dem gerade hinter lavendelblauen Bergspitzen am weit entfernten Horizont die Sonne in einer Kaskade aus Glutrot und Gold unterging. Die Schönheit dieses Anblicks rührte ihn wie immer, aber gleichzeitig betrachtete er die von Norden heranziehenden und sich rasch zusammenballenden Wolken mit Besorgnis, die sich dunkellila und stahlgrau in schneller Folge vor den Sonnenuntergang schoben. Es war jetzt ein leichter Wind aufgekommen, der aber dennoch bis in die Knochen drang. Auf der Hochebene der Prärie barg jede Jahreszeit Gefahren, der späte Frühling jedoch war die unzuverlässigste Periode überhaupt. Es war nun einige Wochen lang unverhältnismäßig warm gewesen, doch Cain, der in dieser Gegend aufgewachsen war, wusste, dass es durchaus möglich sein konnte, am nächsten Morgen dreißig Zentimeter Schnee vorzufinden. Diese Witterungsumschwünge konnten zwei Menschen, die allein durch dieses Gebiet reisten, das über viele Meilen hinweg keinen wirklichen Schutz bot, durchaus gefährlich werden.

Hier gab es in der Nähe ein ausgetrocknetes Flussbett, das sich die Schmelzwasser des Frühjahrs in jahrhundertelanger Fleißarbeit in den weichen Sandstein gegraben hatten. An dessen nördlichem Ufer hing ein steinerner Überhang über die Schlucht, der eine gewisse Deckung gewähren würde, sollte sich das Wetter drastisch ändern. Cain war an dieser Stelle vorbeigekommen, als er nach Lederhemd und seinen Leuten gesucht hatte, und hatte sie sich gut eingeprägt. Genau dieses Flussbettes wegen hatte er auch an dieser Stelle das Lager aufschlagen wollen, obwohl die Dämmerung noch nicht hereingebrochen war. Sorgfältig rieb er die beiden Pferde trocken, sattelte sie dann aber rasch wieder, ehe er ihnen Futter gab.

Verwundert sah Roxanna ihm zu. Warum sattelte er die Pferde wieder? Weshalb betrachtete er so prüfend den Horizont im Norden? Cain hatte außer dem Befehl zum Feuermachen kein weiteres Wort an sie gerichtet. Diese Reise würde schrecklich lang werden, wenn sich schon nach einem Tag ein solch ungemütliches Schweigen zwischen ihnen breit machte! Schließlich ertrug die junge Frau die Spannung nicht länger und fragte: »Befürchten Sie, dass die Pawnee kommen?«

Cain hockte neben dem kleinen Feuer und überprüfte sorgfältig alle Funktionen an seinem Spencer. »Ich habe keine Anzeichen dafür gesehen, dass Pawnee in der Nähe sind«, erwiderte er, ohne aufzusehen, legte den Karabiner beiseite und griff nach dem Smith & Wesson-Revolver.

Betroffen von dieser kalten, abweisenden Antwort wandte Roxanna sich wieder ihren eigenen Aufgaben zu. Über dem Feuer rösteten zwei Eselshasen und wollten begossen werden. Ich heirate Lawrence Powell und wenn er zwei Köpfe hat und einer ist hässlicher als der andere! Zornig stach die junge Frau in das brutzelnde Fleisch, um zu prüfen, ob es schon gar sei, und stellte sich dabei vor, sie stäche in Cains dicke Haut. Ein Spritzer wunderbar duftenden Fleischsaftes rann ins Feuer, das daraufhin kurz aufflammte. »Das Essen ist serviert«, verkündete Roxanna gelassen. Eher wollte sie verdammt sein, als sich von ihm zu einem kindischen Wutanfall hinreißen zu lassen.

Cain legte seine Waffen beiseite, warf einen besorgten Blick auf den nördlichen Himmel und erhob sich dann. Ein scharfer Windstoß fuhr fauchend am Ärmel seines hirschledernen Hemdes entlang und streifte mit eiskaltem Biss seine Haut. »Essen Sie rasch. Das könnte das letzte warme Essen sein, das wir für eine Weile bekommen«, rief er, riss ein Stück Kaninchenfleisch ab und verschlang es hastig.

»Warum?«, fragte sie, verwundert über seine erneute Stimmungsänderung, verzehrte aber ebenfalls rasch einen großzügigen Bissen Fleisch.

Cain hob den Arm und wies auf die stahlgrauen Wolken, die sich über ihnen türmten. »Da oben braut sich ein Sturm zusammen.«

»Aber ein wenig Regen hat noch keinem geschadet! Der Mai in St. Louis ...«

»Wir sind hier nicht in St. Louis. Hier auf der Hochebene befinden wir uns in ungefähr sechzehnhundert Metern Höhe mit nichts zwischen uns und der Arktis, was verhindern könnte, dass der Wind von dort direkt zu uns herüberbläst. Hier draußen nennt man diesen Wind den Blauen aus dem Norden, und wenn der mal loslegt, hockt er sich auf seine Hinterbeine und heult wie tausend Wölfe auf einmal. Die Wärme, die hier in der letzten Zeit herrschte, macht alles unter Umständen noch schlimmer. So bekommen wir nämlich vielleicht Hagel statt Regen.«

»Hagel!« Nervös glitt Roxannas Blick über die offene, weglose Prärie und blieb an den Bergen am Horizont hängen, die zu weit entfernt waren, um Schutz bieten zu können. Die zerzausten Kiefern und Zedern bei der kleinen Wasserstelle wirkten angesichts eines drohenden Hagelsturms doch recht jämmerlich.

Als wollte er ihre Gedanken noch untermauern, wirbelte der Wind, der inzwischen stärker geworden war, eine beißende Staubwolke auf, die um ein Haar das Lagerfeuer gelöscht hätte.

»Ich glaube, wir sollten uns lieber Deckung suchen«, schrie Cain gegen das Wehklagen des Windes an.

»Wo?«

Cain trat das Feuer aus und packte die Pferde am Halfter. »Sie nehmen die Essensvorräte.« Roxanna begann, die Blechteller- und -tassen zusammenzusammeln, aber er unterbrach sie hektisch: »Lassen Sie das Geschirr hier!«

Mittlerweile hingen die Wolken sehr niedrig, und der Wind drückte mit Macht das Gras platt auf die Erde. Als Cain sah, dass Roxanna strauchelte, weil eine Windböe sie um ein Haar zu Boden geworfen hätte, nahm Cain ihr den Sack mit den Vorräten ab und warf ihn über den Sattel des Braunen. Er schlang der jungen Frau einen Arm um die Taille und lief mit ihr auf die Schlucht zu, wobei er die nervösen Pferde hinter sich herzog.

Der Wind verhielt sich wie ein lebendiges Wesen; er hatte ja auch nicht zu Unrecht einen eigenen Namen. Immer stärker wütete und tobte er und fuhr fauchend zwischen die beiden gebückt gehenden Menschen, die Mühe hatten, gegen ihn anzukämpfen. Roxanna klammerte sich krampfhaft an Cain, der sich dem Wind entgegenstemmte und mit riesigen Schritten vorwärts eilte. Urplötzlich tauchte vor den beiden ein schmaler Spalt im Fels auf, den sie hinunterkletterten.

Sie waren eben auf dem flachen, felsigen Grund des alten Wasserlaufs angekommen, als der Wind ebenso plötzlich, wie er sich erhoben hatte, wieder erstarb.

»Ist es vorbei?«, fragte Roxanna.

Cain blickte zu den Wolken hinauf, die, über ihnen zusammengetürmt, den Himmel unter sich begraben zu haben schienen und nichts Gutes verkündeten. »Es hat gerade erst angefangen«, erwiderte er grimmig. Gleich darauf setzte ein ohrenbetäubendes Prasseln ein, während Hagelkörner von der Größe kleiner Holzäpfel wie wütende weiße Fäuste auf Cain und Roxanna eindroschen.

Cain versuchte noch nicht einmal, seine Stimme über den Lärm zu erheben, sondern barg nur im Gehen Roxanna schützend im Windschatten seiner Schulter und zog die zu Tode erschrockenen Pferde hinter sich her, bis sie alle bei einem kleinen Felsvorsprung angekommen waren. Dort schob er die jungen Frau so dicht an den Felsen heran wie irgend möglich. Gleichzeitig drehte er auch die Pferde so, dass sie von dem wenigen Schutz, den die Nische bot, profitieren konnten. Geschickt wickelte er die Zügel der Tiere um den Stamm einer Traubenkirsche, die aus einer Seite des Felsvorsprungs herauswuchs. Die völlig verschreckten Pferde drängten sich eng aneinander, wieherten und stampften mit den Hufen, während der Hagelsturm die Erde um sie herum weiß färbte.

Roxanna spürte, wie der eiskalte Wind über den Boden der engen Schlucht strich. Mein Gott – und wenn das Unwetter sie hier unten lebendig begraben würde? Sie presste sich die Hände auf die Ohren und drängte sich gegen den kalten harten Fels. Dann kniete Cain neben ihr und nahm sie in die Arme, bedeckte sie mit seinem Körper, um sie vor dem Wind zu schützen und sie von den stechenden Hagelkörnern abzuschirmen, die zwischen den Beinen der Pferde hindurch bis in ihre unzureichende Schutzhütte wehten.

Cain hatte eine der Deckenrollen von seinem Sattel geschnallt und breitete nun den schweren Wollstoff aus, um sie beide darin einzuhüllen. Er spürte das unkontrollierte Zittern der jungen Frau, strich ihr sanft mit der Hand über das seidige Haar und barg schützend ihren Kopf, um zu verhindern, dass dieser auf den Felsen aufschlug. Nach einiger Zeit hörte das Zittern auf, aber sie klammerte sich immer noch verzweifelt an seinen Arm, während sie ihren Körper an den seinen presste. Er spürte die sanfte Wölbung ihrer Brust, die Konturen der langen, schlanken Beine, die sich um ihn schlangen. Alexas Geruch drang ihm in die Nase, fein und doch zu Kopf steigend, wohl kaum das Parfüm, das sie auflegte, wenn sie in der Zivilisation weilte, aber weitaus erregender. In kleinen heißen Stößen streifte ihr Atem seinen Hals, was ihn unwillkürlich aufstöhnen ließ. Im ohrenbetäubenden Lärm des Sturms ging der leise Laut unter.

Roxanna presste ihr Gesicht in das widerborstige, schwarze Haar auf der Brust des Mannes, sodass sie trotz des betäubenden Wolkengusses seinen regelmäßigen Herzschlag hörte. Cains Körper schützte sie, nahm die Bestrafung auf sich, die die Elemente gerade austeilten. Ungestüm droschen Hagel und Wind auf seinen armen, kaum verheilten Rücken ein, und dennoch wich er nicht von der Stelle, hielt sie schützend unter sich geborgen.

Vorsichtig schlang Roxanna die Arme um den jungen Mann, breitete die Hände über die frische Wunde in seiner Seite, die Prellung auf seinem Schulterblatt und versuchte nun ihrerseits, ihn auf diese Weise vor den Elementen zu schützen. Seine Finger verfingen sich in ihrem Haar, wie in der Nacht im Zelt, als er sie geküsst hatte. Roxanna fühlte sich sicher, liebevoll aufgehoben, völlig im Frieden mit sich und der Welt inmitten des gewaltigen Tosens um sich herum. In Cains Armen kam es ihr vor, als wäre sie endlich, nach langer, langer Abwesenheit, zu Hause angekommen.

Langsam ließ der Hagel nach und hörte dann ganz auf, aber der Wind heulte nach wie vor wild und wütend und trieb Sand in ihre Schutzhöhle, der stechend auf jedes Stück bloße Haut traf. Cain spürte, wie Roxanna noch tiefer in ihn hineinkroch. Jede noch so leichte Bewegung, mit der ihr Körper seinen streifte, verursachte ihm Pein. Er spürte sein Geschlecht wachsen und hart werden und wusste, dass auch sie es durch seine Hose hindurch an ihrem Bauch spüren musste. Er fragte sich, ob ihr klar war, was da geschah. Manch törichte weiße Jungfer hatte da gar keine Ahnung – so war ihm zumindest berichtet worden. Die Frauen, mit denen er sich abgab, waren nie unschuldig.

Cain war sich nicht sicher, was er von Alexa Hunt halten sollte. Sie war als das einzige Kind eines führenden Mitglieds der guten Gesellschaft von St. Louis ungeheuer behütet aufgewachsen. Also durfte man eigentlich an ihrer Unschuld keinen Zweifel hegen. Sie mochte etwa zwanzig Jahre alt sein.

Cheyennefrauen – und auch viele weiße Frauen im Grenzgebiet – bekamen mit sechzehn Jahren oder sogar noch früher ihr erstes Kind. Es verwirrte ihn, wie diese Alexa auf seine Küsse reagiert hatte. In ihr sprudelte ein Brunnen der Leidenschaft – gleichzeitig jedoch war sie von einer schwer verständlichen Unzugänglichkeit, die seiner Meinung nach aber eher auf Zurückhaltung schließen ließ, statt auf Unerfahrenheit.

Würde er dem immer überwältigender auf ihn einstürmenden Bedürfnis nachgeben und mit ihr schlafen, dann wäre es für sie beide besser, wenn sie keine Jungfrau mehr wäre. Aber auch dann würde er alles, wofür er je gearbeitet hatte, aufs Spiel setzen. Jubal hatte Pläne mit der jungen Frau, in denen ein Halbblut-Revolvermann sicher keinen Platz hatte. Wie sehr der alte Schotte ihn auch zu schätzen gelernt hatte, wie sehr er in vielen Dingen auf ihn baute – Cain wusste, dass MacKenzie seinen Kopf fordern würde, wenn er jetzt mit seiner Enkelin schliefe. Als Alexa nun den Kopf hob und ihr Gesicht an seinem Hals barg, versuchte er, sich diese Tatsache stoisch vor Augen zu halten.

Roxanna fühlte, wie Cain unbeholfen sein Gewicht verlagerte und dabei versuchte, sie nicht zu erdrücken. Der Wind heulte immer noch, und über Cains Schulter hinweg konnte sie das stumpfe Weiß der aufgetürmten Hagelkörner sehen. Vielleicht würden sie sterben, ganz allein hier draußen in der unendlichen Prärie. Niemand würde sie entdecken ...

Cains Hitze, seine Stärke – das war Leben, und dieses Leben zog Roxanna magisch an. Als ihre Lippen zufällig den Puls an seinem Halsansatz streiften, zuckte er zusammen und drückte sie noch stärker an sich. Ihre Brüste spannten sich in einer neuen, nie gekannten Fülle, die sie in der vergangenen Nacht zum ersten Mal gespürt hatte, als er die Brüste bloßgelegt und mit seinen Lippen berührt hatte. Und schon allein bei dem Gedanken daran bog sie sich ihm an seiner Brust entgegen.

Cain unterdrückte einen leisen Fluch. Das Ziehen in seinen Lenden wurde immer stärker. War der Frau eigentlich klar, was sie ihm da antat? Er schob ein Bein über ihre Hüfte, wodurch sich der Druck seiner Erektion auf ihren Leib verstärkte. Wie sie wohl reagieren würde?

Roxanna hatte wohl bemerkt, wie die sanfte Schwellung in seiner Hose immer größer wurde, und zuerst war ihr nicht klar gewesen, was das zu bedeuten hatte. Sie war stets sehr direkt mit sexuellen Bedürfnissen konfrontiert worden, hatte nie willig und zufrieden in den Armen eines Mannes gelegen, während dessen Begierde wuchs. Als Cain nun seine Stellung änderte, vermittelte er ihr ganz deutlich seine Bedürfnisse. Roxanna hatte eine sehr brutale, unfreiwillige Einführung in den Sex erlebt, weshalb sie nun eigentlich ängstlich und abwehrend hätte reagieren müssen, aber zu ihrem eigenen großen Erstaunen tat sie das nicht. Stattdessen fühlte sie einen tiefen, warmen Strom der Erregung, der in immer größeren Kreisen tief in ihrem Unterleib pulsierte, der in ihren schmerzenden Brüsten kribbelte, der sie schneller und schneller atmen ließ, bis ihr ganz schwindelig war und sie sich krampfhaft an Cains Schulter klammerte. Ihre Hände schienen ein Eigenleben zu führen, krochen hoch bis in seine dichte schwarze Mähne, und ihre Daumen fuhren langsam über seine festen, bärtigen Wangen.

Cains Augen glitzerten im Dämmerlicht, als er nun auf die Frau in seinen Armen herabsah – plötzlich hatte er gemerkt, dass der Wind zum Erliegen gekommen war. Der Sturm war weitergezogen, rasch und tödlich, wie ein Berglöwe, der in rasantem Lauf seiner Beute folgt, um dann blitzschnell zuzuschlagen. Blass schimmerte das Licht in Roxannas Augen, als sie seinem Blick begegnete. »Sind Sie sicher, dass Sie es wollen?«, fragte er mit einer von Wind und Sand rauen Stimme und wartete auf ihre Antwort.

Kapitel 6

»Ich dachte, wir würden sterben«, flüsterte sie und drückte ihre Lippen gegen die starke braune Säule seines Halses. Sie wollte so gern, dass er noch etwas sagte, ehe sie sich ihm hingab! Und sie wollte nicht den ersten Schritt machen. Als auch er sich zurückhielt, murmelte sie: »Was wir tun, ist verrückt. Ich soll doch Lawrence Powell heiraten ...« Sie spürte, wie Cain sich versteifte, als Powells Name fiel.

»Sie wissen von der Abmachung!«, fuhr sie fort, unfähig, die Anklage aus ihrer Stimme zu bannen.

»Ja, ich weiß davon«, gab er zu, wandte sich abrupt von ihr ab und trat aus dem Schutz, den der Überhang ihnen geboten hatte. Er musste dringend Abstand zwischen sich und der Frau schaffen. *Was zum Teufel will sie von mir?*

Roxanna war nun plötzlich der Wärme und Geborgenheit beraubt, die sein Körper ihr gespendet hatte. Benommen sah sie zu, wie er die Zügel der Pferde vom Traubenkirschbaum löste. Der dicke weiße Hagel, mit dem der ganze Boden bedeckt war, knirschte unter den Hufen der Tiere, und dieses Geräusch löste die junge Frau aus ihrer Apathie. Sie richtete sich auf und entfernte kaum sichtbare Sand- und Staubreste von ihrem rehledernen Kleid.

Zitternd holte Roxanna einmal tief Luft und versuchte, sich einzureden, dass es so für alle viel besser sei. Dass Cains Weigerung, Jubal MacKenzies Pläne zu durchkreuzen, gut war. In ihrem Hals schien ein bitterer, schmerzender Klumpen festzusitzen, und der machte ihr klar, wie sehr sie sich gewünscht hätte, wenn ... ja, wenn was? Wenn er ihr gesagt hätte, dass er sie liebe? Wenn er gesagt hätte, er selbst würde sie gern heiraten? *Na Roxy, ich denke, die Antwort kennst* du ja jetzt. Selbst ein Verstoßener wie Cain will dich nicht haben!

Liebe, ein Happy End, das alles gab es doch nur im Märchen! Es wert zu sein, zu jemandem zu gehören – das waren die Träume eines kleinen Mädchens gewesen, die an dem Morgen erloschen waren, an dem sie aus Vicksburg fortgeritten war. Selbst wenn Cain sie als Alexa gewollt hätte – Roxanna würde er nicht haben wollen. Er kannte sie zwar gar nicht, doch er wusste, dass er seine Arbeit verlieren würde, wenn er mit ihr schliefe. Das war es sicherlich nicht wert, solch eine kurze Befriedigung der Lust. Das gilt auch für mich: Es wäre die Sache nicht wert gewesen, versicherte Roxanna sich immer wieder.

Cain führte die Pferde aus der engen Schlucht und grübelte über seinen Beinahe-Zusammenstoß mit dem Schicksal nach. Wahrscheinlich hatte diese Alexa erwartet, er würde ihr irgendeinen Unsinn über Liebe vorsäuseln und ihr einen Ehering versprechen. Sie kam nun einmal aus dem Osten, sie hatte überhaupt keine Vorstellung davon, was es hier im Westen bedeutete, ein Halbblut zu sein. Sie dachte bestimmt, mit dem Geld ihres Großvaters könne man alles kaufen! Mein Gott, wäre er wirklich töricht genug, sie zu heiraten, dann würde sie ganz schnell mitbekommen, was die zivilisierte Welt davon hielt, wenn eine der ihren sich so weit erniedrigte, sich mit einem wie ihm zu vereinigen. Innerhalb einer Woche hätte man sie enterbt und zur Witwe gemacht!

Alexa war jung und naiv, aber er selbst, er hätte es besser wissen müssen. Für mein Verhalten gibt es keine Entschuldigung!, tadelte er sich heftig. Ein gefährlicher Fehler und zudem einer, den er noch nie zuvor in seinem Leben gemacht hatte. Oh, er war durchaus Risiken eingegangen, hatte mehr als nur einmal selbst den Tod riskiert, jedoch nie wegen einer Frau. Nein, in der Vergangenheit war es immer um harte Münze gegangen, wenn er sein Leben aufs Spiel gesetzt hatte oder um die Möglichkeit, seine Chancen in einer Welt zu verbessern, in der sich erst einmal alles gegen ein namenloses Halbblut verschworen hatte. Es war ein verdammter Glücksfall, dass sie ihn an Powell erinnert hatte, ehe sie beide es hätten bereuen müssen.

Roxanna kletterte aus der Schlucht empor und trug die Wolldecke, mit der Cain sie beide umhüllt hatte, während der Sturm getobt hatte. Immer noch hing der Geruch des Mannes schwach in dem dichten Wollstoff. Zornig wollte sie die Decke zu Boden werfen, aber irgendetwas befahl ihr, es zu unterlassen. Tränen traten ihr in die Augen, und sie blinzelte mehrmals rasch und wütend, um sie wieder zum Versiegen zu bringen. Eher wollte sie verdammt sein, als ihm zu zeigen, wie sehr seine Zurückweisung sie verletzt hatte. Zumindest hatte er genug Anstand bewiesen, seinen Vorteil nicht einfach schamlos auszunutzen: Er hatte ihr keine Liebeserklärung gemacht, keine Versprechungen, die er nicht einzuhalten gedachte.

Sei doch dankbar dafür, dass er ein so ehrlicher Mensch ist! Diese Erkenntnis barg eine gewisse Ironie und war nicht ohne Komik, für Roxanna mischte sie sich aber auch mit Trauer über all die Tricks, derer sie selbst sich in ihrem kurzen Leben bereits bedient hatte. Fast hätte die junge Frau nun vor lauter Anspannung hysterisch losgekichert, es gelang ihr aber gerade noch, sich zu beherrschen. »Warum kampieren wir nicht im Flussbett?«, fragte sie stattdessen ruhig.

Cain traute sich nicht, sich zu ihr umzudrehen und sie anzuschauen. »Zu gefährlich, falls es später in der Nacht noch regnen sollte. Jetzt ist das Flussbett trocken, aber dann könnte es sich innerhalb weniger Minuten in einen reißenden Strom verwandeln, was bedeutet, dass wir nicht wieder rauskämen.« Während er sprach, überprüfte er Sattel und Zaumzeug seines Hengstes, bemerkte die fehlende Deckenrolle und erinnerte sich daran, warum er sie vom Sattel genommen hatte.

»Hier«, meinte Roxanna, als Cain sich nun zu ihr umwandte, und schob ihm die Decke hin, wobei sie rasch ihre Hand zurückzog, als seine Finger die ihren streiften.

Er spürte, wie sie zurückzuckte, und ihre Wut, ihre Verletztheit trafen ihn härter, als eine Ohrfeige es vermocht hätte. Er seufzte und entgegnete: »Sehen Sie, Alexa, ich möchte mich für das, was dort hinten geschah, entschuldigen ...«

Sie unterbrach ihn: »Es ist gar nichts geschehen, Cain. Gar nichts.« Und als er sie daraufhin ungläubig anstarrte, fügte sie in ihrem allerbesten, auf dem Internat erlernten Tonfall hinzu: »Jedenfalls nichts, worauf wir noch weiter eingehen sollten.«

Er nickte zustimmend. »Wir können bei den Bäumen dort drüben kampieren. Da ist die Hagelschicht nicht so dick. Nehmen Sie ein paar abgebrochene Zweige und fegen Sie den Boden sauber, sodass wir unsere Bettrollen ausbreiten können. Ich entfache inzwischen ein Feuer.«

Wortlos tat sie, wie ihr geheißen. Bald hatten sie ihr Lager neu eingerichtet, und neben einem fröhlich prasselnden Feuer lagen zwei Lagerstätten ausgebreitet. Die kalte Nachtluft hing schwer und dicht über ihnen, der Atem gefror Roxanna vor dem Mund, und sie dachte, wie perfekt das Wetter doch zu der Stimmung zwischen ihr und ihrem Mitreisenden passte.

Stundenlang lag die jungen Frau wach in dieser Nacht; unfähig zu schlafen, starrte sie in das dunkle Himmelsgewölbe, das sich über ihr erstreckte, und sehnte sich nach dem süßen Trost seiner Umarmung. Wie sicher sie sich bei Cain gefühlt hatte, wie sehr beschützt vor dem Wüten des Sturmes, aber der Sturm war nun vorbei, und es war Zeit für sie, ihr eigenes Leben weiterzuleben. Mit diesem Gedanken rollte sich Roxanna auf die Seite und kehrte dem Mann, der sie zurückgewiesen hatte, den Rücken zu.

Auf der anderen Seite des niedrigen Feuers lag Cain ebenfalls schlaflos unter seiner Decke und war sich der Gegenwart der Frau, die er in seinen Armen gehalten hatte, schmerzhaft bewusst. In seinem Körper pulsierte das Blut immer noch voller Begehren für sie. Er schimpfte sich selbst einen törichten Narren, denn er wusste, dass ihm mehr als eine schlaflose Nacht bevorstand. Bis sie MacKenzies Lager erreichten, würde er so erschöpft sein, dass er sich die Augenlider mit Streichhölzern würde stützen müssen, um überhaupt mitzubekommen, wo er hintrat!

Jubal MacKenzie las das Telegramm und stieß einen freudigen Seufzer der Erleichterung aus. Gott sei Dank, Alexandra war in Sicherheit! Cains Schätzungen zufolge würde er mit ihr innerhalb der nächsten beiden Tage Cheyenne erreichen. Eine perfekte Planung, denn die Powells wollten am dreiundzwanzigsten in Denver eintreffen. Seit seine Enkelin entführt worden war, hatte Jubal Andrew Powell mit Entschuldigungen und ausweichenden Auskünften hingehalten, bis der Chef der Central Pacific in der vergangenen Woche telegrafiert hatte, MacKenzie müsse nun endlich das Mädchen herbeischaffen und das Abkommen besiegeln, oder man könne die ganze Sache vergessen. MacKenzie hatte daraufhin vorgeschlagen, dass sich alle in Denver treffen sollten; eigentlich der sinnvollste Ort, die Vermählung anzukündigen. Das wohlhabende Bergbauzentrum war um einiges zivilisierter als die wilden, Eisenbahnstädtchen entlang des Schienenstrangs der Union Pacific, die man allgemein nur ›Höllen auf Rädern‹ nannte.

Und die Tatsache, dass die Powells gen Süden, bis nach Colorado, reisen mussten, verschaffte Cain und Alexa einen weiteren Spielraum. Nun würden sie also auf den Tag genau pünktlich eintreffen. Cain hatte sein Telegramm absichtlich kurz und vage gehalten und lediglich mitgeteilt, sein »Paket« habe die Reise »unbeschadet« überstanden. Jubal schloss daraus, dass die Wilden Alexandra in keiner Weise Leid zugefügt hatten – zumindest betete er darum, dass Cain genau das mit seiner Botschaft gemeint haben möge.

Im Grenzland wimmelte es nur so von Geschichten über die Grausamkeiten, die Indianer weißen Siedlern angetan hatten, und des Volkes Stimme vertrat die feste Meinung, dass eine weiße Frau, die in die Gefangenschaft der Indianer geraten war, besser daran tat, ihr Leben von eigener Hand zu beenden, als sich den Wilden zu überlassen. MacKenzie, ein Schotte, der sein erstes Vermögen drüben in den Staaten an der Ostküste gemacht hatte, vertrat in dieser Frage zwar eine andere Ansicht, wusste jedoch auch, welche Macht hässliche Gerüchte haben konnten und wie schnell sie – im Osten wie im Westen Amerikas – den Ruf einer jungen Frau vernichteten. Deswegen die vorsichtige Formulierung in dem Telegramm, deswegen auch die großzügigen Bestechungsgelder, mit denen MacKenzie sich des Schweigens des Chefs der Postkutschenverwaltung und des Telegrafenbeamten versichert hatte, die ihn über die Entführung seiner Enkelin informiert hatten.

Cain war genau, wenn es darum ging, Anweisungen zu befolgen und er kannte sich auch mit den Indianern aus. MacKenzie erinnerte sich noch gut an den Tag, an dem er Cain kennen gelernt hatte: Kaltblütig war dieser in eine Gruppe halb betrunkener, streitsüchtiger Schienenarbeiter getreten und hatte sie zur Räson gebracht, wobei er auch gleich noch MacKenzies Leben gerettet hatte. Der alte Eisenbahner hatte Cain auf der Stelle einen Job angeboten und dies im ganzen vergangenen Jahr nicht ein einziges Mal bereut. Niemand anderes hätte Alexa so schnell und so still und unauffällig aufspüren können. Cain mochte sein indianisches Blut auch noch so sehr hassen, dieses eine Mal hatte es sich eindeutig als wertvoll erwiesen. Jubal lehnte sich in dem schweren Ledersessel hinter seinem Schreibtisch zurück, legte die Fingerspitzen zusammen und versuchte amüsiert, sich die beiden zusammen vorzustellen: Cain so abweisend und wortkarg wie immer und Alexa – ja was war mit Alexa?

MacKenzie hatte keine Vorstellung davon, wie seine Enkelin nun, mit einundzwanzig Jahren, aussah. Alles, was er von ihr besaß, war ein verschwommenes Foto, das an ihrem fünfzehnten Geburtstag aufgenommen worden war. Als er sie zum letzten Mal gesehen hatte, war sie zwölf gewesen – oder dreizehn? Schuldbewusst machte er sich klar, dass er noch nicht einmal das genau wusste. Nun, er würde es wieder gutmachen an ihr, oder der junge Powell würde das tun. Der Junge war ihm ruhig und angenehm erschienen, als sie sich im vergangenen Herbst in San Francisco kennen gelernt hatten, und er schien auf Frauen nicht unattraktiv zu wirken – so war es Jubal zumindest vorgekommen. Alte Schlachtrosse wie er und Andrew konnten gern weiterschuften – sollten die Kinder ruhig die Früchte der Arbeit genießen. Beim Gedanken an die Beteiligungen an Nebenlinien der Central Pacific, die ihm durch die Verbindung zufallen würden, rieb sich der alte Fuchs in heller Vorfreude die Hände.

Er öffnete eine Schreibtischschublade und entnahm dieser einen zehn Jahre alten Bourbon. Jubal schenkte sich ein kleines Glas voll ein, atmete das sanfte und doch kräftige Aroma genussvoll ein und hob das Glas zu seinem Lieblingstrinkspruch: »Auf Amerika – das Land mit den unbegrenzten Möglichkeiten und einem verdammt guten Whiskey!«

Die große schwarzhaarige Frau stand auf der Veranda des kleinen Umspannplatzes und wirkte dort so fehl am Platz wie ein bleigefasster Kristallkelch neben einem zerbeulten Zinnteller. Sie raffte die Röcke ihres pflaumenblauen Reisekostüms und trat von den verrotteten Dielenbrettern, die leise stöhnend dagegen protestierten. Diese Umspannplätze entlang der Überlandstrecke für Postkutschen im westlichen Nebraska waren allesamt staubige, verdreckte, stinkende Jauchegruben, aber das scherte die Frau wenig. Was war ein wenig Unbehagen, was waren ein paar widrige Umstände gegen das, was sie gerade erfahren hatte? Sie gestattete sich ein kleines Lächeln, und ihre dünnen roten Lippen verzogen sich um eine Winzigkeit nach oben, als ihr nun einer der widerwärtigen, revolverstarrenden Wachen in die hohe Kutsche half, die sie nach Cheyenne bringen sollte. Dort würde sie dann ihren nächsten Schachzug vorbereiten.

Die Kutsche setzte sich mit einem Ruck schaukelnd in Bewegung, und der Frau schoss durch den Kopf, wie glücklich sich das Blatt doch letztendlich wieder zu ihren Gunsten gewendet hatte. Sie ignorierte die obszönen Flüche, mit denen der Kutscher auf seine Pferde eindrosch, und dachte an das Jahr zurück, das hinter ihr lag. Wie schrecklich – Furcht erregend schon fast –, als sie hatte glauben müssen, sie habe jegliche Spur von Roxanna Fallon verloren. Eine Weile hatte es ja so ausgesehen, als hätte die Erde selbst die verdammenswerte Kreatur verschluckt. Aber letztlich fiel man doch immer wieder auf, wenn man so bemerkenswert aussah wie die Schlampe Fallon!

Genauso hatten ihre Agenten Roxanna dann auch wieder aufgespürt, damals, in St. Louis, gleich nach Alexa Hunts Tod. Die geschickte Schauspielerin hatte da bereits die Identität ihrer verstorbenen Freundin angenommen und war gen Westen geflüchtet – um dann in die Hände einer Bande raublustiger Indianer zu geraten. Die Reisende schloss ihre dunkelbraunen Augen und stellte sich vor, was diese Wilden wohl alles mit einer weißen Frau angestellt haben mochten, besonders mit einer, die dieses silbrige Haar hatte! Hoffentlich hatten sie sie nicht einfach nur skalpiert, ohne erst ihre ausgeklügelten Foltertechniken an ihr auszuprobieren! Oder noch besser – hoffentlich hatten sie ihr das angetan, worüber hier draußen in der Wildnis nur geflüstert wurde: sie zur Squaw gemacht, ein »Schicksal schlimmer als der Tod«, wie es hieß. Jede anständige Frau würde sich da lieber vorher umbringen.

Aber natürlich war Roxanna Fallon keine anständige Frau, und sie besaß ein irritierendes Talent zum Überleben. Genau aus diesem Grund sah sich die Frau in dem pflaumenblauen Reisekostüm gezwungen, auch diesen letzten Teil der Reise, die Fahrt nach Cheyenne, der am schlimmsten beleumundeten Hölle auf Rädern in der Region, die man bald zum Wyoming Territory erklären würde, zu ertragen. Wenn es Roxanne Fallon irgendwie gelungen sein sollte, den Indianern zu entfliehen, und sie sich weiterhin als Alexandra Hunt ausgab – könnte es eine süßere Rache geben, sie als Hochstaplerin zu entlarven? Als Hochstaplerin noch dazu, die sich auf bestialische Weise von heidnischen Wilden hatte besudeln lassen?

Isobel Darby ließ ihren Kopf gegen die gepolsterte Rückenlehne der Kutschbank sinken und träumte davon, wie sie der Frau, die die brillante Karriere ihres Mannes zerstört hatte, diesen letzten demütigenden Schlag versetzte.

Im Frühling des Jahres achtzehnhundertachtundsechzig verfügte die von etwa zehntausend Menschen bewohnte Stadt Cheyenne über sechs erstklassige Hotels, ein gutes Dutzend feine Restaurants, eine Schule, drei Kirchen ... und siebzig Saloons. Von diesen Spelunken abgesehen, war der Friedhof der geschäftigste Teil der Stadt.

»Sobald die Eisenbahn Laramie erreicht hat, wird etwa die Hälfte der Leute, die nur vorübergehend hier sind – Whiskeyschieber, Kartenhaie und Huren – ihre Siebensachen einpacken und ganze Saloons und Bordelle verladen, um dann einfach zusammen zum nächsten Knotenpunkt weiterzuziehen. Im letzten Herbst wurde in South Passe am Sweatwater Gold gefunden, wonach die Stadt sich den Winter über mit Goldgräbern gefüllt hat. Jetzt, da das Wetter in den Bergen besser wird, sind sie alle wieder verschwunden. Aber Ihr Großvater plant, in Cheyenne einen großen Lokomotivschuppen und ein Reparaturwerk zu bauen, also wird sich die Stadt wohl halten und auch weiterentwickeln«, erklärte Cain.

Als sie Jubal MacKenzies Namen hörte, verging Roxanna die freudige Erregung, die sie beim Anblick der geschäftigen Stadt überkommen hatte. Nun würde sie bald den Mann treffen, der angeblich ihr Großvater war. Würde ihr die Täuschung gelingen?

Cain spürte ihre Nervosität, die anders war als die Spannung, die seit der Sturmnacht unvermindert zwischen ihnen beiden geherrscht hatte. »Wie lange ist es her, seit Sie Jubal zuletzt gesehen haben?«

Roxanna fuhr sich mit der Zunge über die trockenen Lippen und zupfte, ohne es zu wollen, am schweren Rock ihres Reitkleides. »Acht Jahre. Damals war ich noch ein mageres kleines Mädchen.«

Ein dunkles Licht glomm zynisch in Cains Augen, als er seine Begleiterin nun von oben bis unten musterte. »Ich glaube, er wird erfreut sein über die Art, wie Sie erwachsen geworden sind. Und ihr Bräutigam auch«, fügte er hinzu und trieb seinen Kastanienbraunen mit den Knien zu einer schnelleren Gangart an. In einem gut ausgestatteten Handelsposten am North Platte hatten sie Rast gemacht, und Cain hatte Alexa ein paar einem weiblichen Wesen angemessene Kleidungsstücke besorgt, denn sie konnte ja wohl kaum wie eine Cheyennefrau gekleidet vor Jubals privatem Pullmannwagon vorreiten. Der billige Reitrock aus Köper und die weiße Baumwollbluse waren zwar nicht elegant, aber Alexas Kurven füllten die Kleidungsstücke wunderbar; Cain hatte ihre Größe richtig erraten. Nicht daran denken!, schalt er sich nun und erinnerte sich an lange, schlanke, um seinen Körper geschlungene Glieder.

Roxanna folgte ihm, während sie sich den Außenbezirken der Stadt näherten. Sie konnte deutlich spüren, wie zornig Cain war. Zweimal schon hatte ihr Körper sie verraten, als es um diesen ... diesen Wilden ging, und nun wagte der es, auf sie herabzusehen, weil sie sich in der Tat mit Lawrence Powell verheiraten wollte. Eine Welle der Verzweiflung schlug über Roxanna zusammen, und sie hätte zu gern darüber nachgedacht, was alles hätte sein können. Aber Roxanna Fallon hatte in ihrem Leben eine Lektion wirklich gründlich gelernt: Man muss vergessen, was hätte sein können, und sich stattdessen auf das konzentrieren, was wirklich ist.

Sie ritten die Eddy Street hinunter, die sich genau so rau und offen vor ihnen ausdehnte, wie die im Osten immer beliebter werdenden Groschenhefte alle die rasch aus dem Boden gestampften Städte des Westens beschrieben. Da war zum Beispiel der Whitehead Block, eine beeindruckende, zweistöckige, sich über die Breite eines ganzen Straßenblocks hinziehende Fachwerkkonstruktion, in der alle möglichen Geschäfte und Büros untergebracht waren – aber wenn man nur ein wenig weiter die Straße hinunterging, traf man auch schon auf einen der lautesten und schrillsten Vergnügungspaläste des Westens, den »Eddy Street Saloon« des »Professors« James McDaniel. Ein riesiger ausgestopfter Grizzly starrte dort bedrohlich aus einem der Fenster, während in einem Käfig bei der Eingangstür zwei seltene weiße Affen miteinander spielten. Eine übergroße Drehorgel schmetterte derart lautstark ihre flotte Melodie, dass keiner der auf dem Bürgersteig Vorbeigehenden noch sein eigenes Wort verstehen konnte.

Muskulöse irische Schienenarbeiter und raue Bergleute verkehrten Schulter an Schulter mit schwungvoll gekleideten Spielern, und »*Schöne der Nacht*« mit harten Augen lehnten sich über die Balkongeländer einiger Häuser, um heftig, mit Federstolen und anderen, weitaus persönlicheren Gegenständen winkend, Kundschaft herbeizulocken. Nichts von dem, was sie am Ober- oder Unterlauf des Mississippi gesehen hatte, hatte Roxanna auf diesen Anblick vorbereitet – sonst hätte sie sicher das Plakat entdeckt, auf dem angekündigt wurde, man werde in der Stadt in Kürze das Schauspiel *Titus Andronicus* aufführen. Sobald Roxanna jedoch den schimmernden privaten Eisenbahnwagon sah, der auf einem Nebengleis abgestellt war, konnte sie an nichts anderes mehr denken als an Jubal MacKenzie.

Was war das für ein Mann, der das Begräbnis seiner eigenen Tochter verpasst, seine Enkelin jahrelang ignoriert hatte und dessen einzige große Leidenschaft der Eisenbahnbau zu sein schien? Sie musste ihm durchaus zugestehen, dass er Alexa ja oft genug die Möglichkeit geboten hatte, zu ihm in den Westen zu kommen und von ihr stets zurückgewiesen worden war. Roxanna konnte sich nur schwer vorstellen, dass ihre schüchterne Freundin wirklich einer Heirat mit einem völlig fremden Mann zugestimmt und der Hochzeit dann auch tatsächlich beigewohnt hätte. Aber nun gab es eine ›Alexa‹, die genau das tun wollte – wenn es Roxanna gelang, den schlauen alten Schotten so weit zu täuschen, dass er wirklich glaubte, sie sei seine Enkelin.

Sie stiegen vom Pferd, und Cain übergab die Zügel ihrer Tiere einem jungen Mann mit der Anweisung, die beiden trocken zu reiben und dafür zu sorgen, dass sie in einem guten Stall untergebracht wurden. Als Cain ihr auf die Plattform am hinteren Ende des Wagons hochhalf, betrachtete Roxanna fasziniert die mit Mahagoni und Rosenholz verzierte Eingangstür. »Ich habe gar nicht gewusst, dass die Schlafpaläste des Mr. Pullmann auch auf der Union Pacific Railroad zum Einsatz kommen.«

»Tun sie auch gar nicht. Das ist ein privater Wagon; der alte Doc Durant hat ihn der Regierung abgekauft. Die hatte darin zuvor den Sarg von Abraham Lincoln nach Illinois zurückführen lassen. Als Jubal in den Westen kam, um die Oberaufsicht über die Arbeitertrupps an der Eisenbahnlinie hier zu übernehmen, hat er ihn sich unter den Nagel gerissen.« Cain klopfte nun, und eine mürrische Stimme forderte ihn auf einzutreten.

Roxanna trat in ein opulent in Kastanienbraun und Gold gehaltenes riesiges Wohnzimmer voller steif gepolsterter blauer Brokatsofas und -stühle, Tische mit Marmoraufsätzen und weißer Spitzenvorhänge aus Österreich. Ein überdimensionaler Schreibtisch aus poliertem Wallnussholz beherrschte die eine Ecke des Zimmers, und hinter diesem stand ein mächtig gebauter Mann mit einem wie ein Fass gewölbten Brustkorb und einer wohl gerundeten Mitte. Die roten Haare und den ungezügelten Bart durchzogen großzügige graue Strähnen. Das wettergegerbte, sonnengebräunte Gesicht war von oben bis unten mit Sommersprossen gesprenkelt, und unter dichten, buschigen Augenbrauen, die ein wenig abschätzend hochgezogen waren, blickten forschende graue Augen Roxanna prüfend an.

Nervös trat die junge Frau ein paar Schritte vor und fühlte sich ebenso eingeschüchtert, wie sich die wahre Alexa Hunt gefühlt hätte. »Hallo, Großvater«, begann sie.

MacKenzies Lippen teilten sich zu einem breiten Lächeln, als er in einem leicht rauen, schottischen Tonfall antwortete: »Willkommen, mein Mädchen! Ich bin so erleichtert, dich endlich sicher bei mir zu sehen.« Er ging um den Tisch herum, streckte die Arme nach Alexa aus, packte ihre beiden Arme mit seinen knorrigen Händen und musterte sie erneut prüfend.

»Wie die MacKenzies siehst du nicht aus«, bemerkte er dann und zog eine überhängende Augenbraue steil nach oben, während er die junge Frau anstarrte.

Roxannas Herz drohte stillzustehen, aber da schlug sich der alte Mann auch schon mit einer fleischigen Hand auf den Schenkel und rief freudig aus: »Und das ist auch wirklich gut so! Gott sei Dank bist du nach deiner Großmutter Lindstrom geraten! Was hätte ich denn mit einer Enkelin anfangen sollen, die so hässlich ist wie ich selbst?«

Roxanna forschte angestrengt in ihrem Gedächtnis, bis ihr die Norwegerin einfiel, die Jubal vor langer, langer Zeit in Pennsylvania geheiratet hatte. »Mutter hat auch immer gesagt, mein Haar hätte ich von Großmutter Abbie. Ich selbst habe meine Großmutter ja leider nie kennen gelernt.«

»Mir fehlt sie noch immer, und dabei ist sie schon vor dreißig Jahren von uns gegangen, Gott gebe ihrer guten Seele Ruhe. Vielleicht habe ich auch deswegen ...« Jubal schüttelte den Kopf, als wollte er Gedanken verscheuchen, die in der Regel tief in seinem Inneren vergraben waren, und blickte dann hinüber zu Cain. »Für diese Arbeit bin ich Ihnen einiges schuldig.«

Cain nickte. Mehr, als du dir vorstellen kannst, Jubal. »Als ich erst einmal das Sand Hill-Gebiet erreicht hatte, war es nicht schwer, sie zu finden. Und meine Ahnung hat sich bewahrheitet: Sie wollten sie gegen Gewehre eintauschen.« Dass es sich bei der betreffenden Indianergruppe um die Leute seiner Mutter gehandelt hatte, erwähnte er nicht, und er hoffte, Alexa würde es ebenso halten. »Ich lasse Sie beide jetzt allein, damit Sie sich wieder anfreunden können. Ich möchte sehen, welche Fortschritte die Bewaffnung meiner Arbeitstrupps in meiner Abwesenheit gemacht hat.«

Roxanna vermochte nicht, in Cains ebenmäßigem Blick irgendetwas zu lesen; sein Gesicht war ebenso ausdruckslos wie das der reinblütigen Cheyenne, die sie kennen gelernt hatte. Mit einer Geste, die gerade noch als höflich durchgehen konnte, berührte er jetzt, der jungen Frau zugewandt, kurz seine

Hutkrempe. »Falls ich es versäumt haben sollte, mich bei Ihnen für meine Rettung zu bedanken, möchte ich Ihnen versichern, dass Sie meines ewigen Dankbarkeitsgefühls sicher sein können, Mr. Cain«, sagte diese in bestem Pensionatsstil.

Jubal beobachtete den Schlagabtausch zwischen den beiden jungen Leuten und wusste sofort, dass da etwas nicht stimmte. Sobald Cain die Tür hinter sich geschlossen hatte, wandte sich der alte Schotte an seine Enkelin. »Cain ist ein harter Mann. Ich denke also nicht, dass er mit dir sanfter umgegangen ist als die Indianer. Bist du verletzt worden, mein Mädchen?«, fragte er heiser, nahm sie am Ellbogen und führte sie zu einem zweisitzigen Sofa.

»Nein. Zuerst hatte ich Angst, aber es war bald klar, dass sie mir nichts antun würden. Der alte Medizinmann der Gruppe hatte eine Vision von mir...« Das klang so lächerlich, als glaubte sie selbst an den Geisterglauben der Cheyenne. Die Wunschträume, die Sieht Viel von ihr und Cain gehabt hatte, waren bestimmt nichts, was sie Jubal MacKenzie je anvertrauen konnte. Und auch ihren eigenen Traum durfte sie nicht erwähnen! »Der Medizinmann dachte, ich sei wichtig, wichtig genug, dass jemand kommen und über meine Freilassung verhandeln würde.«

Jubal schob die Lippen vor: »Da hat er dann ja merkwürdigerweise sehr richtig gelegen.«

»Als dein Mr. Cain kam, wurden sich alle rasch handelseinig.«

Jubal schenkte ihr ein Glas süßen Sherry ein und sich selbst etwas Stärkeres. Er reichte ihr den Sherry, und sie nahm das Glas entgegen, wobei sie versuchte, den Ekel erregenden süßlichen Geruch des Getränks, das ihr so verhasst war, auszublenden, und hob es an die Lippen. Der alte Herr schien ihre Abneigung jedoch gespürt zu haben und fragte: »Vielleicht magst du gar keinen Sherry?«

»Mama hielt nichts von alkoholischen Getränken«, erwiderte Roxanna vieldeutig. Sowohl Mrs. Hunt als auch Alexa waren

Abstinenzlerinnen gewesen, aber von der Einstellung seiner Enkelin konnte MacKenzie nichts ahnen, da sie, als er sie das letzte Mal gesehen hatte, zu jung gewesen war, um zu diesem Thema eine Meinung vorzubringen.

»Und was ist mit dir?« Das Glitzern in seinen Augen verriet ihr, dass es sich bei dieser Frage um eine Art Test handelte.

Am besten gleich rein ins kalte Wasser, Roxy! »Wenn ich schon trinke, dann ziehe ich einen kleinen Schluck wirklichen Alkohol vor.« Und damit begutachtete sie die bernsteingelbe Flüssigkeit in seinem Glas. »Ist das schottischer Whiskey?«

Er schüttelte sich. »Für das torfgeschwängerte Gesöff habe ich mich nie erwärmen können. Dies hier ist eine wunderbare amerikanische Erfindung, ein zehn Jahre alter Bourbon, aus vergorener Maische.«

Sie lächelte. »Der Stolz von St. Louis. Madam Chouteau war, so sagt man wenigstens, dem Bourbon sehr zugetan.«

Er goss ihr einen Fingerbreit in ein Glas, tauschte dieses gegen den Sherry aus und setzte zu einem Trinkspruch an: »Nur ein winziges Schlückchen. Auf Amerika, das Land der unbegrenzten Möglichkeiten – in dem es einen verdammt guten Whiskey gibt!«

Sie stieß mit ihm an, nippte an dem weichen Maiswhiskey und lächelte: »Auf beides!«

»Es sieht ja fast so aus, als wäre aus dir eine junge Frau ganz nach meinem Herzen geworden, mein Mädchen!«

Roxanna seufzte innerlich; sie war ungeheuer erleichtert. Die erste Probe war bestanden. Es war durchaus möglich, dass sie diesen cleveren alten Brummbär lieb gewann. Wie schade, dass die wirkliche Alexa ihn wohl sicherlich enttäuscht haben würde.

Jubal trank sein Glas in einem Zug aus und schenkte sich ein weiteres ein, vergrub dann die Finger in der Wolle seines Bartes und betrachtete sein Gegenüber erneut prüfend. »Und so hast du also fast ... fast einen Monat lang bei den Indianern gelebt. Du bist zäher, als du aussiehst, mein Mädchen.«

Im Krieg hatte Roxanna gelernt, Männer sehr rasch einzuschätzen. Dieser hier ließ sich von niemandem zum Narren halten. »Nachdem ich beide Eltern schon früh verloren hatte, musste ich es lernen, für mich selbst zu sorgen. Ich hatte in St. Louis keine Familie, die sich um mich hätte kümmern können.«

»Ich habe nach dir geschickt, aber du hast dich immer geweigert, in den Westen zu kommen. Du schriebst mir, der Westen sei voller Schlangen und voller Indianer, und du hättest zu viel Angst«. Seine Stimme klang so, als hätte er das Gefühl, sich verteidigen zu müssen, als fühlte er sich trotz all seiner Bärbeißigkeit auch schuldig.

»Ich war achtzehn, als Mama starb. Ich musste erst noch erwachsen werden.«

»Ein wenig spät, aber besser spät als nie«, entgegnete er ungehalten und kippte den Rest seines Whiskeys.

»Und da ich allein war, lernte ich, mich auf mich selbst zu verlassen.«

»Und hast du deswegen zugestimmt, den jungen Powell zu heiraten – weil du mehr Angst davor hattest, eine alte Jungfer zu werden, als davor, in den Westen zu kommen?«

Roxanna folgte seinem Beispiel und trank nun auch ihren Whiskey in einem Zug. »Ich habe keine Angst davor, eine alte Jungfer zu werden, und einen Ehemann brauche ich auch nicht!«

»Und warum bist du dann hergekommen, um Powell zu heiraten?«, fragte er und lehnte sich gespannt in seinem Stuhl vor.

»Wenn ich mich geweigert hätte, hättest du die Geldanweisungen an mich gestoppt«, gab sie ganz offen zu. Immer waren es die Männer, die die Regeln aufstellten und die Frauen zwangen, sich an diese Regeln zu halten. Sie sollten dafür alle verdammt sein!

Aber Jubal überraschte sie. Ein leises Lachen begann in seinem breiten Brustkorb zu grummeln. »Du bist mir ja eine freche kleine Kröte! Natürlich hätte ich dir das Geld gestrichen, darauf kannst du Gift nehmen. Doch irgendwie glaube ich trotzdem nicht, dass ich dich dazu bringen könnte, gegen deinen Willen zu heiraten, wenn dir der junge Powell nicht gefällt.«

»Wenn er so ungehobelt ist wie Mr. Cain, dann, Großvater, kannst du sicher sein, dass ich mich weigern werde!« Roxanna konnte es nicht lassen, diese Bemerkung zu machen, auch wenn es für sie äußerst riskant war, den rechtlichen Schutz, den eine Heirat ihr böte, von sich zu weisen.

»Cain scheint dich ja ziemlich aufgebracht zu haben. Liegt es an seinem indianischen Blut?«

»Nein, die Cheyenne haben mir eigentlich recht gut gefallen. Sie sind stolz auf das, was sie sind. Bei Cain denke ich, er kann sich und das, was er ist, überhaupt nicht leiden.«

»Für jemanden, der noch so jung ist, kannst du ja scharf beobachten. Cain lebt nicht in Frieden mit sich selbst. Er ist ein Außenseiter und hält stets jeden auf Abstand. Aber für die Arbeit, die er macht, ist er der richtige Mann.«

»Du magst ihn.«

»Ja, ich mag ihn«, gab der alte Schotte zu.

»Vielleicht, weil du auch ein wenig so bist wie er?«, gab Roxanna lächelnd zu bedenken.

»Und du bist vielleicht ein wenig zu schlau«, entgegnete Jubal säuerlich. Ihre klaren türkisfarbenen Augen betrachteten ihn prüfend. Er wollte gern das Thema wechseln und hob die Glaskaraffe hoch. »Na, schicken wir noch einen kleinen hinterher? Und dann sorge ich dafür, dass du es dir im feinsten Hotel von Cheyenne gemütlich machen kannst . . .«

Sie hielt ihr Glas hoch und zwinkerte ihm zu. »Nur ein winziges Schlückchen, Großvater.«

Stillvergnügt lachte Jubal MacKenzie in sich hinein und schenkte die Gläser voll.

Mit einem tiefen zufriedenen Wonneseufzer ließ sich Roxanna in die riesige Kupferwanne sinken. Das Hotel war zwar nicht so vornehm wie einige am Mississippi, aber weit vornehmer als die meisten Unterkünfte, in denen die junge Frau je übernachtet hatte. Jubal hatte das beste Zimmer des Hauses für sie reservieren lassen – eigentlich eher eine Suite, bestehend aus einem kleinen Wohnzimmer und einem geräumigen Schlafzimmer mit einem großen Ankleideraum und diesem himmlischen Badezuber. Nach der tagelangen staubigen Reise, in deren Verlauf sie sich in morastigen Bächen hatte waschen müssen, war das hier die reine Dekadenz. Roxanna seifte sich ein und die sanft glitzernden Schaumblasen nahmen jegliche Spannung von ihr.

Es war mit Jubal MacKenzie gut gelaufen. Sie hatten sich erstaunlich rasch miteinander angefreundet. Sie verstand ihn in einer Art, in der Alexa, die von Privilegien wohl behütet aufgewachsen war, ihn nie hätte verstehen können. Jubal war brummig, laut und ein wenig grobschlächtig. Er trank. Aber zugleich war er ein hart arbeitender Mann und bereit, andere Menschen ihrer Fähigkeiten und nicht so sehr ihrer Abstammung wegen zu respektieren. Jubal war in Schottland in eine Familie des soliden Mittelstands hineingeboren worden, die alles verloren hatte, als der Vater bankrott gegangen und bald darauf völlig verarmt verstorben war. Von da an hatte sich der junge Jubal ganz allein in den Straßen von Aberdeen durchschlagen müssen. Er war nach Amerika ausgewandert, wo er dank seiner Intelligenz überlebt hatte und zu Wohlstand gekommen war.

Auch Roxanna wusste, wie man dank seiner Intelligenz überlebte, auch wenn sie es – bis jetzt jedenfalls – noch nicht recht zu Wohlstand gebracht hatte. Wenn es ihr nur gelänge, Lawrence Powell und dessen anscheinend recht schwierigen Vater ebenso mit ihrem Charme zu beeindrucken, wie sie Jubal beeindruckt hatte! Was aber, wenn ihr der für sie vorgesehene Bräutigam von Anfang an zuwider war? Jubals Versicherung in allen Ehren, der junge Mann habe ein freundliches Wesen und sehe gut aus – Roxanna konnte sich nicht wirklich auf das Urteil eines alten Mannes verlassen, für den diese Verbindung so viele Vorteile bringen würde. Doch nun hatte sie sich ihr Bett bereitet und würde darin auch liegen müssen – mit Lawrence Powell.

Roxanna lehnte den Kopf gegen die Umrandung des Badezubers, schloss die Augen und sah sofort Cains düsteres, bronzefarbenes Gesicht vor sich. Natürlich war er der Grund dafür, warum sie Powells wegen Bedenken hatte, und er sollte sich zur Hölle scheren. Sie konnte sich glücklich schätzen, dass sie sich nicht seinen rauen Verführungskünsten hingegeben hatte – wenn man das fairerweise überhaupt Verführung nennen durfte. Aber es war nahe genug daran gewesen! Sie erinnerte sich an seinen Mund auf ihren Brüsten, an den harten, langen Körper, der sich gegen ihren gepresst hatte, daran, wie rau sich die Bartstoppeln unter ihren Fingerspitzen angefühlt hatten, als sie es gewagt hatte, die dreisten, kühnen Gesichtszüge zu berühren ... Roxanna überkam eine Hitze, die mit dem inzwischen lauwarmen Badewasser nichts zu tun haben konnte. Ihre Gedanken wanderten zurück zu der Szene im Flussbett, als sie ...

Ärgerlich setzte sie sich auf und brach damit den Zauber des Augenblicks. Cain hatte seine Gefühle für sie sehr klar und deutlich zum Ausdruck gebracht; Liebe oder Verbindlichkeit gehörten nicht dazu und ganz sicher auch keine Heiratsofferte, geschweige denn die Sicherheit und der Reichtum, zu denen der Name Powell ihr verhelfen würde. Cain war genauso, wie Jubal ihn beschrieben hatte: ein Außenseiter, ein verbitterter Einzelgänger, der nirgendwo hingehörte und sich aus keinem anderen Menschen etwas machte.

»Bald wird Alexa Hunt ihren zukünftigen Ehemann treffen. Vergiss diesen Halbblut-Revolverhelden und sieh zu, dass dein eigenes Leben weitergeht!« Nachdem sich Roxanna selbst diesen guten Rat erteilt hatte, tauchte sie ihren Kopf unter Wasser und seifte sich die Haare ein.

Gable Hogue arbeitete nun seit fast vier Jahren für die Witwe Darby, und er konnte die Frau nicht leiden. Sie war ungeduldig und tat stets so, als wäre sie etwas Besseres als die Männer, die für sie arbeiteten. Seit Hogue bei der Remington Investigation Agency in Chicago entlassen worden war, hatte er es schwer gehabt, Arbeit zu finden. Die Witwe Darby zahlte anständig – wenn man ihr die Information brachte, die sie haben wollte. Er hatte Roxanna Fallon den ganzen Lauf des Mississippi hoch und runter verfolgt und sie immer wieder aufgespürt, wenn sie sich einer neuen Theatergruppe angeschlossen hatte. Und in St. Louis wäre sie ihm fast ein für alle Mal durch die Lappen gegangen. Er hatte es nur dem Zufall zu verdanken, dass er nach Alexa Hunts Beerdigung die Spur dieser Frau erneut hatte aufnehmen können. Hogue schmunzelte in Erwartung der harten Dollar, die Isobel Darby ihm zahlen würde, und eilte die Sixth Street hinab auf den vereinbarten Treffpunkt zu.

Ja, ja, Mrs. Darbys silberhaarige Beute befand sich genau hier in Cheyenne, darüber konnte kein Zweifel bestehen. Er hatte sie selbst gesehen; die gut aussehende Frau war ja auch schwer zu verwechseln. Sie war unter dem Namen Alexa Hunt im besten Hotel Cheyennes abgestiegen. Kein schlechter Tausch, dachte der Mann voller Bewunderung, die fettige Theaterschminke gegen einen reichen Großpapa einzutauschen! Ganz zu schweigen davon, dass sie eine Gefangenschaft bei den Indianern überlebt hatte. Sobald die Darby das herausbekam, würde die arme Roxy Fallon wünschen, bei den Indianern geblieben zu sein. Zu schade eigentlich! Mit der Zeit hatte sich Hogue einer gewissen Hochachtung für Roxannas Einfallsreichtum nicht erwehren können, auch wenn sie ihn damit ja immer wieder stürmisch an der Nase herumgeführt hatte. Doch für Gable Hogue ging es zuerst einmal immer ums Geld.

Nachdem sich Isobel Darby vergewissert hatte, dass ihre verhasste Feindin in der Tat auf eine höchst erstaunliche Art und

Weise hatte »wieder auferstehen« können, plante sie nun ihr weiteres Vorgehen. Als vornehme Dame aus einer der guten alten Familien Mississippis würde man sie in einer rauen Grenzerstadt wie Denver sicher mit offenen Armen willkommen heißen. Immerhin kamen dort auf jeden echten Gentleman immer noch zwei staubige Bergleute oder des Lesens und Schreibens unkundige Viehhirten, und Freudenmädchen kamen dort viel häufiger vor als Damen von Stand.

Es dürfte ihr also nach ihrer Ankunft dort nicht weiter schwer fallen, den süffigen Tratsch von der Gefangenschaft der armen Alexa bei den wilden Rothäuten gründlich zu verbreiten. Wie schockierend auch, dass sie überlebt hat, würde sie sagen und dabei mitleidig und ein wenig vorwurfsvoll mit der Zunge schnalzen. Eine wirkliche Dame, würde sie andeuten, hätte nicht überlebt. So wäre es noch nicht einmal notwendig, den Betrug der verhassten Hure aufzudecken, um diese in den Ruin zu treiben. Und dann, wenn der rücksichtslose alte Eisenbahnbaron erkannt hatte, dass ihm Alexa nicht länger nützlich sein konnte, würde Isobel ihren Trumpf ausspielen und ihm erklären, wer die Schlange in Wirklichkeit war, die er da an seinem Busen genährt hatte.

Sie nahm am Schreibsekretär Platz, der sich in ihrem Zimmer befand, um eine kurze Nachricht an Nathan Baker zu verfassen, den Herausgeber des *Cheyenne Leader*. Das würde die Dinge schon einmal nett ins Rollen bringen – ehe sie dann nach Denver abreiste.

Kapitel 7

»Wie zum Teufel ist das an die Öffentlichkeit gedrungen? Ich werde diesem verdammten Herausgeber die Hammelbeine lang ziehen und ihn an die Cheyenne verkaufen!« Jubal war außer sich, schleuderte die Ausgabe des unseriösen *Cheyenne Leader* einmal quer durch den Raum und stapfte dann mit wütenden, riesigen Schritten hinter seinem Schreibtisch hin und her. Die schockierende Nachricht von Alexas Entführung und ihrer Errettung durch das zwielichtige Halbblut ihres Großvaters verbreitete sich wie ein Lauffeuer in allen Lagern entlang der Eisenbahn. Die hässlichen Gerüchte würden unweigerlich irgendwann einmal auch Denver erreichen und damit Andrew Powell zu Ohren kommen, sobald dieser in der Stadt eintraf.

Cain hörte Jubal an, um dann zu erwidern: »Ich habe Miss Alexa nach Einbruch der Dunkelheit in die Stadt gebracht und sogar dafür gesorgt, dass sie die Haare unter dem Hut versteckt hielt, damit sich niemand an sie erinnert. Vielleicht fanden ja die Männer am Umspannplatz, Sie hätten sich deren Schweigen nicht genug kosten lassen. Oder ein Mann aus Fort Kearny kam in die Stadt und fing an zu plaudern, als er hörte, dass Ihre Enkelin bei Ihnen wohnt. Ich kann mich umhören und herausfinden, wie es war.« Kitty würde die Quelle des Tratsches ausfindig machen können. Nichts von dem, was »die Schienen entlang« passierte, entging ihr.

MacKenzie seufzte. »Ich glaube nicht, dass das jetzt noch etwas nützen würde. Die Katze ist aus dem Sack, mein Junge. Nun bleibt mir nichts anderes übrig, als Alexa wie geplant zur Verlobung nach Denver zu bringen. Kopf hoch und durch – soll der alte Powell doch wagen, den Handel rückgängig zu machen!« Jubal kaute so heftig auf seiner Zigarre herum, dass er plötzlich die Spitze im Mund hatte, stieß einen leisen Fluch aus und pfefferte das teure Rauchzeug in den Spucknapf.

Cain wusste, dass Andrew Powell der Hochzeit nie zustimmen würde, erführe er von den Wochen, die Alexa bei den Cheyenne zugebracht hatte. Dass die junge Frau sich zudem noch eine Weile in seiner, Cains, Obhut befunden hatte, musste den alten Bastard nur noch zusätzlich erzürnen.

Momentan aber war es besser, MacKenzie und seiner Enkelin mit diesen Überlegungen nicht noch weiteren Kummer zu bereiten. Vielleicht hatten sie ja Glück und der Klatsch drang gar nicht weiter südlich bis nach Denver vor. Aber du, du willst doch, dass er Denver erreicht, oder?, fragte ihn eine beharrliche innere Stimme. Sollte die Stimme Recht haben? Wollte er, dass man Alexa am Altar im Stich ließ, ihres blaublütigen Bräutigams beraubt? Welch absurde Idee – es war ja nun gewiss nicht so, als wollte er selbst sie heiraten! Oder etwa doch? Die Idee – weit hergeholt und flüchtig – dröhnte plötzlich in seinen Ohren und schlängelte sich verführerisch in sein Bewusstsein. Er schob sie beiseite; Jubal würde sich nie darauf einlassen! Und Alexa ebenso wenig – nach der Art zu urteilen, wie sie Abschied von ihm genommen hatte. Andererseits hatte sie sich bereit erklärt, den jungen Larry unbesehen zu nehmen – nur, um dem alten Schotten eine Freude zu machen...

Cain ließ den tobenden Jubal allein und ritt hinüber zu Kittys Saloon. Ein wenig sexuelle Erholung war schon lange überfällig – ebenso eine kurze Unterhaltung mit der schlauen Dame. Und dann würde es das Beste sein, wenn er MacKenzie und seine Enkelin nach Denver begleitete. So erfuhr er dann zumindest aus erster Hand, wie die Lage sich entwickelte. Und er wollte zu gern die Überraschung in Alexas kleinem arroganten Gesicht sehen, wenn er den Ballsaal betrat – wenn auch nicht als Gast, sondern als bezahlter Angestellter. Wie zum Teufel war es der Frau nur gelungen, ihm derart tief unter die Haut zu gehen – so tief, dass es ihm nicht mehr gleichgültig war, was sie von ihm hielt oder was die Zukunft für sie barg?

Er stieß die Schwingtür der »Gescheckten Katze« auf und betrat den Saloon. Eine Flasche Whiskey und ein paar Stunden in der Gesellschaft der charmanten Kitty würden die silberhaarige Hexe schon aus seinem Kopf vertreiben. Und zum Teufel mit dieser haarsträubenden Idee von einer Heirat – das würde ohnehin nie gehen.

Roxanna stand neben ihrem strahlenden Großvater, der alles, was in Denver Rang und Namen hatte, überschwänglich begrüßte. Jeder, der in Amerikas Goldhauptstadt etwas zu sagen hatte, war gekommen, um MacKenzies Enkelin vorgestellt zu werden, darunter zahlreiche Händler, Bankiers, Bergwerksmagnaten und Eisenbahnbarone in Begleitung ihrer Damen, die sich alle in Seide geworfen und mit Juwelen behängt hatten.

Diese ganze glitzernde Versammlung von Honoratioren war hier, um zuzusehen, wie das Kriegsbeil zwischen den Bauleitern der Union und der Central Pacific Railroad endgültig begraben wurde. Es erwartete sie ein interessantes Schauspiel: Der schlaue alte Schotte und der skrupellose Mann aus San Francisco, Erzrivalen seit Beginn des Wettlaufs zwischen den beiden Eisenbahnlinien im Jahre achtzehnhundertvierundsechzig, würden sich heute wirklich und wahrhaftig die Hand reichen, anstatt zu den Pistolen zu greifen! Und das Motiv hinter dem Ganzen war angeblich die Verlobung von MacKenzies Enkelin mit Powells Sohn. Das war zwar nicht offiziell bekannt, aber Gerüchte, die Verlobung würde noch an diesem Abend verkündigt werden, hielten sich hartnäckig.

»Alexa, dies ist mein alter Freund Nathaniel Hill, Pharmazeut und Weltreisender«, erklärte Jubal, während ein rundlicher Herr mit einem riesigen Walrossschnurrbart Roxanna eifrig die Hand schüttelte. »Nate hat den Immobilienmarkt von Denver fest im Griff – zusammen mit Hank Brown und Davie Moffat.«

Roxanna lächelte, und Hill nickte ihr höflich zu, während er mit Jubal über das Vorgehen der Union Pacific und über deren Direktoren im Osten plauderte.

»Hast du das schicke neue Porträt von Tom Durrant schon gesehen?«

»Das, was letztes Jahr in Omaha im Depot hing? Aber ja – sah ihm nicht die Spur ähnlich!«

Hill wirkte belustigt. »Wieso das denn nicht?«

»Der gute Mann hatte die Hände in den eigenen Taschen – nicht in denen eines anderen«, erwiderte MacKenzie in gespielter Empörung. Nat Hill brach in dröhnendes Gelächter aus, in das Jubal bald einfiel.

Während sich die beiden Männer unterhielten, streckte Roxanna Mrs. Hill die Hand hin, die ihr schüchtern zulächelte. Mrs. Hill wirkte neben ihrem robusten Gatten, in dessen Schatten sie voll und ganz zu stehen schien, wie eine zerbrechliche kleine Schwalbe. Die Schlange der Gäste, die es zu begrüßen galt, wollte nicht abreißen, und Roxanna lächelte und gab die Antworten, die man von ihr erwartete, wobei sie immer wieder rasch heimlich den Blick über den riesigen Ballsaal des »Imperial Hotel« gleiten ließ, in der Hoffnung, einen ersten Blick auf Lawrence Powell werfen zu können.

Eine gewisse gespannte Erwartung lag über den dicht sich im Ballsaal drängenden Menschen, und da war auch eine Unterströmung, die Roxanna zwar spürte, aber nicht zu deuten vermochte. Einige der Männer hatten sie angestarrt, als wäre sie immer noch Schauspielerin – nicht gerade lüstern, aber auch nicht wirklich respektvoll. Andere musterten sie unverhohlen neugierig, als wäre sie eine Zirkusattraktion. Viele der Ehefrauen verhielten sich ihr gegenüber steif und formell, fast schon unhöflich, als wären sie nur gekommen, um MacKenzies Enkelin zu begrüßen, weil ihre Männer sie dazu gezwungen hatten.

Jubal schien das merkwürdige Verhalten, das so viele seiner Bekannten an den Tag legten, nicht weiter zu stören. Er gab sich Männern wie Hill gegenüber laut und jovial und bemühte sich offenbar sehr, zu lachen und zu scherzen. Versuchte er, etwas zu überspielen? Roxannas erster Gedanke war, Isobel Darby könne gekommen sein, um ihre wahre Identität aufzudecken, aber das erschien ihr dann doch zu absurd. Ein Mann wie Jubal MacKenzie würde ein solches Täuschungsmanöver nicht dulden und schon gar nicht versuchen, die Gefühle derjenigen zu schonen, die ihn derart zum Narren gehalten hatte.

Die andere Möglichkeit, die infrage kam, war ebenso schrecklich: Alle Anwesenden wussten, dass sie sich in indianischer Gefangenschaft befunden hatte und dass Cain allein losgeritten war, um ihre Freilassung zu erkaufen. Das würde erklären, warum Jubal so fürsorglich an ihrer Seite verharrte, und auch, weshalb er sich so krampfhaft bemühte, fröhlich und unbefangen zu wirken. Das sähe ihm ähnlich zu denken, er könne einen Skandal durch reine Willenskraft im Keim ersticken! Roxanna jedoch wusste genau, dass sich ein solch skrupelloser Mann, wie Andrew Powell allen Berichten zufolge einer war, nie zu irgendetwas zwingen lassen würde. Ob er und sein Sohn überhaupt heute Abend zum Ball kommen würden? Oder hatten sie vor, das Übereinkommen ohne jede weitere Debatte einfach unter den Tisch fallen zu lassen?

Fast wie als Antwort auf Roxannas Frage schritt nun ein großer Mann mit einem Gesicht so hart und wachsam wie das eines Raubvogels quer durch den Saal auf sie zu, gefolgt von einem jüngeren Mann, der ein gutes Stück kleiner war und keineswegs die gleichen hart gemeißelten Gesichtszüge aufwies wie der Ältere. Rein äußerlich sahen sich die beiden überhaupt nicht ähnlich, und doch wusste Roxanna, dass es sich um Vater und Sohn handelte. Andrew und Lawrence Powell.

Als der ältere der zwei Männer nun auf Jubal zutrat, teilte sich die Gästeschar vor den Neuankömmlingen, wie sich das Rote Meer einst vor Moses geteilt hatte. Die beiden alten Rivalen waren gleich groß, und so blickten kalte blaue Augen auf einer Höhe in stahlgraue, aber da hörte die Ähnlichkeit zwischen den zwei Männern auch schon auf. Jubal mit seinem breiten Brustkorb und dem gedrungenen Körperbau ähnelte einer

Bulldogge, während der schlanke, schmale Powell eher einem Windhund glich.

»MacKenzie!«, sagte Powell jetzt steif und reichte dem anderen eine sorgfältig manikürte Hand, die Hand eines Mannes, der stets den Verstand, nie die Fäuste benutzt hatte, um in der Welt voranzukommen.

Roxanna sah zu, wie Jubal nun seinerseits eine knorrige, mächtige Hand ausstreckte, deren Sommersprossen und wettergegerbte Rauheit über viele im Kampf mit den Elementen verbrachte Stunden Zeugnis ablegten. »Sie sind spät dran, Powell, und ich nehme das als Omen. Die Union Pacific wird durch Salt Lake hindurch sein, ehe Sie die Sierras hinter sich haben.« MacKenzie lächelte, aber die vorgetäuschte Heiterkeit reichte nicht bis in die kühlen grauen Tiefen seiner Augen.

»Den Gipfeltunnel haben wir gerade fertig gestellt, und für die Central Pacific gehts von nun an nur noch bergab. Sie dagegen stehen bald Ihrer ersten richtigen Hausforderung gegenüber: den Rocky Mountains.«

Roxanna war von dem spannungsgeladenen Schlagabtausch zwischen den beiden alten Piraten derart fasziniert, dass sie den Mann mit den hellbraunen Haaren, der neben Andrew Powell stand, erst richtig wahrnahm, als dieser einen Schritt vortrat und ihr entwaffnend zulächelte.

»Ich bin Lawrence Powell, und Sie müssen Miss Alexandra Hunt sein«, begann er, ergriff mit beiden Händen ihre Rechte und drückte sie leicht.

Roxanna kam wieder zu sich und erwiderte sein Lächeln, wobei sie ihm direkt in das leicht gebräunte Gesicht sah, das rund und ebenmäßig anmutete. Sein Kinn wirkte ein wenig schwach, und seine Augen waren heller als die seines Vaters und besaßen nichts von deren raubvogelartiger Wildheit. »Ich freue mich, endlich Ihre Bekanntschaft machen zu können«, antwortete die junge Frau und wartete, ob irgendein Gefühl, ein Funken der Anziehung von Lawrence auf sie überspringen würde. Aber da war nichts. Gar nichts.

»Bitte, seien Sie doch nicht so formell. Glauben Sie nicht, dass Sie mich unter den gegebenen Umständen ruhig Larry nennen könnten?«, fragte er, ohne ihre Hand freizugeben.

Roxanna nickte. »Wenn Sie mich Alexa nennen.« Jubal hatte Recht behalten, was Lawrence betraf. Er war auf eine dezente Art und Weise attraktiv, obwohl er, im Gegensatz zu seinem Vater, nicht automatisch wie ein Magnet alle Blicke auf sich zog. Umso besser, denn Andrew wirkte auf Roxanna so mitleidlos und tödlich wie ein Falke.

»Erlauben Sie mir, Sie im Westen willkommen zu heißen, Miss Hunt«, bemerkte Andrew Powell und fixierte Roxanna mit einem eiskalten Blick, ohne ihr jedoch die Hand zu reichen. »Wie ich höre, sind Sie aus St. Louis. Ich hoffe, Ihre Reise verlief ... angenehm?«

Bis jetzt, ja, hätte sie am liebsten erwidert. Powells Blick war alles andere als ein Willkommen, und die Bemerkung über ihre Reise in den Westen stellte klar, dass er von ihrer Entführung wusste. Hilfe suchend blickte sie auf Jubal und wünschte sich, er hätte sie gewarnt und sie nicht vor dem Unausweichlichen beschützen wollen.

MacKenzie trat vor und ergriff Powells Arm: »Die beiden jungen Leute scheinen gut miteinander auszukommen, Andrew. Kommen Sie, gehen wir an die Bar. Die Kinder sollen die Party genießen.«

Der ältere Powell verbeugte sich steif vor Roxanna und warf seinem Sohn einen bedeutungsvollen Blick zu, ehe er sich zum Gehen wandte. Roxanna spürte, wie sich alle Augen im Saal auf sie und Lawrence richteten, als Jubal und Andrew sie nun allein ließen.

Einen Moment lang, als er den Blick seines Vaters auffing, hatten sich Lawrence' Augen verengt, sie blickten aber sofort wieder voller Wärme, als er sich nun Roxanna zuwandte. »Das Orchester spielt zum ersten Tanz. Es ist Sitte, dass der Ehrengast den Ball eröffnet – würden Sie mir das Vergnügen erweisen, Alexa?«

Von der Balustrade am anderen Ende des Saales herab sah Cain zu, wie Lawrence Powell Alexa in seine Arme nahm und sie zu den Klängen eines Strauß-Walzers über den Tanzboden wirbelte. Alexa wäre bei jeder glanzvollen Veranstaltung eine auffallende Erscheinung gewesen, nicht nur hier, wo sie Ehrengast war. Sie trug das Haar zu einer kunstvollen Frisur aufgesteckt, die silber schimmernden Flechten waren in Schlingen und Windungen ineinander verwoben und mit Perlen durchwirkt. Ihr Seidenkleid in der Farbe von blassem Aquamarin glitzerte leicht im flackernden Gaslicht, schmiegte sich liebevoll an jede verführerische Kurve von Taille und Brust und erlaubte einen Blick auf einiges an nackter Haut, cremig weißer, blasser Haut, die doch von der Sonne geküsst worden war, als er sie von den Cheyenne zurückgebracht hatte. Um diese vornehme Blässe zu erzielen, hatte sie wohl in Milch gebadet – so dachte zumindest Cain finster, vor dessen geistigem Auge bei diesem Gedanken sofort ein verführerisches Bild von nackter, seidiger Haut entstand, auf der Milchtropfen schimmerten.

Genau da warf sie den Kopf zurück und lachte über irgendeine Bemerkung von Larry. Dieser hielt sie so züchtig und anständig im Arm, wie es einem Bräutigam zukam. Bei diesem jungen Mann konnte man sich darauf verlassen, dass er alles stets so tat, wie es im Buche stand. Aber sollte sein alter Herr die geplante Verlobung nicht platzen lassen, dann würde sich Larry um Anstandsregeln keine Gedanken mehr zu machen brauchen. Dann würde er Alexa ganz und gar besitzen, seine Finger in der silberblonden Mähne versenken, die süßen rosa Brustwarzen dieser wundervollen Brüste liebkosen und sich tief in die verlockende Hitze dieses geschmeidigen, schlanken Körpers vergraben dürfen. Cain kniff fest die Augen zu, um diese beunruhigenden Bilder aus seinem Kopf zu verbannen. Als er sie wieder öffnete und auf seine Hände blickte, stellte er fest, wie heftig er das Marmorgeländer umklammert hielt, sodass seine Fäuste ihm ebenso weiß vorkamen wie der Stein.

Er trat zurück und gab das Geländer frei – da traf sein Blick plötzlich auf den Alexas, die aufblickte, weil die Musik gerade verstummt war.

Bereits eine Zeit lang hatte Roxanna gespürt, dass jemand sie anstarrte, sich unter den gegebenen Umständen darüber jedoch keine weiteren Gedanken gemacht. Zum einen war sie Ehrengast dieses Abends, zum anderen kursierten ohne Zweifel hässliche Gerüchte über sie im Raum, und es wurde heftig geflüstert. Aber das Gefühl, beobachtet zu werden, hielt sich hartnäckig, wobei es sich unterschied von den verstohlenen Blicken, die die anderen Gäste ihr zuwarfen, während sie hinter vorgehaltener Hand über sie tuschelten. Dann beendete das Orchester sein Stück, und Lawrence gab sie frei. Roxanna trat einen Schritt zurück, und ihr Blick flog zur Balustrade empor – direkt in die auf sie gerichteten Augen Cains.

Zumindest dachte sie, es sei Cain: Er sah so anders aus. Es fiel Roxanna schwer zu glauben, es könne sich um denselben Mann wie das übel beleumdete Halbblut handeln, das, unrasiert und bis an die Zähne bewaffnet, in Lederhemds Lager geritten war. Er sah immer noch gefährlich aus, aber auf eine völlig andere Art. Die durchdringenden, schwarzen Augen, mit denen er sie zu durchbohren schien, betonten all die harten Ebenen und Flächen seines bronzefarbenen Gesichts, betonten auch den geraden, zu keinem Lächeln verzogenen Mund. Das frisch gestutzte ebenholzschwarze Haar passte vorteilhaft zu der schlichten Eleganz seines schwarzen Abendanzugs, und Roxanna stellte mit leichtem Erschrecken fest, dass der lange, schlanke Körper für ebendiesen Anzug wie geschaffen zu sein schien. Cain wandte sich von der Brüstung ab und schritt, ein wenig steif, aus Roxannas Sicht wie ein geschmeidiger schwarzer Panter, der sich aufmacht, um seine Beute zu verfolgen. Ja, er sah gefährlich aus, immer noch sehr gefährlich, aber auch auf eine städtische Art weltmännisch, die sie bei ihm nie für möglich gehalten hätte.

Lawrence' Augen waren ihrem Blick gefolgt, und er hatte bemerkt, wer sie da einen kurzen Augenblick lang in Bann geschlagen hatte. »Ich sehe, dass er jetzt für MacKenzie ein Auge auf alles hält, wie früher für uns.«

»Bitte?« Roxanna war die ganze Situation sehr peinlich: Wie rücksichtslos, wie schulmädchenhaft, sich dabei erwischen zu lassen, wie sie Cain anstarrte! »Sie kennen Mr. Cain?«

»Er hat vier Jahre lang für meinen Vater gearbeitet, in einer ähnlichen Position wie der, die er jetzt auch bei ihrem Großvater innehat – er ist ein Revolvermann; man stellt ihn ein, damit er einem allen möglichen Ärger vom Halse hält: streitsüchtige Schienenarbeiter, Hochstapler, was sich eben so an üblen Kunden an so einer Eisenbahntrasse herumtreibt.«

Cain war an diesem Abend nicht gerade so gekleidet, als wollte er betrunkene Eisenbahnarbeiter zur Ordnung rufen, aber Roxanna beabsichtigte nicht, mit ihrem künftigen Ehemann über ihn zu sprechen. »Ich hatte nicht gewusst, dass Mr. Cain auch einmal für die Central Pacific gearbeitet hat. Er hat, nachdem er bei den Cheyenne meine Freilassung durchgesetzt hatte, wenig mit mir geredet. Sie wissen doch, dass ich entführt und gegen ein Lösegeld freigegeben worden bin, nicht wahr, Larry?« Sie hatte entschieden, dass es am besten wäre, gleich mit der Tür ins Haus zu fallen.

Lawrence und sie gingen gerade an einem palmengesäumten Flur vorbei, der hinaus auf eine Terrasse führte, und Lawrence antwortete: »Es ist sehr mutig von Ihnen, darüber zu reden.« Er wirkte sehr ernst und ließ den Rest ungesagt.

»Das liegt daran, dass es nicht viel zu erzählen gibt. Die Indianer brauchten Gewehre für die Jagd und wussten aus irgendeinem Grunde, dass mein Großvater bereit sein würde, ihnen diese Gewehre im Tausch gegen meine Sicherheit zu überlassen. Sie haben mir nichts angetan.« Sie blickte Powell direkt in die Augen, während sie mit ihm sprach, und versuchte einzuschätzen, ob er ihr Glauben schenkte oder nicht.

Ermutigend drückte er ihre Hand. »Das ist eine große Erleichterung. Wir haben da sehr ordinäre Gerüchte gehört, das heißt ... Vater befürchtete ... ich meine ... ich mache alles ganz falsch, nicht?« Sein Lächeln war verlegen und jungenhaft und völlig unwiderstehlich.

Roxanna spürte, wie sie sich für ihn zu erwärmen begann, auch wenn diese Wärme nichts mit den gleißenden Blitzen eines Sommergewitters zu tun hatte, die auf sie niederzugehen schienen, wenn sie mit Cain zusammen war. Zur Hölle mit diesem Cain! Sie erwiderte Lawrence' Lächeln. »Das macht nichts. Ich glaube, mein Großvater hat sich der Gerüchte wegen Sorgen gemacht, doch ich denke jetzt, da alle sehen können, dass ich unversehrt bin, wird der Klatsch auch wieder verstummen.«

»Das hoffe ich sehr – ich meine: Ich bin sicher, so wird es sein. Möchten Sie jetzt eine kleine Erfrischung zu sich nehmen?«

Danach sprachen sie über belanglose Dinge: ihr Leben in St. Louis, sein Leben in San Francisco, das Wettrennen zwischen der Union Pacific und der Central Pacific. Er war jung und sehr ernsthaft, manchmal ein wenig ungeschickt, aber auf so eine charmante Art und Weise, dass es Roxanna nichts ausmachte. Sehr oft erwähnte er seinen Vater, und Roxanna schloss daraus gleich, dass in der Familie Powell alle Entscheidungen von Andrew getroffen wurden. Der Gedanke, in einem Haus mit diesem Mann mit Falkengesicht wohnen zu müssen, ließ die junge Frau erschauern. Sie hoffte, dass sie und Lawrence nach der Heirat würden woanders hinziehen können, aber noch war es zu früh, darüber Überlegungen anzustellen.

Die beiden jungen Leute tanzten noch ein paarmal miteinander, dann trat Jubal in Begleitung eines älteren Ehepaares auf sie zu, das er Roxanna als Jonah und Sarah Grady vorstellte, ein reicher Grubenbesitzer und seine Frau, die sich für Investitionen im Bereich der Nebenlinien der Eisenbahn interessierten. Die Männer entschuldigten sich bei ihren Damen, strebten der Bar zu und ließen Roxanna in Sarahs Gesellschaft zurück. Diese war eine etwas rundliche Dame mit braunen Locken, in die sich bereits hier und da etwas Grau mischte, sowie vergnügten haselnussbraunen, leicht hervorstehenden Augen.

»Diese Männer werden so lange über die Eisenbahn reden, bis sie einen Schienenstrang gelegt haben, der zweimal um den Äquator reicht«, sagte Sarah freundschaftlich und nahm Roxannas Arm. »Warum ziehen wir uns nicht in das Damenzimmer zurück? Die Herren können gern auf der Terrasse eine Zigarre rauchen, während Sie sich ein wenig ausruhen.«

Die Vorstellung, sich ausruhen zu können, erleichterte und erfreute Roxanna. »Um ehrlich zu sein, Mrs. Grady: Meine Gesichtsmuskeln sind schon ganz steif, weil ich so vielen Menschen zulächeln musste. Ich wäre sehr froh, mich eine Weile erholen zu dürfen.«

Sie fanden heraus, dass man eins der kleineren Wohnzimmer im Zwischengeschoss für den ausschließlichen Gebrauch der Damen reserviert hatte, und nahmen auf einem zierlichen damastbezogenen Sofa im hinteren Teil des Raumes Platz, das durch einige große, in Tontöpfen gezogene Farnsträucher vor neugierigen Blicken geschützt war. Roxanna seufzte befriedigt und streckte ihren Rücken, um die fürchterliche Verspannung zu lockern, die ihre ›Rolle‹ als Alexa Hunt ihr beschert hatte. Sie wollte gerade Sarahs Frage nach dem Friseur, der ihr die Haare gerichtet hatte, beantworten, als sie durch die hohe, weinerliche Stimme einer Frau unterbrochen wurde.

»Und ich sage dir, Emmeline, es ist unglaublich schockierend! Diese Schlampe Alexa Hunt mischt sich hier einfach unter ehrbare, gottesfürchtige weiße Frauen, nachdem sie es zuließ, dass ein Haufen schmieriger Indianer sich mit ihr vergnügten! Jede Frau mit nur einem winzigen Fünkchen Selbstrespekt im Leibe hätte sich doch eher umgebracht, als das zuzulassen!«

»Aber Berta, vielleicht haben ihr die Wilden ja gar nichts angetan! Sie sieht nicht so aus, als wäre ihr etwas Schreckliches widerfahren!«, wandte Emmeline ein.

»Pah! Man sagt, die Rothaut des Schotten, dieser Cain – und der ist ja auch nur wenig besser als ein Wilder –, hat sie zurückgebracht. Sie hat Tage mit ihm allein in der Prärie zugebracht.

Wenn die Rothäute sie also nicht angefasst haben – du kannst Gift darauf nehmen, er hat es getan!«, widersprach Berta.

»O Gott, ich glaube, du hast Recht! Stell dir nur vor, erst Wochen bei diesen Wilden und dann ...«

Roxanna erhob sich vom Sofa und trat hinter dem Topffarn hervor. »Und dann erliegt man dem Charme eines Mr. Cain?«, unterbrach sie die beiden anderen Frauen rüde.

Emmeline, eine kleine, mausgesichtige Frau, wurde vor Verlegenheit knallrot und fächerte sich aufgeregt Kühlung zu, aber die große Berta baute sich streitsüchtig vor Roxanna auf: »Sie schämen sich wohl gar nicht!«

»Aus gutem Grund. Ich habe nichts, wofür ich mich schämen müsste, im Gegensatz zu ein paar gehässigen, hinterhältigen Klatschbasen, denen ich gerade begegnet bin«, entgegnete Roxanna mit einer kalten Geringschätzung, die sie in Wirklichkeit ganz und gar nicht verspürte.

»So etwas ist mir in meinem Leben noch nicht passiert!«, stammelte Emmeline.

»In dieser Stadt gibt es schon genug Frauen Ihrer Sorte, aber die bleiben gewöhnlich dort, wo sie auch hingehören: am Cherry Creek«, zischte die pferdegesichtige Berta.

»Sie scheinen sich dort ja gut auszukennen. Erzählen Sie mir doch, Berta: Wie ist es da unten am Cherry Creek?« Roxannas Frage klang ganz sanft.

Einen Moment lang dachte sie, die große Frau würde sie schlagen, denn deren fleischiges, flaches Gesicht lief puterrot an, aber dann drehte sie sich um und fegte aus dem Raum, wobei sie eine der Topfpflanzen zum Wanken brachte, als ihr altmodischer Reifrock dessen Kübel streifte. Emmeline eilte der Freundin nach, und Roxanna blieb allein mit Sarah zurück.

Kaum waren die beiden Frauen durch die Tür verschwunden, da sackte Roxanna in sich zusammen. Ihr ganzer Mut, mit dem sie den beiden entgegengetreten war, löste sich in Luft auf, als Sarah der jungen Gefährtin einen Arm um die Schulter legte und aufmunternd sagte:

»Mein liebes Kind, Sie dürfen an Frauen wie diese keinen Gedanken verschwenden.«

Roxanna massierte sich mit den Fingerspitzen die Schläfen, hob dann den Kopf und betrachtete nachdenklich die freundliche Frau neben sich. »Es ist in der ganzen Stadt rum, nicht wahr?«

Sarah nickte widerstrebend. »Geben Sie ihnen ein wenig Zeit, meine Liebe. Dann finden die Leute in Denver schon ein anderes Thema, über das sie klatschen und tratschen können.«

»Ich bin mir aber trotzdem nicht sicher, ob ich in der guten Gesellschaft je willkommen bin.« In diesem Moment betraten einige Frauen gemeinsam das Ruhezimmer, die alle auf einmal zu reden schienen. »Wenn Sie mich bitte entschuldigen würden, Sarah? Ich glaube, ich muss eine Weile allein sein.«

Sarah Grady nickte mit einem besorgten Ausdruck in den Augen und sah zu, wie Alexa Hunt stolz und hoch erhobenen Hauptes aus dem Zimmer ging. Was für ein Jammer! Da überlebte diese großartige junge Frau so viele Gefahren, nur um dann das Opfer der kleinlichen Hinterhältigkeit einer Berta Wolcott zu werden.

Roxanna ging langsam durch den nur spärlich beleuchteten Flur und war sich ihrer Umgebung kaum bewusst; in ihrem Kopf schlugen die Gedanken Purzelbaum. Und jetzt, was war jetzt? Würde Lawrence Powell den Skandal zum Anlass nehmen, die Verlobung aufzulösen? Was würde Jubal tun? Es war ihr klar, dass sie mit ihrer Vermutung, MacKenzie habe mit seiner krampfhaften Geschwätzigkeit etwas Unangenehmes übertünchen wollen, richtig gelegen hatte. Roxanna fragte sich, was sie tun sollte, wenn die Fusion, auf die Jubal so hoffte, nicht zu Stande käme. Sollte sie bei ihm bleiben und sich weiterhin als seine Enkelin ausgeben? Das würde immer ein Risiko darstellen. Wenn nun schon das wohl gehütete Geheimnis ihrer Gefangenschaft bei den Indianern an die Öffentlichkeit gedrungen war, wäre es da wirklich wesentlich schwieriger, ihre wahre Identität herauszufinden? Der Flur endete in einer Sackgasse, aber zu ihrer Linken stand eine Tür offen. Roxanna hörte Stimmen näher kommen und trat rasch in das dunkle Zimmer, das hinter der geöffneten Tür lag. Sie musste blinzeln, um ihre Augen an das Dämmerlicht zu gewöhnen, das dort herrschte.

Wohin kann ich gehen? An wen kann ich mich wenden? Mutterseelenallein stand sie zitternd in der Finsternis, die Arme um den Körper geschlungen. Dann wandte sie sich ziellos um und ging ein paar Schritte in den Raum hinein, wobei sie sich standhaft weigerte, den Tränen freien Lauf zu lassen, die hinter ihren Augen brannten.

Plötzlich legte sich ein Arm wie aus Eisen um ihre Taille und zog sie rückwärts, bis sie mit der kräftigen, harten Brust eines Mannes zusammenstieß, der Brust eines sehr großen Mannes. Der Arm presste ihr die Luft aus den Lungen, als sie versuchte, sich des Angreifers zu erwehren, der sich jedoch als zu stark erwies.

»Die Party findet aber unten statt. Ihr Verlobter ist ja ziemlich weit weg. Hat es etwa schon den ersten Zwist unter den Verliebten gegeben?«

Cains seidene, tiefe Stimme ließ Roxanna erstarren. Was würde denn heute Nacht noch alles schief gehen! »Lassen Sie mich los!«, befahl sie.

»Hm, das weiß ich nicht so recht. Es fühlt sich nicht schlecht an, Sie so in den Armen zu halten, wie Powell es tat«, erwiderte er und atmete den zarten Fliedergeruch ein, den ihre Haare verströmten.

»Larry hat sich wie ein Gentleman benommen, er hat sich keine Freiheiten herausgenommen, wie Sie es tun.«

»So nennen Sie das jetzt – sich Freiheiten herausnehmen? Damals im Sturm, da haben Sie sich selbst ein paar herausgenommen – nur hatte ich nichts dagegen. Aber ich bin ja auch kein Gentleman, da haben Sie schon Recht.«

»Dann sind wir uns ja zumindest in einem Punkt einig«, entgegnete sie schnippisch und drehte sich zu ihm herum, als er sie nun freigab. In zwei langen Schritten durchquerte er den Raum, drehte den Docht an der Gaslampe ein wenig höher und wandte sich dann wieder Roxanna zu, die Arme vor der Brust verschränkt. Der teure maßgeschneiderte schwarze Wollanzug schmiegte sich perfekt um seine langen Beine, und die blütenweiße Hemdbrust bildete einen scharfen Kontrast zu seinem bronzefarbenen Gesicht. Zornig funkelte der junge Mann Roxanna an, die vorher, aus der Entfernung, nicht gesehen hatte, dass er auch an diesem Abend bewaffnet war. Seine Anzugjacke stand nun offen, weshalb sie sehen konnte, dass der Knauf einer kleinen Pistole aus einem Schulterhalfter ragte.

»Gehen Sie denn nirgendwohin, ohne eine Waffe bei sich zu tragen?«

Cain zuckte die Schultern und die mit Saphirsplittern besetzten Knöpfe an seiner Hemdbrust und den Manschetten schienen Roxanna höhnisch zuzuzwinkern. »Wenn ich arbeite, nicht.«

»Sie arbeiten? Auf einem Ball?« Vage erinnerte sie sich an von Lawrence' Bemerkung, Cain halte ein Auge auf die Dinge – was immer das heißen mochte.

»Sobald man in einem Hotel viele reiche Männer mit einer gut und reichlich mit Whiskey bestückten Bar zusammenbringt, gibt es ausnahmslos Ärger. Wenn nicht unter den Männern selbst, dann mit Geschäftsrivalen, die nicht eingeladen wurden, mit Dieben, die sich einschmuggeln...«

»Und mich haben Sie für eine Diebin gehalten?«, fragte Roxanna ungläubig.

»Ich habe gehört, wie jemand Jubals Konferenzzimmer betrat, ohne Licht zu machen. Ich war gerade im Nebenzimmer.«

»Wenn dieses Zimmer so verdammt privat ist, sollten Sie beim nächsten Mal nicht die Tür offen stehen lassen!« Roxanna machte Anstalten, an ihm vorbeizutreten, denn sie wollte ihm so rasch wie möglich entfliehen. Die Tränen, die sie vor wenigen Minuten noch hatte unterdrücken können, schienen sie nun nämlich überwältigen zu wollen.

»Halt, Prinzessin, nicht ganz so schnell«, murmelte er und streckte einen Arm aus, um sie aufzuhalten.

»Was wollen Sie denn dagegen unternehmen, mich verhaften?« Roxanna machte sich in Cains Armen ganz steif und rang mit jedem Quäntchen Willenskraft darum, jetzt nicht zu weinen. Aber dieser Cain schien ihre Willenskraft ja jedes Mal lahm legen zu können – noch dazu, ohne sich groß anzustrengen!

Er spürte, wie sie zitterte, und zog sie näher zu sich heran. »Sie sind ja so straff gespannt wie ein Hochseil im Zirkus!« Er legte ihr eine Hand auf die Schulter, fühlte die seidige nackte Haut und massierte diese sanft mit den Fingerspitzen.

»Nicht – bitte nicht!« Ihre Worte klangen heiser, und sie verachtete sich selbst dafür, dass sie ihn anflehte.

»Der Klatsch ist Ihnen also zu Ohren gekommen?« Er fluchte leise, als sie sich weigerte, ihm zu antworten, und stattdessen stocksteif in seinen Armen verharrte und ihn noch nicht einmal ansah. »Hat der kleine Larry gesagt, die Verlobung sei abgeblasen?«

»Nein!«, erwiderte sie allzu rasch.

»Aber man wird sie abblasen. Und er wird nicht den Mumm haben, es Ihnen selbst mitzuteilen. Nein, der alte Powell wird ganz einfach Jubal von der Entscheidung in Kenntnis setzen, wenn er das nicht sogar schon getan hat.«

»Und Sie, sind Sie dann glücklich? Was schert es Sie denn, ob jemand anders mich will, oder nicht? Sie jedenfalls wollen mich ja nicht!«

»Und ob ich will!« Cain grub die Finger tief in das perlendurchwirkte Haar und bog ihren Kopf zurück, um seinen Mund in einem alles verzehrenden Kuss auf den ihren zu pressen. Fest zog er den seidenumhüllten Körper an sich, schob seine Hüfte fordernd gegen ihr Becken, spürte den leichten Druck ihrer Brüste an seinem Brustkorb.

Dieser Kuss ging nicht sanft auf Entdeckungsreise und unternahm auch keinen raschen Raubzug in ihren Mund hinein. Rau passte Cain seine Lippen Roxannas an und stieß seine Zunge tief in ihren Mund, mit raschen, mutwilligen Stößen, die ihr den Atem raubten ... und sie nach immer mehr hungern ließen. Sie konnte den harten, unnachgiebigen Druck seiner Erektion spüren, die weit unten auf ihrem Unterleib auflag, seine Fäuste, die sich in ihrem Haar verfangen hatten, die es von den Haarnadeln befreiten, damit seine Finger ihre zarte Kopfhaut massieren konnten. Er schmeckte heiß und dunkel, eine kraftvolle Mischung aus Tabak und Verzweiflung, die das Blut in ihren Adern mit der gleichen Sehnsucht rauschen ließ – wie noch jedes Mal, wenn sie einander berührt hatten. Sie spürte, wie sich oberhalb ihres tief ausgeschnittenen Kleides die Knöpfe aus Saphir in ihre nackte Haut gruben. Ihre Brüste spannten, und sie sehnte sich schmerzhaft nach einer erneuten Berührung durch seine Lippen. Ohne dass ihr bewusst war, was sie tat, schlang sie die Arme um seine Schultern, und sie zog ihn ganz nahe zu sich heran.

Cain gab ihre Lippen frei, fuhr mit dem Mund ihr Kinn entlang bis zum Hals, der sich ihm entgegenreckte, hin zu dem Puls, der dort wild flatterte. Er vergrub sein Gesicht in den fliederduftenden Fluten ihres Haares, sog diesen Wohlgeruch tief in sich ein und ließ dann seine Hand hinabgleiten, eine Brust ergreifen und wie eine Opfergabe an seine Lippen heben. Die blasse, cremefarbene Brust drängte sich ihm entgegen, als er seine Finger sanft darüber gleiten ließ. Zugleich spürte er, wie sich durch den Stoff seines Anzugs hindurch Roxannas Fingernägel in seinen Rücken krallten. Als die junge Frau sich ihm entgegenbog, hätten seine Knie um ein Haar nachgegeben, und er wollte nur noch eins: sich mit ihr auf den Teppich fallen lassen, sie dort an Ort und Stelle einfach nehmen, das sich bauschende, seidige Ballkleid nach oben zu schieben, fühlen, wie sich seidenbekleidete Beine um seine Hüften schlangen!

Und er wäre der Versuchung auch erlegen – aber da erklangen im Flur Schritte und Männerstimmen, die näher kamen! »Schnell, ins andere Zimmer«, flüsterte er und schob Roxanna rasch durch die offene Tür. Er selbst nahm an einer Ecke des schweren Konferenztisches aus Kirschholz Platz, ordnete seine Kleidung, strich sein Haar glatt und drapierte einen Arm so geschickt vor der Hüfte, dass er die verräterische Ausbuchtung in der Hose verbarg.

Es gelang Cain, ohne großes Aufsehen mit den beiden halbtrunkenen Besitzern von Handelshäusern fertig zu werden, denen er einfach nur zu erklären brauchte, dass die Suite des Bürgermeisters, in die sie auf einen Umtrunk geladen waren, am anderen Ende des Flures lag. Die beiden schlenderten gemächlich aus der Tür, die Cain rasch sorgfältig hinter ihnen verschloss, um dann die Tür zu dem Zimmer zu öffnen, in dem Alexa sich versteckte.

Sie war fort, die beiden Flügel des Fensters, das auf einen Balkon hinausging, standen offen, die Spitzenvorhänge flatterten leicht in der nächtlichen Brise. Ein schneller Blick nach allen Seiten stellte sofort klar, dass sie ihm wirklich entkommen war. Und zweifellos war dies das Beste. Wenn sie sich dort auf dem Fußboden geliebt hätten, hätte sie ihn später dafür gehasst. So gut kannte er die arrogante eigensinnige Kleine nun doch schon, um sich da ganz sicher zu sein.

»Ich sollte dankbar sein«, murmelte er vor sich hin und fuhr sich frustriert mit den Fingern durch das Haar. »Wahrscheinlich wäre sie hinterher heulend zu Jubal gerannt.« Aber kaum hatte er die Worte laut ausgesprochen, da war ihm auch schon klar, dass sie natürlich gar nicht stimmten. Alexa wäre zu stolz, um zuzugeben, dass sie sich der Leidenschaft hingegeben hatte – und noch dazu mit einem Mann wie Cain –, aber auch zu ehrlich, um zu behaupten, sie sei an der Sache ganz unbeteiligt gewesen.

»Prinzessin Alexa, was soll jetzt aus dir werden?«, fragte er sich leise, schloss die Fensterflügel und ging zurück ins Konferenzzimmer. Powell würde garantiert das mit MacKenzie getroffene Abkommen aufkündigen wollen. Es bliebe dem Chef der Central Pacific, der alle Indianer hasste, nach dem Lauffeuer aus Gekicher, Klatsch und Tratsch, das sich heute

Abend im Ballsaal verbreitet hatte, ja auch keine andere Wahl. Wahrscheinlich nicht zuletzt auch deswegen, weil Alexa mit seinem, Cains Namen in Verbindung gebracht worden war. Das war dem aristokratischen Powell auf jeden Fall gründlich zuwider. Und der kleine Schlappschwanz Larry würde sich mit allem einverstanden erklären, was der Vater befahl.

Würde Jubal Alexa nun nach St. Louis zurückschicken? Cain bezweifelte das; der alte Mann war zu eigensinnig, um sich dem Gerede zu beugen. Vielleicht sähe er sich aber genötigt, die Enkelin, um sie vor weiterem Leid zu bewahren, ganz woandershin zu verfrachten – an die Ostküste womöglich oder gar nach Europa. Offensichtlich hatte Jubal ja die Absicht, Alexa vor allem Übel zu bewahren – heute Abend hatte ihn sein Beschützerinstinkt leider falsch geleitet. Es wäre besser gewesen, der alte Mann hätte seine Enkelin gewarnt und ihr gesagt, wogegen sie da antrat – zumal ihr ja auf Dauer kaum entgehen konnte, wie hinter ihrem Rücken geklatscht und getratscht wurde. Aber im Grunde ging ihn das alles gar nichts an.

Die Frage war nur, warum die Sache dann so an ihm nagte! Immer noch sah er die Tränen, die sie so krampfhaft vor ihm zu verbergen versucht hatte, in Alexas aquamarinblauen Augen schimmern; immer noch spürte er die junge Frau in seinen Armen zittern. Als er sie so allein in dem dunklen Zimmer angetroffen hatte, hatte er, im Gegensatz zu dem, was er ihr erzählt hatte, durchaus gewusst, dass sie kein ungebetener Eindringling war. Er hatte sie nicht zufällig aufgespürt, sondern gesehen, wie sie wie eine verlorene Seele den Flur entlanggegangen war. Er war ihr gefolgt, und als er sie den verlassenen Raum hatte betreten sehen, hatte er geahnt, dass sie allein sein wollte, es aber einfach nicht über sich gebracht, ihr diesen Wunsch zu erfüllen.

Seit er sie, einen Traum in Perlen und Seide, in Larrys Armen über den Tanzboden hatte gleiten sehen, verzehrte er sich danach, sie erneut in seinen Armen zu halten. »Vergiss sie, Cain! Einem Mann wie dir bringt diese Frau nichts als Ärger!« Cain ging den verlassenen Flur hinab und zurück ins Zwischengeschoss. Die Nacht war noch lange nicht zu Ende, und es gab noch viel zu tun.

Aber da existierte diese Idee, ganz hinten in seinem Kopf, die ihm einfach keine Ruhe ließ. Zum ersten Mal hatte sie sich bemerkbar gemacht, als MacKenzie ihn mit der Suche nach seiner Enkelin beauftragt hatte. Damals war sie ihm abstrus erschienen, eine Traumvorstellung aus Wolkenkuckucksheim. Aber sie hatte sich erneut und lautstark gemeldet, als er Alexa aus dem Fluss bei Lederhemds Lager hatte steigen sehen und sie sich als wahre Schönheit entpuppt hatte. Schon damals hatte er gewusst, wie schwierig, ja unmöglich, es sein würde, geheim zu halten, was mit ihr geschehen war. Und er hatte auch gewusst, wie Andrew Powell reagieren würde, sobald er die Wahrheit erfuhr.

Dies ist deine große Chance, dem elenden Bastard etwas fortzunehmen – etwas, was er noch nicht einmal wirklich zu schätzen weiß, weil er zu dumm dafür ist.

Aber einfach war die Sache nicht, denn es bestand gewiss die Gefahr, dass Jubal seinen Vorschlag als unverschämt zurückweisen und ihm kündigen würde. Und auch Alexa konnte ihm durchaus ins Gesicht spucken, auch wenn der alte Mann gegen die Idee nichts einzuwenden hätte. *Alexa*. Die Frau war gefährlich, sehr gefährlich, denn er begehrte sie zu sehr, was ihr die Macht gab, ihn auf eine Art und Weise zu treffen und zu verletzen, die er sich, ehe er Alexa kennen gelernt hatte, noch nicht einmal hätte vorstellen können. Aber sie war auch der Schlüssel zu allem. Mit ihrer Hilfe könnte er Powell vernichten und all das erreichen, wovon er geträumt hatte, seit er ein Schuljunge in Enochs Klassenzimmer gewesen war.

Cain schritt die breite Marmortreppe hinab und machte sich zu einer neuen diskreten Runde im Ballsaal auf, wobei er Ausschau nach möglichem Ärger hielt. Je weiter die Nacht voranschritt, desto mehr hatten die Gäste dem Alkohol zugesprochen, und das führte oft zu handfesten Auseinandersetzungen.

Es kam auch vor, dass ein ungebetener Besucher versuchte, die Geldbörse eines Herrn oder den Schmuck einer Dame zu stehlen. Dieses unauffällige Beobachten einer Abendgesellschaft gehörte ebenso zu Cains Aufgaben wie die Aufsicht über streitsüchtige Schienenarbeiter oder die Verhandlung mit feindlichen Indianern entlang der geplanten Trasse.

Er hatte es so satt, sich seinen Lebensunterhalt mit den Fäusten und dem Gewehr zu verdienen, er war es müde, ständig sein Leben aufs Spiel zu setzen, müde der Lohnarbeit – auch wenn der Lohn in den letzten Jahren verdammt gut gewesen war. Er wollte das, was die Männer ganz oben an der Spitze hatten – die mächtigen, reichen weißen Männer, die Eisenbahnen bauten und Imperien errichteten. Aber diese Männer waren auch bereit, Risiken einzugehen. Niemand – kein Powell, kein MacKenzie – hatte es zu etwas gebracht, ohne dabei Risiken einzugehen.

Und für ihn galt das Gleiche: Wenn er jetzt kein Risiko einging, dann verpasste er eine Gelegenheit, die sich ihm so nie wieder bieten würde. Aber würde der Preis für seinen Traum nicht vielleicht doch zu hoch sein?

»Es gibt nur einen Weg, das herauszufinden!«

Kapitel 8

»Aber Vater, sie ist so wunderschön und unschuldig – ich merke ganz genau ...«

»Du registrierst doch noch nicht einmal ein Stinktier, wenn es die ganze Gebetsversammlung voll stinkt!« Verächtlich spuckte Andrew Powell auf den Boden. »Du denkst mit dem, was du zwischen den Beinen hast – nicht mit dem zwischen deinen Ohren!«

Dieser rohe Angriff ließ Lawrence erröten. »Das ist nicht wahr!«

Mit einem einzigen durchdringenden Blick seiner kalten blauen Augen brachte Andrew jeglichen Widerstand seines Sohnes zum Erliegen.

»Ich meine doch nur ... Alexa hat sich mir gegenüber ziemlich offen über diese schreckliche Episode geäußert. Sie hat mir versichert, dass die Wilden sie nicht missbraucht haben – sie wollten sie nur gegen Gewehre eintauschen.«

»Und die hat ausgerechnet Cain dann ja auch höchst passend zur Verfügung stellen können. Und nehmen wir mal an – was ich für unwahrscheinlich halte –, die Indianer hätten sie wirklich nicht angefasst, glaubst du etwa, Cain hätte sich die Gelegenheit entgehen lassen?«

Verunsichert trat Lawrence von einem Fuß auf den anderen. Irgendwie war sein Hemdkragen zu eng, er bekam ja kaum richtig Luft und zudem wurde ihm in dem schicken Jackett, das er trug, von Minute zu Minute wärmer. Auf seinem geröteten Gesicht bildete sich ein feiner Schweißfilm. Er nahm die Hände von der Bar im Büro seines Vaters, an deren Rand er sich so krampfhaft geklammert hatte, dass seine Knöchel weiß geworden waren, und holte einmal tief Luft. »Glaubst du denn wirklich, Cain hasst mich so sehr?«

Andrew schnaubte verächtlich und goss sich einen Schlummertrunk ein. »Du spielst für ihn kaum eine Rolle. Aber mich, mich hasst er so sehr.« Mit einem Ruck riss er sich die schwarze Seidenkrawatte vom Hals und genehmigte sich einen großen Schluck des feinen, reifen Cognacs.

»Wie unangenehm alles nach dem Ball heute sein wird! Alle sind doch davon ausgegangen, dass wir unsere Verlobung bekannt geben. Alexa wird ...«

»Zur Hölle mit Alexa!« Zornig knallte Powell sein Cognacglas auf den Tisch. »Als ein erster Informant mir meldete, das Mädchen sei von Indianern entführt und von Cain zu MacKenzie zurückgebracht worden, da hoffte ich noch, es sei alles ein Missverständnis. Verdammt noch mal: Ich wollte diese Heirat, diese Eintrittskarte in MacKenzies Lager! Informationen aus dem innersten Bereich der Union Pacific kämen uns zupass, ja, sehr sogar.« Powell trank einen weiteren Schluck und starrte dann nachdenklich in die bernsteingelbe Flüssigkeit. »Wie ein Lauffeuer ist der Klatsch heute Abend im Ballsaal herumgegangen. Selbst Alexa, die dumme Gans, hat wohl etwas davon mitbekommen. Als der Abend zu Ende ging, war sie so weiß wie ein Gespenst. In unseren Kreisen ist die Frau ruiniert. Ich kann es nicht dulden, den Namen Powell einer Frau zu schenken, die von Wilden besudelt wurde. Wir können ja noch nicht einmal mit Bestimmtheit sagen, dass sie nicht Cains Bastard im Leibe trägt!«

Lawrence stockte der Atem, und er wurde kreidebleich.

»Daran hattest du noch nicht gedacht, was? Ein rothäutiger Bastard als Erstgeborener und Erbe – wie wäre das?«

Lawrence ließ mutlos die Schultern sinken. »Ich glaube, da kann man dann nichts mehr machen. Ich werde also ...«

»Du wirst gar nichts« tun. Ich setze MacKenzie davon in Kenntnis, dass die Hochzeit abgeblasen ist. Der schlaue alte Fuchs hat wohl gedacht, mit etwas Bluffen kommt er aus der Sache raus und niemand merkt etwas.«

»Sein Fehler«, murmelte Lawrence leise.

»Ja, in der Tat: sein Fehler«, wiederholte der Vater und

genoss den letzten Schluck aus dem geschliffenen Kristallglas. »Nichts zu machen – jetzt müssen wir zu anderen Mitteln greifen, um sicherzustellen, dass die Central Pacific das Wettrennen durch Utah gewinnt.«

Als Jubal am anderen Morgen Powells knapp formulierte Nachricht erhielt, geriet er vor Wut außer sich und verfluchte Andrew Powell, dessen Schlappschwanz von einem Sohn, die Central Pacific Railroad, die Cheyenne und alle tratschsüchtigen alten Weiber von Denver herzhaft. Unbeholfen und rührend fürsorglich hatte er danach versucht, Alexa die aufgelöste Verlobung möglichst schonend beizubringen und ihr zu versichern, letztendlich werde sich alles zum Guten wenden. Aber Roxanna wusste es besser. Das Flüstern, die neugierigen Blicke, die lüstern und wissend schauenden Männer, die Frauen, die ihre Röcke zusammenrafften, wenn sie ihr in der Stadt begegneten, um sich nur nicht durch eine Berührung »anzustecken« – das alles würde nie mehr anders werden.

Fast hätte die junge Frau begonnen, hysterisch zu kichern. Hier saß sie nun als Alexa Hunt, hatte eine Gefangennahme durch die Indianer unbeschadet überstanden und litt dennoch unter demselben gesellschaftlichen Stigma, unter dem sie auch als Spionin Roxanna Fallon gelitten hatte. Die Situation entbehrte nicht einer gewissen Komik. Roxanna hatte damit gerechnet, dass Jubal umgehend alle nötigen Vorkehrungen treffen und sie nach Hause schicken würde, aber der alte Schotte überraschte sie, indem er gar nicht erst vorschlug, sie solle fortlaufen und sich verstecken. Eher im Gegenteil! Er lechzte förmlich nach einem guten Gefecht und war nur zu bereit, sich jedem Gegner zu stellen. Er versicherte seiner Enkelin, wenn sie den Mut aufbrächte, bei ihm zu bleiben und die ganze Sache hoch erhobenen Hauptes durchzustehen, dann würden sie beide gemeinsam mit dem Gerede schon fertig werden.

Nichts anderes hatte Roxanna fast fünf Jahre lang getan.

Allerdings stand sie diesmal zumindest nicht allein; Jubals Reichtum und seine Macht bildeten ein nicht unbeträchtliches Bollwerk gegen diese Art der Verfolgung. Sie weigerte sich, darüber nachzudenken, was geschehen würde, wenn er herausfand, dass sie eine Betrügerin war. Und was, wenn er erführe, dass sie es in der vergangenen Nacht zugelassen hatte, dass Cain sie im Konferenzzimmers wie eine Hure ... Wenn sie nicht unterbrochen worden wären... Rasch verbot sie sich ein Weiterdenken, zu Tode erschrocken darüber, wohin das führen konnte. Ihre erste Reaktion auf die Nachricht von der gelösten Verlobung war ein fast schon berauschendes Gefühl der Erleichterung gewesen. Auch wenn sie Larry Powell mochte – oder vielleicht, weil sie ihn mochte –, heiraten wollte Roxanna ihn nicht. Sollte ihre Erleichterung jedoch etwas mit ihren Gefühlen für Cain zu tun haben – nun, dann musste sie sich selbst eine dreifache Närrin schimpfen.

Cain nämlich wollte eindeutig nur das eine: ihren Körper, ganz im Vorübergehen. Er hatte klar zum Ausdruck gebracht, dass er keine Liebe für sie empfand, sogar einen bitteren Widerwillen gegen die Anziehung spürte, die sie auf ihn und er auf sie ausübte. Auf einen Mann wie Cain würde sie sich nie verlassen können, er war der Letzte, in den sie sich verlieben sollte.

Ich mache mir nichts aus ihm, ich werde nie einen Mann lieben! Zäh und hartnäckig betete sich Roxanna immer wieder ihren alten Schwur vor. Doch sobald sie ihren Gedanken freien Lauf ließ, kehrten diese unweigerlich zu Cain zurück. Bald würde er erfahren, dass sie nun frei war – wenn er das nicht ohnehin schon wusste. Ob er dann ... »Ich will verdammt sein, wenn ich hier herumsitze wie ein geprügelter kleiner Hund und darauf warte, dass der große und mächtige Cain angeritten kommt, um mich zu retten!«, fauchte sie. Als hätte er das vor!

Vor ihrem Fenster wartete Denver, neureich und auch noch nicht sehr lange respektabel. Sie würde sich an einem so schönen Tag nicht im Zimmer verstecken. Sollten sich die feinen Leute der Stadt nach Herzenslust die Mäuler zerreißen – Miss Alexa Hunt jedenfalls würde reiten gehen.

Cain betrat MacKenzies Hotelsuite auf die ihm eigene ruhige, selbstsichere Art. Schon als Junge, als er noch beim Volk seiner Mutter geliebt hatte, hatte er gelernt, Furcht zu verbergen, und als er dann in die Welt der Weißen umgezogen war, hatte er die Lektion noch einmal lernen müssen – nur diesmal doppelt so gründlich. Nun würde es sich zeigen, wie gut er zu bluffen verstand. Er stand kurz davor, das größte Risiko seines Lebens einzugehen, wovon der Schweiß Zeugnis ablegte, der ihm zwischen den Schulterblättern hinabrann. Die nächsten Minuten würden entscheiden; danach war er entweder ein gemachter Mann oder aber ein gebrochener.

Jubal blickte von dem Papierberg auf dem Tisch auf, der ihm im Hotelzimmer als Schreibtisch diente, und winkte Cain, sich zu setzen. »Wie machen sich die bewaffneten Bautrupps? Es war ja keine Zeit mehr, mir davon zu berichten, bevor wir Cheyenne verließen.«

Cain ließ sich auf einem Stuhl nieder. »Kennedy hat es so weit gebracht, dass die Hälfte der Männer bei jedem zweiten Versuch das Ziel trifft. Davies Männer stehen innerhalb von zwei Minuten bereit, um einen Indianerangriff abzuwehren, aber Wiley könnte noch nicht einmal ein Wettpinkeln in einem Brauhaus organisieren. Der Mann ist hoffnungslos, und ich habe ihm mitgeteilt, dass ich die Führung seiner Gruppe auf O'Mara übertrage. Der ist ein spät bekehrter Yankee und weiß, wie man Menschen führt.«

Jubal räusperte sich. »Mir fällt es nicht leicht, einem Mann zu trauen, der mitten im Krieg die Seiten wechselte, doch ich verlasse mich da auf Ihr Urteil.«

Ein guter Anfang!, dachte Cain erfreut und beugte sich vor. »Aber ich bin nicht gekommen, um über die bewaffneten Bautrupps zu reden, Jubal.«

MacKenzie legte den Vertrag über Holzlieferungen beiseite, den er Cain hatte reichen wollen, und warf seinem Gegenüber einen prüfenden Blick zu. »Und welche Laus ist Ihnen über die Leber gelaufen?«

»Ich weiß, dass Powell von der Übereinkunft zurückgetreten ist, die Sie und er getroffen hatten, und dass die Heirat abgeblasen wurde.«

»Das wird wohl spätestens heute Nachmittag von den Rockies bis zum pazifischen Ozean jeder wissen«, bemerkte der alte Mann ungehalten und wartete gespannt darauf, welchen Verlauf die Unterhaltung nehmen mochte. Sein Interesse war geweckt. Soll er nur ruhig seine Karten auf den Tisch legen, dachte er.

»Durch den Skandal ist Alexa gesellschaftlich ruiniert. Schicken Sie sie zurück in den Osten?« Cain wusste genau, dass es Jubal MacKenzie nicht ähnlich sah, einer Konfrontation aus dem Wege zu gehen.

»Nein.«

»Jubal, kein weißer Mann, dem bekannt ist, dass Alexa sich in indianischer Gefangenschaft befand, wird sie noch anrühren«, erklärte Cain frank und frei. »Sie leben jetzt lange genug hier draußen, Sie wissen, dass ich Recht habe.«

»Ja, verdammt! Und mein armes Mädchen kann nichts dafür!«

»Es ist nicht fair, jemanden für etwas zu hassen und zu verachten, wofür er nichts kann, aber so ist nun einmal der Kodex im Westen, wenn es um Indianer geht«, entgegnete Cain mit einem schiefen, bitteren Lächeln.

MacKenzie legte die großen, dicken Fingerspitzen zusammen, lehnte sich in seinem Stuhl zurück und ließ den jungen Mann nicht aus den Augen. Hassen und verachten für etwas, wofür man nichts kann – das gilt auch für dich selbst. »Fahren Sie fort«, drängte er.

MacKenzie weiß, worauf ich hinauswill. Verdammt, er hätte es wissen müssen, dass ihm der schlaue alte Schotte einen Schritt voraus sein würde – allen anderen war Jubal zwei Schritte voraus! »Ich würde Alexa heiraten.«

MacKenzie biss die Spitze von einer Zigarre ab, zündete sie an und nahm einen tiefen Zug, ehe er antwortete. »Lieben Sie das Mädchen?«

Cain hielt dem Blick des älteren Mannes stand. »Ich habe Sie noch nie belogen, Jubal. Ich liebe sie nicht. Aber ich würde gut zu ihr sein. Sie ist eine wunderschöne Frau – und ich bin nun einmal der einzige Mann, der genau weiß, dass sie nie berührt wurde.«

»Und würde es Sie stören, wenn dem nicht so wäre?«

Einen winzigen Moment lang flog ein eigenartiger Ausdruck über Cains sonst stets unergründliches Gesicht, verschwand dann aber rasch wieder hinter der undurchdringlichen Maske. »Das kann ich in aller Ehrlichkeit nicht sagen. Da ich ein halber Indianer bin, sollte ich es vielleicht anders sehen als ein weißer Mann.«

»Aber Sie denken weiß, nicht Cheyenne.« Erfreut sah MacKenzie, wie Cains bronzefarbenes Gesicht rot anlief.

»Ich glaube nicht, dass es mir lieber wäre, wenn ein weißer Mann statt eines roten sie vor mir besessen hätte, aber darum geht es ja gar nicht. Alexa ist unberührt – was außer uns beiden aber niemand glaubt.«

»Sie wären also bereit, eine Frau zu heiraten, deren Ruf ruiniert und deren Name in aller Munde ist? Ist das jetzt christliche Barmherzigkeit, mein Junge? Oder verlangen Sie eine Gegenleistung?«

Ein dunkles Lächeln stahl sich in Cains rätselhaftes Gesicht. »Nun kommen Sie zur Sache!«

»Es wurde ja auch Zeit, dass wenigstens einer von uns das tut«, erwiderte MacKenzie.

»Vor zwei Monaten haben Sie Brent Masterson entlassen und seine Stelle nie wieder besetzt. Ich nehme an, Sie gingen davon aus, dass der junge Powell die Position übernehmen würde. Das läuft ja nun nicht. Ich möchte also Bauleiter werden.« Die Worte hingen so schwer in der Luft wie Zigarettenqualm in einem überfüllten Saloon.

Jubal nahm einen tiefen Zug aus seiner Zigarre und blies den Rauch wieder aus. »›Der Chef‹ wollen Sie also sein.« Er grinste. »Bescheiden sind Sie ja nicht gerade, mein Junge.«

»Sie wissen, dass ich der Aufgabe gewachsen bin. Seit einem halben Jahr erledige ich die Hälfte von dem, was eigentlich Mastersons Arbeit gewesen wäre.«

Der junge Mann hatte Recht, und das war Jubal auch bewusst. Cain verfügte über einen wachen Verstand, hatte eine erstaunlich gute Erziehung genossen und war überaus ehrgeizig. Nur sein indianisches Blut konnte seinen Aufstieg im Eisenbahngeschäft bremsen – und auch in jedem anderen geschäftlichen Bereich. »Alexandra ist meine Alleinerbin. Der Mann, der sie heiratet, bekommt einmal mein ganzes Vermögen.«

»Sie machen auf mich nicht den Eindruck, als wollten Sie in naher Zukunft den Löffel abgeben! Ich möchte nichts weiter, als eine Chance, Ihnen zu beweisen, wozu ich fähig bin. Ich bitte nicht um die Genehmigung, Ihre verdammten Millionen zu verplempern!«

»Es mir zu beweisen oder jemand anderem?«, murmelte MacKenzie, mehr zu sich selbst gewandt als zu seinem Besucher.

Cain gab ihm auch keine Antwort, sondern fragte nur seinerseits: »Werden Sie meinen Vorschlag in Erwägung ziehen?«

»Ja, das werde ich, Cain.«

Als Cain das Zimmer verlassen hatte, starrte der alte MacKenzie gedankenverloren auf seine Schreibtischplatte. Und dann breitete sich auf seinem Gesicht langsam ein Lächeln aus, das nach einiger Zeit zu einem leisen Glucksen wurde. Jubal MacKenzie, Eisenbahnbauer, hatte einen hervorragenden Einfall.

Als Roxanna die Straße hinabritt, konnte sie die Blicke in ihrem Rücken deutlich spüren. Nach dem Empfang, den Denver ihr bereitet hatte, würde ihr ein wenig frische Bergluft gut tun. Wann würden sie nach Cheyenne zurückkehren können? Und vielleicht gelang es ihr ja, Jubal MacKenzie zu überreden, sie mit in das Baulager der Union Pacific zu nehmen, das noch hinter Cheyenne lag. Tratsch hin oder her: Sie hatte große Lust, mit von der Partie zu sein, wenn mit der transkontinentalen Eisenbahn Geschichte geschrieben wurde.

Lawrence Powell sah Alexa aus der Stadt reiten und sich den Bergen zuwenden. Der graubärtige alte Stallbursche, der sie aus Sicherheitsgründen begleitete, sah aus, als wäre er hart gesotten genug, einem Bussard den Schnabel abzureißen. Nicht gerade die perfekte Anstandsdame, aber die Zeiten, in denen Alexa Hunt sich über solche gesellschaftliche Feinheiten hatte den Kopf zerbrechen müssen, waren ja wohl vorbei. Lawrence verfluchte sein Pech und fragte sich, ob das, was sein Vater angedeutet hatte, wohl wahr sein konnte.

Die junge Frau mit dem vollen, silbernen Haar, der milchweißen Haut und den weit auseinander stehenden, türkisblauen Augen war eine wirkliche Schönheit, die jeder Mann gern und voll Stolz an seiner Seite gehabt hätte. Ihr Körper war ebenso zart und fein wie ihr Gesicht, schlank und feingliedrig, aber mit angenehmen Rundungen an den richtigen Stellen. Das elegante rosa Reitkleid, das sie an diesem Morgen trug, betonte noch ihre winzige Taille und die sanfte Rundung ihrer Brüste.

Sie war umwerfend, und es war jammerschade – aber er wusste, was er zu tun hatte. Er trieb sein Pferd mit den Knien zu einem leichten Galopp an und beeilte sich, die junge Frau einzuholen. Wie gut, dass sie einen Weg gewählt hatte, auf dem man selten jemandem begegnete! Wenn sein Vater erfuhr, dass er sich ihr genähert hatte, würde er einen Wutanfall bekommen.

Roxanna erkannte fast sofort, dass es ihr ehemaliger Verlobter war, der ihr nachgeritten kam. Verlobter! Für ein paar Stunden nur. Ob er es wohl gewesen war, der beschlossen hatte, ihr den Laufpass zu geben? Sie erinnerte sich daran, wie gut der alte Powell seinen Sohn im Griff hatte, und war davon überzeugt, dass er die Entscheidung getroffen hatte. Fast verspürte Roxanna so etwas wie Mitleid mit dem jungen Lawrence, musste sich dann aber lachend eingestehen, dass das nun wirklich bizarr wäre. Sie, die gefallene Frau, hatte Mitleid mit dem hübschen blonden Millionärssöhnchen!

»Einen schönen guten Tag, Miss Alexa! Ich könnte nun so tun, als wäre ich per Zufall auf Sie gestoßen, aber ich bin ein schlechter Lügner.«

Roxanna sah, wie sich das helle Gesicht des jungen Mannes rosig färbte. Er ist ja ganz verlegen!, dachte sie. »Einen guten Tag auch Ihnen, Mr. Powell.« Sie lächelte kühl. »Ich nehme an, Sie wollten mich gern allein und ungestört sprechen?«

»Nach allem, was geschehen ist, wäre es mir peinlich gewesen, zu Ihnen in Ihr Hotel zu kommen.« Er machte eine vage Handbewegung und schwieg dann, ein Auge auf den alten Mann gerichtet, der in einiger Entfernung hinter den beiden jungen Leuten sein Pferd gezügelt hatte.

»Ja, sehr peinlich«, stimmte Roxanna zu. Einen schrecklichen Moment lang befürchtete sie, der Junge sei gekommen, um sie zu bitten, seine Mätresse zu werden – da sie jetzt doch als Ehefrau nicht mehr infrage kam. Für sie wäre es nicht das erste Mal gewesen, dass man ihr diese zweifelhafte Stellung anbot.

Aber ihre Befürchtungen zerstoben, als Lawrence nun stammelte: »Alexa, ich entschuldige mich für das, was geschehen ist. Sie sind eine Dame, die Besseres verdient hätte. Wenn mein Vater nicht wäre ... ich jedenfalls hätte die Verlobung nie gelöst. Ich nehme an, Sie halten mich für charakterlos, weil ich mich der Entscheidung meines Vaters unterordne?«

»Wenn ich alles in Betracht ziehe: nein«, erwiderte Roxanna gleichmütig, erleichtert über die Entwicklung, die die Unterhaltung nahm. Ich hätte ihn doch nicht heiraten können!

»Ich habe versucht, mit Vater zu diskutieren, ihm zu erklären, dass Ihnen nichts widerfahren ist, aber er lässt sich von mir nichts sagen.«

Roxanna hörte in seiner Stimme einen mürrischen, bitteren Unterton. Das Leben als Sohn und Erbe eines Andrew Powell war wohl auch nicht einfach – nein, bestimmt nicht einfach!

»Er fragt sich nur, ob die Gesellschaft es billigen würde oder nicht – doch die Gesellschaft, das ist doch ein Haufen hinterhältiger Klatschbasen und sollte eigentlich für niemanden, der wirklich etwas zu sagen hat, überhaupt auch nur eine Rolle spielen.«

»Aber sie spielt eine Rolle, Larry, wir alle müssen nach ihren Regeln leben«, entgegnete Roxanna weich und verfiel in die vertraute Anrede, wie auch er es getan hatte.

»Ich wollte Ihnen nur versichern, wie sehr ich es bedaure, die Verlobung gelöst zu haben – und um Ihnen zu erklären, dass es nicht meine Idee war.«

Er blickte ihr in die Augen, sein Gesicht so rund und weich und jungenhaft, fast wie das eines Welpen, der hinter den Ohren gekrault werden will. Andrew Powell hatte einiges auf dem Gewissen! »Ich weiß es zu schätzen, dass Sie sich die Mühe gemacht haben, mich noch einmal selbst aufzusuchen und mir alles direkt mitzuteilen.«

»Und was werden Sie jetzt tun? In den Osten zurückkehren?«

Roxanna zuckte die Schultern. »Ich weiß noch nicht. Großvater ist nicht der Mann, der den Kopf einzieht, wenn er beleidigt wurde.«

»Aber so reagiert ein Mann – eine Dame wie Sie sollte man keiner solchen Demütigung aussetzen, nur um den eigenen Stolz zu befriedigen!«

Gerührt lächelte Roxanna; wie sehr der Junge sich stellvertretend für sie aufzuregen bereit war! Wenn du nur wüsstest, wie viel Schlimmeres ich schon zu ertragen hatte! »Danke, Larry, ich werde es überleben.«

»Ich weiß, ich komme Ihnen im Augenblick bestimmt nicht sehr zuverlässig vor, Alexa, aber, wenn Sie je einen Freund brauchen, dann können Sie immer auf mich zählen.«

»Ich danke Ihnen. Ich weiß das zu schätzen, besonders jetzt, da meine Zukunft so unsicher ist.«

Er zog eine mit Großbuchstaben bedruckte Karte aus einer Jackentasche und reichte sie ihr. »Meine Adresse in San Francisco und eine Adresse, an die Sie mir im Notfall ein Telegramm schicken können.«

Es war ihm ernst mit seinem Angebot! Roxanna verstaute die Visitenkarte in ihrer Rocktasche und lächelte dem jungen Mann freundlich zu.

»Sollte ich je in der Klemme stecken, und mein Großvater kann mir nicht helfen, dann werde ich mich gern an Sie wenden.«

»Ich habe beschlossen, auf Ihr Angebot einzugehen«, erklärte Jubal MacKenzie ohne große Vorrede, als Cain sein Büro im Wagen betrat.

Seit dem Debakel in Denver war über eine Woche vergangen. Cain hatte sich bereits am folgenden Tag wieder in das Baulager außerhalb von Laramie begeben, Jubal aber hatten seine Geschäfte noch länger in der größeren Stadt festgehalten. Alexa und er waren noch einen Tag geblieben und hatten die staubige Reise dann in einer privaten Kutsche zurückgelegt.

Mit einiger Neugier, aber auch mit zitternden Knien war Cain an diesem Morgen dem Ruf seines Arbeitgebers gefolgt. Wollte der ihn kurz und bündig wegen seiner Unverschämtheit an die Luft setzen – oder sollte es wirklich so sein, dass MacKenzie ihm Alexa geben würde und dazu die Stellung, auf die er so lange schon hoffte? Nun wusste er es also. Er nickte Jubal zu. »Ich war mir nicht sicher, ob Sie das Blut der MacKenzies mit einer Promenadenmischung verbinden wollen. Ich werde gut zu ihr sein, Jubal.«

»Es gibt allerdings eine Bedingung«, meinte der alte Mann und hob warnend die knorrige Hand. »Alexa muss der Heirat zustimmen.«

Alle Spannung wich aus Cain, dafür verspürte er einen leichten Anflug von Ärger. »Powell wollten Sie sie geben, ohne sie vorher nach ihrer Meinung gefragt zu haben.«

»Nun regen Sie sich nur nicht auf. Wenn das Mädel mir

erklärt hätte, sie könne den jungen Powell nicht ausstehen, dann hätte ich sie zu nichts gezwungen.« Leise lächelnd fuhr er fort: »Die Promenadenmischung haben Sie aufs Tapet gebracht, nicht ich. Mich schert es, ehrlich gesagt, wenig, welche Hautfarbe Ihre Mama hatte, solange Sie nur Ihre Arbeit gut machen, aber die Frauen...« Er zuckte hilflos die Schultern. »Frauen gehen nun mal nach anderen Wertvorstellungen, und Alexa ist sehr behütet aufgewachsen.«

Cain unterdrückte seinen Ärger, denn er wusste, dass der alte Mann auf seine direkte Art lediglich Fakten zitierte. MacKenzie war ihm gegenüber immer weitaus fairer gewesen als manch anderer in seiner Stellung. »Alexa wird mich nehmen, machen Sie sich da keine Sorgen«, verkündete er weit überzeugter, als er wirklich war.

»Ja, wird sie das?« Jubal warf Cain einen nachdenklichen Blick zu.

»Erzählen Sie ihr nichts von unserer Übereinkunft. Ich möchte gern selbst mit ihr reden.«

Der alte Mann vergrub die Finger in seinen von einem Barbier in Denver erheblich gekürzten Bart und fragte: »Sie scheinen sich Ihrer Sache ja sehr sicher zu sein. Was ist eigentlich genau vorgefallen zwischen meiner Enkelin und Ihnen, als ihr da so allein in Nebraska wart?«

»Nichts«, erwiderte Cain kurz und bündig. »Wenn ich sie angefasst hätte, dann hätten Sie mir bei lebendigem Leib die Haut abgezogen, das ist uns beiden doch klar.« Dass er sie trotzdem um ein Haar geliebt hätte – das ließ er vorsichtshalber unerwähnt.

»Und ob! Sie haben also Glück gehabt, wenn sich die Dinge nun so entwickeln«, fügte MacKenzie ein wenig rätselhaft hinzu.

Für Roxanna war die Woche, die sie nun gemeinsam mit den Eisenbahnbautrupps unterwegs war, fast spannend genug gewesen, sie den Schlamassel in Denver vergessen zu lassen. Wohl geisterte Cain noch nächtlich durch ihre Träume, tagsüber aber hörte und sah sie so viel Neues, dass ihre Gedanken in völlig andere Bahnen gelenkt wurden. Bereits im frühen Morgengrauen wurde die Stadt auf Rädern der Union Pacific durch das laute, misstönende Läuten der Essensglocke geweckt. Gleich an ihrem ersten Tag im Lager war Roxanna nach einer schlaflosen Nacht aus den Federn gekrochen und hatte zugesehen, wie weitere zweieinhalb Kilometer Schienenstrang im unaufhaltsamen Vormarsch auf den Pacific hin verlegt worden waren.

Das Baulager der Trupps, die die Schienen verlegten, folgte dem der Planiertrupps und war beweglich. Man hatte es nach Jubals sorgfältig durchdachten Angaben geschickt zusammengebaut, und mehr als zwanzig Arbeitswagons gehörten dazu. Außer dem privaten Pullmannwagon, in dem Roxanna und Jubal ihre privaten Räume hatten, gab es Schlafquartiere für die Arbeiter, Küchen, Speisesäle, Vorratslager, Werkzeugschuppen und ein Waffenlager, alles auf Rädern. Selbst eine Schmiede war vorhanden, für die Pferde und die Maultiere, die einen nicht abreißenden Strom Planwagen voller Eisenbahnschienen, Schienenlaschen, Schienennägel und Bolzen zogen, die man den ganzen Weg von den Gießereien auf der anderen Seite des Mississippi herbeischaffen ließ.

Die in vielen Sprachen lärmenden Arbeiter aßen schichtweise und dicht gedrängt wie die Heringe in einem lang gestreckten Speisewagen. Um die Nahrungsaufnahme noch effizienter zu gestalten, hatte man die Blechteller einfach auf den schmalen Brettertischen festgenagelt und zwischen den einzelnen Gängen sowie vor jeder neuen Essschicht ging ein Junge mit einem feuchten Lappen umher und reinigte sie nicht eben besonders gründlich. Im allerersten Morgengrauen stolperten die Männer in diesen Speisesaal auf Rädern, murrten vor sich hin, rieben sich den Schlaf aus den Augen und warteten gierig auf eine Tasse bitteren schwarzen Kaffee, um wach zu werden für die Knochenarbeit des Tages.

Und es *war* Knochenarbeit, wie Roxanna feststellen musste, die die erstaunliche Leistungsfähigkeit der Schienentrupps aus diskreter Entfernung beobachtete. Es war Roxanna ebenso wenig wie den nicht sehr zahlreichen anderen ehrbaren Frauen im Lager – allesamt Ehefrauen der höheren Angestellten – nicht gestattet, sich den rüden und stets fluchenden Arbeitern zu nähern. Aber selbst aus der Entfernung konnte die junge Frau deutlich die Flüche der Fuhrleute hören. Sie waren lauter als das Knallen der Peitschen, mit denen diese ihre Gespanne antrieben, die sich mit Eisenbahnschienen abschleppen mussten, die mehr als tausend Pfund wogen, mit Eisenbahnschienen und Schwellen für das Metallband, dass sich bis zum Horizont hin erstreckte.

Roxanna gewöhnte es sich an, früh aufzustehen und vor dem Frühstück zu reiten. In den Morgenstunden mischten sich die gutmütigen Hänseleien der Arbeiter mit dem Geruch von Haferbrei, Pferdeäpfeln und Staub. Sie näherten sich gerade dem höchsten Punkt der transkontinentalen Strecke in fast zweitausendfünfhundert Metern Höhe, und obwohl die Sonne jeden Tag kräftig strahlte, blies der Wind hier mit einer gewissen Schärfe. Roxanna liebte den sauberen Geruch von Beifuß und wilden Rosen und gewöhnte sich sogar langsam an die weniger zarten Gerüche, die den Fortschritt markierten.

Natürlich war es ihr nicht gestattet, sich weit vom Lager zu entfernen, denn die Bedrohung durch marodierende Indianer war immer gegeben. An diesem Morgen hatte sie verschlafen und zog sich nun rasch ihre Reitkleider über. Sie wollte – sie wusste selbst nicht, warum – dringend für eine Weile aus ihrem luxuriösen Eingesperrtsein in Jubals mobilem Palast entkommen. Ohne den alten Mann zu stören, der, wie sie wusste, bereits in die Berichte der Landvermesser, in Bestelllisten und Lohnabrechnungen vertieft sein würde, entschlüpfte sie durch die Hintertür und eilte zum Stallwagon, in der die flinke gescheckte Stute untergebracht war, die man zu ihrer persönlichen Verfügung bereithielt.

Roxanna meinte schon fast, den Wind in den Haaren zu spüren. Voller Vorfreude auf einen raschen Ritt den Hügel hinauf, von wo aus sie die geschäftigen Aktivitäten besonders gut betrachten konnte, eilte sie raschen Schrittes die Schienen entlang. Sie kam an alten Kutschern mit riesigen Schnurrbärten vorbei und an kräftigen jungen Arbeitern, deren Gesichter vom jahrelangen Aufenthalt in Sonne und Wind wie dunkles Leder gegerbt wirkten. Alle diese Männer zogen respektvoll vor ihr den Hut. Manche reagierten verlegen und freundlich, wenn sie die Enkelin des Chefs zu Gesicht bekamen, während andere das Nicken, mit dem sie alle freundlich grüßte, mit verstohlenen, abschätzenden Blicken erwiderten. Letztere ignorierte sie.

Shamus Manion, der riesige Schmied, lächelte, als Roxanna an den Stallwagon herantrat. »Einen wunderschönen guten Morgen, Miss Alexa! Sie wollen sicherlich die hübsche kleine Scheckstute«, meinte er, legte seinen Schmiedehammer beiseite und befahl einem mageren Stallburschen, die Stute von der provisorischen Weide zu holen, die man neben den Ställen mit Tauen abgesperrt hatte, und sie zu satteln. Dann wandte er sich wieder an Roxanna. »Sie müssen heute da draußen besonders vorsichtig sein, Miss Alexa. Letzte Nacht gab es hier nämlich ein bisschen Ärger. Einer der Männer kam sturzbetrunken zu nachtschlafender Zeit ins Lager zurückgeritten und suchte Streit. Den hat er dann auch gefunden – einen mordsmäßigen Streit. Ein halbes Dutzend Männer war schon drin verwickelt, ehe Cain dem Spuk ein Ende bereiten konnte.«

Als sie Cains Namen hörte, erblasste Roxanna. »Ist jemand verletzt worden?«

»Alle, die am Ende noch auf zwei Beinen standen, hatten nur aufgeschürfte Fäuste und blutige Lippen. Cadwallader Cooke ist nicht so glimpflich davongekommen. Das ist der, der den ganzen Ärger angefangen hat. Dem hat Cain den Pistolenknauf über den walisischen Dickschädel ziehen müssen, und ich glaube nicht, dass der daraus was lernt. Aber sein Kopf, der dröhnt ihm heute Morgen, da können Sie sicher sein. Cain hat ihn auf der Stelle rausgeschmissen. Befahl ihm, seine Siebensachen zu packen, und dann ab die Post – der Schwachkopf hat noch ein paar wüste Drohungen ausgestoßen, als er das Lager verließ.«

»Das wird wohl dann der Lärm gewesen sein, von dem ich letzte Nacht wach wurde. Und befürchten Sie nun, er könne wiederkommen und noch mehr Ärger machen?«

»Bei solchen Kerlen weiß man nie. Cain hat ihn auf eine Draisine gesetzt und zurück nach Cheyenne schaffen lassen, aber ich an Ihrer Stelle würde heute Morgen beide Augen offen halten. Und bleiben Sie in der Nähe.« Mit diesen warnenden Worten nahm der Schmied dem Stalljungen die Zügel der gescheckten Stute ab und half Roxanna in den Sattel.

»Danke, ich werde ganz vorsichtig sein«, versprach die junge Frau und ließ ihren Blick über den Hügel streifen, zu dem sie reiten wollte. Dieser war Teil des offenen Graslands und nur hier und da mit ein paar Eschen und Kiefern bewachsen. »Da oben gibt es nicht viel, wo man sich verstecken kann.«

Roxanna sah eigentlich keine Notwendigkeit, sich Cadwallader Cookes wegen große Sorgen zu machen; Shamus war immer besorgt, wenn es um ihre Sicherheit ging, und mahnte sie ständig, gut auf sich Acht zu geben. Cooke war jetzt bestimmt schon über alle Berge und kurierte höchstwahrscheinlich in irgendeinem der zahlreichen Saloons von Cheyenne seinen schmerzenden Kopf aus. Roxanna lenkte ihre flinke kleine Stute die sanft ansteigende Bodenerhebung hinauf, bis sie ein kleines Kieferngebüsch erreichte. Dort wendete sie das Pferd und blickte zurück auf die hektischen Aktivitäten des Lagers. Ein wirres Durcheinander aus Farben, wimmelnden Menschen und Lärm – und doch entdeckte sie sofort Cain auf seinem Kastanienbraunen. Er ritt an den Reihen schwitzender, angestrengt arbeitender Männer entlang, die Schienen von der Ladefläche eines Wagens hoben, um sie dorthin zu bringen, wo man sie am Ende der bereits verlegten Strecke in den Bau einpassen wollte.

Warum nur fiel er ihr immer ins Auge, in jeder Gruppe, ganz **egal, wo?** Roxanna erinnerte sich noch gut daran, wie Cain an jenem Abend in Denver in seiner eleganten Abendkleidung ausgesehen hatte, so düster und gefährlich wie ein erfolgreicher Spieler aus dem Osten. »Ich bin sicher, dass sich die Damen alle insgeheim nach ihm verzehren. Und nach außen tun sie dann so, als stieße sie sein Indianerblut ab!« Gereizt riss Roxanna ihre Augen von dem jungen Mann los, der gerade an der improvisierten Weide vom Pferd stieg.

Jetzt sind wir beide Ausgestoßene, dachte Roxanna verbittert und spürte widerwillig einen Anflug von Verbundenheit mit dem Halbblut. Jubal wurde nicht müde, seiner Enkelin zu versichern, dass ihr Leben schlagartig besser werden würde, sobald die Arbeiten an der Union Pacific beendet seien und sie in den Osten zurückkehren könnten, wo sicherlich niemandem die hässlichen Gerüchte über Alexa zu Ohren gekommen waren. Roxanna jedoch, die schon so viele Meilen zurückgelegt hatte, so viele Jahre hatte verstreichen sehen, ohne ihre Vergangenheit hinter sich lassen zu können, hegte da ernsthafte Zweifel.

Und da war immer noch die leise Furcht, Isobel Darby könne eines Tages auftauchen und sie demaskieren. Dann wäre es aus mit jeglicher Hilfe von Jubal MacKenzie. Roxanna hatte in den wenigen Wochen, die sie in der Gesellschaft des alten Herrn zugebracht hatte, dessen umsichtige Intelligenz sehr zu schätzen gelernt, und sie fühlte sich in Gegenwart des manchmal raubeinigen Schotten sehr wohl. Der Gedanke, ihn unter Umständen zu verletzen, in seinen Augen Kummer über den Verrat lesen zu müssen, den sie an ihm verübt hatte, bekümmerte Roxanna sehr. Sie hatte ja wirklich nicht vorgehabt, jemandem wehzutun, aber bereits jetzt nahm ihr verzweifelter Schachzug, sich als Alexa Hunt auszugeben, katastrophale Züge an. Ihre ganze Lage schien fast so verfahren wie das Leben zu sein, das sie als Roxanna Fallon geführt hatte.

Tief in Gedanken versunken, stieg die junge Frau vom Pferd und führte das Tier zu einer kleinen Felsengruppe. Die Stute verharrte geduldig, während Roxanna sich auf einem sonnendurchwärmten Stück Schiefer niederließ, das durch ein paar

Kiefern vor dem Wind geschützt dalag. Die Gestalt, die nun hinter einer der Kiefern hervortrat, hatten beide nicht bemerkt. Dann aber zerstörte eine Männerstimme die Ruhe und Beschaulichkeit.

»Aber holla, Sonnenscheinchen, wenn Sie nicht 'ne ganz Hübsche sind!«

Roxanna schreckte auf, sprang von ihrem Sitz und sah sich einem großen, spindeldürren Mann gegenüber. Sein Kopf war auffallend klein und zeigte zwischen den fettigen Haarsträhnen, die ihm in die Stirn hingen, eine hässliche, rotschwarze Beule. Cadwallader Cooke! Arglistige grüne Augen, die eng in dem boshaften, mageren Gesicht beieinander standen, blickten voll gieriger Vorfreude auf Roxannas Bluse, unter der sich sanft ihre Brüste abzeichneten. Die Stute wieherte nun aufgeregt und nervös – sie reagierte auf den Gestank nach saurem Schweiß und saurem Hass, der von dem Mann ausging.

»Ich bin nicht Ihr Sonnenscheinchen«, sagte Roxanna kalt und streichelte beruhigend den Hals des scheuenden Pferdes. »Wenn Sie jetzt gleich verschwinden, dann werde ich Ihre Unverschämtheit nicht weitermelden.«

»Meine Unverschämtheit weitermelden?« Cooke grinste hämisch. »Die Rothaut vom Schotten kann mich wohl kaum zweimal rauswerfen. Sie sind doch die Enkelin vom Alten, oder? Eine ganz Stolze!«, flüsterte er, während er sich zwischen Roxanna und die Stute schob.

»Wenn ich um Hilfe schreie, kommt Cain sofort«, drohte Roxanna. »Und dann setzt es mehr als nur einen Schlag auf Ihren Dickschädel!« Ausgelöst durch die üblen Ausdünstungen des Mannes, überfielen sie hässliche Erinnerungen an das Gefängnis von Vicksburg. Roxanna spürte, wie ihre Knie zitterten und ihr Herz immer rascher schlug. Sie nahm all ihren Mut zusammen, zwang sich, ruhig zu atmen, und starrte den Mann an, bis er zur Seite sah. Sie wusste wohl, dass dies das Einzige war, was sie tun konnte, und hoffte inbrünstig, es möge diesmal ausreichen.

Aber Cooke lachte. »Niemand da unten wird Sie hören, und Cain, der verfluchte Hund, schon gar nicht. Sie tun ja mächtig stolz und vornehm für ein Weib, das schon mal bei den Rothäuten lag! Und bei Cain ja wohl auch. Na, jetzt jedenfalls ist der alte Caddy dran!« Mit diesen Worten wand sich, einer Schlange gleich, ein langer, kräftiger Arm um Roxannas Taille.

Roxanna schrie und wehrte sich aus Leibeskräften; die Stute bäumte sich auf und galoppierte dann davon. Cooke schenkte dem Pferd keine Beachtung, sondern konzentrierte sich ganz auf die Frau, die er rasch zu Boden warf, obwohl sie mit Armen und Beinen um sich schlug und ihn mit ihren scharfen Nägeln zu verwunden suchte. Bald kniete er auf ihr, drückte sie mit dem Gewicht seines Körpers zu Boden und versuchte, ihre wild um sich schlagenden Arme zu bändigen und zu verhindern, dass sie ihm das Gesicht zerkratzte.

Roxanna spürte das Gewicht des Mannes auf ihrem Körper, fühlte, wie er ihre Arme und Beine unter sich festnagelte. Ein Gefühl der Panik ergriff von ihr Besitz und obendrein die vertraute Hilflosigkeit, das Wissen, nichts mehr tun zu können. Nicht aufgeben, nicht aufgeben, wiederholte sie wieder und immer wieder, während er ihr seinen ekelhaften Atem in die Nase hauchte. Sie drehte ihren Kopf zur Seite und schrie noch einmal aus vollem Hals um Hilfe, bäumte sich dann auf und versuchte, den Angreifer abzuschütteln.

»Du bist ja ganz schön stark für so 'ne Magere!«, grunzte Cooke, verlor das Gleichgewicht und rollte zur Seite.

Roxanna spürte, wie sich seine langen knochigen Finger in ihre Schultern bohrten, um sie kampfunfähig zu machen. Dann aber schlug sie mit der Schläfe gegen ein vorstehendes Stück Schiefer und alles um sie herum versank in gnädigem Dunkel.

Kapitel 9

Erst musste Cain erfahren, dass Cooke den Fahrer der Draisine, der den Unruhestifter nach Cheyenne ins Gefängnis hatte überführen sollen, überwältigt hatte und sich nun frei in der Gegend herumtrieb – und als wäre das noch nicht schlimm genug, teilte man ihm als Nächstes mit, Alexa sei ohne jegliche Begleitung zu einem Reitausflug aufgebrochen. Dann hörte er ihre Schreie, die aus einem kleinen Wald drangen, der ein nahe gelegenes Felsvorkommen umstand. Fluchend gab er seinem Pferd die Sporen. Noch ehe er bei dem Gehölz angekommen war, verstummten Alexas Schreie abrupt, aber er sah die junge Frau selbst. Regungslos lag sie am Boden, und über ihr kniete Cooke, der schmierige Bastard, und riss ihr die Bluse vom Leib.

Mit einem Ruck zügelte Cain den Kastanienbraunen und flog förmlich aus dem Sattel. »Cooke!«, schrie er, um den anderen abzulenken. Auf keinen Fall durften dessen Hände Alexas Brust entblößen. Cadwallader Cooke konnte gerade noch den Kopf wenden, da war Cain auch schon über ihm und schleuderte ihn mit einem wohl gezielten Faustschlag, der den Mann mitten ins Gesicht traf, quer über den harten felsigen Grund. Voller Befriedigung spürte Cain, wie das Nasenbein des anderen unter seiner Faust zersplitterte.

Mit einem Schrei des Entsetzens und heftig blutender Nase ging Cooke rückwärts zu Boden, rollte sich ab, zog den Colt aus dem Gürtel und stand, die Hände fest um den Revolver geschlungen, gleich wieder auf beiden Beinen. Aber er kam nicht mehr dazu, richtig zu zielen und abzudrücken, denn nun bohrte sich Cains Kugel in seinen Körper, und Cadwallader Cooke flog rückwärts gegen einen riesigen Felsbrocken aus Sandstein, glitt zu Boden und sank in den Staub.

Cain warf lediglich einen flüchtigen Blick auf den Toten, steckte seine Smith & Wesson zurück in das Halfter und eilte an Alexas Seite. Erleichtert sah er, dass sie noch atmete, und untersuchte sie dann auf Verletzungen. Cooke hatte der jungen Frau die Knöpfe von der Bluse gerissen, und Cain versuchte nun, das Kleidungsstück, so gut es ging, wieder über Alexas Brüsten zusammenzuraffen und die weichen, zierlichen Hügel zu bedecken, wobei er sich daran erinnerte, wie süß und erregend sie auf die Berührung seiner Hände und Lippen reagiert hatten. Als er Alexa hochhob und in den Schatten einer Kiefer hinübertrug, gab diese einen kleinen Seufzer von sich.

Roxanna erwachte in Cains Armen. Zuerst wusste sie nicht recht, wo sie war; ihre flatternden Lider hoben und senkten sich nervös, sodass Cains hartes, dunkles Gesicht alles war, was sie sehen konnte. »Cain? Was ... wo bin ich?« Einen Moment lang glaubte sie, wieder im Lager der Cheyenne zu sein, aber dann holte die Erinnerung an Cookes grausamen Übergriff sie in die Gegenwart zurück, und sie versteifte sich vor Angst.

»Ruhig«, flüsterte Cain sanft und strich ihr behutsam die schimmernden Haarsträhnen aus dem Gesicht.

»Dieser schreckliche Mensch ... Cooke?« Sie hob den Kopf und stöhnte vor Schmerz laut auf.

Cain spürte Roxannas Zittern, und ihn überkam erneut die Wut, die er empfunden hatte, als er gesehen hatte, wie das Schwein ihr Gewalt angetan hatte. »Cooke ist tot«, sagte er.

An seinem Tonfall und dem Ausdruck auf seinem Gesicht gab es nichts zu deuten. »Sie haben ihn getötet«, meinte Roxanna mehr als Feststellung und weniger als Frage.

Er gab ihr keine Antwort und fragte nun seinerseits: »Wo sind Sie verletzt?«

Vorsichtig hob sie die Hand und berührte die kleine Beule, die sich an ihrer Schläfe gebildet hatte. »Ich bin mit dem Kopf an einen Felsen geprallt, als ich mich wehrte – versuchte, ihm zu entkommen.« Erstaunlich vorsichtig untersuchte Cain die verletzte Stelle, wobei Roxanna das Bedürfnis überkam, sich von diesen wundervollen bronzefarbenen Händen trösten zu lassen. Sie erinnerte sich an andere Gelegenheiten, bei denen diese Finger und seine Lippen sie berührt hatten ... Cains ärgerliche Stimme zerstörte den Zauber.

»Wenn Sie je wieder unbewaffnet und ohne Begleitung aus einem Eisenbahnerlager reiten, dann versohle ich Ihnen eigenhändig den schönen kleinen Hintern, und dann sperre ich Sie in einen Vorratswagen, und zwar so lange, wie wir brauchen, eine Strecke von hundert Meilen zu legen. Was denken Sie eigentlich, wo Sie hier sind – auf einer gottverdammten Plantage in Missouri?«

Mit schmerzhaft pochendem Kopf setzte sich Roxanna kerzengerade auf. »Ich bin lange genug zur Schule gegangen, um mich in Geografie auszukennen. Mir sind sogar ein paar grundlegende Höflichkeitsformen bekannt – während die ja nun leider in Ihrer Erziehung völlig fehlen, Sie gefühlloser Esel!«

Cains finsteres Gesicht verzog sich zu einem spöttischen Grinsen, was sie nur noch wütender machte.

»Meine untertänigsten Entschuldigungen, Prinzessin, aber Sie bringen nun mal das Schlechte in mir zum Vorschein!«

»Das wird wohl daran liegen, dass es gleich unter Ihrer Haut schlummert!«, konterte sie schlagfertig.

Cain lachte: »Unter die Haut gehen Sie mir schon, das stimmt!«

»Und ich will mit Ihrer Haut nichts zu tun haben – auch mit keinem anderen Körperteil! Sie sind unerträglich unhöflich...«

»Und Sie sind ein unvorsichtiges, völlig verzogenes Balg. An der Union Pacific ist jede Frau Freiwild, die vor die Tür tritt, ohne einen Mann dabeizuhaben, der sie beschützt. Ich kann es nicht glauben, dass Jubal Sie einfach so ausreiten lässt. Es grenzt an ein Wunder, dass nicht die Hälfte der Männer aus dem Lager da unten über Sie hergefallen ist.«

»Wo sie doch alle denken, ich habe nichts anderes verdient – bei den Gerüchten, die über mich im Umlauf sind.« Verzweifelt senkte Roxanna den Kopf und massierte sich die schmerzenden Schläfen. Erst jetzt bemerkte sie, dass ihre Bluse weit offen stand, weil die Knöpfe fehlten. Sie zeigte viel mehr von ihrem Körper, als ehrbaren Frauen gestattet war.

Mit beiden Händen raffte sie die Bluse vor ihren Brüsten zusammen und versuchte, von Cain fortzukriechen, aber er hielt sie in seinen Armen fest.

»Nicht so schnell! Sie verletzen sich doch nur noch mehr, wenn Sie jetzt das Gleichgewicht verlieren, Sie kleine Närrin!«

»Lassen Sie mich in Ruhe!«, flüsterte Roxanna, über der mit einem Mal alles zusammenbrach: Cookes Angriff auf ihren Körper, die entwürdigende Behandlung, die ihr in Denver widerfahren war, und all das, was andere ihr schon vor so langer Zeit angetan hatten. Sie sehnte sich verzweifelt nach einem heißen Bad.

Cain hielt die junge Frau mühelos fest, als diese versuchte, sich seinen Armen zu entwinden. »Alexa, es tut mir Leid! Ich hatte ... solche Angst, weil ich dachte, Ihnen sei sonst etwas zugestoßen! Wenn ich nun nicht hier hochgekommen wäre, um nach ihnen zu suchen ... Cooke hätte Ihnen weitaus Schlimmeres zugefügt als das, wovon ein paar Cheyenne vielleicht einmal geträumt haben. Ich hätte den Mann schon vor langer Zeit umbringen sollen!«

Roxanna bekam die Härte, in der Cain von Cooke sprach, nicht recht mit, denn sie konzentrierte sich auf das, was er vorher gesagt hatte. *Wenn ich nicht hier hochgekommen wäre, um nach Ihnen zu suchen.* »Und warum waren Sie auf der Suche nach mir? Um mir den Hintern zu versohlen, weil ich ohne Begleitung ausreite? Oder wollten Sie mich gleich so in den Vorratswagen sperren, ohne faire Anhörung?«

Sie sah so zart und verletzlich aus, wie sie da auf seinem Schoß saß und die Überreste ihrer Bluse besorgt vor ihrer Brust zusammenraffte. Das Lächeln, das Cains Lippen jetzt umspielte und bis zu seinen Augen reichte, war ehrlich und sehr sanft. »Sie einzusperren, war mir noch gar nicht in den Sinn gekommen, als ich losritt, um Sie zu suchen. Aber eigentlich ist das keine schlechte Idee.«

Sie musterte ihn argwöhnisch. »Warum das denn?« Cain gab sie frei, und sie glitt von seinem Schoß, um sich ihm gegenüber auf den Fußboden zu setzen. Roxanna hatte gedacht, mit ein paar Metern Abstand zwischen sich und dem Mann würde sie sich ein wenig sicherer fühlen, aber seine dunklen, alles durchdringenden Augen, die unverändert auf ihr ruhten, gestanden ihr das nicht zu.

»Hat man Ihnen mitgeteilt, warum der alte Powell die Verlobung löste?«, fragte er geradeheraus.

Roxannas Wangen glühten, doch sie wich seinem Blick nicht aus. Warum fragt er mich das? »Sie wissen, dass diese Gerüchte auf hinterhältigen Lügen basieren.«

»Ja, das weiß ich, aber dadurch bringen wir sie nicht zum Verstummen«, erwiderte Cain rätselhaft.

»Der heilige Name Powell verträgt kein Fünkchen Skandal«, entgegnete sie bitter.

»Ich habe die gelöste Verlobung nicht zur Sprache gebracht, weil ich Sie verletzen wollte, Alexa!«

»Und warum dann, Cain?« Roxanna spürte eine kaum unterdrückte Spannung im Körper des jungen Mannes, wie bei einem großen, schnellen Panter, der zum Sprung bereit ist, seinen mächtigen Leib aber noch zurückhält.

»Weil ich Sie fragen wollte, ob Sie mich heiraten möchten.«

Schwer wie Stein lagen die Worte zwischen ihnen. Cain sagte nichts weiter, sondern wartete nur gespannt auf Roxannas Antwort.

»Ihr Antrag kommt ein wenig spät, nicht?« Roxanna war plötzlich sehr wütend, auch wenn sich diese Wut eigenartigerweise mit Schmerz mischte. »Warum haben Sie mich nicht an dem Abend in Lederhemds Lager gefragt – oder in der Ballnacht, als wir ...«

»... uns um ein Haar geliebt hätten?«, vollendete er den Satz. »Das konnte ich nicht – nicht, solange für Sie noch die Möglichkeit bestand, in die gute Gesellschaft einzuheiraten. Hätte ich die Situation ausgenutzt und Sie gezwungen, mich zu heiraten, weil es keinen anderen ehrbaren Ausweg gegeben hätte, nachdem Sie mir Ihre Unschuld geschenkt hatten – dann hätten Sie mich irgendwann einmal dafür gehasst.«

Cain fuhr sich mit den Fingern durch das Haar und blickte in die Ferne, nach Westen, wo am Horizont lavendelblau die Berge schimmerten. Roxanna dagegen betrachtete das Profil des jungen Mannes, das, bronzefarben und fein geschnitten, von ebenso großer Schönheit war wie die Landschaft. Dann schluckte er, und Roxanna wurde bewusst, dass er auf eine Antwort wartete. Zögernd legte sie die Hand auf seinen Arm. »Ich könnte Sie nie hassen, Cain, auch wenn ich manchmal so zornig auf Sie bin, dass ich Sie am liebsten umbringen würde.«

Da wandte er seinen Blick wieder zu ihr, und auf seinen Lippen lag das vertraute, ein wenig spöttische Lächeln. »Wir bringen uns gegenseitig ganz schön in Rage, das ist wohl wahr. Einfach wird es nicht, Alexa. Ich bin ein Halbblut, ganz gleich, wie sehr ich mich den Regeln der weißen Gesellschaft anpasse. In diese Gesellschaft werde ich nie ganz gehören. Die meisten Männer, die so sind wie ich, heiraten Indianerfrauen – wenn sie überhaupt heiraten. Ich habe nie heiraten wollen – bis ich Sie da in dem Fluss stehen sah, nackt wie Gott Sie schuf.«

Roxanna erinnerte sich an den verzehrenden Hunger in seinen Augen, damals, als er sie so rüde bei ihrem Bad gestört hatte. Derselbe Hunger glitzerte auch jetzt in seinen Augen und, wie sie durchaus wusste, in den ihren genauso. »Ich bin auch nicht gerade respektable Heiratsware.« Erinnerungen an die Nacht in Vicksburg schossen ihr durch den Kopf und ließen sie zusammenzucken. Dann unterdrückte sie die Gefühle von Angst und Scham, die sie nie richtig hatte begraben können, und fügte rasch hinzu: »Großvater meint, wenn wir zurück in den Osten gehen, ist alles vergessen.«

»Gut möglich, dass er Recht hat. Und Sie, wollen Sie das so?« Cain war auf der Hut; mehr mochte er nicht von sich preisgeben. Ganz still saß er da und wartete auf ihre Antwort.

Sie schüttelte den Kopf. »Nein. Ich möchte nicht vor meiner Vergangenheit weglaufen.« Nie wieder.

Cain hatte die Luft angehalten und holte nun erleichtert tief Atem. »Ich will nur nicht, dass Sie es hinterher bedauern, die Gelegenheit verpasst zu haben, einen Mann wie Powell zu heiraten.«

»Einen Mann wie Powell habe ich nie gewollt.« Weil ich dich wollte, fügte sie im Stillen hinzu.

»Dann sieht es so aus, als wollten Sie mich heiraten?«, fragte Cain mit einem schiefen Grinsen und zog Roxanna wieder in seine Arme.

»Ja, so ist es wohl«, erwiderte Roxanna, und dann lag sein Mund schon auf dem ihren, hart und heiß, und seine Lippen vollbrachten wahre Wunderdinge. Er ließ die Zunge über ihre Zähne tanzen und senkte sie dann tief und sinnlich in ihren Mund, bis Roxanna den Oberkörper an ihn presste, die Arme um seinen Hals schlang und die Finger sehnsüchtig in seinem dichten, nachtschwarzen Haar vergrub. Sie fühlte, wie sein Herz zum Zerspringen schlug, als sie ihre bloßen Brüste an seinen breiten Brustkorb schmiegte. Mit einem muskulösen Arm hielt er sie an sich gedrückt, die freie Hand streichelte ihr silbergoldenes Haar, das schimmerte wie feinster Satin.

Roxanna schrie leise auf, als Cain seinen Mund von dem ihren löste, um mit den Lippen ihr Kinn hinab bis zu ihrem Hals zu reisen. Dann vergrub er sein Gesicht in der duftenden Wolke ihres Haares, und sie bedeckte es mit raschen kleinen Küssen, nur innehaltend, um mit der Zungenspitze die dünne weiße Narbe nachzuzeichnen, die an seiner Wange hinunterlief.

Cain stöhnte auf, riss sich von ihr los und hielt sie auf Armeslänge an den Schultern fest. Sein Atem ging schnell, als hätte er gerade eine lange Strecke in raschem Lauf zurücklegen müssen. Roxanna streckte die Hände nach seinem Gesicht aus und wartete gierig auf neue Küsse, neue Zärtlichkeiten – und er hätte sie ihr auch zu gern geschenkt. Stattdessen hielt er die junge Frau weiterhin an den Schultern gepackt und schüttelte langsam den Kopf, bis er wieder ruhig sprechen konnte. »Nein, Alexa, nicht hier, nicht so. Ich bin nicht irgendein Wilder, und ich werde dich auch nicht wie ein Wilder einfach so nehmen. Erst einmal heiraten wir, und dann lieben wir uns in einem weichen warmen Bett mit Kerzen und Wein und ... ungestört. Außerdem«, fügte er mit grimmigem Humor hinzu, »liegt da drüben ein toter Mann.«

Mit hochroten Wangen blickte Roxanna zu Boden. »Ich habe mich noch nie einem Mann gegenüber so gegeben – nur bei ... dir.«

Cain lächelte, legte einen Finger unter ihr Kinn und hob ihr Gesicht empor, um ihr in die Augen sehen zu können. Aus seinem Lächeln sprach reiner, männlicher Besitzerstolz. »Das weiß ich ... und so gefällt es mir. Du gehörst mir allein, Alexa.«

Du gehörst mir allein. Diese Worte verfolgten Roxanna, als sie in der Nacht in ihrem großen weichen Bett in Jubals Pullmannwagen lag. Der alte Mann hatte ihre Ankündigung, sie werde Cain heiraten, erstaunlich gleichmütig aufgenommen. Roxanna hatte halb erwartet, er würde wüten und toben und ihr vorhalten, sie heirate unter ihrem Stand – oder aber er würde Cain Knall auf Fall vor die Tür setzen, weil er die Unverschämtheit besaß, eine weiße Frau berühren zu wollen. Aber Jubal hatte Cain nur ruhig zugenickt und gesagt, er werde sich später mit ihm unterhalten.

Dann hielt MacKenzie ihr einen langen Vortrag darüber, wie falsch es gewesen sei, sich so weit vom Lager zu entfernen, und erteilte ihr dieselben Ermahnungen, die sie auch schon von

Cain zu hören bekommen hatte, nur ein wenig sanfter und liebevoller. Roxanna zeigte sich einsichtig und wartete insgeheim weiterhin darauf, dass Jubal sie fragen würde, warum sie Cains Heiratsantrag angenommen hatte. Aber er hatte lediglich wissen wollen, ob sie sich ihrer Entscheidung auch ganz sicher sei. Als sie die Frage bejaht hatte, hatte der alte Herr sie unbeholfen in die Arme genommen und ihr versichert, Cain sei ein guter Mann. Von Liebe sprach niemand. Aber auch bei der Übereinkunft mit Larry Powell war das Wort Liebe nie gefallen – sie konnte also annehmen, dass MacKenzie ihre Verbindung mit Cain im selben Licht sah.

Aber eigentlich sollte ein Großvater doch wünschen, seine einzige Enkelin möge aus Liebe heiraten, oder nicht? Diese Frage ließ Roxanna keine rechte Ruhe. Andererseits wussten weder Cain noch MacKenzie, dass sie gar nicht Alexa war – und auch keineswegs die Unschuld, für die die beiden sie hielten. Dafür hatte Nathaniel Darby, möge er in der Hölle schmoren, schon gesorgt. Roxanna richtete sich auf, schwang die Beine aus dem Bett und langte nach ihrem Morgenmantel. Sie knotete den Gürtel zu und schlang schweigend und voller Kummer die Arme um ihren Oberkörper. Jetzt würde sie bestimmt nicht mehr schlafen können. Immer, wenn sie zuließ, dass die Erinnerung an Vicksburg sie überkam, folgten unweigerlich schlimme Albträume, in denen sie blut- und spermabesudelt auf dem Rücken eines Pferdes hing und sich verzweifelt an dessen Mähne klammerte.

Ich muss baden, ganz heiß baden! Der Wunsch tauchte auf, wie er immer auftauchte – seit jener Nacht in der Wildnis, als sie voller Scham und Verzweiflung gen Norden geritten war. Den ganzen schrecklichen Rückzug bis hinter die Linien der Bundestruppen hindurch hatte sie sich immer wieder vorgebetet, dass das, was geschehen war, nicht ihre Schuld sei. Dass sie ein Opfer sei, keine gefallene Frau. Aber eigentlich hatte sie nur an heißes Wasser und Laugenseife gedacht – sie hatte sich von allem Schmutz befreien wollen. Und dann, als sie endlich in Sicherheit war, reinigte und heilte das heiß ersehnte Badewasser ihren jungen, kräftigen Körper auch. Aber eben auch nur den Körper: Tief in ihrer Seele fühlte sich Roxanna Fallon immer noch so misshandelt und beschmutzt wie in der Stunde, als sie aus Vicksburg fortgeritten war.

In den darauf folgenden Jahren hatte manch eine Kollegin auf den Brettern, die die Welt bedeuten, die eine oder andere Bemerkung über Roxannas Streben nach Reinlichkeit fallen lassen, und manchmal wurde das, was die anderen für eine Marotte hielten, zum Dauerwitz der ganzen Schauspielertruppe. In einem Ensemble hatte ihr einer der Hauptdarsteller den Spitznamen »Lady Macbeth« verliehen, ohne freilich zu ahnen, wie nahe er damit der Wahrheit kam. Jetzt ging Roxanna voller Verzweiflung in ihrem Abteil auf und ab und versuchte, die Dämonen der Vergangenheit wieder zu bannen.

Aber auch wenn ihr dies gelang, was nützte es denn? Cains fein geschnittenes Gesicht und seine glühenden schwarzen Augen schienen anklagend auf sie gerichtet zu sein. Was würde er in der Hochzeitsnacht von ihr denken?

Würde er in der Lage sein festzustellen, dass sie ihre Unschuld bereits verloren hatte? Sie konnte unmöglich den schrecklichen Schmerz vortäuschen, der sie durchzuckt hatte, als Darby in sie eingedrungen war – und schon gar nicht das Blut, das geflossen war. Darby hatte sich an ihr vergriffen, um sie zu strafen. Die Unschuld an Cain zu verlieren, hätte sicherlich wesentlich weniger wehgetan. Bei dem Gedanken, was hätte sein können, verspürte Roxanna nur noch heftigeren Schmerz und presste verzweifelt die Fäuste an den Mund. Cain wurde betrogen um das, was ihm von Rechts wegen zustand – nicht nur, was ihre Unschuld betraf!

»Lügnerin, Hochstaplerin!«, murmelte sie in die Stille der Nacht hinein und meinte, so die Dinge beim Namen zu nennen. Einen Fremden zu täuschen, den sie gar nicht kannte und den sie nur seines Geldes wegen zu heiraten beabsichtigt hatte, war etwas anderes als der Betrug an einem Mann, den sie zu lieben gelernt hatte, obwohl er keinen Heller besaß.

»Was kann ich nur machen? Ihm die Wahrheit sagen und ihn womöglich verlieren? Oder ihn durch die Heirat an mich binden, auf die Gefahr hin, dass er mir nie wieder vertraut, wenn er mitbekommt, dass ich keine Jungfrau mehr bin?« Roxanna starrte zum Fenster hinaus in die Dunkelheit, aber auch die Nacht wusste keine Antwort für sie.

Zwei Tage später vermählte sich der berüchtigte halb indianische Revolvermann, die Rothaut des Schotten, mit Miss Alexandra Hunt aus St. Louis. Die Hochzeit fand in Cheyenne statt und unterschied sich sehr von dem großen gesellschaftlichen Ereignis, auf das alle hätten hoffen können, wenn die Braut stattdessen in der Episkopal-Kathedrale von St. Francisco Mr. Lawrence Powell die Hand gereicht hätte. So fand die kleine, völlig private Zeremonie unter Leitung des einzigen presbyterianischen Pastors der Stadt in der dortigen Kirche statt, einem ehemaligen Laden in der Hill Street.

Ruhig und gelassen gaben Cain und Roxanna einander das Jawort. Jubal MacKenzie und Pastor Fulmers Ehefrau waren die Trauzeugen. Nachdem der Pastor die beiden zu Mann und Frau erklärt hatte, brachte Mrs. Fulmer das Kirchenregister, damit Braut und Bräutigam die nötige Unterschrift leisten konnten.

»Sie müssen mit Ihrem vollen christlichen Namen unterzeichnen, Mr. Cain«, erläuterte der Pastor dem Bräutigam vorsorglich.

»Mein Name ist Cain. Ich habe ihn mir verdient«, antwortete der jungen Mann in dem kalten, eigenwilligen Ton, den Roxanna nun bereits so gut kannte. Als Cain nun auf Mrs. Fulmer zutrat, die neben dem Tisch stand, auf dem sie das Register abgelegt hatte, schreckte die Frau zurück, als trüge er statt eines Federhalters ein Skalpmesser in der Hand. Cain unterschrieb mit großen, ausladenden Buchstaben und einem einzigen Namen und reichte das Schreibwerkzeug an seine Frau weiter.

Mit zitternden Fingern beging Roxanna ihre Fälschung und unterschrieb unter dem missbilligenden Blick der alten Vettel mit dem Namen Alexandra Hunt Cain. Unwillkürlich fragte sie sich, ob das Dokument überhaupt rechtsgültig sei. Aber vor Gott hatten Cain und sie einander die Ehe versprochen, und heute Nacht würden sie sie vollziehen.

Sie ließen die feindselige Mrs. Fulmer in ihrer Ladenkirche zurück, und Jubal lud die beiden jungen Leute zu einem Hochzeitsessen im »Pilgrim House Hotel« ein. Sie mussten die Hotellobby durchqueren, um in den Speisesaal zu gelangen. Diese war wie üblich mit einer Mischung aus Männern des Grenzgebiets bevölkert, wie sie für alle besseren Hotels der Gegend üblich war: Geschäftsleute, in ihren teuren dunklen Anzügen, Rinderbarone mit wettergegerbten Gesichtern und in handgefertigten Stiefeln, manchmal mit Ehefrauen an der Seite, die nach einer Mode gekleidet waren, die sie wohl für den letzten Schrei aus dem Osten hielten.

Roxanna und Cain fühlten sich als Ehepaar noch unsicher und waren recht angespannt. So sprachen sie beide wenig und ließen Jubal ausführlich seine Probleme beim Bau einer Brücke über den Creek Canyon außerhalb von Laramie schildern. Als die drei sich durch die Menschenmenge in der Lobby in Richtung Speisesaal hindurchschlängelten, ernteten sie nicht wenige neugierige Blicke, und um sie herum erhob sich ein leises Tuscheln, denn von der haarsträubenden Tatsache, dass MacKenzies Erbin sich mit dem halb indianischen Angestellten des alten Schotten vermählt hatte, hatten viele gehört. Jubal schien von alle dem nichts zu bemerken.

»Ich befürchte, wir müssen mindestens auf vierzig Meter hochgehen, denn das Flussbett ist mehr als zweihundert Meter breit. Und Holz wird keine Dauerlösung sein. Wir brauchen Stützpfeiler aus Eisen, aber Durant und Konsorten sagen, dass sich die Union Pacific das nicht leisten kann.« Jubal schnaubte verächtlich.

Aus den Augenwinkeln sah Roxanna eine große, schwarzhaarige Frau in einem taubengrauen Seidenkleid die Hoteltreppe herunterschweben. Irgendetwas an der Haltung des aristokratischen Kopfes und am kerzengeraden Rücken der Dame veranlasste Roxanna dazu, sich umzudrehen und sich die Frau näher anzusehen. Hasserfüllte braune Augen starrten sie an. Langsam, ganz langsam breitete sich ein hinterhältiges, triumphierendes Lächeln auf Isobel Darbys schmalen Lippen aus und verschwand gleich wieder.

»Was ist, Alexa?«, fragte Cain, als die Hand, die Roxanna auf seinen Arm gelegt hatte, sich verkrampfte und die junge Frau abrupt stehen blieb.

Gewaltsam wandte Roxanna den Blick von der verhassten Feindin. Die junge Braut zitterte am ganzen Körper. *Warum ausgerechnet jetzt?*, schrie ihr Herz in stummer Verzweiflung.

»Du bist so weiß wie ein kleines Gespenst, mein Mädelchen. Was ist?«, wollte nun auch Jubal MacKenzie wissen.

Ohne einen Ton zu sagen, glitt Isobel Darby an der kleinen Gruppe vorbei und verschwand durch den Hoteleingang. Was für ein Spiel sie auch spielen mochte, sie hatte wohl nicht vor, Roxanna zu demaskieren, ehe deren Ehe mit Cain nicht vollzogen war. Der Blick, den Isobel Cain zuwarf, machte Roxanna eine Sache unmissverständlich klar: Die Frau wusste genau, was vor sich ging. »Ich ... mir war nur ein wenig schwindlig, mehr nicht«, murmelte sie nun rasch und war froh, sich auf Cains kräftigen Arm stützen zu können. *Mein Mann.*

»Wird Zeit, dass du etwas in den Magen bekommst. Ganz normale Nervosität, das ist nun mal so bei Bräuten«, meinte Jubal dann zu Cain und betrachtete seine Enkelin nachsichtig lächelnd.

Prüfend betrachtete Cain das blasse Gesicht seiner Frau und fragte sich, ob Nervosität wirklich der einzige Grund für ihr Verhalten war. Dann betraten alle drei den dicht besetzten Speisesaal, der einen gewissen rustikalen Charme verbreitete: An den Wänden hingen Elch- und Rehbockgeweihe, und über dem Kamin hatte man den Kopf eines Grizzlys platziert, der mit bedrohlich aufgerissenem Maul auf die Anwesenden herabstarrte. Die soliden Kiefernholztische waren mit kleinen Wildblumensträußen geschmückt. Jubal winkte einer Kellnerin zu, die die drei eilfertig an einen Tisch in einem kleinen Alkoven begleitete, den der alte Herr vorsorglich hatte reservieren lassen. Hier würde sie vor all den klappernden Bestecken und geflüsterten Unterhaltungen geschützt sein.

Die meisten Gäste sprachen über sie, da war sich Cain ganz sicher. Er hatte ein Leben lang Zeit gehabt, gegen heimliche Blicke und leises Gemurmel in seinem Rücken immun zu werden, wusste aber, dass dies auf Alexa nicht zutraf. Bereute sie die Heirat bereits? Aber sie hielt sich die ganze Zeit an ihm fest und schien daraus Stärke zu ziehen – nicht gerade ein Zeichen für Bedauern. Doch vielleicht ging es ihr ja wie ihm, und sie fühlte sich auch einfach ein wenig verwirrt und zwiespältig, was das Arrangement zwischen ihnen betraf.

Cain hatte nicht vor, seine Frau zu lieben. Niemals. Er war im Laufe seiner Geschichte zu oft und zu schmerzhaft verletzt worden. Alle, die er geliebt hatte, waren entweder gestorben wie Kornblumenfrau und Enoch, oder sie hatten ihn verraten wie sein Vater und Wolf Mit Hohem Rücken. In die schreckliche Falle Liebe wollte er nie wieder tappen. Cain hatte sich selbst immer wieder versichert, dass Alexa für ihn nur ein Mittel zum Zweck sei. Ohne zu lügen, hatte er Jubal versprochen, die junge Frau gut zu behandeln, doch von Liebe war nicht die Rede gewesen. Warum jedoch machte es ihm dann etwas aus, wenn die Art, wie andere Leute auf ihre Hochzeit reagierten, Alexa unglücklich zu machen schien? Er hatte sie vorgewarnt, dachte er mit einem stillen, zornigen Fluch; sie hätte wissen müssen, was auf sie zukam!

Roxanna spürte eine leise Änderung in Cains Verhalten, als sie jetzt am Tisch Platz nahmen. Er war zurückhaltend gewesen und sehr distanziert, seit sie sich getroffen hatten, um gemeinsam zur Kirche zu gehen – aber so hatte er sich ja eigentlich die ganze Zeit über verhalten. Nur während dieser kurzen Momente im Lager der Cheyenne war ihr ein Blick über die Mauer gestattet worden, die er so sorgsam um sein Herz errichtet hatte. Cain begehrte sie, verhielt sich aber so, als wäre ihm dieses Verlangen zuwider. Aber wenn das so war, warum hatte er sie dann überhaupt gebeten, seine Frau zu werden?

Mitleid? Roxanna fröstelte. Nein, ihr Mann hatte sicher kein Mitleid mit einer Frau, die er für ein verwöhntes, eigensinniges Kind aus privilegiertem Hause hielt! Er begehrte sie, das hatte er ganz klar so gesagt, und die einzige Möglichkeit, eine Frau wie Alexa Hunt zu besitzen, war eben durch Heirat. Natürlich hatte er nie von Liebe gesprochen, aber sie hegte diesen Traum, den Traum, dass sie ihn lehren würde, sie zu lieben ... sie zu heilen. Würde sie die Gelegenheit dazu erhalten – oder würde Isobel die Beziehung vergiften, ehe diese noch recht begonnen hatte?

Man servierte Roxanna den ersten Gang des Hochzeitsessens, das Jubal bestellt hatte, und füllte ihr Glas mit sprudelndem blassgoldenem Champagner. Die Männer brachten einen Toast auf die Braut aus, und Roxanna lächelte, wobei sie an ihrem Glas nippte, doch der teure Wein fühlte sich auf ihrer Zunge an wie Essig. Isobel darf diese Ehe nicht zerstören! Sie hat alles andere in meinem Leben zerstört! So flehte Roxanna unhörbar und war sich überhaupt nicht sicher, ob ihre Gebete erhört werden würden.

Cain sah zu, wie Alexa kleine Stücke des gebratenen Junghuhns von der einen Seite ihres Tellers auf die andere schob und von dem wunderbaren Festessen so gut wie gar nichts mitbekam. Als die Zeit für die traditionelle Hochzeitstorte gekommen war, stand fest, dass die junge Frau nichts mehr zu sich nehmen konnte. »Ich glaube, für Alexa war es ein langer Tag. Du entschuldigst uns doch sicher, Jubal?«, fragte Cain den älteren Mann und schob seinen Stuhl zurück.

MacKenzies sommersprossiges Gesicht rötete sich vor Verlegenheit, und er nickte Cain hastig zu. »Ich muss sowieso noch die Blaupausen prüfen, die der Architekt für den Brückenbau vorgelegt hat.« Er räusperte sich, denn auch er hatte die Nervosität der jungen Braut mitbekommen. »Ich sehe euch beide dann morgen früh – nicht zu früh«, fügte er eilends hinzu und errötete erneut, als die Braut ihn auf die Wange küsste.

»Gute Nacht, Großvater«, verabschiedete sich Roxanna mit einem ernsten Lächeln. Cains Arm fühlte sich stark und beruhigend an, als er sie durch die Hotelhalle führte und nur anhielt, um sich an der Rezeption die Schlüssel für ihre Suite geben zu lassen.

Der Portier, ein älterer Mann mit einer Hasenscharte und eng beieinander stehenden Augen in der Farbe rostiger Nägel, gab sie ihm nur widerwillig, als wäre er ein englischer Butler, den man zwingt, einen Schornsteinfeger zu bedienen.

Mit jedem Schritt, der sie ihrem Quartier näher brachte, wuchs Roxannas Spannung.

Cain öffnete die Tür zur Suite, stieß sie weit auf und beugte sich dann vor, um Roxanna hochzuheben. Mit einem erstaunten Aufschrei schlang sie die Arme um seinen Nacken. »Es ist so Sitte«, erklärte er ein wenig schroff und trug sie über die Türschwelle hinein in das Wohnzimmer, wobei sie sich an ihm festklammerte, als hinge ihr Leben davon ab.

Wie sicher sie sich in seinen Armen fühlte! Lass mich bitte nie los, Cain!, durchfuhr es sie.

Aber dann stellte er sie in der Mitte des Zimmers auf dem Teppich ab, trat einen Schritt zurück und ließ prüfend den Blick über sie gleiten, vom winzigen federgeschmückten rosa Hut, der hoch auf ihren sorgfältig aufgetürmten Locken thronte, bis zum dazu passenden Kleid aus rosafarbener Rohseide, das nach der neusten Mode geschneidert und mit einer kleinen, mit feinster österreichischer Spitze verzierten Schleppe versehen war. Der sanfte Farbton vertiefte noch das intensive Blau ihrer türkisfarbenen Augen und brachte die silbergoldene Pracht ihrer Haare wunderbar zur Geltung. Das Kleid war zwar züchtig und hoch geschlossen, aber dennoch schmiegte sich das Oberteil verführerisch an die Rundungen ihrer Brüste, und der Rock deutete den Schwung ihrer Hüfte an.

»Du bist schön«, stellte Cain heiser fest.

Roxanna erwiderte seinen Blick und sah das mühsam gebändigte Feuer in der ebenholzschwarzen Tiefe seiner dunklen Augen. Auch er war schön und wirkte in dem schwarzen, nur durch die schneeweiße Landschaft seiner Hemdbrust aufgelockerten Anzug streng, aber auch sehr sinnlich. Er trug die Hemd- und Manschettenknöpfe aus Saphiren, die ihr schon in der Ballnacht aufgefallen waren, und sie stellte sich vor, wie es wohl wäre, diese Knöpfe zu öffnen und die bronzefarbene Brust mit ihrem dichten schwarzen Haar zu entblößen. Mit trockenem Mund studierte Roxanna eindringlich die fein geschnittenen Gesichtszüge ihres Mannes. Sprechen konnte sie nicht; also trat sie zögernd einen Schritt auf ihn zu und berührte mit der Fingerspitze sacht die Narbe auf seiner Wange.

Seine Hand, groß und dunkel, umschloss die ihre, und er presste sie gegen den Mund, atmete den schwachen Fliederduft ein, den ihre Haut verströmt. In den blassblauen Venen an ihrem Handgelenk pochte stürmisch ihr Blut. Cain holte tief Atem, nahm ihre Hand mit beiden Händen und hielt sie, als wollte er ihr feierlich etwas schwören.

»Ich weiß, dass du Angst hast, Alexa. Ich habe noch nie mit einer Jungfrau geschlafen, aber ich werde vorsichtig und langsam sein und alles tun, damit es auch für dich schön ist.«

Sie legte ihre andere Hand auf seine. »Ja«, antwortete sie schlicht und betrachtete die so gegensätzlichen Hände, die sich ineinander schlangen: seine langen, dunklen Finger und ihre dünnen, blassen. Bald würden auch ihre nackten Körper so ineinander verschlungen sein. Ein Funken Hitze und Dringlichkeit schien nun vom Mann auf die Frau überzuspringen, und als Cain sie jetzt mit sich in das angrenzende Schlafzimmer zog, versuchte Roxanna, nicht mehr an Isobel Darby und die Bedrohung zu denken, die von dieser Frau ausging. Auch wenn man ihr danach alles raubte – diese eine Nacht mit Cain, ihrem Mann, würde ganz ihr gehören.

Das Schlafzimmer war sehr geräumig und bequem ausgestattet, mit einem großen ovalen Drehspiegel in der einen Ecke und einer Doppelkommode aus geschnitztem Eichenholz an der Wand, die der Tür gegenüberlag. Die Dielen aus frischem Kiefernholz bedeckte ein königsblauer Teppich; ein riesiges Himmelbett beherrschte den ganzen Raum. Die Überdecke aus tiefgoldenem Satin war bereits zurückgeschlagen, sodass man die blütenweiße Bettwäsche bewundern konnte. Nervös starrte Roxanna auf die verführerische Einladung, die dieses Bett darstellte; dann brach Cain den Bann, indem er sanft mit den Lippen über ihren Nacken streifte.

»Diesen Hut musst du schon selbst abnehmen, aber danach lass mich deine Zofe sein«, flüsterte er.

Roxanna trat vor den Spiegel und tastete vorsichtig in den weichen Federn nach der zwanzig Zentimeter langen Hutnadel, die das Gebilde auf ihrem Kopf in Position hielt. Als sie Hut und Nadel mit zitternden Fingern auf einen Tisch legte, trat Cain hinter sie, um die Haarnadeln eine nach der anderen aus ihrem Haar zu ziehen, bis es sich wie geschmolzenes Quecksilber über ihren Rücken ergoss. Roxanna starrte auf die beiden Menschen im Spiegel und sah, wie Cain eine Hand voller Locken hob und seine Wange an der duftenden weichen Fülle rieb.

Ihr wurde ganz warm ums Herz, so zart war diese Geste. Überraschend geschickt lösten seine Hände die zahlreichen Haken und Ösen an ihrem Kleid und hoben es ihr in einer weichen, duftenden, flockigen Wolke über den Kopf. Er schnürte die Bänder ihrer Unterröcke auf und sah zu, wie sie zu Boden fielen. Und dann schickte er sich an, ihr das Korsett aufzuschnüren, während seine weichen Lippen ihre bloße Schulter liebkoste. Deutlich zeigte sich sein dunkler Kopf, der sich über ihre blasse Haut beugte, im Oval des Spiegels, beleuchtet von den letzten ersterbenden Sonnenstrahlen, die durch die Spitzenvorhänge der Fenster ins Zimmer fielen.

Roxanna hob die Hand und vergrub ihre Finger in seinem Haar, zog ihn näher an sich heran, bis sie spürte, wie ein leichtes Zittern durch seinen Körper lief. Cain begehrte sie mit einer heftigen, wilden Leidenschaft, aber er hielt sich zurück. Mit einem bitter-süßen, stechenden Schmerz erkannte Roxanna, dass es ihm darum ging, sie nicht zu ängstigen.

»Warum nur müssen Frauen diese teuflischen Apparate anlegen?«, murmelte er und warf ihr Korsett auf den Teppich. »Du brauchst so etwas nicht!« Dann umspannte er, als wollte er dies beweisen, mit den Händen ihre Taille und massierte durch ihr Hemd hindurch die empfindliche Haut ihrer Seiten und ihres Bauches. Die Berührung seiner Finger schickte kleine Hitzewellen ihren Unterleib hinauf und hinab, wobei sie ganz zu atmen vergaß.

Cain lächelte in ihr seidiges Haar hinein. Da stand sie nun, nur mit ihrem Unterhemd aus reinem Batist und der spitzenbesetzten langen Unterhose bekleidet. Er drehte sie zu sich herum, um sich direkt an der perfekten Schönheit ihres Körpers erfreuen zu können, denn selbst ihr eigenes Spiegelbild wurde ihr nicht gerecht.

»Genau wie ich es vom Flussufer her in Erinnerung habe – deine Beine, der Schwung deiner Hüften, deine süßen Fesseln, so zart, dass man denkt, nicht einmal einen Schmetterling könnten sie tragen.«

»Ich bin gar nicht so zerbrechlich, Cain«, erwiderte sie und legte die Hände an seine Brust. Da stand er, immer noch voll bekleidet, und sie war nackt – auf hochhackigen Schuhen!

Als hätte er ihre Gedanken gelesen, hob Cain seine Frau auf, trug sie hinüber zum großen Bett und legte sie vorsichtig auf die duftig aufgeschüttelten Kissen. Dann ließ er sich neben ihr nieder, nahm eine ihrer Waden in die Hand, zog ihr den Seidenschuh vom Fuß und streifte den hauchdünnen Strumpf herunter. Das wiederholte er auch bei dem anderen Bein. Als er sich dann umwandte, um sich der eigenen Stiefel zu entledigen, griff Roxanna rasch zur Bettdecke und zog sie über sich. Ihre frühere

Erfahrung damit, unbekleidet vor einem Mann zu stehen, war mit Cains langsamer, genussvoller Reaktion auf ihren Körper nicht zu vergleichen, aber dennoch spürte sie die verbliebenen Narben und hatte das Bedürfnis, sich zu verstecken.

Er ließ sich durch ihre Nervosität und Sittsamkeit nicht beirren, sondern stand auf, schüttelte sein Jackett ab und entfernte die Saphirknöpfe aus der Hemdleiste und den Manschetten – wohlwissend, das sie ihm dabei zusah. Immer noch mit dem Rücken ihr zugewandt, sagte er: »Das gefällt mir gut, diese türkisen Augen in meinem Rücken!«

Roxanna errötete und kniff die Augen zu. Er lachte in sich hinein, ein kräftiges und doch leises Lachen. Da konnte sie nicht anders und musste unter ihren Augenlidern hervorschielen.

»Schon am Fluss wolltest du doch zusehen, wie ich mich ausziehe. Und jetzt darfst du. Es ist legal!« Cain drehte sich um und bescherte ihr einen Blick auf seine schwarz behaarte Brust, indem er sein Hemd abstreifte und es dem Jackett und den Saphirknöpfen hinterherwarf. Dann wollte er auch die Knöpfe an seinem Hosenbund lösen, und ihre Lider senkten sich erneut. »So schüchtern warst du aber nicht, als ich in Sieht Viels Zelt nackt und bewusstlos vor dir lag!«

»Das war etwas anderes«, entgegnete sie und starrte zur Decke. »Da warst du verletzt ... und du hast mir nicht zugesehen.«

»Zugesehen?«, wiederholte er mit einem leisen Lächeln. »Ja, ich kann mich erinnern, wie schnell du verschwunden warst, als ich erwachte.« Er änderte seine Meinung, behielt die Hose erst einmal an und setzte sich stattdessen wieder zu Roxanna ans Bett.

Sie wandte sich ihm zu, fest entschlossen, sich nicht wie eine ständig von Ohnmacht bedrohte Jungfrau aufzuführen, da sie doch beileibe keine war. Aber ihre Furcht war nicht gespielt. Sie ängstigte sich vor dem, was sie für diesen rätselhaften Mann empfand, der sie heute aus geheimnisvollen, nur ihm selbst bekannten Gründen geheiratet hatte. Und sie fürchtete sich vor dem, was er nur allzu bald über sie erfahren würde.

Cain griff nach der Hand, die die Bettdecke umklammert hielt, und hob sie an seine Brust, presste sie gegen das kräftige Pochen seines Herzens, das jetzt, unter ihrer Berührung, nach rascher schlug. »Eine Frau kann viel Macht über einen Mann haben, Alexa, wenn sie lernt, diese einzusetzen.«

Nicht, wenn sie so in die Liebe eingeführt wurde wie ich!, hätte die junge Frau am liebsten ausgerufen, aber sie tat es nicht. Dies hier würde ganz anders sein, völlig anderes. Er hatte versprochen, dass es auch für sie schön sein würde. Und sie glaubte ihm. »Zeig mir, was ich tun soll«, sagte sie, denn sie wollte alles lernen, was es über die geheimnisvolle Beziehung zwischen Ehefrau und Ehemann zu wissen gab – und über die Liebe.

Kapitel 10

»Sei einfach nur du selbst, Alexa...«, murmelte er. Sacht drückte er seine Lippen auf ihren Hals und ließ sie dann bis zu ihrem Ohr gleiten. Zart knabberte er an ihrem Ohrläppchen, und seine Zunge erkundete spielerisch das feine Innere ihres Ohres. »Du bist eine leidenschaftliche Frau, das spüre ich deutlich. Du hast die Leidenschaft tief in dir vergraben... aber sie wartet nur darauf, freigelassen zu werden. Vertraue mir, fürchte dich nicht.« Leise, hypnotisierende Worte wechselten mit sanften Küssen, die an Roxannas Hals herabglitten, bis hin zu der aufgeregt pulsierenden Vene am Halsansatz.

Das melodische Auf und Ab seiner Stimme beruhigte Roxanna unendlich, ebenso das gleichmäßige Schlagen seines Herzens, der warme, feste Druck seines Körpers. Ganz von allein schlangen sich ihre Arme um Cains Hals und zogen den Mann näher zu sich heran. Sie erinnerte sich an das Gefühl seiner Lippen auf ihren Brüsten, wie er an ihnen gesogen, mit den Brustwarzen gespielt hatte, erinnerte sich an das sehnsüchtige Ziehen in ihren Brüsten – ob er das wohl wiederholen würde? Ihr Köper bog sich ihm in bebender Erwartung entgegen, als seine Lippen nun eine feine Bahn den Spitzenrand ihres Hemdes entlangzogen, den glatten glänzenden Stoff immer weiter nach unten schoben und verspielt an den Trägern zupften, bis das Hemd ihr über die Schultern auf die Taille glitt. Ein Lufthauch strich über ihre nackten Brüste, und sofort zogen sich die Brustwarzen zu kleinen, spitzen Punkten zusammen, als verlangten sie protestierend nach der Hitze seines Mundes.

Auch Cain erinnerte sich daran, wie es gewesen war, Alexas Brüste zu berühren. Er hob den Kopf, schob das verrutschte Hemd noch weiter beiseite, umspannte eine kleine perfekte

Kugel mit der Hand und umspielte die Brustwarze mit Daumen und Zeigefinger. Er sah hinab auf ihren Körper, der sich ihm zitternd noch weiter entgegenbog. »Das gefällt dir, Alexa, nicht wahr?«

Mit einem leisen, klagenden Laut grub sie den Kopf ins Kissen, bohrte die Fingernägel in seine Schultern und drängte ihm ihre Brüste entgegen, damit er an ihnen sauge. Cain brauchte keine weitere Aufforderung. Sanft schloss er die Lippen um die eine Brustwarze, während er die andere zart mit dem Daumen massierte.

Nachdem Cain so sich und seiner Frau großes Vergnügen bereitet hatte, sagte er heiser: »Ich habe noch nie so schöne Brüste gesehen!« Sein durchdringender Blick fuhr zu Roxannas gerötetem Gesicht und versuchte, bis zu ihren Augen zu gelangen, die sie hinter den dichten blassen Wimpern verbarg. Die junge Frau in seinen Armen war bis zum Zerreißen gespannt, ängstlich und doch voller Begehren. Er wusste das, weil es ihm ebenso ging, nur aus einem ganz anderen Grunde. Sexuelle Freuden waren ihm so selbstverständlich vertraut wie das Atmen, aber die Vereinigung mit dieser Frau war etwas ganz anderes. Er begehrte sie, seit er zum ersten Mal einen Blick auf sie hatte werfen dürfen, daran konnte kein Zweifel bestehen. Was er fürchtete, war die bohrende Intensität, mit der sein Begehren ihn dazu trieb, sich körperlich mit ihr zu vereinigen. Er brauchte diese Vereinigung, sie war für ihn absolut notwendig, und er wollte diese Frau! Begehren, damit kannte er sich aus – nicht jedoch in Verbindung mit Bedürftigkeit.

Unter ihm bewegte sie sich nun ruhelos und warf den Kopf von einer Seite zur anderen. Wie schimmerndes Quecksilber breitete sich ihr Haar über die Kissen. Cain gab den Versuch auf, in Alexas Augen lesen zu wollen, und konzentrierte sich stattdessen auf ihren Körper. Mit raschen, gezielten Bewegungen löste er die Schleifen ihrer langen rüschenbesetzten Unterhose, schob das spitzenbesetzte Unterkleid auf die Oberschenkel hinab und zog dann mit Zunge und Lippen eine feuchte

Spur bis hinunter zu ihrem Bauchnabel. In der kleinen Einbuchtung ließ er seine Zungenspitze eine Weile zärtlich verweilen, bis er spürte, wie die Frau unter ihm bebte wie die fein gestimmte Saite einer Geige. Er lächelte, die Lippen immer noch an der seidigen Haut ihres Bauches, reiste dann gemächlich der eigenen Spur nach wieder zu ihren Brüsten und hinauf bis zu ihrem Mund, um dann die Liebkosung in einem tiefen, langen Kuss enden zu lassen.

Roxanna ließ ihre Zungenspitze gegen seine vorschnellen, erst schüchtern nur, dann aber immer kühner, während er tief in ihren Mund hinein zustimmend brummte. Was stellte er nicht alles mit ihrem Körper an! Schockierend war es, quälend schön, und doch sie sich immer noch fürchtete, schrien alle ihre Sinne nach mehr. Sie brannte lichterloh, und ein unerklärliches Sehnen erfüllte sie ganz und gar, wie sie es sich nie hätte ausmalen können.

Als Roxanna nun ihre Zunge in ganzer Länger sinnlich in seinen Mund gleiten ließ und seine Zunge damit umschlang, wäre es um Cain fast geschehen gewesen. Sein Körper, der sich so rigide zurückhalten musste, während Cain langsam und zart um seine Ehefrau warb, verlangte nach Erleichterung. Mit Jungfrauen kannte Cain sich nicht aus – mit Frauen schon, und Alexa war bereit für ihn ... und doch auch nicht. Immer noch konnte er spüren, dass sie sich zurückhielt. Überreste der Furcht, die eine Jungfrau nun einmal in der ersten Liebesnacht spürte? Sie hatte ja keine Ahnung von den Dingen, die Männer und Frauen miteinander tun können. Er würde es ihr beibringen, seine Frau lehren, was körperliche Liebe war. Dieser Gedanke ließ ihn zögern, denn neben einem starken Besitzerstolz verspürte er auch sehr intensiv, welche Verantwortung es bedeutete, für eine Frau wie Alexa zu sorgen. Langsam, Cain, lass dir Zeit. Erschrick sie nicht mit deiner Leidenschaft! Bring sie dazu, diese zu teilen, ermahnte er sich.

Er richtete sich auf und stand auf. Roxanna spürte die plötzliche Distanz zu seinem warmen Körper wie einen Verlust. Hatte sie etwas falsch gemacht? Hatte sie seine Küsse zu kühn erwidert, zu vorschnell reagiert? Sie sehnte sich danach, erneut von Cain gehalten und liebkost zu werden, sehnte sich nach dem Gefühl, dass er sie begehrte und verehrte. »Cain?«, tastete sie sich vorsichtig fragend vor und wagte nun auch, die Augen zu öffnen.

Mit einem Ruck hob Cain den Kopf, ohne sich jedoch umzuwenden. Mit dem Rücken zu seiner Frau stand er, die Hände am Hosenbund, und konnte ihre Augen auf sich ruhen fühlen, stellte sich ihre Lippen vor, sanft geöffnet, nachdem sie gerade seinen Namen genannt hatte. Er spürte sein Glied empört aufbegehren, weil es immer noch in die enge Hose gesperrt war. Ob der Anblick seiner Erektion sie ängstigte? Und würde er verhindern können, dass er sich wie ein liebestoller wilder Jüngling auf sie stürzte, wenn er sich jetzt zu ihr umwandte? Noch nie in seinem ganzen Leben hatte ihn eine Frau so berührt. Langsam und vorsichtig knöpfte Cain die Hose auf und streifte sie ab, wobei er mit aller Macht darum rang, nicht die Beherrschung zu verlieren.

Roxanna betrachtete das ebenmäßige Spiel der Muskeln auf seinen breiten Schultern, dem kraftvollen Rücken und ließ ihren Blick dann abwärts gleiten, hin zu den festen kleinen Pobacken und den langen, sehnigen Beinen. Sehnsüchtig wartete sie darauf, dass er sich umdrehte, aber er tat es nicht.

Stattdessen stand er regungslos und völlig nackt im samtenen Dämmerlicht, die geballten Fäuste an die Seiten gepresst, den Kopf zurückgeworfen. Das einzige Geräusch im ganzen Zimmer waren seine heftigen, bebenden Atemstöße.

Roxanna setzte sich auf, ohne das Hemd zu beachten, dass sich um ihre Taille kringelte und ihre Brüste nicht mehr bedeckte. »Cain ... was ist? Ist etwas nicht in Ordnung?« Bitte, komm zu mir zurück!

Langsam wandte Cain sich zu ihr um, und in seinem Gesicht stand die ganze Qual seines verzehrenden Verlangens. Er sah, wie Alexa die Augen rasch zu seinem erigierten Penis gleiten ließ, um sie dann gleich wieder nach oben wandern zu lassen. »Alles ist gut, Alexa.« Mit einer Ausnahme: Ich will dich zu sehr.

Roxanna sog das Bild, das Cains Glied bot, in sich auf: groß und hart, und es würde ihr wehtun. So zumindest hatte die junge Frau das männliche Geschlecht kennen gelernt. Aber hier stand Cain, ihr Mann, und sein Begehren war schön! Diese Schönheit verwandelte Cains Begehren in etwas, was mit der hässlichen Gewalt, der Roxanna in der Vergangenheit begegnet war, nichts gemein hatte. Du darfst jetzt nicht an die Vergangenheit denken!, befahl sie sich. Roxanna beobachtete, wie Cain mit anmutigen, fließenden Bewegungen zurück ans Bett trat und sich mit einem Knie auf der Bettkante niederließ. Seine bronzefarbene Haut war mit einem leichten schwarzen Flaum bedeckt, der sich auf der Brust zu einer dichten Matte aus dickem schwarzen Haar verdichtete, die am Taillenansatz, knapp über dem waschbrettharten Bauch, zu einem V zusammenlief, um dann um das Geschlecht herum dichter zu werden.

Cain ließ Roxanna nicht die Zeit, beim Anblick seiner Erektion in jungfräuliche Panik zu geraten, sondern ergriff behutsam ihre Hand und zog sie hoch, bis sie ihm zugewandt vor ihm auf dem Bett kniete. Dann zog er sie in die Arme. Widerstandslos schmiegte sie sich an ihn und schlang die Arme um seinen Hals, als er ihren Mund mit einem sanften, dann immer drängender werdenden Kuss verschloss. Ganz fest umschlossen seine Arme die junge Frau, drückten sie immer fester an sich, schoben ihre Hüften so zurecht, dass sein Geschlecht dort, wo ihre Schenkel zusammenliefen, zu liegen kam. Dann begann er, sich sanft vor- und zurückzuwiegen.

Roxanna spürte den drängenden Druck seines ungeduldigen Glieds, unter dem die dünne Barriere ihrer rüschenbesetzten Unterhose zu zerreißen drohte. Das Glied schien noch zu wachsen, heißer zu werden, als Cain nun seinen Unterleib sacht an dem ihren rieb und mit geschickten Händen die allerletzten Schleifen der Hose löste, um diese dann zusammen mit dem Hemdchen über die Oberschenkel hinabzuziehen.

»Leg dich hin«, befahl er, gab ihren Mund frei und bettete Roxanna weich in die Kissen. Dann legte er sich zu ihr, halb auf die Seite gerollt, zog ihr die Unterwäsche endgültig vom Leib und warf sie zu Boden. Nun lag sie vollständig nackt neben ihm in der zunehmenden Dunkelheit, und ihre Haut schimmerte so blass wie Sahne. Cains Finger streichelten über die Seidenhaut von Roxannas Bauch, glitten die Innenseite ihres Schenkels hinab bis zur Rundung der Wade, eilten dann denselben Weg wieder zurück und wiederholten die Liebkosung am anderen Bein. Dann machten sie Halt, um sich der leichten Rundung ihrer Hüfte zu widmen.

Roxanna dehnte und reckte sich unter diesen erregenden Zärtlichkeiten wie ein zufrieden in der Sonne schnurrendes kleines Kätzchen. Sie genoss den sanften Zauber seiner Berührungen und seiner Küsse, die wie hauchzarte kleine Schmetterlingsflügel auf ihre Brüste und ihren Bauch herabregneten. Aber dann schob sich sein Knie zwischen ihre Schenkel und drückte sie auseinander, und seine Hand strich leicht über die weichen Locken an der Stelle, an der ihre Oberschenkel zusammentrafen. Unwillkürlich versteiften sich Roxannas Muskeln.

»Nein, Alexa. Öffne dich für mich«, flüsterte Cain, dem dieses leichte Zusammenzucken nicht entgangen war. Ich werde dir nicht wehtun.« Lügner, schalt sein Gewissen, doch sein Körper, dem so lange schon Erleichterung verwehrt worden war, konnte einfach nicht länger warten: Er musste sie ganz besitzen. Die kremige Feuchtigkeit, die er ertastete, als seine Finger ihre weichen Schamlippen auseinanderschoben, zeigte ihm, wie sehr der Körper seiner Frau bereit war, seine Unschuld zu verlieren.

Roxanna unterwarf sich der leise drängenden Stimme und ließ es zu, dass Cains Hand ihr Intimstes fand. Dort, wo er sie nun so zärtlich berührte, sammelten sich kleine, scharfe Funken Lust, tanzten jeden einzelnen Nerv in ihrem Körper entlang und schienen bis in die Zehenspitzen zu strahlen. So etwas war in ihrer hässlichen Vergangenheit nie mit ihr geschehen!

Sie hörte einen kurzen, atemlosen Aufschrei, wie ein Schluchzen fast, und erkannte ihre eigene Stimme, die Cain anflehte weiterzugehen, sich mehr zu nehmen. Jetzt ... jetzt!

Cain zögerte an der Schwelle, voller Ungeduld, sich in die Frau zu versenken, aber doch auch unwillig, ihr zartes Fleisch entzweizureißen. Sacht bewegte er das Glied an ihrer Scheide hin und her, befeuchtete seinen Weg mit der Nässe, die seine Frau so großzügig verströmte, und tastete sich langsam, ganz vorsichtig vor. Sie war eng, unbeschreiblich eng und klein, doch ein anderes Hindernis spürte er nicht, als seine Stöße nun jedes Mal ein winziges kleines Stück tiefer drangen. Er hielt sich zurück und erwartete ihren Schmerzensschrei, wollte bereit sein, sich zu stoppen, wenn er ihr wehtäte, sagte sich immer wieder, dass er genug Willenskraft aufbringen würde, das auch zu tun. Aber die einzigen Laute, die sie von sich gab, war leises, stoßweises Stöhnen, mit dem sie sich an ihn klammerte.

Roxanna wartete auf den nackten, brennenden Schmerz und rechnete jede Sekunde damit, dass sich der Schleier aus Hitze und Lust, der über ihrem Körper lag, mit einem Schlag in Luft auflösen würde. Cains Penis war groß und hart, und er füllte sie mehr und mehr, dehnte sie; es fühlte sich ein wenig eng an und auch unangenehm, aber es schmerzte nicht, und dann spürte sie nur noch ein unwiderstehliches Gefühl der Erfüllung, als Cain sich nun mit der ganzen Länge seines Geschlechts in ihr niederließ. Sie hob die Hüften und grub die Fingernägel in seine Schulter. Sie konnte spüren, wie er zögerte, als wollte er prüfen, wie bereit sie sei, sein Körper gespannt und bereit zu explodieren. Und mit einem Mal empfand Roxanna diese Spannung auch in ihrem Körper.

Cain musste die Zähne zusammenbeißen, um nicht auf der Stelle überzuschäumen, als er erlebte, wie die heiße samtene Enge ihn ganz in sich aufnahm. Dann bewegte sie sich, und er war verloren. Mit einem unterdrückten Fluch zog er sich zurück und stieß wieder vor, mit langsamen, langen Stößen, suchte ihren Mund und küsste sie mit der wilden Ungezügeltheit, die er seinem Unterleib immer noch nicht zugestehen mochte. Aber dann nahm die Frau unter ihm seinen Rhythmus auf und erwiderte seine Stöße, umschlang mit den Schenkeln seine Hüften und klammerte sich leidenschaftlich an ihm fest. Da konnte sich Cain nicht mehr halten, und seine Stöße kamen rascher, zügelloser und härter.

Roxanna befand sich in einer wilden Spirale der Lust, sie bäumte sich auf, bog ihren Körper verzweifelt danach, den Mann tiefer und tiefer in sich zu spüren ... und schneller, immer schneller. Sie kniff die Augen noch fester zusammen und konzentrierte sich auf die immer noch anwachsenden Wellen, in denen die Lust durch ihren Körper strömte und die sie auf wundersame Weise so sehr befriedigten und doch nur dazu führten, dass sie sich nach mehr sehnte.

Mehr. Hatte sie das Wort wirklich laut ausgesprochen? Roxanna hätte das nicht mehr feststellen können, denn nun ritt sie nur noch mit ihm, reagierte auf jede noch so geringfügige Änderung in seinem Rhythmus, berauschte sich an der Härte seines muskulösen, an ihre weichen Rundungen gepressten Körpers, an rauem Brusthaar, das empfindliche Brüste kitzelte, an kaum sichtbaren Bartstoppeln, an denen sich die seidige Haut ihres Halses und ihres Gesichtes rieb.

Dann versteifte er sich urplötzlich und erschauerte unkontrollierbar, schwoll an und pulsierte tief, oh, so tief in ihr, und sie folgte ihm über den Gipfel hinaus, ohne es zu wissen, in eine ganz neue Welt voller Wunder, die ihren Verstand zum Schweigen brachte, aber ihr Körper ... Ihr Körper flog davon in einer Woge wonnevoller Lust, und dann sank sie matt, völlig im Frieden mit sich und zutiefst befriedigt zurück.

Cain lag über ihr, und sein Körper drückte den ihren immer noch in die weiche Matratze, während er nach dem wunderbaren Erlebnis, das sie eben geteilt hatten, um Luft rang. Zumindest hoffte er, dass sie das Erlebnis geteilt hatten. Er konnte ihre Arme spüren, die ihn immer noch hielten, ihre Fingerspitzen, die die Haut sanft massierten, in die sie noch vor kurzem wild und leidenschaftlich ihre Fingernägel gebohrt hatte. Cain wusste, wie eine befriedigte Frau aussah, aber er hatte plötzlich Angst, Alexa in die Augen zu sehen. Würde sich seine Seele in ihnen spiegeln, ihm Wahrheiten enthüllen, denen er sich nicht stellen mochte?

Besser war es, das Herz zu verschließen, sich von ihr zu lösen, sich auf die andere Seite zu drehen und einzuschlafen, keine Fragen zu stellen und nichts zu erklären. Aber dann glitten ihre Fingerspitzen hinauf zu seinem Gesicht, das in ihrem seidigen Haar vergraben lag, und sie ertastete die Narbe an seiner Wange, folgte dem langen, schmalen Pfad, den die Kugel an jenem verhängnisvollen Nachmittag genommen hatte.

»Woher hast du die Narbe?« Die Frage war nicht die, die sie eigentlich so gern gestellt hätte, aber sie war Roxanna plötzlich durch den Kopf gegangen. Cain zog sich aus ihr zurück, und hinterließ eine Leere, die nur er wieder würde füllen können. Einen Augenblick lang befürchtete sie, er würde das Bett verlassen und fortgehen, doch er rollte sich nur neben ihr auf die Seite und starrte an die Zimmerdecke. Plötzlich überfiel sie ein eisiger Schrecken. Ob er es weiß?

Doch dann beschuldigte er sie in keiner Weise, sondern beantwortete nur ihre Frage. »Wolf Mit Hohem Rücken hat auf mich geschossen, ehe ich ihn tötete.«

Roxanna fröstelte, und sie streckte die Hand nach ihm aus: »Du hättest getötet werden können.«

Er zog sie an sich, und sie passte so perfekt an seine Seite, dass es ihn zu Tode erschreckte. »Nicht zum ersten Mal und wohl auch kaum zum letzten«, antwortete er abweisend.

Roxanna schlang den Arm fester um ihn. *Ich liebe dich, Cain.* Wie sehr sie sich danach sehnte, diese Worte auszusprechen, aber sie wagte es nicht, denn sie hatte Angst vor dem, was er erwidern würde. Irgendwie hatte sie nicht das Gefühl, es könne die Antwort sein, die sie gern hören wollte. »Ich ... ich könnte es nicht ertragen, wenn man dich tötete.«

»Mir wäre es auch nicht gerade recht«, meinte er leichthin

und stützte sich auf den Ellbogen, um ihr ins Gesicht sehen zu können. »Bitte guck nicht so besorgt. Bisher habe ich überlebt. Und ich habe auch nicht vor, in nächster Zeit zu sterben.«

Sie streichelte sein Kinn und ließ sich von den winzigen Bartstoppeln die empfindliche Haut ihrer Fingerspitzen massieren. Als Belohnung durfte sie erleben, wie ihm bei ihrer Berührung der Atem stockte.

»Ich will dich noch einmal!«

Fast schien es, als hätte er diese Worte gegen seinen Willen ausgesprochen, aber sie lächelte trotzdem und zog ihn mit beiden Armen zu sich hinunter in einen abgrundtiefen, glühenden Kuss.

Cain war fort, das spürte Roxanna sofort, als sie erwachte und mit der Hand das große Bett abtastete, ohne auf die Wärme seines Köpers zu stoßen. Auch sein Kopfkissen war schon kalt, obwohl sich der Abdruck seines Kopfes dort immer noch abzeichnete. Roxanna setzte sich auf, und ein leichtes Ziehen erinnerte sie an die ungewohnten Anstrengungen der vergangenen Nacht. Ein wenig wund war ihr Köper, doch Schmerzen verspürte sie nicht, was sie angesichts der Leidenschaft, mit der ihr Mann sie geliebt hatte, sehr verwunderte.

Der lange Ritt damals von Vicksburg bis hin zu den eigenen Linien war ein einziger Albtraum gewesen. Roxanna hatte geglaubt, nun werde sie die Umarmung eines Mannes nie wieder ertragen können, nie mehr ertragen können, dass jemand ihren Körper in einer so schmerzhaften und demütigenden Art in Besitz nahm. Aber trotz des Albtraums von Vicksburg hatte sie Cain von der ersten Berührung an doch auch begehrt, hatte die alten Schuldgefühle, die Scham abstreifen können. Roxanna lehnte sich zurück, schloss selig die Augen und erinnerte sich an die Nacht, an Cains verzehrende Leidenschaft und an ihre Antwort darauf, ihr eigener Höhenflug.

Er hatte nicht gespürt, dass sie nicht mehr unschuldig war –

oder zumindest ging sie davon aus, dass er es nicht gemerkt hatte. Sicher nicht, sonst hätte er doch Fragen gestellt, oder? Sie setzte sich auf und sah sich im Zimmer um. Überall auf dem Teppich verstreut lagen Kleidungsstücke, ihr wunderschönes Hochzeitskleid zu einem Seidenklumpen zerknüllt neben dem Spiegel. Spitzenbesetzte Unterröcke und Unterkleider verzierten den Boden und auch diverse Stühle. Ein Seidenstrumpf hing sogar von einem Lampenschirm!

Dann sah sie den Briefbogen, der zusammengefaltet auf dem Ankleidetisch am Fenster lag. Zitternd schlug sie die Decken zurück und kletterte aus dem Bett, wobei sie feststellte, dass sie nicht einen Fetzen am Leibe trug. So zog sie rasch die Decke vom Bett, wickelte sich darin ein, ging zum Ankleidetisch und las die Nachricht, wobei ihr das Herz in banger Erwartung bis zum Halse schlug.

Meine liebste Alexa,
du hast so friedlich ausgesehen da im Bett, und du brauchst so dringend deine Ruhe – da mochte ich dich nicht stören.

Roxanna fühlte, wie ihre Wangen rot und heiß anliefen, denn sie erinnerte sich genau, warum er so sicher sein konnte, dass sie erschöpft sein würde. Sie zwang ihr Hände zur Ruhe, und als der Briefbogen nicht mehr allzu stark zitterte, las sie weiter.

»Ich muss mich um die Planiertrupps westlich von Laramie kümmern und werde in etwa drei oder vier Tagen zurück sein. Jubal ist in Cheyenne – falls du irgendetwas brauchst. Bereite dich auf die Abreise vor. Wenn ich wiederkomme, ziehen wir weiter. Wir werden an der Bahnstrecke wohnen, bis die Union Pacific mit ihren Arbeiten fertig ist,   *Cain.*

Kein Wort von Liebe, nur in diesen kühnen Buchstaben seine Unterschrift. Aber was er schrieb, wies darauf hin, dass er fand, ihr Platz sei an seiner Seite. Das war doch sicher nicht ohne

Bedeutung. Und noch dazu hatte er die knappe Nachricht an »Meine liebste Alexa« gerichtet. Roxanna verspürte erneut Hoffnung, als sie den Zettel zusammenfaltete und sich darauf vorbereitete, ihren ersten Morgen als Mrs. Cain zu verbringen.

Nachdem Roxanna gebadet und sich angekleidet hatte, schickte sie einen Boten zu Jubal, um anzufragen, ob dieser mit ihr zu Abend essen würde, falls er nicht bereits einen anderen Termin haben sollte. Kurz darauf klopfte es an der Tür ihres privaten Wohnzimmers, und Roxanna dachte, der Bote sei bereits mit Jubals Antwort zurück. Sie legte den Kleiderstapel nieder, den sie schon für die Reise nach Laramie zusammenzustellen begonnen hatte, und ging, um die Tür zu öffnen. Das Lächeln erstarb ihr auf den Lippen, als sie sah, wer da vor ihr stand.

»Guten Morgen, Mrs. Cain.« Isobel Darbys Stimme war eiskalt, aber in ihren dunklen Augen glomm ein heißes triumphierendes Licht.

»Was wollen Sie?« Die Frage kam ganz automatisch, auch wenn Roxanna genau wusste, was die andere wollte. Sie ruinieren.

Isobels Augen glitten mit impertinentem Vergnügen über die verhasste Feindin – so mochte eine Katze eine Grille mustern, ehe sie die Pfote hebt, um zuzuschlagen. »Mein Gott, Sie sehen so ... zufrieden aus, nein: ›befriedigt‹, sollte ich wohl lieber sagen. Ihr Halbbluthengst hat Sie wohl im Bett ganz prima bedient – aber eine Schlampe wie Sie schläft ja auch mit dem letzten Abschaum.«

»Das sollten Sie am besten wissen: Ich habe mit Ihrem Mann geschlafen.« Da erlosch das falsche Lächeln auf Isobels Gesicht, und einen Augenblick lang befürchtete Roxanna, die andere Frau könne mit den Fäusten auf sie losgehen, doch Isobel hatte sich rasch wieder gefangen.

»Unsere Unterhaltung eignet sich eigentlich nicht für einen Flur, der jedem zugänglich ist!« Mit einem königlichen Nicken wies die Schwarzhaarige auf den Wohnraum, in dessen Tür Roxanna stand.

Roxanna trat beiseite und ließ die andere ein, während sich die Gedanken in ihrem Kopf überstürzten. In den vergangenen fünf Jahren hatte diese Frau sie nur einmal direkt konfrontiert und ansonsten lediglich dafür gesorgt, dass Roxanna auch bestimmt mitbekam, wem sie es zu verdanken hatte, wenn sie wieder einmal eine Stadt verlassen musste, weil ihr Ruf ruiniert war. Was mochte Nathaniel Darbys von Rachegelüsten besessene Witwe nur diesmal vorhaben? »Sagen Sie, was Sie zu sagen haben, und dann gehen Sie«, erklärte sie tonlos.

Eine schwarze Augenbraue hob sich höhnisch. »Da wären wir also. Sie scheinen aber auch wirklich jedes Mal wieder auf den Füßen zu landen, Roxanna! Die Gefangenschaft bei den Wilden haben Sie überlebt, den Skandal und die Gerüchte danach auch ...«

»Sie waren das, Sie haben die Gerüchte in Denver in Umlauf gebracht!«

»Ein Jammer auch, dass Ihr Eisenbahnbaron aus San Francisco so zimperlich war und die Verlobung löste!«

Isobel wirkte allerdings überhaupt nicht so, als täte ihr das Leid. Roxanna wartete, was als Nächstes kommen würde, und schalt sich selbst im Stillen einen Feigling, weil ihre Hände feucht wurden. Von sich aus würde sie kein einziges Wort mehr sagen.

»Aber nun haben Sie sich ja trotz allem noch einen Mann geangelt – oder hat ihnen den der alte Schotte verschafft? Dem war die sitzen gelassene Enkelin wohl zu peinlich, was? Und da hat er sie einfach mit seinem Revolverhelden verkuppelt?« Unter gesenkten Augenlidern hervor beobachtete Isobel ganz genau Roxannas Reaktionen, während sie so tat, als begutachtete sie die Einrichtung des Wohnzimmers.

»Hören Sie auf, mich erschrecken zu wollen, Mrs. Darby. Wenn Sie vorhaben, mit Ihrer Geschichte zu Jubal zu gehen, dann kann ich Sie nicht daran hindern«, entgegnete Roxanna und ließ sich nicht anmerken, wie schwer ihr bei diesen Worten ums Herz war, und zwar weniger Jubals wegen, als wegen Cain.

Sie hatte ihren eigenen Mann angelogen, ihn betrogen und dafür würde er sie wahrscheinlich verlassen.

»Wie Sie wollen«, sagte Isobel. »Es ist mir wie jeder wirklichen Dame außerordentlich peinlich, von diesen Dingen zu reden, aber ich muss eingestehen, dass meine Geldmittel zu Ende gehen. Ich habe den letzten Rest von Nathaniels Erbe ausgeben müssen, um Ihre doch recht umständliche Reise in den Westen nachverfolgen zu können.«

»Mit ›Erbe‹ meinen Sie sicher das Geld, dass Ihr Mann seinen geliebten Südstaaten raubte«, stellte Roxanna richtig, die sofort gemerkt hatte, wohin die Unterhaltung führen würde.

Isobel reagierte, als hätte Roxanna über ihrem Kopf einen Nachttopf entleert. Ihre Wangen liefen rot an, und ihre hellbraunen Augen wurden zu seelenlosen, tiefschwarzen Teichen, in denen der Hass funkelte. »Nathaniel war kein Dieb! Er war ein Gentleman des Südens. Die Lügen, die Sie über ihn verbreitet haben, haben ihn ins Grab gebracht!«

»Was ich berichtet habe, war nichts als die Wahrheit. Ihr Mann war ein Kriegsgewinnler, er hat Armeeausrüstung an den Meistbietenden verkauft, Nachschub, den die konföderierte Armee dringend gebraucht hätte. Ich habe lediglich General Johnston in einem Brief darauf hingewiesen, unter welchen Fragestellungen er die Bücher des Colonels prüfen sollte. Ihr Mann hat sich umgebracht, um der Schmach des Kriegsgerichts zu entgehen.«

Jedes einzelne Wort aus Roxannas Mund ließ Isobel zusammenzucken, aber sie bewahrte dennoch ihre unheimliche Ruhe. Nur ihr Gesicht, jetzt nicht mehr knallrot, sondern kreidebleich, zeigte, mit welch bitteren Gefühlen sie sich weigerte, die Wahrheit zu akzeptieren. »Sie haben ihn umgebracht!«, beharrte sie eigensinnig. »Sie haben Schuld daran, dass er jetzt tot ist!«

»Und dafür haben Sie mich zahlen lassen, immer und immer wieder.«

»Und es hat mich den letzten Heller gekostet, Sie der gerechten Strafe zuzuführen«, erwiderte Isobel kalt und anscheinend wieder völlig gefasst, wobei sie sich einen schneeweißen spitzendurchwirkten Handschuh zuknöpfte. »Nun ist es Ihnen ja glücklicherweise gelungen – Sie ränkeschmiedende kleine Betrügerin, Sie –, sich als Jubal MacKenzies Alleinerbin auszugeben, und das gerade jetzt, da mir das Geld ausgegangen ist. Eines Tages gehört Ihnen der gesamte Reichtum des alten Mannes, wenn er nicht erfährt, dass seine Enkelin in Wirklichkeit noch in St. Louis starb.«

»Und denken Sie wirklich, ich zahle Ihnen Bestechungsgelder?«

»Natürlich werden Sie das tun, wenn Sie Ihre kleine Scharade als Alexa Hunt weiter aufrechterhalten wollen – und als die Ehefrau dieses Indianers.« Wie Mühlsteine sanken die letzten beiden Worte tief in Roxannas Bewusstsein.

Unter Isobels durchdringendem Blick rang Roxanna um Fassung, aber sie wusste, dass sie in diesem Punkt kläglich versagen musste. »Sie gehen doch ohnehin zu Jubal. Warum sollte ich Sie dafür bezahlen, mich zu vernichten?«

Ein kaltes, grausames Lächeln zeigte sich auf Isobels schmalen Lippen und zerfiel dann gleich zu einer Grimasse, als wären ihre Muskeln an eine solche Anstrengung nicht gewöhnt. »Oh, irgendwann einmal gehe ich bestimmt zu dem alten Herrn, doch jetzt brauche ich erst einmal Geld. Sie können es mir in Raten zahlen und darauf hoffen, dass Ihnen genug Zeit bleibt, den alten Schotten und sein Halbblut mit Ihrem Charme zu betören. Wer weiß – vielleicht gelingt es Ihnen ja, die beiden auf Ihre Seite zu ziehen, und dann ist es egal, was ich erzähle. In diesem Fall hätten Sie die süßeste Rache, die man sich vorstellen kann.«

Jubal hatte Alexa immer ein sehr großzügig bemessenes Taschengeld zukommen lassen, und als Roxanna das Haus in St. Louis geschlossen hatte, hatten noch etliche Tausender auf dem Konto der jungen Frau gestanden. Statt sie dort stehen zu lassen und Gefahr zu laufen, dass die Bank Kontakt zu Jubal aufnahm, hatte Roxanna das Konto aufgelöst und Alexas gesamtes Guthaben auf eine Bank in Denver überweisen lassen. »Es dauert ein paar Tage, ich muss mir das Geld telegrafisch anweisen lassen. Reichen zweitausend Dollar für den Anfang?« Auf dem Konto war einiges mehr, aber das würde Roxanna von sich aus nicht zugeben. Sie brauchte Zeit zum Nachdenken, zum Planen.

Isobel nickte brüsk, denn sie wollte die ordinäre Diskussion um Dollar und Cent nicht weiter fortsetzen. »Ich erwarte die Einzahlung auf mein Konto bei der Blankenship Bank an der Seventeenth Street in Denver.« Rasch ging Isobel zur Tür, wandte sich dann aber, die Hand bereits am Türgriff, noch einmal um. »Ich gehe davon aus, dass es Ihnen gelingt, MacKenzie weitere Geldmittel aus der Nase zu ziehen, denn ich bin sicher, Ihr Indianer hat nicht einen Cent!«

Damit ging sie, und Roxanna blieb allein zurück. Sie zitterte vor Kälte, auch wenn es im Zimmer sehr warm war. Nachdenklich trat sie ans Fenster und blickte hinunter auf die mittägliche Straße, auf der geschäftiges Treiben herrschte. Zwei prächtig in Satin gekleidete Damen aus einem Freudenhaus gingen an einem Goldgräber vorbei, der offensichtlich glücklichere Tage erlebt hatte, und ein fluchender Kutscher drosch auf seine Maultiere ein. Roxanna aber sah und hörte nichts, sondern stand nur da und rieb sich die Schläfen. Ihr Kopf arbeitete auf Hochtouren, doch ein Ausweg wollte ihr nicht einfallen. Isobel würde wieder einmal gewinnen, es sei denn ...

Konnte sie es wagen, Cain die Wahrheit zu sagen? Die Wahrheit – das war weit mehr als nur das Geständnis, dass sie gar nicht Jubals Enkelin war. Sie würde ihm die ganze hässliche Geschichte jener Nacht in Vicksburg erzählen müssen. Ob er sie danach noch begehrte? Hastig läutete sie nach Bedienung, denn sie verspürte plötzlich das zwingende Bedürfnis nach einem heißen Bad, in das sie so schnell wie möglich steigen wollte, auch wenn sie vor einer Stunde erst gebadet hatte.

Cain hockte auf dem schlammigen Boden und untersuchte die Spuren von, wie er schätzte, einem Dutzend oder mehr Pferden. Dann betrachtete er nachdenklich das völlig zerstörte Lager. Eben noch waren hier fünfzehn Eisenbahner untergebracht gewesen und genügend Material, um zwanzig Meilen Schienenstrang zu verlegen. Und nun gab es nur noch Asche – und Leichen. »Das sieht mir nicht nach Indianern aus, Finny.«

Der knochige irische Landvermesser, der zusammen mit Cain unterwegs war, lehnte sich in seinem Sattel vor und spuckte aus, ehe er antwortete. »Und wer soll es sonst gewesen sein – die Kavallerie der alten Queen Victoria?«

»Eher die als Cheyenne. Ein paar der Pferde waren beschlagen«, erwiderte Cain, stand auf und schlug sich den Staub von den Hosenbeinen.

Finny schnaubte. »Diese Heiden sind verteufelt schlau. Haben die Pferde wahrscheinlich von der Armee gestohlen. Aber sicher doch – und es wäre auch nicht das erste Mal.«

Cain schüttelte den Kopf. »Eine Hand voll, ja, vielleicht, aber nicht so viele. Viele Krieger weigern sich, Pferde zu besteigen, die für den Sattel eingeritten sind. Indianer stehlen die Pferde des weißen Mannes, um Punkte für sich verbuchen zu können und um sie zu verkaufen, nicht, um sie zu reiten. Und außerdem ist die Art, wie das Feuer hier gelegt wurde, zu gut kalkuliert für einen plötzlichen Angriff, bei dem man auch ebenso schnell wieder verschwinden muss. Jede einzelne Schwelle ist zu Asche verbrannt. Es sieht so aus, als hätten sie einen Graben um das Holzlager gezogen und mit irgendeiner leicht brennbaren Flüssigkeit gefüllt. Gezielte Sabotage.«

Finny zupfte sich an einer langen speckigen Locke, die ihm ins Gesicht hing, und schob diese dann zurück unter den ausgebeulten Filzhut, der seinen Kopf bedeckte. »Die Indianer haben gute Gründe dafür, gegen das Eisenpferd vorzugehen, und zwar nicht zu knapp. Denken Sie nur an das, was der alte Truthahnbein unten am Plum Creek gemacht hat.«

»Er hat einen Zug entgleisen lassen, aber dann haben seine

Krieger jeden einzelnen Wagon durchsucht und sind mit allem auf und davon, was auch nur halbwegs von Wert war oder ihnen einfach nur gefiel.«

»Klar – und tausende Eisenbahnschwellen aus Eiche kann man nun mal nicht so einfach wegschleppen«, erwiderte Finny.

»Aber die Lebensmittel schon. Die Jagd wird immer schwieriger – die Indianer hungern. Und da gehen unsere Räuber hier hin und zünden das Verpflegungszelt an, mit all den Säcken Mehl, all den Dosen Bohnen darin. Soweit ich das bis jetzt beurteilen kann, haben sie nichts mitgenommen – und sie sind nach Süden fortgeritten. Die feindlichen Indianer befinden sich von hier aus aber eher im Norden oder Osten.«

Finny zuckte die Schultern. »Und wer ist es dann gewesen, Ihrer Meinung nach?«

»Bei einer staatlichen Bezuschussung von achtundvierzigtausend Dollar für jede Meile fertigen Schienenstrang könnte das Wettrennen, um die Central Pacific und die Union Pacific zusammenzuführen, ziemlich hässlich werden. MacKenzie hat bereits herausgefunden, dass Powell vor ein paar Wochen in Salt Lake herumgeschnüffelt und versucht hat, Brigham Young zu überreden, einen Planierkontrakt mit der Central Pacific abzuschließen.«

»Aber Young hat doch schon einen Vertrag mit der Union Pacific!«, protestierte Finny redlich erbost. Dann dämmerte es ihm. »Und nun denken Sie, er schickt Männer, um unsere Lager zu überfallen und unsere Mannschaften zu ermorden?«

»Das – oder es war die Kavallerie Ihrer Königin!«

»Diese fette kleine Sächsin ist *nicht* meine Königin!« Patrick Aloysious Finny richtete sich empört auf und spuckte den Inhalt seines Mundes auf den Boden. Mit einem lauten Klatschen landete der Tabaksaft zwischen den Hufen seines Pferdes.

Cain lachte und stieg wieder in den Sattel. »Sie reiten am besten wieder zurück zum Rest der Mannschaft, die auf dem Weg ins Baulager ist. Schicken Sie Jubal in meinem Namen ein Telegramm mit der schlechten Nachricht. Er muss Holzfäller hinauf in die Medicine Bows schicken und neues Holz schlagen lassen. Und schaffen Sie einen Beerdigungstrupp her. Ich folge weiter den Spuren und sehe zu, was ich herausfinden kann, ehe sie kalt werden.«

»Geben Sie auf sich Acht, Junge. Die Gegend hier ist ziemlich gemein – hundert Meilen weit kein Wasser, zwanzig Meilen weit kein Wald und die Hölle ist gleich um die Ecke«, rief Finny ihm warnend hinterher.

Cain verfolgte die Spur den Little Laramie River entlang und ritt dann gen Süden zum North Platte. Der felsige Grund hier in der Gegend hatte seit Wochen keinen Regen gesehen und gab nur wenige Hinweise darauf preis, wohin sich die Männer, die den Überfall verübt hatten, gewandt haben mochten. Wahrscheinlich den North Platte hinunter zu den Handelsposten und Siedlungen weiter im Süden. Cain war sich sicher, dass sich die Gruppe nicht aufgeteilt hatte – wie der Überfalltrupp einer Kriegergemeinschaft es getan hätte, um ganz sicherzugehen, dass sie den Feind nicht ins eigene Dorf lockten. Diese Truppe von Mördern war zusammengeblieben – wie Weiße es tun würden.

Während Cain tiefer in das Colorado Territory hineinritt, grübelte er darüber nach, wer diese Männer wohl sein mochten. Banditen, die jeder Meistbietende anheuern konnte, vielleicht halb indianische Revolvermänner wie er selbst einer war, die außerhalb des Gesetzes standen – solche Männer stellte Andrew Powell gern ein. Du Schweinehund, ich werde nicht zulassen, dass du uns besiegst!, dachte Cain finster. Denn nun hatte auch er, genau wie Jubal, Anteile an der Union Pacific.

Gedanken an Jubal führten bei Cain unweigerlich zu Gedanken an seine Frau. »Mein Frau.« Das klang immer noch so fremd, wenn er es laut vor sich hin sagte. Er hatte Alexa Hunt geheiratet, um MacKenzies Bauleiter zu werden. Es war nicht vorgesehen gewesen, dass sie sich in seine Gedanken mischte und seinen Schlaf störte. Aber genau das tat sie, seit er die Ehe mit ihr vollzogen hatte.

Wenn er an die Hochzeitsnacht auch nur dachte, reagierte sein Körper bereits, was bei dem unnachgiebigen Leder seines Sattels sehr ungemütlich war. Er könnte seine Suche auch aufgeben und heute bis Cheyenne durchreiten. Anstrengend für das Pferd, aber der große Kastanienbraune war solche Anforderungen durchaus gewohnt.

»Ich will verdammt sein, wenn ich das mache!«, murmelte Cain dem Hengst zu. Erst einmal würde er hier alle seine Karten ausspielen und sehen, ob ihm nicht einer der geschwätzigen Händler am Weg ein paar gute Hinweise geben könnte, die die Banditen irgendwie mit Powell in Verbindung bringen würden.

»Er sagte, er wolle in drei oder vier Tagen wieder zurück sein, Großvater! Nun ist schon mehr als eine Woche vergangen!« Roxanna saß in Jubals aufwändig ausgestattetem Privatwagen der Eisenbahn und nippte an einer Tasse Kaffee, der schwarz und stark war. Vor ihr auf dem Teller lagen die Überreste des luftigen Omeletts, das ihr der Privatkoch des alten Herrn zubereitet hatte, größtenteils unberührt.

Jubal betrachtete besorgt die dunklen Ränder unter den Augen seiner Enkelin. »Mach dir bitte keine Sorgen, Mädelchen. Du weißt, er hat mir vor zwei Tagen ein Telegramm geschickt. Die Arbeit, die er da draußen macht, gehört zu seinem Job, und Cain ist sehr gründlich.«

»Aber er ist allein da draußen in der Wildnis und jagt hinter einer Gruppe von Banditen her, die bereits mehr als ein Dutzend Männer ermordet hat!« Roxanna biss sich auf die Lippe und starrte auf die Leinenserviette, die sie in der Hand zerknüllte.

»Du liebst ihn, Alexa, nicht wahr?«, fragte der alte Mann schüchtern.

Der Kopf der jungen Frau flog mit einem Ruck hoch. »Er ist mein Mann, natürlich liebe ich ihn«, antwortete sie ein wenig zu rasch.

Jubal betrachtete sie prüfend mit seinen grauen Augen, denen so schnell nichts entging. »Und warum gibst du das dann so ungern zu?« Er wischte ihren Protest mit einer Geste seiner großen, sommersprossigen Hand beiseite. »Als ich deine Verlobung mit diesem Schlappschwanz von einem Powell arrangierte, hatte ich Vorbehalte dagegen, dich so einfach einem Fremden zu geben ... aber er stammte zumindest aus einer unbestreitbar ehrbaren Familie und schien mir damals ein ganz anständiger Bursche zu sein. Und außerdem warst du ja auch mit deinen einundzwanzig Jahren immer noch unverheiratet, eine wohlhabende junge Frau, ganz allein. Ich hatte mir eingeredet, ich arrangierte das alles zu deinem Wohl.«

Roxanna errötete. Wenn er einundzwanzig schon für ein Alter hielt, in dem eine unverheiratete Frau als alte Jungfer anzusehen war, was würde er davon halten, wenn er erfuhr, dass sie bereits dreiundzwanzig Jahre alt war? Und noch dazu eine Betrügerin? Es fröstelte sie, und sie schob jeden Gedanken an Isobel Darby in die hinterste Ecke ihres Kopfes. Die lange Abwesenheit ihres Mannes bereitete ihr im Augenblick größere Sorgen als die möglichen Intrigen der verhassten Frau.

»Als Powell dann die Verlobung löste«, fuhr Jubal unbeholfen fort, »da habe ich mir über die Sache zwischen dir und Cain schon Sorgen gemacht.«

»Weil Cain Halbblut ist?«

Jubal las den Zorn in den Augen seiner Enkelin und dachte bei sich: Ich will verdammt sein, wenn sie diesem Burschen nicht mit Haut und Haaren verfallen ist! Diese Vorstellung beunruhigte ihn, denn er war sich nicht klar darüber, ob ihr Mann diese Zuneigung in gleichem Maße erwiderte. »Nein«, begann er vorsichtig und wählte seine Worte sehr sorgfältig. »Aber du hast selbst mitbekommen, wie die meisten Menschen des Westens über Indianer denken – und über ein Halbblut.«

»Und über Frauen, die sich mit solchen Menschen abgeben. Die können doch alle zum Teufel gehen – diese verdammten Heuchler«, verkündete Roxanna wütend und fügte dann hinzu: »Die Cheyenne, die mich gefangen nahmen, die hatten viel mehr Ehre im Leib – und Ehrlichkeit...«

»So etwas steht nur momentan nicht hoch im Kurs, mein Mädelchen«, entgegnete MacKenzie sanft. Er hatte nie diplomatisches Geschick besessen, sondern die Dinge stets lieber gleich beim Namen genannt. Im Geschäftsleben war das auch immer hilfreich gewesen, nicht aber Frauen gegenüber und besonders nicht bei dieser hier, deren Mut und Loyalität er mehr und mehr zu schätzen lernte. »Ich habe nicht halb so viel gegen sein Indianerblut, wie er selbst.«

Roxanna nickte. »Er möchte weiß sein. Er hat eine gute Schulbildung, arbeitet hart – er ist genauso, wie er sein sollte, aber unsere feine christliche Gesellschaft gibt ihm keine Chance.«

Aha, auch Alexa nahm wohl lieber kein Blatt vor den Mund! »Ja. Es stimmt, was du sagst, er ist klug, er ist gebildet, er arbeitet hart. Ich habe mich im vergangenen Jahr immer stärker auf ihn und seine Einschätzungen verlassen. Den Männern mag seine Hautfarbe nicht gefallen, aber sie haben Respekt vor ihm und befolgen seine Befehle. Deswegen habe ich auch beschlossen, ihn zu befördern. Er hat bereits sehr lange weitaus mehr für mich getan, als betrunkene Arbeiter zusammenzutrommeln und deren Faustkämpfe zu beenden. Ich werde ihn zu meinem Bauleiter machen.«

Roxanna war höchst erstaunt. »Hast du dich dazu entschlossen, weil ich deine Enkelin bin und ihn geheiratet habe?«

Das kam der Wahrheit sehr nahe, zu nahe! Jubal räusperte sich und fragte sich im Stillen, ob er die Stelle Cain irgendwann einmal auch dann angeboten hätte, wenn dieser sich nicht mit Alexa verheiratet hätte. »Ich befördere ihn, weil ich glaube, dass er dem Job gerecht wird – und der ist nicht einfach.« Das war noch nicht einmal gelogen. »Jetzt, da der Frieden mit der

Central Pacific gebrochen ist, liegt ein wahrhaft halsbrecherisches Rennen vor uns.«

»Du hast vor, eher in Salt Lake zu sein als sie, damit du mehr Regierungsgelder bekommst?«

»Genau! Hast ein schlaues Köpfchen, Mädelchen«, bemerkte der alte Herr mit einem vergnügten Zwinkern, erleichtert darüber, dass sie Cains plötzliche Beförderung offenbar nicht übel nahm.

Zum ersten Mal an diesem Morgen musste Roxanna lächeln. »Ich habe dir und Cain und den anderen Männern lange genug zugehört. Zwischen Cheyenne und Laramie redet doch jeder über den Wettlauf, wer mehr Schienenmeilen verlegen kann.« Dann änderte sich ihr Ausdruck, und sie starrte aus dem Fenster zu den Bergen in der Ferne hin. »Ich hoffe nur, er kommt bis Samstag zurück, rechtzeitig zur Willkommensparty in Laramie.«

»Cain wird schon in Laramie auftauchen, aber wenn wir jetzt nicht fertig frühstücken und uns ein wenig mit allem beeilen, dann sind wir die, die zu spät kommen.« Er warf einen Blick auf seine schwere goldene Taschenuhr und fügte hinzu: »Dieser Zug fährt in genau zwei Stunden nach Laramie ab.«

Kapitel 11

Zwei Tage nach ihrer Konfrontation mit Roxanna wurden Isobel Darbys Konto zweitausend Dollar gutgeschrieben. Die Witwe erfreute sich zwar an der Vorstellung, die Feindin möge die nächsten Wochen in nervöser Erwartung zubringen und sich ständig fragen, wann die Demaskierung stattfinden würde, hatte aber eigentlich ganz andere Pläne. Mit einem ernsten Lächeln auf den Lippen entstieg sie dem Zug der Central Pacific Railroad, der gerade aus Sacramento kommend in San Francisco eingetroffen war. Die Fahrt durch die Berge war nervenaufreibend gewesen, aber selbst die Ruß spuckende, stampfende Lokomotive war besser, als in einer engen, voll besetzten Postkutsche eingesperrt zu sein, wie auf dem ersten Teil ihrer Reise.

Sie studierte noch einmal die Adresse auf der Visitenkarte, winkte eine Droschke herbei und gab dem Fahrer eine kurz angebundene Anweisung, wohin er sie zu fahren habe. Eine Viertelstunde später wurde die Witwe Darby in Andrew Powells prächtig ausgestattetes Büro geführt.

»Mr. Powell erwartet Sie bereits, Mrs. Darby«, erklärte Ezra Harker respektvoll, der hinter seiner unbeeindruckt professionellen Miene vor Neugier fast geplatzt wäre. Warum nur hatte ein so wichtiger, viel beschäftigter Mann wie sein Arbeitgeber in seinem stets ausgebuchten Terminplan Platz geschaffen für eine bloße Frau – mochte sie noch so ansehnlich sein?

Andrew Powell erhob sich und trat um den riesigen Schreibtisch aus Kirschbaumholz herum, um seine Besucherin willkommen zu heißen. Das Zimmer, groß und in gedämpften dunklen Farben geschmackvoll eingerichtet, was bestimmt nicht billig gewesen war, passte perfekt zu seinem Besitzer.

Isobel verspürte erstaunt einen Funken Anziehung: Der Mann, der sich auf dem dichten Aubusson-Teppich ihr näherte und sie mit seinen kalten blauen Augen fixierte, strahlte eindeutig Macht aus.

»Mrs. Darby – es ist mir ein Vergnügen, Madam.« Powell beugte sich über Isobels Hand, hauchte einen perfekten Kuss auf die behandschuhten Fingerspitzen und führte die Dame dann zu einer Gruppe von Bergère-Stühlen, wo die beiden einander gegenüber Platz nahmen. Dann sagte Powell: »Ihrem Telegramm habe ich entnommen, dass Sie wertvolle Informationen für mich haben, Jubal MacKenzies Enkelin betreffend?«

»Lassen Sie mich doch erst einmal ein paar Grundregeln festlegen, Mr. Powell«, entgegnete Isobel geschäftig und ignorierte energisch den Charme des Magnaten. »Wenn sich die Information für Sie als nützlich erweist, dann nehme ich an, Sie werden die von mir genannte Summe als nicht zu hoch empfinden.«

»Zehntausend Dollar sind eine Menge Geld, Mrs. Darby«.

Isobels Gesichtsausdruck wurde so eisig wie der Wind auf den Sierras. »Für einen Mann, der das Fünffache für jede Meile Schienen erhält, die er zwischen dieser Stadt und den Rocky Mountains verlegt, denke ich, ist die Summe doch recht bescheiden.«

Powell ließ seine Augen auf der entschlossen dreinblickenden Witwe ruhen. Sie war so kalt wie der Hintern eines Brunnenbauers, trotz ihrer zuckersüß gedehnten Vokale, aber irgendetwas an ihrer nackten Habsucht erregte ihn auch. Nach einiger Zeit nickte er ihr dann zu. »Gut gekontert, Mrs. Darby. Ich werde Ihnen die Zehntausend bezahlen ... wenn die Information sich als nützlich erweist.«

Isobel Darbys dünne Lippen öffneten sich zu einem hinterhältigen Lächeln und ließen kleine perfekte weiße Zähne erkennen. »In diesem Fall erzähle ich Ihnen gern alles über Alexa Hunt und Roxanna Fallon.«

Während die Witwe ihre unglaubliche Geschichte ausbreitete, entging sowohl ihr als auch ihrem Gastgeber, dass die Tür zum nebenstehenden Büro offen stand. Dort saß Lawrence und arbeitete still vor sich hin an seinem Tisch. Plötzlich jedoch ließ er die Feder fallen, und auf dem Kontobuch breitete sich ein riesiger Tintenfleck aus. Gespannt hörte der junge Mann ganz genau zu, was im Nebenzimmer besprochen wurde.

Cain ritt am späten Nachmittag in Laramie ein, frustriert, erschöpft und schmutzig nach acht Tagen im Sattel ohne die allerkleinste Annehmlichkeit wie vielleicht ein Glas Whiskey oder die Möglichkeit, sich zu rasieren. Er lenkte seinen Braunen die A Street hinab auf das Eisenbahndepot zu, in dem er Jubals Privatwagen vermutete, und schenkte dem für einen Samstagabend üblichen lärmenden Gedränge aus Eisenbahnarbeitern, Bergleuten, Spielern und Freudenmädchen auf der Straße keinerlei Beachtung. Die feindseligen, unsicheren Blicke der Männer und die abschätzenden, teilweise lockenden der Frauen waren ihm nur zu vertraut.

Ihn erwartete seine eigene Frau. Cain hoffte, dass es Jubal gelungen war, den Extrawagen für das junge Paar zu beschaffen, den er ihnen versprochen hatte. Die Bettrollen auf nacktem Grund auszubreiten, erschien ihm ebenso wenig reizvoll, wie eine Nacht unter demselben Dach zu schlafen wie der hellhörige alte Schotte. Nicht dass Cain vorhatte, in Alexas Bett viel zu schlafen. Eine Woche lang hatte er nun jede Nacht von ihr geträumt und tagsüber viel zu viel an sie gedacht. Für einen Mann in seiner Branche eine gefährliche Schwachstelle. Er hatte sich vorgenommen, seine Frau jede Nacht zu lieben, um sich von seiner Obsession zu befreien, denn irgendwann einmal würde sich die Faszination ja wohl gelegt haben.

Und bis dahin lag vor ihm so viel Arbeit für den Eisenbahnbau, dass es für drei Männer gereicht hätte. Was er über die Bande zu berichten hatte, die für den Überfall verantwortlich war, würde MacKenzie nicht gefallen. Cain war tief in Gedanken versunken, als eine leise Frauenstimme ihn anrief.

»Cain, das wird auch Zeit, dass du zurückkommst!« Hastig kletterte Roxanna die Stufen des Pullmannwagens hinunter und rannte dorthin, wo ihr Mann gerade vom Pferd stieg. Sie warf ihm die Arme um den Hals und kümmerte sich nicht um die Arbeiter, die vorbeigingen und sie neugierig anstarrten. Cain roch nach Schweiß und nach Pferd, und der Bart, der eine Woche lang Zeit gehabt hatte zu wachsen, zerkratzte ihre Wange, aber das machte ihr nichts.

Cain sog den Duft des Flieders ein, der von ihr ausging, und genoss ihren süßen, weichen Mund, der nun hastig über sein ganzes Gesicht rasche aufgeregte Küsse verteilte. Er wusste, dass halb Laramie ihnen begierig zusah, abgestoßen von dem Anblick, der sich ihnen hier bot: eine schlanke, blonde Frau, die sich freudig einem schmutzigen Halbblut an den Hals warf. Cain schickte die Gaffer im Stillen alle zur Hölle, riss seine Frau in die Arme und küsste sie lange und innig, wobei er dem Hunger freien Lauf ließ, der ihn die ganze Woche über frustriert und verärgert hatte.

Sein Mund war wild und Besitz ergreifend und presste sich auf den ihren, verlangte ihre Unterwerfung. Bereitwillig öffnete sie sich seiner Zunge, ließ zu, dass er sie tief in ihren Mund senkte, grüßte ihn eifrig mit der eigenen, bis er sich endlich aus der herzhaften Umarmung losriss und ihr in die Augen sah. Sie fuhr ihm mit der Hand über das staubige, zerknitterte Hemd, um wirklich zu spüren, dass er unversehrt geblieben, in Sicherheit und endlich wieder in ihren Armen war.

»Du hast mir gefehlt«, bekannte er leise und rau, und das Eingeständnis überraschte ihn selbst.

Roxanna strahlte und vergaß auf der Stelle alle ihre Ängste, selbst die Bedrohung durch Isobel Darby. »Und du hast mir auch gefehlt«, gestand sie ein wenig schüchtern, weil ihr mit einem Mal klar wurde, wie sie sich gerade eben aufgeführt hatte. Was würde er nur von ihr denken? »Ich habe mir solche Sorgen gemacht, als Großvater sagte, du verfolgtest eine Gruppe von Banditen, die einen ganzen Planiertrupp umgebracht haben!« Sie konnte sich nicht zurückhalten und fuhr mit der Hand immer wieder an seinen Armen entlang und über seine Brust. »Du bist am Leben und heil, in einem Stück!«

»Ich starre vor Dreck und muss mich dringend rasieren«, erwiderte er und versuchte, seinen Blick von dem nackten Begehren zu wenden, das ihm aus ihren Augen entgegenleuchtete. Stand dasselbe Begehren etwa auch in seinen Augen? »Ich hatte da draußen keine Zeit, mich zu säubern«, fügte er hinzu, als er die feinen rosa Abdrücke sah, die seine Bartstoppeln auf ihrer sensiblen Haut hinter lassen hatten. »Ich habe dir mein Zeichen aufgedrückt!« Er konnte nicht anders, er musste die Hand heben und seine Frau berühren. Sie ergriff diese Hand mit ihren beiden und drückte seine Handfläche an ihre Lippen.

»Nicht nur auf eine Weise, aber es macht mir nichts aus, dass du schmutzig bist – Hauptsache, du bist in Sicherheit.« Ohne ihn loszulassen, wandte sie sich dem Zug zu. »Komm. Wir haben unseren eigenen Wagen ganz für uns allein. Er ist nicht so vornehm wie der von Großvater, aber ich liebe ihn. Ich habe ihn fertig eingerichtet, während ich auf dich wartete. Der Bursche kann dir ein Bad einlassen.« Roxanna wusste, dass sie vor sich hin plapperte. Das waren die Nerven. Die schrecklichen, einsamen Tage, in denen sie auf seine Rückkehr gewartet und befürchtet hatte, irgendein Bandit könne ihn von hinten erschossen haben, waren vorbei. Wenn nur auch die Bedrohung durch Isobel Darby bereits vorbei wäre!

Sag ihm einfach die Wahrheit, befahl sie sich. Durfte sie das wagen? Wenn er von ihrer Täuschung erfuhr, wie würde er reagieren? In vielen Dingen war Cain ihr ein ebensolches Rätsel, wie sie ihm als Roxanna Fallon eines sein würde. Noch konnte sie sich nicht sicher sein, dass er sie genug schätzte, um ihr die Vergangenheit zu vergeben. Vielleicht würde sie ihn mit der Zeit dahin bringen können, in dem Maße, in dem ihrer beider Liebe wuchs. Ihre wirren Gedanken wurden unterbrochen, als sie den Eisenbahnwagen erreichten und er sie in die Arme nahm, um sie die Stufen emporzutragen. Sie klammerte sich an ihn, während er sie durch die Tür trug, die sie in ihrem überstürzten Lauf, ihn zu begrüßen, hatte offen stehen lassen.

Cain sah sich in dem Zimmer um, das mit einem Sofa und ein paar Stühlen, verschiedenen kleinen Tischen und Lampen ausgestattet war. Spitzenvorhänge hingen an den Fenstern, und schwere samtene österreichische Vorhänge waren aufgezogen worden, um das späte Nachmittagslicht einzulassen. Auf dem Fußboden verteilt lagen einige türkische Gebetsteppiche, und ein großer Strauß wilder Frühlingsblumen füllte eine Kristallschale, die den runden Esstisch zierte, der in einer der Ecken stand.

Das eleganteste Heim, das Cain je sein Eigen genannt hatte – und er verdankte es dem Großvater seiner Frau. »Ziemlich fein, das alles«, bemerkte er beeindruckt und ließ Roxanna los.

»Großvaters Koch bereitet unsere Mahlzeiten zu, und Li Chen bringt sie uns und serviert bei Tisch. Das Schlafzimmer...«, sie unterbrach sich und wurde knallrot, »...dort drüben«, beendete sie unbeholfen den Satz. »Wenn du möchtest, weise ich Li Chen an, dir ein Bad zu richten.« Dieser unmögliche Mann grinste sie an! Es war ihr ja recht, dass er so rasch zu der ihm eigenen hochnäsigen Art zurückfand, trotzdem errötete Roxanna erneut bis unter die Haarspitzen.

»Mach das ruhig. Sag ihm, er soll Unmengen Wasser erhitzen. In der ersten Wanne ist im Handumdrehen nur noch Schlamm, wenn ich erst mal drinsitze.« Als Roxanna an ihm vorbeigehen wollte, um nach dem chinesischen Diener zu läuten, streckte er die Hand nach ihr aus und zog sie erneut in eine stürmische Umarmung. »Und wenn ich dann sauber bin ... dann schauen wir uns dieses Schlafzimmer an.«

Cains Stimme klang leise, verführerisch und ungeheuer intim. Bei ihrem Klang fuhr ein leises Kribbeln bis in Roxannas Unterleib. Die Erinnerung an ihre Hochzeitsnacht hatte ihr, seit Cain fortgeritten war, heiße Träume beschert. Nun war sie fest entschlossen, jede einzelne Sekunde zu nutzen, die sie mit ihrem Mann würde verbringen dürfen, und an Isobel Darby keinen einzigen Gedanken mehr zu verschwenden. Falls – nein: wenn – diese der Scharade ein Ende bereitete, dann würde Roxanna zumindest Erinnerungen haben, die niemand ihr rauben konnte. »Zieh deine Sachen aus ... und ich sorge für ... dein Badewasser.«

Cain küsste sie noch einmal mit seinem so lange aufgestauten Hunger und riss sich dann von ihr los. »Wenn ich meine Sachen ausziehe, weiß ich nicht, ob ich noch auf das Badewasser warten kann.«

»Du brauchst auch nicht zu warten, Cain!«, erwiderte Roxanna kühn.

Er stöhnte gequält auf: »Geh und klär das mit dem verdammten Badewasser, sonst liegt bald eine dicke Schicht Präriestaub auf deinen Satinbettlaken!«

Roxannas Hände spannten sich um Cains breite Schultern, schoben sich dann hoch hinter seinen Kopf und zogen seinen Mund wieder an ihre Lippen. »Wir können jederzeit neue Bettlaken kaufen«, flüsterte sie an seinem Mund.

»Wenn wir ... fertig sind ... dann riechst ... du genauso ... schrecklich wie ich!«, wandte er zwischen feurigen Küssen ein.

»Dann ... besorge ich ... heißes Wasser ... für zwei!«, brachte sie gerade noch heraus, da trug er sie auch schon zum Schlafzimmer hinüber und stieß mit dem Fuß die Tür hinter sich zu. Vorsichtig ließ er sie dort an seinem Körper herabgleiten, bis sie wieder auf den Beinen stand, und ließ die ganze Zeit seine Hände nicht von ihr. Beider Hände waren genauso eifrig beschäftigt wie die Lippen: Sie zogen und zupften, knöpften und lösten, begierig, nackte Haut auf nackter Haut zu spüren.

Aber schließlich rissen sie sich lange genug voneinander los, dass er sich das hirschlederne Hemd über den Kopf streifen konnte, das sie ihm schon aus dem Hosenbund gezogen hatte. Roxannas Kleid stand hinten bereits offen, denn Cain hatte alle Knöpfe und Haken gelöst, und nun schob er es über ihre Arme und immer tiefer, bis es sich, zusammen mit den Unterröcken, um Roxannas Füße bauschte. »Ich sehe, du hast meinen Rat befolgt. Kein Korsett!«

»Ich bin eine gehorsame Ehefrau, Cain!« Ihre Finger machten sich unbeholfen an seiner ihr unvertrauten Gürtelschnalle zu schaffen und wandten sich dann zögernd seinem Hosenschlitz zu. Cain hatte die Hände um ihre Brüste gelegt, und seine Daumen trieben durch den dünnen Stoff ihres Hemdchens hindurch wunderbare Dinge mit ihren Brustwarzen. Er spürte sie zögern, langte rasch nach unten und öffnete selbst seinen Hosenschlitz. Sein Glied richtete sich steil auf. Er lenkte ihre Hand dorthin, und als sie ihn berührte, stieß er einen unterdrückten Fluch aus, zog sie an sich, vergrub die Hände in ihrem dichten Haar und schmiegte den Mund an die Rundung, wo Nacken und Schulter zusammentreffen.

Roxanna schloss die Augen und gab sich dem Genuss hin: der salzige Schweiß auf Cains Haut, ein leichter Duft nach Pferd, Tabak und Mann. Liebevoll naschte sie am Hals ihres Mannes und ließ ihre Finger durch das feuchte, lockige Haar auf seiner Brust gleiten.

»Ich habe dir gesagt, dass ich erst baden muss«, murmelte Cain, zog ihr das Hemd über den Kopf und schloss die Lippen um die harte Spitze einer Brustwarze. Mit gespreizten Fingern glitten seine Hände über ihre Rippen, spürten, wie das hastig pochende Herz die Haut vibrieren ließ, bewegten sich noch weiter abwärts und lösten die Schleifen ihrer langen Spitzenunterhose. »Weg damit!«, befahl er, und sie gehorchte.

Roxanna spürte seine großen, schwieligen Hände an ihren Pobacken, und dann wurde sie hochgehoben. Ihre Beine schlangen sich um Cains Taille, und mit weit aufgerissenen Augen erlebte sie, wie er sich mit dem Rücken fest gegen die Wand stemmte und ihre Hüfte so zurechtschob, dass diese sich direkt über seinem erigierten Glied befand. Erstaunt blickte sie ihrem Mann in die Augen, aber eigentlich hatte sie bereits instinktiv erraten, was er vorhatte.

Tief, ganz tief glitt er in sie hinein, das Gesicht lustvoll verzogen. »So schont man Bettlaken!«, flüsterte er mit belegter Stimme.

Danach sprach eine Zeit lang keiner der beiden. Sie klammerte sich an ihn, ließ seine Hände ihre Hüften seinen Stößen entgegenlenken, langsamen, ruhigen Stößen, die kraftvolle, heiße Ströme der Lust durch ihren ganzen Körper schickten. Immer ungestümer wurde der Ritt, immer schneller und härter, und die Leidenschaft steigerte sich in einen Rausch, in dem nichts anderes die Stille durchbrach als ihrer beider keuchender Atem.

Cain spürte seinen Höhepunkt kommen und presste den Rücken fest gegen die Wand. Und dann wäre er doch fast in die Knie gegangen, als Roxanna einen Schrei ausstieß und sich ihre Enge zuckend um ihn schloss, um alle Kraft aus ihm zu pumpen. Ihre Fingernägel gruben sich in seine Schultern, und sie erzitterte in seinen Armen. Dann sank ihr Kopf matt gegen seine Brust, und die zerzauste Seide ihrer Haare ergoss sich über seine Arme. Und immer noch umklammerten ihre Schenkel fest seine Taille.

Mit dem Rücken an der Wand ließ er sich langsam zu Boden gleiten, und so saßen sie einander gegenüber. Endlich wagte Roxanna es, den Kopf zu heben. Mein Gott, sie trug immer noch Strümpfe und den Strumpfhalter, sogar ihre Schuhe! Und seine Hose hing ihm auf den Stiefeln! Roxanna biss sich auf die Lippen und wurde zunehmend verlegener. Sie hatte sich ihm an den Hals geworfen wie irgendeine gescheckte Katze der Hölle auf Rädern. Und er hatte reagiert wie ein lüsterner Eisenbahner. Aber es war alles so wunderbar gewesen, dass sie nichts bereute. Bereute er?

Er erkannte die vage Unsicherheit, die die leuchtenden türkisblauen Augen verdunkelte. Als sie die Lider senkte, nahm er ihr Gesicht in beide Hände und küsste erst das ein, dann das andere Augenlid. »Es war wunderschön, Alexa!«

»Auch wenn ich mich aufgeführt habe wie eine schamlose Hure?« Roxanna konnte nicht umhin, sie musste diese Frage einfach stellen.

Ein winziges Lächeln umspielte Cains Lippen. »Schamlos sind alle Huren, Alexa, mir wäre nicht bekannt, dass es andere gäbe. Aber du bist keine Hure. Was die Schamlosigkeit angeht...« Er ließ die Fingerspitzen leicht über die Rundung ihrer Brüste gleiten, hob mit dem Zeigefinger ihr Kinn an und küsste die junge Frau sanft auf die Lippen. »Sie gefällt mir – solange sie nur für mich ist.«

»Nur für dich, Cain«, flüsterte sie und erwiderte den zärtlichen Kuss.

Voller Wohlbehagen hielten die beiden einander in den Armen. Dann lachte Cain vergnügt und hob seine Frau vom Schoß. »Ich glaube, da sind Splitter in meinem Po!«

»Soll ich mal nachsehen – ich hole schnell meinen Nähkasten!«, neckte Roxanna nun ihrerseits. »Oder ist eine Pinzette dir lieber?«

»Respektloses Frauenzimmer. Besorg du uns erst einmal Badewasser.« Mit großem Vergnügen betrachtete er sie, nur mit Seidenstrümpfen und hochhackigen Schuhen bekleidet. Ihre Haut war vor Verlegenheit leicht gerötet, wodurch sie, trotz der herausfordernden Bekleidung beziehungsweise des Mangels an derselben, unendlich liebenswert und unschuldig wirkte.

Li Chen holte eimerweise dampfend heißes Wasser und füllte damit die riesige Kupferwanne im Ankleidezimmer des Wagons. Währenddessen hörte Roxanna fasziniert der Unterhaltung zu, die Cain in fließendem Chinesisch mit dem Diener führte. Sie musste daran denken, was Cain ihr über Enoch, seinen Lehrer, erzählt hatte. Der Diener ging, und die beiden jungen Leute stiegen gemeinsam in die Wanne. Nach einem langen Zwischenspiel mit Schwamm und Seife, und nachdem sie sich langsam und genussvoll noch einmal geliebt hatten, sah Roxanna Cain beim Rasieren zu, während sie selbst ihr Haar trocknete und bürstete, bis es schimmerte wie ein Bündel Mondlichtstrahlen.

In Gedanken versunken, lauschte die junge Frau dem leisen Schaben des Rasiermessers im dichten Bartwuchs und beobachtete, wie Cain mit jeder Bewegung einen weiteren Teil seines scharf geschnittenen, schönen Gesichtes bloßlegte. Noch nie zuvor hatte sie einem Mann beim Rasieren zugesehen, hätte sich nie vorstellen können, dass auch das ein erotischer Akt sein konnte. Aber früher hatte es auch keinen Cain gegeben, der nackt in der Badewanne saß und vor einem kleinen ovalen Spiegel die scharf geschliffene Klinge konzentriert und genau handhabte.

Cain wiederum lauschte dem stetigen Auf und Ab, mit dem Roxannas Bürste leicht knisternd durch ihr Haar fuhr. Sie hatte sich abgetrocknet und ein durchsichtiges kleines Nichts von einem Morgenmantel übergeworfen, dessen aquamarinblaue Seide sich an jede Rundung ihres Körpers schmiegte. Bei ihrem Anblick wuchs sich sein Verlangen wieder. »Ich kann nicht genug von dir bekommen, Alexa«, bekannte er mit leiser Stimme.

Das hatte fast verzweifelt geklungen! Nachdenklich sah Roxanna zu, wie ihr Mann aus der Wanne klettere, und bewunderte die geschmeidigen Muskeln an dessen Armen und Beinen. In dem dichten Haar auf Cains Brust hatten sich zahllose Wassertropfen gefangen und funkelten nun im flackernden Lampenlicht wie winzige Diamanten. Roxanna legte die Haarbürste beiseite und nahm sich ein Handtuch, um Cain abzutrocknen. Erst rieb sie ihm Brust und Arme trocken, dann kniete sie nieder und fuhr mit dem Handtuch an den schlanken, harten Muskeln seiner Beine hoch, bis er ihr das Stück Stoff aus der Hand riss und auf den Haufen abgelegter Kleider warf, der bereits den Fußboden zierte. Er zog die Frau zu sich hoch und betrachtete sie mit einem staunenden, fast schon gehetzt wirkenden Blick. »Wenn ich zu viel verlange, Alexa ...«

Sie schüttelte vehement den Kopf und schmiegte sich in seine Arme. Wenn sie sich nicht beeilten, würden sie zu spät zur Willkommensfeier kommen, aber Jubal würde warten ... »Liebe mich noch einmal, Cain.« *Liebe mich.*

»Es ist Powell, das weiß ich genau. Der alte George Willis unten am North Platte kennt die Banditen. Ein paar sind Weiße, ein paar Halbblut. Unruhestifter, die man anheuern kann. Einen von ihnen kann man nur als Viper bezeichnen; sein Name ist Johnny Lahmes Pony. Der Mann hat früher schon für Powell gearbeitet.

»Aber der Alte konnte doch auch nicht mit Bestimmtheit sagen, dass die Central Pacific die Bande angeheuert hatte. Und er wusste ebenso wenig, wohin dieser Lahmes Pony verschwunden ist, nachdem du seine Spur verloren hast?«, fragte Jubal und schob seinen lauwarmen Kaffee und den leeren Frühstücksteller zur Seite.

Cain ging mit großen Schritten zum Wagenfenster hinüber und starrte über die Schienen hinweg auf seinen eigenen Wagon, in dem Alexa sich aufhielt. »Nein. Aber wir können alle Vorkehrungen treffen und bereit sein, wenn sie das nächste Mal zuschlagen.«

Jubal hatte bemerkt, wohin Cain starrte, erwähnte Alexa jedoch mit keinem Wort. »Meinst du die Armee?«

»Dillons Kommando ist erweitert worden, seit dein alter Freund Sherman sich diesen Sommer bereit erklärt hat, die Union Pacific zu schützen. Ich reite nach Fort Russell und erzähle dem Colonel, was ich herausgefunden habe. Dann werden wir ja sehen, was die Blaubäuche ausrichten können.« Mit diesen Worten wollte Cain zur Tür, aber MacKenzies Stimme hielt ihn auf, noch ehe er die Hand an der Klinke hatte.

»Bist du sicher, dass Alexa nichts dagegen hat, wenn du so oft so lange fort bist? Immerhin seid ihr frisch verheiratet.«

»Sie freut sich, wenn ich nach Hause komme!«, erwiderte Cain und stürmte aus dem Zimmer, wobei er die Tür hinter sich zuschlug.

»Und wie sollte ich das eben verstehen?«, fragte Jubal sich mit einem leisen Kichern.

Auf seinem langen und anstrengenden Ritt nach Fort Russell grübelte Cain viel über sein Verhältnis zu Alexa nach. Als Ehefrau war sie die Erfüllung all seiner – und jeden anderen Mannes – Träume: atemberaubend schön, eine wohl erzogene Dame und zugleich eine leidenschaftliche Frau, noch dazu mit scharfem Verstand und Sinn für Humor. Das Problem war lediglich, dass er sich nie gestattet hatte, einen solchen Traum zu hegen. Brennend ehrgeizig war er immer gewesen, das schon, doch als er sich entschieden hatte, Alexa für sein persönliches und berufliches Weiterkommen zu benutzen, war er einer plötzlichen Eingebung gefolgt, keinem gezielten Plan. Die Gelegenheit hatte sich geboten, und er hatte zugegriffen.

Aber hatte er sie auch als Frau benutzt? Nein, das konnte er vehement verneinen. Ihr Ruf war ruiniert gewesen, kein weißer Mann hätte sie noch haben wollen, außer vielleicht irgendein nichtsnutziger Kerl von der Ostküste, den Jubal hätte bezahlen müssen, damit er sich mit Alexa vermählte. Und der sie nie hätte vergessen lassen, dass sie eine gefallene Frau war. Er selbst war sich sicher, dass er sie nie beschuldigen würde. Cain wusste genau, dass Lederhemds Krieger sie nicht angerührt hatten. Und er selbst auch nicht – zumindest nicht vor der Hochzeitsnacht.

Und doch konnte er nicht aufhören, sich Sorgen zu machen, wie man manchmal nicht aufhören kann, mit der Zungenspitze einen schmerzenden Zahn zu berühren. Alexa hatte in der Hochzeitsnacht mit ihrer Furcht und Verlegenheit eine sanfte, liebevolle Saite in ihm zum Klingen gebracht, von deren Existenz er vorher nicht einmal etwas geahnt hatte. Die Leidenschaft des gestrigen Tages, ihre freudige Bereitschaft, sich ihm hinzugeben, hatte ein Feuer in ihm entfacht, das sich nun vielleicht nie mehr würde löschen lassen. Alexa ließ ihn einfach nicht zur Ruhe kommen, denn er wusste nicht, was er für sie empfinden durfte – oder wie viel.

Beim Erwachen an diesem Morgen war sie wieder sehr zurückhaltend gewesen und vielleicht auch verlegen , weil sie am Tag zuvor so stürmisch auf ihn reagiert hatte. Stets spürte er eine leise, nervöse Unruhe unter ihrer Fassade als selbstbewusste Gesellschaftsdame aus St. Louis. Selbst im Dorf seines Großvaters schien Alexa vor irgendetwas Angst gehabt zu haben – nicht vor den Cheyenne, auch nicht vor ihm selbst, obwohl es dafür genügend Gründe gegeben hätte. Vor irgendetwas anderem. Wovor nur?

Und vielleicht bildete er sich das alles auch nur ein! Viel zu viel Zeit hatte er bereits damit zugebracht, über Alexa Hunt nachzudenken – nein, nun ja über Alexa Cain. Cain verzog die Lippen zu einem sarkastischen Lächeln und dachte kurz darüber nach, dass seine Frau da einen Namen angenommen hatte, den er sich eigentlich als Symbol für ein selbst verschuldetes einsames Leben gewählt hatte. Dann schob der junge Mann diesen Gedanken und ein paar andere, die ebenso beunruhigend waren, beiseite und konzentrierte sich auf das, was er, in Fort Russell angekommen, Colonel Dillon alles sagen wollte.

Der Sommer überfiel die High Plains so rasch und vehement wie ein Zugunglück. Die Hitze stülpte sich wie eine Glocke über Mensch und Tier, und der unerbittlich tobende Wind wirbelte alkalihaltigen Staub auf, der alle zu ersticken drohte. Die Schienenleger zogen eine Schweißspur hinter sich her, wenn sie, immer paarweise, in der glühenden Sonne ihrer Arbeit nachgingen. Fünf Mann waren nötig, um die fast eine Tonne schweren Schienenstränge zu bewegen. Von der Ladefläche der Wagen schleppten die Männer jedes einzelne Stück dorthin, wo es sich an die bereits fertig gelegte Trasse anschließen sollte, und ließen sie dann auf Zuruf des Vorarbeiters genau dort fallen, wo die Männer mit den riesigen Vorschlaghämmern schon bereitstanden, um nun ihrerseits ihre Arbeit tun zu können. Mit aller Kraft trieben sie die gewaltigen Bolzen durch die Schienen hindurch bis in die darunter liegenden hölzernen Schwellen, wobei die Funken stoben.

Cain schien überall gleichzeitig zu sein und noch das geringste Anzeichen für drohende Unruhen wahrzunehmen. Es geschah nicht selten, dass er an einem Tag mehr als hundert Meilen im Sattel zurücklegte – wobei er bei jedem Halt das Pferd wechselte – um all die Planiertrupps, die Arbeitstrupps, die die Schwellen legten, und die Schienenleger selbst zu beaufsichtigen. Als der Sommer sich seinem Zenit näherte, arbeiteten alle in einem perfekten Rhythmus. Solange das Material zur Verfügung stand – und Jubal sorgte schon dafür, dass es weder an Schienen noch an Schwellen oder an Bolzen fehlte –, legten die Teams an jedem der langen, heißen Sommertage mehr als zwei Meilen Trasse.

Längst lag die Hochebene von Laramie hinter ihnen, längst hatten sie die von Flussbetten durchzogene, unter einer mörderischen Sonne schmorende Ebene des Kalibeckens erreicht. Nicht nur das Wetter war eine Plage für die Männer, nicht nur der Staub und die unendlich stumpfsinnige, sich immer nur wiederholende Plackerei ihrer Arbeit. Ständig waren sie zudem noch von der einen oder anderen tödlichen Gefahr bedroht: Indianerangriffe, Ausbrüche von Ruhr und sogar Cholera, durch die mehr Männer umkamen als durch feindliche Indianerstämme, und die Explosionen, wenn es galt, sich einen Weg durch eine Schlucht zu sprengen, wobei dann zweihundert Pfund schwere Granitbrocken durch die Luft flogen.

In der ersten Zeit hatte Roxanna dem Fortschreiten der Arbeiten zugesehen und dabei ständig angstvoll auf eine Nachricht von Isobel Darby gewartet. Nun aber, ganz allein in der Wildnis mit nur den Arbeitertrupps der Union Pacific, wusste Roxanna, dass die Witwe sie erst nach dem Erreichen von Salt Lake würde erpressen oder entlarven können. Bis dahin würden noch Monate ins Land gehen. In dieser Atempause konnte die junge Frau sich ganz beruhigt darauf konzentrieren, die Ehefrau eines Eisenbahners zu sein. Es gab entlang des Trassenbaus kaum respektable Frauen – auch wenn die Saloons und Bordelle an der Strecke Freudenmädchen aller Art zu bieten hatten. Die Arbeiter konnten es sich nicht leisten, ihre Frauen und Kinder dabeizuhaben, und es waren auch keine Unterbringungsmöglichkeiten für Familien geschaffen worden. Nur einigen höher bezahlten Spezialisten, den Chefingenieuren und einigen Vorarbeitern, war in besonderen Wagen Platz für die Familien eingeräumt worden.

Roxanna war eine Außenstehende im Kreis dieser Ehefrauen – nicht nur als Enkelin des Direktors, sondern auch der Gerüchte wegen, die ihr aus Cheyenne nachgereist waren. Immerhin hatten genau die Wilden sie gefangen gehalten, die fortwährend Eisenbahnarbeiter überfielen, verstümmelten und ermordeten. Und dann – als wäre das alles noch nicht genug – hatte sie obendrein noch die »Rothaut des Schotten« geheiratet, diesen fürchterlichen halb indianischen Revolvermann. Und der tat nun so, als wäre er etwas Besseres als die, die doch eigentlich meilenweit über ihm standen! Die Tatsache, dass Jubal sich mehr und mehr auf Cain verließ und in diesem nicht länger nur den Haudegen sah, der die Arbeitstrupps überwachte und beschützte, sondern auch den Geschäftsmann, der Verträge aushandeln und Strategien entwickeln konnte, schuf zahlreiche Ressentiments.

Da Roxanna sich nun vom ohnehin eingeschränkten gesellschaftlichen Leben entlang des Trassenbaus abgeschnitten sah, beschloss sie, sich auf eigene Faust einen Platz zu erobern, indem sie sich nützlich machte. Sie hatte bei Sieht Viel einiges über Krankenpflege gelernt und arbeitete nun mit dem Arzt der Union Pacific zusammen, kümmerte sich um Verletzungen und pflegte Männer, die krank geworden waren.

»Wenn wir es euch Idioten nur abgewöhnen könnten, Wasser aus irgendwelchen Gräben zu trinken, dann würdet ihr auch nicht alle einmal die Woche diesen gefährlichen Durchfall haben!«, sagte Dr. Milborne ungehalten zu dem riesigen Schienenleger, der vor Schmerzen zusammengekrümmt auf dem Rand des Untersuchungstisches saß. Die mobile Praxis des Arztes war wie die Krankenstation in einem Wagen gleich hinter der Lokomotive des Union Pacific Arbeitszugs untergebracht, um im Falle eines Unfalls möglichst schnell erreichbar zu sein.

»Nee, Doc, wirklich, Grabenwasser habe ich keins getrunken, nur das Zeugs aus den Fässern!«, verteidigte sich der Mann und unterdrückte einen Schmerzensfluch, denn schließlich war Mrs. Cain anwesend.

»Die Chinesen an der Central Pacific haben nie Magenschmerzen. Mein Mann meint, das liegt daran, dass sie nur Tee trinken, der mit kochendem Wasser aufgebrüht wird. Vielleicht könnten auch wir auf diese Art mit dem Problem der Wasserverunreinigung fertig werden«, bemerkte Roxanna.

»Nein, Madam, da müssen Sie schon entschuldigen! Ich und die anderen Jungs hier, wir trinken keinen chinesischen Tee. Hinterher schrumpfen wir noch und kriegen Schlitzaugen!«

Der Doktor verdrehte verzweifelt die Augen und gab Roxanna eine Dosis Quecksilberchlorid für ihren Patienten. »Sehen Sie, wie hoffnungslos die ganze Sache ist? Ich kann ja noch nicht einmal die Jungs, die für den Wassernachschub zuständig sind, dazu bringen, den Dreck aus den Fässern zu scheuern, ehe sie sie neu füllen.«

Roxanna sah zu, wie der Arbeiter die ekelhafte und auf Dauer auch gesundheitsschädliche Flüssigkeit herunterkippte, um dem Mann dann vom Tisch und auf ein Feldbett im angrenzenden Zimmer zu helfen, wo bereits, von den unterschiedlichsten Dingen geplagt, etliche seiner Kollegen lagen. Zurzeit gab es hier einen Arbeiter mit gebrochenem Arm, zwei Männer mit Verbrennungen durch Schwarzpulver aufgrund eines Unfalls, der sich vor kurzem bei einer Explosion ereignet hatte, einen Patienten mit einem entzündeten Fuß und sechs weitere Fälle von extremem Durchfall. Zudem war erst Donnerstag. Samstagabend strömten alle in die Saloons, und danach herrschte im Krankenhaus stets Hochbetrieb.

Roxanna kehrte ins Untersuchungszimmer zurück, wo gerade zwei Schienenleger sich abmühten, durch die Tür zu kommen, wobei sie einen dritten an den Armen hinter sich herschleiften. Sie setzten diesen auf dem Untersuchungstisch ab, wo er in sich zusammensackte, richteten sich, die Hüte in Händen, auf geduldiges Warten ein, wobei sie dem Arzt lediglich mitteilten, der Kollege sei über eine Schwelle gestolpert und dabei einem Vorschlaghammer in die Quere gekommen, der ihn dann am Auge gestreift habe.

»Lassen Sie mich einen Blick darauf werfen«, bat der Doktor den Verletzten. Als der Patient nun den Kopf hob, stieß der Arzt einen leisen Fluch aus und warf einen raschen, entschuldigenden Blick auf Roxanna, die aber nur beruhigend lächelte. In einem Monat unter Eisenbahnern hatte sie weitaus Schlimmeres gehört.

Vom schweißüberströmten Körper des Mannes stiegen Dunstwolken des ›Schädelspalter‹-Whiskeys auf wie Sumpfgaswolken von einem Altwasserarm in Louisiana. »Wieder einmal Denny Deeken, ich hätte es wissen müssen! Eines schönen Tages bringen Sie sich noch mal um, mein Guter, aber nicht mehr während der Arbeitszeit, für die die Union Pacific Sie bezahlt. Cain hat laut und deutlich gesagt, dass er sie feuert, wenn Sie noch einmal eine Flasche mit zur Arbeit schmuggeln!« Der Doktor untersuchte die Beule von der Größe eines Hühnereis, die sich mit erstaunlicher Geschwindigkeit um Deekens rechtes Auge herum bildete.

»Das ist mir ja klar«, stöhnte der Patient. »Das Ganze ist doch losgegangen, weil Ziegler anfing, Schläge auszuteilen, und einem von denen war ich wohl im Wege.«

Milborne schnaubte. »Ziegler ist fast einen halben Meter größer als Sie und wiegt gute dreißig Pfund mehr, Mann! Den können Sie doch überhaupt nur provozieren, wenn Sie betrunken oder von Sinnen sind.«

»Ach, der Whiskey war so lecker, da habe ich mich einfach vergessen. Und der ist so stark, der bringt einen Kolibri dazu, 'ner Klapperschlange ins Auge zu spucken!«

Roxanna war entsetzt, als der Arzt jetzt das Augenlid an

Deekens verletztem Auge hochzog und das ganze Ausmaß des Schadens ersichtlich wurde.

»Werde ich das Auge verlieren?«, fragte der Arbeiter, immer noch zu betrunken, um sich wirklich zu sorgen.

Milborne zuckte die Schultern. »Nein, Sie machen es schon noch so lange, bis ihre Leber den Geist aufgibt, was nicht mehr lange hin sein dürfte. Wahrscheinlich sieht die jetzt schon aus wie der Stoßzahn eines Mammuts.« Der mürrische kleine Arzt schüttelte frustriert den Kopf, während er einen Mullstreifen auf die Wunde legte und den Kopf dann sorgsam bandagierte.

»Warum bestellen Sie sich nicht ganz einfach mal eine Zitronenlimonade, wenn Sie merken, dass Sie genug haben?«, fragte der Arzt dann verärgert und half Deeken vom Tisch.

»Doc, wenn ich genug habe, kann ich das Wort ›Zitronenlimonade‹ nicht mal mehr aussprechen!«, kam die genuschelte Antwort.

Sowohl Roxanna als auch der Arzt mussten herzhaft lachen, als sie Deeken wieder seinen Freunden übergaben. »Schaffen Sie ihn nach hinten. Er soll seinen Rausch ausschlafen«, wies der Arzt die Arbeiter an. »Wenn er aufwacht, wird er mordsmäßige Kopfschmerzen haben.«

Später am Tag, als alles ein wenig ruhiger war, saß Roxanna am Bett eines Durchfallpatienten und wusch diesen mit einem Schwamm. Der Mann murmelte im Fieberwahn Unverständliches vor sich hin.

»Sie haben die Hände einer Heilerin, Mrs. Cain«, lobte der Doktor freundlich, der neben die Pritsche getreten war.

»Das sagte unlängst auch ein anderer Medizinmann zu mir. Vorher wäre es mir nie in den Sinn gekommen.« Roxanna zuckte die Schultern. »Ich mache mich gern nützlich. Mein Mann ist viel unterwegs, und so habe ich etwas zu tun. In den engen gesellschaftlichen Kreisen hier bin ich ja nicht gerade willkommen«, fügte sie ohne Verbitterung hinzu.

Milbornes gütige braune Augen ruhten eine Weile auf der

jungen Frau, und dann räusperte der Doktor sich umständlich. »Ich will ehrlich zu Ihnen sein, Mrs. Cain – als Sie mir Ihre Hilfe anboten, hatte ich so meine Zweifel. Klatsch und Tratsch sind etwas Hässliches. Ich hätte kein Wort davon glauben dürfen, aber ich tat es, und dafür möchte ich mich bei Ihnen entschuldigen. Sie sind eine feine Frau und eine wahre Dame.«

»Auch wenn ich bei Indianern lebte und ein Halbblut geheiratet habe?« Ihre Stimme enthielt nicht den leisesten Tadel, nur eine leichte Traurigkeit, die jedoch eher Cain als ihr selbst galt.

Milbornes blasses Gesicht färbte sich rot. »Sie nennen die Dinge gern beim Namen, nicht wahr, Mrs. Cain? Wie sollte es anders sein – Sie sind eben nun einmal die Enkelin von Jubal MacKenzie.«

Roxanna lächelte. »Das ist das netteste Kompliment, das Sie mir machen konnten, Doktor, ich danke Ihnen sehr.«

»Er fehlt dir, nicht wahr?«, fragte Jubal Roxanna beim Abendessen.

Die beiden aßen allein in Jubals Wagen, denn Cain war in Salt Lake und traf Vereinbarungen mit den Planiertrupps der Mormonen, die an der Strecke, die die Landvermesser der Union Pacific festgelegt hatten, mit der Arbeit beginnen sollten. Er war seit über einer Woche unterwegs, und ohne ihn war das große Ehebett kalt und einsam. »Er fehlt mir schrecklich, Großvater!« Roxanna schob ein Häufchen Kartoffelbrei auf ihrem Teller hin und her. »Wird das so bleiben – wird er immer so viel unterwegs sein müssen –, bist du so viel gereist, als du jung warst?«

»Ja. Und wenn ich dich jetzt so vor mir sehe, dann bedauere ich das manchmal, mein Mädelchen. Es ist schön, wenn ein Mann Ehrgeiz hat, doch es sollte ihn nicht die Familie kosten.«

»Ich würde Cain nie einen Vorwurf machen – oder ihn verlassen, weil er zu viel arbeitet«, versicherte sie rasch.

»Aber es gefällt dir nicht, von ihm getrennt zu sein. Und es ist dir gegenüber nicht fair. Meine Abbie hat sich auch nie beschwert. In Nachhinein wünschte ich, sie hätte es getan. Ich habe sie immer als selbstverständlich hingenommen, und dann, als sie von uns ging...« Jubals Stimme erlosch, und ein verhangener Blick trat in seine Augen. Er blinzelte und blickte zum Fenster hinaus auf die fernen Berge.

Roxanna legte die Hand auf die riesige, knorrige Rechte des alten Herrn. »Du hast sie wohl sehr geliebt.«

»Ja, aber ich habe all die kostbaren Jahre verschwendet, die wir zusammen hatten – die Jahre, in denen Annabelle heranwuchs. Abbie hat deine Mutter fast allein großziehen müssen. Vielleicht, wenn ich mich früher um die Dinge gekümmert hätte, damals, als Abbie starb, dann hätte Annie auch diesen Terrence Hunt nicht geheiratet.«

»Mein Vater hat dir nie so recht gefallen, nicht wahr?«, fragte Roxanna spontan. Alexa hatte niemals davon gesprochen, aber sie hatte überhaupt nicht viel von ihrem Vater erzählt.

»Er war Annie nicht wert. Doch er war da, und ich war immer fort, habe mir in Manchester die Stahlverarbeitung beibringen lassen, habe in Kanada Waldland aufgekauft oder in Pittsburgh über den Abrechnungsbüchern gebrütet. Ich glaube, ich vergrub mich nach Abbies Tod in die Arbeit, um dem Schmerz zu entfliehen, aber so habe ich dann meine Frau und meine Tochter verloren – und dich, als dein Vater dich mit nach St. Louis nahm.«

Jubals Traurigkeit weckte in Roxanna die immer noch sehr frische Erinnerung an ihrem heiß geliebten Vater, der eines Nachts von einem hinterhältigen Lynchtrupp ermordet worden war, und an die vom Schmerz völlig betäubte Mutter, die schließlich den Kummer nicht mehr hatte ertragen können, als nach dem Tod ihres Mannes ihr geliebter einziger Sohn Rexford auf dem Schlachtfeld gefallen war. Nun musste auch die junge Frau blinzeln, um zu verhindern, dass ihr die Tränen über die Wangen liefen. Auch sie hatte, genau wie Jubal, ihre ganze

Familie verloren. Er hat doch nur noch mich, und ich bin eine Hochstaplerin, durchfuhr es sie. Bitte, lieber Gott, lass es nicht zu, dass Isobel Darby auch Jubal vernichtet! Roxanna hatte den raubeinigen alten Mann mehr und mehr schätzen und bewundern gelernt. Er wäre am Boden zerstört, wenn er erführe, dass seine letzte Erbin auch tot war und dass er von einer Betrügerin hereingelegt worden war. »Du darfst dir der Vergangenheit wegen keine Vorwürfe machen!«, bat sie Jubal. Aber sie selbst, sie würde sich stets Vorwürfe machen müssen. So vieler Dinge wegen ...

»Es tut mir Leid, Mädelchen. Eines alten Mannes bedauernder Blick auf die Vergangenheit eignet sich nicht als Unterhaltung beim Abendessen.«

»Ich liebe dich, Jubal MacKenzie«, verkündete Roxanna feierlich. »Daran darfst du nie zweifeln.«

»Das werde ich auch nicht, Mädchen, das werde ich nicht.«

Die beiden saßen einander gegenüber. Seine großen sommersprossigen Hände hielten ihre kleinen blassen, und beide bemühten sich sehr, den anderen das verräterische feuchte Glitzern nicht sehen zu lassen, das sich ihnen in die Augen geschlichen hatte.

Endlich brach Jubal das Schweigen. »Es macht mich glücklich, dass die Dinge zwischen dir und Cain sich so gut entwickeln. In ein oder zwei Tagen wird er zurück sein. Vielleicht ist es besser, wenn du gründlich ausruhst – solange du noch zum Schlafen kommst!«, neckte er sie.

Roxanna errötete rot. »Großvater, du bist ein alter Schwerenöter!«

»Ja, aber einst war ich ein jugendlicher Liebhaber! Genieße eure gemeinsame Zeit, Mädelchen. Ich werde sehen, was sich tun lässt, um deinen Mann mal eine Weile in der Nähe des Lagers zu halten.«

»Du verlässt dich doch sehr auf seine Arbeit, und er liebt die Herausforderung neuer Aufgaben.«

»Er ist der beste Bauleiter, den wir je hatten«, musste Jubal zugeben. »Ich kann es kaum erwarten, ihn den Chefs der Union Pacific und der gesamten Washingtoner Schickeria vorzustellen.« Jubal lachte leise.

»Wird es denen etwas ausmachen, dass er ein halber Indianer ist?« Ein besorgtes Stirnrunzeln flog über Roxannas Stirn.

»Sollen sie es doch wagen, ihm das direkt ins Gesicht zu sagen«, stellte Jubal mit einem kampfeslustigen Lächeln fest.

»Nein, ich glaube auch nicht, dass sie das wagen würden«, meinte die junge Frau nachdenklich.

»Ja, Cain ist nicht der Mann, mit dem man sich gern anlegt«, stimmte Jubal ihr aus vollem Herzen zu und ging hinüber zu dem Schrank, in dem er seine Alkoholvorräte aufbewahrte.

Roxanna konnte sich vorstellen, wie wütend der alte Mann sein würde, wenn er herausfand, dass sie ihn getäuscht hatte, und sie unterdrückte ein Schaudern. Nur nicht darüber nachdenken.

Jubal wartete, bis Li Chen die Reste der Mahlzeit entfernt hatte, goss dann ein wenig alten Bourbon in zwei Gläser und reichte ihr das kleinere der beiden.

Sie hob ihr Glas. »Auf Amerika – das Land der unbegrenzten Möglichkeiten und eines verdammt guten Whiskeys!«

Er gab den Gruß zurück. »So ist es recht, mein Mädchen!«

Kapitel 12

»Ich verstehe wirklich nicht, warum Sie das nicht erledigen können. Mein Job sind die Männer draußen an der Strecke und alles, was damit zusammenhängt.«

»Zu Ihrem Job gehört aber auch, dass Sie lernen, sich in der Schickeria zu bewegen, die auf dem Budget der Union Pacific hockt. Wenn ich das gelernt habe, dann können Sie es auch! Und außerdem«, fügte Jubal hinterhältig hinzu, »würde Ihre Frau sich ja vielleicht gern einmal in den gesellschaftlichen Kreisen vergnügen, die sie von St. Louis her gewöhnt ist. Sie hat in letzter Zeit bei Doktor Milborne sehr viel gearbeitet. Es würde ihr gut tun, mal eine Weile aus dem Lager herauszukommen, nach Chicago zu reisen, sich richtig schick anzuziehen und sich ein wenig zu amüsieren.«

»Sie sagt, es macht ihr Spaß, sich um die Kranken und Verletzten zu kümmern. Aber ich weiß, dass die anderen ehrbaren Frauen nichts mit ihr zu tun haben wollen. Über die Arbeit in der Krankenstation hat sie etwas zu tun bekommen; so konnte sie sich in meiner Abwesenheit nützlich fühlen.«

»Sicher, doch dafür, dass Sie gerade erst frisch verheiratet sind, sind Sie einfach zu wenig zu Hause.« Ehe Cain etwas erwidern konnte, hatte Jubal beide Hände erhoben. »Ich weiß, mein Junge, ich weiß: Ich habe Ihnen die Arbeit gegeben, die Sie jetzt so oft vom Lager wegführt. Aber sehen Sie, deswegen wäre es ja auch so perfekt, wenn Sie den Gastgeber für die Delegation von Direktoren der Union Pacific spielen würden. So lernen Sie Durant und seine gelackten Kumpel aus dem Osten alle kennen, und gleichzeitig verhelfen Sie Alexa zu einer Woche voller gesellschaftlicher Ereignisse, in der sie sich nach Herzenslust mit weiblichem Plunder beschäftigen kann.«

Widerwillig musste Cain dem beipflichten. »Gut, ich werde es machen. Solange niemand von mir verlangt, dass ich mit diesen verdammten Pawnee eine Wildwestshow auf die Beine stelle.«

»Danach wird schon niemand fragen. Als Durant so etwas letztes Jahr arrangierte, fiel die Hälfte der anwesenden Damen in Ohnmacht«, erwiderte Jubal amüsiert.

Alexas Reaktion auf die Neuigkeit überraschte Cain sehr. Statt vor Aufregung und Vorfreude schier aus dem Häuschen zu geraten, in Erwartung der wunderbaren gesellschaftlichen Ereignisse in der großen Stadt, wirkte sie eher zurückhaltend, als wäre sie wegen irgendetwas besorgt. »Was ist, Alexa? Jubal dachte, die Aussicht auf Feste und Einkaufsbummel, auf die Reise in den Osten, würde dir Freude machen.«

»Ich freue mich ja auch, aber ... du möchtest gar nicht reisen, nicht wahr? Ich meine, deine Arbeit ist doch hier.«

»Wie dein Großvater mich richtig erinnerte, gehört es zu meinen neuen Pflichten, den Umgang mit der ›Schickeria‹ zu pflegen, die auf dem Budget für die Union Pacific hockt!« Er betrachtete seine Frau prüfend und wusste, dass ihre Zurückhaltung noch andere Gründe hatte. »Du machst dir Sorgen darüber, was unsere Gäste wohl von dem Indianer halten, den du geheiratet hast.«

Sie holte tief Luft und war erst einmal zutiefst betroffen darüber, dass er so etwas von ihr denken konnte. Dann aber erinnerte sie sich daran, wie schmerzhaft es für ihn gewesen war, als halber Indianer in einer weißen Welt großzuwerden. Sie berührte sein Gesicht mit den Fingerspitzen und wünschte sich, er möge ihr ins Gesicht, ins Herz sehen. »Ich schere mich einen Dreck darum, was Doktor Durant oder die ganze Union Pacific denken mögen«, erwiderte sie mit brüsker Entschiedenheit. »Ich bin in der guten Gesellschaft aufgewachsen, und du kannst mir glauben, wenn ich sage, dass ich die Freunde, die ich im Lager von Lederhemd gewinnen durfte, jedem Weißen vorziehe, den ich je in St. Louis kennen gelernt habe – oder jetzt in Chicago kennen lernen werde.«

»Ich glaube nicht, dass ein Besuch bei den Cheyenne im Moment ratsam wäre«, entgegnete er trocken. »Also musst du dich mit der versnobten Schickeria zufrieden geben. Und außerdem«, fügte er hinzu, ergriff ihre Hand und drückte einen Kuss auf ihre Handfläche, »haben wir den Wagen die ganzen drei Tage bis Chicago für uns allein!«

Die Reise nach Chicago war das reinste Idyll. Die beiden liebten sich nach Herzenslust und erhielten Gelegenheit, ein paar Tage ohne Unterbrechung zusammen sein zu können, ein Luxus, der ihnen in den großen Eisenbahnerlagern nie vergönnt war. Während sich der Privatzug nach Osten bewegte, um seine illustren Passagiere aufzunehmen, entdeckte Roxanna, dass Cains Bildung weitaus umfassender war, als sie bisher angenommen hatte.

»Ich habe ja gewusst, dass du Chinesisch sprichst, aber willst du mir etwa erzählen, dass du das hier wirklich gelesen hast?« Roxanna kniete neben Cains altem Koffer, den man am Tag nach ihrer Hochzeit in ihrem Privatwagen abgeliefert hatte. Bis jetzt war er nie ausgepackt worden, sondern sie hatte ihn lediglich hastig in eine Ecke ihres Lagerraums geschoben. Auf ihr Drängen hin hatte er seinen kleinen Schatz an persönlichen Besitztümern herausgesucht und sie zu den Dingen gestellt, die sie aus dem Haushalt der Hunts in St. Louis mitgebracht hatte.

Er nahm das schmale, in griechischen Buchstaben gedruckte Buch an sich und blätterte in den viel gelesenen Seiten, die mit dem Alter schon ein wenig vergilbt geworden waren. *Die Stücke des Aristophanes.* »Wie schade, dass du kein Griechisch verstehst! Lysistrata gefiele dir bestimmt. Aber vielleicht ist es auch besser so – du würdest unter Umständen auf dumme Gedanken kommen!«, fügte er hinzu, als sie ihm das Buch abnahm und es vorsichtig aufschlug.

»Du meinst, ich könnte dir meine Gunstbeweise vorenthalten, bis du tust, was ich von dir verlange?«, gab sie charmant zurück. »Das griechische Original kann ich zwar nicht lesen, doch mit Übersetzungen der Stücke von Aristophanes bin ich durchaus vertraut.«

»Du scheinst ja nicht gerade eine konventionelle Erziehung genossen zu haben. Weiß Jubal, was du für Lehrer hattest?«, erkundigte sich Cain fasziniert und versuchte, sich Alexa als kleines Mädchen vorzustellen.

»Mein Vater lehrte mich, die Literatur zu lieben«, antwortete sie, unterbrach sich dann aber, weil ihr einfiel, dass sie gar nicht wusste, ob Terrence Hunt in seinem ganzen Leben überhaupt ein einziges Buch aufgeschlagen hatte. Rasch lenkte sie die Unterhaltung wieder in Cains Richtung. »Erzähl mir, wie es war, in der Mission aufzuwachsen.«

Zuerst war sich Cain nicht sicher, ob er über Enoch würde reden können, doch als er erst einmal angefangen hatte, war es, als hätte sich ein Staudamm geöffnet, aus dem sich nun die Erinnerungen gossen. Bis jetzt hatte er beim bloßen Gedanken an den geliebten Mentor nichts als unerträglichen Schmerz verspürt, aber auf einmal erschien es ihm gut und richtig, vom Leben und Wirken dieses Mannes zu sprechen. »Enoch war ein erstaunlicher Mensch. Er war streng, sehr fromm, doch auch gütig und voller Humor. Unendlich geduldig – und das musste er bei mir auch sein.

Über zehn Jahre lang war er Missionar in Kanton, dann zwang ihn der Bürgerkrieg in den chinesischen Provinzen zur Ausreise und der Missionsverein der Methodisten schickte ihn nach Colorado, um den Indianern das Wort Gottes zu bringen.« Cain lachte, ein bitteres Lachen. »Was für ein Wechselbad – von einem der zivilisiertesten Völker der Erde zu einem der wildesten. Ein weniger anpassungsfähiger Mann wäre daran gescheitert.«

»Hat er dir das Gefühl vermittelt, dein Cheyenneblut sei etwas Wildes und Unzivilisiertes?« Sie ahnte die Antwort, wollte ihn aber dazu bringen, über die Frage nachzudenken.

»Nein, seiner Meinung nach gab es bei den Stämmen der Prärie viel Bewundernswertes – ihre Moral, ihr Sinn für Humor, die Art, wie sie sich um Kinder und ältere Menschen kümmern, auch einige ihrer religiösen Ansichten.«

»Und warum hältst *du* dann das Volk deiner Mutter für wild und unzivilisiert?«

Seine Miene verdüsterte sich. »Du weißt nicht, wie es ist, in einem Indianerdorf groß zu werden. Du warst nur wenige Wochen dort bei ihnen zu Gast. Aber du hast gesehen, was Wieselbär mir angetan hat.«

»Und ich habe auch gesehen, wie der Rest des Dorfes auf seinen Verrat reagiert hat. Er hat gegen ihre Gesetze verstoßen, und er wurde gezwungen, in Unehren zu flüchten.«

»Könntest du leben wie eine Squaw – Wild ausnehmen und Häute gerben, Wasser schleppen und Wurzeln ausgraben, all die schweren, nie endenden Arbeiten tun, die eine Cheyenne verrichten muss?«, entgegnete er ungehalten. »Immer und überall würden Gefahren lauern, ein Überfall der Pawnee könnte Entführung bedeuten oder Tod. Könntest du bei Menschen leben, die glauben, dass ein Coyote sprechen kann? Die vor dem Ticken einer Uhr panisch zurückschrecken? Die eine Sonnenfinsternis in zitternde Angsthasen verwandelt?«

Der Unmut wandelte sich in Schmerz, als er sich an einen zehnjährigen Jungen in der Mission erinnerte, der Enochs Zeitmesser einmal quer durch das Schulzimmer geschleudert hatte, weil ihn die Geräusche des mechanischen Instruments hatten denken lassen, es sei von weißäugiger Magie belebt. Alle anderen Kinder hatten ihn ausgelacht, bis der Schulleiter sie zum Schweigen gebracht und den verängstigten neuen Schüler unter seine Fittiche genommen hatte.

»Ihre Art zu leben, ist bestimmt hart und auch gefährlich«, gab Roxanna zu. »Ich glaube nicht, dass ich ein solches Leben freiwillig wählen würde, aber es gibt viel in diesem Leben und bei diesen Menschen, was ich bewundere. Ich gebe zu, dass sie manchmal abergläubisch zu sein scheinen, fast wie Kinder, wenn es um Dinge geht, die sie nicht verstehen ... doch es gibt auch Dinge, die Weiße nicht verstehen.« Sie rang darum, ihm die Gefühle zu beschreiben, die sie in Bezug auf Sieht Viel und seine Visionen hegte. »Sieht Viel versteht andere Menschen in einer Art, die über reine Wahrnehmung hinausgeht. Das ist schon fast wie Magie. Da hast du es – findest du mich jetzt auch abergläubisch? Er wusste, dass wir heiraten würden, als wir damals in ihrem Lager waren.« Er befahl mir, dich zu lieben. Und ich tat es, fügte sie in Gedanken hinzu.

Cain erinnerte sich an das unheimliche Talent des alten Mannes, immer zu wissen, was andere dachten, und beunruhigend oft sogar, bevor sie es dachten. »Sieht Viel hat eine rasche Auffassungsgabe und kann sehr gut beobachten«, kommentierte er abwertend. »Er wusste genau, dass ich nicht dazugehörte, nie dazugehören würde. Als mein Großvater darauf bestand, dass ich mich an der Zeremonie des Sonnentanzes, die den Beginn der Pubertät markiert, beteilige, meinte Sieht Viel, ich sei noch nicht bereit dazu. Glücklicherweise kam bald darauf mein Vater und nahm mich mit in die Mission, ehe ich das Alter erreicht hatte, wo ich auf die Suche nach einer Vision hätte gehen müssen.«

Roxanna hatte nun mehr als eindeutig mitbekommen, wie sehr ihr Mann sein Cheyenneblut ablehnte. So schien es ihr wenig sinnvoll zu sein, weiterhin über Indianer zu sprechen oder über den Platz, den Cain unter ihnen einnehmen könnte. Also fragte sie ihn über das Leben aus, das er in der Missionsstation des Enoch Sterling geführt hatte. »Es war bestimmt sehr hart, aus einer Welt gerissen und dann wurzellos in einer anderen zurückgelassen zu werden.«

Cain schwelgte in Erinnerungen an seine Jungend in der Mission, an die Streiche, die sie als Jugendliche gespielt hatten, an den rigiden und umfangreichen Lehrplan, an seine Sehnsucht nach einer Nische in der Welt der Weißen für sich als Halbblut. Wie anders sein Leben verlaufen wäre, hätte nicht der Hass von Wolf Mit Hohem Rücken zu Enochs Tod geführt! Irgendwann einmal, nahm Roxanna sich vor, würde sie Cain dazu bringen, ihr mehr über diese schreckliche Tragödie zu erzählen, aber jetzt noch nicht. Erst einmal musste er lernen, zu vertrauen und, indem er vertraute, zu gesunden.

Die Frage war natürlich nur: Wenn er ihre Geheimnisse erfuhr, würde er ihr dann je wieder trauen können? Oder würde er noch mehr zum bitteren Einzelgänger werden, der es nicht zuließ, dass Liebe sein Herz erreichte? Roxanna klammerte sich an den Traum von Sieht Viel, der sie zusammengebracht hatte. Dieser Traum konnte doch nur bedeuten, dass es Cains Schicksal war, ihre Liebe zu erwidern!

Die aus Direktoren der Union Pacific und einflussreichen Politikern bestehende Gruppe, die das junge Paar empfangen und auf der Vergnügungsreise auf Spesenbasis begleiten sollte, hatte sich im eleganten »Tremont House« in Chicago versammelt. Als Cain und Roxanna in der Stadt eintrafen, schickte der berühmte – oder berüchtigte, je nachdem, mit wem man sprach – Dr. Thomas C. Durant seine Privatkutsche, um die jungen Leute vom Zug ins Hotel bringen zu lassen. Am Abend sollte ein fürstliches Festessen stattfinden, und am folgenden Morgen sollte sich die Versammlung aufmachen, um das große Abenteuer zu erleben.

Roxanna gab sich mit ihrer Abendtoilette große Mühe und bediente sich dabei der Hilfe einer gut ausgebildeten Hotelangestellten, die ihr das hellblaue Satinkleid bügelte und half, ihr Haar zu einem modischen, hoch und glatt auf dem Kopf thronenden Gebilde zu türmen, aus dem nur wenigen zarten Strähnchen das Entkommen gestattet war, die als Korkenzieherlocken Roxannas Schläfen umspielten.

Nach flüchtigem Klopfen betrat Cain Roxannas Zimmer,

gerade als diese dabei war, das Mädchen zu entlassen. Die große, grobschlächtige Polin schob sich mit einem nervösen Knicks an ihm vorbei und eilte hastig davon. Cain schenkte ihr keinerlei Beachtung, sondern wandte seine Aufmerksamkeit gleich seiner Frau zu.

»Du siehst zum Anbeißen aus!«, bemerkte er heiser und vertiefte sich genussvoll in den Anblick des tief ausgeschnittenen Satinkleids, das sich, im Lichte schimmernd, jeder der zarten Rundungen von Roxannas Körper sinnlich anpasste. Die königsblaue Spitze, mit der Oberteil und Saum des Kleides verziert waren, passte zu den großzügig funkelnden Saphiren an Hals und Ohren der jungen Frau.

Roxanna lächelte und erwiderte Cains Blick ebenso liebevoll, trat dann näher an ihn heran, um mit weiblichem Besitzerstolz die kohlrabenschwarze Seidenkrawatte an seinem Hals zu richten. »Ich sehe, dass du mein kleines Geschenk trägst«, stellte sie erfreut fest, und wieder einmal überraschte es sie, wie sehr verändert sie ihn fand, sobald er ihr in Abendgarderobe gegenüberstand.

»Ich würde ein paar diamantene Hemdknöpfe nicht gerade als kleines Geschenk bezeichnen«, erwiderte er mit lässig gedehnten Vokalen, fasste sie unter das Kinn und fuhr in einem leichten Kuss mit den Lippen über ihren Mund. »Du hast wohl die Hälfte deines Bankguthabens opfern müssen, um sie zu kaufen.«

»Da ist noch genug«, erwiderte sie leichthin, auch wenn sie in der Tat mit dem Kauf der Knöpfe das Geld, das auf Alexas Konto stand, so gut wie aufgezehrt hatte. »Du bist bestimmt mit Abstand der eleganteste Mann auf dem Fest heute Abend.«

Er lachte in sich hinein. »Das ist nicht weiter schwierig; Durant ist ein vertrocknetes altes Stück Rindsleder und Seymour so fett wie ein Schwein. Bei Seymour kommt erschwerend hinzu, dass er sich die Haare aufzwirbeln lässt, damit man nicht mitbekommt, dass er eine beachtliche Glatze hat.«

Roxanna brach in schallendes Gelächter aus. »Du kennst sie also schon?«

»Nicht direkt. Ich habe mich im Hintergrund gehalten, als der Vizepräsident und sein beratender Ingenieur kamen, um sich mit Jubal über Landvermessung und Baupläne zu streiten. Die beiden sind ein Gaunerpaar, und sie werden jeden Cent Profit aus der Union Pacific herausquetschen, den sie herausquetschen können.«

Roxanna speicherte diese Information wie all die anderen Informationen über die Politik des Trassenbaus, die sie bereits in ihrem Hinterkopf aufbewahrte. »Wenn ich das recht sehe, schätzt mein Großvater die beiden nicht eben sehr. Und was ist mit Oliver Ames? Steht er als Präsident der Union Pacific über der Profitmacherei?«

»Er geht nicht so plump vor wie Durant und Seymour, aber trotzdem haben er und sein Bruder Oakes mit ein paar Bauverträgen im Zusammenhang mit dem Trassenbau Millionen gescheffelt. Auf eine etwas großväterliche Art und Weise ist er ein aalglatter Charmeur aus Neu England.«

Sie rümpfte die Nase. »Also niemand da heute Abend, den ich bezirzen könnte – außer dir.«

»Ich bin sicher, du findest Männer, die du mit deinem Charme beeindrucken kannst«, erwiderte er trocken. »Wir haben Ames, wir haben Durant und Seymour – den dreien ist es gelungen, dem halben Kongress Einladungen für diese Vergnügungsreise zu besorgen. Jubal möchte, dass ich mich diskret ein wenig umhöre, wobei es ihm besonders darum geht zu erfahren, was in Bezug auf eine Erhöhung der Fördermittel, rigidere Standards bei der Bauabnahme und eine Regierungsinitiative geplant ist, die vorsieht, einen Punkt festzulegen, an dem Union Pacific und Central Pacific sich treffen sollen.«

Mit einem kleinen Lächeln stellte Roxanna fest, dass ihr Mann dieser Aufgabe offensichtlich ohne Freude entgegensah. Welche Ironie des Schicksals: Genau das konnte sie nämlich besonders gut, ein Tischgespräch für eine kleine Intrige nutzen! »Vielleicht kommt mir ja irgendetwas Wichtiges zu Ohren. Ich werde Acht geben«, versprach sie und glitt an Cains Arm durch die Tür.

Sie hatten das scheinbar endlose, aus sechs Gängen bestehende Festessen gerade erst zur Hälfte beendet, als Cain feststellen musste, dass Alexa keine leeren Versprechungen gemacht hatte. Sie saß zwischen dem geschwätzigen alten Narren Seymour und dem Vorsitzenden des Senatskomitees für die Eisenbahnaufsicht und zog beiden Männern mit derartig leichter Hand nützliche Informationsbröckchen aus der Nase, dass ihnen gar nicht klar war, dass sie befragt wurden.

Als nun der Fischgang – pochierter Lachs – serviert worden war, lehnte sich Remington, der Senator aus Massachusetts, zurück und betrachtete die junge Frau an seiner Seite aus verwirrend blauen Augen. Remington war mittleren Alters, groß und gut gebaut, mit einem dichten blonden Haarschopf, der stellenweise schon ergraute und er war eingebildet genug, sich, falls er sich entschied seinen Charme einzusetzen, für unwiderstehlich zu halten. »Als beratender Ingenieur, Silas, haben Sie sicher viel über die Pläne der Landvermesser für Wyoming zu sagen, aber ich habe den Verdacht, unsere Tischdame würde lieber etwas weniger Technisches erörtern«, warf er ein. Gerade rechtzeitig: Eben hatte Seymour seinen Bericht darüber beendet, wie er plante, das Gebiet des Dale Creek Canyon zu umgehen, anstatt die Trasse auf eine Brücke über den Canyon zu verlegen. Was Seymour nicht erwähnt hatte: Die geplante Trassenführung würde die Strecke um fast fünfzig Meilen verlängern, und das bedeutete etwa zwei Millionen zusätzliche Dollar an staatlichen Zuschüssen.

Roxanna hatte bereits festgestellt, dass Remington für offenes Anschmachten zu intelligent war, weshalb sie sich nun für ein anderes Vorgehen entschied und dem Mann lächelnd und zustimmend zunickte: »Es gibt bestimmt Damen, die Schwierigkeiten mit Begriffen wie Nivellierungsquotient und Erddichte haben. Ich muss aber gestehen, dass ich als Enkelin eines Eisenbahnbauers ein ganz undamenhaftes Interesse an allem hege, was mit dem Bau der Transkontinentalstrecke zu tun hat.«

»Ich für meinen Teil finde das ganze Gerede von Trassenführung und staatlichen Zuschüssen sterbenslangweilig«, warf nun die junge Frau des Senators ein, Sabrina, mit einem leicht hingehauchten Südstaatenstimmchen. »Lassen Sie uns bitte, bitte, das Thema wechseln!« Sie lehnte sich zu Cain hinüber und gestattete diesem einen großzügigen Blick auf ihre großen, milchweißen Brüste, die vom erdbeerfarbenen Samt ihres Kleides nur ansatzweise bedeckt waren. »Mr. Cain, erzählen Sie uns doch vom Westen! Werden wir eine durchgehende Büffelherde erleben können oder vielleicht sogar wilde Indianer?«

Mrs. Remington war eine Schönheit mit glänzendem schwarzen Haar und Magnolienhaut. Ihr Lächeln jedoch wirkte ein wenig spröde, und aus ihren porzellanblauen Augen sprang Cain ein Hunger entgegen, der ihm die Haare zu Berge stehen ließ. Allzu oft hatte er diesen Hunger schon gesehen. »Es tut mir Leid, Sie enttäuschen zu müssen, Mrs. Remington, doch um diese Jahreszeit befinden sich die Büffel fast alle nördlich der Route, die wir fahren. Unter Umständen gelingt es uns, den einen oder anderen zu Gesicht zu bekommen, doch glauben Sie mir, meine Dame: Sie würden ebenso ungern in eine durchgehende Büffelherde geraten, wie Sie wilden Indianern begegnen möchten.«

»Ich will hoffen, dass uns beides erspart bleibt!«, meinte Horace Scoville, ein Abgeordneter aus Ohio, mit einem leisen Schaudern. »Ich habe gehört, dass die Wilden anständige gottesfürchtige Landvermesser und Arbeiter foltern und ermorden, wann immer es ihnen gelingt, sich durch die Armeepatrouillen zu schleichen.«

»Und sie entführen unschuldige weiße Frauen und benutzen sie für ihre teuflischen wolllüstigen Ausschweifungen!«, fügte Hillary Seymour hinzu und schüttelte das dreifache Doppelkinn, während die Angst vor solchen »wolllüstigen Ausschweifungen« ihre ohnehin schon frische Gesichtshaut glühend rot färbte.

»Sie wissen nicht vielleicht zufällig etwas über solche teuflischen wolllüstigen Ausschweifungen, mein Süßer?«, flüsterte Sabrina Remington so leise, dass außer Cain niemand sie hören konnte. Ihr nackter Fuß – den Schuh hatte sie abgestreift – liebkoste Cains Bein in einer raschen, nicht misszuverstehenden Geste.

Cain empfand das starke Bedürfnis, die Frau am Knöchel zu packen und zu ihrem Mann zu schleppen, der – mochten auch seine politischen Instinkte noch so geschärft sein – gar nicht mitbekam, welche sexuellen Angebote seine um einiges jüngere Frau anderen Männern machte. Vielleicht war es dem Senator ja auch einfach gleichgültig. Oder – noch schlimmer – er bediente sich seiner Frau, um Cain auszuhorchen? Was auch immer, dachte dieser grimmig, die Erwartungen der Dame jedenfalls würden im Keim erstickt werden.

Es hatte eine Zeit gegeben, da hätte er alles genommen, was diese junge Frau ihm bot, und sich selbst weisgemacht, es kümmere ihn nicht weiter, dass er für sie lediglich eine exotische, verbotene Frucht darstellte. Frauen wie Mrs. Remington waren für ihn auch Trophäen gewesen, die Frauen und Töchter reicher weißer Männer, Geschöpfe einer Welt, die ihn selbst aus ihren Reihen ausgeschlossen hatte. Aber das alles war jetzt so anders geworden, und Sabrina Remingtons kleine Spielchen stießen ihn nur noch ab. Er war jetzt ein verheirateter Mann. Die Feststellung, dass er außer Alexa keine andere Frau mehr begehrte, erschreckte ihn zutiefst.

Mit wachsendem Unmut hatte Roxanna dem subtilen Austausch zwischen ihrem Mann und Remingtons Frau zugesehen und ihre Wut nur mit größter Mühe zügeln können. Der ahnungslose Senator täte besser daran, ihre Bestrebungen, möglichst umfangreiche Informationen aus den Eisenbahnbaronen zu locken, nicht länger zu torpedieren! Dann würde er nämlich vielleicht auch mitbekommen, was seine Schlampe von Ehefrau im Schilde führte. Als die Damen sich von der Tafel zurückzogen und die Herren ihrem Portwein und den Zigarren überließen, war Roxanna so weit, dass sie am liebsten die mit Rosen gefüllte Kristallvase, die die Mitte des Tisches zierte, über Sabrina Remingtons Haupt ausgeleert hätte. Sie täuschte einen Migräneanfall vor und verließ die anderen Damen auf der Suche nach einem Kopfschmerzpulver.

»Wirklich erstaunlich, dass Mr. MacKenzie nicht selbst die Reise unternommen hat«, bemerkte Hillary Seymour und streckte damit vorsichtig bei den anderen Damen die Fühler vor. Sie gingen gerade alle den Flur hinunter in das Damenzimmer, in dem sie den Kaffee zu sich nehmen wollten.

»Ich muss gestehen, ich war entsetzt, dass er stattdessen diesen Cain schickte!«, griff Cordelia Scoville den Faden auf.

»Und wie entsetzt ich erst war, als ich hörte, er habe seiner Enkelin erlaubt, diesen Menschen zu heiraten! Mein Gott, dieser Cain ist doch nicht mehr als ein Wilder, den man in einen Abendanzug gesteckt hat, er ist ein Revolvermann, er hat indianisches Blut in den Adern!«, gab die Frau des Kongressabgeordneten Kittery in aufgeregtem Ton von sich.

»Ich habe Gerüchte gehört, sie sei ruiniert gewesen, und kein Weißer aus guter Familie hätte sie noch heiraten können«, fügte Mrs. Seymour hinzu. »Sie war von Wilden verschleppt worden und hat sich dann irgendwie befreien können.«

Roxanna war nicht die Einzige, der der niederträchtige Tratsch der Frauen zu langweilig war. Sabrina Remington wollte dem geheimnisvollen Mr. Cain viel lieber von Angesicht zu Angesicht gegenüberstehen, als über ihn zu reden – oder über seine magere, hellhaarige Frau. Nachdem die junge Frau etwa eine Viertelstunde lang den hinterhältigen Bemerkungen über MacKenzies Enkelin und dessen Rothaut gelauscht hatte und sich dann hatte anhören müssen, welch wirklich grauenhaftes Ballkleid General Grants Frau bei der Gala zu Ehren von Präsident Johnson getragen hatte, verzichtete Sabrina auf weitere ermüdende Neuigkeiten aus der guten Gesellschaft Washingtons und schlüpfte aus dem Zimmer.

Burke würde noch stundenlang mit Dr. Durant zusammenhocken und die Kredit- und Zuschuss-Angelegenheiten erörtern. Sabrina lächelte ein wenig draufgängerisch und begab sich auf die Suche. Wie schade, dass Cains Frau Kopfschmerzen hatte! Mir jedenfalls geht es fantastisch, dachte sie. Und sie hatte vor, dafür zu sorgen, dass es Cain ebenso gut ging.

Ihre »Beute« hatte sich in die Bar im Erdgeschoss begeben und dort einen Whiskey auf Eis bestellt. An diesem Getränk hatte Cain während seiner Zeit in San Francisco Geschmack gefunden, und er bekam nur noch selten Gelegenheit, diesem Laster zu frönen. Die Männer hatten sich schnell genug in einzelne Grüppchen aufgeteilt. Gedanken an Alexa in dem blauen Satintraum, den sie an diesem Abend trug, gingen dem jungen Mann durch den Kopf, besser gesagt: Überlegungen, wie wunderbar es wäre, sie aus diesem Gebilde herauszuschälen.

Er zog seine goldene Uhr aus der Jackentasche, sah nach der Uhrzeit und hoffte, dass die Damen den Abend für beendet erklärt hatten. Der unermüdliche Eifer, mit dem er sich danach sehnte, mit seiner Frau das Bett zu teilen, beunruhigte ihn immer noch ab und zu, doch er hatte angefangen, sich mit der Ehe abzufinden. Alexa war schön und leidenschaftlich. Er wäre ein Narr, würde er sie nicht begehren, wies er sich selbst zurecht, leerte den letzten Tropfen aus seinem Glas und verließ die Bar.

Die Dame Remington erwartete ihn, als er die Eingangshalle durchquerte. Am Fuß der Treppe tauchte sie hinter einer hohen Topfpalme auf und legte ihm eine kleine Hand, an deren Fingern blitzende Ringe steckten, auf die Brust. »Wie entzückend, dass wir uns wiedersehen, Süßer. Ich weiß, bei Tisch konnten Sie mir nicht viel von den wilden Indianern erzählen, aber nun sind wir allein ... und mich plagt eine unersättliche Neugierde!«

Sie drängte sich so nah an Cain heran, dass er schwer und süß ihr Moschusparfüm riechen konnte. Er hatte gemeint, die Frau an der Festtafel brüsk genug zurückgewiesen zu haben, und war nun von ihrer Kühnheit überrascht. »Sie müssen einen anderen Fremdenführer finden, um diese Neugier zu befriedigen«, erklärte er mit der gefährlich leisen Stimme, bei deren Klang erwachsene Männer vor Todesangst zu erzittern pflegten.

Auch sie erzitterte, jedoch aus einem völlig anderen Grund, und leckte sich die Lippen in einer wohl einstudierten sexuellen Geste. Als er versuchte, ihre Hand beiseite zu drücken, schob sie die Finger in die Öffnung zwischen den Knöpfen an seiner Hemdbrust, krallte sich in sein dichtes schwarzes Haar und riss daran, bis er vor Ärger und Wut einen Fluch ausstieß. »Meine Güte, zu schade, dass Ihre arme kleine Frau Migräne hat.«

»Wie lieb von Ihnen, Mrs. Remington – so besorgt um mich! Denken Sie nur, ich habe mich auf wundersame Weise wieder erholt, sobald ich erfuhr, dass Sie die Damen mit ihrem Klatsch allein gelassen hatten«, schnurrte Roxanna und glitt auf die beiden zu, woraufhin Sabrina erschrocken zischte und einen Schritt zurücktrat. Roxanna legte eine Hand Besitz ergreifend auf Cains Schulter und fügte mit einem strahlenden Lächeln hinzu: »Dieser wilde Indianer ist schon vergeben. Ich schlage vor, Sie suchen sich einen anderen – oder geben sich vielleicht auch mit dem Mann zufrieden, den Sie geheiratet haben, auch wenn der für jede Art von Wildheit ein wenig zu alt zu sein scheint.«

Einen Augenblick lang befürchtete Cain, Sabrina werde sich auf Roxanna stürzen. Seine Frau zuckte nicht mit der Wimper, sondern stand einfach nur ruhig da und hielt ihren Blick unverwandt auf die Rivalin gerichtet.

Sabrina Remington nahm mit einem hinterhältigen Grinsen die Schultern zurück. »Ich habe gehört, Sie hätten da draußen im Westen unter Wilden gelebt. Jetzt weiß ich, dass das nicht einfach nur Gerüchte waren.« Sie stolzierte davon.

Roxanna wandte sich Cain zu und glättete sein Hemd dort, wo Sabrina es zerknautscht hatte. »Wie es aussieht, habe ich dich gerade noch davor bewahren können, die Brust skalpiert zu bekommen.«

Cain blickte missbilligend auf die fürsorgliche, Besitz ergreifende Geste. »Ich wäre sie auch ohne deine Hilfe losgeworden. Verdammt noch mal, Alexa, alles, was mir jetzt noch fehlt, ist, dass ich Jubal erklären muss, wie du dir in einem Faustkampf unter Frauen mit der Ehefrau eines Senators einen Satz blaue Augen geholt hast.«

»Du tust ja gerade so, als würde ich einen solchen Kampf verlieren«, antwortete sie gekränkt. Dann ging ihr die Kühnheit dieser Bemerkung auf. Was, wenn ihre Direktheit ihm missfiel – schlimmer noch, wenn er zürnte, weil sie ein Stelldichein gestört hatte!

Ehe sie sich abwenden konnte, streckte Cain die Arme nach ihr aus und zog sie an sich. »Ich würde jederzeit auf dich setzen, Geht Aufrecht!«, murmelte er und atmete den leichten Fliederduft ihres Haares ein. »Dies ist unsere einzige Nacht in einem Bett, das nicht über Eisenbahnschwellen rattert. Wir sollten das ausnutzen.«

Atemlos sah sie in seine Augen und las die Begierde in ihnen. Ohne ein weiteres Wort zu verlieren, hob er sie vom Boden und ging auf die Hintertreppe zu, auf der sich außer ihnen niemand befand. Wenige Minuten später betraten sie ihr Zimmer, und das Mädchen, das auf sie gewartet hatte, verabschiedete sich, mit hastig vorgebrachten Entschuldigungen.

»Du bist aber wirklich unfreundlich zu den Bediensteten«, hauchte Roxanna, die Lippen an seinem Hals und auch nicht wirklich besorgt, als er sie vor sich auf den Boden stellte und die Reihe winziger, satinbezogener Knopfhaken löste, die das Kleid in ihrem Rücken zusammenhielten. Er hatte die Arme um sie gelegt und arbeitete sozusagen blind, war aber erstaunlich geschickt dabei. »Du hast ja einiges an Erfahrung, was das Entkleiden von Damen angeht«, bemerkte sie mit einer Spur von Unwillen in der Stimme.

Er lächelte in ihr Haar. »Damen waren es nicht gerade ... aber es gab diese Tänzerin an der Barbary Coast, die Satinkostüme mit Knöpfen trug ...«

Sie schlug ihm scherzhaft in den Bauch. »Ich will von deinen anderen Frauen gar nichts wissen ... Waren es denn schrecklich viele?«

»So viele wie ein Baum Blätter hat, so reichlich wie die Büffel auf der Prärie«, antwortete er in gewichtigem Predigerton, streifte ihr das schwere Kleid von den Schultern und schob es die Arme hinab.

Roxanna musste gegen ihren Willen lächeln. »Schon gut, o großer Häuptling. Das waren professionelle Frauen, die wussten...« Der Mut verließ sie, als seine Hände jetzt an ihren Armen verharrten. »Das heißt ... sie wussten, wie man dich erfreuen kann.«

»Nicht halb so sehr wie du mich erfreust«, gestand Cain ihr.

»Aber ich mache ja eigentlich gar nicht so viel. Du tust alles.« Roxannas Gesicht wurde knallrot. Was hatte sie jetzt schon wieder ausgeplappert? Das Zusammentreffen mit der schönen und eleganten Sabrina Remington hatte wohl ihren Verstand ein wenig gelockert – ihre Zunge auf jeden Fall.

Eine schwarze Augenbraue hob sich amüsiert. Sie hatte so viel natürliche Leidenschaft, all die richtigen Instinkte, auch wenn ihre Erziehung sehr repressiv gewesen war. Er konnte ihr viel beibringen und wusste, dass sie sich als gelehrige Schülerin erweisen würde. Cain lachte leise. »Ach, du willst mehr *tun*!«

Während er redete, hatten seine Hände ihre rasche, geschickte Arbeit fortgesetzt, bis Roxanna in nichts als hochhackigen Schuhen, langen Strümpfen und hauchdünner Unterkleidung vor ihm stand. Ihr Kleid und die Unterröcke bauschten sich um ihre Füße. Cain selbst war immer noch voll bekleidet. Er hob ihre Hände an seine Brust. »Lektion Nummer eins – ein Mann mag es, wenn die Frau ihn von Zeit zu Zeit einmal entkleidet.«

Mit zitternden, ungeschickten Fingern zog sie die Diamantknöpfe aus der Knopfleiste seines Hemdes, während er sich seines Jacketts entledigte. Dann hielt er eine Hand auf, damit sie die funkelnden Schmuckstücke darin deponieren konnte.

Als Roxanna diese Aufgabe beendet hatte, stand Cain mit ausgebreiteten Armen da und wartete, bis sie ihm das Hemd von den breiten Schultern gezogen und zu Boden geworfen hatte. Dabei geriet sie mit dem Gesicht nahe an seine Brust und sein männlicher Geruch stieg ihr in die Nase. Roxanna blickte hinauf in Cains Augen, atmete das berauschende Aroma ein, das er ausströmte, und er lächelte, als wüsste er genau, welche Wirkung seine Nähe auf sie hatte.

»Nicht aufhören!« Tief und heiser durchbrach seine Stimme die Stille im Zimmer.

Mutiger jetzt griff Roxanna nach dem Hosenschlitz und widmete sich den Knöpfen dort. Als sie aber spürte, wie sich sein Glied gegen ihre Finger drängte, zögerte sie und biss sich auf die Lippen. Bei seinem leisen, vergnügt spottenden Lächeln glühten ihre Wangen noch heißer als zuvor schon. Er hielt ihre Hände fest, zog sich zurück und flüsterte mit belegter Stimme: »Lass mich das machen.«

Roxanna sah zu, wie Cain sich rasch die Schuhe auszog und Hose und Unterwäsche abstreifte. Beim Anblick seiner bloßen männlichen Schönheit stockte ihr der Atem. Groß und schlank und vollständig nackt stand er vor ihr, bronzefarbene Haut spannte sich um harte, sehnige Muskeln. Wie verzaubert verharrte Roxanna, und als Cain jetzt ihre Hand nahm, war sie sicher, er würde ihr den Rest der Kleider ausziehen.

Aber er überraschte sie. Er führte sie zum Bett, streckte sich darauf aus, blickte zu ihr auf und meinte: »Lektion Nummer zwei – manchmal gefällt es dem Mann, wenn die Frau sich für ihn auszieht. Ganz langsam. Und er darf ihr dabei zusehen.« Die Worte kamen zögernd und gedehnt, eine Herausforderung: Ob sie sich trauen würde?

Seit ihren ersten Erfolgen als Spionin hatte sich Roxanna als begnadete Schauspielerin gefühlt, in der Lage, in jede nur denkbare Rolle zu schlüpfen. Aber nun, würde sie nun im Stande sein, dies Wagnis einzugehen, zu tun, was Cain vorschlug? Wäre sie im Stande, die Rolle der kühnen, schamlosen Frau zu spielen, die ihren Körper einsetzt, um einen Mann zu beeindrucken, zu verführen, zu versklaven? Nachdenklich blickte sie auf seinen lässig hingegossenen Körper, und ihr Blick blieb an seinem hoch aufgerichteten Geschlecht hängen. Ihre anfänglichen Bemühungen hatten ihn ja eindeutig nicht unbeeindruckt gelassen – auf Roxannas Lippen breitete sich ein leises Lächeln aus. Vielleicht konnte auch sie ihm etwas beibringen!

Cain, der seine Frau unter halb gesenkten Lidern hervor sehr genau beobachtet hatte, spürte Roxannas Veränderung sofort. Ein kaum merklicher Umschwung: Eben noch hatte sie errötend gezögert, doch nun war sie zu einem ganz neuen Verständnis der Macht gelangt, die sie über ihn hatte. Er wusste, dass sie ihm nicht geglaubt hatte, als er ihr erklärt hatte, eine Frau habe Macht über einen Mann. Aber nun glaubte sie ihm! Was habe ich da nur getan? Ein wenig verunsichert sah er zu, wie Alexa, langsam, unendlich langsam an der Schleife ihres Hemdchens zu ziehen begann. Kaum hatte sich diese geöffnet, so bewegte sie die Schultern herausfordernd hin und her, bis der hauchdünne Stoff über die sahnige Fülle ihres Fleisches glitt und, mit einer Ecke, an der harten Brustwarze ihrer einen Brust hängen blieb.

Da riss es Cain um ein Haar vom Bett. Nur durch reine Willenskraft und indem er sich mit geballten Fäusten an den Laken festklammerte, gelang es ihm, still liegen zu bleiben. Roxanna ließ das Hemd hängen, wo es hing, und wandte ihre Aufmerksamkeit ihren Ohrringen zu. Langsam entfernte sie zuerst das eine Pendel aus Saphiren, dann das andere. Ihre Finger spielten mit der schweren Halskette, die zwischen ihren Brüsten hing, glitten dann daran vorbei, ließen das Hemd außer Acht und wandten sich zu den schmalen Leinenbändern, die die spitzenbesetzte lange Unterhose hielten. Sie knüpfte diese derart verführerisch zögerlich auf, dass es ihn fast um den Verstand gebracht hätte. »Du könntest vielleicht ein klein wenig schneller machen«, drängte er, und es erschreckte ihn, wie belegt seine Stimme klang. Mein Gott, er stand ja lichterloh in Flammen!

Roxanna konnte sehen, welche Wirkung sie auf Cain hatte, konnte es an seiner Stimme hören. Sie ließ die Hände an ihrer Taille entlanggleiten und begann, das Spitzenhöschen hinunterzuschieben, wobei sie beim Bauchnabel verharrte und dann erst allmählich den Weg die Kurven der Hüfte hinab fortsetzte. Als Cain nun wieder vernehmlich der Atem stockte, hielt sie inne, ließ die Hand mit ausgestreckten Fingern zurück zum Saum des Hemdes gleiten, an dem sie dann leicht zog, während sie gleichzeitig mit einer leichten Bewegung das Hemd von der noch bedeckten Schulter schüttelte. Diesmal glitt der feine Stoff an beiden Brustwarzen hinab, und sie stand mit entblößtem Oberkörper vor ihm.

Nun bauschte sich die Seide um Roxannas Taille. Mit beiden Händen griff sie danach und hob dann die Arme, um sich das Hemd über den Kopf zu ziehen und es ihm zuzuwerfen. Wie ein Schleier schwebte der zarte weiße Stoff auf Cain zu, der die Hand ausstreckte, das duftige Kleidungsstück auffing, an seine Lippen führte und tief Atem holte. »Flieder«, murmelte er, und seine Augen ruhten auf den blassen rosa Rosetten, die Roxannas Brüste krönten. Sein Blick ließ diese Rosetten sich noch stärker zusammenziehen und schürten das schwache Feuer, das tief im Leib der jungen Frau flackerte.

Je langsamer ich mich bewege, desto heißer wird mir!, dachte Roxanna mit leichtem Bedauern. Sie sehnte sich verzweifelt nach Cains Liebkosungen und wollte, dass er auf der Stelle Besitz von ihr ergriff. Mit einer unmissverständlichen Hüftbewegung ließ sie das Spitzenhöschen über ihre Hüfte gleiten, schob es mit dem Fuß beiseite und stand einen Augenblick lang einfach nur da. Sie trug jetzt nichts als ihre hochhackigen Schuhe und die Seidenstrümpfe, die von hellblauen Satinstrumpfbändern gehalten wurden, und sie erinnerte sich lebhaft an den Tag, an dem Cain und sie sich so wild und ungestüm, gegen die Wand ihres Eisenbahnwagens gelehnt, geliebt hatten. Ob er wohl auch gerade daran dachte?

Genau das tat Cain. Sein bedenkenloser Hunger hatte ihn damals sehr erschreckt, nicht nur, weil er doch befürchten musste, er könne mit seiner unbändigen Lust die junge Braut verschrecken. Nein, ihn hatte zudem die Besorgnis geplagt, die schlanke blonde Frau könne ihn womöglich so verzaubern, dass er jegliche Kontrolle über sich verlöre. Der Hals wurde ihm eng, als Roxanna nun einen kleinen Fuß auf den Rand der Matratze stellte und ihn aus dem dunkelblauen Satinschuh befreite. Er konnte den schwachen Moschusgeruch ihres Körpers wahrnehmen. Sie war bereit, sie sehnte sich nach ihm. Aufreizend streckte sie jetzt das Knie, und nun konnte er zum ersten Mal richtig die schlanken schönen Beine seiner Frau bewundern. Diese schob das Strumpfband am Bein hinunter und den Seidenstrumpf gleich mit. Sie warf den ersten Strumpf zu Boden und langte dann nach dem schweren Goldverschluss ihrer Halskette.

»Ach, nein – ich behalte die Kette doch lieber um, aus Schicklichkeitsgründen!« Mit diesen Worten wandte Roxanna ihre Aufmerksamkeit dem verbliebenen Schuh zu und wurde womöglich noch langsamer und aufreizender, als sie nun diesen und auch den Strumpf entfernte.

Gerade als sie sich anschickte, den Strumpf zu Boden zu werfen, umspannte Cain ihren schlanken Knöchel mit der Hand und zog sie zu sich aufs Bett, wobei er, während er sie über sich hinwegrollte, den Strumpf mit einer Hand auffing. Als Roxanna nun mitten auf der Matratze lag, auf dem Rücken und wohlig ausgestreckt wie eine zufriedene Katze, und als Cain sich über sie beugte und ihr tief in die Augen blickte, fing er einen Blick auf, in dem deutlich und unmissverständlich tiefe Befriedigung und auch ein gewisser Triumph zu lesen waren. Sie schlang ihm die Arme um die Schulter und zog ihn dichter zu sich heran.

»War das in etwa das, was du dir vorgestellt hattest?«, fragte sie unschuldig, wobei ihr Herz zum Zerbersten klopfte und die Begierde nach ihm tief in ihrem Leib pulsierte.

»In etwa«, gab er zurück und gönnte ihr einen langen, leidenschaftlichen Kuss, der ihr so heiß erschien wie ein glühender Ofen. Dann fuhr er mit der Zunge am Rande ihrer Lippen entlang, und als sie diese öffnete, senkte er seine Zunge tief in ihren Mund, suchte ihre Zunge, sog an ihr, vereinigte sie mit seiner Zunge und intensivierte seinen Kuss mit so raschen, süßen Stößen seiner Zunge, dass ihr der Atem verging.

Roxanna vergrub die Finger tief in Cains Haaren und hielt sich an seinem Kopf fest, als er nun ihren Mund mit begehrlichen Küssen eroberte. Dann glitten die Lippen weiter in Richtung Kehle und machten kurz an einem Ohr Halt, damit die Zungenspitze spielerisch das Innenohr liebkosen konnte. Roxanna zitterte vor Lust. Lächelnd fuhr Cain mit Lippen und Zunge über den wütend hämmernden Puls an ihrem Hals, und dann schloss sich seine Hand um eine perlweiße Brust, deren blassrosa Spitze hart aufgerichtet stand und förmlich darum zu betteln schien, liebkost zu werden. Sanft knetete er sie zwischen Daumen und Zeigefinger, bis Roxanna zu wimmern begann, dann glitten seine Lippen hinab und schlossen sich um das rosige Etwas. Roxanna warf den Kopf zurück, bog Cain ihre Brust entgegen und vergrub die Nägel in den Muskelsträngen auf seinem Rücken. Cain ließ sich Zeit; sanft sog er an der einen Brustwarze, während er die andere mit Daumen und Zeigefinger auf die kommenden süßen Zärtlichkeiten seines Mundes vorbereitete.

Cain spürte, wie die Frau unter ihm zitterte, hörte die kleinen, heiseren Laute, die aus ihrer Kehle drangen. Endlich hatte er das süße Spiel mit ihren Brüsten beendet und zog nun mit der Zunge eine feuchte Spur hinunter zu ihrem Bauchnabel. Mit den Händen umspannte er Roxannas schlanke Taille, dann glitten seine Finger die Kurven ihrer Hüfte entlang, und er vergrub sein Gesicht in der leichten Wölbung ihres Bauches. Roxannas Kopf flog auf den Kissen von einer Seite auf die andere, und das silberne Haar rann ihr wie ein Wasserfall über die Schultern. Sie wand sich hin und her, und wieder drang leises lustvolles Stöhnen aus ihrem Mund – bis Cain mit den Lippen die weichen Locken am Gipfel ihrer Schenkel berührte.

Da versteifte sich ihr Köper, und Roxanna hob den Kopf. »Cain! Was machst du da?«

Kapitel 13

»Ich liebe meine Frau!« Cain hob kurz den Kopf. »Leg dich wieder hin.« Er umspannte die weichen Rundungen ihres Gesäßes mit beiden Händen und hob Roxannas Hüften an.

»Du kannst doch nicht...«

»Und ob ich kann«, murmelte er, sog an ihren feuchten rosigen Schamlippen und ließ dann, auf der Suche nach der schwellenden kleinen Knospe im Kern ihres Körpers, seine Zunge vorschnellen. Und sobald er sie gefunden hatte, spürte er auch schon die Reaktion seiner Frau: Ein leiser, scharfer Schrei entrang sich ihrer Kehle, dann wurde ihr ganzer Körper still, als erschreckte sie diese so fremdartig neue, ungeheuer intensive Form der Liebe.

Auch Cain hatte nicht viel Übung in dieser Art der Liebkosung, doch als er die ekstatischen kleinen Schreie hörte, die Roxanna nicht unterdrücken konnte, widmete er sich ihr mit neuer Energie. In der Vergangenheit war er stets zu einer Prostituierten gegangen, wenn er Sex gebraucht hatte, und keine von ihnen hätte er derartig lieben mögen. Dieser Akt schien ein besonderes Geschenk an eine sinnliche, leidenschaftliche Frau zu sein, die die körperliche Liebe ebenso sehr genoss wie ihr Mann. Alexa war dafür geschaffen, auf diese Art geliebt zu werden. Sie zu unterweisen, machte ihm mehr Spaß, als er je für möglich gehalten hätte.

Unter der Hitze, die Cains Mund in ihr verströmte, stellte Roxannas Verstand jegliche Tätigkeit ein; ihr Körper hatte jetzt das Sagen. Eigentlich hätte sie schockiert, zu Tode erschrocken sein sollen. Diese Form der Liebe war verwerflich, sündig... einfach unvorstellbar, wunderbar...

Und liebevoll lockend streichelte Cains Zunge immer neue,

noch heftigere Gefühle aus dem Kern ihrer Weiblichkeit. Bewegungslos lagen Roxannas Hüften in seinen Händen, ihre Fersen gruben sich zu beiden Seiten seines Körpers in die Matratze, ihre Schenkel waren weit geöffnet, und sie bot sich ihm mit allen Sinnen, als ganze Person dar. Das war wunderbarer als alles, was sie je erlebt hatte. Ihr Orgasmus – ein Regenschauer aus hell leuchtenden Sternen – kam so rasch, so heftig, dass sie nur noch keuchen konnte, weil es ihr für einen Aufschrei an Atem fehlte.

Cain spürte, wie sich seine Frau ihm entgegenbäumte, und dann kamen auch schon die heftigen Kontraktionen. Fest und heiß ruhten seine Lippen auf Roxanna, bis die Erschütterungen nachließen, dann glitt er rasch, ehe sie sich aus der Lethargie des Höhepunkts herausreißen konnte, an ihrem Körper herauf und führte sein mächtiges, schmerzhaft pochendes Glied mit der Hand zu der süßen Stelle, nach der es sich so begehrlich sehnte. Mit einem halben Fluch, der gleichzeitig eine Liebkosung war, senkte er sich rasch und tief in sie hinein.

Einen Moment lang schwebte Roxanna auf einer Welle seliger Befriedigung, dann spürte sie, wie Cains Körper mit stählerner Kraft von ihr Besitz ergriff. Der erste Stoß schien sie fast in Stücke reißen zu wollen – aber dann empfand sie deutlich den verzweifelten Hunger ihres Mannes, den zu stillen er sich so lange verwehrt hatte, und erfreute sich an ihm. Er hatte sie so wunderbar geliebt, nun verdiente auch er Erleichterung. Eifrig schlang sie die Beine um seine Hüften und bog sich seinen schnellen, tiefen Stößen entgegen – nur um zu spüren, wie sich die schon vertraute Hitze in ihrem Leib auszubreiten begann und sich genau dort, wo Cain mit ihr vereinigt war, zu konzentrieren schien.

»Ja!«, flüsterte Cain als Antwort auf die stumme Frage in ihren Augen, die sich nun voller Erstaunen öffneten und ihn durch einen Schleier der Leidenschaft hindurch ansahen. Dann schlossen sich die Augen wieder, und Roxanna gab sich ganz seinem Rhythmus hin. Er stützte sich mit den Armen zu beiden

Seiten ihres Kopfes ab und richtete den Oberkörper auf, um noch tiefer, noch stärker in sie eindringen zu können. Verzweifelt biss er die Zähne zusammen und versuchte, sich zurückzuhalten, diese so ganz und gar unglaubliche, ihn bis in die Seele hinein berührende Lust noch länger zu bewahren, zu spüren, wie sich Alexa süß und eng um ihn schloss. Und dann konnte er die köstliche Folter nicht einen Moment mehr ertragen. Er rief Alexas Namen, und danach verlor er die Kontrolle, und aus ihm ergoss sich der Samen tief, ganz tief in ihren Köper hinein, und er flog auf einer riesigen, alles erschütternden Welle, bis er meinte zu vergehen.

Roxanna spürte, wie sich Cains Körper anspannte, wie tief in ihr sein Geschlecht noch mächtiger wurde und sie mit der süßen flüssigen Glut seines Samens füllte. Mit ihrem Mann gemeinsam erreichte sie den Wellenkamm der Leidenschaft, und die Hitze des einen intensivierte noch die Lust des anderen. Zitternd brach Cain über Roxanna zusammen, und sie hieß das Gewicht seines schweißglänzenden glatten Körpers willkommen, umschlang ihn mit den Armen, den Beinen, murmelte eine leise Liebeserklärung an seiner Brust. Über ihrer beider lautem, keuchenden Atem jedoch und über dem donnernden Schlag ihrer Herzen hörte er die Worte gar nicht.

Früh am nächsten Morgen begann der Vergnügungstrip in den Westen. Die kleine Gruppe, von Dr. Durant handverlesen, versammelte sich auf dem Bahnsteig. Roxanna musste mit Bedauern feststellen, dass auch die Remingtons anwesend waren, zudem noch Silas Seymour und sein geschwätziges Weib und die abscheulichen Scovilles. Roxanna hatte Cain nicht mitgeteilt, dass die sich um ihre Gefangenschaft bei den Cheyenne rankenden Gerüchte nun auch die oberen Ränge der Eisenbahnelite erreicht hatten. Niemand hatte etwas davon, wenn ihr Mann das wusste, und er selbst würde sich nur noch größere Sorgen darum machen, wie sehr er sie gesellschaftlich ins Hintertreffen brachte, weil er Indianerblut in sich trug. Ein wunderbarer Nebeneffekt dieser Reise war die Tatsache, dass die hämische, auf Skandale hoffende Neugier und kaum verschleierte Feindseligkeit, die ihnen von ihren Gästen entgegengebracht wurde, Cain und Roxanna enger zusammenschmiedete. Kein Auftrag riss Cain von Roxannas Seite und so schliefen die beiden Tag für Tag gemeinsam ein und wachten am nächsten Morgen gemeinsam wieder auf – und das an mehr aufeinander folgenden Tagen als je zuvor in all den Monaten seit ihrer Vermählung.

Wie sehr Roxanna es liebte, morgens aufzuwachen und Cains starken Körper um den ihren geschlungen zu sehen, einen Arm oder ein Bein Besitz ergreifend über sie geworfen! Oft lag sie dann eine Weile nur ruhig da und atmete seinen Geruch ein; manchmal auch hob sie den Kopf und sah ihrem Mann beim Schlafen zu, erfreute sich an der erhabenen Schönheit seiner schlanken Glieder und der breiten, muskulösen Brust, am Muster der schwarzen Haare auf brauner Haut. Manchmal streckte sie auch die Hand aus und berührte den rauen Flaum, den die Nacht auf seinen Wangen hatte entstehen lassen. Davon wurde er natürlich oft wach, und dann rollte er sich herum und zog sie unter sich, und seine Leidenschaft entflammte die ihre rasch.

Wie anders es war, mit einem Ehemann zu leben, ihn zu lieben, mit ihm zu lachen, seine Träume zu teilen und auch seinen Körper, wenn er sie liebte! Roxanna genoss jeden Moment aus ganzem Herzen. Nach den Ereignissen in Vicksburg hatte sie sich nicht mehr vorstellen können, dass ein solch wunderbares Leben, die Hoffnung einer jeden jungen Frau, ihr je möglich sein würde. Aber auch jetzt verfolgte sie der Schatten Isobel Darbys noch in ihren Träumen, und das machte die Zeit, in der sie Cain lieben durfte, doppelt wertvoll.

Die ersten Tage der Fahrt verliefen ereignislos; man durchreiste die prosaisch flachen Bauerngegenden von Illinois und Iowa, und die einzigen Unterbrechungen der recht eintönigen Tage waren die opulenten Mahlzeiten, die der Privatkoch, den

Dr. Durant aus New York mitgebracht hatte, den Reisenden servierte. Am zweiten Tag – alle erfreuten sich gerade an einem Frühstück aus zartrosa gekochtem Schinken, gefolgt von hauchdünnen Crepês mit frischen Erdbeeren – äußerte sich der aus New York stammende Ralph Benner abfällig über die Eintönigkeit der Landschaft.

Daraufhin sah sich Mrs. Scoville genötigt, für die bäuerlichen Wählerschichten aus dem Wahlkreis ihres Mannes im mittleren Ohio eine Lanze zu brechen, richtete sich kerzengerade auf und erklärte frostig und bestimmt: »Ihre hochwohlgeborenen Rocky Mountains können Sie sich an den Hut stecken und die albernen Alpen in Europa gleich mit! Ich jedenfalls sehe mir ein fruchtbares amerikanisches Maisfeld allemal lieber an!«

»Das würde einem Schwein genauso gehen«, bemerkte Sabrina Remington so vernehmlich, dass man es auf der anderen Seite des Ganges, am Tisch der Scovilles, hören konnte.

»So eine Unverschämtheit!« Cordelia Scoville wurde so rot wie das Kleid, das sie trug.

Einen Moment lang fand Roxanna Sabrina Remington nun fast schon sympathisch – aber dieser Moment verging rasch. Selbst Cain musste die Hand vor den Mund legen, um ein Lächeln zu verbergen, und Dr. Durant wechselte rasch das Thema.

Als der Zug nach Nebraska hineinrollte, begann sich die Landschaft drastisch zu ändern. Reiche kultivierte Landstriche wichen riesigen Flächen wilden, scheinbar weglosen Geländes, und auf hohen Halmen wiegte sich golden und rostrot das Wildgras im frischen Präriewind.

»Mein Gott, ist das hier kahl und einsam! Was veranlasst die Leute nur, in den Westen zu ziehen?«, fragte Cordelia Scoville fast schon ein wenig beleidigt, als sie an einem der Reisetage nach dem Mittagessen gelangweilt aus dem Fenster sah.

»Was wird die Eisenbahn transportieren? Mir scheint, zwischen dem Missouri River und Kalifornien wird nichts angebaut, was sich verkaufen ließe!«, mischte sich nun auch der Kongressabgeordnete ein.

Thomas Durants tief liegende Augen wurden schmal, als sie sich nun auf Scoville richteten, aber sein Lächeln war höflich, als er auf die ihm eigene, glatte Art antwortete: »Erst einmal den Reichtum des Orients. Stellen Sie es sich doch nur vor, meine Herren – und Damen! –, der Reichtum Chinas und Indiens gelangt auf Klippern nach Kalifornien, wird auf die Schienen verladen und quer durch Amerika geschafft und dann auf amerikanischen Schiffen zu den reichen Märkten Europas weiterbefördert.« Durant legte die Hände aneinander und betrachtete über wohl gepflegte Fingerspitzen hinweg seine Mitreisenden. Er liebte es zu predigen. »Ich sage Ihnen, die Route über diesen Kontinent wird den Welthandel revolutionieren, denn so umgeht man die langwierige und gefährliche Passage um das Horn von Afrika.«

»Was ist mit dem Kanal, den Napoleon der Dritte in Suez bauen lässt?«, fragte Burke Remington. »Eine Verbindung zwischen dem Mittelmeer und dem Indischen Ozean revolutioniert doch den Welthandel weit mehr.«

Silas Seymour räusperte sich und sprach dann auf die ihm eigene etwas pompöse Art, als hätte er von Durant ein Stichwort erhalten. »Seit fast einem Jahrzehnt bemühen sich die Franzosen des Ferdinand de Lessep nun schon, diesen einem Prometheus würdigen Plan in die Tat umzusetzen. Vom Standpunkt eines Ingenieurs betrachtet, ist der Kanal ein Fantasiegebilde, das sich nie in die Realität wird umsetzen lassen.«

Da Cain nicht offen widersprechen mochte, als Seymour das Suez-Projekt so mit einer lässigen Handbewegung beiseite wischte, wechselte er lieber das Thema. »Der wahre Grund für den Bau der transkontinentalen Eisenbahn liegt hier in den Vereinigten Staaten und besonders im Westen. Die Schienen werden dieses Land zusammenschweißen und es den Farmern und Viehzüchtern ermöglichen, ihre Ländereien so zu entwickeln, dass sie mit den Bergbauleuten gleichziehen können, die den

Reichtum an Mineralien, der sich im Westen finden lässt, ja bereits sehr erfolgreich angezapft haben.«

»Sie hören sich absolut idealistisch an, Cain!«, bemerkte Remington zynisch.

»Und was wird aus Ihren Indianern, wenn dann mit der Fertigstellung der Trasse auch die ganze Zivilisation in diese Region kommt?«, wollte Scoville wissen, und auf seinem kleinen, schmalen Wieselgesicht bildeten sich unzählige Falten, als er sich nun vorlehnte und Cain konzentriert und herausfordernd ins Gesicht sah.

»Es sind nicht *meine* Indianer«, erwiderte Cain ruhig, und seine Augen bohrten sich in die von Scoville.

Der kleine Mann gab rasch auf. »Ich habe ja nur gedacht ... Ich meinte, da Sie ja nun zum Teil Indianer sind. Ich dachte, Sie hätten eine Meinung zu diesem Thema.«

»Eine Meinung habe ich durchaus. Die Indianer werden ... alles verlieren«, bemerkte Cain rau und beendete dann die Unterhaltung mit Scoville abrupt, indem er aus dem Fenster auf die Hügel des westlichen Nebraska starrte.

Roxanna warf einen Kommentar ein, und die Unterhaltung bewegte sich fort von Scovilles hässlichen Unterstellungen. Als Roxanna ihrem Mann jetzt beruhigend die Hand auf den Arm legte, spürte sie die verführerischen Blicke, die Mrs. Remington Cain zuwarf. Dieser drehte sich zu seiner Frau und gab ihr mit einem Blick zu verstehen, dass er solche Anzüglichkeiten gewohnt war. Aber sie wusste, dass sie ihn trotzdem schmerzten.

Am nächsten Morgen sahen sie die ersten Büffel, eine kleine Herde, die nach Süden gewandert war. Einige der Männer griffen nach ihren Gewehren und begannen, aufgeregt durcheinander zu reden.

»Hatte ein Jahr lang keine Gelegenheit, aus dem fahrenden Zug auf eins dieser alten Biester zu schießen!«, sagte Silas Seymour und stülpte sich vorsichtig einen Hut über sein kunstvoll hochfrisiertes Haar.

»Hundert Dollar, dass ich den ersten erlege!« Ralph Benner, einer der Direktoren, hantierte so sorglos mit seiner Winchester herum, als wäre diese ein Kinderspielzeug.

»Ach, ich will das auch mal versuchen! Darf ich einen erschießen, Burke?«, schnurrte Sabrina Remington den Senator an, der gelangweilt und amüsiert zusah, wie all die anderen Leute aus dem Osten herumsprangen wie aufgeregte Kinder.

»Wirklich, Mrs. Remington, Sie wollen ein Gewehr in die Hand nehmen?«, fragte Hillary Seymourl und ihre hochgezogenen Augenbrauen verrieten, wie ungehörig sie diese Vorstellung fand.

»Cain, sagen Sie doch bitte den Zugleuten, dass sie die Maschine ein wenig drosseln sollen, damit wir besser zielen können«, befahl Durant, als Cain nun den Gesellschaftswagen betrat.

»Aus diesem Zug wird niemand auf Büffel schießen«, erwiderte dieser, und seine Antwort löste einen Sturm der Entrüstung aus.

»Und warum nicht? Ich gestatte meinen Gästen stets ein kleines Wettschießen. Das macht man hier einfach, das gehört dazu«, begehrte Durant beleidigt auf und starrte Cain wütend an.

»Wenn wir in North Platte ankommen, werde ich eine Jagd arrangieren. Die *Sportsleute* hier« – und er betonte das Wort voll Verachtung – »werden mit sicherem Boden unter den Füßen mehr Glück bei der Jagd haben.«

»Aber was ist schon dabei, wenn wir auch im Vorbeifahren ein paar umnieten?«, wollte Scoville, nun auch beleidigt, wissen.

»Darum geht es ja gerade – Sie fahren vorbei. Sie lassen die toten Büffel zurück, und die verrotten dann, die Felle, das Fleisch, alles. Es gibt hungrige Menschen, die die Büffel, die Sie erlegen, gut gebrauchen könnten.«

»Hungrige Indianer?«, spottete Remington.

»Immer noch Menschen, wenn ich mich nicht irre!«, warf Roxanna scharf ein, die den arroganten, zynischen Senator ebenso abstoßend fand wie dessen liederliche junge Frau.

»Soweit ich es verstanden habe, ist es die Politik von Phil Sheridans, die Büffel zu dezimieren, damit die feindlichen Wilden verhungern. Und soweit ich weiterhin weiß, stimmt Grant diesem Vorgehen zu, und der wird bald Präsident sein«, beharrte Remington und sah zu Cain hinüber. »Was halten Sie von dieser Idee?«

Cain zuckte die Schultern. »Barbarisch, aber effektiv. Letztendlich werden die Weißen gewinnen. Wer nicht durch Hunger oder Soldaten ums Leben kommt, den werden die Masern und Windpocken dahinraffen.«

»Was für ein entsetzlicher Plan!«, murmelte Hillary Seymour. »Sicherlich sollte doch eine aufgeklärte, zivilisierte Gesellschaft andere Mittel und Wege finden, mit diesen Wilden fertig zu werden.«

»Das ist Männersache, Hillary«, wandte sich Silas gebieterisch an seine Frau und drehte sich dann aufgeregt und mit knallrotem Kopf zu Cain um. »Wir wollen uns hier ein wenig amüsieren. Sie können nicht...«

»Jubal MacKenzie hat mir die Verantwortung für diese kleine Vergnügungsreise übertragen, meine Herren, und ich habe nicht vor zu erlauben, dass sich ein Haufen Greenhorns entweder selbst in die Füße schießt oder sich gegenseitig umlegt.« Cain streckte die Hand aus und entledigte Seymour seines Gewehrs. »Und was, glauben Sie, können Sie mit diesem Schießprügel erreichen? Das Wild befindet sich total außerhalb der Reichweite dieser Waffe. Sie hätten ja mit einem Stein in der Hand mehr Aussicht, einen Büffel zu treffen!«

Seymours Gesicht errötete vor Zorn womöglich noch mehr; er räusperte sich ärgerlich, machte aber keine Anstalten, Cain das Gewehr wieder abzunehmen. Dann hörte man plötzlich aus dem hintersten Wagen das scharfe Echo einen Schusses. Mit einem ärgerlichen Fluch eilte Cain auf die Tür zwischen den Wagen zu und hielt noch einmal inne, um zu befehlen: »Wer jetzt noch hier aus diesem Zug eine Waffe abfeuert, der geht dann zu Fuß weiter nach North Platte.«

Als Cain den hintersten Wagen erreicht hatte und die Tür aufriss, hörte man einen weiteren Schuss, und ein junger Büffel, der sich aus dem Schutz der Herde entfernt hatte, ging halb zu Boden, kam dann aber stolpernd wieder auf die Beine und trottete langsam auf seine Artgenossen zu.«

»Scoville, Sie Hundesohn, ich habe Ihnen gesagt, dass niemand aus diesem Zug schießt!«

Der Kongressabgeordnete grinste hämisch. »Ich habe einen getroffen. Das war alles, was ich wollte.«

»Und Sie haben ihn nicht getötet«, fuhr Cain den Mann heftig an und riss ihm, der hastig zurückzuckte, den Karabiner aus der Hand.

Der Rest der Reisegruppe war neugierig hinter Cain her in den hintersten Wagen gelaufen. Er stürmte an allen vorbei und drückte Durant Scovilles Waffe in die Hand. »Schaffen Sie diese Waffe weg und alle anderen auch, wenn der Zug gehalten hat.«

»Gehalten? Aber Sie haben doch gesagt, wir dürfen erst in North Platte auf die Jagd gehen«, fragte Ralph Benner verwundert.

»Wir gehen auch nicht auf die Jagd, ich muss nur diesen Bullen töten. Kein Jäger, der einen Pfifferling wert ist, lässt ein verwundetes Tier leiden.« Mit diesen Worten bahnte sich Cain einen Weg durch die Gruppe und verschwand in Richtung des nächsten Wagens. Auf dem Weg traf er Mrs. Durant und ein paar der anderen Ehefrauen. »Sagen Sie doch bitte den Damen, dass sie sich auf ein Halten des Zuges einrichten sollen.«

Sie nickte, und Cain eilte weiter. Bald darauf verlangsamte der Zug die Fahrt, hielt dann ganz, und die Tür eines Viehwagons wurde aufgeschoben. Die Passagiere stiegen aus und sahen zu, wie ein kastanienbrauner Wallach, der ein Halfter, aber keinen Sattel trug, eine Rampe herabgeführt wurde.

»Genau wie in den Groschenromanen!«, bemerkte Sabrina mit einem spöttischen Lachen, als Cain nun auf den bloßen Pferderücken sprang und davonritt.

»Veilleicht wird das ja eine bessere Unterhaltungsshow, als wenn wir nur zum Amüsement der Damen ein paar Schüsse abgefeuert hätten«, warf einer der Direktoren ein. Einige andere Passagiere wollten genau zusehen können, wie Cain seine Beute erledigte, und griffen nach den Feldstechern, mit denen sie wesentlich besser umzugehen verstanden als mit ihren Gewehren.

»Er sieht aus wie einer dieser Wilden, ganz egal, wie zivilisiert er sich auch kleiden mag«, flüsterte Cordelia Scoville der Dame zu, die neben ihr stand. In der klaren trockenen Luft drang ihre Stimme bis zu Roxanna.

Cain näherte sich der Herde, die bis zu diesem Zeitpunkt noch nicht in Panik geraten war. Er entdeckte den verwundeten Bullen, glitt von seinem Pferd und hob seinen Spencer. Das junge Tier stand ganz still, nur die getroffene Hinterhand zitterte, und der Büffel starrte auf den Mann. Aber dann, ohne Vorwarnung, griff er trotz seiner Verwundung an und näherte sich Cain mit donnernden Hufen.

Roxanna, die aus einiger Entfernung zusah, biss sich auf die Fingerknöchel, als der Bulle ihren Mann angriff. »Er ist unberitten ... wenn er das Tier verfehlt ...«

Ein Schuss hallte durch die Luft. Das große Tier ging sauber zu Boden, aber nun drehte plötzlich der Wind, und die Herde nahm die Witterung des Blutes auf. In Sekundenschnelle verwandelten sich dutzende friedlich grasender Tiere in eine donnernde Masse, die dicke Staubwolken aufwirbelte.

Laut schrie Roxanna Cains Namen und rannte auf ihren Mann zu. Alle anderen flohen in die entgegengesetzte Richtung, hin zu den Eisenbahnwagen, die sich in etwa hundert Metern Entfernung befanden.

Cain saß bereits wieder zu Pferde, als er Alexas Stimme hörte, die über dem Donnern der Büffelhufe kaum zu vernehmen war. Hastig gab er dem Wallach die Sporen und trieb ihn zu einem scharfen Galopp an. Was mochte die Frau ausgerechnet jetzt hier wollen?

Instinktiv rannte die Herde vom Geruch des Todes fort direkt auf den Zug zu. Durch die Staubwolken hindurch folgte Cain dem Klang von Alexas Stimme und betete, er möge seine Frau eher erreichen als die Büffel. Und plötzlich tauchte sie vor ihm auf, ihr ursprünglich rotes Morgenkleid braun wie die staubgetränkte Luft.

»Alexa!«, schrie Cain, beugte sich vor und warf die junge Frau wie einen Sack Kartoffeln vor sich quer über den Pferderücken, während er rasch das Tier nach links lenkte, fort von den sich mit Windeseile nähernden Büffeln.

Roxanna klammerte sich an Cains Bein, und die beiden galoppierten in rasendem Tempo über die sonnenverbrannte Erde. Unter ihr dröhnten die Hufe des Pferdes, und wenn sie fiele, würden eisenbeschlagene Hufe sie zu Tode trampeln! Sie spürte, dass Cain ihre hochgerutschten Röcke mit aller Macht festhielt, schloss die Augen und betete. Endlich, nach einer Weile, die ihr endlos vorkam, jedoch nicht mehr als ein paar Minuten gedauert haben konnte, brachte Cain das Pferd zum Stehen.

Die Erde dröhnte immer noch von den rasenden Tieren, die den Zug vorn an der Spitze umrundet hatten, aber das Geräusch wurde schwächer und immer schwächer, und auch der Staub legte sich langsam. Cain lockerte den verzweifelten Griff, mit dem er Roxanna gehalten hatte, ließ seine Frau vom Pferd gleiten und folgte dann selbst. Roxanna hustete, bis ihr die Augen tränten, und rang dann verzweifelt nach Luft. Cain hielt sie tröstend im Arm. »Atme tief und gleichmäßig, nicht stoßweise.«

Endlich konnte sie wieder sprechen, wenn auch nur keuchend: »Gott sei Dank ist dir nichts passiert!«

»Mir? Ich war doch zu Pferd! Welcher Teufel hat dich denn geritten, dass du zu Fuß mitten in eine wild gewordene Büffelherde läufst? Wolltest du die Büffel wie Hühner verscheuchen?« Cains Finger spannten sich schmerzvoll um Roxannas Arme, als die junge Frau nun aber zu weinen begann, drückte er sie tröstend an seine Brust.

»Einmal habe ich zugesehen, wie du auf diese Weise fast ums Leben gekommen bist!«, schluchzte Roxanna. »Ich konnte das einfach nicht noch einmal ... Ich habe nicht gedacht ... Du warst vom Pferd gestiegen, als sie alle anfingen loszurennen, und dann konnte ich dich nicht mehr sehen!« Sie spürte, wie er mit dem Daumenballen die Tränenspuren von ihren Wangen wischte.

»Alexa, es tut mir Leid!« Cain hob das Kinn seiner Frau leicht an und blickte ihr in die vom beißenden Staub rot umrandeten und blutunterlaufenen Augen. Zwei schlammige kleine Rinnsale hatten sich ihren Weg die schmutzstarrenden Wangen hinunter gegraben, und Alexas Haar sah aus wie eine gepuderte Perücke. Niemals war Cain eine Frau so schön erschienen wie die seine im diesem Moment. Was, wenn er sie verloren hätte? Rasch schob er diesen furchtbaren Gedanken zur Seite und drückte Alexa noch fester ab seine Brust. »Tu so etwas nie wieder, sonst versohle ich deinen niedlichen kleinen Hintern, bis er krebsrot ist! Warum hat denn keiner dieser so genannten Männer versucht, dich aufzuhalten?«

Roxanna kuschelte sich an Cains Brust; ihr war vor lauter Erleichterung richtig schwindelig. »Die waren wohl zu sehr damit beschäftigt, selbst durchzugehen! Sie sind alle zurück zum Zug gerannt!«

»Jubal kann nicht bewusst gewesen sein, was er mir mit diesem Auftrag zugemutet hat«, brummte Cain grimmig.

Roxanna grinste bis über beide Ohren: »Im Gegenteil, ich glaube, er hat genau gewusst, was er tat! Und es ist ja auch nichts weiter geschehen. Es wäre am gescheitesten, den dummen Zwischenfall auf sich beruhen zu lassen und unsere Herren Direktoren und ihre politischen Unterstützer nicht noch weiter zu verärgern.«

Cain wusste, dass sie Recht hatte. »Verdammt, aber dieses miese kleine Wiesel Scoville würde ich schon gern einem brunftigen Büffelbullen vor die Hufe werfen und zusehen, wie der Matsch aus ihm macht. Doch das soll ich dann wohl lieber sein lassen«, fügte er missmutig hinzu, stieg wieder auf sein Pferd und zog Roxanna zu sich auf den Schoß.

»Angeblich haben wir noch für zwei Tage Badewasser im Zug. Wenn wir uns erst einmal den Dreck hier vom Leibe geschrubbt haben, werden sich die anderen bis North Platte mit Katzenwäsche begnügen müssen«, meinte Roxanna, und so ritten beide zurück zum Zug.

Die inszenierte Büffeljagd in North Platte ging reibungslos über die Bühne, ebenso einige Aufenthalte an der Strecke nach Cheyenne, die man einlegte, damit die Gäste zu Pferde kleine Besichtigungsausflüge in die Gegend unternehmen konnten. Horace Scoville schmollte und sprach recht wenig, und Burke Remington hatte es aufgegeben, Auseinandersetzungen unter seinen Mitreisenden provozieren zu wollen. Die Frauen waren alle nach außen hin sehr höflich zu Roxanna, doch sie wusste, dass sie sie im Grunde eigentlich alle für wenig mehr als eine Hure hielten. Die Männer dagegen waren von ihrer Schönheit und ihrem Charme fasziniert, und das trotz – oder vielleicht gerade wegen – der bemerkenswerten Tatsache, dass sie »ein Schicksal, schlimmer als der Tod« überlebt hatte, um dann die nicht weniger fragwürdige »Rothaut des Schotten« zu heiraten.

Nach zwei Tagen in der neuen Hauptstadt des Territoriums, nach unzähligen politischen Reden und Banketten, setzte die Expedition ihren Weg in die Bergregionen des Westens fort. Als sie sich der Hochbrücke in der Nähe des Gipfels in den Medicine Bows näherten, hatte der Zug Mühe, die langen Steigungen zu bewältigen, und kam ordentlich ins Keuchen.

»Warum fährt der Zug so langsam?«, beschwerte sich Ralph Benner und starrte auf die Berge hinaus.

»Wir sind den ganzen letzten Tag immer nur bergauf gefahren. Die Kessel können nur ein gewisses Maß an Druck aushalten, wenn sie einen langen und schwer beladenen Zug wie diesen hier ziehen sollen«, erklärte Cain. »Ein paar Meilen bevor wir zur Brücke kommen, erreichen wir den Gipfel. Danach werden wir auf dem Weg nach Laramie wieder schneller fahren können.«

Am späten Nachmittag wurde die Landschaft immer spektakulärer; am fernen Horizont glitzerten schneebedeckte Berggipfel, und um die Reisenden herum blühten Sommerwiesen in einer Fülle aus Weiß, Purpur und Rotgold. Als das alberne Geplapper der Frauen und das geckenhafte Auftreten der Eisenbahnbarone Roxanna zu viel wurden, schlich sie sich fort, um nach Cain zu suchen, den eine Botschaft in den Wagen abberufen hatte, in dem man die Pferde untergebracht hatte. Dieser Wagen befand sich am Ende des Zugs. Der Übergang zwischen dem letzten der Passagierwagons und dem ersten der Güterwagen war nicht ungefährlich, und daher wartete Roxanna im Rauchsalon auf Cain. Sie hoffte, einige Minuten mit ihm allein sein zu können. Und endlich betrat Cain den Wagen. Verschmitzt lächelte seine Frau ihm zu. »Ich konnte Doktor Durants Predigten keinen Moment länger ertragen. Die Union Pacific als Bindeglied zwischen der Levante und London – das kann er doch nicht wirklich glauben!«

»Laut Jubal glaubt er das auch gar nicht. Der gute Doktor beteiligt sich an der Angelegenheit nur, um der Regierung so viel Geld wie möglich aus der Nase zu leiern – dann zieht er sich aus der Sache zurück, und es ihm egal, ob die ganze Union Pacific nun zum Teufel geht oder nicht.«

»Warum . . .« Roxanna unterbrach sich, als der Zug nun plötzlich einen Satz vorwärts machte. »Was war das?«

Cain runzelte die Stirn. »Ich weiß nicht.« Er sah zum Seitenfenster hinaus, öffnete dann die Tür, durch die er gerade gekommen war, und trat hinaus auf die Plattform des Wagens.

Roxanna hörte ihn fluchen, und er wirkte sehr besorgt, als er nun wieder in den Salon trat. »Was ist geschehen?«, fragte sie.

»Die Güterwagons haben sich abgekoppelt.«

»Wie das denn?«

»Ich bin nicht sicher. Es war ein langer, harter Anstieg hier hinauf, vielleicht hat sich einer der Kupplungsbolzen gelöst, als wir den Gipfel überquerten und anfingen, bergab zu fahren. Vielleicht haben ja auch die Arbeiter in Cheyenne die Kupplungen nicht sorgfältig genug überprüft.«

»In ein paar Stunden sind wir in Laramie. Die können doch sicher eine Lokomotive schicken und die Güterwagons holen lassen«, überlegte Roxanna laut, und eigentlich klang ihre Idee sehr vernünftig.

Doch Cain blickte besorgt und mit zusammengekniffenen Augen auf die abschüssige Landschaft, die vor den Fenstern an ihnen vorüberzog. »Vielleicht brauchen wir sie aber auch gar nicht abzuholen – vielleicht holen sie stattdessen uns ab!«, erwiderte er grimmig.

»Wie meinst du das?« Doch dann erinnerte sich Roxanna daran, dass die Reise nach Laramie ein stetes Auf und Ab sein würde, und sie stieß einen erschrockenen Laut aus. Wenn es den abgekoppelten Wagons gelang, während der nächsten Abfahrten einiges an Tempo zuzulegen, dann war es durchaus möglich, dass sie auf die Personenwagen aufprallten!

»Ja – das Rennen könnte knapp ausgehen! Wir müssen so viel Dampf machen wie möglich und einen Vorsprung gewinnen. Dann schaffen wir es vielleicht bis zu den Rangiergleisen am Ende der Strecke!« Cain packte Alexa an beiden Armen und blickte ihr angespannt ins Gesicht. »Ich brauche deine Hilfe, Alexa! Geh nach vorne und rufe die Passagiere zusammen. Schaff sie alle in den Pullmannwagen vorn gleich hinter der Lokomotive. Sie sollen sich dort auf den Boden legen. Ich gehe und gebe dem Lokomotivführer Bescheid, und dann komme ich und helfe dir.« Er blickte ihr prüfend in die Augen. »Wirst du zurechtkommen, bis ich wieder da bin?«

»Du verschwendest nur Zeit, Cain!«, erwiderte Roxanna, die versuchte, so unbeeindruckt wie möglich zu wirken.

Cain nickte, drückte sich an ihr vorbei und rannte fort, um den Lokomotivführer zu warnen.

Zugunglück! Entgleisung! Roxanna riss sich zusammen, um

nicht in Panik zu geraten, und ging den Weg zurück, den sie gekommen war. Schon im angrenzenden Wagen traf sie auf einige der Männer, die dort rauchten und Karten spielten. »Wir haben einen Notfall, alle müssen so schnell wie möglich nach vorn kommen!« Und sie erklärte rasch, was vorgefallen war.

»Und Sie meinen, wir könnten entgleisen?«, fragte Scoville mit zitternder Stimme.

Seymour räusperte sich, und Durant wurde blass, nickte aber lediglich. »Wir sollten dafür sorgen, dass sich alle im ersten Wagen zusammenfinden. Dort sind wir am sichersten.«

So machten sie sich auf den Weg und sammelten die Passagiere aus den anderen Wagons zusammen. Cordelia Scoville und auch die alte Mrs. Seymour drohten, die Nerven zu verlieren. Ohnmachten waren zu befürchten, hektisches Schluchzen erklang – da erhob ausgerechnet Sabrina Remington die Stimme und befahl, ganz entgegen ihrer sonstigen honigsüßen Art, den älteren Damen barsch, sich zusammenzureißen und sich schleunigst in den vorderen Wagen zu begeben. Sie packte die heulende Cordelia am Arm und schleppte sie förmlich hinter sich her, bis sie am Ziel waren. Die anderen folgten dann friedlich und schicksalsergeben.

In der Fahrerkabine der Lokomotive herrschte ohrenbetäubender Lärm. Rasch erklärte Cain dem Lokomotivführer, was geschehen war, und fuhr dann fort: »Vielleicht können wir irgendwie die Leute in den Güterwagen auf das, was geschehen ist, aufmerksam machen. Lassen Sie die Pfeife tönen – lange und laut. Im Kochwagen halten sich der Koch und seine Helfer auf, hinten sind die Leute, die sich um die Tiere kümmern. Vielleicht guckt ja jemand aus dem Wagen, bekommt mit, was los ist, und dann können sie versuchen, die Handbremsen zu ziehen.«

»Nicht einfach – aber auch nicht unmöglich«, meinte der Lokomotivführer, ein großer, blonder Schwede namens Pauls Pringels. Er ließ die Lokomotive einmal laut und lange pfeifen. Weitere Pfeiftöne folgten, als Cain aus der Führerkabine kletterte und nach irgendwelchen Reaktionen Ausschau hielt. Doch nichts geschah.

Cain fluchte leise und kletterte dann wieder in die Kabine zurück. »Es scheint fast so, als wären sie alle fort, doch ich weiß genau, dass das nicht sein kann.«

»Wie nahe sind denn die Wagons?«, wollte Pringels wissen.

»Ziemlich nahe.«

Der Lokomotivführer wurde blass und öffnete die Ventile weit, während sein Heizer, so rasch er konnte, den gefräßigen Kessel fütterte. Cain half, Holz herbeizuschaffen und in den Rachen des Kessels zu werfen, bis dieser nichts mehr aufnehmen konnte.

Der Lokomotivführer war neu auf dieser Strecke und noch nie so weit nach Westen gefahren; Cain jedoch kannte jede einzelne Meile, jede verräterische Kurve der tückischen Trasse, denn er hatte sowohl die Planierarbeiten als auch den Trassenbau selbst beaufsichtigt. Die Güterwagons waren schwer mit Vieh und Baumaterial beladen. Sie hatten in fast jeder der abschüssigen Kurven die Chance, die Passagierwagons einzuholen und aus den Schienen zu drängen – hinab in die engen, steilen Felsschluchten.

»In ungefähr einer Meile kommt bei einem Schiefervorkommen eine Kurve, in der es steil bergab geht«, erklärte Cain und wies zu seiner Linken in die Ferne. »Wird sich der Zug in den Schienen halten können?«

Pringels wischte sich mit einem speckigen roten Halstuch den Schweiß vom Gesicht. »Das kann ich ebensowenig voraus sagen wie Sie, Mr. Cain. Ich habe noch nie einen Zug mit Volldampf und bergab um solche Kurven gefahren, wie wir gerade eine hinter uns haben! Verdammt: Wenn wir die geschafft haben, schaffen wir womöglich auch den Rest!«

Cain kletterte erneut aus der Fahrerkabine, reckte sich weit vor und hielt Ausschau nach den abgekoppelten Güterwagons. »Wir scheinen eben auf der kleinen Strecke bergauf ein paar hundert Meter Vorsprung gewonnen zu haben. Ich werde die

Personenwagen von Ballast befreien, vielleicht werden wir ja noch ein wenig schneller. Und Sie pfeifen bitte weiterhin von Zeit zu Zeit. Was zum Teufel mag nur mit den Männern da hinten los sein?«

Pringels nickte. »Schicken Sie mir einen Mann, der die abgekoppelten Wagen im Auge behält. Wenn da irgendwer die Handbremsen zieht, will ich bei dem Baby hier den Dampf wegnehmen – und zwar schnell.«

Cain nickte. »Gut.« Er begab sich in den ersten Wagen hinter der Lokomotive, der jetzt voller Passagiere war, schickte Benner nach vorn zum Lokomotivführer und sagte zu den anderen: »Ich brauche ein paar starke Männer.« Er wählte vier Angestellte der Union Pacific aus, dazu Remington, Argyle und Schmidt. Alle diese Männer waren groß und sahen so aus, als könnten sie auch das eine oder andere an Gewicht tragen. »Wir werden alles von Bord werfen, was irgend entbehrlich ist, um die Last zu verringern, die die Lokomotive ziehen muss.«

Die Männer verteilten sich auf die einzelnen Wagen und warfen alles zu den Türen und Fenstern hinaus, was nicht angenagelt war; Kleiderkoffer, Leinen, Möbel, Waffen und Munition – alles ging über Bord. Einmal wurden sie von der hysterisch kreischenden Cordelia Scoville unterbrochen, die in den Wagen gestürmt kam, den einige der Männer gerade zusammen mit Cain geräumt hatten.

»Wie können Sie es wagen?«, schrie die Dame mit hochrotem Kopf und zornig funkelnden Augen, die sie anklagend auf Cain richtete. »Ich habe gerade tief unten in einer Schlucht in dieser abscheulichen Wildnis meine Koffer gesehen – alle meine Juwelen, mein neues Ballkleid von Worth...!«

»Und wenn Sie nicht ebenfalls gleich in einer Schlucht landen wollen, schlage ich vor, dass Sie mir aus dem Weg gehen«, erwiderte Cain ungerührt.

»Und das meint er ernst!«, warf Sabrina Remington fröhlich ein, die sich hinter Cordelia zur Gruppe gesellt hatte.

»Mr. Ames ist ein persönlicher Freund des Kongressabgeordneten! Ich werde schon dafür sorgen, dass Sie bei der Union Pacific rausfliegen – Sie wilde Rothaut, Sie!«

»Wenn der Zug hier entgleist, werden wir alle an die Luft gesetzt, und zwar wortwörtlich!«, meinte Sabrina. »Komm schon, Cordelia!« Und sie zog die protestierende, tränenüberströmte Gattin des Kongressabgeordneten hinter sich her durch die Tür.

Cain verdrängte jeden Gedanken an die Frau und durchsuchte den Wagen nach irgendetwas, was sich als Brecheisen verwenden ließe. Er wies die anderen Männer an, es ihm gleichzutun, und bald hatte jeder von ihnen ein entsprechendes Werkzeug in der Hand. Nun lockerten sie die Betten, die schweren Messingbeschläge und selbst die in die Böden der Wagons eingelassenen Sitze. Zwanzig Minuten später waren die hinter der Lokomotive verbliebenen drei Wagons bar jeglicher Ausstattung, und die zerklüftete, felsige Erde, an der sie vorbeiflogen, war übersät mit den Schätzen der Union Pacific – einschließlich der Spucknäpfe aus Messing.

Der schrille Pfeifton der Lokomotive hatte es immer noch nicht geschafft, irgendjemanden in den Güterwagons auf die Lage aufmerksam zu machen, und so tauchten die abgekoppelten Wagen jedes Mal, wenn die Lokomotive über den Gipfel einer kleinen Anhöhe geklettert war, wieder auf und verfolgte sie auf der ganzen halsbrecherisch kurvenreichen Abfahrt nach Laramie. Bei jeder Unebenheit der holprigen Trasse tat der Zug einen Hüpfer; bald würde er wohl auch aus den Gleisen springen. Und weiter und weiter flogen die Wagen an Schluchten vorbei, wobei der verzweifelte Pfiff der Lokomotive wie ein Echo hinter ihnen herzog.

Einige der Frauen schluchzten leise vor sich hin, andere weinten haltlos. Roxanna tat, was sie konnte, um die Frauen zu trösten, und begab sich dann auf die Suche nach Cain. Wenn schon sterben, dann an seiner Seite. *Vielleicht sagt er mir dann, dass er mich liebt! Diese Worte zu hören – das wäre fast die Katastrophe wert.*

Roxannas Kehle schnürte sich vor Angst immer mehr zusammen, als sie durch die völlig leeren Wagen ging und bei jedem Ruck, bei jedem Sprung ins Wanken geriet. Der Übergang von einem Wagon zum anderen über die jeweiligen offenen Plattformen war besonders gefährlich. Roxanna war fest entschlossen durchzuhalten. Mit vor Anspannung weißen Knöcheln klammerte sie sich an das Geländer der ersten Plattform, stieg über die Kupplung hinweg und auf die Plattform des nächsten Wagens. Geschafft. Beim zweiten Übergang riss ihr der heftige Wind die Haarnadeln aus der Frisur, und sie konnte nichts mehr sehen, weil ihr das Haar wie eine wilde Mähne ins Gesicht schlug. Sie wollte es sich mit einer Hand aus den Augen streichen – da tat der Zug plötzlich einen schnellen Hüpfer, und ihre Hand glitt vom Geländer. Entsetzt schrie sie auf und suchte im Fallen verzweifelt nach etwas, an das sie sich würde klammern können.

Einen Augenblick lang hing Roxanna zwischen zwei Plattformen, und unter ihr flog die Erde wie ein Schatten in Schwindel erregender Geschwindigkeit vorbei. Verzweifelt versuchte die junge Frau, mit den Füßen auf der Kupplung Halt zu finden und sich langsam, eine Hand nach der anderen, am Geländer hochzuziehen, um wieder auf die Plattform zu gelangen. Ihre langen Röcke flatterten im Wind und wickelten sich ihr wie ein Leichentuch um die Beine. Immer wieder glitten die weichen Sohlen ihrer Schuhe von der gut gefetteten Kupplung, und ein paarmal wäre Roxanna um ein Haar zu Boden gegangen. Mit aller Macht bog sie den Rücken durch, fand endlich Halt für ihre Füße und begann erneut, sich langsam hochzuziehen.

Cain hatte die Wagentür geöffnet und wollte gerade auf die Plattform des nächsten Wagens springen, als er Alexa sah. Fast hätten ihre Hände den Halt am Geländer verloren – da warf sich der junge Mann auch schon zu Boden und ergriff, denn das war ihm als Erstes erreichbar, eine Hand voll Silberhaar aus der Mähne, die Roxanna wie eine Fahne hinterherwehte. Als Nächstes packte er sie am Arm, und dann konnte er seine Frau ganz langsam und vorsichtig zu sich auf die Plattform ziehen. Er kniete vor ihr, zog sie in seine Arme und ließ sich, ohne sie loszulassen, gegen die Wagentür fallen.

»Was zum Teufel treibst du denn hier hinten?«, schrie er, um sich trotz des ohrenbetäubenden Lärms der Schienen und der Lokomotivpfeife verständlich zu machen.

Roxanna blickte auf in Cains Gesicht, das trotz der bronzefarbenen Haut kreidebleich wirkte. Die Erde flog in rasendem Tempo unter ihnen hinweg, aber Roxanna sah nichts anderes als die Augen ihres Mannes; sie waren voller ... Furcht? Liebe?

Ehe sie etwas erwidern konnte, warf eine neue scharfe Kurve sie beide in einer Kugel zusammengerollt zu Boden. Hier hatte man die Trasse in soliden Granit gesprengt, und es ging jetzt so scharf bergab wie nirgendwo sonst auf der gesamten Strecke. Cain spürte, wie sich die Räder auf der linken Seite des Wagens von der Schiene lösten und der Wagen sich gefährlich zur Seite neigte. Würde er sich wieder aufrichten? Oder waren sie dazu verurteilt, an der Granitwand zu zerschellen, die sich vor ihnen auftürmte? Cain hielt seine Frau fest umklammert und betete.

Sie schafften die Kurve – sehr knapp. Zusammen mit Alexa gelangte Cain mühsam wieder auf die Füße, und dann tauchten in der Tür, die hinter ihnen beiden lag, die Männer auf, die ihm geholfen hatten, die Wagen zu räumen. »Gehen Sie wieder nach vorne«, befahl er ihnen. »Hier gibt es für uns nichts mehr zu tun.« Und er stützte Alexa in seinen Armen, während die anderen einer nach dem anderen über die Plattform vorangingen. Dann half er Alexa sorgsam ebenfalls hinüber.

Sie hatten gerade die gegenüberliegende Tür erreicht, als ein schreckliches Kreischen – Metall auf Metall – ertönte und gleich darauf mit lautem Krachen viel Holz splitterte. Mit ohrenbetäubendem Lärm zerschellten die Güterwagons und der Küchenwagen an der Felswand. Beim Aufprall entzündete sich eine Ladung patentiertes Sprengöl, und eine Wolke aus Staub und Wagonteilen schoss durch die Luft. Schaudernd barg

Roxanna ihr Gesicht an Cains Schulter. Und sofort verlangsamte der Restzug seine Fahrt.

»Cain, die Männer! Die Köche, die Stallburschen – die Pferde!«, rief sie.

»Jesus Christus! Ich sehe nach, was passiert ist. Wir müssen die anderen zusammenhalten, bis ich das herausgefunden habe.«

Er hatte sich schon zum Gehen gewandt, nichts anderes mehr im Sinn, als seine Spencer zu holen für den Fall, dass eines der Pferde noch am Leben und verletzt sei, aber sie zog seinen Kopf noch einmal zu sich herab und gab ihm einen raschen, lebensbejahenden Kuss.

»Ich habe dir wieder einmal für mein Leben zu danken.«

»Bitte geh in Zukunft sorgfältiger damit um!«, erwiderte er schroff und sprang vom Zug, der nun mehr fast schon zum Stehen gekommen war.

Laut durcheinander redend, drängten sich die Passagiere aus dem vorderen Wagen. Cain erteilte den Stewarts kurze Anweisungen, holte seine Waffen und ging den Hang hinauf zur Unglücksstelle. Roxanna blieb stehen, schaute ihm nach und fragte sich, ob sie wohl in dem Moment nach ihrer Rettung, allein mit ihm auf der Plattform, zu viel in seine Augen hineingedeutet hatte.

Als Cain zu den anderen zurückkehrte, wirkte er angespannt und ernst. »Es war Sabotage«, verkündete er knapp. »Einer der Küchenhelfer ist vom Zug gesprungen, als wir gerade den Gipfel überquerten. Er hatte den Bolzen gezogen und die Wagons abgekoppelt. Es war genau geplant: Der Schwung der schwereren Güterwagons sollte diese in den abschüssigen Kurven an unsere Wagons heranschieben. Und der Bolzen war gut eingefettet – sonst hätte er ihn gar nicht gezogen bekommen. Trotzdem wird die Sache nicht einfach gewesen sein: ihn genau im richtigen Augenblick zu ziehen. Einer der Stallburschen hat den Kerl gleich danach erwischt – dem armen Jungen hat der Schweinehund den Kopf eingeschlagen. Aber der Junge konnte noch reden. Es ist ein Wunder, dass er am Leben blieb.«

»Was ist mit den anderen?«, fragte Roxanna.

»Drei sind bei der Entgleisung umgekommen. Die anderen beiden sehen schlimm aus, doch sie werden überleben – wenn erst einmal die Wirkung der Droge nachlässt, die man ihnen verabreicht hat.«

»Droge?« Über Durants Augen hoben sich die Brauen. »Dann besteht kein Zweifel: Die Banditen von der Central Pacific haben versucht, mich umzubringen.«

»Sie und alle anderen Direktoren im Zug«, ergänzte Cain trocken.

»Schreckliche Sache, ganz schreckliche!«, keuchte Seymour.

»Wenn der Plan funktioniert hätte und die schweren Güterwagons in einer der Kurven in uns hineingekracht wären! Von uns und den Personenwagen wäre nicht einmal mehr ein Splitter übrig gewesen! Meine Damen und Herren: Wir haben ungeheures Glück gehabt«, erklärte Cain ruhig.

»Und Sie sind sicher, dass sich die Direktoren der Central Pacific für einen solchen heimtückischen Mordanschlag hergeben würden?«, hakte Burke Remington skeptisch nach.

»Andrew Powell hätte keine Probleme damit«, erwiderte Cain unbeeindruckt.

Kapitel 14

San Francisco

»Ich weiß wirklich nicht, worauf Sie noch warten!«, fauchte Isobel Darby ärgerlich und nippte, um sich zu beruhigen, an ihrem Champagner. Andrew importierte ihn aus Frankreich: Dom Perignon. »Ich wünsche, dass Roxanna Fallon ruiniert wird!«

Powell saß auf einem Stuhl beim Fenster und sah zu, wie Isobel aufgeregt im Zimmer hin und her lief. Das Haus bot einen wundervollen Blick auf die Bucht – fast so schön wie der, an dem er sich mit seiner Frau hatte erfreuen können. Seine Frau war gestorben, und im Haus der Familie lebte Powell nun allein mit seinem Sohn. Lawrence hätte wahrscheinlich nur zu gern gewusst, was es mit dem Verhältnis auf sich haben mochte, das sein Vater mit der eiskalten Südstaatenschönheit unterhielt. Aus genau diesem Grund hatte Andrew die Frau in dem anderen Haus untergebracht, in dem er jetzt am Fenster saß: Gewöhnlich ließ er seine Mätressen hier wohnen, und Lawrence wusste das. Es war wirklich besser, wenn sein Sohn gar nicht erst ahnte, in welcher Weise Powell mit Isobel Darby zusammenarbeitete.

Und Isobel hatte ihm ja zudem wirklich eine nette kleine Abwechslung im Bett verschafft. Sie strahlte eine so unglaubliche Kälte aus, dass Powell sich herausgefordert gesehen hatte. Als er sie genommen hatte, hatte sie anfangs in eisiger Reaktion einfach nur dagelegen – bis ihr Körper begonnen hatte, den Verstand zu überlisten. Nun hasste sie sich für die Leidenschaft, mit der sie auf Powells Aufmerksamkeiten reagiert hatte. Nach dem ersten Mal hatte sie geweint. Sie warf sogar eine teure französische Vase nach ihm und wehrte sich mit Zähnen und Klauen, als es ihm endlich gelang, sie wieder zu fassen zu bekommen. Isobel wollte bezwungen werden; dann konnte sie nämlich so tun, als hätte sie keinen Spaß an der ganzen Sache, als hielte sie immer noch ihrem armen toten Ehemann die Treue. Beim Gedanken an diesen Mann lächelte Andrew sarkastisch. Ob Isobels geliebter Colonel sie wohl je an die Pfosten des Ehebettes gefesselt hatte?

Die Witwe hatte ihren Marsch durch das Zimmer unterbrochen und starrte nun nachdenklich in Powells Gesicht mit den schweren Lidern über den zynisch funkelnden Augen. Zu gern hätte sie ihm das Grinsen aus dem Gesicht gekratzt! »Sie hören mir ja gar nicht zu, Andrew!« Isobel glättete nervös die Rockfalten ihres seidenen Abendkleides mit einer blassen, eleganten Hand. Zwar verhinderte ihr Dünkel, dass sie etwas anderes trug als die Trauerkleidung, die sie nach Nathaniels Tod angelegt hatte, aber schöne Kleider gefielen ihr nach wie vor über alle Maßen – und glücklicherweise standen ihr dunkle Farben wie Schwarz, Grau und Lila ausgezeichnet. »Ich hatte gehofft, mittlerweile sei Ihnen klar, wie viel es mir bedeuten würde, diese schamlose Hure am Boden kriechen zu sehen!«

Isobels Stimme klang honigsüß und schmeichelnd; ihre Körpersprache jedoch und das harte Funkeln in ihren Augen ließen die Bitte eher wie einen Befehl klingen. »Ich werde Ihre schlaue kleine Hochstaplerin schon noch entlarven...«, erwiderte Powell lässig, »wenn es mir passt. Machen Sie sich keine unnötigen Sorgen: Miss Fallon wird zusammen mit Jubal MacKenzie zu Boden gehen. Ich habe Pläne ... ausgefeilte, langfristige Pläne, die ich nicht mit Ihnen teilen möchte!«

»Ich bin jetzt schon mehr als zwei Monate hier. Diese ewige Eisenbahnpolitik langweilt mich zu Tode!«

»Ich sagte Ihnen bereits bei unserem ersten Treffen, meine Liebe, dass es sich bei unserem gemeinsamen Vorhaben um eine höchst delikate Angelegenheit handelt. Vor allem, wenn man bedenkt, dass MacKenzie das Mädchen mit seinem halb indianischen Revolvermann verheiratet hat. Mit Cain ist eine weitere Figur im Spiel, die ich im Auge behalten muss.«

»Haben Sie Angst vor ihm?« Isobel konnte sich diesen kleinen Seitenhieb nicht verwehren.

Powells Gesicht verfinsterte sich, aber er hob seine Stimme um keinen Deut. »Ich bin nicht einer Ihrer albernen Südstaaten-Kavaliere, meine Liebe, der eilig herbeispringt, wenn Sie meinen, man müsse Ihre Ehre verteidigen. Ehrlich gesagt, beginnen Ihre Wutanfälle mich zu langweilen. Und auch im Bett sind Sie nichts Neues mehr und nicht halb so spannend, wie Sie einmal waren.«

Isobel machte Anstalten, sich zornig auf Powell zu stürzen, riss sich dann jedoch mit aller Macht zusammen. Ein leises, teuflisches Lächeln stahl sich in ihre Augen. »Aber genau diese Wutanfälle wollen Sie doch, Andrew, nicht wahr? Sie haben es gern, wenn ich so reagiere.«

Powell stand auf, packte die Frau brutal mit seiner riesigen Hand an ihrem dünnen Handgelenk und zog sie zu sich heran. »Jetzt, in genau diesem Augenblick, will ich, dass Sie den Mund halten und MacKenzie und seine angebliche Enkelin mir überlassen. Ist das jetzt klar, meine Liebe?«

Seine Finger drückten noch fester zu – das würde einen hässlichen blauen Fleck hinterlassen. Wie mühelos er ihre zarten Knochen umspannte! Isobel wusste, er würde sie ebenso mühelos brechen können. Schon spürte sie das vertraute dumpfe Rauschen in ihrem Blut. »Geh zur Hölle, Andrew!«, fluchte sie atemlos, unfähig, ihre Erregung zu verbergen.

Powell ließ die Frau langsam zu Boden gleiten und riss ihr dann gekonnt und methodisch das Kleid vom Leib. Stockstreif lag Isobel unter ihm und zwang sich, an nichts anderes zu denken als an die Frau, die sie mehr als alles andere auf der Welt hasste. Es war ein Fehler gewesen, sich an Andrew Powell zu wenden. Sie musste sich von ihm befreien – solange das noch möglich war! Aber nun betrog erst einmal ihr Körper sie – wieder einmal.

Bear River, im neu gegründeten Wyoming Territory

»Ich konnte Huntington nicht dazu bewegen, einen festen Treffpunkt auszumachen«, sagte Jubal erschöpft. »Er glaubt immer noch, dass Powell mit den Trassen der Central Pacific bis an die Grenzen des Wyoming Territory vorstoßen kann.«

Cain schob sich den Hut ins Genick und warf seine Lederjacke ab. In Jubals Wagen war es warm. »Jetzt, da Powell die Mormonen dazu gebracht hat, für ihn zu planieren, könnte Huntington ja sogar Recht behalten. In ein paar Wochen müssen wir Tunnel durch Granit graben, Jubal. Ich weiß, was das die Central Pacific in den Sierras gekostet hat.«

»Dann werden wir eben in diesem Jahr kein Winterlager einrichten!«, erklärte MacKenzie und schlug mit der Faust auf die Schreibtischplatte. »Können Sie die Männer dazu bringen, bis zum Frühjahr durchzuarbeiten?«

Cain dachte nach. »Das kommt darauf an. Solange es keinen Schnee gibt und die Nachschubzüge durchkommen, können die Männer in der Kälte arbeiten. Immerhin war das mit den Chinesen auch möglich. Auf diese Weise schaffen wir es vielleicht, im Dezember an der Grenze von Wyoming zu sein. Mit dem Wetter haben die Männer keine Probleme – wir verlieren nur viel zu viele wegen der Übergriffe der Banditen.«

»Also hat Dillon die nicht erwischt, als ich in Washington war«, bemerkte MacKenzie ungehalten.

»Er hätte es ein paarmal fast geschafft, aber dann sind sie ihm immer wieder entkommen. Johny Lahmes Pony ist kein Narr. Er geht genauso geschickt vor wie diese Küchenhilfe, die Powell uns in den Zug geschmuggelt hatte.«

»Ich nehme an, wir haben es nicht geschafft, das Zugunglück direkt bis zu Powell zurückverfolgen zu lassen.« Jubal wusste, dass das so gut wie aussichtslos war. »Verdammt, der Mann hat vielleicht Nerven! Versucht, die Hälfte des Direktoriums der Union Pacific umzubringen und dazu noch einige von unseren politischen Freunden im Kongress!«

Cain schnitt eine Grimasse. »Wenn Leute wie Scoville und Remington unsere Freunde sind, dann wären mir ein paar ehrbare Feinde lieber.«

MacKenzie schnaubte ärgerlich. »Ehrbar und tödlich. Wenn ich daran denke, dass er mein Mädchen hätte ermorden können und all die anderen Frauen ...«

»Es wird mir schon noch gelingen, ihm das nachzuweisen – und auch mit seinen Banditenüberfällen fertig zu werden!«, erwiderte Cain voller Überzeugung. »Die ständigen Armeekontrollen haben die Angriffe ja schon auf ein Minimum reduziert, doch unsere Männer bekommen es allmählich mit der Angst zu tun – und die Sabotage an den Trassen hat zugenommen. Momentan haben wir Probleme mit dem Nachschub für unsere Planiertrupps.«

»Da wir gerade von Nachschub reden: Ich habe ein paar interessante Neuigkeiten aufgeschnappt, als ich in Washington war. Um Collins Huntington schwirren die Gerüchte wie Fliegen um verfaultes Fleisch!«

Cain blickte von den Berichten auf, die er gerade überflog. »Was für Gerüchte?« Einfacher Klatsch und Tratsch konnte es nicht sein, damit würde sich Jubal nie abgeben.

Beim Gedanken an die herzerwärmenden Neuigkeiten, die er mitgebracht hatte, rieb sich MacKenzie die Hände: »Es scheint, mein Junge, als wäre Huntington verärgert über Unregelmäßigkeiten bei der Verschiffung von Materialien für die Central Pacific. Er und der alte Mark Hopkins haben sich die Sache einmal angeschaut und die Verladelisten, die an der Westküste geschrieben werden, mit dem, was tatsächlich im Hafen von San Francisco ankommt, verglichen. Irgendwer bedient sich da – und zwar in einer Größenordnung von mehreren Millionen Dollar. Und wenn Sie denken, ich hätte die Seele eines geizigen Schotten, dann kennen Sie Leute wie Mark Hopkins nicht!«

»Unstimmigkeiten zwischen den Direktoren der Central Pacific?« Cain dachte darüber nach. »Meinen Sie, dass Powell mit den Diebstählen zu tun hat? Es sieht ihm nicht ähnlich, so unvorsichtig vorzugehen – oder einen Zusammenstoß mit Huntington oder Hopkins zu riskieren.«

Jubals Augenbrauen zuckten. »Ja, da haben Sie Recht, doch ich werde mir das trotzdem mal genauer ansehen. Ganz egal, wer dahinter steckt – das kann sich alles zum Vorteil der Union Pacific auswirken. Und in der Zwischenzeit sorgen Sie mir dafür, dass die Trupps trotz der Winterstürme und der Banditenüberfälle weiterarbeiten.«

»Und sonst haben Sie nichts für mich zu tun?«, fragte Cain sarkastisch.

Jubal lachte laut und legte seine mächtige Hand auf Cains Rücken. »Jetzt gehen Sie erst einmal nach Haus zu Ihrer Frau, mein Junge. Es ist schon spät, und ich weiß, dass sie mit dem Essen wartet.«

»Und Sie sind ganz sicher, Doktor Milborne?« Roxannas Augen leuchteten vor Freude. Sie hatte die ganze vergangene Woche in der Befürchtung verbracht, sich irgendeine schlimme Krankheit zugezogen zu haben. Am Abend zuvor war sie sogar eingeschlafen, als sie darauf gewartet hatte, dass Cain zum Abendessen nach Hause kam. Aber nun war ihr klar warum!

»Ja, Mrs. Cain, Sie sind auf jeden Fall in anderen Umständen. Ich würde sagen, dass das Kind im Frühjahr zur Welt kommt.« Dr. Milborne zögerte eine Sekunde und fuhr dann fort: »Ich würde es Ihnen nicht raten, weiter hier beim Streckenzug zu bleiben, besonders nicht jetzt in den Wintermonaten. Soweit ich es verstanden habe, werden wir in diesem Jahr kein festes Winterlager aufschlagen, und wir sind auf dem Weg in die Berge.«

Roxanna schüttelte den Kopf. »Nein, Doktor. Milborne, ich möchte bei meinem Mann sein. Unser Eisenbahnwagon ist sehr komfortabel. Ich bin sicher, mir wird es gut gehen.«

Milborne warf einen Blick auf den entschlossenen Ausdruck

im Gesicht der jungen Frau und wusste, dass alle weiteren Argumente reine Zeitverschwendung sein würden. Cain hatte in den Monaten, die seine ungewöhnliche Ehe mit Alexa nun schon dauerte, viel mehr Zeit unterwegs verbracht als bei seiner Frau. Milborne fragte sich, ob es der alte Jubal für richtig befinden würde, seine Enkelin in die Sicherheit der Stadt Denver zu verfrachten, wenn er wüsste, in welch delikaten Umständen sie sich befand, hielt es aber für gescheiter, diese Möglichkeit gar nicht erst zur Sprache zu bringen.

Auf ihrem Weg zurück in ihren Wagen versank Roxanna fast in glücklichen Träumen von einem kleinen schwarzhaarigen Kind, einer Miniaturausgabe von Cain. Der würde natürlich einen Sohn haben wollen. Alle Männer wollten Söhne. Und wenn er nun anders ist?, überlegte sie. Der Gedanke traf sie ohne Vorwarnung. Cain und sie hatten über Kinder nie gesprochen. Und sie selbst hatte, seit den schrecklichen Ereignissen in Vicksburg, nicht gewagt, an Kinder überhaupt nur zu denken, und befürchtet, sie sei unfruchtbar. Ein Kind, ein Geschenk der Liebe eines Ehemannes, das war etwas so Wunderschönes, Kostbares, Unvorstellbares! Roxanna, besudelt und wertlos, wie sie sich vorgekommen war, hatte auf ein solches Geschenk nicht mehr zu hoffen gewagt. Aber nun war ihr das Wunder vergönnt.

Wie gern wollte sie mit Cain eine Familie gründen, ihn mit grenzenloser, bedingungsloser Liebe umhüllen, um ihn für die bittere Zeit seiner frühen Jahre zu entschädigen! Cain hatte ihr nie gesagt, dass er sie liebe, und es fiel ihr schwer, sich selbst einzugestehen, wie sehr sie solche Worte nun brauchte. Sie nämlich liebte ihren Mann von ganzem Herzen, und jedes Mal, wenn sie sich ihm hingab, versuchte sie, mit ihrem Körper auszudrücken, was ihr Mund nicht auszusprechen wagte. Anfangs hatte sie gedacht, aus dem Hunger, mit dem er jedes Mal mit ihr schlief, schließen zu können, dass auch er begonnen hatte, sie zu lieben. Aber dann hatte sie manchmal gespürt, wie ärgerlich ihr Mann auf sich selbst war, gerade weil er seine Frau so sehr begehrte – denn dass er sie begehrte, war eindeutig. Und

Roxanna hatte versucht, sich einzureden, das sei genug. Würde sie nun auch dieses Begehren noch verlieren, wenn sie dick und hässlich wurde, weil sie sein Kind unter dem Herzen trug? Auch jetzt war Cain oft genug für die Union Pacific unterwegs. Es mochte überall, in all den Lagern, die er besuchte, andere Frauen geben ...

»Nein!« Roxanna richtete sich entschlossen auf und eilte raschen Schrittes über die schlammbedeckten Wege des Lagers, wobei sie hie und da kleinen Pfützen ausweichen musste, die sich im kalten Dämmerlicht bereits mit einer dünnen Eisschicht überzogen hatten.

Aber es gab noch einen Albtraum, den die junge Frau nicht abzuschütteln vermochte: ihre wahre Identität. Vielleicht sehnte sich Cain nach Kindern von Alexa Hunt – doch würde er auch die von Roxanna Fallon haben wollen? Wenn er erst einmal die ganze hässliche Wahrheit kannte: wer sie war, was sie getan hatte ... was ihr angetan worden war? Wenn der Verrat aufgedeckt war – würde Cain in ihrem Baby den Versuch sehen, ihn an die Verräterin zu binden? Außerdem musste die Täuschung früher oder später auffliegen, daran konnte kein Zweifel bestehen.

Und wenn Isobel nun dringend Geld braucht ...? Was für eine sinnlose Hoffnung! Roxanna wusste genau, dass sie sich damit nur etwas vormachte – Isobels kranker Hass würde nicht zulassen, dass ihre Geldgier siegte. Die Erpressung am Tag nach der Hochzeit war der anderen Frau nur ein willkommenes Mittel gewesen, ein wenig mit Roxannas Hilflosigkeit zu spielen.

»Ich muss Cain die Wahrheit sagen. Und zwar sofort, heute noch!«, schwor sich die junge Frau. Bevor dich der Mut wieder verlässt, ergänzte eine Stimme in ihrem Inneren. Wenn Cain sie auch als Roxanna akzeptierte, dann würde sie ihm von dem Baby erzählen. Und auch Jubal musste alles erfahren – wie der wohl auf die schrecklichen Enthüllungen reagieren würde? Den Gedanken an MacKenzie schob Roxanna rasch wieder beiseite, denn zuerst einmal brauchte sie all ihren Mut, um ihrem Mann die Wahrheit zu erzählen.

Hier und da riefen ihr Arbeiter, die sie auf der Krankenstation betreut hatte, einen Gruß zu. Sie erwiderte diese Grüße, war aber in Gedanken ganz woanders. Ob Cain wohl im Wagen auf sie warten würde? Ob sie ihm jetzt gleich alles gestehen sollte?

Ja, genau das würde sie tun! Entschlossen kletterte Roxanna die Stufen zu ihrem Heim empor, stieß die Tür auf und betrat atemlos das Wohnzimmer. Sie holte einmal tief Luft und rief dann: »Cain, bist du zu Hause?«

Als niemand antwortete, warf sie ihr Cape auf ein Sofa und eilte ins Schlafzimmer, um sich frisch zu machen, denn bald würde Li Chen mit dem Abendessen kommen. Dann aber fiel ihr Blick auf einen Umschlag, der an der Vase auf dem Esstisch lehnte. Die kühne, sorglose Handschrift ihres Mannes war unverkennbar. Roxannas Mut sank, als sie den Umschlang aufriss und Cains Nachricht las.

Alexa,
ich muss mich um den Planiertrupp im Westen kümmern. Ich werde eine gute Woche fort sein.
Cain.

Keine Entschuldigung, auch keine einleuchtende Begründung dafür, warum er sich bei diesem verdammten Trassenbau um jede kleine Einzelheit kümmern musste! Roxannas Entschlossenheit zerrann auf der Stelle, und stattdessen trieben ihr Zorn und Enttäuschung Tränen in die Augen. Rasch wischte sie diese mit dem Handrücken beiseite und schaute blinzelnd auf die rasch hingekritzelten Worte. Noch nicht einmal einen kurzen Brief konnte er mit einem »In Liebe« beenden! Roxanna sank auf einen Stuhl, legte den Kopf auf den Tisch und fühlte sich plötzlich unendlich müde, viel zu müde für die kleinste Bewegung.

Nahe der Grenze zwischen Utah und Wyoming

Wie beim Ausbruch eines gigantischen Vulkans flogen riesige Granitbrocken durch die Luft; einige von ihnen mochten mehr als hundert Pfund wiegen. Rauch stieg auf, und der Nachhall der donnernden Explosion ließ die beiden Männer, die sich an den Boden gedrückt hatten, fast taub werden.

»Verdammt und zugenäht, das war nah dran!«, murmelte Patrick Finny, klopfte sich den Staub von den Kleidern und sah nach, ob auch wirklich noch all seine Körperteile unversehrt waren.

»Zu nahe!« Cain kauerte nach wie vor hinter dem Felsen, hinter den er geflüchtet war, als die unerwarteten Explosionen begonnen hatten.

»Die müssen ja mordsmäßig schlecht gelaunt sein, diese Planierleute! Was sie wohl sonst noch für uns auf Lager haben – bloß weil die Union Pacific so säumig den Lohn zahlt!«, murrte Finny und wollte schon aufstehen.

Cain hielt den anderen Mann am Hemdsaum fest und zog ihn wieder hinter den Felsen. Sofort danach erzitterte der Boden unter den Füßen der beiden Männer durch eine neue Explosion.

Stöhnend ließ sich Finny neben seinem Lebensretter zu Boden fallen. »Das wars – nun ist bei mir jeder einzelne Knochen kaputt! Was zum Teufel stimmt denn nicht mit den Jungs? Sie sollen hier in der Gegend doch gar nicht sprengen!«

»Du weißt das, und ich weiß das – aber die scheinen es nicht zu wissen«, erwiderte Cain und betrachtete aufmerksam die Landschaft rings um sich. Sie waren vom Lager aus auf einen felsigen Hügel geklettert, um sich noch einmal anzusehen, welchen Verlauf die Trasse durch das enge kleine Tal nehmen sollte. Den Berechnungen und Vermessungen zufolge sollten Sprengungen einige hundert Meter südlich des Punktes vorgenommen werden, an dem die beiden Männer sich befanden. Während Cain noch über diese Ungereimtheit nachdachte, erfolgte auch schon eine weitere Explosion, aber diesmal viel weiter entfernt. Dort, wo sie auch stattfinden sollte.

»Bei der Mutter Gottes und allen Heiligen – endlich haben sie es kapiert!«, seufzte Finny.

»Bleib lieber, vielleicht geht ja noch eins von diesen verdammten Dingern gleich neben uns hoch«, warnte Cain. »Ich werde einen Bogen schlagen und dort durch den Busch hindurch ins Lager zurückkehren.« Er wies nach links. »Du gehst andersherum. Halte dich um Gottes willen so tief wie möglich am Boden und achte genau auf Anzeichen für weitere Sprengungen!«

»Klar doch – das Zeug kann man meilenweit riechen – es stinkt zum Himmel!« Mit diesen Worten spuckte Finny in einem hohen Strahl braunen Tabaksaft auf den Boden, der wenig besser roch als der ätzende Brandgeruch des Sprengöls.

Vorsichtig und umsichtig machten sich beide Männer an den Abstieg, wobei sie sorgfältig auf jedes Geräusch achteten und immer wieder stehen blieben, um die Luft zu schnuppern. Wenn die Arbeiter Sprengöl einsetzen mussten, trieben sie für gewöhnlich erst einmal einen tiefen, engen Kanal in die Felsoberfläche, füllten diesen mit Sprengöl und zündeten dann eine Zündschnur – eine lange, langsam brennende Zündschnur.

Es war kein Zischen einer Zündschnur zu hören, kein durchdringender Geruch nach Öl lag in der Luft. Inzwischen hatten die beiden Männer den Fuß der Anhöhe erreicht und trafen wieder zusammen. »Ich konnte keine Anzeichen dafür entdecken, dass eine Explosion vorbereitet wurde. Und du?«, fragte Cain.

Der Ire schüttelte den Kopf. »Nur die paar Löcher in der guten Mutter Erde – jedes so groß wie die Raffgier eines Engländers!«

»Es sieht fast so aus, als hätte jemand absichtlich kleine Flaschen mit Sprengöl direkt nach uns geworfen.«

»Du meinst, da wollte uns jemand umbringen?« Finny blickte nervös um sich. Die beiden standen jetzt in der offenen Landschaft; es würde einem Attentäter schwer fallen, sich ihnen hier unbemerkt zu nähern und den Anschlag zu wiederholen. In einiger Entfernung war auch das Lager zu sehen, aus dem sich jetzt laut rufend einige Arbeiter näherten.

Das Lager des Planiertrupps war so schlampig geführt, dass der Vorarbeiter nicht sagen konnte, ob einige seiner Männer unter Umständen auf dem falschen Berg Sprengungen vorgenommen haben könnten. Und auch seine Unterlagen erlaubten keine Prüfung, ob vielleicht Sprengöl fehlte. Der Atem des Vorarbeiters, mit dem Cain sprach, roch nach Whiskey, der einiger anderer Männer ebenso. Er entließ sie alle auf der Stelle und schickte Finny mit der Nachricht zu Jubal zurück, der am weitesten vom Hauptlager entfernte Planiertrupp benötige ein halbes Dutzend Sprengleute. Dann hielt er dem Rest der Männer einen energischen Vortrag und schickte sie wieder an die Arbeit, wobei er ein wachsames Auge auf die Kästen mit Sprengstoff hielt.

Die Woche, in der Roxanna auf Cains Rückkehr wartete, zog sich unendlich lange hin. Roxanna gab sich große Mühe, ihren Schwur nicht zu vergessen, aber das fiel ihr von Tag zu Tag schwerer. Trotz ihrer Erschöpfung, die laut Dr. Milborne in den ersten Schwangerschaftsmonaten üblich war, konnte sie nachts nicht schlafen. Sie hasste es, allein in dem großen, leeren Bett zu liegen, und sehnte sich nach der beruhigenden Nähe des kräftigen Körpers ihres Mannes.

Bitte, Gott, gib, dass ich ihn nicht verliere! Roxanna lag zusammengerollt auf ihrer Seite des Bettes und hielt eine Hand schützend an ihren Unterleib gepresst. Sie war wieder einmal aus einem Albtraum erwacht, in dem Isobel Cain erzählt hatte, seine Frau sei eine Hure, eine Spionin und eine berüchtigte Bühnenschauspielerin. Zum Glück hatte irgendein Geräusch sie geweckt.

Dann hörte sie es noch einmal – das leise Quietschen eines Fensters, das hochgeschoben wurde –, das rostige Fenster im

Lagerraum ihres Eisenbahnwagens. Jemand versuchte, in den Wagen zu klettern!

Im Lager wussten alle, dass sie allein schlief, wenn Cain fort war, aber wer würde es wagen, sich Jubals Enkelin zu nähern, ganz gleich, wie ramponiert deren Ruf war? Und nur ein Verrückter würde es riskieren, Cains Zorn auf sich zu ziehen. Zitternd vor Angst glitt Roxanna leise aus dem Bett. Ein dünner Strahl Mondlicht fiel ins Zimmer und leuchtete ihr. Vorsichtig schlich sie zu ihrer Kommode, die in einer Zimmerecke stand, und zog die unterste Schublade auf. Wo war ihre Sharps Pepperbox, ihre Pistole? Sie hatte sie unter der Unterwäsche versteckt, damit Cain sie nicht finden und womöglich peinliche Fragen stellen konnte.

Die Schritte, die sich durch das enge, voll gestellte Packabteil der Schlafzimmertür näherten, klangen leise und langsam. Hastig durchwühlte Roxanna die dünnen Seidengewänder in der Schublade. Endlich schlossen sich ihre Finger um kaltes Metall. War der Revolver geladen? Sie konnte sich nicht daran erinnern, und es blieb keine Zeit, das zu überprüfen, denn nun öffnete sich plötzlich die Tür, und eine vierschrötige, kräftige Silhouette trat in den Raum. Der Mann starrte auf das leere Bett, stieß einen leisen Fluch aus und ließ seinen Blick dann durch den ganzen großen Raum gleiten.

Roxanna wusste, dass sie nirgendwohin entkommen konnte; regungslos kauerte sie in der Ecke neben der Kommode und hielt die Pistole mit beiden Händen fest umklammert. Die Augen des Eindringlings hatten sich bestimmt schon an die Dunkelheit gewöhnt – noch dazu trug sie ein weißes Nachtgewand! Es bestand also kaum die Chance, dass er sie nicht entdecken würde. Und da hatte er sie auch schon gesehen.

»Sie schlafen wohl schlecht?«, murmelte er, und das Mondlicht tanzte auf der stählernen Klinge des Messers, das er in der linken Hand trug. Langsam ging er auf Roxanna zu.

»Ich habe eine Pistole – bleiben Sie stehen!« Angst schnürte

Roxanna die Kehle zu, aber sie zwang sich, diesen Befehl klar und bestimmt zu erteilen.

Der Eindringling lachte leise und hämisch. »Was du nicht sagst, Schatz!«, erwiderte er unbekümmert.

Roxanna legte an und feuerte. Dem scharfen Knall der kleinen Pistole folgte ein lauter Fluch des Angreifers, den die Kugel – Kaliber zweiunddreißig – wohl aus dem Gleichgewicht, nicht aber zu Boden geworfen hatte. Rasch spannte Roxanna den Hahn, um erneut zu schießen, doch der Angreifer hatte sich in den Schatten geflüchtet. Sie hörte sein Messer klappernd zu Boden fallen, als er nun die Tür des Wohnzimmers aufriss. Sie schoss noch einmal, wusste aber sofort, dass sie ihn diesmal nicht getroffen hatte. Ehe sie einen dritten Schuss abgeben konnte, war der Mann durch die Tür verschwunden.

Sie hörte ihn mit schweren Schritten durch den Schlamm die Arbeitswagen entlanglaufen, und als sie das Fenster erreicht hatte und hinaussehen konnte, war er bereits in der Dunkelheit verschwunden. Den Rücken an die Wand gepresst, die Pistole immer noch krampfhaft mit beiden Händen umklammert, stand Roxanna da und begann, unkontrolliert zu zittern. Der Schreck der überstandenen Gefahr steckte ihr tief in den Gliedern. Es dauerte nur wenige Minuten, bis Li Chen eilig über die Schienen herbeigelaufen kam, dicht gefolgt von Jubal. Bald würde das ganze Lager wach sein.

Roxanna hockte sich zitternd auf die Bettkante; sie verspürte plötzlich das überwältigende Bedürfnis nach einem heißen Bad.

Am nächsten Morgen verbreitete sich die Nachricht, dass jemand in den Eisenbahnwagen von MacKenzies Enkelin eingebrochen war, um diese zu entehren, wie ein Lauffeuer. Jubal setzte auf die Ergreifung – lebend oder tot – eines großen, kräftigen Mannes mit einer Schusswunde irgendwo im Oberkörper eine Belohnung von fünftausend Dollar aus. Das ganze Lager wurde durchsucht und alle Männer auf den Lohnlisten der Arbeitstrupps namentlich aufgerufen. Wer immer der Angreifer gewesen sein mochte: Er war nicht bei der Union Pacific beschäftigt.

Jubal war außer sich. Welcher Abschaum von einem Menschen konnte es wagen, eine schlafende Frau in der sicheren Zuflucht ihres eigenen Bettes überfallen und vergewaltigen zu wollen? Er verordnete, dass bis zu Cains Rückkehr zwei bewaffnete Männer Roxannas Wagen bewachen sollten. Alle gingen davon aus, dass die Gerüchte, die sich um Alexas Gefangenschaft bei den Indianern rankten und ihre Ehe mit einem halb indianischen Revolvermann den Angreifer motiviert hatten.

Nur Roxanna fürchtete etwas anderes: die Wahrheit. Konnte der Riese, der so ruhig und methodisch mit einem Messer auf sie zugekommen war, ein lustbesessener Vergewaltiger gewesen sein, der gern auch einmal kosten wollte, was sie der »Rothaut des Schotten« gab? Oder hatte ihn jemand angeheuert, um sie zu vergewaltigen und zu ermorden? Wenn ja, dann wusste sie auch, wer den Mann für diese Arbeit bezahlt hatte.

Sie wagte es nicht, jemandem von ihrem Verdacht zu erzählen, am allerwenigsten Jubal, der ohnehin schon wütend genug war, um nach Blut zu lechzen. Und es konnte ja immer noch sein, dass Jubal Recht hatte und es sich bei dem Einbrecher lediglich um einen betrunkenen Vagabunden gehandelt hatte, der hatte versuchen wollen, eine schutzlose Frau zu vergewaltigen. Ja – und vielleicht würde Isobel Darby Roxanna alles verzeihen und in ein Kloster gehen!

Es lief ohnehin alles auf das Gleiche hinaus. Roxanna musste es einfach schaffen, all ihren Mut zusammenzunehmen und Cain ihre wahre Identität einzugestehen. Sie schuldete ihrem Mann die Wahrheit – und zwar bevor jemand anders sie ihm enthüllte.

Aber Cain kam von seiner Arbeit mit den Planiertrupps nicht zurück. Er hatte unterwegs die Nachricht erhalten, dass Indianer ein Holzfällerlager im Westen angegriffen und mehrere der Arbeiter dort getötet hatten. Also schickte er Jubal ein knapp gehaltenes Telegramm und ritt weiter, ohne erfahren zu haben, was seiner Frau beinah widerfahren wäre.

Roxanna durchlebte eine schreckliche Zeit. Sie war nervös und aufgeregt, wiederholte immer wieder im Kopf die Worte, mit dem sie ihrem Mann erzählen würde, wer sie wirklich war, und war gleichzeitig ununterbrochen auf der Hut vor einem neuen Angriff. Jubal bestand darauf, ihr auf allen Wegen einen bewaffneten Begleiter mitzugeben. Und obwohl ihr das peinlich war, nahm sie diese Begleitung an.

Eine Woche später fiel diese Aufgabe Patrick Finny zu, der gerade von seinem Überwachungsritt mit Cain zurückgekehrt war. Als er Roxanna von der Krankenstation zu Jubals Wagen begleitete, wo sie zu Abend essen wollte, versuchte er, die junge Frau aufzumuntern. »Er kommt ja bald wieder, es kann jetzt jeden Tag sein! Lassen Sie bloß nicht den Kopf hängen.«

»Da vorne bei den Planiertrupps und Landvermessern ist es ja schon gefährlich genug, Mr. Finny. Aber nun ist mein Mann ganz allein den Banditen hinterhergeritten, die unsere Männer angreifen!«

Finny grinste. »Cain hat mehr Leben als eine Wildkatze aus Wyoming, Missis. Der Mann ist zäher als Ihr Großvater – und wenn Sie mir die Bemerkung nicht übelnehmen: Der ist ja schlichtweg unverwüstlich.«

»Sie arbeiten schon lange für meinen Großvater, nicht wahr, Mr. Finny?«

»Jetzt wohl schon mehr als ein Dutzend Jahre. Hatte mir allerdings nicht träumen lassen, dass ich ihm noch mal hier in diese gottverlassene Wildnis folgen würde. Wir sind seit *Pennsylvanien* zusammen, Ihr Großvater und ich«, antwortete der Ire mit einem lustigen Zwinkern in den Augen. »Haben uns bei der Beerdigung meines vorigen Arbeitgebers getroffen. Er und Ihr Opa – die waren Kompagnons gewesen.«

»Und du warst damals schon ein vorlauter Bursche!«, wetterte Jubal ihnen von der Plattform seines Wagens entgegen, als sie nun die Treppe hinaufstiegen.

»Sie denken doch nicht etwa an den Grabstein?«, fragte Finny leise kichernd.

Jubal räusperte sich. Obwohl er schroff und kurz angebunden klang, war ersichtlich, dass MacKenzie die Unterhaltung genoss. »Meinst du den Spruch: ›Hier ruht Lachan Bruce Campbell, ein guter Vater und ein frommer Mann‹?«

»Und ich sagte: ›Das ist typisch für die Schotten: begraben drei Männer in einem einzigen Grab!‹« Grinsend wandte sich Finny an Roxanna. »Und da hat der hier mich auf der Stelle angeheuert.«

»War das so, Großvater?« Roxanna ließ sich von den Neckereien der beiden Männer anstecken – eine willkommene Abwechslung nach den Anspannungen der letzten Woche.

»Und ob das stimmt! Mir gefällt es, wenn ein Landvermesser Land gut und Gewinn bringend einschätzen kann.«

»Wenn Eure Lordschaft dann weiter nichts für mich zu tun hat, werde ich mich jetzt verabschieden. Der alte Weevily Joe hat die Glocke zum Abendessen geläutet, und bei dem kriegt man nichts mehr, wenn der letzte Tisch abgeräumt ist.« Galant verbeugte sich der Ire vor Roxanna, zog seine zerbeulte Kappe vom Kopf, sodass ihm eine paar fettige Haarsträhnen ins Gesicht fielen, und half ihr dann die letzten Stufen zum Wagen empor. »Wenn Sie mal wieder eine Leibwache brauchen, Mrs. Cain: Es ist mir eine Ehre. Und machen Sie sich um Ihren Mann mal keine Sorgen – der kann gut auf sich selbst aufpassen.«

»Unverschämter Bursche«, brummte Jubal wohlwollend, als der Ire sich in Richtung Verpflegungswagen davonmachte. Dann wandte sich der alte Mann Roxanna zu und hielt ihr lächelnd ein Telegramm entgegen. »Das ist vor drei Minuten angekommen.«

Aufgeregt riss ihm die junge Frau das Telegramm aus der Hand und überflog es rasch. »Cain wird morgen zu Hause sein!«

»Ja, mein Mädchen. Es geht ihm gut, und er ist in Sicherheit! Und nun hast du dir so viele Sorgen um ihn gemacht – dabei bist du es doch, um die wir uns sorgen müssen«, meinte er und betrat seinen Wagen.

Li Chen hielt das Abendessen bereit. Roxanna war zu aufgeregt und nervös, um dem hervorragenden Rinderbraten mit Wildreis die gebührende Ehre zu erweisen, versuchte es aber wenigstens, denn sie wusste, dass Jubal fragen würde, was ihr fehle, wenn sie nichts aß. Und außerdem brauchte das Baby gutes Essen. Roxanna war einerseits fast überwältigt vor Freude und Erleichterung, ihren Mann am Leben zu wissen und zu erfahren, dass er nun endlich heimkehren würde – andererseits fürchtete sie sich sehr vor der Eröffnung, die sie ihm würde machen müssen.

Als der verführerisch duftende Pudding mit dicker Sauce aufgetragen wurde, war Roxanna sogar ein wenig übel. Sie beschloss, mit Chen über die zu reichhaltigen Mahlzeiten zu sprechen, die auch für den übergewichtigen Jubal nicht gut sein konnten.

»Du wirkst ein wenig blässlich, Alexa.«

»Das liegt am schweren Essen. Ich befürchte, ich habe zu viel davon genossen.« Roxanna schob den zuckertriefenden Nachtisch beiseite.

Jubal schnaubte. »Von dem, was du isst, könnte noch nicht einmal ein junger Präriehund satt werden«, brummte er und sah seine Enkelin aufmerksam an, während er eine seiner Zigarren zurechtschnitt und anzündete.

»Wahrscheinlich bin ich nur aufgeregt, weil Cain endlich zurückkommt«, gab die junge Frau zu und konnte nicht verhindern, dass sich ihre Wangen zart rosa färbten.

»Und vielleicht hast du dem Jungen etwas zu erzählen?«, fragte Jubal sanft.

Roxannas Hand begann zu zittern, und ihr Teelöffel schlug gegen den Rand ihrer Kaffeetasse. »Was meinst du damit?« Er kann es doch unmöglich wissen!, durchfuhr es sie. Außer natürlich, Isobel Darby hätte ihm genau an diesem Nachmittag ein Telegramm geschickt.

Ein nachdenkliches Lächeln umspielte die Lippen des alten Schotten. »Sei einem alten Mann nicht böse, der so seine

Träume hat, mein Mädelchen. Ich habe ja nur gedacht, dass vielleicht ein kleiner Cain auf dem Weg sein könnte.«

Jubal wirkte neugierig, gleichzeitig aber auch schüchtern – wer hätte denn gedacht, dass Jubal MacKenzie schüchtern sein konnte! Die Angst, die sich wie eine eisige Faust um Roxannas Herz gelegt hatte, wich ein wenig. »Wie ... wie hast du das erraten? Doktor Milborne hat es mir doch erst letzte Woche bestätigt.«

»Ich habe so lange Jahre ohne Familie gelebt, da versuche ich wohl, die verlorene Zeit nachzuholen. Ich habe viel gelernt, was deine Launen und dein Verhalten betrifft, mein Mädelchen«, erklärte Jubal und streichelte Roxanna liebevoll die Hand. Und mit einem leisen Lachen fuhr er fort: »Kein Wunder, dass du enttäuscht warst, als Cain nicht mit Patrick Finny zurückkehrte.« Jubal wurde plötzlich wieder nachdenklich. »Bist du glücklich über das Kind?«

»Mehr als über alles andere, Großvater.«

Jubal hatte das leichte Zögern in ihrer Stimme durchaus mitbekommen. »Aber?«, forschte er nach.

Roxanna zuckte die Schultern. »Nur so alberne Sachen, über die sich Frauen Gedanken machen – dass ich dick werde und für meinen Mann nicht mehr attraktiv bin.« Im Stillen fügte sie hinzu: Dass ich ihn mit diesem Kind an mich binde, auch wenn er mich vielleicht hasst, wenn er herausfindet, wer ich in Wirklichkeit bin. Impulsiv drückte sie Jubals Hand. »Erzählt ihm noch nichts. Ich ... ich brauche Zeit, ihm die Nachricht auf meine Art beizubringen.«

Ein besorgter Ausdruck trat in Jubals Augen. »Alexa, ist alles in Ordnung zwischen Cain und dir?« Als sie etwas erwidern wollte, hob er beruhigend die Hand. »Du kannst natürlich sicher sein, dass ich ihm dein Geheimnis nicht verraten werde!«

»Zwischen uns ist alles gut, Großvater, wirklich. Er fehlt mir nur sehr, wenn er fort ist – das ist alles.«

»Ich habe doch gesagt, dass ich ...«

Roxanna schüttelte den Kopf. »Nein, ich weiß, wie gut du dich auf ihn verlassen kannst, und er liebt seine Arbeit sehr.« Doch liebt er auch mich?, quälte die innere Stimme sie. Oder noch schlimmer: Was, wenn er nun gelernt hatte, Alexa zu lieben, sich von Roxanna aber voller Abscheu abwandte?

»Meine Lippen sind versiegelt, was das Baby angeht... Na ja, für mich allein werde ich schon ein wenig feiern, aber ganz diskret! Ich möchte nur, dass du weißt, wie glücklich du mich alten Mann mit dieser Neuigkeit gemacht hast. Und nun«, Jubal war wieder ganz nüchtern und geschäftig, »nun wird es Zeit, dass du zu Bett gehst. Du brauchst deinen Schlaf.«

Roxanna traten Tränen in die Augen. Wie konnte sie es über sich bringen, diesem liebenswerten alten Mann wehzutun? Wie konnte sie ihm sagen, dass seine letzte leibliche Erbin schon so lange in St. Louis begraben lag? Roxannas besorgte Gedanken wurden unterbrochen, als nun draußen der Lärm von Hufschlag und Stimmen hereindrang.

»Cain!«, rief die junge Frau und eilte zur Tür. All ihre Ängste konnten nicht verhindern, dass beim Anblick ihres Mannes tiefe Freude in ihr aufstieg. Das schwache Licht aus dem Inneren des Wagens hüllte sein Gesicht in Schatten, aber sie sah, dass er abgekämpft wirkte und aussah wie ein Pirat: Sein Bart war mindestens eine Woche alt. In der Dunkelheit funkelten Cains Augen, die auf ihrer schlanken Gestalt ruhten, schwarz wie Tinte.

»Alexa!«, gab Cain zärtlich zurück, als sich ihm die Frau auf der Plattform des Wagons in die Arme warf. Ein sanfter Fliederduft, ein süßes, seidiges Ganzes – seine Frau! Er zog sie fest an sich.

»Wir können morgen miteinander reden, mein Junge. Bringen Sie erst einmal Ihre Frau nach Hause«, schlug Jubal vor und wandte sich mit einem Lächeln von den beiden jungen Leuten ab.

Von den Bergen im Westen pfiff ein scharfer Wind. Niemand war draußen bei diesem Wetter, aber man hörte die Stimmen der Männer aus den Schlafquartieren, die in einiger Entfernung standen, untermalt von den leisen Klängen einer Mundharmonika. »Als ich ins Lager einritt, traf ich Pat Finny. Was hat das zu bedeuten: Du wirst jetzt im Lager stets von einem Leibwächter begleitet?«, fragte er, während sie an einigen leeren Wagen vorbeigingen.

»Irgendjemand ist in unseren Wagen eingebrochen, als du nicht da warst. Er hatte ein Messer.« Roxanna spürte, wie sich Cains Arm, der um ihre Schulter lag, versteifte.

Cain hielt an und blickte seiner Frau ins Gesicht. »Hat er dich angefasst? Bist du verletzt worden?«

Sein Gesichtsausdruck ließ sich im Dunkeln nicht erkennen, doch Roxanna nahm deutlich seinen mühsam unterdrückten Zorn wahr. »Nein, ich habe ihn angeschossen – mit meiner Pepperbox.«

Cains leises Lachen war ein halber Seufzer der Erleichterung. »Alexa, du steckst wirklich voller Überraschungen! Ich wusste gar nicht, dass dir bekannt ist, aus welchem Ende einer Waffe die Kugel kommt.«

»Na, eine Meisterschützin scheine ich ja nicht gerade zu sein! Schließlich konnte der Mann noch flüchten«, meinte Roxanna ein wenig heiser. Sie war so aufgeregt und angespannt, dass sie zitterte.

Cain deutete dieses Zittern falsch, zog seinen Mantel aus und legte ihn ihr um die Schultern; dann gingen sie weiter. »Und du weißt nicht, wer es war? Hast du ihn denn sehen können?«

»Es war dunkel. Ich habe nur eine Silhouette gesehen«, antwortete sie ausweichend. Was sie ihm mitzuteilen hatte, musste in der Privatsphäre ihres eigenen Quartiers gesagt werden.

Als sie nun über die Gleise traten und sich dem langen Schatten eines verlassenen Nachschubwagons näherten, verfing sich einer von Roxannas hochhackigen Schuhen in einer Schwelle, und die junge Frau stolperte. Cain beugte sich zu ihr, um sie aufzufangen – im selben Moment hörten sie den scharfen Knall eines Gewehrs, und eine Kugel verfehlte sie nur um wenige Zentimeter.

»Runter«, flüsterte Cain und ließ sich mit seiner Frau in den Armen zu Boden fallen und zwischen die Räder des Wagons rollen. Er schob Roxanna hinter sich und drückte sie gegen die rissigen Eichenschwellen, während er seine Pistole zog und hinaus in die Düsternis starrte.

Das leise Geräusch von Stiefelschritten auf fest gestampfter Erde verriet ihnen, wo sich der Angreifer aufhielt. »Bleib unten und rühr dich nicht!«, befahl Cain und rollte sich dann aus dem Schutz des Wagons hervor, um den flüchtenden Attentäter zu verfolgen.

Roxannas Herz schlug heftig, als sie zusah, wie Cain in den Schatten zwischen einigen Ausrüstungswagons verschwand. Wenn sie nicht gestolpert wäre... wenn Cain sie nicht aufgefangen hätte... der Schuss, der ihr gegolten hatte, hätte ebenso gut aus Versehen ihn treffen können. Jetzt hatte sie nicht nur ihr ungeborenes Kind gefährdet, sondern auch ihren Mann!

In der Nähe der Pferche ertönten nun rasch hintereinander zwei Schüsse. Roxanna vergaß Cains Befehl, kroch unter dem Wagen hervor und rannte dorthin, wo sie wiehernde Pferde und schreiende Maultiere hören konnte. Aus den Wagons, in denen die Arbeiter schliefen, drangen jetzt laute Stimmen, aber es wurde nicht mehr geschossen. Dann sah sie Cain: Er kniete im Mondlicht neben einer regungslosen Gestalt. »Cain!«

Beim Klang von Alexas schriller Stimme drehte Cain sich um und sah, dass die junge Frau auf ihn zurannte. Er steckte seinen Revolver zurück ins Halfter und packte sie bei den Armen. »Ich habe dir doch gesagt, du sollst bleiben, wo du bist!«

»Ich hörte die Schüsse und hatte Angst...« Sie unterbrach sich, schlang die Arme um seinen Nacken und brach an seiner Brust in unkontrolliertes Schluchzen aus.

Er hielt sie in seinen Armen und strich ihr sanft über das schimmernde Haar, das sich aus den Haarnadeln gelöst hatte und nun in dichten Wellen ihren Rücken hinabfloss. »Mir ist nichts geschehen, Alexa! Alles ist vorbei«, flüsterte er, als das Schluchzen nachließ.

Mittlerweile hatte sich eine Gruppe zerzaust aussehender Männer um die beiden versammelt. Einige rieben sich noch den Schlaf aus den Augen, andere hielten Gewehre und Revolver umklammert; die meisten waren nur halb bekleidet und trugen lediglich ihre Hosen, manche sogar nur die langen Unterhosen. Cain ignorierte alle Fragen und drehte den Mann, der ihn und seine Frau fast umgebracht hätte, mit der Fußspitze auf den Rücken. »Kannst du sagen, ob es derselbe Mann ist, der dich angegriffen hat?«

Roxanna blickte auf den großen, dünnen Körper, der dort so grotesk auf dem Boden ausgestreckt lag. »Ich glaube nicht. Er ist zu groß, nicht dick genug. Hat er eine Wunde – die von meiner Pepperbox?«

»Nein, in dem hier steckt nur eine Kugel – meine. Und die sitzt direkt im Herzen.« Cain hatte den Mann bereits untersucht und verfluchte nun sein Pech. Schade, dass er hatte schießen müssen – der Mann hatte sich umgedreht und auf ihn geschossen, so war ihm keine Möglichkeit geblieben, ihn zu Boden zu werfen. Er hatte nur die Wahl zwischen Töten und Getötetwerden gehabt. Aber nun konnte man aus dem Schweinehund nichts mehr herausbekommen.

Laut keuchend vor Anstrengung kam nun auch Jubal herbeigerannt. Nachdem er sich vergewissert hatte, dass Cain und Roxanna unversehrt waren, übernahm er es, die Männer fortzuschicken und die Leiche wegschaffen zu lassen. Cain wies er an, seine Frau in Sicherheit zu bringen.

Als die beiden jungen Leute ihren Eisenbahnwagen erreicht hatten, zündete Cain eine Lampe an, während sich Roxanna kreidebleich und zitternd auf ein Sofa sinken ließ. Cain schenkte ein kleines Glas Whiskey ein und drückte es ihr in die eiskalten Hände. Roxanna umklammerte das Glas mit aller Macht, drückte es an ihre Brust und saß stockfsteif und erstarrt da wie eine Statue.

»Trink, Alexa«, bat Cain fürsorglich und strich mit einer Hand den dichten Vorhang aus silbernem Haar aus ihrem Gesicht. Er hatte viele Fragen und wollte gern ihre Antworten hören, aber sie wirkte so blass und verzweifelt, dass er beschloss, damit bis zum Morgen zu warten. Er setzte sich neben seine Frau und wollte sie gerade in die Arme schließen, als ihre Worte ihn erstarren ließen.

»Ich heiße nicht Alexa, Cain. Ich heiße Roxanna. Roxanna Fallon. Und jemand hat diese Männer geschickt, um mich umzubringen.«

Kapitel 15

Ein Schlag mit einem Wagenschlegel in den Magen hätte Cain nicht härter treffen können. Er streckte die Hand aus, nahm Roxanna das Glas aus der Hand, deren Knöchel vor Anstrengung weiß waren, und setzte es auf dem Tisch ab. Für das, was jetzt kommen mochte, war es besser, einen klaren Kopf zu haben. Oder waren sie vielleicht beide schon völlig wirr? »Würdest du mir bitte erklären, was du da eben gesagt hast?«, bat der junge Mann tonlos.

Roxanna holte tief Luft. Cain hatte so verständnislos geklungen, so angespannt – das war nicht gerade beruhigend. Und die prüfende Art, in der seine schwarzen Augen sie anfunkelten, war noch weniger dazu geeignet, sie zu beruhigen. »Ich bin mit Alexa zur Schule gegangen. Wir waren eng befreundet.«

»Ihr wart befreundet. Vergangenheit? Dass du dich für sie ausgegeben hast, um ihren reichen Verlobten aus San Francisco zu heiraten, hat die Freundschaft wohl etwas getrübt?« Cain fühlte sich am ganzen Körper wie benommen. Das Ganze war also kein Witz! Er hatte seine Frau nicht missverstanden.

Sein Spott tat weh. »Alexa ist tot.« Schmerzliche Erinnerungen an die letzten Tage ihrer Freundin kamen Roxanna in den Sinn. Seit sie mit Cain verheiratet war, hatte sie an Alexas so tragisch kurzes Leben nur selten gedacht. »Ich wohnte bei ihr in St. Louis. Jubals Brief traf ein, kurz bevor sie ihrer Schwindsucht erlag.«

»Und da hast du beschlossen, ihren Platz einzunehmen, einen Millionär zu heiraten und bis ans Ende deiner Tage glücklich und sorglos zu leben!« Cain hatte den ersten Schock überwunden und spürte stattdessen eine mörderische Wut. Er war einer billigen Glücksritterin auf den Leim gegangen! »Und warum zum Teufel hat Jubal das geschluckt?«

Roxanna massierte ihre Schläfen und blickte zu Boden, unfähig, den Blick seiner kalten, schwarzen Augen zu ertragen. »Jubal sah Alexa zum letzten Mal, als sie kaum mehr als ein Kind war. Alexas Haare und Augen hatten dieselbe ungewöhnliche Farbgebung wie meine. Und ich wusste alles über ihre Familie.«

»Wie praktisch, Miss ... wie heißt meine Ehefrau doch gleich?«

Leiser Ärger regte sich nun auch in Roxanna und holte die junge Frau aus ihrer Lethargie. Am liebsten hätte sie Cain angeschrien und ihm klar gemacht, wie unfair sein Spott war – aber andererseits hatte ihr Mann ja alles Recht dazu, sich hintergangen zu fühlen. »Roxanna Fallon«, erwiderte sie matt.

»Ich gehe davon aus, dass du keine Familie hast, Roxanna – oder stand der Mörder, den ich gerade erschossen habe, etwa auf der Lohnliste deines Vaters? Nimmt der übel, dass ich wagte, seine reine und weiße Tochter zu berühren?«

»Nein, Cain, meine Familie starb. Im Krieg. Und der Mann vorhin hat auch nicht versucht, dich umzubringen. Er hatte es auf mich abgesehen. Genau wie der, der letzte Woche hier eingebrochen ist.«

Roxanna kauerte in ihrem Stuhl, und die Tränen rannen ihr in kristallklaren Rinnsalen die Wangen hinab. Sie wirkte so zart, so verloren ... und doch auch so wunderschön. Fast hätte Cain die Hand ausgestreckt, um ihr die Tränen von den Wangen zu wischen, besann sich dann aber und zog die Hand ärgerlich zurück. »Und warum das alles?«

»Eine Frau namens Isobel Darby heuerte die Männer an.«

»Und ich nehme an, sie hatte einen Grund dafür?«

»Sie denkt, ich sei verantwortlich für den Selbstmord ihres Mannes. Er war Colonel in der Armee der Südstaaten ... und ich eine Agentin der Union.« Von dem obszönen Handel, den sie mit Darby abgeschlossen hatte, konnte sie ihm unmöglich erzählen! Das galt für die ganze schreckliche, entwürdigende Nacht damals – es reichte, dass die Erinnerungen daran sie seitdem jeden Tag ihres Lebens heimsuchten. Sie könnte es nicht ertragen, wenn noch jemand anderes davon erfuhr – und ihr Mann schon gar nicht.

»Eine Spionin bist du also! Kein Wunder, dass du so hervorragend schauspielerst! Das war ja dann eine große Enttäuschung für dich, als die Verlobung mit Powell platzte und du dich mit einem einfachen Angestellten zufrieden geben musstest – noch dazu mit einem Halbblut!« Cains Stimme war voll Bitterkeit.

»Aber das stimmt doch gar nicht – ich hätte Larry nie heiraten können! Nicht mehr, nachdem ich dich kennen gelernt hatte!« Roxanna hätte alles gegeben – ihren Ruf, ihre Sicherheit, ihr Ansehen –, wenn sie nur den Mann, der ihr so zornig gegenübersaß, bewegen könnte, sie zu lieben. Cain wirkte gefasster; sein erster, wütender Zorn schien verraucht zu sein, aber Roxanna wusste, dass er ihren Worten keinen Glauben schenkte.

Helle Tränen schimmerten in Roxannas Augen, und sie blickte Cain flehentlich an. Er roch den feinen Fliederduft, als sie sich jetzt zu ihm vorbeugte und ihm die Hand hinstreckte. Eine blasse, weiche kleine Hand, an deren Ringfinger sein schwerer goldener Ring leicht schimmerte. Cain umschloss die zarte Hand seiner Frau mit seinen beiden großen, kräftigen Händen, drückte sie leicht und zog Roxanna so nah zu sich heran, dass ihre beiden Gesichter sich fast berührten.

»Ich weiß nicht, was ich glauben soll, Roxanna. Du hast mich belogen, du hast dich meiner Person bedient. Eine behütete Jungfrau aus gutem Hause warst du nie, so viel ist auf jeden Fall klar. War ich der erste Mann für dich?« Er spürte, wie Roxanna zusammenzuckte und versuchte, sich ihm zu entziehen, weshalb er seinen Griff noch verstärkte. »Verdammt, und das auch noch! Man hat mir oft erzählt, dass Jungfrauen in der Hochzeitsnacht bluten. Und mir ist noch nicht einmal flüchtig in den Sinn gekommen zu fragen, warum das bei dir nicht der Fall war!« Voller Zorn auf seine eigene Gutgläubigkeit schleuderte

Cain Roxannas Hand von sich, als wäre diese eine giftige Natter, stand auf, durchquerte den Wagen und blieb, den Rücken Roxanna zugewandt, am Fenster stehen.

»Außer dir habe ich nie jemanden geliebt, Cain. Ich habe mich nie jemand anderem hingegeben.« Und das stimmte ja auch – sie hatte nicht freiwillig gegeben, was ihr in Vicksburg geraubt worden war, und Liebe war in jener Nacht wahrlich nicht im Spiel gewesen. Aber wie konnte sie erwarten, dass ihr Mann ihr glaubte? »Ich werde gleich morgen früh zu Jubal gehen und ihm selbst die Wahrheit sagen.« Sie fühlte sich geschlagen und stand auf, wobei es sie wunderte, dass ihre Beine, die sich anfühlten, als wären sie aus Gummi, den bleischweren Körper zu tragen vermochten.

»Nein!« Wenn Jubal die Wahrheit erfuhr, was würde er tun? Cain wusste nur zu gut, dass MacKenzie auf ganzer Linie auf Roxanna hereingefallen war, wie er selbst ja auch. Jubal wollte glauben dass es sich bei der jungen Frau um Alexa handelte. Der alte Mann hatte sie in den vergangenen Monaten erstaunlich fest in sein Herz geschlossen. Ob er, mit der Wahrheit konfrontiert, wohl Cain an die Luft setzen und sich von Roxanna lossagen würde? Das wollte Cain nur ungern herausfinden müssen.

Seine Stimme klang wie ein Peitschenhieb und traf Roxanna ebenso. Mit ein paar Schritten hatte er das Zimmer durchquert und die junge Frau fest an der Schulter gepackt. »Du wirst Jubal gar nichts sagen. Was geschehen ist, ist geschehen. Von jetzt an bist du wirklich Alexa. Du hast dir die Suppe selbst eingebrockt, Süße, und nun wirst du sie auch auslöffeln!«

Wie Stahlschrauben bohrten sich seine Finger in Roxannas Fleisch. Warum nur wollte er die Komödie fortsetzen? »Aber was ist mit Isobel Darby? Sie folgt mir seit dem Tod ihres Mannes. In Cheyenne hat sie mich sogar erpresst.«

»Wie praktisch, dass du da die MacKenzie-Millionen zur Verfügung hattest! Ich kümmere mich schon um die Dame. Nach zwei fehlgeschlagenen Attentaten auf dein Leben überlegt sie es sich vielleicht. Und wenn nicht, dann werde ich schon dafür sorgen, dass sie es sich überlegt.«

Wenn Roxanna gehofft hatte, Cain spüre noch einen Funken Mitgefühl für sie, dann belehrten sie die letzten, eiskalten Worte des jungen Mannes eines Besseren. Roxanna wollte nun nur noch Zeit für sich. Sie musste dringend allein sein, nachdenken, überlegen, was zu tun war. Aber heute Nacht war ihr das nicht mehr möglich. Sie war so erschüttert, so verwirrt, so ungeheuer erschöpft. Spontan wollte sie Cain mitteilen, sie sei es leid, sich zu verstellen. Wenn er ihr nicht vergeben könne, wenn er sie nicht als die lieben könne, die sie war, dann würde sie Jubal die Wahrheit erzählen und ihre Sachen packen. Aber sie musste nun auch an das Baby denken – es ging nicht mehr nur um sie allein. Wie konnte sie für ein Kind sorgen, wenn sie wieder einmal ohne einen Pfennig in der Tasche durch die Lande irrte, immer auf der Flucht vor einer mordlüsternen Isobel?

Sie wandte sich Cain zu und wollte ihm mitteilen, dass er Vater werden würde, fand aber die Worte nicht. Und so, wie der Mann sich jetzt fühlte, stellte er unter Umständen auch noch die Frage, ob er auch wirklich der Vater des Kindes sei! Roxanna blieb nichts anderes übrig: Sie musste die Komödie weiterspielen und es Cain überlassen, mit Isobel Darby fertig zu werden.

»Hast du mich verstanden ... Alexa?«

Cains Frage drang in das Chaos, das Roxannas Gedanken in ihrem Kopf bildeten. Die junge Frau nickte. »Ja, Cain, ich habe verstanden.« Mit diesen Worte wandte sie sich um und ging in ihr Schlafzimmer, wo sie mit dem Gesicht nach unten auf das große Bett fiel und verzweifelt und müde die Augen schloss. Sie war eben dabei, vor schierer Erschöpfung einzuschlafen, da hörte sie, wie sich die Außentür des Wagons schloss und Cains Schritte in der Stille der Nacht verhallten.

Er versuchte, sich zu betrinken. Als daraus nichts wurde, suchte er sich ein paar Goldgräber auf der Durchreise, die in dieser

Beziehung mehr Glück gehabt hatten, und war dankbar, als diese es nicht lassen konnten, sich in trunkenen Anspielungen auf seine Abstammung zu ergehen. Es bereitete ihm wilde Freude, sie alle miteinander zu verprügeln und dann ritt er, ohne ein bestimmtes Ziel im Sinn, aus dem Lager.

Als die Sonne ihren raschen Anstieg himmelwärts begann und auf die helle Leinwand des östlichen Himmels glutrote Muster warf, zügelte er sein Pferd und ließ seine Blicke über das endlose Nichts des Red Dessert gleiten, den einsamsten und verlassensten Landstrich, durch den die Trasse der Union Pacific führte. Cain kann sein Leben in diesem Moment noch einsamer und leerer vor, ohne jeglichen Sinn und ebenso vergänglich wie der Wind, der über die Sanddünen strich. Alles stand nun auf dem Spiel – Jubals Vertrauen, seine Stellung als Bauleiter, das Geld und die Macht, die ihm die Stellung hatte bringen sollen, die Möglichkeit, sich zu beweisen und erfolgreich zu sein – in einer Welt, die seinesgleichen ablehnte und verachtete.

Und hier saß er nun und konnte an nichts anderes denken als an Roxanna Fallon, seine Frau! Cain stützte sich auf den Sattelknauf, starrte auf die Sonne, die wie ein Ball aus geschmolzenem Gold am Himmel hing, und sah dort Roxannas Gesicht, große türkise Augen voller Tränen, zitternde, weiche, rosige Lippen. Wie verletzlich sie ausgesehen hatte, als sie versichert hatte, dass sie ihn liebte! Aber er wagte nicht, ihren Worten zu trauen. Wie denn auch? Sie hatte ja selbst zugegeben, eine Spionin gewesen zu sein. Wahrscheinlich eine verdammt gute – er selbst und auch der schlaue alte Schotte waren jedenfalls völlig ihren Lügengeschichten erlegen. Genau wie alle anderen: von Doc Milborne bis hin zu Sieht Viel.

Bei Sieht Viel war sich Cain allerdings nicht ganz sicher: Der alte Schamane wusste vielleicht die Wahrheit – oder einen Teil der Wahrheit. Sieht Viel war immer eigene, geheimnisvolle Wege gegangen und hatte Cain schon als Kind verunsichert, weil er stets die tiefsten, geheimsten Gedanken seines Großneffen gekannt hatte. Cain lachte voller Bitterkeit: Da hatte er sich nun so schuldig gefühlt, weil er Alexa als Mittel zum Zweck benutzt hatte, um von MacKenzie die Stellung zu bekommen, nach der er sich schon so lange gesehnt hatte! Und dabei hatte die junge Frau die ganze Zeit über ihn und Jubal an der Nase herumgeführt und für ihre eigenen Zwecke benutzt – welch eine Ironie des Schicksals!

Und wie viele andere Narren waren ihren süßen Täuschungen erlegen? Wie viele andere Männer hatte sie belogen – mit wie vielen im Bett gelegen? »Zumindest von einer Schuld kann ich mich freisprechen: Ich habe keiner Jungfrau unter Vorspiegelung falscher Tatsachen die Unschuld geraubt!« Cain hatte diese Worte laut ausgesprochen und schalt sich jetzt selbst einen Narren, weil ihn der Gedanke an die verflossenen Liebhaber seiner Frau ebenso – wenn nicht sogar mehr – bedrückte wie der Gedanke an einen möglichen Verlust von allem, wofür er so hart gearbeitet hatte.

Langsam ritt Cain ins Lager zurück und entschied, dass es das Beste sein würde, diese Isobel Darby aufzuspüren und sich mit ihr zu befassen, ehe sie zu Jubal gehen und Roxanna Fallon als die Betrügerin entlarven konnte, die diese ja war. Was zum Teufel seine Frau nur getan haben mochte, um solchen Hass auf sich zu ziehen? Cain hätte nicht genau sagen können, ob er das wirklich erfahren wollte.

Als er ins Lager zurückkehrte, wartete Jubal schon auf ihn. Der alte Herr war voller Fragen über den Vorfall des vergangenen Abends und in heller Aufregung darüber, dass irgendein Verrückter es gewagt hatte, einen Mordanschlag auf seine Enkelin zu verüben. »Ich sage Ihnen, mein Junge, wenn ich diesen Schweinehund in die Hände bekommen hätte, dann wäre der langsam und qualvoll verreckt und nicht so schnell und einfach wie bei einem sauberen Schuss ins Herz. Aber ich bin natürlich dankbar, dass Sie ihn erledigt haben. Ich habe nichts über den Mann herausfinden können. Als wären er und der andere einfach so vom Himmel gefallen, um mein armes Mädchen zu belästigen.«

»Der eine ist jedenfalls tot, Jubal. Was immer seine Motive gewesen sein mögen, mit ihm ist es vorbei. Aber ich halte es doch für das Beste, wenn Alexa mit Ihnen nach Denver reist, wenn Sie sich dort mit Powell treffen. Ein wenig Erholung und Ablenkung in der Zivilisation werden ihr gut tun.«

MacKenzie blickte Cain prüfend an und fragte sich, ob Alexa ihren Mann wohl über ihren Zustand aufgeklärt hatte. Aber aus den undurchdringlichen Gesichtszügen seines Gegenübers ließ sich nichts ablesen. »Ja, ich nehme sie gern mit nach Denver. Aber was den feinen Herrn Powell betrifft, der kommt nicht. Und das, wo ich kurz davor war, ihn mit beiden Händen in der Kasse der Central Pacific zu erwischen!«

Cain blinzelte. »Heißt das, Sie haben etwas über die abhanden gekommenen Schiffsladungen herausgefunden?«

»Aber ja!« Jubal schob Cain ein Häufchen Papiere zu. »Sehen Sie sich einmal an, was meine Leute in New York gerade herausgefunden haben.«

Cain überflog den Bericht, der Andrew Powell mit einer Frachtgutfirma im Osten in Verbindung brachte, die mit Collis Huntington unter Vertrag stand und zweihundert Tonnen Bolzen und Übergangslaschen in die Lagerhäuser der Central Pacific in San Francisco hatte transportieren sollen. »Ihm gehört nicht nur der Zulieferbetrieb, er hält auch Anteile an der Reederei. Nicht besonders überraschend, aber doch ein wenig plump.«

Jubal strich sich über den Bart. »Ja, das hatte ich auch schon gedacht. Es ist gefährlich, sich mit Mark Hopkins anzulegen, vom alten Collis ganz zu schweigen. Doch hier haben wir es schwarz auf weiß! Wir brauchen jetzt nur noch die Bestätigung für ein paar Geldtransaktionen einiger Banken in San Francisco, und dann können wir Powell festnageln – oder vielmehr: Dann nageln ihn seine Kumpel bei der Central Pacific fest!«, verkündigte der alte Herr freudig.

»Am liebsten würde ich selbst nach San Francisco fahren und den Schweinehund eigenhändig zur Strecke bringen«, entgegnete Cain in kaltem Zorn.

MacKenzie hörte die Anspannung in der Stimme seines Protegés. »Sie hassen ihn immer noch wie die Pest, weil er Alexa bei diesem Zugunglück gefährdet hat, was?«

»Ja, und weil er unsere Arbeiten behindert und die Cheyenne für seine Zwecke missbraucht.«

»Ich nehme an, das ist Ihr gutes Recht, mein Junge. Ja – sobald wir in Denver alles geklärt haben, können Sie losziehen und den Löwen in seiner Höhle heimsuchen.«

Cain bemühte sich sehr, sich nicht anmerken zu lassen, wie sehr dieser Plan ihm gefiel. »Also ist das Treffen in Denver nicht abgesagt worden?«

»Nein. Nur Andrew Powell wird nicht teilnehmen – er schickt seinen Sohn«, erwiderte Jubal und verzog den Mund, als hätte er gerade in eine Zitrone gebissen.

Cain lächelte spöttisch. »Das ist doch wunderbar, dann brauchen Sie mich ja gar nicht! Ich habe hier noch genug zu tun. Da sind die Banditenüberfälle, und dann droht ein Teil der Arbeiter mit Streik, weil die Lohnzahlungen so lange dauern. Ohne seinen alten Herrn ist Larry ein Kinderspiel, und Sie kriegen ihn ohne weiteres dazu, mit dem Trassenbau an der Grenze von Nevada aufzuhören.«

»Vielleicht. Trotzdem finde ich, Sie sollten mit nach Denver kommen und Ihrer Frau beim Einleben beistehen.« Als darauf keine Antwort kam, fügte Jubal nach kurzem Zögern hinzu: »Man hat mir von der Prügelei im großen Zelt letzte Nacht erzählt.«

»Ein paar Goldgräber, die sich mit einem Halbblut anlegen wollten. Nichts Neues.«

»Neu war nur, dass Sie getrunken hatten. Haben Sie sich mit Alexa gestritten?«

»Das geht nur mich und meine Frau etwas an, Jubal.« Cains Stimme klang eisig und entschieden. Diese Stimme setzte der junge Mann ein, wenn er einen ganzen Saloon voll trunkener Arbeiter zur Räson bringen wollte oder sich einem gezückten Revolver gegenübersah.

Und dann sah MacKenzie seinen Bauleiter nur noch abrupt und ohne einen Gruß aus dem Wagen stürmen. »Und was war das jetzt, mein Junge?«, murmelte der alte Mann, doch da war niemand mehr, der ihm hätte antworten können.

Während Cain damit beschäftigt war, die schwer auffindbare Isobel Darby aufzuspüren, verfolgte auch Colonel Riccard Dillon Spuren, allerdings etliche hundert Meilen weiter nordöstlich. Als sein Zug Blauröcke auf das Cheyennedorf zuritt, saß Johnny Lahmes Pony auf einem bewaldeten Hügel und sah ihnen aus der Entfernung zu.

»Perfekt wie der Zauber eines Medizinmanns!«, murmelte der Abtrünnige mit einem wilden Grinsen, das etliche schwärzliche Zähne enthüllte. Das Leben in der offenen Prärie hatte tiefe Furchen in Johnnys Gesicht gegraben, und als das Lächeln jetzt erlosch, verzogen sich die dünnen Lippen nach unten. Zusammen mit dem dichten Bart und den schweren Augenbrauen – das Erbe von Johnnys weißem Vater – bildeten sie ein bedrohlich wirkendes Ganzes. Aus schmalen dunklen Augen schossen aufmerksame Blicke umher, und die näher kommenden Soldaten wurden einer genauen Prüfung unterzogen. Wenn Wieselbär getan hatte, wie ihm befohlen worden war, dann würde alles genau nach Plan laufen, und der Mann des Eisenpferdes wäre sehr erfreut. Johnny Lahmes Pony betrachtete das Bild, das sich zu seinen Füßen entfaltete, und träumte von Whiskey und Huren.

Sieht Viel saß ruhig und nachdenklich in seinem Zelt und rauchte seine Pfeife, als Lederhemd zu ihm trat. »Die Blauröcke kommen«, verkündete der Häuptling.

»Wie ich es gesagt habe«, erwiderte sein Bruder. »Hat man Wieselbär gefunden?«

Lederhemds Gesicht färbte sich dunkel vor Zorn. »Er ist entkommen, aber die beiden jungen Krieger aus seiner Gemeinschaft, die mit ihm ritten, wurden gefangen. Ich werde sie nicht der Rechtsprechung der Weißaugen übergeben. Es ist unsere Sache, ihre Strafe zu bestimmen.«

Sieht Viel nickte. Das war die Art der Cheyenne. »Es wäre klug, sie und ihre Ponys zu verstecken. Sie werden vom Stammesrat verbannt werden, weil sie sich den Banditen angeschlossen haben. Was werden wir tun, wenn der Ponysoldat Dillon sie gefangen nimmt?«,

»Sobald der Rat gesprochen hat, sind sie keine Cheyenne mehr. Dann können die Soldaten mit ihnen machen, was sie wollen.«

Wieder nickte Sieht Viel. »Dass wir die jungen Unruhestifter verbannen, deren Herz sich gegen die Weißen gewandt hat, wird uns nichts nützen, wenn die Soldaten kommen. Für sie sind die roten Männer einer wie der andere.«

»Was soll ich deiner Meinung nach tun, um unsere Leute zu schützen?«, fragte Lederhemd.

»Das liegt nicht mehr in unserer Hand, glaube ich. Die Mächte des Himmels zeigen mir nicht alles. Aber der Einsame Bulle wird für eine Weile zu uns zurückkehren. Ich weiß noch nicht, warum.«

»Sein Name ist Kein Ceyenne«, entgegnete Lederhemd scharf.

Ein merkwürdiger Ausdruck trat in das Gesicht des älteren Mannes. »Sein Herz lebt in der Welt seines Vaters, aber es ist nicht das Herz seines Vaters.« Mehr wollte der alte Seher zu dem Thema nicht sagen.

Draußen ritt Riccard Dillon durch die Gasse zwischen den Zelten, und die Cheyenne sahen ihm schweigend zu. Frauen beruhigten erschrocken weinende kleine Kinder und zogen ältere zurück, um die Männer eine Kette bilden zu lassen, an der entlang der Feind bis ins Herz des Lagers reiten konnte.

O diese verdammten undurchdringlichen Gesichter!, dachte Dillon irritiert, der genau wusste, dass jeder dieser Männer ihm nur zu gern eine Kugel in den Rücken gejagt hätte, wenn er hätte annehmen können, damit durchzukommen. »Ich hoffe sehr, dass meine Spurensucher sich nicht geirrt haben«, murmelte der Colonel leise vor sich hin, als er vor Lederhemds Zelt aus dem Sattel stieg und dem zähen alten Häuptling gegenübertrat.

»Ich bin auf der Suche nach Banditen – Kriegern, die auf dem Weg des Eisenpferdes im Süden friedliche Arbeiter ermordet haben. Der Weiße Vater ist sehr ungehalten. Diese Männer haben den Vertrag mit dem Weißen Vater gebrochen und müssen bestraft werden.«

»Wenn Cheyenne unser Gesetz brechen, strafen wir sie«, gab Lederhemd zurück.

Dillon stieß insgeheim einen Fluch aus. »Ich bin diesen Männern gefolgt«, berichtete er dann. »Sie ritten hierher, in dieses Dorf. Sie ritten auf beschlagenen Pferden, und sie haben neue Winchester-Gewehre – Yellow Boys. Erlauben Sie mir, nach Ihnen zu suchen?« Das war nicht wirklich eine Bitte. Dillons Augen glitten rasch über die Schar der Krieger, die sich im Lager befanden, und er rechnete aus, dass seine Soldaten ihnen fast zwei zu eins überlegen wären. Nicht schlecht, vor allem nicht, wenn man bedachte, dass all diese Frauen und Kinder herumliefen. Dillon hoffte sehr, dass die Sache nicht in einem wilden Massaker an Zivilisten enden würde. Davon hatte er mehr als genug gesehen und erlebt.

Lederhemd zögerte kurz und nickte dann. »Suchen Sie.« Der Soldat des Eisenpferdes ließ seine Männer nun die Zelte durchsuchen und die Pferde mustern, die außerhalb des Lagers weideten, und Lederhemd konnte nur hoffen, dass seine Krieger die Gefolgsleute von Wieselbär gut genug in den Höhlen versteckt hatten, ohne Spuren zu hinterlassen. Es war sehr merkwürdig, dass der abtrünnige Krieger ins Dorf zurückgekehrt war, obwohl er wusste, dass er nach den Vorfällen des vergangenen Frühjahrs dort nicht willkommen sein würde. Es schien fast so, als hätte er die Blauröcke absichtlich in das Lager der eigenen Leute führen wollen.

Dillon verharrte stoisch auf seinem Posten, und seinem Blick entging nichts. Der alte Häuptling machte keine Anstalten, ihm Gastfreundschaft zuteil werden zu lassen. Zumindest ist er kein Heuchler, dachte der Colonel.

Die Soldaten fanden keine Spur von den Pferden, aber einer brachte zwei Yellow Boys.

»Die haben wir in den Zelten dort drüben gefunden«, erklärte der Mann und deutete auf zwei Tipis am Rande des Dorfes.

Dillon wandte sich an Lederhemd, der die Waffen mit unbeweglicher Miene prüfte. »Davon haben wir noch mehr.« Auf sein Signal hin hoben einige der Krieger ihre Waffen und zeigten deren schimmernde Messingbeschläge. »Nicht für Überfälle auf das Eisenpferd. Wir jagen Büffel.«

»Woher haben Sie die Winchester?«, wollte der Colonel wissen, den nun angesichts der vielen neuen Waffen doch eine leichte Besorgnis beschlich.

»Wir haben sie eingetauscht. Fragen Sie den, den Sie Cain nennen.« Ein leises Lächeln huschte über das wettergegerbte Gesicht des alten Häuptlings, als er Dillons ungläubigen Gesichtsausdruck sah.

»Sie kennen Cain?«

»Hier nannten wir ihn Einsamer Bulle. Wir waren sein Volk«, warf Sieht Viel ein, der neben seinem Bruder aufgetaucht war.

Dillon kratzte sich am Kopf. Er wusste, dass Cain in einem Cheyennedorf zur Welt gekommen war, auch wenn er danach bei den Weißen gewachsen war. Viel mehr als das schien niemand so recht zu wissen. Er hatte im letzten Jahr einige Male mit Cain im Auftrag der Eisenbahn zusammengearbeitet; sie hatten die Städte befriedet, die man ›Hölle auf Rädern‹ nannte, Banditen gejagt und sich um all die schmutzigen Arbeiten gekümmert, die im Zusammenhang mit dem Trassenbau der Union Pacific der Armee abverlangt wurden. Dillon glaubte nicht, dass sich Cain vor Indianer stellen würde, die seine Arbeiter angriffen und in deren Lagern Sabotage verübten.

Aber er würde sich näher mit der Sache befassen müssen. Er hatte das dumpfe Gefühl, dass die Banditen hier im Dorf gewesen waren, zumindest eine Zeit lang. Vielleicht sollte er sich noch einmal mit Cain unterhalten – wenn das noch möglich war. Immerhin war Cain nun eines der hohen Tiere bei der Union Pacific.

Als die Blauröcke wieder aus dem Dorf ritten, beobachtete Johnny Lahmes Pony dies voller Befriedigung. Bald würden Wieselbär und die anderen kommen, und dann konnten sie alle wieder auf den Rest der Gruppe stoßen. Seine Arbeit hier war getan. Die Soldaten waren in Lederhemds Lager gewesen, und ihr Führer glaubte nun, dass die Krieger dort an Überfällen auf die Eisenbahn beteiligt gewesen waren. Und genau dafür hatte ihn der Mann des Eisenpferdes bezahlt.

Denver

Roxanna starrte in den Spiegel. Matt und blass sah sie aus, obwohl sie oft in der strahlenden Herbstsonne ausritt, und unter ihren Augen hatten sich dunkle Ränder gebildet. Seit Wochen schlief sie schlecht, und ihr Appetit schien sich endgültig verabschiedet zu haben. Zudem musste sie sich ständig zusammenreißen, um nicht in Tränen auszubrechen. Dr. Milborne sorgte sich um ihre Gesundheit – Jubal auch. Beide Männer befürchteten, sie könne nicht in der Lage sein, ein Baby auszutragen. Allein Roxanna wusste, dass nicht das Kind für ihren Zustand verantwortlich war.

An der jungen Frau nagte die kalte Verachtung, die ihr Mann ihr gegenüber zeigte. Seit ihrer schrecklichen Auseinandersetzung in der Nacht, in der sie ihm ihre wahre Identität enthüllt hatte, hatte er sie nicht ein einziges Mal mehr berührt. Eine ganze Nacht lang war er nicht nach Hause gekommen, und in der darauf folgenden Nacht hatten sie beide stocksteif im Bett gelegen, peinlich bemüht, dem anderen nicht zu nahe zu kommen, und sich doch der Gegenwart des anderen schmerzlich bewusst. Zwei weitere Tage hatte diese Tortur gedauert, dann war Cain zusammen mit einer Gruppe Soldaten fortgeritten, um Banditen zu jagen. Und Roxanna hatte die Reise nach Denver in Begleitung eines überaus besorgten Jubal zurücklegen müssen, der noch dazu jetzt darauf bestand, dass sie den Rest ihrer Schwangerschaft über in der Stadt blieb.

»Wie soll ich nur sieben solche Monate überstehen?«, fragte Roxanna ihr Spiegelbild.

»Was haben Sie gesagt, Madam?«, erkundigte sich die junge irische Zofe, die gerade mit Roxannas Ballkleid beschäftigt war.

Jubal hatte darauf bestanden, dass seine Enkelin, nun, da sie sich wieder in der Zivilisation befand, auch ein Zofe haben musste. Eileen war süß und lustig, die Tochter eines Trassenlegers bei der Union Pacific.

Roxanna lächelte ihr zu und schüttelte den Kopf. »Nichts, Eileen, ich habe nur mit mir selbst gesprochen.« Energisch griff die junge Frau nach ihrer Puderdose und versuchte, die Schatten unter ihren Augen so gut wie möglich zu überdecken.

Grimmig beglückwünschte sie sich zu ihrer Theatererfahrung im Umgang mit Make-up und machte sich daran, die Spuren, die die Spannungen der letzten Wochen in ihrem Gesicht hinterlassen hatten, zu tilgen. Als Roxanna meinte, ihr Bestes getan zu haben, richtete ihr die Zofe das Haar, indem sie es in zwei dicken, schimmernden Zöpfen auf dem Kopf auftürmte und dort mit juwelenbesetzten Kämmen zusammenhielt. Durch die silbriggoldenen Locken schimmerten kleine Amethyste, und eine passende Kette aus rechteckigen Steinen, die in filigrane Silberarbeit eingelassen waren, schlang sich um Roxannas schlanken Hals. Als Letztes befestigte Roxanna die langen, baumelnden Ohrringe und bat dann Eileen, ihr beim Anlegen des Ballkleids behilflich zu sein. Das Kleid selbst war ein Traum aus changierender Seide in verschiedenen Lilatönen, vom zartesten Flieder bis hin zu einem satten Dunkel.

Roxanna hatte Schmuck und Seide zusammen mit einer knappen Nachricht in Cains kühner Handschrift vorgefunden, als sie vor zwei Tagen im Hotel angekommen war. Die Sachen stellten Cains Hochzeitsgeschenk dar. Die Nachricht hatte kein einziges liebes Wort enthalten, auch kein Wort der Versöhnung, nur den einfachen Satz:

Wir hatten ja nun keine große Hochzeit, und ich dachte, die Farben würden dir gut stehen.

Roxanna hätte nicht sagen können, wie es ihrem Mann gelungen war, so schöne Dinge ausfindig zu machen. Er befand sich doch den größten Teil seiner Zeit unterwegs, im Sattel. Vielleicht hatte er ja jemanden hier in Denver telegrafisch gebeten, die Einkäufe für ihn zu tätigen. Wie auch immer: Die schimmernde Seide mit ihren wechselnden Farbtönen stand Roxanna einfach perfekt, und es tat der jungen Frau sehr Leid, dass Cain nicht hier war, um das fertige Kleid zu bewundern.

Roxanna drehte sich vor dem Spiegel hin und her, voller Bewunderung für das Geschick der Schneiderin, die das Kleid genäht hatte. Stundenlang hatte Mrs. Ebermann schuften müssen, um rechtzeitig zum Ball des heutigen Abends fertig zu werden. Der Ball war ein bedeutendes Ereignis; er fand zu Ehren der wichtigen Männer der Central Pacific und Union Pacific statt, die zusammengekommen waren, um gemeinsam zu bestimmen, an welcher Stelle der sich windenden eintausendfünfhundert Meilen langen Strecke zwischen Omaha und Sacramento ihre Trassen nun aufeinander treffen sollten.

Nach dem Debakel des vergangenen Frühjahrs fürchtete sich Roxanna vor einem neuen Auftritte in Denver, aber Jubal hatte ihr Mut gemacht. Die Frage des alten Herrn, ob sie denn auf die Meinung ein paar hinterhältiger alter Schachteln wirklich so großen Wert lege, hatte Roxanna verneinen müssen, worauf Jubal gemeint hatte, das müsse sie nun auch unter Beweis stellen. »Streck ihnen die Zunge raus, mein Mädchen, und tanz vor der versammelten Mannschaft mit deinem Mann! Und dann werden Doktor Durant, General Dodge, ja selbst der alte Collis Huntington auch mit dir tanzen wollen!«

Roxanna hatte gelacht: »Soll das ein Versprechen sein oder eine Drohung, Großvater?«

Doch nun war Roxannas Mann gar nicht in Denver. Cain hatte sich auf Jubals Telegramme hin unverbindlich geäußert und geantwortet, er sei an den verschiedenen Bauabschnitten zu sehr eingespannt, um zu einem Treffen reisen zu können, bei dem seiner Meinung nach nichts herauskommen würde. Was er auf den Vorschlag, seine Frau auf den Ball zu begleiten, erwidert hatte, davon erwähnte Jubal nichts. Vielleicht hatte Cain dazu auch gar nichts gesagt – Roxanna wusste, dass Jubal seinem jungen Protegé aus irgendeinem Grund zürnte.

Roxanna fand es schrecklich, dass sie nun einen Keil zwischen Jubal und Cain trieb, zwischen denen doch, bevor sie selbst auf den Plan getreten war, eine so wunderbare Beziehung bestanden hatte. In vielen Dingen war der alte Schotte für Cain zu einer Art zweitem Vater geworden und hatte den Platz von Enoch Sterling eingenommen. Aber das stand nun auf dem Spiel, und schuld daran war Roxanna mit ihren Täuschungen.

Ein Klopfen an der Tür riss Roxanna aus ihren selbstquälerischen Gedanken. Wenn sie nicht in den Westen gekommen wäre, hätte sie sich nicht in den Mann verlieben können, der ihr das Kind, das sie unter ihrem Herzen trug, geschenkt hatte und der ihr jetzt mehr galt als irgendetwas anderes auf der Welt! Die junge Frau drehte sich um und lächelte Jubal zu, der in der Tür stand und bereits jetzt an der engen Seidenkrawatte an seinem Hals zog, da er diese offensichtlich am liebsten abgelegt hätte.

»Jetzt sitzt sie ganz schief!«, schalt sie sanft und trat zu dem alten Mann, um ihm das unbequeme distinguierte Kleidungsstück zu richten.

»Am liebsten würde ich sie ganz ablegen«, murrte Jubal und betrachtete seine Enkelin warm und mit Wohlgefallen. »Sieh dich nur an, mein Mädelchen!«, rief er bewundernd aus und bat sie mit einer Handbewegung, sich vor ihm zu drehen, damit er Mrs. Ebermanns Kunstwerk in Gänze bewundern konnte.

Roxanna drehte sich einmal im Kreis und freute sich sehr, dass MacKenzie auf ihren Anblick so stolz war. Sie versuchte, nicht mehr an ihren abwesenden Ehemann zu denken. »Sie sehen auch nicht schlecht aus, mein Herr!«, gab sie herzlich zurück und legte die Hand auf den Arm, den Jubal ihr galant gereicht hatte. Dann rauschten die beiden aus dem Zimmer.

Das Orchester spielte gerade eine lebhafte Quadrille, als Roxanna und Jubal den Ballsaal betraten. Es waren viele gesellschaftliche Größen aus Denver gekommen, die auch bei Roxannas Debüt in der Stadt anwesend gewesen waren. Vielleicht wollten sie sich die Gelegenheit, die skandalumwitterte MacKenzie-Erbin anzustarren und sich über sie den Mund zu zerreißen, nicht entgehen lassen. Vielleicht konnten sie es sich aber auch einfach nicht leisten, einen Ball zu Ehren der Titanen der transkontinentalen Eisenbahn zu boykottieren. Wie dem auch sein mochte: Ein Vergnügen war es für Roxanna nicht, an Jubals Arm durch die glitzernde Versammlung zu schreiten.

Voller Stolz und Befriedigung stellte Jubal fest, dass seine Enkelin den Kopf hoch erhoben trug und einige Frauen, die bei ihrem Anblick aufgeregt zu tuscheln begannen, gar nicht wahrzunehmen schien. Es versetzte ihm einen leisen Stich, als er sehen musste, wie ihr Blick mehrmals über die Empore glitt, als hoffte sie, einen Blick auf Cain bei seiner früheren Arbeit zu erhaschen. Aber Williams und Cates, zwei Männer, die Cain persönlich ausgesucht und ausgebildet hatte, machten nun statt seiner dort die Runde. MacKenzie schalt seinen Protegé insgeheim einen Narren. Es war so deutlich zu sehen, so schmerzhaft zu spüren, wie sehr Alexa den Mann liebte! Cains Platz war an der Seite seiner Frau! Als der alte Herr nun seine Enkelin an einen jüngeren Tanzpartner weiterreichte, schwor er sich, bereits am nächsten Tag die Sache ins Reine zu bringen. Cain würde sich mit seiner Frau aussöhnen, und wenn MacKenzie ihn dafür persönlich hinter einem Güterzug der Union Pacific Railroad nach Denver schleppen musste!

Nachdem Roxanna mit verschiedenen hochrangigen Offiziellen des Eisenbahnbaus getanzt hatte, unter anderem mit General Grenville Dodge persönlich, entspannte sie sich ein wenig. Jubal hatte Recht: Sie konnte es aushalten. *Ich spiele einfach nur eine neue Rolle!* Der General, ein etwas steifer und sehr militärisch wirkender Mann, tanzte so, wie er im Krieg seine Truppen geführt hatte, vorsichtig und umsichtig. Sein einziges Gesprächsthema schien der Ruin zu sein, in den Dr. Durant und seine New Yorker Fraktion die Union Pacific treiben würden. Als Roxanna Lawrence Powell durch die tanzenden Paare hindurch auf sich zukommen sah, entrang sich ihr ein heimlicher Seufzer der Erleichterung.

»Ich hoffe, Sie hatten nichts dagegen, den Partner zu wechseln«, bemerkte Lawrence, nachdem der General sich verabschiedet hatte.

»Ganz und gar nicht. Ich bin es leid, immer nur Eisenbahnpolitik zu erörtern«, erwiderte Roxanna, als Lawrence sie zu den Klängen einer Polka durch den Raum wirbelte.

»Dann werde ich nur darüber reden, wie wunderschön Sie sind, wie wunderbar Sie tanzen und wie wundervoll der Herbst gewesen ist!«, entgegnete Powell mit einem jungenhaften Grinsen.

Die beiden tanzten, bis sie außer Atem waren, und schlenderten dann hinüber zum Tisch mit den Erfrischungen, wo Larry für Roxanna eine Limonade und für sich selbst ein Glas Whiskeypunsch besorgte.

Cain sah ihnen zu, wie sie sich mit ihren Getränken entfernten, und bewunderte Roxanna in ihrem Ballstaat. Er hatte die Farbe gut gewählt: Die verschiedenen blass- und dunkellila Farbtöne schimmerten im Licht der Gaslampen und brachten Roxannas ungewöhnliches Haar so wie die leicht rauchig wirkenden türkisfarbenen Augen wunderbar zur Geltung. Sie war so atemberaubend schön, dass ihr Anblick ihm einen Stich ins Herz versetzte.

Er war ein Narr gewesen, Jubals Aufruf zu folgen! Von wegen: arme Alexa, unschuldiges, verlassenes Opfer der gnadenlosen Verdammung durch die gute Gesellschaft der Großstadt! Auf ihn machte sie jedenfalls keinen verlassenen Eindruck. Er hatte sie jeden einzelnen Tanz tanzen sehen, sie hatte gelacht und geschwatzt und ihren Charme jedem Mann gegenüber spielen lassen, der in ihre Nähe gekommen war. Bis zu Powells Ankunft hatte Cain sich verborgen gehalten wie ein Junge, der seine Nase gegen das Schaufenster eines Süßwarenladens drückt. Der verdammte Schweinehund Powell – es stand ihm nicht zu, mit Roxanna zu tanzen! Cain war erstaunt darüber, dass Larry überhaupt den Mut aufbrachte, der Frau gegenüberzutreten. Nach allem, was sein Vater ihr, mit Larrys Erlaubnis, angetan hatte! Am liebsten wäre Cain dem Paar gefolgt – aber nein, das würde ja so aussehen, als wäre er eifersüchtig! Verdammt noch mal – er *war* eifersüchtig!

Der Herbstabend war warm, und im Ballsaal drängten sich die Menschen. Roxanna und Larry bahnten sich einen Weg durch die Menge und traten hinaus auf die Terrasse, die das Erdgeschoss des riesigen Hotels auf drei Seiten umgab. Auf den Steinbalustraden leuchteten Gaslaternen, und sorgfältig beschnittene Buchsbaumhecken warfen tiefe Schatten auf ein paar schmale Nischen, von denen aus man hinunter in den Garten gelangen konnte.

»Wahrscheinlich sollte ich Ihnen zur Hochzeit gratulieren«, begann Lawrence unbeholfen eine Unterhaltung. Aber er klang ganz und gar nicht so, als wollte er freudig gratulieren.

»Vielen Dank«, erwiderte Roxanna und errötete peinlich berührt. »Ich nehme an, Sie fanden die Heirat überstürzt – alle anderen fanden das... oder noch schlimmer.«

»Ich habe wirklich nicht das Recht, Sie zu kritisieren, wenn man die Umstände bedenkt«, erklärte der junge Mann ernsthaft. »Ich wünsche Ihnen alles erdenklich Gute, Alexa. Sie sind doch glücklich ... oder?«

Sie schenkte ihm ihr strahlendstes Lächeln. »Ja, Larry, natürlich bin ich glücklich!« Schlecht, Roxy!, schalt sie sich selbst. Noch nie hatte sie mit ihrem Einsatz so danebengelegen.

»Cain war immer ein solcher Einzelgänger. Ich hätte nie gedacht, dass er heiraten würde.«

»Sie hatten nie gedacht, dass er eine weiße Frau aus guter Familie heiraten würde«, gab sie zurück und ertappte sich dabei, dass sie immer noch Cain verteidigen wollte. Voller Bitterkeit fügte sie hinzu: »Aber meine gesellschaftliche Stellung war ja kaum besser als die eines halb indianischen Revolvermannes. Also hat uns vielleicht sogar die Vorsehung zusammengeführt.« Aus dem Nichts tauchte ihre Vision des einsamen Büffelbullen vor Roxanna auf.

»Sie sind sich selbst gegenüber unfair, Alexa, Sie verdienten viel Besseres als Cain ... oder mich. Ach, Alexa, was war ich doch für ein Narr, als ich meinem Vater erlaubte, zwischen uns zu treten!«

Roxanna spürte die Schuldgefühle und Selbstvorwürfe in der Stimme des jungen Mannes, Gefühle, die ihr sehr vertraut waren. Sie trat ein par Schritte von ihm fort und blieb im Schatten einer Nische stehen, in die er ihr folgte. »Ein ›uns‹ hat es nie gegeben, Larry«, entgegnete sie leise.

»Aber es hätte eins geben können ... wenn ich nicht ein solcher Feigling gewesen wäre! Immer habe ich es zugelassen, dass mein Vater über mich bestimmte, seit ich ein kleiner Junge war!«

»Er ist ein sehr Furcht einflößender Mann«, räumte Roxanna mitfühlend ein. Sie erinnerte sich noch genau an Andrew Powells alle überragende Statur, seinen harten Mund und vor allem an seine durchdringenden blauen Augen.

»Das ist keine Rechtfertigung für mein Verhalten. Ich hatte viel Zeit, um zu bedauern, dass ich Sie verloren habe. Als ich Sie heute Abend sah, so atemberaubend schön – da habe ich meinen Verlust nur noch schmerzhafter empfunden. Sie haben so viel Feuer, Alexa, so viel Mut! Cain hätte nie zulassen dürfen, dass Sie diesen Leuten hier allein gegenübertreten müssen. Er...«, Lawrence unterbrach sich hastig und wandte sich, heftig schluckend, von der jungen Frau ab. »Warum haben Sie eingewilligt, ihn zu heiraten, Alexa? Sie hätten in den Osten zurückkehren können, all die hässlichen Gerüchte hinter sich lassen. Sie hätten...«

»Ich wollte nicht fortlaufen. Nein, warten Sie, das ist nicht die Wahrheit.« Roxanna stellte ihr Glas auf der Balustrade ab und legte Lawrence eine Hand auf den Arm. Vielleicht war es an der Zeit, die wahren Gründe zu nennen, die sie im Westen gehalten hatten. »Ich habe Cain von Anfang an geliebt... als er in Lederhemds Dorf kam, um mich zu retten. Es hat mir schier das Herz gebrochen, als er nicht dort bereits um mich anhielt.«

»Wollen Sie damit sagen, dass Sie unsere Verlobung gar nicht aufrechterhalten hätten? Auch wenn mein Vater sie nicht gelöst hätte?« Lawrence griff Roxannas Hand und zog die junge Frau näher zu sich heran.

Roxanna sah, dass sie ihm wehgetan hatte; das hatte sie nicht beabsichtigt. Sie legte ihm die Hand auf die Brust und gestand: »Ich habe versucht, mir einzureden, es sei die beste Lösung, Sie seien besser für mich als Cain. Wenn ich mir ansehe, wie alles jetzt gekommen ist, hätte ich vielleicht auf mich selbst hören sollen. Aber das konnte ich nicht.«

»Sie lieben diesen Abschaum so sehr – nach allem, was er Ihnen angetan hat!«, begehrte Lawrence mit plötzlicher Wut auf und schloss Roxanna in die Arme. »Wenn ich irgendetwas tun kann, Alexa... Ich werde immer für Sie da sein... Das glauben Sie mir doch, oder?«

Seine Arme waren warm und tröstlich, und Roxanna brauchte so dringend etwas Trost. Sie legte ihren Kopf auf Larrys Schulter und antwortete: »Ja, Larry, das glaube ich Ihnen.«

»Nehmen Sie Ihre Pfoten von meiner Frau, Powell!« Cains Silhouette stand im hellen Licht, das durch die Glastüren des

Ballsaals fiel – die Musik hatte die leise Unterhaltung zwischen Larry und Roxanna übertönt, aber die Art, in der Roxanna diesem Affen an der Schulter hing, war nicht misszuverstehen!

Roxanna erstarrte, als Cain über die Terrasse auf sie zugestürmt kam und sie am Handgelenk packte. Mit der nackten Wut im Gesicht wirkte er ebenso ungestüm, wie damals im Dorf sein Cousin Wieselbär ausgesehen hatte. Am liebsten wäre die junge Frau vor ihm zurückgeschreckt, doch ehe sie noch irgendetwas hatte denken oder tun können, hatte er sie mit einem Ruck an seine Seite gezogen und hielt sie fest, während er Larry zornig anfunkelte.

»Hören Sie, Cain, Sie können sie nicht so ...«

»Ich kann sie behandeln, wie ich will.« Cains Stimme klang leise, seidenweich und ganz und gar gefährlich. »Ich habe sie geheiratet, Larry, nicht Sie!«

Lawrence blieb regungslos stehen, als Cain sich zum Gehen wandte, einen Arm immer noch fest um Roxannas Taille geschlungen.

Roxanna wollte keine Szene machen oder den armen Larry irgendwie in Gefahr bringen. Unter Cains elegantem Abendanzug konnte sie die unverkennbaren Konturen seiner Smith & Wesson-Pistole spüren, die er in der Anzugjacke verborgen hielt. Als sie bei den Glastüren ankamen, blieb die junge Frau stehen und stützte sich mit einer Hand am Türrahmen ab.

»Bitte, Cain, wir müssen miteinander reden!«

»Du scheinst dich ja gerade mit Larry ziemlich gut unterhalten zu haben. Und ausführlich. Mir ist nicht nach Reden zu Mute!«

»Was hast du vor?« In Roxannas Stimme schwang echte Besorgnis mit. So hatte sie ihren Mann noch nie erlebt – so eiskalt, so entschlossen.

»Ich werde genau das tun, was Jubal von mir verlangt hat: mit meiner Frau tanzen!«

Er riss die Tür auf und drängte Roxanna in den Ballsaal. Die Menschen, an denen sie vorbeikamen, traten beiseite, starrten sie an und flüsterten. Dann zog Cain Roxanna in seine Arme und wirbelte sie in einem schnellen Walzer über die Tanzfläche, während alle anderen ihnen fasziniert zusahen. Die beiden waren ein beeindruckendes Paar, wie einige der Zuschauer später eingestehen mussten. Er so groß und dunkel, sie so schlank und silbern. Cains schlichte schwarze Abendgarderobe unterstrich seine dunkle, abweisende Miene vortrefflich und bildete einen perfekten Kontrast zu den Orchideenfarben ihres wogenden Ballkleides. Cain schien alles Licht zu absorbieren, das von Roxanna ausging.

»Du musst schon verzeihen, wenn ich dir auf die Füße trete, Prinzessin, aber Enochs Erziehung ließ in Bezug auf gesellschaftliche Nettigkeiten wie Walzertanzen doch ein wenig zu wünschen übrig.«

»Ich kann mir schon vorstellen, wer dir das Tanzen beigebracht hat.« Cain tanzte sehr gut – er schien der geborene Tänzer zu sein.

»Du denkst wohl, ich hab ums Lagerfeuer tanzen gelernt, als ich ein Kind in Lederhemds Dorf war?«, fragte er voller Bitterkeit.

»Ich dachte da mehr an Unterricht durch irgendeine Dirne in einem Bordell!«, stieß Roxanna zwischen zusammengebissenen Zähnen hervor. Nun reichte es ihr! Sie hatte mit Larry nichts Unrechtes getan. Und Cain hatte sich geweigert, überhaupt in Denver aufzutauchen; dann plötzlich kam er herbeigestürzt, gab ihr keine Gelegenheit, sich zu verteidigen oder überhaupt irgendetwas zu erklären, sondern schleppte sie auf die Tanzfläche, um dort mit ihr ein Spektakel aufzuführen!

»Du kennst dich mit Dirnen genauso gut aus wie ich ... wenn man bedenkt, als was du früher gearbeitet hast.«

Die Bemerkung traf Roxanna mitten ins Herz, aber sie wollte nicht, dass Cain ihren Schmerz mitbekam. Stattdessen versuchte sie, ihn zu ohrfeigen, doch genau da endete der Walzer. Cain nahm ihre beiden Hände in die seinen und hob sie in der Parodie eines Grußes an die Lippen. Harte schwarze Augen starrten hinunter auf herausfordernde türkisfarbene.

»Du willst doch nicht wirklich hier eine Szene machen – das wäre peinlich für Jubal, vor all seinen Kollegen.« Mit diesen Worten führte Cain Roxanna von der Tanzfläche und bahnte sich mit ihr einen Weg durch die Menschenmenge hindurch bis zur Lobby.

»Wohin bringst du mich?«, fragte Roxanna, als sie die anderen Gäste hinter sich gelassen hatten.

»In unsere Zimmer, wohin denn sonst? Wir haben unsere Hochzeitsreise so lange aufgeschoben – jetzt wird es Zeit dafür, oder was meinst du?« Am Fuße der gewundenen Treppe hob Cain Roxanna auf und stieg mit ihr in den Armen die Stufen hinauf.

Jubal MacKenzie hatte vom anderen Ende des Ballsaals aus die ganze Szene mitverfolgt, vom Tanz bis hin zum stürmischen Aufbruch. Das Paar mochte sich ja streiten, aber immerhin waren die beiden wieder beieinander, und so sollte es sein. Es war zumindest schon mal ein Anfang. Jubal lächelte und zündete sich eine Zigarre an.

Kapitel 16

Roxanna spürte in den Armen ihres Mannes die stählerne Spannung, die von jedem seiner Muskeln ausging, als er sie die Treppe hinauf in die Suite trug und mit einem Fußtritt die Tür hinter sich schloss. Er war außer sich vor Zorn – was würde er mit ihr machen?

»Madam, möchten Sie ...« Die Worte blieben Eileen im Halse stecken, und die gewöhnlich so fröhlich dreinblickenden haselnussbraunen Augen der jungen Frau weiteten sich ängstlich beim Anblick des dunklen, bedrohlichen Fremden, der ihre Herrin in seinen Armen trug.

»Dies ist mein Mann, Eileen«, stieß Roxanna hervor, als Cain sie nun auf die Füße stellte, wobei er immer noch einen Arm Besitz ergreifend um ihre Taille geschlungen hielt.

»Mrs. Cain wird Ihre Dienste heute Abend nicht mehr benötigen, Eileen«, erklärte Cain in einem so seidig arroganten Ton, dass man die Gefahr dahinter förmlich spüren konnte.

Mit einem hastig gemurmelten Gutenachtgruß drückte sich das Zimmermädchen rückwärts aus dem Zimmer, und Cain wandte sich seiner Frau zu, die sich kerzengerade aufrichtete und seinen Blick unverwandt erwiderte.

»Du hast keinen Grund, auf Larry Powell eifersüchtig zu sein!«

»Habe ich nicht? Dabei war er doch der Blaublütige, auf den du es abgesehen hattest, bevor du mit mir vorlieb nehmen musstest.«

»Das ist eine Lüge, und du weißt es genau!«, rief sie empört.

»Eine Lüge? Ich weiß wirklich nicht mehr, Roxy, was alles gelogen ist. Gerade frage ich mich, ob wir überhaupt rechtmäßig verheiratet sind!«, murmelte er halb zu sich selbst, während er sich mit den Fingern durchs Haar fuhr und seine Seidenkrawatte lockerte.

Auch Roxanna hatte bereits über diese Frage nachgedacht, wollte ihrem Mann aber nicht die Genugtuung einer Antwort zuteil werden lassen. Als ihr Schweigen andauerte, fuhr Cain fort:

»Andererseits glaube ich schon, dass wir verheiratet sind! Erst hat sich der verdammte Prediger so schrecklich über meinen angenommenen Namen aufgeregt, aber dann hat er uns doch zu Mann und Frau erklärt. Wenn mein Name also letztendlich gar keine Rolle spielte, dann ist es auch egal, ob du mit Alexa oder Roxanna unterschrieben hast. *Du bist meine Frau!*«

Die letzten Worte schleuderte er ihr wie eine Herausforderung vor die Füße. Roxanna stand unbeweglich und schweigend da; sie wollte abwarten, was er als Nächstes tun würde. Cain zog sich das Jackett aus und zog die ersten Knöpfe aus seinem Hemd. Dann hielt er inne. »Zieh mich aus!«, befahl er mit einer leisen Stimme, die seine sexuelle Erregung verriet. Er griff Roxannas Hand und drückte sie dort, wo sein Hemd am Kragen bereits offen stand, gegen sein Schlüsselbein.

Roxanna versuchte, in seinen halb geschlossenen Augen zu lesen, und fand dort nur die reine Lust. Wie muss er leiden, wenn er wirklich denkt, ich würde einen Mann wie Larry ihm vorziehen!, überlegte sie. Wie konnte sie ihren Mann nur davon überzeugen, dass sie ihn wirklich liebte? Die Worte auszusprechen, hatte wenig Sinn; er würde ihnen jetzt noch weniger Glauben schenken, als er es damals in Lederhemds Dorf getan hätte. Also blieb ihr nichts anderes, als ihm ihre Liebe zu zeigen. Sorgfältig entfernte sie die restlichen Saphirknöpfe aus den Manschetten und der Hemdbrust und schob dann den feinen Seidenstoff über Cains Schultern, wobei sie ihm mit den Fingern sanft über die Haut strich. Glühend heiß fühlte die sich an, als loderte in Cain ein dunkles Feuer.

Cain holte tief Atmen, als Roxannas kühle Hand sich auf seine Brust legte und sein Hemd zu Boden glitt. Die junge Frau erinnerte sich an die Nacht in Chicago, als sie zuerst ihn und dann sich selbst entkleidet hatte, und fragte: »Wie mache ich mich bis jetzt?«

»Eine Beurteilung behalte ich mir für beendete Arbeit vor«, erwiderte Cain und trat hinüber zum Stiefelknecht, um sich die teuren Stiefel auszuziehen. Danach drehte er sich wieder seiner Frau zu und stand wartend vor ihr.

Roxanna schluckte und fuhr sich mit der Zungenspitze über die trockenen Lippen. Dann trat sie zu Cain und berührte mit der Hand den Gürtel um seine Taille. Fast unmerklich zitterten die harten Bauchmuskeln des jungen Mannes, als sie den Gürtel aus der Schlaufe zog und zu Boden gleiten ließ, und als Roxanna den Hosenschlitz berührte, konnte sie nicht verhindern, dass auch sie zu zittern begann. Damals in Chicago hatte er sich an diesem Punkt rasch von ihr zurückgezogen und selbst die Hose abgelegt, weil er sonst nicht in der Lage gewesen wäre, sein Verlangen nach ihr unter Kontrolle zu halten. Und jetzt – was würde er diesmal tun?

Mit zitternden Fingern öffnete die junge Frau einen Knopf nach dem anderen und spürte deutlich, wie sein erigierter Penis sich gegen den einengenden Stoff drängte und sehnsüchtig darauf wartete, der festen Hülle zu entkommen. Als dann der letzte Knopf offen stand, zog Roxanna an Cains Hose und an der Unterhose. Die Kleidungsstücke fielen zu Boden und legten sich um seine Knöchel.

»Fass mich an!« In Cains Stimme lag ebenso viel Bitte wie Befehl.

Ja, du meine Liebe! Zu gern hätte Roxanna die Uhren zurückgestellt! Sanft ergriff sie sein Glied mit beiden Händen und spürte, wie ein Schaudern durch seinen ganzen Körper rann.

Eine Frau kann Macht über den Mann haben . . . wenn er der richtige Mann ist und sie die richtige Frau.

Cain hielt Roxannas Hände fest, schob sie von sich und entzog sich ihr. Er stieß seine Anzughose mit dem Fuß beiseite, schlüpfte auch ganz aus der knielangen Unterhose und stand dann in voller ungebändigter Nacktheit vor ihr und starrte sie aus seinen glühenden, tiefgründigen Augen an. Die Krieger in Lederhemds Dorf hatten wenig mehr getragen, doch keiner von ihnen hatte sich mit Cain messen können, auch wenn der ebenso wild und ungezähmt wirkte wie sie. Glattes schwarzes Haar umrahmte ein ausdrucksvoll gemeißeltes Gesicht, auf dem sich heftiges Verlangen widerspiegelte, und seine bronzefarbene Haut schimmerte im flackernden Gaslicht in vielen Schattierungen. Ein faszinierendes Muster aus Körperbehaarung betonte noch das Spiel seiner harten, sehnigen Muskeln; von der Brust bis hinunter zu seiner Männlichkeit zog sich das dichte schwarze Haar. Und aus dem dichtesten Haarbüschel richtete sich seine Erektion empor, pulsierend, verlockend. Vor Roxanna stand in voller Schönheit das beeindruckendste Wesen der Schöpfung, das sie sich vorstellen konnte. Ihr Mann.

»Dreh dich um, damit ich dir das Kleid aufknöpfen kann«, murmelte er.

Und Roxanna gehorchte. Er langte hinauf in den tiefen V-Ausschnitt, dort, wo die lange Reihe winziger Knöpfe begann, und knöpfte die flüsternde, schimmernde Seide auf. Der Stoff raschelte verführerisch, als er ihn nun zur Seite schob und Roxannas weißen, weichen Rücken entblößte. »Ich hatte Recht mit der Farbe – sie steht dir vollendet gut!« Cain hatte diese Worte gar nicht laut aussprechen wollen und spürte nun Roxannas Reaktion, ehe sie noch den Mund geöffnet hatte.

»Ich habe mich noch gar nicht für die Seide und den Schmuck bedankt! Beides ist so wunderschön, so perfekt ausgewählt. Wann . . .«

»Ich habe sie einfach gefunden, mehr ist dazu nicht zu sagen«, antwortete Cain rasch. Er wollte nicht zugeben, dass er die changierende, pupurfarbene Seide und die Amethyste nach jenem fürchterlichen Verlobungsball entdeckt und beides, einer spontanen, verrückten Eingebung folgend, gekauft hatte.

Damals war ihm nicht klar gewesen, ob er je wagen würde, ihr diese Dinge zum Geschenk zu machen. Aber vielleicht hatte er auch irgendwo tief in einem verborgenen Winkel seines Herzens bereits damals gewusst, dass er sie um ihre Hand bitten würde. Die Sachen waren monatelang in einem Koffer versteckt gewesen.

Statt also auf Roxannas Frage zu antworten, breitete er seine Hand über ihrer zarten Wirbelsäule aus, umfasste den Bogen ihrer schlanken Taille und ließ die Finger dann über ihre Hüfte gleiten. Roxanna trug kein Korsett, nur seidene Unterkleider, so fein und dünn, dass er fast durch sie hindurchsehen konnte. Rauschend glitten Kleid und Unterkleider zu Boden, gefolgt vom spitzenbesetzten Hemd und den langen, bauschigen Unterhosen. Mit beiden Händen umspannte Cain die kleinen, seidigen Pobacken seiner Frau, die unter seiner dunklen Haut so weiß und glatt wie Sahne schimmerten. Er lächelte still vor sich hin, als er nun spürte, wie seine Frau erschauerte und sich anspannte; dann wandte er seine Aufmerksamkeit ihrer komplizierten Frisur zu, aus der er die Haarnadeln und juwelenbesetzten Kämme zog, bis sich die ganze Masse ihrer silbernen Locken wie ein Wasserfall über ihren Rücken ergoss.

Cain hätte schier ertrinken mögen in all diesem mondbeschienenen Haar. Er hob es büschelweise wie einen stummen Gruß an die Lippen und drückte eine Reihe leichter Küsse auf Roxannas schlanken Nacken. Langsam drehte sich die junge Frau in seinen Armen und er hob sie hoch und trug sie ins Schlafzimmer. Er legte sie auf dem Bett nieder und setzte sich dann neben sie, um ihr, mit beiden Händen behutsam über ihre Beine gleitend, die Strumpfhalter und Seidenstrümpfe auszuziehen und diese zu den Schuhen, die sie bereits abgestreift hatte, auf den Boden zu werfen.

»Willst du mich, Roxanna?«, fragte er und kniete über ihr wie eine dunkle heidnische Gottheit.

Sein Glied bog sich verheißungsvoll. Roxanna schien ihren Blick nicht davon losreißen zu können, und ihre Hüften drängten sich in einer uralten Einladung ihm entgegen. Als er sich langsam zu ihr niederbeugte, öffneten sich ihre Schenkel wie von allein, und er versenkte sich ganz in der feuchten, verlockenden Wärme ihres Körpers. Heftig grub Roxanna die Nägel in Cains Schulter, schlang die Beine um seine Taille, und rief, das Gesicht eng an seinen schweißnassen Hals gepresst: »Ja, Cain, o ja! Ich will dich!«

Er nahm sie hart in raschen, tiefen Stößen, bis sein Körper das blendende Übermaß an Lust nicht mehr ertragen konnte und außer Kontrolle geriet. Hoch und heiß schwoll sein Glied, und sein Samen in mächtigen Stößen aus ihm – da spürte er, wie auch ihr Unterleib in immer stärkeren Kontraktionen seine Lust und Erlösung mit der eigenen beantwortete. Schließlich sank Cain keuchend auf ihrem weichen Körper zusammen. Auch seine Frau, das ahnte er, war von diesem gemeinsamen Ausbruch der Lust und Leidenschaft völlig erschöpft.

Roxanna hielt ihn fest, erfreute sich an jedem mühsamen Atemzug, jedem Zittern seines Körpers, der sich so intim an den ihren presste. Ihre Glieder fühlten sich bis in die unterste Zehenspitze satt, zufrieden und schwer wie Blei an, aber dennoch schaffte sie es, die Arme zu heben und Cains Kopf zu streicheln, der in ihrer Halsbeuge lag. Wie dick und schwer sein nachtschwarzes Haar war, seit er es hatte wachsen lassen! Hatte er den Friseur gemieden, um hier inmitten der reichen und mächtigen Eisenbahnbarone seine eher ungezähmte Schönheit vorzuführen? Wie viel Schmerz und Unsicherheit wohl hinter der arroganten Fassade liegen mochten, die Cain seit seiner Kindheit der Außenwelt präsentierte?

Cain fühlte sich in Roxannas Armen völlig im Frieden mit sich und der Welt und lag zwischen ihren schlanken Schenkeln so sicher wie in einer Wiege. Sie hielt ihn fest, als wollte sie um jeden Preis vermeiden, dass irgendjemand oder irgendetwas zwischen sie beide trat. Mein Gott, was für rührselige Gedanken!, schalt Cain sich selbst. Da huschten plötzlich feuchte, warme Küsse seinen Hals, sein Kinn entlang, und als Roxannas

Zunge sanft über die dünne Narbe strich, die seine Wange zierte, war es um Cain geschehen. Er konnte spüren, wie sein Körper mit einem Ruck zu neuem Leben erwachte und sich die samtenen Wände ihrer Scheide um ihn spannten, denn auch sie begehrte ihn. Roxanna vergrub die Finger in Cains Haar und zog seinen Kopf dicht an sich heran für einen langen, hemmungslosen Kuss.

Mit einem leisen Fluch, der all seine Angst, all seine Zärtlichkeit zum Ausdruck brachte, nahm er sie noch einmal, doch diesmal langsam, genussvoll. Er hielt sich zurück, genoss jede Bewegung, jede kleinste Nuance ihrer Haut, die mit der seinen verschmolz, dehnte das Vergnügen aus, die Lust... und die Zeit der Nähe. Denn Cain konnte nichts mehr dagegen tun: Er sehnte sich nach etwas, für das er noch nicht einmal einen Namen wusste.

Als Roxanna am folgenden Morgen erwachte, stand Cain, lediglich mit einer Hose bekleidet, vor dem Spiegel des Ankleidezimmers und rasierte sich. Roxanna setzte sich im Bett auf, wobei sie leise aufstöhnte, denn sie war ein wenig wund zwischen den Beinen. Mit ihr und Cain war in der vergangenen Nacht die Leidenschaft durchgegangen, als verlangte ihr Mann in seiner Eifersucht und Verunsicherung Dinge von ihrem Körper, die ihrem Herzen abzuverlangen er nie wagen würde. Sie sah ihm zu, wie er die scharfe, glänzende Schneide seines Rasiermessers durch den dichten weißen Schaum zog und dabei jedes Mal eine Spur bronzefarbener Haut freilegte. Das leise kratzende Geräusch war beruhigend und häuslich, aber gleichzeitig auch erotisch und aufregend.

Cain fühlte Roxannas Augen auf sich ruhen und drehte sich, als er die Rasur beendet hatte, zu ihr um, wobei er sich mit einem lässig über die Schulter geworfenen Handtuch Seifenreste aus dem Gesicht wischte. »Guten Morgen«, sagte er in einem Ton, aus dem sich nichts entnehmen ließ.

»Guten Morgen«, erwiderte Roxanna und schämte sich ein wenig, weil ihre Stimme so atemlos klang und sie das nicht verhindern konnte. Sie schluckte einmal, räusperte sich und wollte dann wissen: »Wie fandest du denn nun meine Dienste als Leibdiener letzte Nacht? Du hast dich noch nicht dazu geäußert!«

Spöttisch hob Cain eine Braue. »Du warst ganz gut – zumindest nehme ich das an. Da ich noch nie einen Diener hatte, kann ich das nicht wirklich beurteilen.« Ein jungenhaftes Lächeln flog über sein Gesicht. »Aber ich möchte wetten, dass keiner der noblen Herren vom Tanzabend gestern je von seinem Diener nach dem Auskleiden das bekommen hat, was ich gestern von dir bekam.«

Roxanna wurde feuerrot, und Cain lachte leise. »Darunter darf ich wohl verstehen, dass du zufrieden warst«, bemerkte sie tapfer.

»O ja, ich war zufrieden, sehr zufrieden«, erwiderte er trocken. »Und du doch wohl auch.« Er hielt einen Moment inne und fuhr dann fort. »Ich habe dir Frühstück bestellt.«

»Du gehst also.« Roxanna versuchte, nicht allzu enttäuscht zu klingen.

»Wieder eins von diesen verwünschten Treffen. Ein endloses Hickhack um Planierstrecken, Trassen und Treffpunkte.« Cain lächelte gequält. »Ich glaube nicht, dass Huntington und Powell je vorhatten, diese Frage hier zu klären. Mit diesen Verhandlungen wollen sie nur Grant Sand in die Augen streuen und ihn ruhigstellen. Und all die Männer im Kongress, die die Central Pacific noch nicht hat kaufen können.«

»Glaubst du, der General wird Horatio Seymour bei den Wahlen schlagen?«

»Selbst der heilige Nikolaus könnte Ulysses Grant nicht aufhalten! Durant und seine Kumpel sind Narren und bringen die Union Pacific in eine peinliche Lage – der Bruder ihres Chefingenieurs tritt gegen den General an! Jubal hat Silas Seymour ersucht, seinen Abschied einzureichen, als sein Bruder als Präsidentschaftskandidat der Demokraten aufgestellt wurde.«

Auch wenn es gut tat, alltägliche Dinge wie Politik und Arbeit zu besprechen, so wie jedes andere Ehepaar auch, sehnte sich Roxanna danach, über Dinge reden zu können, die mehr mit dem Herzen zu tun hatten. Aber sie wusste, dass es äußerst ungeschickt wäre, Cain jetzt schon irgendwie unter Druck zu setzen und den äußerst wackligen Waffenstillstand zwischen ihnen beiden aufs Spiel zu setzen. Zumindest schien er der Eifersucht den Laufpass gegeben zu haben, die ihn letzte Nacht so geplagt hatte. Vielleicht sollte sie es einfach dabei bewenden lassen. »Aber Jubal ist mit Grant befreundet. Nützt uns das nichts?«

»Gott sei Dank sind die beiden befreundet. Ich kann nur hoffen, dass Jubal letztendlich die Union Pacific aus diesem Schlamassel herausholen kann. Ich habe die Abrechnungen für die Baumaterialien gesehen. Die Kosten liegen weit über unserem Budget. Alle diese Umwege, um Meilen herauszuschinden, damit wir weitere Regierungszuschüsse bekommen! Die Direktoren der Union Pacific im Osten füllen sich ihre Taschen auf Kosten der Eisenbahn – und auf Kosten der Steuerzahler. Die ganze Sache könnte leicht hochgehen.« Cain klang besorgt und ungehalten.

»Aber bei der Central Pacific machen sie doch dasselbe!« Roxanna wusste, dass Cain eine Zeit lang für Andrew Powell gearbeitet und genau dieser Dinge wegen gekündigt hatte.

»Ja, das stimmt auf jeden Fall. Und bald werden wir den edlen Herrn Powell auch richtig schön festnageln!«

Roxanna hörte die Bitterkeit in Cains Stimme, aber noch ehe sie ihm irgendwelche Fragen über sein Leben bei der Central Pacific hätte stellen können, klopfte ein Hotelpage an die Tür ihrer Suite. »Cain, unsere Sachen liegen auf dem ganzen Wohnzimmerfußboden verstreut!«, flüsterte sie heiser und presste ihre kühlen Handflächen an die roten Wangen.

»Mach dir darüber keine Sorgen, Eileen hat sie heute Morgen weggeräumt, als du noch geschlafen hast.« Grinsend zog sich Cain ein Hemd über und schlenderte in das angrenzende Zimmer, um die Tür zu öffnen.

Nach einem kurzen Gespräch mit dem Pagen zog Cain sich fertig an und erklärte seiner Frau, dass er den ganzen Tag über in irgendwelchen Sitzungen festsitzen würde. Er empfahl ihr, sich zu amüsieren und ihren Aufenthalt in Denver zu genießen – ein wenig einkaufen zu gehen, vielleicht eine der Damen zu besuchen, die sie bisher kennen gelernt hatte. Das alles erschien Roxanna wenig verlockend. Sie fühlte sich verwaist, weil er sie so verlassen konnte, ohne wirklich etwas mit ihr besprochen zu haben. Cain wies sie lediglich an, das Hotel nicht ohne den Wächter zu verlassen, den er vor ihrer Tür postiert hatte, um sie vor Isobel Darby zu schützen.

Ob Cain in dieser Sache wohl schon etwas unternommen hatte? Er hatte nichts von seiner Suche erzählt. Zwar dachte Roxanna immer noch ungern an den Schmerz, den Jubal würde erleiden müssen, wenn ihre wahre Identität ans Tageslicht käme, aber ansonsten fürchtete sie sich nicht mehr davor, als Hochstaplerin entlarvt zu werden. Cain hatte sie trotz ihres Täuschungsmanövers nicht verlassen. Ob er sie eines Tages sogar würde lieben können? Roxanna strich sich über ihren immer noch flachen Bauch und lächelte. Dann überkam sie plötzlich ein rasender Hunger.

Die Frage, wie sie den Tag am besten verbringen sollte, klärte sich für Roxanna rasch, als ihr einfiel, dass Sarah Grady sie herzlich eingeladen hatte, sie bei ihrem nächsten Aufenthalt in Denver zu besuchen. Die Gradys hatten am Ball des vergangenen Abends nicht teilgenommen. Nachdem Roxanna eine Nachricht zu Sarah geschickt hatte, erfuhr sie auch den Grund dafür: Eins der Kinder war überraschend krank geworden. Der junge Justin befand sich aber bereits auf dem Weg der Besserung. Es hatte sich herausgestellt, dass ein übermäßiger Genuss von Schokoladencreme der Grund für sein mysteriöses Unwohlsein gewesen war.

Sarahs Nachricht hatte eine Einladung zum Mittagessen beinhaltet und den Vorschlag, anschließend gemeinsam einkaufen zu gehen. Roxanna wusste, dass sie der Schwangerschaft wegen bald neue Kleider brauchen würde. Sie hoffte, Cain auch gegen Jubals Einwände überreden zu können, sie für den Winter wieder mit ins Eisenbahnlager zu nehmen. Wenn ihr das gelänge, würde sie meilenweit von jeder Schneiderin entfernt leben. Roxanna verließ das Hotel voller Vorfreude auf einen Tag, der viel zu versprechen schien.

Am anderen Ende der Stadt verbrachten Cain und Jubal den Morgen in Verhandlungen mit mehreren hochrangigen Offiziellen der Central Pacific. Für dieses Treffen hatte man das oberste Stockwerk der Grand Union Bank in ein großzügig ausgestattetes Konferenzzimmer verwandelt, das von einem langen Mahagonitisch beherrscht wurde. Bequeme Sessel standen zu beiden Seiten des Tisches für die Herren bereit, und in allen Ecken des Raumes sah man riesige Topfpflanzen in chinesischen Vasen. Zwei Kellner kümmerten sich um die voluminöse Kaffeemaschine aus feinem Sterling-Silber, zündeten den Anwesenden die Zigarren an und stellten Kristallaschenbecher und blank geputzte Spucknäpfe aus Messing bereit, in denen die Eisenbahner die Tabakreste loswerden konnte. Ein Journalist aus dem Osten hatte bissig – und völlig gerechtfertigt – nach Hause berichtet, die Eisenbahnbarone umgäben sich gern mit Eleganz, aber auch mit Spucknäpfen.

Lawrence Powell vertrat seinen Vater, hatte jedoch bisher in den oft hitzigen Auseinandersetzungen recht wenig zu sagen gehabt. Der jüngere Powell saß mit zusammengelegten Fingerspitzen in seinem Sessel zurückgelehnt und schien von dem, was um ihn herum erörtert wurde, nur teilweise etwas mitzubekommen. Die teure kubanische Zigarre zwischen seinen Lippen, paffte er, um anzugeben, nicht, weil sie ihm wirklich schmeckte.

Der kleine reiche Junge langweilt sich, dachte Cain voller Abscheu, als Lawrence nun eine Frage, die Collis Huntington ihm barsch zuwarf, nicht aus dem Stegreif beantworten konnte.

Es ging um Planierarbeiten, für die die Central Pacific Verträge mit den Mormonen abgeschlossen hatte. Der junge Powell stotterte eine hastige Entschuldigung und musste in den vor ihm liegenden Papieren wühlen, um eine korrekte Auskunft geben zu können.

Als die langwierigen und anstrengenden Verhandlungen schon eine ganze Weile liefen, schob Jubal Cain eine Nachricht zu, und der junge Mann konnte dem selbstzufriedenen Gesichtsausdruck des normalerweise eher mürrisch wirkenden alten Schotten entnehmen, dass es sich um gute Neuigkeiten handeln musste. Er öffnete den Umschlag. Jubals Agenten hatten in San Francisco einen Bankangestellten aufgetan, der von einem Transfer von fast zwei Millionen Dollar Kenntnis hatte. Die Gelder waren von den Konten der Central Pacific abgegangen, um Rechnungen der Magus Shipping Enterprises und der Ferlder-Smythe Iron Foundary zu begleichen. Von den Konten dieser Betriebe waren sie dann zu den privaten Konten verschiedener Einzelpersonen weitergeleitet worden, und der Angestellte war willens und in der Lage, Unterlagen beizubringen, die bewiesen, dass alle diese Konten Andrew Powell gehörten.

Ein leises Lächeln stahl sich auf Cains Lippen und verschwand dann wieder so rasch, wie der Rauch im Zimmer umherwirbelte. Eine tiefe Welle der Befriedigung überflutete den jungen Mann. Ich habe lange darauf gewartet, dich festnageln zu können, Powell! Dann stand Lawrence auf, um seinen Bericht vorzutragen. Lesen konnte der Junge, das musste Cain ihm zugestehen, auch wenn er sich sicher war, dass irgendein unterbezahlter Sekretär die ganze Nacht über schwer geschuftet hatte, um all die Fakten und Zahlen zusammenzutragen und aufzubereiten, die Lawrence nun so mühelos Detail für Detail abhandelte.

Cain sah Powell beim Sprechen zu und musste sich eingestehen, dass Lawrence auf die blasse, wächserne Art, die viele Frauen ja wohl bevorzugten, recht gut aussah. Helle Haare, eine klare, frische Haut, blaue Augen – selbst den Bart trug er nach der neuesten Mode, mit langen Koteletten, die sich das ganze Kinn entlangzogen. Zumindest ist er inzwischen Manns genug, sich rasieren zu müssen. Ob Roxanna den Jungen attraktiv fand? Seine Manieren waren ausgezeichnet, und er kleidete sich formvollendet ...

»Sie können also sehen, dass die Central Pacific auf der Strecke, die unsere Trupps planiert haben, nicht später als April nächsten Jahres in Salt Lake ankommen wird. Wenn man bedenkt, wo sich die Union Pacific im Augenblick im Wyoming Territory befindet, und angesichts der Tatsache, dass es bald Winter wird, sehen wir uns wirklich nicht veranlasst, einem Treffpunkt auch nur in der Nähe des von der Union Pacific vorgeschlagenen Ortes zuzustimmen.« Mit diesen Worten beendete Lawrence seine Ausführungen und blickte sich zufrieden im Zimmer um.

Als das »Hört! Hört!«, der Repräsentanten der Central Pacific verstummt war, warf Cain ruhig ein:

»Ich könnte Ihnen einen prima Grund nennen.«

»Oh, das müssen Sie uns aber erklären, Cain!«, gab Lawrence zurück, ein wenig brüskiert durch die Tatsache, dass ein Mann, der noch vor so kurzer Zeit ein einfacher Angestellter gewesen war, es wagte, auf dieser illustren Versammlung das Wort zu ergreifen.

»Schon seit zweihundert Meilen planieren eure Trupps und die unseren parallele Strecken durch Utah hindurch, und die Trassenleger der Central Pacific sind kein Stück näher an Salt Lake als die unseren. Wir haben alle Trümpfe in der Hand, Powell«, erwiderte Cain ungerührt.

»Und glauben Sie etwa, die Öffentlichkeit hat nichts gegen eine solche Verschwendung von Steuergeldern? Zwei Routen zu bauen, obwohl eine völlig ausreicht?«, ergänzte Jubal trocken.

»Meine Herren, ich denke, alle diese Fragen werden sich mit der Zeit klären lassen«, ließ nun Leland Stanford seine leicht pompöse Predigerstimme ertönen. Der rundgesichtige Präsident der Central Pacific mit seinem sorgfältig gestutzten Bart und den tief liegenden Augen war der vollendete Politiker, immer bemüht, rechtzeitig alle Wogen zu glätten.

Während Stanford predigte, ohne dabei wirklich etwas zu sagen, betrachteten Cain und Powell einander schweigend. Cains ruhiger Blick wirkte leicht belustigt, der junge Powell dagegen wirkte beleidigt und wütend. Als die Sitzung am späten Nachmittag endlich ein Ende fand, spürte auch Jubal die Spannung zwischen den beiden jungen Männern und hatte dabei ein ungutes Gefühl der Vorahnung.

Der mit allen Privilegien geborene Lawrence Powell war nie gezwungen gewesen, einem Mann, den er als gesellschaftlich weit unter sich stehend betrachtete, an einem Konferenztisch gegenüberzutreten. In seinen schlimmsten Träumen hatte er nicht mit so etwas gerechnet. Jubal kannte die Einstellung des jungen Mannes und konnte auch das spöttische Vergnügen nachvollziehen, das Cain gerade zur Schau gestellt hatte. MacKenzie hatte sein Leben in Amerika als verarmter schottischer Emigrant begonnen, sich dann aber in der Welt der grenzenlosen geschäftlichen Möglichkeiten, die die neue Heimat ihm geboten hatte, weit über diesen Status hinaus entwickelt. Er wusste, wie gut es tat, einem Blaublütigen, einem Vertreter des alten Geldes, die Zunge herauszustrecken. Doch die Möglichkeit, dass Alexa zwischen diese beiden Männer geraten könnte, beunruhigte Jubal. Er wollte nicht, dass deren Feindseligkeiten der jungen Frau in irgendeiner Weise schadeten, spürte aber tief in sich, dass dies unausweichlich geschehen würde.

Cain entschied sich, den kurzen Weg zum Hotel zu Fuß zurückzulegen. Er brauchte Zeit zum Nachdenken, musste Abstand gewinnen vom politischen Manövrieren. Er hatte am Morgen eine Nachricht des Privatdetektivs erhalten, den er angeheuert hatte, um nach Isobel Darby Ausschau zu halten. Nach kurzen Aufenthalten in Cheyenne und Denver war die Dame spät im vergangenen Frühling in San Francisco aufgetaucht – genau in Andrew Powells Höhle. Das konnte kein Zufall sein. Dass sich die heimtückische und gefährliche Feindin seiner Frau mit Powell zusammengetan hatte, bot Grund zu echter Besorgnis.

Roxanna sollte verdammt sein für all ihre Lügen und dafür, dass sie ihm diesen Schlamassel aufgehalst hatte! Dafür, dass sie nicht die Alexa war, die er geheiratet hatte. Das Leben wäre so viel einfacher, wenn seine Frau wirklich die von Jubal MacKenzies Enkelin wäre! Er dachte noch einmal über diese Frage nach und schüttelte dann resigniert den Kopf. Ein Leben mit Alexa/Roxanna würde nie einfach sein.

Aber dass Lawrence nun plötzliche seiner Frau nachstellte, das machte eine ohnehin schon schwierige Situation auf jeden Fall noch komplizierter. Was hatte den designierten Erben Powells nur dazu veranlasst, ausgerechnet jetzt, so spät noch, ein begehrliches Auge auf die Frau zu werfen? Konnte das etwas mit Isobels Auftauchen in San Francisco zu tun haben?

Mehrere Wege führten aus diesem Labyrinth. Man konnte die Dame Darby so einschüchtern, dass sie die Wahrheit gestand, und sie dann endgültig aus Roxannas Leben verscheuchen. Man konnte nach San Francisco fahren und den alten Löwen in seiner Höhle heimsuchen oder Lawrence jetzt und hier konfrontieren und herausfinden, was der Junge wusste. Die letzte Möglichkeit schien Cain am attraktivsten, weil er sie an Ort und Stelle in die Tat umsetzen konnte. Seine Knöchel sehnten sich danach, den schockierten, herablassenden Blick aus Powells käsigem Gesicht zu wischen, doch er würde der Versuchung widerstehen. Wozu Jubal in eine peinliche Lage bringen und sich selbst als den Wilden präsentieren, für den ihn die meisten dieser Industriekapitäne ohnehin hielten? Vor dem Empfang heute Nacht würde er sich ein wenig, ganz privat, von Mann zu Mann mit Lawrence unterhalten.

Cain betrat die Empfangshalle des »Imperial Hotels« und blinzelte. Die Herbstsonne draußen auf der Straße war noch sehr stark gewesen, die fast leere Eingangshalle dagegen schien im Dämmerlicht zu liegen.

Gerade als er sich auf den Weg zur Treppe machen wollte,

erhaschte er einen Blick auf Powell, der eben aus einer Seitentür hinaus auf eine private kleine Terrasse treten wollte. Cain folgte ihm, und ein Lächeln, das aber seine Augen nicht erreichte, breitete sich langsam auf seinem Gesicht aus.

Lawrence Powell zündete sich eine der kubanischen Zigarren seines Vaters an und inhalierte tief – einer der vielen feinen Möglichkeiten, das Leben zu genießen. Sein Vortrag auf der Sitzung heute war gut über die Bühne gegangen ... bis auf Cains Einwand, wie er sich widerwillig eingestehen musste. Doch er hatte auch durchaus mit Einwänden der Union Pacific-Leute gerechnet. Was ihn wurmte, war die Tatsache, dass ausgerechnet die Rothaut des Schotten gewagt hatte, damit herauszurücken.

Als hätten seine Gedanken den Mann herbeigezaubert, schlenderte nun Cain wie beiläufig durch die offene Tür und gesellte sich zu dem jungen Powell. »Sind Sie gekommen, um für MacKenzie einen Handel abzuschließen, Cain?«, fragte Lawrence und wünschte, als sie sich nun von Angesicht zu Angesicht gegenüberstanden, er sei größer. Cain war bestimmt sechs, vielleicht sogar acht Zentimeter länger als er; daran hatte er immer schon Anstoß genommen – und an vielen anderen Dingen.

»Ich verhandele mit den Männern, die das Sagen haben, nicht mit deren Handlangern, die noch nicht trocken hinter den Ohren sind«, erwiderte Cain.

Powell wurde knallrot. »Mit Alexa hast du durchaus verhandelt! Süßholz hast du geraspelt, um sie zu überreden, so weit unter ihrer gesellschaftlichen Stellung zu heiraten!«

Cain lachte höhnisch und ging wie Lawrence zum Du über. »Das wurmt dich nun aber wirklich, nicht wahr? Dass ich sie habe? Als du sie wolltest, da fehlte dir das Rückgrat, dich gegen den alten Herrn zu stellen. Was hat er dir gesagt – dass es nicht angeht, dass du die Reste vom Tisch deines halb indianischen Bruders isst? Dass Alexa vielleicht ein rotes Kind unter dem Herzen tragen könnte?« Die schuldbewusste Röte auf Powells Gesicht war leicht zu deuten, und nun konnte Cain nicht mehr aufhören. Er wollte dem anderen alles an den Kopf werfen, alles, was seit Jahren in ihm brodelte. »Ich habe euch endlich beide geschlagen, Larry, endlich einmal bin ich der Sieger! Als du Alexa sitzen gelassen hattest, bin ich mit Jubal einen Handel eingegangen. Kein Indianer hatte sie je berührt – nicht einmal ich. Aber die Gerüchte waren nun einmal da, und MacKenzie brauchte jemanden, der sie heiratete – und ich wollte sein Bauleiter werden.«

»Damit sagst du doch nur eins: Er hat sie dir verkauft! Und dein Lohn war eine Beförderung!« Powells Stimme klang ätzend und voller Verachtung.

»Nicht einfach nur eine Beförderung, Larry! Ich bin jetzt in der Lage, unseren Vater in den Ruin zu treiben – und auch dich, wenn du mir in die Quere kommst. Ich rate dir gut, halte dich aus der Sache raus!« Der drohende Unterton der seidigen Stimme war nicht misszuverstehen.

»Es hat dich immer gewurmt, dass ich der legitime Sohn, der Erbe, bin, nicht, Damon?« Als Cains Gesicht sich unmerklich verzog, lächelte Lawrence. »Du hasst den Namen, den man dir gegeben hat, nicht wahr?«

Cains Stimme troff nun vor Hohn: »Schade nur, dass der alte Herr mir nur einen ersten Namen gab und keinen zweiten – seinen.«

»Das kam wohl kaum infrage. Du weißt, dass er Indianer verabscheut.«

»Meine Mutter hat er nicht verabscheut, wenn er in Lederhemds Dorf kam.«

»Das ist lange her, und die Zeiten haben sich geändert.«

»Ja, er hat jetzt wesentlich mehr Geld. Aber eines Tages werde ich genauso reich sein wie er, genauso mächtig. Ich werde ihn mit seinen eigenen Waffen schlagen. Warum läufst du nicht zurück nach San Francisco und erzählst ihm das? Obwohl – ich weiß etwas Besseres: Ich habe da noch eine andere Sache zu erledigen, ich werde nach San Francisco reisen und die Nachricht selbst überbringen.«

Lawrence Powell hielt seine Zigarre krampfhaft umklammert und starrte auf Cains sich entfernenden Rücken. Die Asche auf dem Tabak brannte ein paar Zentimeter herunter und landete dann auf den frisch geputzten Schuhen des jungen Mannes, aber der schien davon nichts zu bemerken.

Cain ging durch die Eingangshalle des Hotels und begab sich in die Bar. Er war zufrieden mit seinem Tagwerk. Sein feiger Halbbruder würde es nicht mehr wagen, um Roxanna herumzuschleichen, und er war nun ziemlich sicher, dass die Powells nicht wussten, dass seine Frau keineswegs Jubals Enkelin war. Lawrence hätte nie der Versuchung widerstehen können, seinem Bruder im Streit diese Information um die Ohren zu schlagen, wenn er sie gehabt hätte.

Cain beschloss, den Rest der langweiligen Veranstaltungen in Denver Jubal zu überlassen. Entscheidungen würden ohnehin erst getroffen werden, wenn Grant gewählt worden war. Der General würde nach seinem Amtsantritt schon dafür sorgen, dass sich die Central Pacific auf einen gemeinsamen Treffpunkt der beiden Trassen einließ. Inzwischen war es mehr als höchste Zeit dafür, dass Damon, der Bastard, seinem Vater gegenübertrat. Bei der Vorstellung, Andrew Powell Beweise vorlegen zu können, die das Ende seiner Karriere bei der Central Pacific bedeuteten, beschleunigte Cain seine Schritte. Ja, er würde auf der Stelle abreisen!

Roxanna stand noch lange, nachdem Cain, ohne es zu bemerken, an ihr vorbeigegangen war, wie festgenagelt in der Terrassentür. Schmerz explodierte in großen roten Wellen hinter ihren Augen und raubte ihr den Atem, aber am schlimmsten schmerzte ihr Herz. Dieses Herz hatte er gebrochen. Damon – Einsamer Bulle – Cain. Jeder dieser Namen stand für einen betrügerischen, verbitterten Mann, der die Menschen um sich herum für seine eigenen Zwecke missbrauchte, ohne einen Gedanken an deren Gefühle zu verschwenden.

Welche Ironie des Schicksals, dass der eiskalte Andrew Powell, Jubals Erzfeind, Cains geheimnisumwitterter Vater war! *Seine Augen Sind Kalt.* Nun konnte sie auch die Ähnlichkeit zwischen den beiden erkennen – Vater und Sohn, beide groß und schlank, adlergleich und hart, ihre Seelen so freudlos wie ihre mitleidlosen kalten Augen. Cain hasste seinen Vater, weil dieser die Mutter missbraucht hatte, aber er selbst war um keinen Deut besser. *Ich bin einen Handel eingegangen ... MacKenzie brauchte jemanden, der sie heiratete.*

Roxanna presste die Hände an die Schläfen und stolperte hölzern und unbeholfen zu einem Ledersofa in der Eingangshalle. Sie hatte den Tag mit Sarah verbracht, deren Privatkutsche sie gerade eben erst vor der Hoteltür abgesetzt hatte. Roxanna war auf dem Weg in ihr Zimmer gewesen, um sich zum Abendessen umzuziehen, als sie ihren Mann auf die Terrasse hatte treten sehen und ihm gefolgt war, weil sie unbedingt alles über das Treffen mit der Central Pacific hatte erfahren wollen. Weil sie sich danach sehnte, seine Stimme zu hören, ihn zu berühren ...

Was für eine Närrin sie doch war! Da hatte sie monatelang an seiner Seite gelebt, voller Schuldgefühle angesichts der Schande ihrer Vergangenheit. Aber ihr Mann hatte sie auf eine viel kaltherzigere, kalkuliertere Art für seine Zwecke missbraucht, als sie es je mit ihm getan hatte. Sie hatte vorgegeben, Alexa zu sein – doch ihre Liebe zu ihm war nie gespielt gewesen! Kein Wunder, dass er ihr nie gesagt hatte, er liebe sie. Er sah in ihrer Ehe eine reine Geschäftsbeziehung! *Ich bin einen Handel eingegangen ...* Tränen brannten hinter Roxannas Augenlidern, aber sie weigerte sich, ihnen freien Lauf zu lassen.

Sie musste nachdenken, allein, irgendwo, wo keiner sie stören würde, weit weg von Cain. Sie stand auf, ging vorsichtig zur Vordertür des Hotels und bat den Türsteher, ihr eine Kutsche zu rufen. Dann wies sie den Kutscher an, die Laramie Street hinunterzufahren. »Fahren Sie einfach, ich sage Ihnen schon, wann Sie halten sollen«, befahl sie hölzern.

Was für ein Glück, dass sie Cain nichts von dem Baby erzählt hatte! Was er mit dieser Information alles hätte anstellen können! Jubals Urenkel! Sie musste ihren Mann verlassen. Allein beim Gedanken daran, ihm je wieder gegenübertreten zu müssen, rebellierte ihr Magen voller Furcht, denn sie wusste, dass sie seinen Lügen erneut glauben und schwach werden würde, sobald er sie berührte. »Ich werde mich nicht missbrauchen lassen – und mein Kind auch nicht!«, flüsterte sie sich selbst zu.

Aber wo konnte sie Hilfe suchen? Sicher nicht bei Jubal MacKenzie. Der Betrug des alten Schotten schmerzte fast so sehr wie der Cains. Sie hatte begonnen, sich einzureden, er sei wirklich ihr Großvater, endlich wieder so etwas wie eine Familie für sie. Doch genau wie Cain hatte er sie mit weit größerer Hinterlist betrogen, als die Täuschung beinhaltet hatte, die sie den beiden zugemutet hatte.

Wieder einmal stand sie allein und ohne einen Pfennig in der Welt, und nur ihr wacher Verstand konnte sie retten. Aber jetzt hatte sie noch dazu für ein ungeborenes Kind zu sorgen. Nur allzu bald würde man ihre Schwangerschaft sehen können. Es musste ihr irgendwie gelingen, ihr Kind vor Cain und Jubal in Sicherheit zu bringen.

Dann fiel ihr die berühmte Zeile aus einem Theaterstück ein: »Der Feind meines Feindes ist mein Freund.« Wie einleuchtend! Und außerdem war sie verzweifelt und hätte gar nicht gewusst, an wen sie sich sonst hätte wenden sollen. Sie würde Lawrence Powell um Hilfe bitten.

Kapitel 17

Als Roxanna ins Hotel zurückkehrte, war Cain nicht auf dem gemeinsamen Zimmer. Mit ungeheurer Erleichterung zerknüllte sie eine seiner üblichen äußerst knapp gehaltenen Nachrichten, mit der er ihr mitteilte, er wolle an einem weiteren Treffen in der endlosen Kette von Versammlungen teilnehmen. Dann setzte sie sich an den Sekretär, um nun ihrerseits eine letzte Nachricht an Cain zu verfassen. Spontan hätte sie am liebsten alle ihre Herzensqual zu Papier gebracht, alle Bitterkeit, die sie angesichts seines Betrugs empfand, aber ihr Stolz belehrte sie bald eines Besseren. Nie im Leben wollte sie ihm eine solche Befriedigung gönnen! Roxannas Nachricht war von daher kurz und auf den Punkt gebracht und so emotionslos, wie ihr irgend möglich war.

Sobald der Brief versiegelt war, warf die junge Frau ein paar Kleider zum Wechseln in einen kleinen Koffer. Ihr Leben als Alexa Cain war vorüber, und sie würde nichts von dem schönen Schmuck, der feinen Seide mitnehmen, die Cain und Jubal ihr gekauft hatten. Die Kette aus Amethysten und die juwelenbesetzten Kämme waren so wunderschön, dass sie fast schwach geworden wäre – bis sie sich daran erinnerte, dass sie das Hochzeitsgeschenk eines Mannes waren, der sie geheiratet hatte, um Bauleiter bei der Union Pacific zu werden. Für Damon Powell war sie nie etwas anderes gewesen als ein Mittel zum Zweck! Roxanna verließ das Hotel und winkte eine Kutsche herbei.

Cain verließ die hohen Tiere der Union Pacific, die willens schienen, sich noch stundenlang um irgendwelche Kleinigkeiten zu streiten und sich dabei mit Zigarren und Portwein anzufeuern. Die Rivalität zwischen den Fraktionen von Durant und Ames war so ausgeprägt, dass Vertreter beider Gruppen sich wahrscheinlich noch nicht einmal um zwölf Uhr mittags auf den Stand der Sonne würden einigen können. Jubal war bereits losgeworden, was er hatte sagen wollen, und hatte sich zu Bett begeben. Cain würde es ihm gleichtun – nur dass jeder Gedanke an seine Frau nicht gerade ein Schlafbedürfnis in ihm weckte. Cain war immer noch wütend auf Roxanna und hegte die wahrlich nicht unbegründete Befürchtung, die Täuschungsmanöver der jungen Frau könnten ihn die Stellung kosten – aber gleichzeitig konnte er nicht genug von ihr bekommen. Er mochte ihr nicht trauen, doch der Begierde, die sie beide so unwiderstehlich zueinander hinzog, stand er ebenso hilflos gegenüber wie sie.

Die Macht, die diese Frau über ihn hatte, war gefährlich, und das hatte Cain sich ständig vor Augen gehalten. Denn sein Leben lang hatte ihn jeder Mensch, den er gebraucht hatte, letztlich im Stich gelassen, Kornblumenfrau und Enoch waren gestorben, Andrew Powell hatte ihm sein Geburtsrecht, ja sogar seinen Namen verweigert. Der Verrat des Vaters hatte Cain einst so hart getroffen, dass er sich geschworen hatte, nie wieder jemand anderem zu trauen als sich selbst. Roxanna – als er noch hatte glauben können, sie sei Alexa – hatte ihn fast dazu gebracht, die Folgen des ungeheuerlichen väterlichen Verrats zu vergessen. Und die jüngsten Ereignisse bewiesen doch deutlich, dass er an seinem ursprünglichen Beschluss hätte festhalten sollen.

Der Gedanke an seinen Vater ermöglichte es Cain, seine Sehnsucht nach Roxanna zu zügeln. Er beschloss, gleich und unmittelbar auf die Informationen zu reagieren, die Jubal sich hatte beschaffen lassen. Wenn er sich beeilte und schnell ritt, konnte er in knapp einer Woche in San Francisco sein und dem alten Mann gegenübertreten. Die Vorstellung, welches Gesicht der stolze alte Patrizier machen würde, wenn er feststellen musste, dass sein Reich zu zerfallen drohte, zauberte ein Grinsen auf das Gesicht des unehelichen Sohnes des feinen Herrn. Zwanzig Jahre lang hatte Cain auf diesen Tag gewartet.

Warum sollte er die Reise eigentlich auch nur noch einen Augenblick hinausschieben, da sie doch Powell keinesfalls die Gelegenheit bieten wollten, seine Spuren zu verwischen? Dass der schlaue alte Fuchs so sorglos vorgegangen war, bereitete Cain immer noch Kopfweh. Nicht, dass Powell und die anderen Eisenbahnbarone über einen Diebstahl in ihren eigenen Betrieben erhaben wären – nicht ohne Grund nannten die Zeitungen sie ›Räuberbarone‹. Aber Powells gesamter Betrug kam ihm zu einfach vor, und das ließ ihm keine Ruhe, so wie ein entzündeter Zahn, den man, ohne es zu wollen, immer wieder mit der Zunge berührt.

Ehe er sich's versah, hatte er die Tür zu seiner Suite geöffnet und wusste, noch bevor er einen Fuß über die Schwelle gesetzt hatte, dass etwas nicht stimmte. Roxanna war nicht da. Seit wann war er so eingestimmt auf ihre Gegenwart, ihren Duft, dass er sofort spüren konnte, wenn sie abwesend war? Dann sah er ihre Nachricht auf dem Tisch, und eine leise, ungute Vorahnung beschlich ihn. Er ergriff den Briefumschlag, der mitten auf dem spitzenbesetzten Tischtuch lag, und öffnete ihn. Als Erstes fiel ihm der schwere goldene Ehering in die Hand, und er schloss so fest seine Finger darum, dass das Metall ein Muster in seine Hand drückte, während er Roxannas Brief las, der in ihrer feinen, sehr weiblichen Handschrift verfasst war. Ihre Worte trafen ihn so hart, dass er zuerst meinte, sie gar nicht verstanden zu haben. Leise fluchend überflog er die Zeilen ein weiteres Mal.

Cain,
oder vielleicht sollte ich Damon Powell zu dir sagen? Ich habe zugehört, wie du deinem Bruder Larry gegenüber angegeben hast. Du hattest mich beschuldigt, mich deiner bedient zu haben. Nun habe ich erfahren, dass du der weitaus schuldigere Teil bist. Auch du hast mich für deine Zwecke missbraucht. Du hast, was du wolltest: deine Stellung, die Macht, die Mittel, deinen Vater in den Ruin zu treiben. Ich wünsche dir Freude an

deinem Rachefeldzug. Vielleicht begreifst du ja, bevor er vorbei ist, dass du dich in keiner Weise von Andrew Powell unterscheidest.

Auf jeden Fall bin ich nicht länger Teil des Handels, der zwischen dir und Jubal geschlossen worden ist. Du kannst ihm, was mein Verschwinden betrifft, erzählen, was du willst.

Roxanna Fallon

Ich habe mit Jubal einen Handel abgeschlossen ... Seine eigenen Worte gingen Cain nicht aus dem Kopf. Roxanna war dort gewesen, hatte gehört, wie er Larry die Beleidigungen an den Kopf geworfen hatte. Mein Gott, wie kalkulierend und berechnend, wie ganz und gar kaltblütig er ihr vorgekommen sein musste! Wie sein Vater. Er war genau zu dem geworden, was er am meisten hasste und verachtete! Cain öffnete die Faust und starrte mit brennenden Augen auf den zierlichen Goldring.

Das Herz des jungen Mannes tat ein paar schmerzhafte Sprünge, und er fluchte wild und zügellos, während er die zerknüllte Nachricht an seine Brust drückte. Zwischen den knappen Zeilen voll Bitterkeit las er Roxannas Verzweiflung, den Zorn, das Gefühl, verraten worden zu sein. Wohin konnte sie sich wenden? Rasch durchsuchte Cain das Schlafzimmer. Sie hatte kaum etwas mitgenommen, nicht einmal ihre Juwelen. Wie konnte sie hoffen, ohne einen Pfennig Geld die Stadt verlassen zu können? Was, wenn Isobel Darby sie fand? Die Verrückte hatte schon zwei Mal versucht, Roxanna zu ermorden.

»Ich muss sie finden«, murmelte er, gefolgt von einer Reihe weiterer wütender Flüche. Sie war seine Frau, verdammt noch mal! Und er wollte sie zurück – er würde sie zurückbekommen!

Das wütende Klopfen an Jubals Tür wollte und wollte nicht verstummen. Der alte Schotte blickte auf seine Uhr, zog eine Grimasse und stieß eine Verwünschung aus. Ein Uhr früh! »Nicht die Tür aufbrechen!«, brüllte er, und knotete den Gürtel seines Morgenmantels zu. Dann tappte er mit bloßen Füßen über den Teppich. Mit der einen Hand rieb er sich den Schlaf aus den Augen, mit der anderen öffnete er die Tür und bemerkte dann, als er Cain vor sich sah, trocken: »Na, hoffentlich haben Sie einen guten Grund, mein Junge!«

Cain starrte an Jubal vorbei in dessen Wohnzimmer, das fast genauso aussah wie das, was er selbst mit Roxanna geteilt hatte, bis hin zu dem blau und braun getönten Teppich. Es versetzte ihm einen leisen Stich, als er sich daran erinnerte, wie Roxanna und er einander auf eben diesem Teppich entkleidet hatten – vor genau einer Nacht! »Meine Frau hat mich verlassen. Ich werde sie zurückholen, doch da sind ein paar Dinge, die ich Ihnen erst einmal erzählen muss.« Cain hielt sich nicht lange mit Vorreden auf, sondern wandte sich gleich dem eigentlichen Thema zu.

Jubal goss zwei große Gläser Bourbon ein und drückte eins davon seinem jungen Protegé in die Hand, ehe der sich dagegen wehren konnte. »Dass Ihre Frau nicht Alexa ist? Oder dass Sie in Wirklichkeit der uneheliche Sohn des alten Powell sind?« Jubal wurde die Genugtuung zuteil zu sehen, wie sich Cains für gewöhnlich unerschütterliche Miene in ungläubigem Staunen verzog.

Cain nahm einen kräftigen Schluck Whiskey, verfolgte dessen feurigen Weg bis hinunter in seinen verknoteten Magen und erwiderte dann matt: »Wie lange wissen Sie das schon?«

»Das mit Ihnen? Von Anfang an. Als Sie mir in North Platte das Leben gerettet haben, habe ich meine Agenten Nachforschungen über Ihre Vergangenheit anstellen lassen. Wenn ich einen bewaffneten Mann einstelle, der mir Rückendeckung geben soll, dann muss ich wissen, dass er mir in denselben Rücken keine Kugel schießt.«

»Als Sie erfuhren, dass ich der uneheliche Sohn Andrew

Powells bin, da hätten Sie doch anfangen müssen, mir zu misstrauen!«

»Reden Sie keinen Blödsinn – das war erst recht ein Grund für mich, Sie bei mir zu behalten. Powell hat Sie nie anerkannt. Er war ein Narr, sich Ihres Indianerblutes zu schämen, und Sie haben ihn dafür gehasst. Sie wurden vom Ehrgeiz verzehrt, und Sie sehnten sich noch mehr danach, diesen Powell in den Ruin zu treiben, als ich es tat.«

»Und so wurde ich dann die ›Rothaut des Schotten‹.« Jubals Erklärungen klangen logisch – auf eine perverse, manipulierende Art, die Cain gut verstand. »Aber was ist mit Roxy?«

»Roxanna Fallon?«, sagte Jubal sanft und trank einen weiteren Schluck Whiskey. Einen Augenblick lang trat ein sehr nachdenklicher Ausdruck in seine kühlen grauen Augen und verschwand dann ebenso rasch wieder. »Eine Weile war ich mir nicht sicher ... dann kamen die Berichte. Ich hatte auch das nachprüfen lassen.« Jubal kicherte leise. »Ihr Vater hat versucht, mich mit Roxys Vergangenheit zu erpressen – und mit der Ihren auch. Er war stocksauer, dass ich die Wahrheit bereits kannte und sie mir nichts ausmachte.«

»Haben Sie deswegen zugestimmt, dass ich sie haben darf?«

Jubal konnte das Eis in Cains Stimme fast brechen hören. Wie dein Stolz, junger Mann!, dachte der alte Herr. »Mein Junge, Ihr dummer Stolz fängt nun doch an, mich ein wenig zu ermüden. Nein. Ich habe Roxannas Identität erst nach eurer Heirat festgestellt, aber es hätte keinen Unterschied gemacht, wenn sie Alexa gewesen wäre. Sie hat ein gutes Herz, Cain, und Mut, der mit Ihrem mithalten kann. Da gibt es ein paar Dinge in ihrer Vergangenheit ... doch ich will es ihr überlassen, Ihnen davon zu erzählen. Wenn sie sich dazu entschließen kann, das mit Ihnen zu teilen.«

Was das hieß, war Cain klar. »Ich werde sie nicht verlieren, Jubal! Sie ist meine Frau!«

»Sie liebt Sie, Cain. Ich habe Sie einst gefragt, ob auch Sie sie liebten, und da war Ihre Antwort, Sie würden gut zu ihr sein.«

Jubal schnaubte verächtlich. »Und ich kann sehen, wie gut Sie Wort gehalten haben, mein Sohn!«

Cain wurde kreidebleich. Das hatte gesessen. Wie oft hatte sie ihm bekennen wollen, dass sie ihn liebte? Und wie oft hatte er Angst gehabt, diese Liebe zu erwidern? »Sie hat meine Unterhaltung mit Larry mitgehört. Ich habe ein paar Dinge gesagt ... Dinge, die ich nicht so meinte ... oder von denen ich nicht gewollt hätte, dass sie sie in dieser Deutlichkeit hört ...«, gab er zu. »Sie macht übrigens auch Ihnen Vorwürfe. Wegen des Handels, den wir eingegangen sind.« Er übergab Jubal den zerknüllten Zettel.

Nun wurde auch der alte Herr bleich. »Ich habe Gott spielen wollen mit euer beider Leben, und dazu hatte ich kein Recht«, murmelte er erschöpft und rieb sich die Augen, während er sich in einen dick gepolsterten Lehnsessel fallen ließ.

»Haben Ihre Agenten auch etwas über Isobel Darby herausgefunden?« Als Jubal ihm einen verwunderten Blick zuwarf, fügte Cain hinzu: »Sie ist diejenige, die die beiden Männer angeheuert hat, um Roxanna umzubringen. Viel weiß ich auch nicht von ihr, nur dass Roxanna irgendetwas mit dem Mann dieser Frau zu tun hatte.«

Jubal blinzelte, als sich nun die Puzzleteile in seinem Kopf zu einem Ganzen fügten. »Ach, das dürfte Captain Nathaniel Darby sein.« Plötzlich wurden ihm einige Dinge klar.

»Worum zum Teufel geht es bei der ganzen Sache?«, wollte Cain wissen. Roxannas Leben als Spionin war anscheinend ebenso gefährlich gewesen wie das seine als Revolvermann.

»Wie ich schon sagte: Das muss sie Ihnen erzählen, nicht ich«, erwiderte Jubal fast sanft. Und das galt auch für das Kind, das sie erwartete. Er würde Cain nicht mitteilen, dass er Vater werden würde. Erst einmal sollte der junge Mann seine Frau finden. Dann konnte diese sicher sein, dass er nach ihr gesucht hatte, weil er sie liebte, und nicht aus einem reinen Verantwortungsgefühl heraus.

»Ich habe herausgefunden, dass Isobel Darby vor einigen

Monaten nach San Francisco reiste. Und ich könnte wetten, dass sie dort sofort zu Andrew Powell ging.«

MacKenzie strich sich beunruhigt über den Bart. »Ja, das klingt einleuchtend. Das würde auch erklären, warum Powell wusste, dass Roxanna nicht Alexa ist. Aber denken Sie denn, dass die Darby nach all den Jahren immer noch versucht, Roxanna umzubringen?«

»Wer sonst hasst meine Frau so, dass er sie tot sehen möchte? Roxanna ist überzeugt, dass die Mordanschläge von Isobel ausgehen und ich neige dazu, ihre Meinung zu teilen. Es ist gefährlich für Roxy, allein und schutzlos unterwegs zu sein, Jubal. Ich habe drei unserer Männer geschickt, damit sie am Bahnhof, beim Telegrafenamt und in den Mietställen Erkundigungen einziehen. Wo immer sie auch hingefahren sein mag, ich werde ihr auf dem Fuße folgen – aber ich brauche Ihre Hilfe.«

»Sie wissen, dass Sie darauf zählen können, mein Junge«, antwortete Jubal, als Cain einen Umschlag aus seiner Jackentasche zog und ihm übergab.

»Hier finden Sie alles, was ich bisher über Isobel Darby habe herausfinden können. Vielleicht ist sie sogar hier in Denver ... oder sie hat diese Mörder von San Francisco aus geschickt. Verdammt, ich weiß es nicht!«

MacKenzie sah zu, wie der junge Mann sich die Haare raufte und den letzten Rest seines Whiskeys trank. Er liebt sie wirklich, auch wenn der Narr das noch nicht weiß, dachte er. »Ich kümmere mich um dieses Weib. Und Sie kümmern sich um Ihre Frau.«

Mit einem knappen Nicken stülpte sich Cain den Hut auf den Kopf und ging zur Tür. »Ich komme erst wieder, wenn ich sie gefunden habe!«

Roxanna hatte mit ihrer Entscheidung zu lange gezögert, und nun stand sie verzweifelt im Telegrafenamt, wo der verschlafene Beamte mit lüsterner Neugier darauf wartete, dass die Ehefrau eines hohen Tieres bei der Union Pacific ihr Telegramm an den Sohn eines der Direktoren der Central Pacific fertig formulierte. Lawrence hatte Denver bereits verlassen gehabt, als Roxanna in seinem Hotel angekommen war. Da sie keine Aufmerksamkeit erregen wollte, hatte sie einen Pagen bestochen, ihm eine Nachricht aufs Zimmer zu bringen, nur um dann zu erfahren, dass er bereits früh am Nachmittag seine Rechnung beglichen hatte und abgereist war. Sie fand heraus, dass er in einem Reitstall mehrere gute Pferde gekauft hatte und nach Nordwesten ins Mormonengebiet geritten war, wo er angeblich die Planiertrupps der Central Pacific kontrollieren wollte.

Es blieb Roxanna nichts anderes übrig, als ein Telegramm an die Adresse auf der Karte zu schicken, die er ihr gegeben hatte, in der Hoffnung, dass man die Nachricht an ihn weiterleiten würde. Ob er ihr helfen würde oder nicht, darüber konnte die junge Frau nur Vermutungen anstellen. Wenn er sich weigern sollte, hatte Roxanna einen halb ausgegorenen Ersatzplan im Hinterkopf. Das Einzige, was sie ganz sicher wusste, war die Tatsache, dass sie nicht zu Jubal und Cain zurückkriechen würde. Sie übergab dem Angestellten ihre Nachricht und verließ das Telegrafenamt.

Sie hatte keine andere Wahl; sie musste die Stute nehmen, die Jubal ihr überlassen hatte. Das Tier wartete im Reitstall zusammen mit den anderen Pferden, die von der Gruppe der Union Pacific mit nach Denver gebracht worden war. Roxanna war nicht richtig gekleidet für einen Ritt, doch sie hatte jetzt weder die Zeit noch einen Ort, sich umzuziehen. Es war ihr in den Sinn gekommen, bei Sarah Grady um Hilfe zu bitten, aber Sarahs etwas gestrenger Mann war ein uralter Freund von Jubal. Sie durfte die Frau nicht in eine Situation bringen, in der sie sich zwischen Roxanna und ihrem Mann entscheiden musste.

»Wie habe ich mich in Cain nur so täuschen können? Oder in Jubal?«, fragte Roxanna sich auf dem Weg in den Mietstall. Sie war eigentlich stolz auf ihre hart erarbeitete Menschenkenntnis. In ihrem Leben als Spionin und dann als Schauspielerin hatte sie mehr als ihren Anteil an Gutem und Schlechtem im Menschen mitbekommen. Wie seltsam, dass sie so einfach auf die Doppelzüngigkeit dieser beiden rücksichtslosen Männer hatte hereinfallen können!

Nun, auch sie war in der Lage, rücksichtslos zu sein. Wenn Cain vorhatte, sie zu verfolgen, dann hatte sie eine ordentliche Irrfahrt für ihn geplant. Sie hatte eine Fahrkarte für die Nachmittagskutsche nach Cheyenne gekauft, und er würde glauben, dass sie vom Kopfbahnhof der Union Pacific aus weiterreisen würde. Bis er die Kutsche eingeholt hatte und feststellen musste, dass sie sich nicht darin befand, würde sie genügend Vorsprung haben, um ihre Spuren zu verwischen. Jubal würde sein Urenkelkind haben wollen, selbst wenn Cain nichts an seiner Frau gelegen war. Schon aus diesem Grunde, das wusste sie genau, würde ihr Mann ihre Verfolgung aufnehmen.

Als der Sonnenaufgang den Himmel im Osten in vielfarbige Streifen tauchte, war Roxanna schon meilenweit von Denver entfernt. Mit ein wenig Glück und wenn sie ihre Stute antrieb, würde sie Lawrence in einem Tagesritt einholen. Wenn sie ihn nicht finden konnte oder er ihr nicht helfen wollte, würde sie nach Salt Lake weiterreiten und darauf hoffen, dass die Mormonen, die ja selbst so viele Jahre lang verfolgt worden waren, ihr bei der Weiterreise nach San Francisco behilflich sein würden. Sie hoffte, als erfahrene Schauspielerin in einer so großen Stadt Arbeit zu finden. Bis ihre Schwangerschaft deutlich sichtbar war, würden noch ein paar Monate vergehen, in denen sie ein wenig Geld zur Seite legen konnte. Und danach – nun, darüber würde sie sich Gedanken machen, wenn es so weit war.

Und was Isobel Darby betraf, so weigerte sich Roxanna, sich über die Frau noch weiter zu sorgen. Das Schlimmste war ja geschehen. Und es war unwahrscheinlich, dass die Helfer der Witwe in der Lage sein würden, ihr in die Wildnis zu folgen. Sie war Isobel ein ganzes Jahr lang entkommen, als sie bei Alexa in St. Louis gelebt hatte, und es würde ihr auch noch einmal gelingen, die Feindin auszutricksen. Sie musste – ihres Kindes wegen.

Fast wäre Cain auf Roxannas Strategie hereingefallen. Als Pat Finny aus der Poststation kam und berichtete, die junge Frau habe eine Fahrkarte nach Cheyenne gekauft, war Cain drauf und dran, nach Norden loszupreschen. Glücklicherweise erinnerte sich, als er zur Poststation kam, einer der gerade dienstfreien Fahrer, dass in der entsprechenden Nachmittagskutsche nur Männer gesessen hatten. Dann kam Ham Benning mit einer Abschrift des Telegramms, das Roxanna an Lawrence Powell in San Francisco geschickt hatte. Und diese knappe Nachricht an seinen Bruder traf Cain fast ebenso hart wie der Brief, den Roxanna ihm zum Abschied hinterlassen hatte.

Lieber Larry,
du hattest mir deine Hilfe angeboten, falls ich sie einmal brauchen sollte. Jetzt ist es so weit. Ich bin auf dem Wege zu dir.
  Voll Dankbarkeit   *Alexa Cain*

Also hatte sie sich an den Mann gewandt, den sie ursprünglich hatte heiraten wollen, dessentwegen sie überhaupt nur in den Westen gekommen war. Welche Ironie des Schicksals – ob Larry das wohl auch so sah? Cain bezweifelte das. »Du hast deine Chance gehabt, Bruderherz, nun ist es zu spät. Roxanna gehört mir!« Wütend zerknüllte Cain die Telegrammabschrift. Roxanna hatte ein paar Stunden Vorsprung, aber zu Pferde könnte er sie leicht einholen – vorausgesetzt, er fand ihre Spur.

Im Mietstall erhielt Cain die Auskunft, dass niemand die junge Frau gesehen hatte, seit sie fortgeritten war. Es blieb ihm nichts anderes übrig, als auf gut Glück die Straße nach Salt Lake zu nehmen, in der Hoffnung, dass dies ihr Ziel sei. Wenn Roxanna unterwegs auf eine Überlandkutsche traf, würde er sie allerdings erst in San Francisco einholen können. Ob sie wohl bei seinem Vater Unterschlupf fand? Cain konnte sich das nicht recht vorstellen. Andererseits erhielt Andrew so die Möglichkeit, es seinem unehelichen Sohn heimzuzahlen – vielleicht gefiel ihm der Gedanke und er genoss es, Roxanna zu ›beschützen‹.

Die Motive, die Larry veranlasst haben mochten, Roxanna seine Hilfe anzubieten, waren wesentlich schwieriger einzuschätzen. Hatte sich der Junge unsterblich in die Frau seines Bruders verliebt? Und dann war da noch eine weit schlimmere Möglichkeit, über die länger zu grübeln Cain sich noch weigerte – die Möglichkeit einer Liebesbeziehung zwischen Roxanna und Larry. Der Anblick seiner Frau in Larrys Armen hatte Cain am Abend des Balles rasend eifersüchtig gemacht. Doch dann war die Nacht gekommen, und die Art, in der Roxanna auf seine Liebkosungen reagiert hatte, ließen Cain bezweifeln, dass sich zwischen ihr und seinem Bruder wirklich etwas abspielte.

Larry mochte eigene Gründe dafür haben, den Zorn seines Vaters zu riskieren, indem er Roxanna seinen Schutz anbot. »Auch wenn es mir schwer fällt zu glauben, dass der Junge im zarten Alter von achtundzwanzig plötzlich Rückgrat entwickelt!« Was mochte unwahrscheinlicher sein: dass Roxanna ihren Mann mit Larry betrog oder dass dieser sich entschieden hatte, seinem Vater die Stirn zu bieten? Der lange Ritt, der Cain nun bevorstand und der dem jungen Mann fast wie eine Strafe vorkam, lenkte ihn ein wenig von all diesen beunruhigenden Gedanken ab. Er sattelte den Kastanienbraunen und wählte unter den feinen Reittieren, die Jubal auf jeder seiner Reisen mit sich führte, einige Ersatzpferde aus.

Als Cain in dieser Nacht sein Lager aufschlug, sah er sich gezwungen, sich einzugestehen, dass Roxanna wohl in der Tat die Expresskutsche nach Salt Lake hatte nehmen können. Und nun konnte er selbst mithilfe der Ersatzpferde nicht darauf hoffen, sie einzuholen, ehe sie die Hauptstadt der Mormonen erreichte. Dort angelangt, hatte sie unendlich viele Möglichkeiten, per Postkutsche weiterzukommen. Vielleicht stieß sie auch an einem bereits vorher vereinbarten Treffpunkt auf Larry – nur dass sie letztendlich nach San Francisco wollte, stand wirklich fest.

Wenn sie allein war, würde Roxanna auf der Nordroute reisen müssen. Irgendwann würde sie ihr Pferd verkaufen – wenn sie das nicht bereits getan hatte – und dann mit Überlandkutschen durch die Goldgräberstädte von Nevada bis hinunter nach Kalifornien reisen. Und ihm blieb dann nichts anderes übrig, als ihr die ganze verdammte Strecke hinterherzureiten.

Cain streckte sich auf seiner Schlafdecke aus und starrte mit grimmigem Lächeln in den sternenlosen Himmel. San Francisco – das bedeutete zumindest, zwei Fliegen mit einer Klappe zu schlagen. Er könnte sich dort seinen Vater vorknöpfen und diesem genussvoll schildern, welch sicherer Ruin ihm bevorstand, sobald die Direktoren der Central Pacific von seinen Machenschaften erfahren hatten. Und er konnte Roxanna wieder mit nach Hause nehmen. Es würde ihm schon irgendwie gelingen, seiner Frau klar zu machen, dass er sie nicht nur geheiratet hatte, um Jubals Bauleiter zu werden. Wenn sich nun aber herausstellte, dass sie ihn mit seinem Bruder betrogen hatte?

Seit Cain Roxannas Telegramm an Larry gelesen hatte, wollte ihm diese Frage einfach nicht aus dem Kopf gehen und quälte ihn ebenso hartnäckig wie die Stiche, die er in seinem Herzen verspürte, wenn er daran dachte, dass ihm vielleicht etwas abhanden kommen könnte, von dem er sich stets eingeredet hatte, er wolle es gar nicht: Roxannas Liebe.

Lawrence Powell blickte auf die in der ordentlichen Handschrift eines Telegrafenbeamten abgefasste Abschrift von Roxannas Telegramm. Ein berittener Bote hatte es ihm zugestellt, gleich nachdem sein Büro in San Francisco festgestellt hatte, wo er sich befand. Ein Lächeln umspielte Larrys Lippen. Hatte Alexa endlich genug von seinem Bruder, dem Halbblut, dem Bastard? Das würde er bald genug herausfinden. Er hatte ihr seine Hilfe angeboten und er würde ihr helfen. Rasch rechnete er aus, wie weit die junge Frau wohl schon gekommen sein mochte, und stellte fest, dass er sie unter Umständen noch einholen konnte, ehe sie Salt Lake erreichte. Wie gut, dass er sich entschieden hatte, in einer dringenden Geschäftsangelegenheit gen Norden zu reiten, bevor er den Heimritt nach San Francisco antrat!

»Zebulon, sag den anderen, sie sollen aufsitzen. Wir müssen eine Dame retten!«

Roxanna hatte ihr Pferd verkauft und gegen einen Platz in der Überlandkutsche nach Salt Lake eingetauscht. Jetzt endlich ließ der Schock nach, der sie die ersten Tage nicht hatte zur Ruhe kommen lassen, und sie verspürte abgrundtiefe Müdigkeit. Sie saß eingeklemmt zwischen einem Handlungsreisenden, dessen Anzug nach Mottenkugeln roch, und einer korpulenten Dame, die auf ihrem umfangreichen Schoß einen noch umfangreicheren Korb stehen hatte, aus dem sie gierig ein Stück Brathuhn nach dem anderen fischte. Die Kutsche schaukelte und rüttelte unerbittlich, aber Roxanna schlief auf der Stelle tief und fest ein.

Am nächsten Morgen, als sie lustlos in dem fettigen Eintopf herumstocherte, der ihnen auf der Station als Frühstück serviert worden war, verwickelte sich der Handlungsreisende in einen Streit mit dem Inhaber des Rasthauses.

»Ihre Raststätte ist der reinste Saustall! Ich habe in den Armenquartieren von Chicago besseres Essen vorgesetzt bekommen!«

»Und warum gehen Sie dann nicht zurück nach Chicago?«, gab der drahtige Rasthausbesitzer schlagfertig zurück.

Mit einem nicht eben sauberen Löffel zeigte der Handlungsreisende auf den vor ihm stehenden Suppenteller. »In dem Eintopf schwimmt eine Fliege!«

Der Eigentümer, der gleichzeitig auch Koch war, hob eine zerzauste buschige Braue und beugte sich über das Essen. »Stimmt. Die schwimmt da nur, weil das Essen so verdammt gut ist!« Sprachs und verschränkte die Arme vor der mageren Brust.

Roxanna musste unwillkürlich lächeln und zwang sich, noch

einen Löffel zu essen. In ihrem Eintopf waren jedenfalls keine Fliegen – zumindest keine sichtbaren. Die beiden Männer stritten sich noch ein wenig, und die junge Frau dachte erschöpft an das Gerüttel, dem sie gleich wieder ausgesetzt sein würde. Wenn sie nur nicht so müde wäre! Wie viele Tage würde es wohl noch bis San Francisco dauern? Hätte sie vielleicht lieber zu Pferd weiterreisen sollen, in der Hoffnung, irgendwo auf Larry zu treffen? Roxanna grübelte, ob sie mit der Wahl ihres Transportmittels wohl die richtige Entscheidung getroffen hatte. So oder so: Am nächsten Tag würde sie in Salt Lake ankommen. Und danach ... sie rieb sich die Augen und versuchte, einen klaren Gedanken zu fassen.

»Sie sehen so aus, als könnten Sie einen Freund gebrauchen!«

Bei dem Klang der leisen, vertrauten Stimme flog Roxannas Kopf hoch. Als sie Larrys rundes Gesicht und die mitfühlenden blauen Augen sah, sprang sie spontan auf und warf ihm die Arme um den Hals. »Ich hatte Angst, Sie verpasst zu haben!«

Er klopfte ihr beruhigend auf den Rücken, auf eine nette, brüderliche Art. »Wenn man mir das Telegramm, das Sie mir nach San Francisco schickten, nicht nachgesandt hätte, hätten Sie mich auch wirklich verpasst. Aber lassen Sie uns lieber dies ekelhafte Haus verlassen. Wir wollen uns irgendwo in Ruhe unterhalten. Larry blickte in dem dunklen, rechteckigen, aus Lehmziegeln errichteten Raum umher und registrierte sowohl die kleinen, sehr hoch liegenden Fenster als auch den mit Essensresten verkrusteten Herd. Der Geruch nach kaltem Fett und Pferdeschweiß war durchdringend und folgte den beiden bis vor die Tür. Man hatte die Kutsche bereits wieder mit frischen Pferden bespannt, und der Kutscher rief gerade laut, dass alle Passagiere einsteigen sollten. Noch immer wutschnaubend, drängte der Handlungsreisende sich an Roxanna vorbei, gefolgt von der korpulenten Dame mit dem Picknickkorb. Vielleicht würde sie dem armen Mann von ihrem Überfluss abgeben.

Der Morgenhimmel war diesig und blaugrau; niedrig hängende Wolken zogen auf und türmten sich am westlichen Horizont. Über die beiden jungen Leute senkte sich trotz der frühen Morgenstunde die Hitze wie eine alte Pferdedecke. »Ich habe bis Salt Lake bezahlt«, berichtete Roxanna und fragte sich, ob ihr der Fahrer wohl einen Teil des Fahrpreises erstatten würde – was sie allerdings stark bezweifelte.

Larry schüttelte lächelnd den Kopf. »Vergessen Sie die Kutsche. Ich werde schon dafür sorgen, dass Sie unbeschadet nach San Francisco kommen – wenn das Ihr Reiseziel ist, Alexa.«

»Ja. Da kann ich mein Leben ebenso gut von vorn beginnen wie anderswo«, entgegnete die junge Frau niedergeschlagen.

Sanft nahm Lawrence ihren Ellbogen und führte sie zu einem nahe gelegenen kleinen Waldstück, wo sie, geschützt vor der gnadenlosen Sonne, auf einem Felsen Platz nehmen konnten. »Nun erzählen Sie mir erst einmal, was passiert ist.«

»Ich habe Ihren Bruder verlassen.«

Bei diesen Worten wurde der junge Mann ein wenig bleich und schüttelte dann den Kopf. »Wie haben Sie herausgefunden, dass er mein Bruder ist? Mein Vater hat viel Mühe darauf verwendet, unsere Beziehung geheim zu halten.«

»Ich habe Ihre Unterhaltung mit Cain neulich auf der Hotelterrasse mit angehört. Meistenteils hat mein Mann geredet, wie Sie sich erinnern werden.«

Er konnte hören, wie bitter sie war – und wie verzweifelt. »Er hat Sie für seine Zwecke missbraucht. Genau wie er alle anderen missbraucht hat. Aber ich bin nicht sicher, ob ich Damon allein für alles verantwortlich machen kann. Vater war nicht immer ... freundlich zu ihm. Mein Bruder hat jedoch gelernt, allen Widrigkeiten zum Trotz zu überleben.«

»Und Sie auch – ich habe das Gefühl, dass es für keinen der Söhne einfach war, mit Andrew Powell als Vater aufzuwachsen. Aber Sie sind nicht wie Ihr Vater geworden!«

Lawrence errötete. »Sie sind sehr freundlich, Alexa.«

Einen Moment lang lag ihr auf der Zunge, ihm zu gestehen, dass sie gar nicht Alexa war, doch sie setzte auch ohne zusätzliche Komplikationen schon viel aufs Spiel. Vielleicht bekam Lawrence es mit der Angst zu tun und mochte ihr nicht mehr helfen, wenn er erfuhr, dass sie gar nicht Jubals Enkelin war. Er war kein Mann, der gern das Schicksal herausforderte – im Gegensatz zu seinem Bruder. »Sie sind derjenige, der freundlich ist! Sie sind meinem Hilferuf gefolgt – ich kann mir nicht vorstellen, dass Ihr Vater das gutheißen würde.«

Lawrence seufzte. »Nein, das wird er natürlich nicht, doch das spielt keine Rolle. Wenn ich nicht so ein elender Feigling gewesen wäre, dann hätten Sie nicht in Cains Falle zu gehen brauchen!«

Aber in der Falle saß ich doch schon lange, bevor ich Sie kennen lernte, gab Roxanna im Stillen zurück. »Was zwischen mir und Cain geschah, ist nicht Ihre Schuld, Larry.«

»Trotzdem – ich kann nicht anders, ich denke natürlich, es war meine Schuld! Sie müssen einfach wissen, dass Sie mich völlig verzaubert haben, von unserer ersten Begegnung an. Wenn nur...«

Roxanna konnte den ernsten, so schuldbewussten Ausdruck auf dem Gesicht des jungen Mannes nicht ertragen. »Als ich Ihnen in Denver sagte, ich liebte Cain, da war es die Wahrheit«.

»Aber jetzt lieben Sie ihn doch nicht mehr?«

»Das weiß ich nicht«, entgegnete die junge Frau leise und legte schützend die Hand auf den Unterleib. »Aber ich liebe das Kind, das ich in mir trage. Und ich werde nie, nie zulassen, dass Cain oder Jubal MacKenzie dieses Kind für ihre Zwecke gebrauchen, so wie sie mich benutzt haben.«

Lawrence verspannte sich. »Weiß Cain von dem Kind?«

»Ich habe ihm nichts erzählt, doch Jubal hatte es erraten. Er war so erfreut«, bemerkte sie mit einem bitteren Unterton. »Ich denke, er wird es mittlerweile meinem Mann mitgeteilt haben. Und der wird jetzt wahrscheinlich hinter mir her sein – um seinem Chef den Erben zu sichern.«

Die Geringschätzung in ihrer Stimme war nicht zu überhören. »Dann ist es vielleicht gar nicht klug, gleich nach San Francisco zu fahren. Das wird der erste Ort sein, an dem er nach Ihnen sucht.« Larry stand auf und begann, auf und ab zu gehen, wobei er sich mit den eleganten langen Fingern durch das sandfarbene Haar strich. »Wenn Sie sich gut genug fühlen, nehme ich Sie mit hinauf ins Snake River-Gebiet, wo ich einen Holzbestand aufkaufen will. Dann haben wir genug Zeit, um uns zu überlegen, wie wir mit Cain und MacKenzie umgehen wollen.«

Er war wahrscheinlich auf dem Weg zum Snake River gewesen, als ihn ihr Telegramm erreicht und seine Pläne durcheinander gebracht hatte. Roxanna lächelte. »Natürlich geht es mir gut genug. Das wird ein wunderbares Abenteuer.«

San Francisco hatte sich nicht sehr verändert, seit Cain über ein Jahr zuvor die Stadt verlassen hatte – es war lediglich größer geworden, noch dichter bewohnt und noch schmutziger. Ein früher Herbstregen fiel auf die Stadt und hing kalt und grau in der nebligen Abendluft. Andrews Haus am südlichen Stadtrand glich einem riesigen Wasserspeier. Cain zügelte sein Pferd vor der Eingangstreppe und stieg aus dem Sattel. Man hatte von diesem Platz aus einen herrlichen Blick über die Bucht, aber das war Cains Meinung nach auch schon alles, was für das Haus sprach. Das dreistöckige Gebäude mit Mansardendach wirkte wie ein riesiger Monolith aus Stein, an drei Seiten von einem mehr als sechs Meter breiten Säulengang umgeben und inmitten riesiger, kunstvoll angelegter Gärten gelegen, deren Pflege wohl ein gutes Dutzend Gärtner beschäftigte. Die Wache am eisernen Eingangstor hatte ihm den Zutritt verwehren wollen, es aber bei einem halbherzigen Protest bewenden lassen, als Cain seine Smith & Wesson gezückt und energisch verlangt hatte, der Mann sollte das Tor öffnen.

Prüfend betrachtete Cain die großen, mit schweren Spitzenvorhängen verhüllten Fenster der Vorderfront. Die Lichter im Haus drangen kaum in die diesige Nachtluft hinaus und schimmerten wie Irrlichter – ein eher kalter Willkommensgruß für jeden Besucher. Cain hatte diesen Besitz seines Vaters noch nie zuvor betreten und würde es nach dieser Nacht auch nie wieder tun. Ob Roxanna sich im Haus befand?

Ein Schauder freudiger Erregung schoss dem jungen Mann durch den Leib, als er drei Reihen Steinstufen emporstieg und den schweren Messingtürklopfer hob. Schade, dass Andrews feine städtische Ehefrau gestorben war, ehe er die Gelegenheit erhalten hatte, sich der Dame vorzustellen! Hatte sie von Kornblumenfrau gewusst ... und von ihm selbst?

Lautlos schwang die Tür in ihren gut geölten Scharnieren auf, und Cain sah sich einem gebieterisch dreinblickenden Mann mit der Figur und dem Benehmen eines Generalmajors gegenüber. Dieser begutachtete ihn prüfend und nicht eben wohlwollend von oben bis unten. Cain war unrasiert, sein Haar zerzaust, und er trug den Lederanzug, den er die ganze Woche über im Sattel getragen hatte und der sicher schon ein wenig streng roch. Er konnte sich gut vorstellen, welchen Eindruck er bei dem verächtlich dreinblickenden Butler hervorrief.

»Wenn Sie Arbeit suchen – der Stallmeister ist über den Hintereingang zu erreichen. Warten Sie ...«

Mit einer Hand auf der blütenweißen Hemdbrust des Mannes schob Cain den Diener beiseite und betrat die riesige, marmorgefließte Eingangshalle. Von der sechs Meter hohen Decke hing ein glitzernder Kristallkronleuchter, und Tische im Louisquatorze-Stil voller chinesischer Vasen säumten die mit französischer Seide ausgeschlagenen Wände. Cain pfiff leise vor Bewunderung, und das Echo seiner Stiefel hallte durch den riesigen Raum, als er herumging und sich alles genau ansah. »Also dafür hast du deine Seele verkauft, Andrew Powell!« Spöttisch hob er eine Braue. »Na, wenn ich an deine Seele denke – vielleicht war es das wert.«

»Ja, das war es!« Wie ein Pfeil flogen Andrews scharfe Worte durch die Luft, die beide Männer voneinander trennte. Powell stand am oberen Ende einer langen, gewundenen Treppe, wie immer in einen makellosen, maßgeschneiderten Anzug gekleidet. Er machte keine Anstalten, die Treppe hinabzusteigen.

»Sir, ich habe versucht, diesen Rohling aufzuhalten«, erklärte der Butler mit einem ärgerlichen Seitenblick auf Cain, trat dann aber eingeschüchtert einen Schritt zurück, als die kalten, glitzernden schwarzen Augen sich von seinem Herrn ab – und ihm selbst zuwandten.

Dann drehte Cain dem Diener ostentativ den Rücken zu und blickte zu Andrew Powell auf, jeder Zoll seines langen, schlanken Körpers die reine Herausforderung.

Mit einem knappen Nicken entließ der ältere Mann den Dienstboten und schritt die Treppe hinunter, um sich seinem Feind zu stellen. »Was zum Teufel machst du hier?«

Cain fuhr mit den Fingerspitzen über die wie Satin schimmernde Oberfläche eines verzierten Tisches und erwiderte: »Vielleicht fand ich es an der Zeit, einmal nachzusehen, wie ihr all die Jahre gelebt habt, mein Bruder und du, jetzt, da ich auch in eure feineren Kreise aufsteige.«

Powell schnaubte sehr unelegant. »Du siehst immer noch aus wie ein Halbblut und ein Revolvermann, das hat sich nicht geändert. Und dass du MacKenzies ramponierten kleinen Liebling geehelicht hast, ändert daran auch nichts ... vor allem jetzt nicht, da die Wahrheit ans Tageslicht kommen wird. Sie ist gar nicht mit MacKenzie verwandt ... sie ist nur eine billige Schauspielerin, die sich als Alexa Hunt ausgegeben hat. Aber deine Frau ist sie dennoch.« Powells kalte blaue Augen glitzerten triumphierend, als er diesen Pfeil abschoss.

Cain nickte ruhig. »Roxanna ist und bleibt meine Frau.«

»Also weißt du es schon. Ich frage mich nur – hast du die Nachricht ebenso gelassen aufgenommen wie der alte Jubal?« Die Wort klangen so, als wäre ihr Sprecher ganz und gar nicht am Thema interessiert, doch Powells Augen ruhten nach wie vor so durchdringend wie die eines Adlers auf Cains Gesicht.

»Ich nehme an, du hast diese Informationen von der charmanten Mrs. Darby. Schade nur, dass sie dir so gar nichts nützen werden. Ich bin immer noch Bauleiter bei Jubal, Powell. Und in meiner Eigenschaft als Bauleiter habe ich nun ein paar Informationen erhalten, die ich gern mit deinen Geschäftspartnern erörtern würde, Neuigkeiten über die Felder-Smythe Iron Foundary im Osten und deren recht beträchtliche Verkäufe an die Central Pacific, die die Reederei Magus um das Horn herum nach San Francisco bringen sollte.«

»Wovon zum Teufel redest du da?« Powells Augen verengten sich, verrieten jedoch keine Beunruhigung, sondern wirkten lediglich verärgert und verwundert.

Cain drückte Powell eine Kopie der Dokumente, die Jubals Agenten über die dunklen Machenschaften hatten ergattern können, in die Hand. Er hatte den alten Mann immer als hervorragenden Pokerspieler gekannt, aber nun wuchs seine Bewunderung für die unbewegliche Fassade seines Vaters ins Unendliche. Der alte Schweinehund verzog keine Miene, obwohl er sich dem sicheren Ruin gegenübersah! »Die Originale befinden sich mittlerweile in den Händen von Huntington und Stanford. Mit Jubal MacKenzie soll man sich eben nicht anlegen – mit mir auch nicht.«

Powell überflog die ersten Seiten und las dann hier und dort einige Abschnitte in den Dokumenten sorgfältiger durch. Er mochte seinen Augen kaum trauen. Die Papiere besagten, er habe den Konten der Central Pacific Millionen entnommen, um gar nicht existierende Materialien einzukaufen, die dann natürlich die Westküste nie erreichten. Nur die reine Willenskraft verhinderte, dass Powells Hände zitterten, als er den Rest der Papiere durchblätterte. Alles beisammen – eine so eindeutige und unmissverständliche Spur, dass selbst ein Greenhorn aus Pennsylvania ihr hätte folgen können – bis direkt vor Powells eigene Tür.

Die leichte Veränderung im Verhalten des älteren Mannes war Cain nicht entgangen. »Du dachtest wohl, ich würde bluffen«, meinte er. »Aber jetzt spürst du, wie sich dir die Schlinge um den Hals legt, nicht wahr? Wie sie immer enger wird?«

Endlich habe ich den Schweinehund!, durchfuhr es ihn. Cain hatte eine Welle der Befriedigung erwartet, der Genugtuung, zumindest des Friedens – irgendwelche großen Gefühle. Warum nur empfand er nichts von dem, was er jahrelang ersehnt hatte, sich in allen Einzelheiten ausgemalt hatte? »Wohin hat Larry meine Frau gebracht? Ist sie immer noch hier?« Cain hatte diese Fragen gar nicht stellen wollen – sie rutschten ihm einfach heraus.

Andrew Powell hatte sich wieder so weit unter Kontrolle, dass er Cains Wut, die verletzten Gefühle des jungen Mannes wahrnehmen konnte. »Weshalb Lawrence oder auch ich irgendetwas über den Aufenthaltsort deiner Frau wissen sollten, entzieht sich wirklich meiner Kenntnis! Larry ist an der Trasse und kümmert sich um die Angelegenheiten der Central Pacific. Du willst doch wohl nicht andeuten, dass es dir gelungen ist, deine intrigante kleine Schauspielerin auf dem Weg zwischen Denver und hier zu verlieren?«

»Sie hat mich verlassen«, gab Cain zu, dem klar geworden war, dass es ihm egal war, ob Powell nun auf ätzende Art Befriedigung aus seinem Leid zog oder nicht. Alles, was er wirklich wollte, das Einzige, weswegen er die vielen hundert Meilen zurückgelegt hatte, war Roxanna. »Sie hat Larry ein Telegramm geschickt und ihn um Hilfe gebeten. Wie es scheint, ist dein Erbe immer noch verliebt in sie. Er hat jedenfalls versprochen, ihr zu helfen, auch gegen deinen Willen.«

Endlich überflog ein Hauch von Zorn Andrew Powells kalte aristokratische Züge. »Der arrogante junge Narr«, stieß er hervor. »Das war sein letzter Streich! Ich werde ihn in der Hölle wiedersehen – euch beide!«

Cain spürte, dass Powell ihm die Wahrheit sagte. Sein Bruder hatte Roxanna nicht nach San Francisco gebracht. Und das hieß, dass er sie höchstwahrscheinlich mit in das gefährliche Gebiet genommen hatte, in dem die Central Pacific zurzeit die Trasse verlegte. »Dass du zur Hölle fahren wirst, steht für mich fest, Powell. Und ich helfe dir gern dabei, auch unseren kleinen

Larry dahinzuschicken.« Mit diesen Worten wandte sich Cain von seinem Vater ab.

»Cain?« Als sich sein Sohn noch einmal umwandte, erklärte Andrew mit der grimmigen Parodie eines Lächelns: »Und ich werde zuerst die Zielgerade in Salt Lake erreichen.«

Cain machte sich nicht die Mühe, darauf zu antworten. Er schritt durch die Tür und hinaus in die Kälte der Nacht. Der Ritt zurück über die Berge würde die reinste Hölle sein. Wenn er Roxanna erwischte, würde er sie in ihren privaten Eisenbahnwagen sperren, bis der Bau der Transkontinentalstrecke beendet war. Dass er sie unter Umständen nicht unversehrt vorfinden würde, darüber nachzudenken weigerte er sich schlichtweg.

Kapitel 18

Snake River County

Als die Kugel vom Felsen abprallte, spürte Roxanna deutlich, wie rings um sie her rasiermesserscharfe Felsbröckchen zu Boden gingen. Rasch suchte sie hinter einem Felsen Deckung, und ihr Herz klopfte zum Zerspringen, als sie sich eng an den Boden drückte und überlegte, wie und wo sie als Nächstes Schutz suchen konnte. Sollte der Angreifer einen Haken schlagen, war sie hier hinter dem Felsen so gut wie tot, denn dann würde sie direkt in seinem Schussfeld kauern.

Sicher hatte irgendwer im Lager den Schuss gehört – vielleicht jedoch auch nicht. Diese Holzfäller waren ein tatkräftiger und geräuschvoller Haufen; ständig stritten und lachten sie lautstark, dazu die scharfen Klänge ihrer Äxte – und sie selbst befand sich in einiger Entfernung vom Lager, vielleicht war der Schuss überhört worden. Wäre sie nur nicht vom Pferd gestiegen, um aus dem klaren Bach zu trinken! Das Pferd war nun durchgegangen, und das Gewehr, das in seiner Hülle am Sattelknauf hing, nützte Roxanna herzlich wenig. Zumindest hoffte sie, dass das dumme Tier irgendwann zurück ins Lager traben würde.

Aber bis dahin kann ich tot sein! Roxanna spitzte die Ohren und achtete genau auf Geräusche im Gebüsch. Ohne das Plätschern des Baches hätte sich niemand geräuschlos durch das trockene Herbstlaub bewegen können. Ein kleines Geraschel in den Pappeln zu ihrer Rechten, und schon setzte Roxanna zur Flucht an. Da, sie hatte es wieder gehört! Dort standen die Büsche sehr dicht, sie konnte nichts sehen. Roxanna beschloss, es darauf ankommen zu lassen, schleuderte ihren Hut nach rechts und warf sich selbst nach links, gerade, als ein weiterer Schuss den Felsen traf und ihre ohnehin schon ramponierte Kopfbedeckung durchlöcherte. Im Zickzack lief die junge Frau durch das dichte Unterholz, und ein weiterer Schuss hallte hinter ihr her. Endlich hatte sie den Schutz der Bäume erreicht und hörte mit einem Mal, wie jemand rief. Sie reagierte mit einem lauten Hilferuf und konnte dann, zitternd vor Erleichterung und mit vor Angst trockenem Mund, hören, wie ihr Angreifer sich zurückzog. Gegen den Stamm einer Pappel gelehnt, wartete sie. Bald näherten sich Hufschläge, und Lawrence rief ihren Namen.

»Roxanna!«

Sie trat hinter dem Baum hervor, immer noch atemlos – weniger von ihrem kurzen Lauf über die felsübersäte Lichtung, sondern mehr der ausgestandenen Angst wegen. »Hier bin ich, Larry! Vorsicht, er hat ein Repetiergewehr!«

Larry stieg neben dem kleinen Bach vom Pferd und sah sich um. »Hier ist niemand«, erklärte er und steckte seinen schicken britischen Revolver zurück ins Halfter. »Ich werde ihn verschreckt haben.« Mit besorgter Miene ging er rasch auf Roxanna zu. »Geht es Ihnen gut?«

»Ja. Er hat wohl gewartet, bis ich am Bach vom Pferd stieg. Ich habe in der letzten Woche so viele feste Gewohnheiten entwickelt: Jeden Morgen reite ich um dieselbe Zeit aus und halte hier, um einen Schluck Wasser zu trinken.«

Larry hob Roxannas Hut auf, dessen Spitze von einer Kugel durchlöchert war. Seine Hände umklammerten das Kleidungsstück krampfhaft, ehe er es dann von sich schleuderte und die junge Frau in die Arme nahm. »Und Sie sind wirklich nicht getroffen?«

»Ganz sicher nicht«, antwortete Roxanna und löste sich behutsam aus Larrys Griff. »Sehen Sie selbst: nirgendwo Blut!« Sie bemühte sich um einen leichten Ton, denn sie konnte sehen, wie verstört der junge Mann war.

»Gott sei Dank beschloss ich, Ihnen nachzureiten! Als ich weiter unten an der Straße Ihr Pferd sah, wusste ich nicht, was ich davon halte sollte, und befürchtete erst einmal, Sie seien vom Pferd gefallen. Dann hörte ich den Schuss.« Er schüttelte den Kopf. »Sie sagten, diese Darby habe ein paar Männer in das Lager der Union Pacific geschickt, um Sie zu ermorden. Ich fürchte, der, der beim ersten Mal entkam – oder irgendein anderer angeheuerter Bandit –, hat Sie auch diesmal gefunden.«

Roxanna seufzte. Als sie vor fünf Tagen in dem einfachen Holzfällerlager angekommen war, hatte die junge Frau eine schwierige Entscheidung getroffen. Larry riskierte so viel für sie, er war so ein guter, ehrbarer Mann – sie konnte ihn einfach nicht länger täuschen. Sie hatte ihm also die Wahrheit erzählt und dabei ein wenig darauf spekuliert, dass er in sie als Frau, nicht nur als Enkelin Jubal MacKenzies verliebt war. Lawrence Powell verstand besser als jeder andere Mensch, was es bedeutete, Erbe eines mächtigen Mannes zu sein und von anderen nur aus diesem Grunde wahrgenommen zu werden.

Larry hatte sie nicht enttäuscht. Mit einem nachdenklichen Lächeln hatte er ihr versichert, es ehre ihn sehr, dass sie ihm ihre Geschichte anvertraue. Danach hatte sie ihm von der möglichen Bedrohung durch Isobel Darby erzählt, und er hatte versprochen, sie zu beschützen. Nun konnte sie sehen, wie verstört er war, weil eine ihrer schlimmsten Befürchtungen sich bewahrheitet hatte. Jetzt fehlte nur noch, dass Cain mit gezückter Pistole ins Lager geritten kam und ihre sofortige Herausgabe forderte! »Es muss Isobel sein, Larry. Ich kann Sie und die Männer nicht länger gefährden. Wenn Sie mir ein Pferd leihen, reite ich...«

»Machen Sie sich nicht lächerlich!«, unterbrach Larry sie, und sein Gesicht rötete sich, als hätte sie ihn beleidigt. »Ich würde Sie ebenso wenig einfach so fortreiten lassen – mit einem Mörder auf den Fersen –, wie ich Sie Cain übergeben würde.«

»Aber ich kann nicht bleiben, Larry. Das sehen Sie doch selbst.«

Frustriert fuhr sich der junge Mann durchs Haar. »Ja, Sie haben Recht, das wäre zu gefährlich. Ich habe versprochen, Sie zu schützen, und sehen Sie nur, was direkt vor meiner Nase geschehen konnte!«

Er blickte zu Boden und schien vor Scham im Boden versinken zu wollen. Roxanna legte ihm die Hand auf den Arm. »Machen Sie sich doch keine Vorwürfe, nur weil ich mir Feinde gemacht habe!«

»Ich bin hoffnungslos, ein Versager, genau wie mein Vater immer gesagt hat!«

»Das stimmt nicht. Sie sind ein guter und warmherziger Freund, loyal, verständnisvoll.« Alles, was Ihr Bruder nicht ist, fügte sie in Gedanken hinzu.

»Wir müssen einen sicheren Ort finden, an dem Sie sich verstecken können, während meine Agenten diese Darby aufspüren.« Larry ging aufgeregt hin und her, strich sich übers Kinn und hielt dann inne, um auf Roxanna hinabzublicken, die sich auf einem kleinen Stück Gras direkt am Bachufer niedergelassen hatte und sich mit dem Taschentuch das Gesicht im kühlen, wohltuenden Wasser wusch. »Die Indianer, die Sie wegen eines Lösegeldes gefangen hielten...«

»Die Cheyenne des Häuptlings Lederhemd?«, fragte die junge Frau verwundert.

»Sie erzählten doch, die Leute hätten Sie gut behandelt – Ihnen hat die Zeit dort sogar gefallen, wenn ich mich recht erinnere. Das fand ich sehr erstaunlich. Ist das wahr?«

»Ja, die meisten Frauen waren freundlich zu mir, besonders Weidenbaum und Lerchenlied, Sieht Viels Enkelinnen. Der alte Medizinmann hat mich auf eine merkwürdige Art an meinen Vater erinnert.« Beim Gedanken an Sieht Viel musste Roxanna lächeln. Er fehlte ihr. Ob er sie vergessen hatte? Irgendwie glaubte sie nicht, dass das je der Fall sein würde. Und er war der einzige Mensch, mit dem sie Cain und die Verwirrung, den Zorn und den Schmerz, all diese widersprüchlichen Gefühle, die ihr Mann in ihr hervorrief, je würde erörtern können. Sieht Viel würde sie verstehen.

»Ich weiß, das klingt verrückt – doch könnten Sie sich vorstellen, für eine Zeit dorthin zurückzukehren? In das Dorf von Lederhemd und seinen Leuten?«

»Das hört sich wahrscheinlich für mich weniger verrückt an, als Sie denken«, erwiderte Roxanna und dachte dabei an Sieht Viels Worte. *Es gibt größere Dinge ... die sich entfalten werden ... ehe wir uns wiedersehen.* Fast war es, als hätte der alte Mann gewusst, dass sie zu den Cheyenne zurückkehren würde.

»Wenn diese Indianer Ihnen nichts tun und Sie sich dort sicher fühlen, dann sind Sie dort auch bestimmt sicher vor irgendwelchen angeheuerten Mördern. Diese würden nicht nahe genug an das Indianerlager herankommen. Und solange Sie sich dort aufhalten, kann ich mich mit Isobel Darby befassen. Aber kommt ein solcher doch recht weit hergeholter Vorschlag für Sie überhaupt infrage?«, wollte Larry wissen, der immer noch Bedenken hatte.

»Ja. Ich halte das für eine fabelhafte Idee – man könnte fast sagen, eine Vorbestimmung.« Auf seinen verwunderten Blick hin lachte Roxanna nur leise. »Alles wird gut, Larry! Doch wie können wir die Leute finden? Sie ziehen so viel umher. Sie könnten hunderte Meilen von dem Ort entfernt sein, an dem ich sie verließ.«

»Ich glaube, einer der Männer, der als Späher für die Eisenbahn arbeitet, könnte sie finden. Er ist ein Halbblut ...« Larrys Gesicht wurde dunkelrot vor Verlegenheit, und so wusste Roxanna, dass er gerade daran hatte denken müssen, dass sie sich einverstanden erklärt hatte, ein Halbblut zu heiraten. Und dass sie nun auch noch das Kind wollte, das dieser ihr geschenkt hatte. Als Roxanna nur nickte, fuhr der junge Mann fort: »Ich schicke ein Telegramm an die Central Pacific und bitte sie, den Mann ausfindig zu machen. Und die Männer, die mit ihm reiten. Wenn irgendjemand Ihre Cheyennefreunde finden kann, dann ist er es.«

Denver

»Ich habe Namen«, sagte Jubal MacKenzie und schob einen Stapel Papiere über den Tisch, »ausreichende Beweise, um zumindest einen Anschlag auf Roxanna Fallons Leben direkt mit Ihnen in Verbindung bringen zu können.«

Isobel Darby verzog die Lippen zu einem dünnen Lächeln, das die Kälte in ihren dunklen Augen nur noch stärker hervorhob. Sie warf einen kurzen Blick auf eine eidesstattliche Erklärung, mit der Gable Hogue versicherte, er habe in ihrem Auftrag einen Revolvermann namens Butch Green kontaktiert und diesen angeheuert, in den privaten Eisenbahnwagen einzubrechen, in dem Roxanna schlief, um die Frau zu vergewaltigen und zu ermorden. Hogue – jämmerlicher Speichellecker, für jeden zu haben, der genug bezahlte, dachte Isobel verächtlich. »Vor Gericht hat dieser Wisch hier keinen Bestand. Wer würde schon glauben, dass eine Frau in meiner makellosen gesellschaftlichen Stellung, eine Blume der Südstaaten, an so etwas auch nur denken, geschweige denn, einen Kriminellen für eine solche Tat anheuern würde?«

Isobel starrte MacKenzie prüfend aus eiskalten Augen an. In ihr brodelte der Zorn darüber, dass er über Roxannas Identität bereits Bescheid wusste. Sie war zu dem alten Herrn gekommen, um ihren Trumpf auszuspielen, der Feindin die letzte Hoffnung auf ein Leben in Sicherheit und Respektabilität zu rauben, indem sie ›Alexas‹ Großvater die ganze Wahrheit enthüllte. Man sagte dem alten Schotten nach, dass er notfalls über Leichen ginge; sein Ruf war nicht viel besser als der Andrew Powells. MacKenzie hatte Isobel in Erstaunen versetzt, als er ihr eröffnet hatte, er wisse über Roxannas Identität Bescheid. Er schien außer sich, weil die Witwe es gewagt hatte, die schamlose Hure bedrohen zu lassen, und antwortete auf ihre Enthüllungen mit Informationen über Darbys hinterhältige Aktivitäten, die seine Agenten ihm besorgt hatten. Isobel zeigte sich in der Unterredung ruhig und beherrscht und gab von sich aus nichts preis. Vielleicht ließe es sich ja irgendwie zweckdienlich ausnutzen, dass Jubal derart von Zorn und Rachegelüsten beherrscht wurde? Isobel wartete gelassen auf eine Antwort des alten Herrn.

»Ich glaube nicht, dass Sie so einfach davonkommen werden. Auch wenn man Sie nicht verurteilt, denken Sie nur an den Skandal, den so ein Prozess mit sich bringt. Sie stünden am Pranger für Dinge, deren Sie Roxanna seit fünf Jahren beschuldigen! Sie wären ruiniert.« Jubal klang nachdenklich, und seine Augen blickten so winterlich grau wie der Himmel in Wyoming im Januar.

»Warum übergeben Sie mich dann nicht einfach der Polizei?«, entgegnete die Dame, die wahrlich keine schlechte Schachspielerin war.

»Zu gern sähe ich Sie am Ende eines Strickes baumeln – aber mehr als ein paar Jahre würde man Ihnen nicht aufbrummen«, gab Jubal offen zu. »Und ich will Roxanna da nicht mit hineinziehen, wenn ich es vermeiden kann. Das Mädchen hat durch Sie schon genug zu leiden gehabt.«

»Also haben wir eine Pattsituation.« Immer noch scheinbar ungerührt lehnte Isobel sich zurück. Andrew Powell würde wütend sein, weil sie San Francisco verlassen und sich in seine Pläne bezüglich Roxanna Fallon eingemischt hatte. Aber sie war sich sicher, dass er ihr zu Hilfe kommen würde, und wenn auch nur, um seinem alten Feind MacKenzie eins auszuwischen. Und außerdem hatte der alte Schotte ja offenbar gar nicht vor, sie verhaften zu lassen.

»Ein Patt ist es nicht gerade«, widersprach dieser und strich sich so sanft über den Bart, als streichelte er eine Katze. Andrew Powell hätte die Dame warnen können: So sah MacKenzie aus, wenn er am gefährlichsten war. »Sie haben zwei Möglichkeiten, mehr nicht. Und keine von beiden schließt die Polizei ein.«

Ein leiser Schauer kroch Isobel über den Rücken. Er würde doch bestimmt nicht hier, mitten in der Stadt, in einem öffentlichen Gebäude, versuchen, sie umzubringen? Oder etwa doch? Der alte Narr war der kleinen Fallon ebenso verfallen wie Männer, die halb so alt gewesen waren! »Und von welchen Möglichkeiten sprechen Sie?«

Sie war eine ganz Kalte, verzog keine Miene. Industriekapitäne von Paris bis Pittsburgh zitterten, wenn Jubal MacKenzie zum Sprung ansetzte, doch diese Frau saß dort völlig ungerührt. War sie eine Verrückte? Das würde auch erklären, warum sie Roxanna so unerbittlich verfolgte. Er hatte über ihre Ehe mit Nathaniel Darby nur wenig herausfinden können; der Mann war wohl ein sadistischer Mensch gewesen, der es genossen hatte, mit dem Leben anderer zu spielen. Welch bizarre Kombination in der Beziehung der beiden wohl dazu geführt hatte, dass Isobel seines Todes wegen einen solchen Hass verspürte? Jubal stand auf, ging um den Schreibtisch herum, um die Dame mit seiner enormen Körperfülle einzuschüchtern, wobei er sie mit eiskalten und stahlgrauen Augen durchbohrte.

»Ich weiß, dass Sie Roxanna eigentlich nur erpresst haben, um sie zu demütigen und zu ängstigen, nicht so sehr des Geldes wegen ... doch ich weiß auch, dass Sie pleite sind, und Andrew Powell ist seinen Mätressen gegenüber nicht als großzügiger Mann bekannt.« Endlich schien er sie einmal getroffen zu haben, sie zuckte kaum merklich zusammen. »Er hat Ihnen nicht das Geld gegeben, mit dem Sie gerechnet hatten, nicht wahr? Sie haben kein Geld mehr. Sie haben genau siebentausendzweihundertzweiundsiebzig Dollar und siebenundzwanzig Cent Schulden an ausstehenden Steuern und Zinsraten. Ehe Sie dieses Geld nicht aufgebracht haben, können Sie Ihren Besitz Edgewater nicht zurückfordern. Ich zahle Ihnen fünfzigtausend Dollar, damit Sie in den Süden zurückkehren, Ihr Land zurückerwerben und von vorne anfangen können.«

Isobel dachte angestrengt nach; der alte Narr bot ihr ein Vermögen! »Und ich gehe davon aus, dass ich im Gegenzug für Ihre Großzügigkeit versichern muss, die Fallon nicht mehr zu belästigen?«

MacKenzie nickte. »Das sehen Sie ganz richtig.«

Mit wachsendem Triumph fuhr Isobel fort: »Und ihre zweite Möglichkeit? Nein, lassen Sie mich raten! Wenn ich Ihre ›Enkelin‹ nicht in Ruhe lasse, werden Sie mich eigenhändig erwürgen. Habe ich auch diesmal Recht?« Es schien fast, als wollte sie ihn verspotten.

Die Augen des alten Schotten weiteten sich erstaunt. »Mrs. Darby, missverstehen Sie mich nicht! Mord? Nein, wirklich! Wenn Sie das Geld nehmen und hier im Westen bleiben, dann werden Sie einen kleinen ›Unfall‹ haben ... recht bald, denke ich. Und wenn Sie das Geld nehmen und nach Hause fahren und dann irgendwann einmal beschließen, sich nicht an unsere Abmachungen zu halten, dann ... Vielleicht feuert ja der Koch eines Abends ganz unabsichtlich den Küchenofen zu hoch, und es gibt ein schreckliches Feuer?« Jubal schüttelte traurig den Kopf, als hätte er gerade eben einen entsprechenden herzzerreißenden Artikel in der Zeitung gelesen. »Oder Ihr Aufseher, dem Sie völliges Vertrauen schenken, bittet Sie eines Nachmittags zu einer Kontrollfahrt über Ihre Felder – vielleicht auf einer Straße, die direkt neben einem reißenden Fluss verläuft. Ihre Kutsche verliert ein Rad, überschlägt sich, und Sie landen in der Strömung. Vergeblich versucht der Aufseher, Sie zu retten ... Tragisch, absolut tragisch!«

Bei jedem Wort aus MacKenzies Mund fühlte Isobel, wie sich die Muskeln entlang ihrer Wirbelsäule verspannten. Sie starrte zu dem alten Schotten empor, der auf sie herabstrahlte wie ein wohlwollender Großvater, und sie befürchtete, ihre Blase könne sie jeden Moment in allergrößte Verlegenheit bringen.

Gott verdamme Sie und die Hure, der Sie verfallen sind, dachte Isobel wütend. Aber sie wusste, dass der alte Mann seine Augen überall hatte und dass er sich, um seine geliebte falsche

Enkelin zu schützen, als noch rücksichtsloser zeigen würde als Andrew. Isobel musste alle Kraft aufwenden, um scheinbar unbeeindruckt sprechen zu können. »Wann werde ich die ... Zuwendung erhalten?«

»Aber meine Dame, das Geld befindet sich bereits auf Ihrem Konto!«

Ohne ein weiteres Wort erhob sich Isobel Darby und verließ mit zitternden Knien das Büro.

Fast zwei Wochen lang verfolgte Cain Lawrence durch die Lager der Planiertrupps der Central Pacific. Powells ehemaliger Revolvermann, der jetzt für die Konkurrenz arbeitete, wurde nirgendwo herzlich willkommen geheißen. Viele der Vorarbeiter der Central Pacific betrachteten ihn mit unverhohlenem Misstrauen, doch niemand wagte es, ihm gegenüber seine fortgelaufene Ehefrau zu erwähnen. Schließlich fragte Cain geradeheraus, ob sie sich in Larrys Begleitung befinde. Einige der Männer wussten, dass der junge Powell eine blonde Frau bei sich hatte. In den Lagern entlang der Eisenbahntrasse verbreiteten sich Gerüchte in Windeseile. Als Cain dann schließlich seinen Bruder endlich aufgetrieben hatte – in Salt Lake –, erwartete er, Roxanna bei ihm zu finden, und war bereit, ein zweites Mal einen Brudermord zu begehen, falls Lawrence sie angerührt haben sollte.

»Ein Mann namens Cain fragt nach Ihnen, Mr. Powell. Ein Halbblut, er wirkt ein wenig ungehobelt«, meinte der junge Buchhalter mit jener eifernden Neugier, die alle Neuankömmlinge aus dem Osten kennzeichnete.

»Bitten Sie ihn herein, William.« Powell legte die Papiere beiseite, an denen er gearbeitet hatte, und richtete sich nervös die Krawatte.

William Smithers hielt noch die Türklinke des kleinen provisorischen Büros der Central Pacific in der Hand, als Cain die Tür auch schon aufdrückte und eintrat. »Wo ist sie, Larry?«

»Mr. Powell, soll ich?«

»Sie können uns allein lassen, William. Es ist alles in Ordnung«, erwiderte Powell energisch.

Der junge Mann verbeugte sich, enttäuscht, dass er von einer viel versprechenden Auseinandersetzung ausgeschlossen werden sollte, und schloss die Tür hinter sich.

»Ich wusste, dass du hier erscheinen würdest. Sie dachte, du würdest nicht kommen, doch ich glaube nicht, dass sie dich so gut kennt, wie ich dich kenne, Damon«, begann Lawrence ruhig. Obwohl sein Bruder einen unbeweglichen Gesichtsausdruck zeigte, spürte Powell die mörderische Wut in seinen glitzernden schwarzen Augen. So tödlich wie Vaters Augen!, durchfuhr es ihn.

»Wie gut du mich kennst, steht hier nicht zur Debatte. Es geht darum, wie gut du meine Frau kennst«, entgegnete Cain mit samtweicher Stimme.

»Im biblischen Sinne, nehme ich an?« Larry hob die Hände mit den Handflächen nach oben, seufzte und zuckte die Schultern. »Wenn sie mich hätte haben wollen, hätte ich sie dir weggenommen. Ich habe einen Fehler gemacht, als ich sie gehen ließ.«

»Wie ich schon einmal sagte: dein Fehler.« Die Anspannung, die Cain so schmerzhaft bis in die Eingeweide hinein geplagt hatte, ebbte ab. Er spricht die Wahrheit. Sie hat sich von ihm nicht anfassen lassen, erkannte er. »Alexa ist meine Frau, und ich habe vor zu behalten, was mir gehört.«

»Vielleicht bist du eine so bemerkenswerte Frau wie Roxanna gar nicht wert.« Mit Genugtuung sah Lawrence zu, wie alle Farbe aus Cains bronzefarbenem Gesicht wich.

»Sie hat es dir erzählt.«

»Mindert das ihren Wert für dich? Wenn ja ...«

»Ich sagte, was mir gehört, behalte ich, Larry. Es kümmert mich keinen Deut, ob sie Jubals Enkelin ist oder nicht. Sie ist meine Frau.«

Lawrence sah, dass Cains Hand leicht auf der Smith und

Wesson auf seiner Hüfte ruhte. »Wenn du mich erschießt, findest du sie nie.«

Cain war erstaunt darüber, dass die Stimme seines Bruders fast spöttisch klang. »Wenn sie sich in irgendeinem Hotelzimmer hier in der Stadt versteckt, finde ich sie bestimmt. Ich werde sie finden ... und wenn ich Brigham Youngs Neues Jerusalem bis auf die Grundmauern zerlegen müsste. Dafür brauche ich dich nicht.«

»Sie ist nicht in der Stadt. Aber ehe ich dir verrate, wohin sie gegangen ist, will ich dein Wort, dass du ihr nichts antust.«

»Mein Wort?«, wiederholte Cain trocken. Wenn er sich nicht solche Sorgen um Roxanna machen würde, hätte er vielleicht sogar lachen können. »Seit wann verlässt sich ein Powell auf das Wort eines Halbbluts?«

»Du wirst mich immer dafür hassen, dass ich der Erbe des alten Herrn bin, nicht?«, fragte Lawrence steif.

Cain betrachtete den bleichgesichtigen, so perfekt in feinen englischen Tweed gekleideten jungen Mann prüfend. Dessen hellbraunes Haar war sorgfältig gestutzt, die Hände weich und gepflegt. »Um ganz ehrlich zu sein, Larry, du hast mich weder auf die eine noch auf die andere Art je besonders interessiert ... bis ich dachte, du könntest mit meiner Frau geschlafen haben. Der alte Andrew ist der, den ich hasse.«

»Ein würdiger Gegner. Ja, dafür hältst du ihn wohl. Er hält dich jedenfalls dafür«, gab Lawrence voller Bitterkeit zurück.

»Wir können es uns einfach machen – oder schwer. Es ist deine Wahl. So oder so werde ich sie wiederholen.« Cain trat einen Schritt vor.

»Sie ist bei den Cheyenne, bei den Leuten deiner Mutter«, erwiderte Lawrence und trat seinerseits einen Schritt zurück.

»In Lederhemds Dorf?«, hakte Cain völlig erstaunt nach.

»Es gab einen weiteren Anschlag auf ihr Leben. Wir fanden, sie sei dort am sichersten, solange ich nach dieser Darby suche.«

Cain fluchte. »Diese Leute ziehen viel umher. Sie sind wahrscheinlich hundert Meilen östlich von hier. Vielleicht sogar unten im Colorado Territory. Wie zum Teufel hast du sie finden können?«

»Nicht nur MacKenzie hat einen Spurenleser, auch die Central Pacific hat einen«, antwortete Lawrence zufrieden.

»Ja, ich kenne die Arbeit eurer Leute.«

Lawrence warf Cain einen verständnislosen Blick zu und schrak dann zurück, als Cain beide Hände auf seinen Schreibtisch legte, um sich zu ihm vorzubeugen.

»Wenn sie nicht bei meinem Großvater ist und wenn ihr auch nur das kleinste Haar gekrümmt wurde – von wem auch immer –, dann wirst du wünschen, tot zu sein, ehe ich mit dir fertig bin!«

Im nordwestlichen Colorado Territory

Der alte Mann starrte in die Flammen. Die scharfe Kälte des Spätherbstes hatte dem unermüdlichen Präriewind einigen Biss verliehen. Sieht Viel zog sich die Decke fester um die Schultern und erinnerte sich daran, wie es gewesen war, als er noch jung war und das Blut selbst im kältesten Winter heiß gewesen und dick durch seine Adern geronnen war ... wie das Blut des Eisamen Bullen jetzt. »Er wird bald bei uns sein.«

Roxanna tat nicht so, als hätte sie ihn nicht verstanden, auch wenn sie, seit sie vor einigen Wochen im Dorf angekommen war, nie über Cain geredet hatten. Sie hatte nichts von Cains Täuschung erzählt, auch nicht von ihrer eigenen Maskerade als Jubals Enkelin. Hier, bei diesen Leuten nannte man sie immer noch Geht Aufrecht.

»Morgen?«, fragte sie und ließ sich mit anmutiger Leichtigkeit auf einem Stapel Felle nieder, in jeder Hand eine Schale mit duftendem Antilopeneintopf. Merkwürdig, mit welcher Selbstverständlichkeit sie sich wieder in den Alltag des Lagers eingefunden hatte, dachte sie, als sie dem alten Mann sein Essen reichte.

Einige Augenblicke lang aßen die beiden in einträchtigem Schweigen, dann antwortete der Medizinmann: »Ja, ich glaube, morgen.« Seine alten Augen betrachteten die junge Frau prüfend. »Und bist du bereit, ihn zu treffen?«

Roxanna stellte ihre Schale ab. »Ich ... ich weiß nicht. So viel war falsch ... Lügen und Täuschungen. Als ich erfuhr, wer er ist und warum er mich heiratete, habe ich zuerst ihm an allem die Schuld gegeben. Aber nun weiß ich, dass wir beide schuldig sind.«

Sieht Viel sagte nichts, sondern wartete geduldig, wie es seine Art war. Sie würde ihr Herz erleichtern, wenn es Zeit war. Seit dem Tag, an dem sie ins Lager gekommen war, wusste er, wie sehr sie litt und dass sie, ebenso dringend wie sein Neffe, Heilung brauchte.

»Ich habe all die Wochen, in denen ich nun von ihm getrennt bin, nachdenken können. Ich glaube, ich werde ihn immer lieben, doch ich weiß nicht, ob ich ihm je wieder trauen kann.«

»Dein Schmerz ist groß. Manchmal wird er leichter, wenn man ihn teilt.«

Roxanna holte zitternd tief Atem und stürzte sich dann Hals über Kopf in ihre Geschichte. Sie begann mit ihrer eigenen, verzweifelten Maskerade als Alexa Hunt, mit ihren Plänen, Powells Sohn zu heiraten, und den Ereignissen, die schließlich dazu geführt hatten, dass sie stattdessen Cain geheiratet hatte. Sieht Viel schien nicht überrascht zu sein, und er verurteilte sie auch nicht. Und Roxanna stellte nun fest, dass sie dies geahnt hatte. Dadurch fand sie den Mut, auch den Rest der Geschichte zu erzählen, den schmerzlichsten Teil, den über den Handel, der zwischen Jubal und Cain abgeschlossen worden war, und die schockierende Art, in der sie davon und von der wahren Identität ihres Mannes erfahren hatte. Als sie zu Ende erzählt hatte, füllten Tränen ihre Augen, aber sie weigerte sich, ihnen freien Lauf zu lassen.

»Weiß dein Mann von dem Kind?«, hakte der alte Mann nach einer kleinen Weile nach.

Roxanna biss sich auf die Lippen und lächelte traurig. »Es sollte mich nicht erstaunen, dass du es weißt.« Sie schüttelte den Kopf. »Ich habe es ihm nicht erzählt, doch Jubal MacKenzie wird es ihm erzählt haben. Er brauchte seine Enkelin schließlich nur, um diesen Erben zu produzieren. Des Kindes wegen wird Cain mir gefolgt sein und weil ich die Garantie dafür bin, dass er seine neue Stellung bei Jubal behält.«

»Vielleicht kommt er aus einem anderen Grund.«

»Aus Liebe?«, fragte sie halb zornig, gegen ihren Willen aber auch ein wenig hoffnungsvoll.

»Ich glaube nicht, dass er bereits akzeptiert hat, dass er dich liebt. Doch du bist seine Frau, und er ist ein stolzer Mann, der in seinem Leben bereits vieles verloren hat.«

»Wirst du mich zwingen, mit ihm zu gehen, wenn ich es nicht will?«

Sieht Viel zuckte die Schultern. »Eine Cheyenne kann sich jederzeit von ihrem Mann scheiden lassen, wenn sie gute Gründe dafür hat.«

»Ich habe einen guten Grund!«, erwiderte Roxanna zornig.

»Wirklich?«, entgegnete er. Als sie sich zurücksetzte, getroffen von dem sanften Verweis, fügte er hinzu: »Warte nur, bis du mit ihm gesprochen hast. Dann höre mit dem Herzen.«

Nachdem Cain Salt Lake verlassen hatte, hatte er noch zwei weitere, anstrengende Wochen lang suchen müssen. Die Suche hatte bei Riccard Dillon begonnen, dessen Aufgabe es gerade war, die Landstriche, die rechts und links der Union-Pacific-Trasse lagen, nach feindlichen Indianern zu durchsuchen. Der Colonel schien nicht gerade glücklich zu sein, als Cain ihm erklärte, wie Lederhemds Leute an so viele neue Yellow-Boy-Winchester-Gewehre gekommen waren. Er war aber in der Lage, die Informationen, die Jubal und Cain über die lästigen Banditen zusammengetragen hatten, noch durch weitere Einzelheiten zu ergänzen. Als er von den Indianern erzählte, die mit den Banditen ritten und die er bis zu Lederhemds Dorf hatte verfolgen können, wusste Cain, dass Wieselbär auf jeden Fall zu diesen Leuten gehörte.

Dass er nach seiner Frau suchte, erwähnte Cain Dillon gegenüber nicht. Er wollte einfach nur ins Dorf reiten und sie dort wegholen, ehe sie mitten in einen blutigen Indianerkrieg geriet. Da wäre es am besten, den Colonel in die entgegengesetzte Richtung zu schicken! Cain erfand also einfach ein paar Crow, deren Spuren er vor einer Woche weiter westlich gesehen haben wollte. Vielleicht schluckte Dillon den Köder ja, vielleicht auch nicht. Wie auch immer, Cain wollte Roxanna so schnell wie möglich in Sicherheit bringen.

Er ritt gegen Mittag ins Dorf ein. Dort verlief der Alltag, wie er seit undenklichen Zeiten verlaufen war. Der Winter stand vor der Tür, und überall trockneten die Frauen das Fleisch der Antilopen, die bei der letzten Jagd erlegt worden waren. Die Ponys fraßen sich auf den Überresten des hohen Sommergrases eine Speckschicht an, und die Krieger schärften ihre Waffen, um sich darauf vorzubereiten, das Dorf weiter südlich, in die geschütztere Gegend am Arkansas River zu verlegen. Kinder liefen nackt und lachend in der warmen Herbstsonne umher und spielten Schlagball.

Cains Augen suchten nach dem Glitzern silberner Haare, als er sich Lederhemd näherte, der unbeweglich dastand und auf ihn wartete. Cain stieg vom Pferd und grüßte den alten Mann auf Englisch: »Ich bin gekommen, um meine Frau zu holen.«

»Sieht Viel hat gesagt, du würdest zurückkehren. Ich habe ihm nicht geglaubt – bis sie zu uns kam«, entgegnete Lederhemd auf Cheyenne und ein kühles Lächeln umspielte seine Lippen. »Geht Aufrecht möchte vielleicht gar nicht mit dir zu den Weißaugen zurückkehren.«

»Sie ist eine Weiße. Sie kann hier nicht bleiben.« Es war Cain nicht in den Sinn gekommen, dass der alte Mann sich einmischen könnte. »Die Soldaten könnten sie holen kommen.« Nun sprach auch er Cheyenne. »Ich habe mit dem Soldaten geredet, der Dillon heißt. Er traut deinen Leuten jetzt schon nicht mehr.«

»Das liegt an Wieselbär und den anderen.« Lederhemd bedachte Cains Worte und wartete, was Kein Cheyenne sonst noch vorzubringen haben mochte, erfreut, dass sich der junge Mann der Sprache seines Volkes bediente.

»Die Blauröcke habe ich nach Westen geschickt; sie suchen nach Crow. Aber wenn Wieselbär sich den Banditen angeschlossen hat, die das Eisenpferd angreifen, wird er seinem Volk nichts als Kummer bereiten.«

»Der Stammesrat hat ihn verbannt. Wir sind nicht mehr für ihn zuständig.«

»Genau wie ihr für mich nicht mehr verantwortlich seid.«

»Ihr habt beide eure Wahl getroffen«, erwiderte der alte Mann.

Schwang in diesen Worten leises Bedauern mit? Und wenn – galt es Wieselbär oder Einsamer Bulle? Cain hätte dies gern gewusst, mochte aber nicht fragen.

»Deine Frau sammelt mit Lerchenlied und Weidenbaum Wurzeln.« Lederhemd wies auf dichte Büsche auf der anderen Seite des kleinen Flusses, an dem die Cheyenne ihr Lager aufgeschlagen hatten, und ließ nicht durchblicken, was er tun würde, wenn Geht Aufrecht ihn um Zuflucht bitten würde.

Erneut bestieg Cain seinen Kastanienbraunen und ritt langsam durch die Furt im Fluss. Er wiederholte im Stillen die Worte, die er gleich Roxanna sagen wollte. Wie konnte er sie nur dazu bringen, Gefühle zu verstehen, die er doch selbst nicht verstand?

Roxanna saß mit Weidenbaum und Lerchenlied am Ufer des Flusses, dort, wo dieser um einen kleinen Bestand Traubenkirschen herum eine Biegung machte. Lachen und der Klang fröhlicher Frauenstimmen wies Cain den Weg. Er zügelte sein Pferd und sah seiner Frau eine Weile lang schweigend zu. Die

Nachmittagssonne spiegelte sich in dem schimmernden Wasserfall ihrer Haare, die wie gesponnenes Silber leuchteten. Sie trug ein einfaches, langes Hemd aus Hirschleder und Beinkleider dazu, wahrscheinlich genau die, die sie auch getragen hatte, als er sie aus der Gefangenschaft abgeholt hatte. Er wusste, dass sie diese Kleider immer in Ehren gehalten hatte. Sie passten sich ihrem schlanken Körper ebenso perfekt an wie das teuerste ihrer Kleider. Wie sehr er sie begehrte – allein bei dem Gedanken daran, wie glatt, weich und üppig sich dieser Körper anfühlen würde, wenn er ihn entkleidete und berührte, durchzuckte ihn Begierde. Roxanna warf den Kopf zurück und lachte über eine Bemerkung Weidenbaums, und Cain sog ihr Lachen in sich auf wie ein Verdurstender.

Roxanna spürte seine glühenden Blicke und drehte langsam den Kopf. Er saß mit der geschmeidigen Anmut auf seinem Hengst, mit der jeder männliche Cheyenne zur Welt zu kommen schien, einen Arm auf den Sattelknauf gestützt, die durchdringenden schwarzen Augen unverwandt auf sie gerichtet. Die beiden anderen Frauen sammelten eilig ihre Körbe zusammen und entfernten sich. Sie wussten genau, dass das, was jetzt folgte, nur Geht Aufrecht und Kein Cheyenne etwas anging.

Mit trockenem Mund erwiderte Roxanna Cains Blick. Der Mann wirkte hart und gefährlich und hatte ein ganzes Waffenarsenal bei sich, genau wie beim ersten Mal, als er in Lederhemds Dorf geritten war. Er stieg vom Pferd und näherte sich ihr mit dem ihm eigenen Gang, dem Gang eines Panters, voll männlicher Arroganz. Roxanna erinnerte sich von ihrer ersten Begegnung mit Cain her noch gut an diese Arroganz. Sie war Cain verfallen und nie wieder von ihm losgekommen.

»Ich gehe nicht mit dir zurück«, verkündete sie atemlos.

»Du bist meine Frau.«

»Wir sind bei den Cheyenne. Eine Cheyenne kann sich jederzeit von ihrem Mann scheiden lassen, wenn sie einen guten Grund dafür hat. Du hast mir einen Grund geliefert, Cain!«

Er lächelte grimmig. »Ich bin Kein Cheyenne, vergiss das

nicht. Ich bin ein ›Kurzhaar‹. Ich lebe das Leben eines Weißen, und in der Gesellschaft der Weißen ist eine Scheidung nicht ganz so einfach. Du bist immer noch meine Frau.«

»Die zu lieben und zu ehren du geschworen hast. Aber von Liebe hast du nie gesprochen, oder, Cain? Weil du mich nicht aus Liebe geheiratet hast – du hast mich geheiratet, um befördert zu werden.« Gott, wie weh das tat – es raubte ihr fast den Atem, die Worte auszusprechen.

Cain zuckte unmerklich zusammen. Roxanna hatte ja jegliches Recht, zornig zu sein. »Das war nicht mein ursprünglicher Plan ... damals, als ich dich zuerst sah ... nackt in einem Fluss stehend ... Damals begehrte ich dich lediglich, wie ein Mann eine schöne Frau eben begehrt.«

»Oh, und wann kam der Plan dazu? Nach den Gerüchten, die meinen gesellschaftlichen Ruin einläuteten? Oder hattest du die Idee erst, als dein Vater meine Verlobung mit Larry löste?«

Stolz, schlank und herausfordernd stand sie vor ihm, und ihre türkisfarbenen Augen flammten wütend und verletzt. Am liebsten hätte Cain sie einfach stürmisch in die Arme geschlossen. »Als die Gerüchte auftauchten, habe ich angefangen, darüber nachzudenken. Ich wusste, was Powell tun würde«, gestand er und sah, wie sich die türkisblauen Augen voller Schmerz schlossen, um ihn gleich darauf wieder schweigend und anklagend anzusehen. »Ich wollte den Job, den Jubal mir geben konnte ...«

»Du hast mich benutzt. Du bist zu Jubal MacKenzie gegangen, und ihr beiden habt einen Handel abgeschlossen.«

»So habe ich es Larry gegenüber dargestellt! Mein Gott, Roxanna, ich war nach den stundenlangen Sitzungen so gereizt, Larry ging mir völlig auf die Nerven – na gut!« Cain biss die Zähne zusammen, bis die Muskeln an seinem Hals hervortraten, schluckte krampfhaft und ließ seinen Blick in die Ferne schweifen. »Ich war eifersüchtig auf ihn. Er hat immer alles gehabt – den Namen Powell, das Geld, die Macht ... der einzige Sohn und Erbe unseres gemeinsamen Vaters. In einem einzigen

Punkt hatte ich ihn endlich geschlagen, ich hatte ihm etwas weggenommen, das mehr wert war als alles Geld der transkontinentalen Eisenbahn.«

»Als du mich geheiratet hast, dachtest du doch, ich sei Jubals Erbin. Dadurch wurde der Handel für dich perfekt – das Geld, die Macht und gleichzeitig Rache an deinem Vater.«

Er konnte gegen ihre Anschuldigungen nichts vorbringen, fühlte nur noch irrationale Wut in sich aufsteigen – oder war es etwa Furcht? »Als ich meinem Bruder diese verletzenden Worte an den Kopf warf, wusste ich verdammt genau, wer du bist. Ich wollte ihn treffen, es ihm ordentlich unter die Haut reiben – dass ich dich hatte, nicht nur den Job! Ich habe nur nicht gewusst, wie viel mehr wert du mir bist als die Eisenbahn – bis ich dich verlor! Als ich deinen Brief las und feststellen musste, was ich getan hatte ...«

»Ich nehme an, das war fast genauso schlimm wie damals, als ich dir erzählt habe, dass ich nicht Alexa bin.« Roxanna wusste, dass diese Worte Cain treffen würden, und richtig: Er zuckte sichtlich zusammen, auch wenn sein Gesicht nach wie vor äußerst beherrscht wirkte. »Kein Wunder, dass du so wütend auf mich warst. Es hätte dich ja den Job kosten können, wenn die Wahrheit ans Licht gekommen wäre!« Roxanna wollte, dass Cain ihre ganze Bitterkeit zu spüren bekam. Sie wünschte, er möge ebenso leiden, wie sie litt. Warum gab er nicht einfach zu, dass er gekommen war, um Jubal den Urenkel zu sichern? Sie konnte nicht glauben, dass der alte MacKenzie ihm nichts von dem Kind erzählt hatte, nachdem sie verschwunden war.

»War Jubal wütend auf dich, weil du mich vertrieben hast? Ist das der Grund für deine plötzliche Besorgnis?«, wollte sie wissen.

Cain musste sich noch einmal vor Augen halten, dass Roxanna ja aus gutem Grund so zornig auf ihn war. Doch die Angst, sie vielleicht verloren zu haben, und die Eifersucht auf Larry, die immer noch an ihm nagte, ließen ihn in dem eiskalten Zorn reagieren, vor dem gestandene Männer die gesamte Trasse der transkontinentalen Eisenbahn entlang erzitterten. »Und was ist mit Larry, warum ist der plötzlich so besorgt? Er hat seine Verlobung mit dir gelöst und ist gegangen, ohne ein einziges Mal zurückzublicken. Und dann finde ich dich am Abend des Balles in seinen Armen! Und danach, rennst du weg – zu ihm –, anstatt zu mir zu kommen, damit wir die Sache klären können. *Ich* habe dich geheiratet, Roxanna, nicht Larry.«

»Ich bin nicht dein Eigentum. Larrys auch nicht, aber er war freundlich zu mir. Er bot an, mir bei der Flucht vor dir behilflich zu sein.«

»Er hat dich benutzt, um mir eins auszuwischen!«

»Er war nicht der Einzige, der mich benutzte.« Roxanna wandte sich ab und schlang die Arme um sich. »Ich habe es so satt, mitten in deiner Vendetta gegen die Powells zu stecken. Geh, Cain, lass mich in Ruhe. Sag Jubal, was du willst.«

»Ich brauche Jubal gar nichts zu sagen. Er weiß alles über uns – dass ich Powells unehelicher Sohn bin, dass du Roxanna Fallon bist.«

Kapitel 19

Fassungslos drehte sich Roxanna wieder zu Cain um. »Aber das ist doch völlig unmöglich! Wie kann er es wissen?«

»Er ist nun mal ein schlauer und hinterhältiger alter Fuchs«, antwortete Cain, der seine Zuneigung zu Jubal nicht verbergen konnte. »Er wusste, wer ich war, als er mich einstellte, und er weiß auch schon seit Monaten, dass du nicht Alexa bist.«

»Und er hat mich trotzdem nicht verstoßen?« In Roxannas Kopf überschlugen sich die Gedanken. Was für ein Spiel spielte Jubal? Was für eins spielte Cain? Konnte es sein, dass er die Wahrheit sagte? »Wie kann ich dir trauen?«, fragte die junge Frau nachdenklich.

»Wir beide müssen das Risiko eingehen, einander zu trauen. Ich könnte dir vorwerfen, dass du zu Larry durchgebrannt bist.«

»Ich bin nicht bei Larry geblieben«, erwiderte Roxanna erbost.

»Aus diesem einzigen Grund habe ich ihn auch nicht umgebracht.«

Sie sah ihm in die Augen – kalt, schwarz, mitleidlos – und erschauerte. »Wer bist du, Cain? Damon Powell?«

»Ich habe kein Recht, den Namen Powell zu führen«, entgegnete er voller Bitterkeit.

»Dann bist du also Einsamer Bulle.« Roxanna dachte an ihren eigenen Traum und an Sieht Viels Träume.

»Nein. Ich bin Kein Cheyenne. Ich habe meinen Bruder umgebracht. Der einzige Name, den ich wirklich mein Eigen nennen kann, ist der, den ich dir gab: Cain. Und wenn ich könnte, würde ich die Worte ungesagt machen, die ich Larry an den

Kopf schleuderte. Ich wollte dir nicht wehtun, Roxanna! Ich will dich zurück.«

Mich oder das Baby? Um ein Haar hätte die junge Frau diese Frage laut gestellt, aber irgendetwas hielt sie zurück. Cain wusste nichts von dem Kind. Jubal hatte ihrem Mann aus irgendwelchen geheimnisvollen persönlichen Gründen nicht mitgeteilt, dass er Vater werden würde. »Lass mir Zeit, Cain. Lass mich mit Sieht Viel reden. Er steht auf deiner Seite, das solltest du wissen.« Cain blickte sie ungläubig an, also fuhr sie fort: »Er ist der Meinung – oder er hatte eine Vision, einen Traum –, dass höhere Mächte meine Entführung veranlasst hatten. Er denkt, dass du durch mich zu deinem Volk zurückfinden wirst.«

Cain schnaubte verächtlich. »Ich habe kein Volk. Und das solltest du von allen Menschen am besten wissen.«

»Es war deine Entscheidung, nicht dazuzugehören. Andrews Ablehnung hat dir so viele Wunden zugefügt, dass du nichts anderes mehr sehen kannst.«

»Jetzt hörst du dich an wie Lederhemd.« Cain lachte, ein zittriges, unsicheres Lachen. »Auch er beschuldigt mich, gewählt zu haben, mein Cheyenneblut zu leugnen, nur weiß sein zu wollen. Aber ich bin wirklich weder weiß noch rot! Mein Gott: Wenn ich die Wahl hätte, ich würde nicht freiwillig ein Halbblut sein wollen!«

»Du wirst nie jemanden lieben können, wenn du nicht aufhörst, dich selbst zu hassen!« Roxanna sah mit einem Mal alles ganz klar. »Cain, ich habe mich nun einmal in einen Mann verliebt, in dem sich weißes und rotes Blut mischt.« Diese Liebe hatte sie gelehrt, sich selbst zu verzeihen – das zumindest hatte sie empfunden, bis er sie betrogen hatte.

»Und was ist jetzt, Roxy? Willst du sagen, dass deine Liebe nicht mehr existiert, dass ich sie getötet habe?« Eindringlich blickte Cain seine Frau an und flehte insgeheim, sie möge tun, was sie letztendlich immer getan hatte: in seine Arme kommen. Unwiderstehlich zu ihr hingezogen, trat er einen Schritt vor und streckte die Hand aus, um die alte, körperliche Vertrautheit wiederherzustellen, die noch stets den Rest der Welt einfach ausgeblendet hatte. Aber Roxanna zog sich zurück.

»Nein. Fass mich nicht an ... bitte. Ich brauche Zeit zum Nachdenken!« Sie stolperte, als sie sich von ihm abwandte und als seine festen, warmen Hände sie streiften, lief sie einfach davon.

Cain ließ sie gehen, und eine tiefe, schwarze Wolke der Verzweiflung senkte sich über ihn. Er fühlte sich mit einem Mal so einsam und allein, so sehr wie noch nie zuvor in seinem ganzen Leben.

Warum nur hatte sie ihm nichts von dem Kind gesagt? Roxanna war sich über ihre eigenen Motive noch immer nicht im Klaren. Aber sie war sicher, dass Jubal ihm die Schwangerschaft nicht ohne Grund verschwiegen hatte. Wollte der alte Mann etwa den Kuppler spielen? Was immer jedoch Jubals Beweggründe sein mochten, um Jubal ging es jetzt nicht. Cain war sie suchen gekommen, ohne vom Kind zu wissen, und nun musste Roxanna eine Entscheidung treffen, die dieses Kind ebenso berühren würde wie sie selbst. Ganz gleich, wie sehr sie ihren Mann immer noch liebte – und was Cain auch befürchten mochte, diese Liebe würde nicht erlöschen –, sie musste nun in erster Linie an das Kind denken.

Ohne es so geplant zu haben, stand Roxanna plötzlich vor Sieht Viels Zelt. Der alte Mann saß vor dem Eingang und rauchte seine Pfeife, legte diese bei Roxannas Anblick aber sorgfältig beiseite und bat die junge Frau mit einer Handbewegung, sich zu setzen. Fast schien es, als hätte er sie erwartet.

»Geht Aufrecht ist beunruhigt. Das Gespräch mit Einsamer Bulle war nicht gut.«

Roxanna ließ sich auf den Boden sinken und fühlte sich wie ein Kind, das zu Füßen des Vaters nach Weisheit und Rat sucht. »Nein, es war nicht gut. Er erwartet, dass ich mit ihm gehe, weil ich seine Frau bin. Von Liebe sprach er immer noch nicht.«

»Es ist schwer für einen Mann, einen anderen Menschen zu lieben, wenn er nie gelernt hat, sich selbst zu lieben«, erklärte der alte Indianer milde, denn er spürte, wie sehr das, was sie ihm eben anvertraut hatte, die junge Frau schmerzte.

Roxanna lächelte traurig. »Merkwürdig, genau das habe ich ihm auch erklärt. In ihm steckt so viel Selbsthass. Seine Seele leidet, weil er immer nur Ablehnung erfahren hat und denkt, er habe keinen Wert.«

»Diese Gefühle sind auch in deiner Seele«, erwiderte der alte Mann. »Doch ich glaube, du hast inzwischen gelernt, dich selbst zu schätzen ... vielleicht des Kindes wegen, das ihr zusammen erschaffen habt.«

»Er weiß nichts von dem Baby.«

»Und du hast es ihm nicht erzählt.« Der alte Mann ließ das so stehen und wartete geduldig darauf, dass Roxanna fortfahren würde.

»Irgendetwas hat mich zurückgehalten. Ich weiß nicht, was ... oder warum ... es sei denn ...«

»Eine Mutter möchte immer ihr Kind schützen.«

Erstaunt blickte sie ihn an und nickte dann zustimmend. »Ja, deswegen konnte ich es ihm nicht sagen. Er hasst sein eigenes Cheyenneblut. Und ich werde ihm ein Kind schenken, das dieses Blut teilt. Was, wenn er in einem Sohn oder einer Tochter sein eigenes Spiegelbild sieht? Noch ein Mischblut, das er nicht lieben kann, genau wie Andrew Powell ihn nicht lieben konnte, genau wie er sich selbst nicht lieben kann?«

Sieht Viel nickte nachdenklich. »Zuerst einmal muss er sich selbst akzeptieren. Er muss erkennen, dass das, was tief in ihm steckt, hier«, und der alte Mann schlug sich mit erstaunlicher Kraft gegen die Brust, »gut ist. Dann wird er auch das Gute in seinem Kind sehen können.«

»Aber wie kann das je geschehen?«

Sieht Viel lächelte ernst. »Es gibt in unserem Volk eine heilige Zeremonie der Erneuerung, der Wiedergeburt, die die Seele eines jeden Mannes stärkt, der sich diesem Ritual verpflichtet.

Wir nennen die Zeremonie das ›Fest der Lebenshütte‹, oder auch den ›Sonnentanz‹. Wenn sich Einsamer Bulle um den Zeltpfahl schwingt, wird ihm alles klar vor Augen stehen. Er wird sich selbst sehen können, er wird wieder Teil seines Volkes sein, und er wird Frieden finden.«

Roxanna wusste, wie sehr Cain den indianischen Mystizismus ablehnte. Ihr Mann würde den Vorschlag des alten Mannes schlichtweg zurückweisen. »Wie willst du ihn dazu bringen, sich dem Ritual zu unterziehen?«

»Nicht ich werde das tun, sondern du.«

»Aber ... aber wie?«

»Wenn es ihm gelingt, seine Seele zu heilen, mit sich selbst Frieden zu schließen, wirst du ihn dann wieder als Ehemann annehmen?«

»Ja, natürlich!«

»Dann wirst du ihn überzeugen können, dass er sich dem Fest der Lebenshütte stellt.«

»Und du glaubst, das wird ihn heilen?«

»Ich weiß, dass es so ist. Als du zuerst zu uns kamst, wurde mir die Vision zuteil, dass Einsamer Bulle dir folgen würde. Aber ich wusste nicht, zu welchem Zweck. Jetzt weiß ich es. Er war lange im Exil, sich selbst und seinem Volk entfremdet. Dieses Exil endet nun.«

Cain mochte die mystischen Fähigkeiten des alten Mannes anzweifeln, Roxanna jedoch, die jetzt einige Zeit mit dem Schamanen verbracht hatte, vermochte diese nicht mehr so einfach von der Hand zu weisen. »Dann werde ich versuchen, ihn zu überzeugen.«

»Es wird dir gelingen!«, gab Sieht Viel trocken zurück.

Cain saß vor einem niedrigen Feuer im Zelt und starrte Roxanna ungläubig an. »Was soll ich machen?« Gut, dass sie beide bereits saßen, ansonsten wäre er wohl vor Erstaunen umgefallen. »Ich soll an so einem barbarischen Ritual teilnehmen?«

Roxanna seufzte. »Ich wusste, dass du so reagieren würdest. Du willst nicht hierher gehören ... aber siehst du denn nicht: Wenn du mit diesem Teil deiner Selbst keinen Frieden schließt, können wir nie zusammen glücklich sein. Du hast dich so sehr bemüht zu beweisen, dass du weiß bist, und dein Leben lang blieben all diese Bemühungen fruchtlos – selbst ich habe unwillentlich dazu beigetragen, dass sie fruchtlos blieben. Vielleicht gibt es einen Grund dafür, dass wir beide uns trafen.«

»Du hörst dich an wie mein Onkel. Das Schicksal, die Vorbestimmung, Visionen!« Er mochte nicht glauben, dass sie auf die absurden Pläne des alten Mannes eingehen wollte.

»Mach dich darüber nicht lustig. Du musst erfahren, akzeptieren, wer du wirklich bist – nämlich nicht nur Cain der Außenseiter, der Mann, der niemanden in seinem Leben braucht, der nur seinem Hass folgt. Du bist auch Damon, der verlorene Sohn. Und der Einsame Bulle ist der Schlüssel zu allem.« Sollte sie ihm von ihrem Traum erzählen? Roxanna war sich da nicht sicher – manche Dinge blieben besser noch ungesagt. Cain musste seinen eigenen Weg finden – wenn er doch nur bereit wäre, danach zu suchen! »Sieht Viel glaubt, dass die Zeremonie dir helfen wird zu erkennen, wer Einsamer Bulle ist. Das würde dich wieder mit deinem Volk versöhnen. Dann müsstest du nicht länger Kein Cheyenne sein – und auch Cain würdest du nicht mehr brauchen. Du bräuchtest dich nicht mehr hinter dem Stigma des Ausgestoßenen zu verstecken.«

Cain wurde vor Ärger ganz steif. »Verstecken? Das Einzige, was ich in beiden Welten nie habe verbergen können, war die Tatsache, dass mein Blut gemischt ist!«

»Ganz recht – und das hast du wie einen Fehdehandschuh deinem Großvater vor die Füße geworfen, deinem Onkel – und mir. Du lässt ja nicht zu, dass irgendwer dich liebt, nur weil dein Vater sich weigerte, dich zu lieben! Du hältst uns alle auf Abstand. Du bist ein Feigling, ein Gefühlskrüppel! Du bist nie hinter der Wand hervorgekrochen, die du um dich herum aufgebaut hast, als man dich als zehnjährigen Jungen im Stich gelassen hat« Roxanna sprang auf und lief tränenblind aus der Hütte.

Cain sprang ebenfalls auf, aber sie war schneller am Zeltausgang als er und entzog sich seinem Griff. Mit einem ärgerlichen Fluch rannte er ihr nach. Mit seinen langen Beinen holte er sie bereits am Fluss, der an der Westseite des Dorfes entlangfloss, wieder ein. Den Rücken dem näher kommenden Mann zugewandt, stand die junge Frau ein wenig atemlos da und kämpfte mit den Tränen.

Wie hatte Sieht Viel nur davon ausgehen können, dass es ihr gelingen würde, Cain zu überzeugen? Diesmal jedenfalls hatte sich der alte Schamane gründlich geirrt. Oder vielleicht doch nicht? Es gab noch einen Trumpf – ob er wohl ausreichte, Cain eines Besseren zu belehren? Sie ging ein großes Wagnis ein, wenn sie diesen Trumpf ausspielte. War ihr Vertrauen in Sieht Viels Visionen stark genug, sie das Risiko eingehen zu lassen? War ihre Liebe zu Cain stark genug? »Ich erwarte ein Kind, Cain«, bekannte Roxanna leise und wandte sich um. Die beiden jungen Leute standen ganz allein im Dämmerlicht, und Roxanna versuchte vergeblich, in Cains Gesicht zu lesen.

Zum zweiten Mal in dieser Nacht fühlte sich Cain, als habe ihn ein Vorschlaghammer getroffen, und in seinem Kopf überschlugen sich die widersprüchlichsten Gedanken – Furcht, Freude... »Wie lange weißt du es?«, fragte er schließlich und war sich sicher, dass sie ihm die Information absichtlich vorenthalten hatte.

»Sechs Wochen, vielleicht ein wenig länger. Es schien einfach nie der richtige Moment zu sein, es dir zu sagen. Ich erfuhr es an dem Tag, an dem der erste Anschlag auf mein Leben verübt wurde. Und als du dann endlich aus dem Lager der Planiertrupps zurückkamst, hatte Isobel Darby bereits den zweiten Mörder geschickt, und ich musste dir erzählen, wer ich wirklich bin. Dann...«

»Und dann warst du meiner so unsicher, dass du es mir nicht sagen wolltest«, beendete er den Satz. Er erinnerte sich sehr gut daran, wie wütend er über sie hergefallen war, weil er sich von ihr benutzt gefühlt hatte. Ein schmerzliches Lächeln umspielte seine Lippen, verschwand aber rasch wieder. Er sehnte sich danach, Roxanna in die Arme zu schließen, doch irgendetwas hielt ihn zurück. »Ach, Roxy, wir beide sind schon ein schönes Paar!«

»Ich werde nicht zulassen, dass dieses Baby mit einem Vater aufwächst, der die Herkunft seines Kindes hasst wie seine eigene!«

»Also darum geht es die ganze Zeit«, murmelte Cain zornig.

»Hast du je, bei all deinen Plänen und Machenschaften, deinen Bestrebungen, ein Eisenbahnbaron zu werden und Andrew Powell zu vernichten, hast du da je an Frau und Kinder gedacht – an Kinder, in denen das Blut von Lederhemd und Sieht Viel fließt?«

»Nein«, gab er zu. »Bis ich dich kennen gelernt habe, hatte ich überhaupt nie an Heirat gedacht. Ich wusste, dass es schwer für dich werden würde ... und für Kinder auch.«

»Verlass mich, Cain«, entgegnete sie kalt, ganz erstarrt vor Hoffnungslosigkeit. »Es ist besser, wenn ich gehe, irgendwohin – zurück in den Osten, nach San Francisco ...«

»Zurück zu Larry!« Cain legte ihr die Hände auf die Schultern und drehte sie zu sich herum. »Das lasse ich nicht zu.«

»Du kannst mich nicht zwingen, bei dir zu bleiben«, beharrte die junge Frau.

»Du hast mich einen Feigling genannt. Was, wenn ich den Schwur der Lebenshütte leiste? Würde das dir beweisen, dass mir an dir liegt ... und an unserem Baby?«

Hatte Sieht Viel die Entscheidung auf diese Art herbeiführen wollen? In Cains Stimme schwang eine Verzweiflung mit, die Roxanna so nie vernommen hatte – mehr als Eifersucht, mehr als Wut. Liebe? Es war zumindest ein Anfang. Vielleicht war mehr gar nicht notwendig ... im Augenblick. »Ja, Cain, es würde beweisen, dass dir an uns liegt«, erwiderte die junge Frau ruhig.

Cain wandte sich an Sieht Viel, um die nötigen Vorbereitungen zu treffen. Der alte Mann schien überhaupt nicht verwundert darüber zu sein, dass sein kurzhaariger Neffe bereit war, sich dem Ritual der Lebenshütte zu unterziehen.

»Warst du dir denn so sicher, dass ich es tun würde?«, fragte Cain.

Sieht Viel lächelte. »Ich war mir sicher. Geht Aufrecht hatte Zweifel ... aber hier bist du nun.«

»Sie weiß nicht, was es heißt, am Pfahl zu schwingen, oder?«

»Nein, davon haben wir nicht gesprochen. Fürchtest du dich?«

»Ich habe keine Angst vor Schmerzen«, erklärte Cain rasch, doch er wusste, was sein Onkel wirklich meinte. Hatte er Angst vor dem, was die uralte Zeremonie ans Tageslicht bringen würde? Er hatte sein ganzes Leben darauf verwandt, dieser Welt zu entkommen. Und nun sah er sich erneut in ihren Kreisen gefangen ... *ihretwegen, des Kindes wegen.* Furcht vor dem Unbekannten beschlich ihn so sehr, dass er in der kühlen Nachtluft zu schwitzen begann.

Der Schamane betrachtete seinen Neffen aus zusammengekniffenen, leicht tränenden Augen. »Ich weiß, dass du keine Angst vor körperlichen Schmerzen hast«, meinte er.

»Du hast meine Frau davon überzeugt, dass ich irgendeine Art mystischer Vision haben werde«, entgegnete Cain abweisend, beugte sich dann vor und fügte hinzu: »Oder ist das Ganze als Abbitte für die Sünden meiner Vergangenheit gedacht?«

»Du hast viel Abbitte zu leisten ... deinem Volk und deiner Frau gegenüber, denke ich. Es wird dir gut tun. Ich werde mit deinem Großvater reden, und wir werden die Zeremonie planen.«

»Denkst du denn, Lederhemd lässt zu, dass ich den Sonnentanz gelobe? Er hat mir den Tod von Wolf Mit Hohem Rücken nie vergeben.«

»Es wird Zeit, dass auch das ein Ende hat. Der Sonnentanz

wird ein neuer Anfang sein. Mein Bruder wird zustimmen.«

Später am Abend machte sich Sieht Viel auf den Weg zum Zelt seines Bruders und war sich seiner Sache gar nicht so sicher, wie er Cain hatte glauben lassen. Das Herz des Häuptlings empfand schlimme Dinge für den, den er Kein Cheyenne nannte. Aber Sieht Viel vertraute den Träumen, die er empfangen hatte, Träume, die in den Monaten, nachdem Geht Aufrecht und Einsamer Bulle sie verlassen hatten, immer lebhafter und eindringlicher geworden waren. So betrat der Schamane Lederhemds Zelt und trug, unmittelbar nachdem die beiden Männer gemeinsam eine Pfeife geraucht hatten, seine Bitte vor.

Lederhemd saß in der zunehmenden Dunkelheit und starrte in die Flammen der Feuerstelle. »Viele unserer Leute werden sich daran erinnern, wie er Wolf Mit Hohem Rücken ermordet hat. Er ist immer noch Kein Cheyenne.«

»Eine Verbannung kann aufgehoben werden, wenn vier Jahre verstrichen sind. Mit dem Blutopfer der Lebenshütte wird die Herbstjagd gesegnet sein. Es wird viele Büffel geben. Unsere Leute werden endlich wieder volle Bäuche haben.«

»Und wird es die Mächte erfreuen, wenn sich einer der Lebenshütte verspricht, der halb weiß ist? Der Cheyenneblut vergossen hat?« Lederhemd spielte den Advocatus Diaboli und sprach die Dinge aus, die ihn beunruhigten.

Sieht Viel lächelte. »Ich habe seinen Tanz nun in vielen Träumen gesehen. Komm, lass mich dir von ihnen erzählen. Dann kannst du mit den Kriegergesellschaften darüber sprechen, das Lager aufzulösen.«

Cain erwachte mit einem Ruck, als er die vertrauten Laute des Rufers hörte, der durch das Dorf ritt und die Aktivitäten des Tages ankündigte. Er erinnerte sich daran, wie gespannt er als Kind diesen Worten zu lauschen pflegte, jeden Morgen aufs Neue voller Hoffnung, dass der Tag Seine Augen Sind Kalt zu ihnen zurückbringen würde. Er zwang sich, nicht an diesen alten Schmerz zu denken, und starrte auf die verlassenen Schlafplätze um die Feuerstelle herum.

Roxanna hatte gemeinsam mit Sieht Viel Enkelinnen auf der einen Seite des Feuers geschlafen, und er hatte sich gezwungen gesehen, die andere Seite mit seinem ältlichen Onkel zu teilen. Die Nacht war ruhig und warm gewesen, und er hatte schlecht geschlafen, zornig, Roxanna derart nah und doch so unerreichbar zu wissen, nachdem er so lange nach ihr gesucht hatte. Und dann waren die Albträume gekommen, aus denen er sich nur mühsam hatte befreien können. Danach lag er lange wach, denn er wollte nicht wieder in den Abgrund aus Blut und Schmerzen gleiten, in den die Träume ihn entführt hatten. Cain spürte eine tiefe Furcht vor dem Unbekannten – vielleicht auch nur vor Dingen, die er nicht zu erfahren wünschte. Schließlich übermannte ihn ein tiefer, traumloser Schlaf.

Welcher Wahnsinn mochte ihn nur veranlasst haben, sich auf das barbarische Ritual einzulassen, das ihm nun bevorstand? Roxanna war seine Frau und trug sein Kind unter dem Herzen. Er hatte jegliches Recht dazu, sie auf ein Pferd zu setzen und aus dem Dorf zu schaffen, und zur Hölle mit der Lebenshütte, mit seinem Onkel und dem ganzen Volk der Cheyenne! Aber Roxannas wegen war er die Verpflichtung zum Sonnentanz eingegangen, weshalb er nun nicht mehr zurückkonnte. Ob das Ritual wohl die Resultate bringen würde, die Roxanna erhoffte? Die Resultate, an die Sieht Viel so eindringlich glaubte? Cain bezweifelte das ... aber er würde es trotzdem versuchen müssen.

Während Cain dem Morgenrufer lauschte, beobachtete auch jemand anderes den Elchkrieger bei seiner Morgenrunde. Johnny Lahmes Pony war zu weit vom Dorf entfernt, um die Worte des jungen Kriegers verstehen zu können, doch das war auch nicht notwendig. Cain war in Lederhemds Dorf geritten, um seine weiße Frau abzuholen, und genau so war es geplant. Anscheinend hatte der alte Häuptling nicht vor, die junge Frau so ohne weiteres mit ihrem Mann ziehen zu lassen. Johnny lächelte. »Es bleibt genug Zeit, die Blauröcke ins Dorf zu locken, damit sie nach von MacKenzies Enkelin suchen können«, sagte er.

»Und dann sorgen wir dafür, dass sowohl das Halbblut als auch seine Frau sterben, wenn die Soldaten ins Lager reiten«, erwiderte Wieselbär in passablem Lakota.

Johnny gab den beiden anderen ausgestoßenen Cheyenne, die mit ihnen ritten, ein Zeichen, und die vier Männer verließen vorsichtig ihr Versteck. Ein scharfer Tagesritt, dann würden sie bei Dillon sein, ein weiterer für den Rückweg. Danach konnten sie sich bei dem Mann des Eisenpferdes ihren Lohn abholen. Wieselbär waren ein paar schöne neue Pferde versprochen worden und Rache an dem Dorf, das sich von ihm losgesagt hatte. Auf Johnny Lahmes Pony wartete Whiskey genug, um mindestens einen Monat lang betrunken zu bleiben.

Unten im Dorf brachten Roxanna und Weidenbaum frisches Wasser vom Fluss her und machten sich daran, die Morgenmahlzeit zuzubereiten. »Stimmt es, dass Einsamer Bulle sich verpflichtet hat, die Lebenshütte zu bauen?«, fragte die Cheyenne Roxanna, als sie beide wilde Zwiebeln klein schnitten, die in den brodelnden Topf wandern sollten.

»Den Sonnentanz? Ja, er hat zugestimmt.«

Weidenbaum lächelte ein wissendes Lächeln. »Deinetwegen.«

Als ihre Freundin nickte, fügte sie hinzu: »Gut für das ganze Dorf. Bringt viele Büffel zu uns.«

»Solange es ihm nur Frieden bringt!«, gab Roxanna zurück.

Weidenbaum warf der weißen Frau einen verschmitzten Blick zu. »Warum nicht schlafen mit deinem Mann?«

Roxanna errötete und dachte an Cain auf der anderen Seite

der Feuerstelle. Sie hatte sich die ganze Nacht danach gesehnt, seine Arme um sich zu spüren, den Trost und die Wärme seines großen, harten Körpers zu genießen. »Die Zeit ist nicht richtig. Ihm steht eine große Prüfung bevor.« Sie durfte nichts gefährden, indem sie der eigenen Schwäche nachgab. »Wenn ich bei ihm liege, beschließt er vielleicht, mich mit fortzunehmen, zurück in das Lager des Eisenpferdes. Und dann wäre zwischen uns nichts geklärt.«

Weidenbaum nickte zustimmend; sie verstand, dass es für einen Krieger notwendig sein konnte, vor einem entscheidenden Ereignis in seinem Leben abstinent zu bleiben. »Einsamer Bulle schwitzt, betet und bringt dann dem Großen Geist ein großes Opfer.«

Sieht Viel hatte Roxanna die Zeremonie beschrieben, sodass sie eine ungefähre Vorstellung davon hatte, was geschehen würde. Cain musste in einem komplizierten, vier Tage andauernden Ritual, bei dem er fasten und tanzen würde, um eine Vision bitten. Wenn der Schamane sich geirrt hatte und Cain keine Träume empfing, dann würde er sich in diesen Tagen zumindest mit den Sitten versöhnen, die im Volk seiner Mutter galten. Und so hätte seine Teilnahme an diesem Ritual auf jeden Fall ihr Gutes, selbst wenn er sich ihm nur unterzog, um seine Liebe zu seiner Frau unter Beweis zu stellen.

Er hat immer noch nicht von Liebe gesprochen, fiel ihr ein. Ehe Roxanna sich darüber weitere Gedanken machen konnte, trat Cain aus dem Zelt. Er hatte sich ein paar Tage lang nicht rasiert und sah aus wie ein Pirat. Und der Blick, den er jetzt auf seiner Frau ruhen ließ, war nicht zu enträtseln.

Cain nickte Weidenbaum zu, blieb bei Roxanna stehen und forderte: »Wenn das Wasser kocht, bring mir einen Napf. Ich will mich rasieren.« Dann ging er weiter hinunter zum Fluss.

Roxanna knirschte mit den Zähnen, doch Weidenbaum schien an diesem Befehl und der Tatsache, dass Cain in typisch männlicher Überheblichkeit davon ausging, dass er befolgt werden würde, nichts zu finden. Die Frauen der Cheyenne waren es gewohnt, viele einfache Handreichungen für ihre Männer zu erledigen. Roxanna wusste, dass das auch für weiße Frauen zutraf, fand aber, es schade nichts, wenn der betreffende Mann ein wenig Höflichkeit an den Tag legte und seinem Befehl zumindest ein ›bitte‹ hinzufügte!

Mit dem Napf voll heißem Wasser in der Hand begab Roxanna sich auf die Suche nach Cain. Sie fand ihn an der Flussbiegung, wo er sich gerade nach einem erfrischenden Bad im eiskalten Wasser abtrocknete.

Er lächelte, als sie ihre Augen abwandte, während er seine Hose schloss. »Du erinnerst dich wohl gerade an unsere letzte Begegnung am Wasser«, neckte er. »Ich dachte eigentlich, ich hätte dich von solch jungfräulicher Schüchternheit kuriert.«

»Die Heirat mit dir hat mich von mehr kuriert als nur von meiner Schüchternheit!«, entgegnete sie scharf, und es fiel ihr schwer, dem Drang zu widerstehen, ihm das heiße Wasser ins Gesicht zu schütten.

Sie wandte sich zum Gehen, aber Cain griff nach ihrem Handgelenk. »Bleib und leiste mir Gesellschaft!«

Seine Stimme klang nun schmeichlerisch; sanfte, verführerische Töne, bei denen ihr sofort der Mund trocken wurde. »Warum machst du das? Sieht Viel meinte, du müsstest bis nach der Zeremonie enthaltsam sein.«

»Er sagte, das sei das Beste. Er sagte nicht, Enthaltsamkeit sei Pflicht.« Cain berührte eine Haarsträhne, die sich aus Roxannas Zopf gelöst hatte. »Halte mir den Spiegel, während ich mich rasiere.«

Er wusste nur zu genau, was er ihr da zumutete, und auch sein Griff um ihr Handgelenk lockerte sich nicht, während er auf ihre Antwort wartete.

»Also gut!«, erwiderte sie und nahm den kleinen Spiegel aus poliertem Metall, den er ihr hinhielt.

Da ließ er sie mit einem schiefen Grinsen gehen, hockte sich neben einen flachen Felsen, auf dem er seine Satteltaschen abgelegt hatte, und entnahm den Taschen einen Rasierer und

Seife. Mithilfe des warmen Wassers schäumte er die Seife zu steifem Schaum auf, den er auf seinen Bartstoppeln verteilte. Er bedeutete Roxanna, ihm den Spiegel nah ans Gesicht zu halten, und machte sich an die Arbeit.

Ganz dicht bei ihm hockte die junge Frau auf der Felskante und lauschte den leisen, schabenden Geräuschen der scharfen Klinge. Es dauerte nicht lange, da konnte sie nicht anders und musste hochsehen. Mit jeder Handbewegung legte Cain einen weiteren Streifen weicher bronzefarbener Haut frei, und Roxannas Finger kribbelten: Zu gern hätte sie diese Haut berührt. Wie gut sie sich an die feste, warme Haut an seinem Kinn erinnerte! Wie oft sie neben ihm gelegen hatte, um mit den Fingerspitzen über seine hohen, fein gemeißelten Wangenkochen zu fahren, die dichten schwarzen Augenbrauen entlangzustreifen, den großen, sinnlichen Mund ...

Gerade als Cain die Klinge ein letztes Mal ansetzte, erzitterte der Spiegel, und der junge Mann legte den Rasierer beiseite. Roxanna ließ den Spiegel sinken und drückte ihn mit bebenden Fingern an ihren Rock. Die Gesichter der beiden jungen Leute waren nur Zentimeter voneinander entfernt, und sie sahen sich verlangend in die Augen. Cain hob die Hand und legte sie an Roxannas Wange. »Du hast mir die letzten Wochen so gefehlt, mehr, als ich mir je hätte ausmalen können, Roxanna, ich ...«

Plötzlich waren im Dorf laute Schreie zu hören. Zu gern hätte Roxanna gehört, was Cain sagen wollte, doch er verstand, was da auf Cheyenne gerufen wurde, und wandte sich mit einem besorgten Ausdruck dem Dorf zu.

»Was rufen die Leute? Worum geht es?«

»Gerade bringt man Seine Augen Sind Kalt ins Dorf!«

»Deinen Vater? Was um Himmels willen macht Andrew Powell hier in Colorado, hunderte von Meilen von der östlichsten Trasse der Central Pacific entfernt?«

»Das weiß ich nicht genau ...«, erwiderte Cain, aber er hatte durchaus eine leise Ahnung.

Widerstrebend folgte Roxanna Cain ins Dorf. Der junge

Mann ging wie ein nervöser Puma, der nach allen Seiten hin Witterung aufnimmt, während er sich an seine Beute anschleicht. Was würde Lederhemd mit dem Mann anstellen, der seine Tochter entehrt und seinen Enkelsohn verlassen hatte? Was würde Cain tun? Eine bange Vorahnung überfiel die junge Frau.

Zwei Mitglieder der Kriegergemeinschaft der Hundesoldaten hatten Powell die Hände auf dem Rücken gefesselt. Sie stießen ihn grob vor sich her, aber es gelang dem Mann, nicht in die Knie zu gehen. So stand er fest auf beiden Beinen, als er bei dem alten Häuptling ankam, der mit unbeweglichem Gesicht, beide Arme vor der Brust verschränkt, vor seinem Zelt im Mittelpunkt des Dorfes auf ihn wartete. Was Lederhemd dachte, ließ sich seinem wie aus Stein gemeißelten Gesicht nicht entnehmen. Roxanna erinnerte sich an ihre Empfinden, als man sie vor den Häuptling gebracht hatte – ein Erlebnis, das sie so schnell nicht wieder vergessen würde.

Andrews teure Reithosen aus Köper starrten vor Schlamm und Staub, und das Hemd hing ihm in Fetzen um den Körper. Aus dem einen Winkel seines aristokratischen Mundes sickerte ein dünnes Rinnsal Blut, und die dichte Mähne aus stahlgrauem Haar klebte ihm dicht und verschwitzt am Kopf, wobei ihm einige Locken in die Augen fielen. Da er sie sich nicht aus dem Gesicht streichen konnte, pustete er sie beiseite und stand dann so arrogant und selbstsicher vor Lederhemd, als führte er gerade den Vorsitz bei einer Aufsichtsratsversammlung in San Francisco.

Lederhemd und Powell waren gleich groß; beide Männer waren hoch gewachsen und schienen trotz ihres Alters auf dem Höhepunkt ihrer Kräfte zu sein. Schweigend standen sie einander gegenüber, und der Blick der kalten blauen Augen ruhte herausfordernd auf den abgrundtief schwarzen des anderen. Zwischen ihnen hing fast körperlich spürbar der Hass, den sie füreinander empfanden. Eine aufgeregte Menge hatte sich um die zwei Männer versammelt, und die Blicke der Menschen glitten zwischen dem Häuptling und dessen Gefangenen hin und her.

Schließlich brach Lederhemd das Schweigen und bemerkte auf Cheyenne: »Nun endlich bist du zurückgekommen. Zu spät, um deiner Frau das Totenlied zu singen.«

»Ihretwegen bin ich nicht hier. Ich weiß, dass sie tot ist«, erwiderte Powell kalt auf Englisch.

»Dann war es unklug von dir, wieder in unser Land zu reiten. Kornblumenfrau hätte um dein Leben gebeten, niemand sonst wird es tun.«

»Ich bin jetzt bei den Weißen ein mächtiger Mann. Wenn du mich umbringst, werden die Blauröcke kommen, um mich zu rächen. Zusammen mit euren Kriegern werden dann auch Frauen und Kinder sterben. Die Soldaten werden eure Zelte verbrennen und alle Menschen, die am Ende noch leben, zusammentreiben und in ein Reservat im heißen Süden das Landes bringen.«

»Die Männer, die mit dir geritten sind, sind alle tot. Wenn ich dich töte, wer wird in der Weite dieses Landes je deine Leiche finden?« Lederhemd wies auf die Prärie rings um das Dorf und fügte eiskalt hinzu: »Der Bussard wird dir das Fleisch von den Knochen lösen, und wer erkennt dann den mächtigen Powell?« Auf dem Gesicht des Häuptlings tauchte kurz so etwas wie Befriedigung auf. »Tote Knochen sehen alle gleich aus, ob rot oder weiß.«

Wenn diese Worte Powell hatten einschüchtern sollen, so ließ sich dem arroganten Blick, mit dem dieser unverwandt auf Lederhemd starrte, nicht entnehmen, ob sie ihr Ziel erreicht hatten. Der alte Schweinehund ist ein verflucht guter Pokerspieler!, dachte Cain grimmig. Er hatte die Unterhaltung der beiden Männer verfolgt, neugierig, was sein Großvater wohl vorhaben mochte, noch neugieriger darauf zu erfahren, was seinen Vater in die Wildnis gebracht haben mochte.

»Dann solltest du dich an die Knochen von Roten gewöhnen, denn viele von ihnen werden auf den umliegenden Bergen in der Sonne bleichen, wenn du mich nicht freilässt«, konterte Powell so ruhig, als verhandelte er mit irgendeinem Hinterwäldler über Wegerechte. »Ich bin immer noch Händler, und jetzt bin ich ein reicher Mann. Ich kann Geschenke bringen – Whiskey, Gewehre, Zucker, Kaffee. Was du willst.«

»Diesmal kannst du dir den Weg nicht freikaufen, Powell«, warf Cain ein und trat zwischen Großvater und Vater.

Einen Augenblick lang bröckelte Andrew Powells Fassade, doch dann hatte er sich wieder unter Kontrolle und wandte sich seinem halb indianischen Sohn zu. »Was zum Teufel machst du denn hier?«

Ohne dass er es gewollt hätte, hoben sich Cains Augenbrauen in einer Geste, die der seines Vaters aufs Haar glich, und er betrachtete den älteren Mann kritisch. »Dasselbe könnte ich dich fragen. Ein ziemlich weiter Ritt vom östlichsten Endbahnhof der Central Pacific bis hierher.«

Die beiden Männer starrten einander an, anders als zuvor Powell und Lederhemd, wenn auch der Hass zwischen ihnen ebenso greifbar war. Cain betrachtete den Vater eher spöttisch, nicht so sehr herausfordernd, und Roxanna sah fasziniert zu, wie Cain beleidigend langsam einmal um Powell herumging. Mit angehaltenem Atem wartete die junge Frau auf die Reaktion des stolzen Eisenbahnbarons.

»Ich habe mein Gründe dafür, hier zu sein.«

»Ausreichend Gründe, um dein Leben aufs Spiel zu setzen? Mein Großvater wird dich umbringen, das weißt du, nicht wahr?«, entgegnete Cain so munter, als wäre dieser Satz lediglich sein Beitrag zu einer lockeren Unterhaltung.

Powells Augenbrauen hoben sich. »Großvater? Ich dachte man hätte dich verbannt. Ich ging eigentlich davon aus, dass du hier ebenso wenig willkommen bist wie ich. Immerhin hast du den Lieblingsenkel des alten Mannes ermordet.«

»Seine Verbannung ist aufgehoben«, erwiderte Lederhemd in einem Ton, den man nur als überheblich bezeichnen konnte. »Nun sucht er nach einer Vision, die ihm sagen wird, wer er wirklich ist. Einsamer Bulle hat sich zum Fest der Lebenshütte verpflichtet.«

Einen Moment lang wirkte Powell völlig verblüfft. »Den Sonnentanz?«, fragte er, an Cain gewandt. »So also enden all deine Versuche, weiß zu werden! Ich habe ja immer gewusst, dass dein Bastardblut siegen wird«, meinte er voller Verachtung.

In Powells Stimme schwang nicht nur Hohn mit, sondern auch Wut, das hörte Roxanna genau. Auch Lederhemd bemerkte diese Wut und lächelte breit. Cain selbst stand immer noch stocksteif, sein Gesicht eine ausdruckslose Maske, zu der nun die Blicke der beiden älteren Männer zurückkehrten.

Sie sollen beide zur Hölle fahren!, dachte Cain. Lederhemd tat Powell gegenüber so, als wäre Cain zu uraltem Aberglauben zurückgekehrt, nur um seinem Vater eins auszuwischen. Powell war wütend, dass einer seiner Söhne – und sei es der missachtete, ungeliebte – es wagen konnte, sich auf barbarische, unzivilisierte Sitten einzulassen. Sollte Cain all die Jahre die wirksamste Art außer Acht gelassen haben, sich an Powell zu rächen? Wenn er dafür nur nicht seine Seele verkaufen müsste! Als Cain seinem Vater antwortete, lag ein wildes, ungezügeltes Lächeln auf seinen Lippen. »Ich habe meine Gründe, genau wie du!« Seine Augen blieben einen Moment lang auf Roxanna ruhen, dann drehte er sich abrupt um und schritt langsam davon.

Lederhemd machte keine Anstalten, ihn aufzuhalten. Der Häuptling wandte seine Aufmerksamkeit wieder Powell zu, der gerade dabei war, Roxanna zornig zu mustern, und verkündete: »Wir werden gemeinsam zusehen, wie dein Sohn seinem Volk ein Opfer bringt. So werden wir sehen, ob er das Herz eines Cheyenne hat oder das Herz eines Raubtiers, wie du eines bist.« Er nickte den Hundesoldaten zu, die Powell ergriffen und in ein Zelt schleppten, wo sie ihm die Füße fesselten, sodass er auf dem nackten Boden kauern musste.

An diesem Nachmittag schlugen die Dorfbewohner ihr Lager ab. Die Frauen zerlegten die Tipis aus Büffelhäuten und banden die Zeltstangen zu Transportschlitten, auf die sie all ihren in große Taschen aus Rohleder verpackten Besitz luden. Jugendliche bewachten die Ersatzpferde ihrer Familien, während die kleinen Kinder, zwischen Felle und Bündel gezwängt auf den Transportschlitten reisten. Die meisten Frauen und älteren Männer trotteten in einer langen Reihe zu Fuß gen Norden, dorthin, wohin die Büffel vor dem Lärm und Gestank des weißen Mannes geflohen waren. Sie würden die verhasste Trasse des Eisenpferds kreuzen müssen, um ihr Ziel tief im weit offenen Becken der Medicine Bows zu erreichen.

Die berittenen und schwer bewaffneten Führer der Kriegergemeinschaften führten den Zug an, während andere Krieger die Nachhut bildeten. Sie alle hielten unermüdlich Ausschau nach Spuren und Anzeichen von Feinden.

Roxanna hatte kein eigenes Pferd mehr, denn die Begleiter, die ihr Lawrence für den Weg in das Cheyennedorf mitgegeben hatte, hatten Pferd und Sattel anschließend wieder mitgenommen. Die junge Frau ritt daher auf einem der lebhaften Ponys der Cheyenne, das man mit einem hölzernen, für ihr empfindliches Hinterteil äußerst unbequemen Sattel versehen hatte. Cain saß auf seinem großen Kastanienbraunen und erwies sich wieder einmal als ebenso anmutiger und geschickter Reiter wie seine Cousins, die Cheyenne-Krieger. Andrew Powell, der Gefangene, ging hinter Lederhemd Pferd, seine gefesselten Hände sorgsam an eine lange Lederschnur geknüpft, die der Häuptling in Händen hielt.

Obwohl der Mann Roxanna zutiefst zuwider war, wollte sie doch nicht gewollt, dass ihm ein Leid zugefügt wurde. Was die Drohung betraf, die er Lederhemd gegenüber ausgesprochen hatte, so ließ sich diese nicht einfach von der Hand weisen. Sobald sein Verschwinden bekannt wurde, würde die Armee mit aller Gewalt gegen die Cheyenne vorgehen. Roxanna drückte ihrem Pony die Fersen in die Seite, um Sieht Viel einzuholen.

»Was hat Lederhemd mit dem Vater meines Mannes vor?«, fragte sie.

»Die beiden sind uralte Feinde. Ich weiß nur, dass mein Bruder erfreut darüber ist, dass Seine Augen Sind Kalt sehen wird, wie sein Sohn das Fest der Lebenshütte begeht.«

»Du meinst, er ist erfreut, weil er ihm Cain weggenommen hat.«

Sieht Viel nickte. »Du bist für deine Jahre sehr weise, meine Tochter.«

Roxanna freute sich über das Lob, sorgte sich aber weiterhin um ihren Schwiegervater. »Wenn Lederhemd Powell tötet, wird das viel Leid über euer Volk bringen.«

»Was du sagst, ist wahr.« Weiter wollte sich der alte Mann dazu nicht äußern.

Am zweiten Abend schlugen sie das Lager an einem flachen Strom auf, der in herbstlicher Trägheit über die vom Wasser abgeschliffenen Steine plätscherte. Das weit offene Tal, in dem sie sich nun befanden, war an drei Seiten von den steilen Felsen der Medicine Bows umstellt. Über dem Tal wölbte sich wie eine Kuppel ein strahlend azurblauer Himmel, an dem in dieser Nacht Millionen hell leuchtender Sterne prangten. Der schwere Duft der dicken, hohen Präriegräser mischte sich mit dem appetitlichen Aroma der Antilopen, die, gerade erlegt, über den Lagerfeuern gebraten wurden.

Auch auf der Reise schliefen sie so wie im Dorf: Roxanna bei den Frauen, Cain auf der anderen Seite des Feuers bei seinem Onkel. In der Morgendämmerung standen alle auf und brachen das Lager ab, wobei jeder der Gruppe die ihm zugeteilten Aufgaben so rasch und präzise ausführte, als wäre die ganze Sache von einem Armeegeneral geplant und organisiert. Nach einer einfachen, aus einer warmen Hafergrütze bestehenden Morgenmahlzeit zogen sie weiter.

Kurz vor Mittag hob Sieht Viel die Hand, und Lederhemd gab den Befehl zum Halten. Die Führer der Kriegergemeinschaften richteten sich auf ihren Pferden auf, und die lange

Reihe geduldig reisender Menschen wurde von freudiger Erwartung ergriffen.

»Was ist?«, fragte Roxanna Lerchenlied.

»Spürst du es nicht? Steig vom Pferd, fühle die Erde«, antwortete diese und scharrte mit ihren Mokassins im Staub.

Auch Roxanna spürte die Vibrationen, noch ehe der leise, grummelnde Lärm durch das Tal hallte. Dann zeichneten sich im Nordwesten am Horizont winzige kleine Punkte ab, eine dünne, unterbrochene Linie, die immer deutlicher wurde.

Weidenbaum und Lerchenlied unterhielten sich aufgeregt in ihrer eigenen Sprache und ließen dann Geht Aufrecht in gebrochenem Englisch an ihrer Unterhaltung teilhaben. »Große Büffelherde. Viel Segen. Die Mächte froh über Schwur von Einsamer Bulle.«

Die Büffelherde mochte einige zehntausend Tiere stark sein, was in diesem Jahrzehnt in den High Plains kein alltäglicher Anblick war. Ein riesiges, wogendes braunes Meer bewegte sich langsam westlich und nördlich von den Cheyenne, schlug einen Kreis, brach diesen auf und fügte sich in der riesigen Schüssel, die das Tal war, zu immer neuen Mustern zusammen.

Zuerst befürchtete Roxanna, sie würden in der doch auch Furcht erregenden Masse aus Hörnern und Hufen gefangen und zu Tode getrampelt werden, aber sobald die großen struppigen Tiere den Geruch der Menschen in die Nase bekamen, zogen sie sich zurück und schlugen immer wieder einen großen Bogen um die Gruppe der Cheyenne. Den ganzen Tag lang reisten die Menschen durch die Büffelherde hindurch und schlugen am ersten der Hügel im Nordosten ihr Lager auf. Hier floss ein klarer Fluss, breiter als alle, die sie bis dahin gequert hatten. Er kam von den schneebedeckten Bergen, und die dichten Pappeln und Weiden an beiden Flussufern boten ein grünes, üppiges Bild.

Sieht Viel verkündete das Ende der Reise.

Kapitel 20

»Was machen sie da drin?«, fragte Roxanna Weidenbaum. Sieht Viel und Cain hatten sich an diesem Morgen bei Sonnenaufgang in ein Zelt zurückgezogen, das Roxannas Cheyennefreundin als das ›Zelt des Alleinseins‹ bezeichnete. Nun stand die Sonne hoch am Himmel, und die Frauen hatten die unzähligen Arbeiten beendet, die immer anfielen, wenn ein neues Dorf aufgebaut wurde.

»Sie bereiten sich vor, schwitzen, beten zum Großen Geist«, erklärte Weidenbaum. »Sie müssen allein sein. Niemand sonst geht ein oder aus.«

Roxanna sah, dass aus dem Abzug an der Spitze des Zeltes dichter Rauch drang. Bis auf diese kleine Öffnung war das Zelt trotz des warmen Herbstwetters dicht verschlossen, die Männer darin von der Außenwelt abgeschnitten. Ein wenig belustigt dachte Roxanna, dass Cain bestimmt sehr schwitzte, bezweifelte aber, dass er auch betete. Als sein Lehrer beim Fest der Lebenshütte würde Sieht Viel seinen Neffen darauf vorbereiten, in die Welt der Visionen einzutreten.

Kurz zuvor waren die Führer der verschiedenen Kriegergemeinschaften – Elch, Fuchs, Hund und Bogensehne – aus dem Lager geritten. Das ganze Dorf hatte sie lautstark verabschiedet und ihnen viel Erfolg gewünscht, wobei die Frauen hohe, trillernde Rufe ausgestoßen und die Kinder aufgeregt und freudig in die Hände geklatscht hatten. Einige Männer hatten sich als Zeichen ihrer Hochachtung für die jungen Krieger mit der Faust auf die Brust geschlagen. Roxanna wusste, dass die Krieger losgeritten waren, um die Zeltstangen für die Lebenshütte zu schlagen, ein großes Gebäude, das im Laufe des Vormittags errichtet werden sollte.

Sieht Viel hatte Weißeulenfrau zur Trägerin des heiligen Büffelschädels bestimmt, der in der Zeremonie eine Rolle spielte. Weißeulenfrau war Wieselbärs Mutter, und Roxanna hatte die Wahl mit einiger Verwunderung zur Kenntnis genommen. Sicher hasste Weißeulenfrau Cain doch, denn die Feindschaft zwischen den beiden jungen Männern hatte schließlich dazu geführt, dass ihr Sohn aus dem Dorf verbannt worden war. Aber am Abend zuvor, als Sieht Viel ihr die ehrenvolle Aufgabe übertragen hatte, hatte die Frau ehrlich erfreut gewirkt und Cain »Cousin« genannt, die formelle Art, in der man bei den Cheyenne jemanden anredete, der im Volk geachtet ist. Anscheinend hatte das Verhalten ihres Sohnes Weißeulenfrau ebenso beschämt wie viele andere im Stamm auch. Dass einige junge Hitzköpfe Wieselbär in die Verbannung gefolgt waren, war schlecht für das ganze Dorf. Die bevorstehende Zeremonie würde die Gemeinschaft erneuern und zusammenschweißen, und so waren alle dem Mann dankbar, der sich verpflichtet hatte, das Ritual auf sich zu nehmen.

Es dauerte nicht lange, dann war die hohe Pappel gefällt, die den mittleren Pfeiler der Lebenshütte bilden sollte. Man fällte auch einige weniger hohe Bäume, die das große Gebäude an den Seiten stützen sollten, und dann zogen die Krieger die Stämme an Seilen hinter sich her ins Lager, wo sie mit großer Freude begrüßt wurden. Alle hatten ihre Tagesarbeit beiseite gelegt und feierten nun die Errichtung des Tipis. Unter Lederhemds Leitung richteten die Führer der Kriegergemeinschaften den zentralen Pfosten im Mittelpunkt der Lichtung auf, um die herum die anderen Zelte in gewohnter Ordnung standen, alle mit dem Eingang nach Osten.

Roxanna und Weidenbaum saßen im Schatten ihres Zeltes und sahen zu, wie die Lebenshütte Formen annahm. »Sie ist viel größer als die anderen Zelte«, bemerkte Roxanna.

»Damit die Krieger singen und tanzen können«, erklärte Weidenbaum und wies dabei auf das Innere der Hütte.

Anscheinend durften ein paar auserwählte Glückliche Zeugen sein, ja sogar mit Cain und Sieht Viel an der Zeremonie teilnehmen. Man hatte Roxanna bereits erklärt, dass Cain, da er den Schwur abgelegt hatte, während der Zeremonie vier Tage lang weder essen noch trinken durfte. Angesichts der Tatsache, dass der Herbst noch einmal sehr warm geworden war, bereitete dieses Fasten der jungen Frau Sorge, aber ihre Freundinnen versicherten ihr, dass viele Krieger sich der Härte dieses Rituals unterworfen hatten, ohne schlimme Schäden davonzutragen. Und trotzdem sprachen alle von dem ›großen Schmerz‹, den Einsamer Bulle für sein Volk ertragen würde, und das verunsicherte Roxanna. Ihre Augen flogen immer wieder hinüber zum ›Zelt des Alleinseins‹, in dem Cain einen sicher sehr langen und anstrengenden Tag verbrachte.

Nun war die große Festhütte mit Seitenwänden aus Lederhäuten versehen worden, und einige Dorfbewohner kamen, um die heiligen Gegenstände zu bringen, die ihnen anvertraut waren. Lederhemd und Sieht Viel, der Cain im ›Zelt des Alleinseins‹ zurückgelassen hatte, beaufsichtigten das Anordnen der Gegenstände. All dies wurde von Trommeln und leisen Gesängen begleitet, und ganz zum Schluss trat die in eine kunstvoll bestickte Tunika aus Rehleder mit dazu passender Hose bekleidete Weißeulenfrau an die Seite des ›Zelts des Alleinseins‹. Sieht Viel gesellte sich zu ihr und hob das Fell, das den Zelteingang verschloss, woraufhin die ältere Frau das Tipi betrat.

Bald darauf kam sie wieder heraus und hielt die am stärksten verehrte Trophäe des Stammes in Händen, die für die kommende Zeremonie von entscheidender Bedeutung war: den Schädel eines riesigen Büffelbullen. Fast weiß schimmerte der Schädel in der strahlenden Sonne, als Weißeulenfrau ihn über die Lichtung bis hin zur Lebenshütte trug. Da Roxanna kein Mitglied des Stammes war, durfte sie die Medizinhütte nicht betreten, aber Sieht Viels Enkelinnen erklärten ihr, dass Weißeulenfrau den Schädel an der Wand platzieren würde, die dem nach Osten weisenden Eingang der Hütte gegenüberlag.

Weißeulenfrau trat wieder ins Freie, und nun war alles für

den Mann bereit, der sich dem Ritual unterziehen wollte; alle Augen richteten sich erwartungsvoll auf das ›Zelt des Alleinseins‹. Voller Respekt warteten der alte Lederhemd und die anderen Führer vor der Lebenshütte. Begleitet von den Gesängen der anderen hob Sieht Viel noch einmal das Fell über dem Eingang des Zeltes an, in dem Cain wartete. Dann trat der alte Mann beiseite und hielt die schwere Büffelhaut hoch, um den zu ehren, der sich dem Fest der Lebenshütte verpflichtet hatte.

Roxanna bahnte sich einen Weg durch die Menge hoch gewachsener Männer, begierig, einen Blick auf Cain zu werfen – den ersten, seit die Zeremonie begonnen hatte. Als ihr Mann nun ans Licht trat, stieß sie einen kleinen, erschrockenen Laut aus. Sie hatte sich nicht vorstellen können, dass Cain, der sein Leben lang danach gestrebt hatte, weiß zu sein, so ganz und gar indianisch aussehen konnte. Sein langer bronzefarbene Körper war fast nackt, lediglich um die Hüfte trug er einen Lendengurt geschlungen. Gesicht, Brust, Arme und Beine waren mit scharlachroten Strichen und geometrischen Mustern verziert. Das Haar war zwar viel kürzer als das der anderen Männer, hatte aber einige Zeit keinen Friseur mehr gesehen und hing ihm fast bis auf die Schultern. Lange, mit Perlen bestickte Ohrringe sowie mit Federn geschmückte Arm- und Beinringe vollendeten die Kleidung eines Prärieindianers.

Roxanna sah ihren Mann durch die Menge hindurch auf die Lebenshütte zugehen und musste sich auf die Lippen beißen. Mit einem Mal hatte sie Angst vor dem, worum sie ihn gebeten hatte. Wie sehr ihm dies alles zuwider sein muss!, dachte sie. Cain sah weder nach links noch nach rechts, sondern starrte versteinert geradeaus, als er an den anderen vorbeiging. Nur vor Roxanna verlangsamte er fast unmerklich seinen Schritt, und beider Augen trafen sich in einem kurzen, leidenschaftlichen Blick.

Da siehst du, wozu du mich gemacht hast!, schien er zu sagen.

Dann war er fort, er verschwand mit den anderen Feiernden in der großen Hütte. Starr und voller Reue stand Roxanna in der Menschenmenge, die sich an ihr vorbeidrängte und sich um die Lebenshütte scharte, um möglichst genau alles mitzubekommen. »Was habe ich nur getan?«, flüsterte die junge Frau.

Sie stand eine Weile und starrte auf die Hütte, bis sie spürte, dass jemand sie beobachtete. Als sie sich umdrehte, traf ihr Blick auf die durchdringend blauen Augen Andrew Powells. Die Hände des älteren Mannes waren gefesselt, und zwei junge Hundekrieger hielten ihn bei den Armen. Seine kalten Augen ruhten unverwandt auf Roxanna, während ihn seine Wächter näher an die Hütte heranführten. Lederhemd hatte offensichtlich vor, den Mann zusehen zu lassen, wie sein Sohn den Sonnentanz beging.

»Sie haben einen Wilden geheiratet. Nun ist es ein wenig spät, das zu bereuen.« In Powells Tonfall mischte sich Mitleid mit Herablassung.

»Sie sind hier der Einzige, der etwas zu bereuen hat, Mr. Powell. Ihr Sohn weist Ihren Einfluss zurück, indem er an diesem heiligen Ritual teilnimmt.«

Andrews zuckte leicht zusammen – sein Gesicht wurde starr, erst vor Erstaunen, dann vor Wut. »Heiliges Ritual! Nichts anderes als ekelhafter barbarischer Aberglauben wird hier zelebriert. Ich muss zugeben, dass es mir schwer fiel, mir vorzustellen, wie eine in der feinen Gesellschaft erzogene junge Dame den Anblick eines Sonnentänzers ertragen kann, aber scheinbar sind auch Sie jetzt eine Cheyenne geworden.« Wütend blieb der Blick des älteren Mannes an Roxannas Hirschlederhemd und der Hose hängen. »Nun – eigentlich auch kein Wunder, wenn nur die Hälfte von dem stimmt, was Mrs. Darby über Ihre zweifelhafte Karriere berichtet. Sie sind Hochstaplerin und von daher für einen Mann wie Cain genau das Richtige.«

»Das nehme ich als Kompliment, auch wenn ich weiß, dass Sie es nicht so gemeint haben«, erwiderte Roxanna und ließ sich ihren Schock über das, was Andrew über Isobel gesagt hatte, nicht anmerken. Ob und wann ihre wahre Identität ans Licht kam, hatte keine Bedeutung mehr – angesichts dessen, was sich hier in der Lebenshütte ereignete. »Sie haben zwei wunderbare Söhne, doch Sie schätzen ja weder den einen noch den anderen.«

Zorn huschte über Powells Gesicht, der dann jedoch in müde Gleichgültigkeit überging. »Ich hatte immer nur einen Sohn, Cain habe ich nie als Sohn anerkannt.«

»Und nun erkennt er Sie nicht mehr an. Das macht Ihnen etwas aus, nicht wahr?«

Powells Gesicht rötete sich und Roxanna erkannte, dass der Schlag gesessen hatte, doch ehe Powell antworten konnte, bemerkte einer der Hundesoldaten etwas auf Cheyenne, woraufhin die beiden jungen Krieger Powell fortschleppten und ihn zwangen, sich in der Nähe der Hüttentür auf den Boden zu setzen, wo er in der Lage sein würde, alles genau mitzubekommen. Lederhemds Rache würde süß sein. Zutiefst verwirrt ging Roxanna wieder hinüber zu den anderen Frauen.

Das Tanzen, Trommeln und Singen ging den ganzen Tag weiter, begleitet von schrillen Tönen aus Pfeifen, die man aus Adlerknochen geschnitzt hatte und mit denen einige Krieger ihren Tanz begleiteten. Als es richtig dunkel war, verließen Sänger und Tänzer einer nach dem anderen die Hütte, bis nur noch Cain und sein Lehrer Sieht Viel dort verblieben. Nach einer Weile tauchte auch Sieht Viel auf. Roxanna hatte vor Sieht Viels Zelt einsame Nachtwache gehalten. Der alte Schamane kam näher, und Weidenbaum bot ihm einen Napf Eintopf an. Den ganzen Tag über hatten Frauen aus dem Dorf Festtagsspeisen für die Feiernden zubereitet – nur nicht für den, der sich zum Sonnentanz verpflichtet hatte und nun fasten musste.

Dankbar nahm Sieht Viel den Eintopf an und setzte sich neben Roxanna. »Hast du gegessen, Tochter?«, fragte er.

Sie schüttelte den Kopf: »Das war mir nicht möglich.«

Sanft berührte er ihre blasse Hand mit seiner knochigen dunklen. »Alles wird gut sein. Du musst keine Angst um ihn haben. Bereits jetzt zeigt er ein gutes und tapferes Herz. Hörst du die Trommel?«

»Ja. Tanzt immer noch jemand in der Hütte?«

Der alte Medizinmann lächelte stolz und strahlend. »Das ist Einsamer Bulle.«

»Ich ... das verstehe ich nicht. Ich dachte ...«

»Du hattest Angst, er könne dir zürnen, und vielleicht zürnt er dir auch, aber sein Zorn wird nicht andauern, wenn er erst einmal die Wahrheit seiner Vision erkannt hat. Ich habe ihn dazu gebracht zu verstehen, was das alles hier für unser Volk bedeutet – dass das Opfer der Lebenshütte mit einem starken Herzen dargebracht werden muss. Daher wird er die Nacht über tanzen, allein. Das erfreut die Mächte sehr.«

»Und auch die Menschen, die so sein Herz erkennen.«

»Genau.«

Erschöpft, doch auch ein wenig hoffnungsvoller lag Roxanna in dieser Nacht auf ihrem Lager. Vielleicht verhalf dieses Ritual Cain zu einer Versöhnung mit seiner Familie und den anderen Mitgliedern seiner Gruppe. *In meinem Herzen bin ich bei dir, mein Geliebter. Sei stark. Möge es dir gut ergehen.*

»Hier sind sie hinübergewechselt, Colonel. Vielleicht drei, vier Tage vor uns«, erklärte der Späher, der am schlammigen Ufer des Little Laramie hockte.

Dieser Pawnee hatte etwas an sich, das Riccard Dillon unruhig stimmte. Er war mit einem von Major Frank North unterzeichneten Papier gekommen, das ihn und drei seiner Männer Dillon zuordnete. North und sein Bataillon aus Pawnee-Kriegern war berühmt für die Hilfe, die es der Kavallerie bei der Befriedung der Cheyenne und Sioux zuteil werden ließ. Die Männer hier schienen auch auf jeden Fall gute Spurenleser zu sein, aber irgendwie sahen sie einfach nicht wie

Pawnee aus. Zu hoch gewachsen, die Gesichter nicht flach genug.

Vielleicht sehe ich auch nur Gespenster, weil wir den alten Lederhemd und MacKenzies Enkelin verloren haben. Jubal MacKenzies Telegramm, in dem dieser ihm mitteilte, Alexa Cain sei Lederhemds Gefangene, hatte Dillon maßlos erstaunt. Immerhin war Cain ihm eine Woche zuvor zufällig über den Weg gelaufen, und das Halbblut hatte mit keinen Wort verlauten lassen, dass sich seine Frau irgendwie in Gefahr befand. Die ganze Sache war sehr merkwürdig, und Dillon fragte sich, was Cain wohl vorhaben mochte.

Dass er jetzt über die Pawnee-Späher verfügte, war ein Glücksfall. Sie hatten nur zwei Tage gebraucht, um Lederhemds Lager zu finden. Pech nur, dass die feindlichen Indianer weitergezogen waren, doch eigentlich war das bei deren Lebensweise auch nicht weiter erstaunlich. Dillon rechnete damit, die Gruppe innerhalb von ein paar Tagen wieder eingeholt zu haben.

Aber dann waren sie auf riesige Büffelherden gestoßen, die alle Spuren der Indianer unkenntlich gemacht hatten. Tagelang hatten sie die aufgewühlte Erde nach irgendwelchen Zeichen von Lederhemds Gruppe abgesucht und damit viel Zeit vergeudet. Nun endlich schien ihnen das Glück wieder hold zu sein. Dillon fragte sich, was Cain nun wohl gerade tun mochte. Hatte auch das Halbblut die Spur seiner Frau aufgenommen? Der Colonel konnte nur beten, dass die junge Frau es schaffte, bei den Wilden zu überleben, bis er sie retten konnte. Obwohl es natürlich für eine weiße Frau manchmal besser war, nicht lebend aus einem Indianerlager herauszukommen ...

»Also gut, Feuersteinpfeil, sag deinen Spähern, sie sollen voranreiten«, befahl Dillon.

Der ›Feuersteinpfeil‹ genannte ›Pawnee‹ lächelte hinterhältig, als er Wieselbär das Handzeichen zum Aufsitzen gab. Johnny Lahmes Pony konnte den Whiskey schon fast riechen.

Roxanna erwachte im Morgengrauen, als die beiden anderen Frauen sich erhoben und sich, in eine aufgeregte Unterhaltung vertieft, für den zweiten Tag der Zeremonie ankleideten. Dann eilten alle drei aus dem Zelt, gerade als die ersten lila- und orangefarbenen Streifen über die Berge im Westen kletterten. Die Männer, die man ausgewählt hatte, innerhalb der Lebenshütte am Ritual teilzunehmen, sangen ihren Morgengesang der Sonne entgegen. Dann gingen sie einer nach dem anderen in die Medizinhütte, und die Gesänge und das von den durchdringenden Lauten der Adlerpfeifen begleitete Tanzen begannen von neuem. Die Frauen waren auch an diesem Tag damit beschäftigt, festliche Mahlzeiten zuzubereiten – reichhaltige Eintöpfe, gebratenes Fleisch, köstliche Herbstfrüchte, die an diesem Morgen frisch gesammelt worden waren.

»Darf ich beim Kochen helfen?«, bat Roxanna. Sie war zu nervös, um einen weiteren Tag neben der Hütte zu verbringen und nichts anderes tun zu können, als sich Sorgen zu machen und sich zu fragen, wie es ihrem Mann wohl ergehen mochte.

Weißeulenfrau, die für das Essen zuständig war, nickte. »Einsamer Bulle macht seine Sache gut. Unser Cousin hat ein gutes Herz für sein Volk. Ich glaube, du auch. Du darfst den Mais für den Maisbrei mahlen«, erwiderte sie auf Cheyenne und wies auf einen Mörser und einen Stapel getrockneter roter Maiskolben.

Weidenbaum übersetzte die Worte der älteren Frau, und Roxanna war erleichtert, etwas Sinnvolles tun zu können. Das Lob von Weißeulenfrau stimmte sie glücklich, und sie bedankte sich stockend in deren eigener Sprache.

Der dritte Tag verlief nicht viel anderes als die beiden vorangegangenen. Roxanna arbeitete eifrig an den Kochfeuern, und später am Tag bat Weißeulenfrau sie, Essen für die Tänzer zur Lebenshütte zu tragen. Dieses Gebäude war von Menschen umzingelt, von denen einige sangen, andere einfach nur still und ehrerbietig dasaßen. Sieht Viel nahm das Essen an der Eingangstür ernst und schweigend entgegen. Andere Frauen, die ähnliche Gaben trugen, übergaben ihre Schalen jungen Kriegern, die diese ins Innere der Hütte schafften. Roxanna wartete mit den Frauen, denn sie war nicht sicher, was als Nächstes geschehen würde. Sie hätte sehr gern gesehen, was innerhalb der Hütte geschah, aber der Blick war ihr durch etliche Männer verstellt, die sich um den Eingang drängten.

Wenig später wurde das Essen, kaum berührt, wieder herausgereicht. Sieht Viel verteilte es unter den Männern und Frauen, die um die Hütte herumsaßen. Endlich kam er auch zu Roxanna und bot ihr eine Schale mit dunkelroten Pflaumen an. »Wirst du jetzt essen? Diese Nahrung ist mit der Heiligkeit der Lebenshütte gesegnet.«

Wie ein Sakrament, dachte Roxanna, der sofort die vielen Gemeinsamkeiten des christlichen Glaubens mit dem Glauben der Cheyenne auffiel. Cain hatte ihr erzählt, dass Enoch die Religion der Cheyenne bewundert hatte. Nun fing sie an zu verstehen, wie das möglich gewesen war. »Danke!«, erwiderte sie, nahm eine Pflaume aus der Schüssel an und biss in die süße, saftige Frucht.

Dann glitt ihr Blick hinüber zu Powell. Dieser starrte wie zu Stein erstarrt vor sich hin und nahm nicht am Essen teil. »Was geschieht mit ihm, wenn dies hier vorbei ist? Wird Lederhemd sich damit zufrieden geben, dass er Powell zwingen konnte, seinem Sohn hierbei zuzuschauen?«

»Du verstehst viel!«, bemerkte der alte Mann. »Aber letztendlich ist das, was diese beiden alten Männer empfinden mögen, nicht wirklich wichtig. Sie pflegen nur die Bitterkeit in ihren Herzen. Wichtig ist allein die Tatsache, dass Einsamer Bulle nicht mehr allein ist. Er hat den, der ihn von sich wies, nun seinerseits von sich gewiesen und festgestellt, dass seine wahre Familie hier ist. Und was das Schicksal von Seine Augen Sind Kalt angeht, so glaube ich nicht, dass Lederhemd ihn töten wird. Doch mein Bruder wünscht zu erfahren, was ihn nach all den Jahren hierher geführt hat. Vielleicht hatte er ja Schlimmes im Sinn.«

Roxanna dachte an die Banditen, die die Central Pacific

geschickt hatte, um die Arbeitstrupps der Union Pacific zu überfallen und deren Nachschubwege zu sabotieren. »Vielleicht hat es mit dem großen Wettrennen zu tun, das die Männer des Eisenpferdes veranstalten.« Sie erklärte Sieht Viel den Wettstreit und all die damit verbundenen hinterhältigen Aktionen, an denen Powell ohne Zweifel beteiligt war.

Sieht Viel hörte sehr genau zu. »Nach dem Fest der Lebenshütte werde ich dies alles mit meinem Bruder und Einsamer Bulle besprechen. Dann werden wir entscheiden, was unternommen werden soll.« Der Schamane erhob sich mit einer Beweglichkeit, die Roxanna immer wieder erstaunte, denn der alte Mann wirkte nach außen sehr schwach und zerbrechlich. »Morgen ist der heiligste Tag. Ruhe dich gut aus und bereite dich auf diesen Tag vor.«

Roxanna hätte gern gefragt, warum sie sich vorbereiten sollte. Was würde der morgige Tag bringen? Aber Sieht Viel verschwand rasch wieder in der Lebenshütte. Am Abend war Roxanna in der Tat ein wenig müde und kehrte zu ihrer Schlafstelle zurück, als der Mond, erhaben und golden, über den hohen Pappeln aufging, die den Fluss säumten. Zuerst schlief sie unruhig, erwachte oft vom ruhelosen Dröhnen der Trommel und dachte an Cain, der immer noch allein in der Hütte tanzte. Aus irgendeinem Grund war Sieht Viel in dieser Nacht nicht in das Zelt zurückgekehrt, das er mit den Frauen teilte. Das verunsicherte Roxanna, aber letztendlich sank sie doch in einen tiefen, traumlosen Schlaf.

Kurz vor der Morgendämmerung erwachte sie mit einem solch erstickenden Gefühl der Angst, dass es ihr schien, als drückte eine große unsichtbare Hand sie tief in die Felle ihres Lagers. Langsam setzte sie sich auf und versuchte, ihre verwirrten Sinne an die Dunkelheit zu gewöhnen. Die einsame Trommel war verstummt. Auf der anderen Seite des Zeltes schliefen Weidenbaum und Lerchengesang tief und fest. Der Schrecken war Roxanna derart tief in die Glieder gefahren, dass sie beschloss aufzustehen. Mit zitternden Händen streifte sie sich unbeholfen die Kleider über – sie musste einfach aus dem engen Zelt heraus, hatte aber keine Vorstellung, wohin sie sich wenden würde.

Als Roxanna ins Freie trat, färbte sich gerade der Himmel im Osten mit den ersten Graustreifen der Morgendämmerung. Niemand im Dorf rührte sich, als sie auf die große Medizinhütte zuging, zu der es sie unwiderstehlich hinzog, als könnte sie so das Leid ihres Mannes teilen. Wie schwach er wohl war, vor Hunger und Durst? Ob er einen weiteren Tag dieser Marter ertragen konnte?

Als sie die Lebenshütte fast schon erreicht hatte, trat Sieht Viele daraus hervor, als hätte er sie erwartet. Merkwürdig, dachte Roxanna, wie oft der Medizinmann Ereignisse vorauszuahnen scheint! »Ich komme mir wie ein Närrin vor, weil ich dich störe«, sagte die junge Frau leise. »Ruht sich mein Mann aus? Ich ... ich war besorgt um ihn. Die Trommel verstummte, und ich dachte ...«

»Dies ist keine Zeit der Ruhe für ihn. Die Zeit der Ruhe kommt heute Abend bei Sonnenuntergang.«

»Ich verspürte diese große, große Furcht. Ich wurde sogar wach davon. Zuerst dachte ich, es läge daran, dass ich ein Kind im Leib trage, aber die Angst schien so real, so körperlich bedrückend zu sein.« Sie wartete darauf, dass der alte Schamane ihr versicherte, alles sei in bester Ordnung, doch stattdessen wechselte dieser das Thema.

»Einsamer Bulle bereitet sich auf seine Vision vor. Am Ende des Tages wird diese Vision zu ihm kommen. In den Kriegergemeinschaften hat es einige gegeben, die der Meinung waren, einer, der halb weiß ist, dürfe sich der Lebenshütte nicht verpflichten. Sie meinten, sein weißes Blut würde die Mächte nicht erfreuen, und diese würden ihm die Vision vorenthalten. Sie fürchteten, es fehle ihm an Mut, zu fasten und zu tanzen, das letzte Opfer zu bringen. Schon jetzt wissen diese Männer, dass sie sich geirrt haben und versichern, sie hätten nie zuvor jemanden ein größeres Opfer für das Volk bringen sehen. Drei Tage lang hat er nachts nicht geruht, auch wenn er das gekonnt hätte. Er tanzte mit einem guten Herzen, er zeigte großen Mut. Nun wird er am Pfahl in der Mitte der heiligen Hütte schwingen.«

»Du hast mir den Tanz erklärt und das Fasten und auch die Vision, aber du hast nicht gesagt, was es bedeutet, am Pfahl zu schwingen.« Die Angst lastete womöglich noch schwerer auf Roxanna. Sie konnte sie nicht abschütteln.

»Du wirst es sehen. Die Häute, die die Wände der Hütte bedecken, werden heute Nachmittag aufgerollt, sodass alle in diesen letzten Stunden zusehen können, wenn seine Vision kommt.«

Auf der anderen Seite der Hütte, nahe der geöffneten Tür, begann ein leiser, wehklagender Gesang. Eine Frauenstimme, die mit jeder Note lauter und fremdartiger klang.

»Wer ist das?«

»Weißeulenfrau singt ein Lied, das das Herz von Einsamer Bulle in seiner Marter stärken und ihn bei seinem Opfer aufmuntern soll, sodass dieses dem Volk großen Segen bringt.«

Opfer. Marter. Roxanna verspürte ein merkwürdiges Gefühl im Nacken. Was genau würde heute vor sich gehen? Merkwürdigerweise mochte sie Sieht Viel keine weiteren Fragen mehr stellen, und dieser verschwand wieder in der Medizinhütte.

Nun ging die Sonne auf, in Rot und Gold gehüllt, und überall traten Menschen aus ihren Zelten. Das Ritual des Morgenliedes klang durchs Dorf. Und dann nahmen in der großen Hütte die Trommeln ihr Lied wieder auf, laut und gleichmäßig geschlagen, ruhelos. Ein Welle neuer Erregung ergriff das Dorf, und die Menschen versammelten sich um das heilige Tipi.

Weidenbaum und Lerchengesang gesellten sich zu Roxanna, und die beiden baten die junge Frau inständig, in Erwartung eines langen Tages das Fasten zu brechen. Roxanna lehnte ab; der gesunde Hunger einer Schwangeren hatte sie mit einem Mal verlassen. Die Morgenstunden schienen kein Ende nehmen zu wollen. Roxanna half beim Kochen und brachte Nahrung zur Lebenshütte.

Als nun die Sonne im Zenith stand, erhob sich in der Menge ein aufgeregtes Murmeln, denn die Tänzer in der Hütte fingen an, die Seitenwände aufzurollen. Roxanna bahnte sich einen Weg zur Spitze der Versammlung, weit entfernt von dem Platz, an dem Andrew Powell saß. Sie nahm kaum wahr, dass die Menschen ihr ehrerbietig Platz machten und ihr als Frau des Sonnentänzers alle Ehre erwiesen.

Instinktiv wandte Roxanna ihre Aufmerksamkeit dem Mittelpfeiler der Hütte zu, der die Wände überragte. Sie konnte sehen, dass man an der Spitze dieses Pfeilers eine Leine befestigt hatte, an der jetzt von unten her langsam gezogen wurde, hin und her, in einem Halbkreis. Das war also mit dem Schwingen am Pfahl gemeint gewesen: Anscheinend zog Cain in seinem Tanz an dem langen Strick. Die Seitenwände der Hütte waren jetzt so weit hochgezogen, dass Roxanna im Kreis um den Mittelpfeiler die Füße ihres Mannes sehen konnte. Sie bückte sich, um auch einen Blick auf den Rest seines Körpers zu erhaschen, sank mit einem leisen Schreckenslaut auf die Knie und musste beide Hände vor den Mund pressen, um nicht laut aufzuschreien.

Blut! Alles schien voller Blut zu sein – es strömte über Cains Brust, mischte sich dort mit Schweiß und roter Ockerfarbe, floss in kleinen Bächen über seine Hüften, rann an seinen Beinen entlang, die bereits blutig gestreift waren, und färbte seine Mokassins blutrot. Cains Brust war mit einem scharfen Werkzeug eingeritzt worden, und man hatte auf beiden Seiten des Brustkorbs über der Brustmuskulatur Lederriemen durch die Haut getrieben und mit dem geflochtenen Strick verknüpft, der vom Mittelpfeiler der Lebenshütte herabhing.

Langsam tanzend bewegte sich Cain im stetigen Rhythmus der Trommel im Kreis und schien seine Umgebung gar nicht wahrzunehmen. Seine Augen waren fest geschlossen, und das schweißgetränkte Haar lag ihm dicht am Kopf. Er setzte seine Schritte ruhig und gezielt, und dabei musste ihn doch jeder Sprung, mit dem sein Fuß die fest gestampfte Erde traf, ungeheuer schmerzen. Er hatte die Lippen zu einer einzigen dünnen Linie zusammengepresst, und sein Gesicht schien in einem Ausdruck wilder Entschlossenheit erstarrt zu sein.

Roxanna sank zu Boden. Sie konnte ihre Augen nicht von Cains Gesicht lösen. Wie unendlich still er den Pfahl umkreiste! Als er nun einen Satz nach vorn tat, sich gegen die grausamen Riemen in seiner Haut aufbäumte, biss die junge Frau sich die Lippen blutig, um nicht laut aufzuweinen. Genau in diesem Augenblick öffnete Cain die Augen und blickte am über ihm aufragenden Pfahl vorbei in die gleißende Mittagssonne.

Roxanna schien es, als befände ihr Mann sich in einer Art Trance, jenseits von Marter und Pein. Sie wusste ja, dass er nun seit drei Tagen weder gegessen noch getrunken hatte. Zudem war es sehr heiß – Hitze und durch das Fasten verursachte Benommenheit konnten durchaus einen solchen Trancezustand herbeiführen. Empfing ein Sonnentänzer so seine Vision? Waren diese Visionen verzweifelte Halluzinationen, verursacht durch Hunger, Müdigkeit und kaum erträglichen Schmerz? Hinter Roxannas Augenlidern brannten heiße Tränen, die aber nicht fließen wollten. Für Tränen war es nun zu spät.

Tat Cain dies alles für sie? Um ihr zu beweisen, dass er sie nicht nur geheiratet hatte, damit Jubal ihm das ersehnte Arbeitsgebiet überließ? Um ihr zu zeigen, dass er gelernt hatte, sie zu lieben, dass er auch ihr gemeinsames Kind würde lieben können? Ich wollte, dass du mich liebst, Cain, doch dies hier habe ich nicht gewollt!, rief sie ihm stumm zu.

Roxanna zwang sich, Cain zuzusehen, der vor dem Pfahl tanzte. Jedes Mal, wenn er sich zurückwarf und sich gegen die Lederriemen stemmte, spürte sie den Schmerz körperlich, als wäre auch sie durchbohrt und blutete mit ihm. Alles andere um sie herum versank – das Murmeln der Menge, das Dröhnen der Trommeln, die schrillen Töne der Adlerpfeifen, die Gesänge der Krieger, die mit Cain zusammen tanzten – und sie sah nur noch ihren Mann.

Sieht Viel beobachtete, wie sich der Kopf von Einsamer Bulle wieder dem Himmel zuwandte und er sein Gesicht der gleißenden Sonne entgegenhob. Bald würde die Vision kommen. Er konnte deren Kraft bereits spüren und wusste, sie würde gut sein für den jungen Mann, der so tapfer alles ertragen hatte – und für dessen Frau. Sieht Viel wandte seine Aufmerksamkeit Geht Aufrecht zu. Große, feucht schimmernde Augen in der Farbe geschliffener Türkise hingen zutiefst erschrocken und dennoch unverwandt an ihrem Mann, der so schreckliche Schmerzen zu erleiden hatte. Sie weiß nicht, warum dies sein muss, erkannte er. Sieht Viel bahnte sich einen Weg aus der Lebenshütte und nahm neben der jungen Frau Platz. Weidenbaum und die anderen, die in der Nähe saßen, verstanden, worum es ging, und erhoben sich, um dem Schamanen und seiner jungen Schutzbefohlenen die Möglichkeit zu geben, sich unbelauscht zu unterhalten.

»Er zeigt großen Mut. Und du auch, mein Kind.«

Roxanna holte tief Atem. »Er wusste, was an diesem Tag geschehen würde. Was hast du ihm vor dem Beginn der Zeremonie gesagt, dass er sich jetzt so mit ganzem Herzen all dem hingeben kann?«

Sieht Viel schwieg einen Augenblick. »Wenn ein Mann sich zum Sonnentanz verpflichtet, kann er das nicht halbherzig tun. Das wusste Einsamer Bulle.« Bei diesen Worten lächelte der alte Mann leicht. »Ich weiß, dass er zu Beginn an den Mythos nicht so glaubte, wie ich es tue. Doch er glaubte an dich.«

Roxanna schloss die Augen, und einen Moment lang schien sich die Erde um sie zu drehen. »Dann ist es alles meine Schuld!«

»Eine Schuld gibt es nicht. Er hätte dich auch einfach mitnehmen können, niemand hätte ihn aufgehalten.«

»Aber ich habe ihn gezwungen …«

»Nein!«, widersprach der alte Mann nachdrücklich. »Du hast ihn nicht gezwungen, dies hier auf sich zu nehmen. Es gab da etwas – einen winzigen Funken tief in seinem Innern, der lange begraben lag und den nun seine Liebe zu dir und dem Kind neu entfacht hat. Dieser Funke hat von ihm Besitz ergriffen, als er am zweiten Tag zu tanzen begann. Ich sah, wie er wuchs, als Einsamer Bulle die Tage und Nächte hindurch fastete und tanzte bis hin zu diesem Morgen ... dem letzten Tag.«

»Wie können wir ihm dies antun? Wie kann er es ertragen?«

Voller Anteilnahme blickte Sieht Viel auf die junge Frau. Sie war nicht in der Art der Cheyenne erzogen – daher hatte er ihr auch den vierten Tag der Zeremonie vorher nie genau beschrieben. »Er erträgt den Schmerz, weil dies die einzige Möglichkeit ist, seine Vision zu empfangen. Der Schmerz reinigt ihn nicht nur von den Sünden der Vergangenheit und zeigt allen Menschen, die zusehen, wie tapfer er ist. Der Schmerz zeigt ihm auch, dass er ein großes Herz hat, viel Kraft hier«, und damit schlug sich Sieht Viel an die Brust, die auch die Narben des Sonnentanzes trug. »In der Lebenshütte begegnet ein Mann sich selbst und erkennt, wer er ist.«

»Und wenn ihm missfällt, was er sieht?« Die Frage schien sich ganz von allein zu stellen, denn sie drückte die größte Besorgnis aus, die Roxanna in diesem Zusammenhang hegte.

»Er mochte sich bisher nicht, weil er sich stets weigerte, genau hinzusehen«, erwiderte Sieht Viel.

»Wenn mein Mann diese Sache vollenden muss, dann muss ich ihm dabei zusehen«, verkündete Roxanna und wandte ihre Augen wieder Cain zu. Ihr Gesicht wirkte bis in den letzten Winkel angespannt und fest entschlossen; sie saß stockstreif und unbeweglich, und nur die krampfhaft geschlossenen Fäuste in ihrem Schoß zeigten, wie aufgewühlt die junge Frau war.

Jedes Mal, wenn Cain sich zurückwarf und gegen die grausamen Lederriemen in seinem Fleisch stemmte, erhob sich in der Menge der Zuschauer zustimmendes Gemurmel. Roxanna bohrte sich die Nägel in die Handflächen, bis sie auch, wie Cain, blutete.

Die Zeit blieb stehen – zumindest schien es so. Dumpfe Hitze stieg in schimmernden Wellen aus dem hohen Präriegras, das bis hin zum fernen Horizont wogte. Der Rhythmus der Trommeln schien wie ein einzelner Herzschlag, der alle Anwesenden, Männer, Frauen und Kinder gleichermaßen, zu einem einziges Wesen zu vereinen schien. Langsam wurden die hohen, durchdringenden Gesänge der Tänzer immer lauter, die schrillen Töne der Adlerpfeifen erklangen häufiger, und die Trommeln wurden schneller und schneller geschlagen.

In Strömen rann der Schweiß von Einsamer Bulle, vermischte sich mit Blut und Farbe und färbte den ganzen Körper des jungen Mannes leuchtend rot. Hatte er nicht immer so getanzt? Zuerst schien es kein Ende geben zu wollen, nun war auch kein Anfang mehr zu erkennen, nur das immerwährende Jetzt aus Hitze und Trommeln und Blut, seine Füße, die Erde unter ihm, die gleißende Hitze der Sonne über ihm, der quälende Durst, der nie gestillt werden würde, der Schmerz ... und die Vision. Cain blinzelte, öffnete weit die Augen und starrte in die Sonne, deren gleißende Strahlen er gar nicht wahrnahm.

Ein Schweigen senkte sich über die Menge, als Einsamer Bulle nun reglos verharrte, von der Sonne in den Bann geschlagen. Alle beugten sich gespannt und erwartungsvoll vor. Der Gesang der anderen Tänzer und das Dröhnen der Trommeln wurden immer schneller, immer wilder. Dann tat Cain einen letzten Satz und befreite sich von beiden Riemen gleichzeitig. Die Menge, die erwartungsvoll geschwiegen hatte, seufzte laut und befriedigt, und alle standen auf.

Roxanna war schwarz vor Augen; nur zwei winzige Lichtpünktchen tanzten in diesem Dunkel. Weidenbaum half ihr auf die Beine, und einen Moment schien es, als wollten diese sie nicht tragen. Dann richtete die junge Frau ihren Blick auf Einsamer Bulle, der nun auf die Knie fiel und dann zu Boden sank. Niemand rannte, um dem jungen Mann auf die Beine zu helfen, aber dann war Sieht Viel, der langsam und feierlich geschritten kam, an seiner Seite.

Weidenbaum hielt Roxanna am Arm fest. »Du berührst ihn jetzt nicht. Der Schamane wird sich kümmern. Wird seinen

Traum erfahren. Komm, ich bringe dich in unser Zelt. Du wartest dort auf ihn.«

Wie benommen ließ sich Roxanna von der Freundin in ihr Zelt führen, während Sieht Viel und Lederhemd neben ihrem Mann niederknieten. War dieser bei Bewusstsein, oder war er nun endlich vor Erschöpfung, Durst und Schmerz ohnmächtig geworden? Roxanna konnte das nicht erkennen, denn die Menge, die sich nun um den Tänzer drängte, verstellte ihr die Sicht.

Einsamer Bulle lag auf der Erde und starrte in Lederhemds Gesicht. »Großvater?«, sagte er auf Cheyenne. Seine Stimme kam heiser und rau und so schwach, dass er nicht genau wusste, ob der alte Mann ihn gehört hatte, bis Lederhemd sich lächelnd zu ihm beugte und ihm einen winzigen Schluck kühles Wasser bot.

»Sprich noch nicht, mein Sohn, Kind meines Kindes.«

Zärtlich ließ Lederhemd ein paar Tropfen Wasser auf Cains Zunge fallen. Dankbar schloss Einsamer Bulle die Augen und spürte wie einen Segen das heilsame Nass auf seinen gesprungenen Lippen, der Zunge, im Hals. *Alles wird gut.* Wer hatte die Worte gesprochen? Sieht Viel, der Großvater – oder eine Stimme in Cains Innerem? Dann sprach Lederhemd:

»Nun bist du nicht mehr Kein Cheyenne. Bei unserem Volk wirst du einen anderen Namen führen. Nie hat ein Krieger einen schöneren Sonnentanz getanzt. Nie habe ich jemandem zugesehen, der die Mächte derart erfreut hat. Die Büffel sind gekommen. Die Herbstjagd wird gut sein. Unsere Frauen und Kinder werden nicht hungern. Der große Geist segnet uns alle für das, was du getan hast. Mein Herz fließt über vor Freude, dass du mein Enkel bist.«

»Großvater!«, erwiderte der junge Mann, hob den Arm und schlang ihn um den des alten Mannes. »Ich bin stolz, der Enkel von Lederhemd zu sein.« Einen Augenblick lang hielten die beiden sich eng umfasst.

»Gehe nun zusammen mit Sieht Viel zurück in dein Zelt.

Erzähle deinem Onkel von deiner Vision. Deine Frau sorgt sich um dich. Sie hat ein starkes Herz.«

Der alte Häuptling half seinem Enkel auf die Beine, ließ ihn dann los und trat zurück, damit Sieht Viel den jungen Mann zurück zu seinem Zelt geleiten konnte. Ehrerbietig traten die Menschen beiseite und murmelten Lob für den Tänzer, der nun wirklich wieder einer aus ihrem Volk geworden war.

Mit einem eisigen Lächeln wandte sich der alte Häuptling zu Seine Augen Sind Kalt, der ihn hasserfüllt anstarrte. »Das Dunkel in dir hat keine Macht mehr über deinen Sohn. Er nimmt jetzt seinen Platz im Licht ein.«

»Heidnischer Aberglaube«, stieß Powell hervor. »Ich glaube nicht an solche Dinge.« Aber seine Stimme klang ein wenig hohl; selbst Andrew Powell konnte das nicht überhören ... und plötzlich hörte er auch noch etwas anderes. Zum ersten Mal seit fast zwanzig Jahren hatte Seine Augen Sind Kalt in der Sprache der Cheyenne gesprochen.

Kapitel 21

Roxanna wartete im Innern des Zeltes, als Sieht Viel ihren Mann brachte. Cain ging aus eigener Kraft, auch wenn Roxanna nicht verstehen konnte, wie er den Weg von der Lebenshütte bis hierher hatte zurücklegen können, denn Sieht Viel führte ihn lediglich am Arm, stützte ihn aber nicht. Cains Kopf hing kraftlos nach vorne, und er zog die Füße mühsam durch den Staub. Im Tipi angekommen, stolperte er und sank zu Boden, ohne die Anwesenheit seiner Frau überhaupt wahrgenommen zu haben. Roxanna wollte aufspringen und ihm helfen, doch Sieht Viel gab ihr mit einer Handbewegung zu verstehen, dass sie sich im Hintergrund halten solle.

Der alte Mann half Cain auf eine Lagerstatt, die man mit vielen frisch geschnittenen Weidenzweigen und dicken Fellen speziell für den Sonnentänzer vorbereitet hatte. Roxanna musste sich auf die Lippen beißen, um nicht zu schreien, auch wenn das Blut nicht mehr ganz so heftig aus den offenen Wunden auf Cains Brust strömte. Es würden Narben zurückbleiben, Narben, wie sie auch Lederhemd, Sieht Viel und andere Führer der Cheyenne trugen.

Roxanna sehnte sich sehr danach, ihren Mann zu berühren, sich zu vergewissern, dass er wirklich am Leben war, dass in der so schlimm zugerichteten Brust immer noch Cains Herz schlug. Aber der alte Schamane schob sich zwischen sie und Cain, öffnete seinen Medizinbeutel und legte verschiedene Dinge bereit, die er benötigen würde. Unverwandt starrte Roxanna in das Gesicht ihres Mannes und bemerkte, dass dessen Augenlider flatterten und sich öffneten. Aber die Augen selbst schienen nichts wirklich wahrzunehmen und glitzerten auch nicht auf die vertraute, so dunkle Art, als sie sich auf das Feuer richteten, dessen Flammen Sieht Viel gerade mit Süßgras nährte. Und schon senkten sich die Lieder – einen Augenblick lang war Cain bei Bewusstsein gewesen, nun bereits nicht mehr.

»Wir brauchen lebendes Wasser«, erklärte der alte Mann Roxanna leise und deutete auf einen Eimer neben der Feuerstelle. Sie nahm den Behälter und ging rasch zum Fluss, um frisches Wasser zu holen.

Als sie einen Augenblick später zurückkam, hob sich der silberne Rauch des Süßgrases bereits über dem Feuer und stieg hoch zur Öffnung an der Zeltspitze. Schwer hing der Duft in der warmen Abendsonne. Sieht Viel hielt die Hände in den Rauch, rieb sie aneinander und legte sie dann mit weit gespreizten Fingern auf die Zwillingswunden in Cains Brust. Leise stimmte er einen Gesang an. Dann holte er den heiligen weißen Salbei aus seinem Medizinbeutel, nahm Roxanna den Wassereimer ab und wies die junge Frau an, sich wieder zurückzuziehen.

Immer wieder verlor Cain das Bewusstsein und schlug auf seiner Lagerstatt mit Armen und Beinen um sich. Roxanna ahnte, welche Schmerzen er zu ertragen hatte. Aber der alte Schamane war ein kluger und erfahrener Heiler. Sie hatte ihn, seine Kräuter und seine knorrigen Hände Wunder wirken sehen. Bitte, hilf ihm!, flehte sie summ.

Als hätte er ihre stumme Bitte gehört, goss Sieht Viel ein wenig Wasser aus dem Eimer, den Roxanna gebracht hatte, in ein Trinkgefäß und ließ es tropfenweise auf die ausgetrockneten Lippen des jungen Mannes fließen. Roxanna erschien dies fast wie eine Antwort auf ihre stille Bitte. Dann stellte der Schamane das Gefäß wieder beiseite und entnahm mit einer Zange dem Feuer zwei glühende Stücke Holzkohle, die er in den Wassereimer fallen ließ. Das Zischen der Holzkohle weckte Cain einen Moment lang, aber dann glitt er wieder hinüber in die Bewusstlosigkeit. Sobald das Wasser eine Temperatur erreicht hatte, die Sieht Viel ausreichend erschien, tauchte der alte Mann Salbei hinein, den er hin und her bewegte, bis die getrockneten Stängel weich und biegsam geworden waren.

Sieht Viel prüfte das heilige Kraut mit der Hand, drückte es, um überschüssige Flüssigkeit zu entfernen, wusch dann nacheinander die beiden Wunden damit aus und bedeckte sie mit jeweils ein paar Salbeiblättern. Der Umschlag begann sofort, seine Wirkung zu tun, und die heilsame Kühlung, die von dem Kraut ausging, schien Cain teilweise wiederzubeleben. Der alte Mann lehnte sich über seinen Neffen und blickte ihm in die Augen.

»Nun, mein Neffe, ist es an der Zeit, dass wir gemeinsam die Vision betrachten, die du in der Lebenshütte erhalten hast.«

Mit einer so leisen, heiseren Stimme, dass man sie über dem Knistern des Feuers kaum hören konnte, fragte Cain: »Woher wusstest du, dass mir eine zuteil wurde?«

Der junge Mann war immer noch halb bewusstlos und hatte seine Frage auf Englisch gestellt, aber auch Sieht Viel hatte sich dieser Sprache bedient. Roxanna beugte sich vor, um der Unterhaltung der beiden Männer folgen zu können. Sie konnte die Gesichter der beiden sehen, auf denen im flackernden Licht des Feuers die Schatten spielten. Draußen vor dem Zelt ging der Tag nun rasch zur Neige, und das ganze Tipi lag in Schatten gehüllt. Einen Moment lang blickte der alte Schamane auf, und seine Augen trafen, glühend wie das Holz im Feuer, auf Roxannas. Wie die Augen einer Katze, dachte die junge Frau.

»Du hast eine Vision erhalten«, stellte der alte Mann voller Überzeugung fest. »Selbst Weißen werden sie zuteil ... wenn ihre Herzen gut sind. Erzähle mir deine Vision.« Er nahm das Trinkgefäß und hob diesmal Cains Kopf, sodass der junge Mann selbst ein paar Schlucke trinken konnte.

Cain rang darum, bei Bewusstsein zu bleiben, als nun einzelne Bilder der Vision wieder vor seinem inneren Auge auftauchten. Er fühlte sich unendlich erschöpft. Stärker noch als die Wunden schwächten ihn Durst und Schlafmangel; die Wunden selbst schienen sich unter der heilsamen Einwirkung des Salbeis beruhigt zu haben und pochten nur noch dumpf. Die Gedanken tummelten sich wild in Cains Kopf, und als er sie ein wenig geordnet hatte und sprechen konnte, klang seine Stimme leise und rau. Zögernd und stockend enthüllte er Stück für Stück seine Vision.

»Ich erblickte einen riesigen Büffelbullen. Er schien in der Hütte direkt auf mich zuzukommen ... als ich tanzte ... Dann verschwand die Hütte und wir ... nein, nicht ich ... der Büffel und die Frau ... eine Frau, deren Haar silbern und golden glänzte, als hätte man den Mond mit der Sonne verschmolzen ... Sie war ... sie war ganz in Weiß gekleidet ... ging auf den Bullen zu ...«

Cain bewegte sich ruhelos, und Sieht Viel legte ihm die Hand auf die Schulter, sagte aber nichts, sondern wartete nur. Als der Schamane erneut den Kopf hob und Roxanna einen Blick zuwarf, war diese aufs Neue überrascht über seine weißglühend funkelnden Augen. Ein nie gekannter Schauder rann der jungen Frau über den Rücken, als ihr Mann nun seine Erzählung fortsetzte.

»Sie soll nicht nah an den Bullen herangehen ... Blut ... er hat Blut an den Hörnern. Er schüttelt den Kopf ... Er warnt sie ... aber sie bleibt nicht stehen ...«

Zum ersten Mal mischte sich Sieht Viel ein und benutzte die Pause in Cains Erzählung, um zu fragen: »Ist der Büffel zornig auf die Frau?«

Cain schüttelte den Kopf. »Nein, nicht zornig ... Er hat Angst. Er hat Angst vor ihr ... Sie kann ihm wehtun ... Sie wird ihn verlassen ... Aber sie geht nicht fort ... bleibt nicht stehen. Sie geht immer weiter, die Hände ausgestreckt ... um seine zerzauste Mähne zu streicheln ...«

Cains Stimme verklang. Der junge Mann atmete tief ein und hörbar zitternd wieder aus. Nun schien alle Ruhelosigkeit aus seinem Körper zu weichen. Augenblicklich sprach er weiter: »Sonnen- und Mondfrau streicht ihm über die Hörner ... die blutigen Hörner. Und alles Blut verschwindet bei ihrer Berührung. Schmerz und Furcht sind verschwunden.«

Cains Atem kam jetzt gleichmäßig, als schliefe der junge

Mann. Er lag aber wach auf dem Rücken und starrte in den Nachthimmel, der durch die Rauchöffnung im Zelt sichtbar war. Sieht Viel blickte hinüber zu Roxanna. Die Tränen, die seit jenem schrecklichen Tag in Denver hinter ihren Augenlidern gebrannt hatten, als sie die grausamen Worte hatte mit anhören müssen, die Cain Lawrence an den Kopf geworfen hatte, diese Tränen hatten nun freien Lauf. In silber glitzernden Strömen nässten sie Roxannas Wangen, und die junge Frau blickte durch einen Tränenschleier hindurch auf den alten Schamanen, dessen Augen nun so eindringlich glühten, dass es ihr vorkam, als wärmten sie sie durch das ganze Tipi hindurch. Dann reichte der alte Mann seinem Neffen das Trinkgefäß und gestatte diesem noch ein paar kleine Schlucke.

Cain hatte immer noch nicht mitbekommen, dass auch seine Frau anwesend war, und sprach weiterhin zu Sieht Viel. »Dann schien der heilige Büffelschädel zu mir zu sprechen, den Weißeulenfrau in die Lebenshütte gebracht hatte. Ich war wieder ich selbst, und ich war in der Hütte und tanzte um den Pfahl, und der Kopf sagte: ›Siehe!‹ Ich sah zur Tür hinaus, und da stand Wolf Mit Hohem Rücken und hielt die Arme über der Brust verschränkt. Er trug keine Kriegsbemalung. Es gab keinen Hass zwischen uns, keinen Zorn. Wir sahen uns einen Moment lang an, und dann verschwand er. An seiner Stelle stand dort Kornblumenfrau. Ich spürte ihren Stolz auf mich, und das machte mich glücklich. Dann stand Enoch neben meiner Mutter, und er lächelte sein gutes, aus dem Herzen kommendes Lächeln. Sie winkten mir zu und verschwanden dann, wie mein Bruder verschwunden war.

Der heilige Büffel sprach erneut zu mir und sagte mir, ich sei nicht mehr länger Einsamer Büffel. Von nun an sollte ich Bruder Des Geistbüffels gerufen werden. Er würde immer bei mir sein und ich bei ihm. Wohin ich auch gehen werde, das Volk wird bei mir sein.«

Aus Sieht Viels weisem alten Gesicht schienen plötzlich alle Linien und Falten wie weggewischt zu sein, und er lächelte.

»Schlaf gut, Bruder Des Geistbüffels. Du hast dir die Ruhe verdient. Der Geistbüffel hat dich von deinem Zorn und deiner Schuld gereinigt. Sonnen- und Mondfrau hat dich geheilt und eins werden lassen«, erklärte der Schamane.

Cain drehte den Kopf zur Seite, und seine Augen schlossen sich. Endlich übermannte ihn der Schlaf der Erschöpfung. Alle ruhelose Energie, alle Spannung waren von ihm gewichen, als er seine Vision erzählte.

Der alte Schamane erhob sich und forderte Roxanna mit einer Handbewegung auf, mit ihm ins Freie zu treten. »Du darfst nie über das reden, was er gesagt hat, bis er nicht selbst bereit ist, die Vision mit dir zu teilen. Ehe er das tut, musst du ihm von der Vision erzählen, die du selbst empfangen hast, als du das erste Mal bei uns wohntest. Die Mächte zeigen ganz deutlich, dass sie euer beider Leben verbunden sehen wollen. Keinen anderen Grund kann es dafür geben, dass du Teil der heiligen Vision warst, die dein Mann in der Lebenshütte empfangen hat.« Sieht Viel hielt inne und betrachtete Roxanna prüfend und ein wenig schalkhaft. »Du wirst wieder seine Frau sein?«

»Ich werde immer seine Frau sein.«

Sieht Viel nickte zufrieden. »Das ist gut. Lass ihn eine Weile ruhen und bringe ihm dann Fleischbrühe mit Kräutern, um ihn zu stärken.« Er reichte Roxanna einen kleinen Lederbeutel. »Er wird gewaschen werden müssen. Ich glaube, darin hast du schon Übung«, meinte er und lachte in sich hinein, als die junge Frau errötete.

»Ich werde für ihn sorgen.«

Lächelnd machte sich Sieht Viel auf die Suche nach seinem Bruder. Lederhemd würde sehr erfreut sein, wenn er den Traum erfuhr, den Bruder Des Geistbüffels in der Lebenshütte empfangen hatte. Dann würden sie über das Schicksal von Seine Augen Sind Kalt beraten müssen. Nach allem, was geschehen war, war Sieht Viel ziemlich sicher, dass sein Bruder Gnade walten und den Mann des Eisenpferdes freilassen würde.

Einen ganzen Tag lang ließ Roxanna Cain nicht einen Augenblick lang aus den Augen. Sie sah ihm beim Schlafen zu, tröpfelte Wasser auf seine Lippen und wusch seine verletzte Brust mit dem heilenden weißen Salbei. Einige Male wurde er wach, und sie konnte ihm zwei Schalen der Kräuterbrühe einflößen, die Sieht Viel ihr überlassen hatte, aber seine Augen waren nicht klar. Sieht Viel hatte ihm eine Medizin gegeben, damit er ruhen und der Heilungsprozess schneller verlaufen konnte. Einige Male lächelte Cain seiner Frau zu und nannte ihren Namen, versuchte jedoch nicht, mehr zu ihr zu sagen, sondern versank jedes Mal rasch wieder in tiefem Schlaf.

Am Morgen darauf war Cain wach und saß aufrecht auf seinem Lager, gegen eine der schweren Packtaschen gelehnt, die er als Rückenstütze benutzte, als Roxanna mit frischem Wasser vom Fluss zurückkam. Als er sich vorbeugte und die Hand nach Roxanna ausstreckte, schmerzte eine der Wunden auf seiner Brust plötzlich sehr, sodass er sich mit einem kleinen Klagelaut wieder zurückfallen ließ.

»Du bist zu schwach zum Sitzen!«, schimpfte Roxanna wohlmeinend und ließ sich an seiner Seite nieder. »Ich helfe dir, dich wieder hinzulegen.«

Cain ließ zu, dass sie ihn berührte, und er konnte den schwachen Geruch nach Flieder und Frau wahrnehmen, der so ganz und ausschließlich zu seiner Roxanna gehörte. »Ich bin eher schwach als krank, Roxy. Ich brauche etwas Anständiges zu essen und Wasser – Wasser zum Trinken und zum Waschen!«, fügte er hinzu und verzog die Nase. Sein Körper strömte einen Geruch aus, in dem sich Blut und rote Farbe verbanden. »Ich rieche wie eine Mischung aus Pferdestall und Schlachthof!«

»Du hast schlimme Qualen überstanden, du musst dich ausruhen«, erwiderte Roxanna und versuchte, ihn wieder auf das Lager zu betten, aber er hielt ihren Arm mit erstaunlicher Kraft fest.

»Ich weiß, dass du erschrocken bist über das, was ich getan

habe. Dass du nicht wusstest, dass es so blutig, so heidnisch sein würde.«

»Ja, ich war erschrocken und schockiert«, gab Roxanna zu. »Als ich auf den Vorschlag deines Onkels einging, habe ich nicht gedacht, dass ich dir mit dem Sonnentanz so große Leiden zumuten würde.« Sie zwang sich, seinem Blick standzuhalten, die jetzt klar und schwarz schimmerten wie Onyx. »Als du am ersten Tag aus dem ›Zelt des Alleinseins‹ tratest und mich ansahst, da ... da hatte ich Angst, du würdest mich nun hassen.«

In Cains Lächeln mischte sich leichte Trauer. »Ich denke, eine Zeit lang habe ich dich auch wirklich gehasst, doch es war meine Entscheidung, mich zum Sonnentanz zu verpflichten. Ich wusste, worauf ich mich einließ. Hat das Ritual dich abgestoßen? War ich abstoßend für dich?« Er betrachtete sie, die Sonnen- und Mondfrau seiner Vision, und fragte sich, wie er ihr je alles erklären könnte. Würde sie die Vision für abergläubischen Unsinn halten ... oder aber an das glauben, woran zu glauben er nun gelernt hatte?

Roxanna schüttelte den Kopf, und der dicke silberne Zopf glitt ihr von der Schulter auf den Rücken. »Nein, du könntest nie abstoßend auf mich wirken. Ich fühlte mich schuldig, weil ich dich so hatte leiden lassen, aber ... wie soll ich es dir erklären? Du schienst in den ersten zwei Tagen der Zeremonie zu dir selbst zu finden. Sieht Viel erzählte mir, du würdest kaum ruhen und auch in der Nacht tanzen, was ein Zeichen dafür sei, dass der große Geist in dir wirke.«

»Und als du Zeugin des vierten Tages wurdest?« Cain wagte nicht weiterzuatmen, und hielt, ohne mit der Wimper zu zucken, Roxannas Blick stand. Er musste einfach wissen, was in ihr vorging, nun, da sie endlich den roten Teil seines Ichs gesehen hatte, den er bis jetzt – und auch vor sich selbst – so tief in sich verborgen hatte.

Roxanna bemerkte die Unsicherheit in Cains Blick. Er fürchtet immer noch, dass ich ihn verlasse!, erkannte sie. Die Tränen traten der jungen Frau in die Augen, als sie die Hand ausstreckte und die Narbe an seiner Wange berührte. Cains Atem stockte, und seine Hand flog nach oben, schloss sich um Roxannas Handgelenk, zog die Hand an die Lippen und drückte einen leidenschaftlichen Kuss auf ihre Handfläche. »Am vierten Tag hast du für mich und für dein Volk ein Opfer gebracht, das ich für den Rest meines Lebens in Ehren halten werde!«, verkündete die junge Frau.

Cains Augen leuchteten auf, aber ehe er etwas erwidern konnte, unterbrach sie ein heiseres Räuspern, mit dem Lederhemd vor dem Zelt sein Kommen ankündigte. »Tritt ein, Großvater.«

Der alte Häuptling betrat das Zelt und lächelte wissend, als er sah, wie nah Geht Aufrecht neben Bruder Des Geistbüffels saß. »Unsere Krieger gehen auf die Jagd. Es gibt viele Büffel, und heute feiern wir ein Fest, wenn sie mit dem Fleisch zurückkommen. Nun sind viele im Dorf, die dir gern ein Geschenk machen würden, als Zeichen der Dankbarkeit für die gute Medizin, die du uns gebracht hast.«

Cain nickte. »Ich fühle mich geehrt.« In Wahrheit war ihm nicht wohl bei dem Gedanken, Geschenke von diesen Menschen zu nehmen, die selbst so wenig besaßen. Eine Ablehnung jedoch wäre beleidigend gewesen.

An diesem Tag strömten fast ohne Unterlass Männer, Frauen und Kinder in das Zelt, in dem Cain ruhte. Eine der ersten Besucherinnen war Weißeulenfrau, die ihm eine wunderbare, mit Elchzähnen bestickte Lederweste brachte. Der Elchzahn war der begehrteste Talisman für die Cheyenne, und für diese Weste hatte man die Zähne sorgfältig ausgesucht und aufeinander abgestimmt, sodass sie in perfekten, goldschimmernden Reihen die gesamte Vorderseite des Kleidungsstücks schmückten.

»Nun sollst auch du ein Lederhemd sein«, erklärte die ältere Frau lächelnd.

Cain dankte ihr aus ganzem Herzen, und Sieht Viel übersetzte für Roxanna. Es gab viele weitere Geschenke, manche bescheiden, wie die Lieblingspfeilspitze eines kleinen Jungen, manche sehr wertvoll, wie ein Paar perlenbestickte Mokassins und eine geschnitzte Medizinpfeife. Zwischen den einzelnen Besuchen sorgte Roxanna dafür, dass ihr Mann sich ausruhte und nahrhafte Brühe und sogar ein wenig feste Nahrung zu sich nahm, um seine Kräfte zu stärken.

Am Abend kam Lederhemd selbst, um seinem Enkel seinen wertvollsten Besitz zu schenken, den schweren ledernen Kriegsschild, den er als junger Mann in den Kämpfen mit den Crow und Pawnee getragen hatte. »Ich weiß, du kämpfst nicht mit Speer und Bogen, aber der Schild ist gute Medizin und schützt dich vor Gefahren.«

Cain ließ die Finger über die glänzende Oberfläche des Schildes gleiten, dessen Leder über einem niedrigen Feuer gedehnt und gegerbt worden war, bis es so hart wie Metall wurde. »Ich werde ihn immer bei mir haben, und die Kinder meiner Kinder werden an ihren Lagerfeuern Geschichten von der Tapferkeit Lederhemds erzählen.«

Die beiden Männer rauchten gemeinsam eine Pfeife. Roxanna half den anderen Frauen bei der Vorbereitung der Festmahlzeit. Eine Weile saßen Großvater und Enkel in freundschaftlichem Schweigen, dann fragte Cain: »Was wirst du mit Seine Augen Sind Kalt tun?«

Lederhemd sah seinen Enkel an. »Was sollte ich denn deiner Meinung nach mit ihm tun?«

»Ehrlich gesagt, weiß ich das nicht.« Cain erinnerte sich an die Banditen, die angeheuert worden waren, um Überfälle auf die Union Pacific auszuführen, und zwar so, dass die Schuld für diese Überfälle den Cheyenne in die Schuhe geschoben werden konnte. Diese Überfälle mussten ein Ende finden. Aber nicht auf diese Art. »Sein Tod wird nur die Blauröcke herbringen.«

Lederhemd raunzte abwertend. »Die kommen doch ohnehin. Dafür sorgt dein Eisenpferd. Es bringt die Soldaten zu uns, und es vertreibt zur gleichen Zeit die Büffel.«

Dagegen konnte Cain nichts sagen, denn diese Entwicklung

war ihm bekannt und bereitete ihm große Sorgen. »Die Weißen sind wie Sandkörner an einem Flussufer. Wir können sie nicht daran hindern, die Spur des Eisenpferds ins Cheyenneland zu legen. Aber ich werde alles tun, was in meiner Macht steht, um Frieden zu wahren zwischen den Eindringlingen und meinem Volk.«

»Vielleicht überlasse ich Seine Augen Sind Kalt einfach dir«, meinte Lederhemd mit leichtem Spott.

Einst hatte Cain sich danach gesehnt, Beweise dafür zu finden, dass sein Vater für die Aktionen von Johnny Lahmes Pony mit seinen Banditen verantwortlich zeichnete. Er hatte sich danach gesehnt, Powell an Dillon zu übergeben. Aber diese Vorstellung barg nunmehr wenig Anziehendes. Bald würden die anderen Direktoren der Central Pacific Powell öffentlich bloßstellen, und vom Finanzimperium des Vaters würde nur noch Schutt und Asche zurückbleiben. All die Jahre hatte Cain sich nur von seinen Rachegelüsten leiten lassen – nun war ihm beim Zusammentreffen mit Powell in San Francisco klar geworden, dass die Vendetta ihm nicht mehr das Wichtigste auf der Welt war. Seine Frau war jetzt wichtiger, und nun, da seine Beziehung zu Roxanna eine zweite Chance erhalten hatte, war ihm Andrew Powells Schicksal relativ gleichgültig.

»Ich werde darüber nachdenken, was mit ihm zu tun ist«, verkündete Cain und gab die Pfeife zurück an seinen Großvater.

Der junge Mann fühlte sich immer noch leicht benommen, hatte aber ansonsten die Qualen des Sonnentanzes erstaunlich gut überstanden. Seine Wunden schmerzten, doch nur dumpf, denn die Kräuterverbände von Sieht Viel nahmen ihnen den schärfsten Schmerz. Die Wunden hatten sich nicht entzündet – eine Infektion war das, wovor sich jeder Sonnentänzer am meisten fürchtete –, und nun konnte Cain mithilfe einiger Krieger sogar bis zum Fluss gehen, um sich in der Strömung zu waschen und ganz und gar zu säubern. Die jungen Männer ließen ihn allein zurück. Roxanna hatte die schlimmsten Spuren des Blutes und der Farbe mit dem Schwamm beseitigt, und Cain besaß noch die Reste eines Seifenstückes, das er in seiner Satteltasche gefunden hatte. Er stand bis zur Hüfte im Strom, und das kühle fließende Wasser wusch ihm den Seifenschaum von der Brust, als ihm plötzlich ganz deutlich wurde, wie sehr sein Leben in zwei Teile zerfiel.

»Die Seife des weißen Mannes, das Ritual des Roten Mannes«, murmelte er. Zum ersten Mal in seinem Leben stellte Cain fest, dass er nicht das Gefühl hatte, seine beiden Welten würden auseinander drängen, und kein Verlangen spürte, zu leugnen, dass er ein Cheyenne war. Er war so tief in Gedanken versunken, dass er Roxanna nicht näher kommen hörte.

Sie stand am Flussufer, durch das dichte Unterholz teilweise verborgen, und sah ihm beim Baden zu. Ein plötzliches Begehren überkam sie unerwartet, aber sie unterdrückte es. Immerhin waren seit der Marter, die Cain hatte erdulden müssen, erst zwei Tage vergangen, und hier stand er bereits wieder in der reißenden Strömung des Flusses! Schon wollte sie ihm einen Tadel zurufen, erkannte dann aber, wie töricht das wäre. Er hatte es geschafft, bis zum Fluss zu laufen und im Wasser zu waten, ohne von den Füßen gerissen zu werden. Auch jetzt schien er sicher auf beiden Beinen zu stehen und sorgfältig darauf zu achten, dass beide Wunden nicht mit der Seife in Berührung kamen, die er achtsam über die Brust gleiten ließ. Unmittelbare Gefahr schien ihm wahrlich nicht zu drohen.

Sie sah zu, wie seine Hände über die harten Muskeln an Schultern, Brust und Bauch glitten, und ihr Begehren wurde so stark, dass ihr Mund sich staubtrocken anfühlte und das Herz ihr so rasch schlug wie das Plätschern der Strömung. Heiß und beharrlich wuchs ihre Lust. Wie schön ihr Mann war! Roxanna hatte Cain immer schön gefunden, selbst wenn er ausgesehen hatte wie ein Bandit – geradezu vollendet aber war er ihr in einem eleganten schwarzen Wollanzug und weißem Seidenhemd erschienen. Jetzt allerdings erkannte sie, dass er auch schön war, wenn nur ein Lendenschurz und heidnischer Schmuck seinen bemalten Körper kleideten ... und ja, selbst mit den frischen Wunden des Sonnentanzes auf der Brust. Auch dies war Cain, Bruder des Geistbüffels.

»Jetzt sind wir quitt! Einst habe ich dir bei einem Bad im Fluss zugesehen, nun hast du mich ausgiebig betrachten können.«

Cains lachende Worte rissen Roxanna aus einem Tagtraum, der ihre Gedanken auf die Reise geschickt hatte, während ihr Blick unverwandt auf den nassen, nackten Mann gerichtet gewesen war, der nun auf sie zukam. In seinem bronzenen Gesicht schimmerten weiße Zähne. Er war, anders als gleich nach der Zeremonie, nicht mehr blass, stieg aber mit der Vorsicht eines Menschen aus dem Wasser, der sich noch nicht sicher auf den Beinen fühlt. »Du solltest hier nicht so allein sein! Wenn du ausgerutscht wärst, hättest du ertrinken können!«, rief Roxanna erschrocken. Cain stand jetzt nur noch bis zu den Knöcheln im Wasser, die Arme vor der Brust verschränkt, und grinste sie, nackt und ohne sich zu schämen, an. Weit aufgerissene türkisfarbene Augen trafen auf vergnügt tanzende schwarze. Sichtbar ragte der Beweis, dass auch Cains Begehren sich geregt hatte, vor seinen Lenden auf, und Roxanna konnte dies nicht übersehen. Amüsiert musterte Cain seine Frau, vom hochroten Kopf bis zu den Füßen, die in Mokassins steckten. »Ich ... ich habe Medizin gebracht und wollte mich um dich kümmern«, stammelte Roxanna.

»Aber gern, kümmere dich um mich!« Cain lächelte nun nicht mehr. Guter Gott, ein Blick reichte, und er verzehrte sich nach ihr – seine Sonnen- und Mondfrau mit den leuchtenden aquamarinblauen Augen und dem blass schimmernden Haar. Fast hätte er sie verloren. Nicht einmal eine Stellung als Präsident der Union Pacific – nein, nichts auf der Welt! – hätte einen solchen Verlust aufgewogen! Er streckte Roxanna eine Hand entgegen, die Handfläche nach oben gekehrt.

Roxanna trat aus dem Unterholz und griff nach der ihr hingestreckten Hand. »Bald wird das Festmahl beginnen. Du musst dich dafür ankleiden.«

Er zog sie näher zu sich heran und murmelte: »Mir wäre es lieber, du würdest dich hier für mich auskleiden ... wir haben Zeit.« Seine Stimme war ein leises, seidiges Schnurren, aber unter dem leisen Spott brannte Hunger, das Begehren, sich der Frau aufs Neue zu vergewissern, zu spüren, dass sie noch seine Frau war und immer seine Frau bleiben würde.

Wie einen Talisman hielt Roxanna ihren Medizinbeutel umklammert. »Du bist zu schwach. Deine Wunden!«

»Meine Wunden heilen prima. Aber du kannst sie ruhig versorgen, doch dann ...« Er griff nach dem dicken glänzenden Zopf, der Roxanna über der Schulter hing, und zog seine Frau nahe zu sich heran, bis er mit den Lippen ihre Wange streifen und dann den Nacken hinab bis zum Halsansatz liebkosen konnte.

Roxannas Augen schlossen sich, und jeder einzelne Nerv in ihrem Körper pulsierte in der Erinnerung an die Lust, die ihr seine Berührungen stets bereitet hatten. Wie einsam und kalt sie sich ohne diese Berührung gefühlt hatte! Sie kuschelte sich in Cains Umarmung und hob, fast ohne es zu wollen, die Hand mit dem Medizinbeutel, um ihren Mann zu umarmen. Versehentlich streifte der Hirschlederbeutel eine der frischen Wunden, und Cain holte tief Atem, ohne jedoch Roxanna freizugeben.

Die junge Frau öffnete rasch die Augen und versuchte, sich seinem Griff zu entziehen: »Du bist noch nicht so weit.«

»Oh, ich bin so weit, glaube mir!« erwiderte Cain und presste sein erigiertes Glied leicht gegen ihr langes Lederhemd. Dann nahm er ihr den Medizinbeutel aus der Hand, öffnete die Schleife am Band, das diesen verschloss, und hielt ihn Roxanna hin. »Versorge meine Wunden, Roxy!«

Er löste sich von ihr und schritt durch das seichte Wasser bis hin zu einem dichten Weidengebüsch, das vom Dorf her nicht einzusehen war. Dort ließ er sich auf der kühlen, mit Moos bedeckten Erde nieder und wartete, bis auf die brennende Begierde in seinen Augen, ganz ruhig und geduldig auf seine Frau.

Roxanna kniete sich neben ihn und entnahm dem Medizinbeutel eine Hand voll Salbei. »Es wirkt besser, wenn du dich hinlegst.«

»Wie du es wünschst«, entgegnete der junge Mann, streckte sich auf dem Rücken aus, wobei er eine Hand Besitz ergreifend auf Roxannas Hüfte ruhen ließ.

Sie begann die Behandlung an den Rändern der Wunden, dort, wo sich bereits Schorf zu bilden begann. Dann ließ sie die Feuchtigkeit auf die offenen Stellen einwirken, die noch stark schmerzten. Die kühle Heilkraft des Krautes wirkte sofort lindernd. »Tut das weh?«, fragte Roxanna besorgt, denn Cains Muskeln hatten leicht gezittert, als die Medizin direkt in die noch offenen Wunden in seiner Haut gedrungen war.

»Nur im ersten Moment ... dann kühlt der Salbei das Brennen der Wunde.« In Cain selbst glühte ein Feuer, das dingender nach Kühlung verlangte als die oberflächlichen Verletzungen auf seiner Brust.

Mit zitternden Händen beendete die junge Frau ihre Arbeit, stand dann auf und trat ans Wasser, um sich die Hände zu waschen, wobei sie Cains Augen auf sich ruhen fühlte.

»Zieh dich aus, Roxy! Ich brauche dich ... jetzt.«

Seine Blicke forderten sie eindringlich auf, ihm zu gehorchen, und seine Stimme klang rau und heiser vor Lust – oder war da noch etwas anderes zu hören? Etwas, was er bisher noch nie gesagt hatte? Du hast nie von Liebe gesprochen, Cain, dachte sie. Roxanna zog ihre Mokassins aus und stand dann auf, um die Schleifen an ihrem Hemd zu lösen und es sich über den Kopf zu streifen.

Als sie sich bückte, um die Hose aufzuschnüren, bat Cain: »Komm, lass mich das machen!«

Über die weiche Erde ging sie zu ihm hinüber, und er streckte die Hand aus, um erst die dünnen Lederriemen am linken, dann am rechten Bein zu lösen. Dabei drückte er die Lippen an ihre Waden und ließ die Fingerspitzen über die empfindliche Haut in ihren Kniekehlen gleiten. Roxannas Knie gaben nach, und sie hockte sich neben Cain, hatte aber immer noch Angst, seine verwundete Brust zu berühren. »Ich werde dir wehtun ...«

Cain lächelte: »Du musst nur ganz sanft mit mir umgehen, Roxy!« Mit diesen Worten nahm er ihre Hand, legte sie um sein Geschlecht und stöhnte dann leise auf, als ihre zarten, vom kalten Wasser noch klammen Finger sanft an ihm auf und ab glitten.

Roxanna beugte sich vor, sorgsam darauf bedacht, Cains Oberkörper nicht zu berühren, und ihre Lippen kamen den seinen immer näher. Cain griff nach ihrem Zopf, zog ihren Kopf ungeduldig zu sich herunter, und dann vereinigten sich die beiden Münder in einem langen, liebevollen Kuss, der wie ein Heimkommen war. Immer intensiver wurde dieser Kuss, und Cain gab Roxannas Haar frei, umspannte eine ihrer Brüste und knetete diese sanft.

Roxanna schmeckte nach der wilden Minze, mit der die Cheyenne ihre Zähne reinigen, und nach der süßen, schwer deutbaren Essenz, die Cain immer mit seiner Frau in Verbindung brachte. Als er seine Zunge tief in ihrem Mund versenkte, tanzte die ihre in seinen Mund und neckte ihn, bis er stöhnte und an ihr zu saugen begann. Lippen und Zungen entwickelten einen eigenen, hungrigen Rhythmus, und im selben Rhythmus drückten und kneteten Cains Hände Roxanas Brüste. Sofort wurde er belohnt: Ihre zarten Brustspitzen wurden hart wie kleine Kiesel.

Nun löste Cain seinen Mund von Roxannas Lippen und widmete sich den Brüsten seiner Frau; zärtlich schlossen sich seine Hände darum. Erst sog er an der einen, dann an der anderen und lauschte glücklich den heiseren kleinen Lauten, die sich in jeden der Atemzüge Roxannas mischten. Roxannas Finger spielten mit dem Glied ihres Mannes, das pulsierte und pochte und so sehr danach verlangte, sich in ihr zu versenken. Unwillkürlich bäumte Cain sich auf, stieß seinen Penis in Roxannas kleine Hand, und diese verstärkte noch ihren Griff und ließ die

Hand bis an die Wurzel seines Geschlechts gleiten. Noch eine solche Bewegung – dann wäre es um ihn geschehen.

Cain löste seine Lippen von der rosigen Brustspitze, an der er gerade saugte, und bat Roxanna mit belegter Stimme: »Knie dich über mich, ein Knie auf jeder Seite meiner Hüfte.« Dann legte er ihr die Hände auf die Hüften und lenkte ihren Körper, bis sie mit gespreizten Beinen auf seinem Unterleib saß.

Roxanna blickte hinab in Cains Augen, über die die Leidenschaft einen Schleier gebreitet hatte, und ahnte, dass sie selbst nicht viel anders aussah. Nun streichelten Cains Finger die geheime Stelle ganz oben zwischen Roxannas Beinen, rieben leicht darüber und wurden sofort mit allen feuchten Anzeichen ihrer Erregung belohnt. Die Liebkosung seiner Hand an genau der Stelle, die sich so sehr nach ihm gesehnt hatte, sandte zitternde Stöße der Erregung bis hoch hinauf in ihre Brüste und tief hinab in ihre Fußspitzen. Roxannas Rücken krümmte sich, und ihre Brüste bogen sich weit vor. Sie sah wunderschön aus, und das gebrochene Sonnenlicht verlieh ihrer Elfenbeinhaut einen durchsichtigen Schimmer.

»Nimm mich in dir auf!« Cain griff nach Roxannas Hand und leitete sie zu seinem Glied, das so innig gegen die Innenseite ihrer Schenkel gedrückt lag.

Roxanna tat einen leicht ängstlichen Ausruf, denn so etwas hatte sie noch nie getan. Nun streifte seine Eichel ihre feuchten Schamlippen, als sie sein Glied vorsichtig zur Öffnung in ihrem Körper lenkte. Ein ganz neues Gefühl von Macht nahm von Roxanna Besitz, gepaart mit einer unglaublichen Lust, die sie wie magnetisch zu Cains Geschlecht hinzog. Langsam ließ sie sich auf ihm nieder, und seine Größe dehnte ihre enge Scheide, seine Länge senkte sich in sie. Dann saß sie auf ihm, und seine Hitze vermischte sich mit der ihren, und seine Hüften bogen sich ihr entgegen, um sich immer noch tiefer in ihr zu versenken.

Cain durchfuhr ein Schauer reiner, sinnlicher Lust, verbunden mit einem Gefühl des Ganzseins, der Erfüllung, die ihn umhüllte, wie die samtene Scheide seiner Frau sein Geschlecht umhüllte. Er hätte unendlich lange so verharren wollen, so innig mit ihr verbunden, über sich die stolzen Kurven ihrer Brüste, denen man die Schwangerschaft bereits ansah, den seidigen Hügel ihres Bauches, die wunderschönen Augen, die staunend auf ihn herabblickten und in deren aquamarinblauen Tiefen sich seine eigene Sehnsucht widerspiegelte.

Roxanna hatte sich noch nie so souverän gefühlt, ohne dabei recht zu wissen, was zu tun war. Als sie nun spürte, wie er sich in ihr bewegte, reagierte ihr Körper ganz von allein, und ihre Muskeln spannten sich um ihn. Sie spürte, wie sich Cains Finger in ihre Hüften gruben, wie er ihre Hüften anhob, fast hoch genug, um den Kontakt zu verlieren ... aber eben nicht ganz. So verharrten sie einen Moment, die Augen tief in die des anderen vertieft. Dann ließ Cain Roxanna mit einem tiefen Stöhnen wieder auf sich herabsinken.

Rasch griff die junge Frau den Rhythmus auf, den die liebevoll um ihre Pobacken geschlungenen Hände ihr vorgaben. Ihr Körper schien über ureigene Instinkte zu verfügen, und er bäumte und drehte sich, jeder Bewegung des Mannes folgend. Ihre Lust entlockte Cain kleine Liebeslaute und halbe, gestöhnte Flüche, und ihr selbst raubte die süße Verrücktheit dessen, was sie hier tat, den Verstand. Alles in ihr konzentrierte sich auf die Vereinigung, auf das Wunder, sich mit ihm zu bewegen, ihn tief in sich aufzunehmen, sich dann wieder zu erheben, vor jedem heißen Stoß abwärts ... Unermüdlich trieb sich die junge Frau selbst auf den Gipfel der Lust zu – seinen und ihren –, sehnte den Höhepunkt herbei, verlangte mit jeder Faser ihres Ichs nach Erlösung, hatte nichts anderes mehr im Sinn. Und gleichzeitig sehnte sie sich danach, dass das Wunder nie zu Ende ginge.

Mit aller Macht klammerte sich Cain an Roxanna, stieß in sie hinein, ließ sie auf ihm reiten. Was für eine wunderbar wilde, ungestüme kleine Göttin sie war, seine Sonnen- und Mondfrau! Ihre Haare hatten sich aus dem Zopf gelöst und umflossen ihre

Schultern in silbriger Fülle, glitten wie Seide hin und her, wann immer sie sich hob und senkte. Die feuchte Hitze ihrer Scheide schloss sich eng um ihn, trieb ihn zum Wahnsinn. Cain grub die Hacken in den Boden, und sein ganzer Körper versteifte sich in einem Aufbäumen, das die Muskeln unter den frischen Wunden spannte – aber er spürte keinerlei Schmerz.

Cain sah, wie Roxannas Ausdruck immer angespannter wurde, wie seine Frau sich auf die Lippen biss und wieder und wieder seinen Namen rief, den Kopf zurückwarf, bis die lange Mähne ihres Haares seine Hüften streifte und zwischen seine Beine fiel. Diese Berührung war zu köstlich, und Cain konnte nicht anders, er musste heisere Schreie ausstoßen. »Roxanna! Liebling! Roxy!« Auf Roxannas Haut glitzerte ein leiser Schweißfilm, der nun, vom Gesicht ausgehend und sich rasch auf Hals, Brust und Bauch ausdehnend, von einem rosa Hauch überdeckt wurde.

Cain spürte die ersten süßen Kontraktionen ihrer Scheide, die sein Glied massierten, pulsierende Wellen, eine nach der anderen, die immer stärker wurden, bis er sich nicht mehr zurückhalten konnte.

Roxannas Höhepunkt kam langsam und in Wellen; er ließ ihre Beine schwach werden, ihren Körper Feuer fangen. Immer rascher kamen die rhythmischen Kontraktionen, und gleichzeitig spürte sie, wie Cains Glied hoch in ihrem Körper noch einmal mächtig anschwoll, und dann senkte sich in reichen, starken Strömen wie eine Liebesgabe sein Samen tief in sie hinein.

Roxanna stützte sich mit den Händen auf beiden Seiten von Cains Kopf ab und sank vor, vorsichtig darauf bedacht, seine verletzte Brust nicht zu berühren. An ihrem Gesicht fühlte sie seinen raschen Atem, und mit ihrem ganzen Wesen spürte sie, dass ihr Mann eine ebenso satte, zufriedene, wohlig ermüdende Befriedigung empfand wie die, die sich auch ihrer Sinne bemächtigt hatte. Cains Hände glitten an Roxanna empor, umarmten sie, zogen sie zu sich hinab, bis sie auf ihm lag.

»Aber das muss dir doch wehtun!«, murmelte Roxanna matt an Cains Wange.

»Darauf lasse ich es ankommen!«, flüsterte er und vergrub die Hände tief in dem Vorhang aus blassem Haar, der ihr um die Schultern fiel. »Verlass mich nie wieder«, flüsterte er, die Lippen an ihren Hals gepresst.

Das war keine richtige Liebeserklärung, aber für den Moment mochte es reichen, dachte Roxanna träge, kuschelte sich in Cains Armen zurecht und schloss die Augen.

Kapitel 22

Johnny Lahmes Pony zügelte sein Pferd und dachte nach. Er war gemeinsam mit den anderen Spähern dem Soldatentrupp vorangeritten und hatte dann die drei Cheyenne losgeschickt, um nach Lederhemds Lager Ausschau zu halten. Der Colonel sorgte sich, dass die Cheyenne der weißen Frau Leid zugefügt haben könnten. Johnny dagegen sorgte sich, sie könne zusammen mit Cain bereits das Lager verlassen haben. Nun aber hatte er endlich am Ufer des Deer Creek das Dorf entdeckt und wusste, dass zumindest seine Sorge unbegründet gewesen war: Das Halbblut und die Frauen waren immer noch da.

Und dazu noch Andrew Powell, was Lahmes Pony sehr erstaunt hatte. Was machte der große Chef des Eisenpferdes bei den Cheyenne? Langsam hatte er sich näher an das Dorf herangeschlichen und erfahren, dass Powell Gefangener war. Irgendwie war der alte Herr den Indianern in die Hände gefallen. Wollte Johnny nun den Befehlen nachkommen, die er erhalten hatte, und die Soldaten ins Lager führen, dann konnte es durchaus geschehen, dass Powell in dem Durcheinander versehentlich getötet wurde. Einen solchen ›versehentlichen‹ Tod hatten schließlich seine ›Späher‹ und er auch Cain und dessen Frau zugedacht.

Wie nun am besten vorgehen? Andrew Powell war der mächtigste Mann bei der Eisenbahn, und Lahmes Pony hatte jahrelang auf seiner Lohnliste gestanden. Aber es war mitnichten ein Gefühl der Loyalität, das den erfahrenen Banditen jetzt so genau nachdenken ließ; ihm ging es darum, gründlich auszuloten, wie sich die ganze Sache am vorteilhaftesten wenden ließe. Für ihn vorteilhaft natürlich. Ein heikles Problem!

Die drei abtrünnigen Cheyenne wollten die ganze Gruppe um Lederhemd vernichten, um sich dafür zu rächen, dass man sie in die Verbannung geschickt hatte. Wieselbär hegte Cain gegenüber noch dazu einen sehr persönlichen Groll und freute sich auf die Gelegenheit, seinen halb indianischen Cousin ermorden zu können. Wenn Johnny nun hinging und Powell befreite, dann entging den dreien ihre Beute höchstwahrscheinlich. Aber auch Johnny selbst ging ein großes Risiko ein, wenn er ins Lager ritt, um über Powells Freilassung zu verhandeln. Cain hatte ihn nach den Überfällen auf die Lager der Planiertrupps lange und unbarmherzig verfolgt und kannte seine Identität.

Lederhemd würde sich freuen zu hören, dass Johnny Krieg gegen das Eisenpferd führte, das die Jagdgründe der Cheyenne querte – es sei denn, Cain hatte dem alten Häuptling geschildert, wie geschickt Johnny seine Überfälle so plante, dass man letztendlich die Cheyenne für verantwortlich hielt. Wenn das der Fall war, würde der Zorn des alten Mannes grenzenlos sein. Vielleicht konnte Johnny diesen Zorn von sich abwenden, indem er ihnen allen das Leben rettete! Bestimmt waren Lederhemds Leute sehr dankbar, wenn er ins Lager ritt und sie vor den Blauröcken warnte, die sich, auf der Suche nach der weißen Frau, so rasch ihrem Dorf näherten.

Auf jeden Fall aber musste Lahmes Pony schnell handeln, ehe Wieselbär und die anderen ihn hier einholten. Johnny hatte sein ganzes Leben am Rande der Zivilisation des weißen Mannes verbracht, nie viel Geld verdient und war stets von denen, die seine Dienste in Anspruch nahmen, verachtet worden. Eigentlich hatte er nur von einer Sauftour zur anderen existiert. Dies hier war seine große Chance. Wenn er Powell das Leben rettete, würde er eine weit größere Belohnung verlangen können als die, die man ihm ursprünglich zugesichert hatte.

Johnny tauschte die zusammengeschusterte Uniform, die die Pawnee-Späher des Captain North zu tragen pflegten, gegen eine einfache Lederhose und ein Lederhemd ein und streifte die perlenbestickten Mokassins der Lakota sowie ein entsprechendes Stirnband über. Dann ritt er direkt in das Lager der Cheyenne. Die Wachhabenden sahen das Lakota-Halbblut sich nähern und brachten den Mann sofort zu Lederhemd. Das Glück war auf Johnnys Seite, denn Cain war nirgendwo zu sehen, als der Bandit das Zelt des Häuptlings betrat.

»Die Lakota sind unsere Brüder. Du bist in unserem Dorf willkommen«, erklärte Lederhemd und wies den Gast mit einer Handbewegung an, Platz zu nehmen. »Wie nennt man dich?«

Lahmes Pony hielt es für das Beste, so nah wie möglich bei der Wahrheit zu bleiben. So erwiderte er: »Man nennt mich Johnny Lahmes Pony. Meine Mutter war eine Brulé, aus dem Dorf von Büffelnacken.« Johnny sprach recht passables Cheyenne.

»Dein Vater war ein Weißer.« Bis auf die Mokassins und das Stirnband, die auf Johnnys Stammeszugehörigkeit hinwiesen, hatte sich der Besucher in die typische Kleidung des weißen Grenzers gekleidet.

»Ich lebe bei den Weißen«, gab Johnny zu und hielt die Augen unverwandt auf Lederhemd gerichtet. Für umständliche Erklärungen blieb wenig Zeit. »Manchmal arbeite ich als Späher für die Soldaten.«

Lederhemd blickte weniger freundlich. »Meine Wachhabenden sagten, du hättest eine wichtige Nachricht für mich.«

»Die Soldaten des Eisenpferdes nähern sich. Sie verfolgen euch schon seit mehreren Tagen.«

»Wohl nicht ohne deine Hilfe. Was wollen diese Blauröcke von uns?«

»Sie sind gekommen, um die weiße Frau zu retten, die bei euch ist. Sie wollen dich bestrafen, weil du sie gefangen genommen hast.«

Lederhemd richtete sich auf. »Geht Aufrecht ist keine Gefangene. Sie ist jetzt meine Enkelin. Sie kam freiwillig zu uns. Wer erzählt solche Lügen?«

Johnny zuckte die Schultern. »Das weiß ich nicht. Ich arbeite nur für die Soldaten. Colonel Dillon mein, ihr hättet diese Frau gefangen genommen und er müsse sie zurückbringen.«

»Wenn du für den Häuptling der Blauröcke arbeitest, warum bist du dann hier, um mich vor ihrem Angriff zu warnen?«, fragte Lederhemd misstrauisch.

»Glaub ihm nichts. Er ist der Bandit, der die Eisenbahn angreift und die Schuld dafür den Cheyenne in die Schuhe schiebt«, erklärte Cain, der gerade das Zelt betrat.

»Ich sage die Wahrheit. Dillon ist auf dem Wege hierher und will die weiße Frau zu ihrem Großvater zurückbringen. Er ist nur eine halbe Stunde hinter mir zurück. Wenn ihr glaubt, dass ich lüge, dann schickt eure eigenen Späher aus, und sie werden ihn nur ein paar Pfeilschusslängen entfernt den Fluss hinunter finden!«

»Das werde ich tun«, entgegnete Lederhemd und rief nach dem Hundekrieger, der vor seinem Zelt stand. Dieser schickte mehrere Krieger aus, um nach den Blauröcken zu suchen.

Cain betrachtete den Banditen nachdenklich und versuchte, sich über dessen Motive Klarheit zu verschaffen. »Was verdienst du an dieser Sache, Johnny?«, erkundigte er sich leise auf Englisch, wobei in seinem Kopf eine Idee Gestalt annahm.

»Ich bin hier wegen des Eisenpferd-Mannes, Powell. Du und die Frau, ihr könnt den Soldaten beweisen, dass sie keine Gefangene ist, doch Powell wird gegen seinen Willen festgehalten. Gebt ihn mir und lasst uns beide zusammen fortreiten.« Johnny richtete seine Worte an den alten Häuptling und verfluchte im Stillen sein Pech, dass Cain sich eingemischt hatte.

»Bring Seine Augen Sind kalt. Ich möchte mit ihm reden«, wandte Lederhemd sich an Bruder Des Geistbüffels.

Cain nickte, trat aus der Zeltöffnung und warnte: »Lass den Mann nicht aus den Augen, während ich fort bin, Großvater!«

Mit schnellen Schritten durchquerte Cain das Dorf und betrat das Zelt, in dem man seinen Vater untergebracht hatte.

Powell blickte zu Cain hoch, der mit Lendenschurz und Lederhose bekleidet war, und murmelte verächtlich: »Du siehst aus wie ein richtiger Wilder. Ich frage mich, was MacKenzie wohl von dir halten würde, könnte er dich so sehen.«

Cain ignorierte die höhnische Bemerkung. »Ich weiß jetzt, warum du in diese Gegend gekommen bist, so nahe an Lederhemds Leute heran.«

Powell hob die eleganten Brauen, stand auf und trat seinem Sohn gegenüber. »Ach, weißt du das?«

»Ja, du hattest...«

Schneller Hufschlag und laute Alarmrufe unterbrachen den angespannten Schlagabtausch der beiden Männer.

»Blauröcke! Soldaten kommen!«, schrien die Hundekrieger. »Viele Male zahlreicher als unsere Krieger. Sie sind nicht weit entfernt. Bald werden sie hier sein.« Und alle im Dorf rannten durcheinander, auf der Suche nach Kindern und Pferden, um fliehen zu können.

Mit einem Fluch trat Cain aus dem Zelt und rief einem der Hundesoldaten zu: »Bring den Gefangenen zu Lederhemd. Lass ihn nicht entkommen!« Mit diesen Worten griff er hinter sich nach dem geflochtenen Lederstrick, mit dem die Hände seines Vaters gebunden waren, und nachdem er Powell dem Krieger übergeben hatte, machte Cain sich auf die Suche nach Roxanna. Wenn die Armee über das Dorf herfiel, ehe sie hatten entkommen können, würden sie beide im Kreuzfeuer sterben.

Überall hörte man Frauen aufgeregt nach ihren Kindern rufen, und in Vorbereitung auf die Verteidigung des Dorfes griffen Krieger nach ihren Waffen und bestiegen ihre besten Pferde. Alle rannten hin und her und bereiteten sich auf die Flucht vor, um dem Zorn der Soldaten zu entkommen, wobei sie ihre Besitztümer würden zurücklassen müssen. Cain rief nach Roxanna und entdeckte sie, als sie gerade, gefolgt von Sieht Viel, das Zelt des alten Schamanen verließ.

Die jungen Frau kam auf ihn zugerannt. »Was ist los? Warum flüchten alle?«

»Die Armee. Dillon kommt mit einer großen Kavallerietruppe – man hat ihnen weisgemacht, du würdest hier als Gefangene gehalten.«

»Aber das ist absurd! Wer behauptet das?«

»Wir haben jetzt keine Zeit – du musst hier raus, ehe du mitten zwischen die Schusslinien gerätst.«

»Ich kann doch den Soldaten sagen, dass ich gar keine Gefangene bin! Lass mich mit diesem Dillon reden«, bat Roxanna, als Cain sie nun am Arm packte und zur Pferdewiese zog, die man mit Stricken abgesteckt hatte. Dort angekommen, pfiff er nach seinem Kastanienbraunen.

»So einfach ist das nicht«, erklärte er rasch. »Ich will vor allem erst einmal dich in Sicherheit wissen. Dann halte ich Dillon auf.«

Roxanna erkannte, dass sich ihr Mann ihre Argumente noch nicht einmal anhören würde, und gab es auf, ihn überzeugen zu wollen. Eilig sattelte und zäumte Cain seinen großen Hengst und fing dann den Wallach ein, den Roxanna in letzter Zeit geritten hatte. Rasch sattelte er auch den und half seiner Frau in den Sattel.

»Reite zu den Erlen am Fluss«, wies er sie an und zeigte auf einen kleinen Baumbestand in einiger Entfernung. »Warte dort auf mich. Verlass den Wald nicht und lass nicht zu, dass irgendwer dich sieht, ehe nicht alles vorbei ist. Versteck dich, Roxanna, wirklich!«

Die junge Frau erbleichte. »Es geht um mehr als nur ein Missverständnis, nicht wahr?«

»Reite los!«, erwiderte Cain, als sie nun die Zügel ihres Wallachs raffte und sich zu ihrem Mann umwandte.

»Cain, hör mir zu! Wenn du, so wie du jetzt gekleidet bist, auf die Soldaten zureitest, werden sie denken, du seiest ein Cheyenne! Und dann werden sie dich erschießen. Wenn sie mich sehen, werden sie wissen ...«

»Nein!«, widersprach er und fügte einen Fluch hinzu, aber sie hatte dem Wallach schon die Fersen in die Seite gedrückt und sprengte flussabwärts auf Dillon und die Kavallerie zu, wobei ihre Silberhaare wie eine Fahne hinter ihr herflatterten.

Sieht Viel stand mitten in dem aufgeregten Durcheinander, hörte Cain fluchen und sah ihn seinem Pferd die Sporen geben, um seiner dickköpfigen Frau nachzureiten. Dann ging der alte Schamane in aller Ruhe hinüber zum Häuptlingszelt, in dem sein Bruder und Seine Augen Sind Kalt mit dem abtrünnigen Lakota zusammenstanden. Der Häuptling winkte einen der Hundekrieger herbei und befahl: »Fessel den Lakota und versteck dann beide Männer. Wir werden hier auf die Blauröcke warten.«

»Bruder Des Geistbüffels und Geht Aufrecht sind den Soldaten entgegengeritten«, berichtete Sieht Viel. »Sie werden auf deinen Enkel hören. Bei ihnen ist er ein Häuptling des Eisenpferdes.«

»Wenn derjenige, den sie Dillon nennen, ihn erkennt!«, gab Lederhemd besorgt zu bedenken.

»Lasst uns frei. Ich habe euch gewarnt. Die Ehre gebietet, dass du mir im Austausch für die Warnung Powell überlässt«, protestierte Johnny Lahmes Pony, dem man gerade ein Gewehr unter die Nase hielt, um ihm dann die Hände zu fesseln.

»Du hast keine Ehre, also bin ich zu nichts verpflichtet«, erwiderte Lederhemd unbeeindruckt und entließ die Gefangenen mit einer Handbewegung.

Als die Hundekrieger die beiden nun in das Zelt schleppten, in dem zuvor schon Powell gefangen gehalten worden war, blickte Andrew voller Verachtung auf seinen Banditen: »Du Narr! Er wird keinen von uns freilassen!«

Auf dem Hügel, hinter einem Schiefervorsprung verborgen, sah Wieselbär auf das Lager hinab und verfluchte den verräterischen Lakota, der die Cheyenne gewarnt hatte. Vielleicht konnte er es immer noch schaffen, das Halbblut und die Frau aufzuhalten, ehe diese verhindern konnten, dass Dillon das Dorf angriff. Seine Kumpane hatten dem Colonel bereits eine falsche Nachricht überbracht: Sie behaupteten, die Frau würde aus dem Lager geschafft, um erschossen zu werden. Das würde die Soldaten schon dazu bewegen, schnell und rücksichtslos anzugreifen. Aber er, Wieselbär, wollte auf jeden Fall Kein Cheyenne und die Frau töten. Er drehte sein Pferd auf der Hinterhand um und ritt in vollem Galopp den beiden Reitern hinterher, und zwar so, dass er hoffen konnte, ihnen den Weg abzuschneiden, ehe sie auf die Soldaten trafen.

Sobald Roxanna sich weit genug vom Dorf entfernt hatte und die Richtung eingeschlagen hatte, auf der die Armee ihr entgegenkommen würde, zügelte sie ihr Pferd ein wenig. Ihr waren Bedenken gekommen: Wenn die Soldaten sie in vollem Galopp heransprengen sahen, verfolgt von einem Indianer, mussten sie doch davon ausgehen, dass der Verfolger ihr etwas antun wollte. Und dann würden sie Cain erschießen. Rasch holte Cain seine Frau ein. Sein Gesicht war wutverzerrt, als er sein Pferd neben ihr zum Stehen brachte.

»Wir müssen zusammen reiten. Nimm mich auf dein Pferd, Cain. Bitte. Wir haben jetzt keine Zeit. Du kannst sie nicht aufhalten, wenn du wie ein Cheyenne gekleidet bist! Verstehst du denn nicht...«

»*Du* verstehst nicht, du kleine Närrin! Wir geben ein perfektes Ziel ab, wenn wir...«

Schon drang aus einem kleinen Weidenwäldchen an einer schmalen Biegung des Flusses der scharfe Knall einer Büchse, und eine Kugel verfehlte Cain nur um wenige Zentimeter. Sofort drückte der junge Mann sich eng an den Rücken des Kastanienbraunen, griff die Zügel von Roxannas Pferd und schrie: »Leg dich flach hin und halte dich fest!«

Mit einem Fluch legte Wieselbär erneut an und schoss, aber die beiden Reiter bewegten sich nun sehr schnell, und zudem wiegten sich die niedrigen Weidenzweige, hinter denen der Cheyenne sich verborgen hatte, in der Brise hin und her und behinderten seine Sicht. Zweimal verfehlte er die beiden noch, dann waren sie hinter ein paar Felsen verschwunden. Er verfluchte seine Ungeschicklichkeit und überquerte den Fluss an einer flachen Stelle, wobei er die Augen unverwandt dorthin gerichtet hielt, wo der Mann und die Frau verschwunden waren. Nicht lange mehr, und die Blauröcke würden das Flusstal hinaufreiten. Bis dahin mussten Kein Cheyenne und seine Frau tot sein! Dann würde er, Wieselbär, die Zerstörung des Dorfes mit ansehen können, die Krönung seiner Rache, und der Mann des Eisenpferdes würde statt des Verräters Lahmes Pony ihn belohnen.

Cain half Roxanna vom Pferd und schütze sie mit seinem Körper, während er sie hinter die Felsen drängte. »Bleib unten. Es sieht so aus, als wären die Freunde von Lahmes Pony gekommen, und ich weiß nicht, wie viele das sind.« Über den Lauf seines Spencer-Karabiners beobachtete er die Bäume am Fluss und wartete auf eine Bewegung.

»Und während wir hier festsitzen, reitet die Armee im Dorf ein«, klagte Roxanna verzweifelt. »Ich kann nicht zulassen, dass all diese unschuldigen Menschen meinetwegen sterben. Ich werde mich davon...«

Cain wandte sich zu ihr und ergriff ihr Handgelenk mit einer Kraft, gegen die sie machtlos war, zog sie an seine Brust und ließ sich mit ihr zusammen hinter einen großen Felsen fallen. »Sie werden dich töten, wenn du versuchst, an den Bäumen da unten vorbeizureiten!«

»Nicht, wenn du mir Rückendeckung gibst! Ich reite sehr gut, Cain. Ich lege mich flach auf mein Pferd! Gib mir den Kastanienbraunen, er ist schneller.«

Sie hatte Recht, was das Dorf betraf. Die Armee würde ein Blutbad anrichten. »Warte hier und bleib unten«, befahl Cain und gab Roxannas Arm frei. »Du kannst auf die Bäume dort zielen, doch du darfst deinen Kopf nicht weiter heben als ich jetzt.« Mit diesen Worten feuerte er aus dem Schatten des Felsens einige Schüsse ab. »Du kannst doch mit einem Karabiner umgehen, oder?«

»Ja, aber die Soldaten werden dich erschießen...«

»Dillon kennt mich. Wenn ich bis zu ihm durchkomme,

wird er auf mich hören.« Cain kroch langsam zu den Pferden hinüber. Er wühlte in den Satteltaschen und förderte ein zerknautschtes Lederhemd zu Tage, das er sich über den Kopf zog. Dann streifte er rasch den Cheyenneschmuck ab. »Ich sehe so weiß aus wie sonst auch immer und bis jetzt hat mich noch keiner erschossen.«

»Sei vorsichtig, Cain!« Ich liebe dich, fügte sie in Gedanken hinzu.

»Fang an zu schießen, sobald ich aufgestiegen bin, aber lass den Kopf unten!« Mit dieser letzten Ermahnung warf er ihr eine Schachtel Munition zu.

Sie nickte, als er sich auf den Braunen schwang und den Hengst antrieb. Dann drehte sie sich um und feuerte einige Schüsse ab, während der große Hengst durch die Baumreihe fegte. Von den Weiden her folgten als Antwort auch Schüsse, von denen jedoch keiner Cain und das Pferd traf. Roxanna versuchte auszumachen, wo der Schütze sich befand, konnte dies jedoch nicht genau feststellen. Also zielte sie auf die Stelle, an der die Weiden am dichtesten standen, denn dort meinte sie, eine Bewegung wahrgenommen zu haben.

Cain hörte im Fortreiten den Schusswechsel und betete darum, dass Roxanna nichts geschehen möge. Dafür bringe ich ihn um! Ihn und die anderen Abtrünnigen, drohte er.

Cain erblickte die Reihe der Kavalleriesoldaten etwa zur gleichen Zeit, wie auch sie ihn von der anderen Seite des Flusses her sehen konnte. Er war einen kleinen Umweg geritten, um die ungeschützten flachen Uferbänke des Flusses zu meiden, die ihm keinen Schutz vor dem Schützen in den Weiden hatten bieten können. Welch knappes Entkommen! Wenig später wäre die Kavallerie direkt ins Dorf eingeritten! Cain hob die Hand und winkte, wobei er Dillons Namen rief.

Riccard Dillon kniff die Augen zusammen, um den einsamen Reiter auf dem großen kastanienbraunen Pferd besser erkennen zu können.

»Sieht aus wie eine von den Rothäuten, Colonel. Wenn diese

Pawnee Recht haben, bleibt uns keine Zeit, mit dem zu palavern, sonst bringen sie die Frau um«, rief Dillons Korporal und hob seinen Springfield-Karabiner.

»Warten Sie! Ich erkenne das Pferd. Es gehört Cain.«

»Dem Halbblut, das für die Arbeitstrupps der Union Pacific zuständig ist?«, warf der Korporal misstrauisch ein und betrachtete den heruntergekommen wirkenden langhaarigen Reiter mit Argwohn. »Der hier hat wohl eher Cains Sattel und Pferd gestohlen!«

»Er ist allein«, erwiderte Dillon und versuchte zu verstehen, was der eilig sich nähernde Mann rief. Das war nicht einfach, denn aus der Ferne drangen laute Schüsse zu ihnen herüber und übertönten alles. Aber Dillon hatte, irgendeiner Eingebung folgend, dem Bericht seiner beiden Späher ohnehin nicht recht Glauben schenken wollen. Auch die Tatsache, dass weder Feuersteinpfeil noch der große Rote, der mit ihm ritt, bis jetzt zurückgekommen waren, er schien ihm merkwürdig. Die ganze Sache war ihm nicht geheuer.

Dann hörte Dillon deutlich seinen eigenen Namen und erkannte Cains Gesicht. »Abteilung halt«, befahl er, gab seinen Truppen ein entsprechendes Handzeichen und ritt Cain entgegen. »Was zum Teufel geht hier vor?«, rief er sobald der andere Mann in Hörweite gekommen war.

»Nicht, was Sie denken. Meine Frau befindet sich bei Lederhemds Leuten. Aber sie war dort keine Gefangene.«

»Dann droht ihr keine Gefahr? Meine Späher berichteten ...« Dillon beendete seinen Satz mit einem Fluch, als er jetzt feststellen musste, dass sich seine beiden ›Pawnee‹ bei Cains Anblick von der Truppe entfernt hatten und nun Hals über Kopf auf den Fluss zuritten. »Verdammt! Ich wusste, dass ich den Schweinehunden nicht trauen durfte!«

»Keine Zeit für lange Erklärungen, Dillon! Meine Frau ist in Gefahr – wir sind aus dem Hinterhalt angegriffen worden, und sie sitzt dort hinter den Felsen fest.« Mit diesen Worten wendete Cain seinen Kastanienbraunen auf der Hinterhand und ritt in rasendem Tempo in Richtung des Schusswechsels.

Dillon gab seinen Soldaten den Befehl zu folgen. Als die Kolonne die Felsen erreichte, war die Schießerei bereits beendet, und Cain war vom Pferd geglitten und lief, einen Frauennamen rufend, auf einen der Felsen zu. Der Name, den er rief, lautete allerdings merkwürdigerweise nicht Alexa, sondern Roxanna!

Als Roxanna Cain näher kommen hörte, warf sie das Gewehr zu Boden und kletterte über den Felsen, hinter dem sie Deckung gesucht hatte. »Cain! Gott sei Dank, du bist in Sicherheit! Ich hatte solche Angst!« Mit diesen Worten warf sie sich in seine Arme, wobei sie über seine Schulter hinweg auf die Soldaten blickte, die immer näher kamen.

Ein Offizier mit einem vierschrötigen Gesicht stieg von seinem Pferd und kam auf die beiden jungen Leute zu. Der Colonel war ein Mann in den Vierzigern mit Augen, die aussahen, als hätten sie mehr als genug vom militärischen Leben und von der Welt an sich gesehen. Respektvoll zog er Roxanna gegenüber den Hut, wobei schon recht dünnes, graubraunes Haar und eine leichte Stirnglatze zum Vorschein kamen.

»Mrs. Cain!«, begann Riccard ein wenig unsicher. Die silberblonde Frau war umwerfend – selbst in Indianertracht. Wie hatte Cain sie genannt – Roxanna?

»Roxanna, darf ich dir Colonel Riccard Dillon vorstellen, früher einmal Fort Russel. Colonel, meine Frau, Roxanna Cain.«

Dillon beschloss, die Unklarheit mit dem Namen zu übersehen, und schüttelte Roxannas ausgestreckte Hand wie ein echter Gentleman. »Ich kann sehen, dass Ihnen kein Leid zugefügt wurde, Mrs. Cain. Meine Pawnee-Späher berichteten, der alte Lederhemd habe Sie für eine öffentliche Hinrichtung vorgesehen.«

Zornig holte Roxanna tief Atem. »Das ist absurd! Diese Menschen sind meine Freunde, meine Verwandten!«

»Wo hatten Sie denn Ihre Pawnee-Späher her?«, erkundigte sich Cain interessiert.

»Vor knapp einer Woche ritten sie in mein Lager. Sie hatten von Frank North unterzeichnete Marschbefehle bei sich ... zumindest sah die Unterschrift so aus wie Franks Gekritzel. Merkwürdig, ich habe die ganze Zeit schon gedacht, dass sie eigentlich gar nicht wie Pawnee ausschauten.«

»War der Führer ein großer flachgesichtiger Kerl, mit einer Brust wie ein Fass, o-beinig und mit einer Narbe hier?« Cain zeigte auf die linke Seite seines Halses.

»Ja.«

»Da hat ihn der Strick verbrannt, bei einem Stelldichein mit dem Henker. Er ist Sioux, kein Pawnee. Er heißt Johnny Lahmes Pony.«

»Cain, das ist doch der Lakota, der vorhin ins Lager geritten kam!«, meldete Roxanna sich zu Wort, die nun überhaupt nicht mehr verstand, was vor sich ging.

»Jetzt kann ich es dir nicht erklären!«, erwiderte Cain und wandte sich dann an Dillon, der einen leisen Fluch ausgestoßen hatte. »Er und die Männer, die mit ihm reiten, sind an der Sabotage an unseren Landvermessungsteams und Planiertrupps beteiligt. Ich habe auch so eine Ahnung, wer die anderen Späher gewesen sein könnten. Ich habe vor, sie aufzuspüren, doch zuerst einmal muss ich dafür sorgen, dass sich meine Frau in Sicherheit bringt. Können Sie eine Eskorte entbehren, die Mrs. Cain zum Eisenbahn-Knotenpunkt in Medicine Bow bringt?«

»Nein! Ich bin bei den Cheyenne sicher. Ich will dich nicht verlassen.«

»Du kannst nicht mit mir reiten, Roxy, und Jubal wird vor Sorge außer sich sein, wenn du nicht nach Hause kommst«, erklärte Cain und drückte seiner Frau einen raschen Kuss auf die Wange. Dann wandte er sich wieder an Dillon: »Kann ich auf Sie zählen?«

Dillon nickte. »Ich kann sechs Reiter entbehren. Wenn sie durchreiten, könnten sie heute bei Einbruch der Dämmerung schon am Trassenendpunkt sein. Meine Aufgabe ist nun, diese

Banditen zu erwischen, Cain. Ich möchte, dass Sie mir alles über sie erzählen, was Sie wissen.«

»Kümmern Sie sich um meine Frau, und ich werde Ihnen alles erklären, wenn ich aus Lederhemds Lager zurückkomme. Dann bringe ich Ihnen auch Lahmes Pony.«

Als Roxanna nun zusah, wie Cain sich auf sein Pferd schwang und auf das Dorf zuritt, war sie hin und her gerissen zwischen der Angst um sein Leben und dem wütenden Zorn über die willkürliche Art, wie er über sie verfügt hatte. Mit einem besorgten Stirnrunzeln wandte sich die junge Frau an Dillon. »Verstehen Sie besser als ich, was hier passiert?«

Riccard zuckte die Schultern: »Ich weiß nur, dass diese ›Späher‹ mich dazu bringen wollten, Lederhemds Dorf zu überfallen, um Sie zu retten.«

»Aber warum sind Sie überhaupt auf der Suche nach mir?«

Er erzählte ihr von dem Telegramm, das angeblich von Jubal abgeschickt worden war, und danach waren sie beide gründlich verwirrt. Roxanna ließ die Tatsache, dass Andrew Powell von Lederhemd gefangen gehalten wurde, lieber unerwähnt. Einmal waren die Cheyenne bereits einem großen Unglück entronnen. Der alte Fuchs Powell konnte selbst für seine Rettung sorgen!

Der Colonel hielt Wort und wählte sechs Männer aus, die Roxanna zurück in die Zivilisation begleiten sollten. »Sobald Sie in Medicine Bow sind, können Sie an Ihren Großvater ein Telegramm aufgeben. Ich bin sicher, er schickt sofort einen Eisenbahnwagen, um Sie zu sich zurückbringen zu lassen.«

Auch wenn Roxanna selbst gar nicht so sicher war, dass sie jetzt schon Jubal wiederzusehen wünschte, entschied sie, es sei wohl das Beste, die Sache mit dem ›Arrangement‹ zwischen Cain und ihm so schnell wie möglich zur Sprache zu bringen und offen zu erörtern. Wenn sie sich nur nicht so schreckliche Sorgen um ihren Mann machen würde, der wieder einmal hinter Banditen hergeritten war! »Ehe ich zur Eisenbahn zurückgehe, möchte ich mich von Lederhemd und Sieht Viel und meinen anderen Freunden bei den Cheyenne verabschieden. Sie haben mich bei sich aufgenommen, als ich als Bittstellerin zu ihnen kam, und zum Dank dafür war ich die Ursache dafür, dass sie um ein Haar getötet worden wären.«

»Aber Mrs. Cain: Sie haben doch selbst gehört, was Ihr Mann gesagt hat.«

»Ja, das habe ich.« Roxanna warf dem Colonel ihr charmantestes Lächeln zu und kletterte dann auf die Felsen, hinter denen ihr Wallach versteckt stand. »Lassen Sie meinen Begleittrupp unten am Fluss auf mich warten. Ich brauche nicht lange!«, rief sie fröhlich, saß auf und bohrte ihrem Reitpferd die Fersen in die Flanken, während der Colonel leise vor sich hin fluchte.

Als Cain im Dorf ankam, wussten alle bereits, dass die Gefahr vorüber war. Unter den Menschen herrschte wieder die gewohnte Ordnung, und alle begannen, ganz ruhig die Dinge auszupacken, die sie angesichts der bevorstehenden Flucht hastig zusammengerafft hatten. Cain ritt direkt zu Lederhemds Zelt, in dem der Häuptling und Sieht Viel ihn mit ernsten Mienen erwarteten.

»Meine Krieger sagen, dass die Blauröcke uns nicht angreifen werden«, begann Lederhemd.

»Nein. Ich habe Geht Aufrecht zu ihnen gebracht. Sie bringen sie zum Pfad des Eisenpferdes zurück.«

»Wenn die Zeit gekommen ist«, bemerkte Sieht Viel geheimnisvoll, doch Cain war zu beschäftigt, um genau auf die Worte des alten Mannes zu achten.

»Bringt mich zu Powell und Lahmes Pony. Sie müssen mir ein paar Dinge erklären.«

Lederhemd nickte und führte Cain durch das Dorf bis hin zu dem Zelt, in dem die Gefangenen untergebracht waren. Sieht Viel dagegen verharrte in der Mitte des Dorfes und blickte erwartungsvoll gen Süden.

Lederhemd öffnete den Zelteingang, durch den Cain hindurchtrat, um dann mit einem zornigen Fluch auf Englisch neben der Leiche eines Hundekriegers niederzuknien. »Seine Kehle ist durchgeschnitten«, bemerkte er wütend, als sein Großvater nun in das dunkle Zeltinnere trat. »Lahmes Pony und Powell sind fort!«

»Das muss in dem Durcheinander geschehen sein, als alle annahmen, die Soldaten würden angreifen«, brummte Lederhemd zornig.

»Ich muss dem Führer der Blauröcke eine Nachricht schicken, dass die Banditen entkommen sind. Er wird sich auch an der Jagd auf sie beteiligen wollen.« Cain kehrte rasch zu seinem Hengst zurück und entnahm der Satteltasche Papier und Bleistift. Schnell kritzelte er eine kurze Nachricht und übergab diese seinem Großvater. »Schick einen deiner Krieger mit einer weißen Fahne und dieser Nachricht zu Dillon. Einer der Männer, die mit Lahmes Pony reiten, ist Wieselbär. Da bin ich ganz sicher. Ich reite ihnen nach.«

Der alte Mann nahm die Nachricht und legte eine Hand auf den Arm des jungen Mannes. »Ich werde dir Krieger mitgeben. Die Abtrünnigen haben das Blut unserer Leute vergossen. Das geht jetzt auch uns etwas an.«

Zusammen mit einigen der besten jungen Krieger, die Lederhemd besaß, ritt Cain nach Norden auf die Berge zu. Im Dorf ritzten sich die Angehörigen des ermordeten Hundekriegers Arme und Beine auf und bereiteten den Körper des jungen Mannes für das Begräbnis vor.

Roxanna hielt sich zwischen den Bäumen am Flussufer versteckt, bis Cain verschwunden war, um dann dorthin zu reiten, wo Sieht Viel, die Arme vor der Brust verschränkt, schon auf sie zu warten schien.

»Ich konnte nicht gehen, ohne dir Auf Wiedersehen gesagt zu haben«, erklärte die junge Frau und stieg von Pferd. »Es tut mir so Leid, dass ich eure Leute in so große Gefahr gebracht habe, und ich bin euch so dankbar dafür, dass ihr mich aufgenommen habt, als ich eine Bleibe brauchte.«

»Die Gefahr ist nun vorbei, mein Kind, und das verdanken wir zu einem großen Teil dir und auch meinem Neffen. Du hast dein Leben aufs Spiel gesetzt, um die Blauröcke von einem Angriff auf unser Dorf abzubringen. Auch wir sind dankbar. Hast du Bruder Des Geistbüffels von deinem Traum erzählt?«

Roxanna seufzte. Seit dem Fest der Lebenshütte war so viel geschehen, dass sie fast gar nicht mehr an den Traum gedacht hatte. »Nein, dafür war bisher keine Zeit.«

»Die Zeit wird kommen.«

»Dann bist du sicher, dass meinem Mann nichts geschehen wird?«, fragte die junge Frau besorgt.

»Ich kann nicht alles sehen, was in der Zukunft liegt. Doch es scheint mir, als ließen die Mächte nicht euch beiden dieselbe Vision zuteil werden, um euch dann zu verwehren, sie auch miteinander zu teilen. Die Vision war ein Hinweis auf die Zukunft.«

Roxanna spürte, wie ernst es dem altem Mann mit seinen Worten war, und ihre eigenen verwirrten Gefühle beruhigten sich wie von Zauberhand berührt. Sie lächelte und entgegnete: »Ich freue mich darauf, meinen Traum und mein Leben mit Bruder Des Geistbüffels zu teilen.«

Sieht Viel erwiderte ihr Lächeln. »Und am Leben des Kindes teilzuhaben, das du in dir trägst ... und noch vieler weiterer Kinder, denke ich doch. Wir werden weiterreden, wenn wir uns wiedersehen.«

Cain und die Krieger, die mit ihm ritten, folgten der Spur, die Powell und Lahmes Pony hinterlassen hatten, fast eine Stunde lang, bis sich diese letztendlich auf dem felsigen Grund eines flachen Flussbettes verlor. »Wir müssen uns aufteilen und die Flussufer absuchen, um zu sehen, wo die beiden aus dem Wasser gekommen sind«, erklärte er den anderen und verfluchte die Tatsache, dass Lahmes Pony so ein schlauer, mit allen Wassern gewaschener Kerl war. Vielleicht würde Dillon ja mehr Glück haben, doch er bezweifelte das, da die Soldaten keine Spurenleser mehr bei sich hatten.

Die Krieger teilten sich in vier Gruppen und durchkämmten beide Seiten des Flusses sowohl flussauf- als auch flussabwärts. Cain führte, einer Ahnung folgend, seine beiden Gefährten stromabwärts, nach Westen gewandt, und bemerkte die hasserfüllten Augen nicht, die sich aus einem kleinen Unterholz nur wenige hundert Meter entfernt auf ihn richteten.

Wieselbär hatte die anderen verlassen, die sich auf die Suche nach dem Mann des Eisenpferdes gemacht hatten. Er wusste, dass ihr Lohnherr wütend sein würde, weil es ihnen nicht gelungen war, das Halbblut und seine Frau zu töten. Er würde ihnen den Lohn nicht aushändigen. Nun dachte Wieselbär nur noch an Rache. Lederhemds Gruppe war unversehrt geblieben, und die Blaubäuche würden jetzt Wieselbär und die Banditen verfolgen, bis sie sie getötet oder gefangen genommen hatten. Die einzige Genugtuung, die Wieselbär noch blieb, war der Mann, den er jetzt im Visier seines Gewehrs hatte.

Er würde Kein Cheyenne töten. Mit Abscheu dachte er an dessen Namen, denn nur des verhassten Halbbluts wegen war auch er aus dem Dorf verbannt worden, war er nun ein Mann, der nirgendwo hingehörte. »Ich werde dich nicht schnell töten, mit meinen Kugeln. Ich werde eine Gelegenheit abwarten und dich langsam töten!«, versprach der Abtrünnige sich selbst leise und senkte das Gewehr.

Wieselbär war kein guter Schütze, denn sonst wären sein Feind und dessen Frau schon zuvor seinen Kugeln zum Opfer gefallen. Er konnte nicht besonders gut in die Ferne sehen, eine Tatsache, die er seit seiner Kindheit zu verbergen gewusst hatte, und diese Kurzsichtigkeit hatte sich mit den Jahren verschlimmert. Aber mit einem Messer konnte Wieselbär sehr geschickt umgehen. Er klopfte gegen die bedrohlich aussehende Klinge, die an seinem Gürtel baumelte, und schlich seinem Opfer nach.

Roxanna und ihre Eskorte ritten, bis sie das offene Land um den Deer Creek weit hinter sich gelassen hatten, und wandten sich dann den öde wirkenden Gebirgsausläufern im Südwesten zu. Der Korporal, den Dillon damit beauftragt hatte, die junge Frau zum Eisenbahn-Knotenpunkt zu bringen, war ein mürrischer Immigrant aus Preußen, der auf Roxannas Versuche, eine Unterhaltung anzufangen, höchst einsilbig reagierte. Gustav Fenshlage war wütend, dass man ihn zurückgelassen hatte, um den Aufpasser für eine schamlose Rothautbraut zu spielen, die wie eine Squaw gekleidet war, während der Colonel ohne ihn auf Banditenjagd gegangen war. Welche respektable Frau lebte schon freiwillig bei den Wilden und heiratete sogar noch einen von ihnen? Ganz egal, dass Dillon gesagt hatte, dieser betreffende Wilde sei ein hochrangiger Angestellter der Union Pacific! Für Korporal Fenshlage war der Mann immer noch ein dahergelaufenes Halbblut.

Die Sonne stach sengend heiß, und Roxanna musste feststellen, dass sie aufgrund ihrer Schwangerschaft schneller ermüdete, als sie es gewohnt war. »Denken Sie, wir könnten kurz Rast machen, wenn wir die nächste Wasserstelle erreichen?«, fragte sie Fenshlage und wischte sich mit dem Handrücken den Schweiß von der Stirn.

»Nein. Wir werden die Eisenbahn nicht erreichen, wenn wir uns nicht beeilen.«

Roxanna überlegte kurz, ob sie dem unfreundlichen Mann erzählen sollte, dass sie schwanger sei, dachte dann aber, dass ihn das wahrscheinlich gar nicht beeindrucken würde. Sie hatte mitbekommen, wie er ihr perlenbesticktes Hirschlederhemd gemustert hatte. Der hält mich doch für eine Art Verräterin, weil ich ein Halbblut geheiratet habe!, überlegte sie. Sie wünschte den Mann zum Teufel und beschloss, beim nächsten

Wasservorkommen einfach abzusteigen und erst weiterzureiten, wenn sie sich ein wenig erholt und abgekühlt haben würde. Der Mann hatte von Colonel Dillon den direkten Befehl erhalten, sie nach Medicine Bow zu begleiten. Er konnte ja wohl schlecht einfach weiterreiten und sie allein lassen.

Auch bezweifelte sie, dass er mutig genug sein würde, sie gewaltsam auf ihr Pferd zurückzubefördern. Wenn er das versucht, dachte sie mit einem grimmigen Lächeln, kann er morgen beim Zapfenstreich seine Korporalabzeichen fressen.

Beim nächsten Fluss angekommen, ging Roxanna vor wie geplant. Gerade als Fenshlage seinen Männern widerwillig den Befehl zum Absitzen und Tränken der Pferde gegeben hatte, schreckte der Klang von Hufschlägen sie auf. Eine weitere kleine Gruppe Berittener näherte sich ihnen. Fenshlage wies seine Leute an, die Waffen in Anschlag zu bringen, doch sobald die Männer in Sichtweite kamen, war klar, dass es sich um Weiße handelte – und dass Roxanna deren Führer kannte.

»Larry! Was machst du denn hier mitten in der Wildnis?«, fragte sie, erfreut über seinen Anblick, aber auch leicht verwundert.

Lawrence Powell stieg vom Pferd und ging auf die junge Frau zu, wobei er seinen Hut nervös in den Händen drehte. »Gott sei Dank, es geht dir gut!«, rief er, und seine Stimme zitterte. Sein Gesicht war knallrot, teils aufgrund eines Sonnenbrands, teils wegen der natürlichen Röte, die sein Gesicht überzog, sobald er aufgeregt war, und gegen die er machtlos war.

Er trat unbeholfen von einem Fuß auf den anderen, als Roxanna ihn nun anlächelte und umarmte. »Mir ist nichts passiert!«, versicherte die junge Frau.

Ehe sie ihm von der gefährlichen Wendung berichten konnte, die die Ereignisse zuletzt genommen hatten, stieß er hervor: »Ich fürchte, ich habe Cain in Lederhemds Dorf geschickt. Er kam in mein Büro in Salt Lake, Roxanna, und ich ... ich glaube, ich habe immer noch Angst vor ihm.« Die ganze Sache schien ihm sehr peinlich zu sein, und er starrte auf die blau schimmernden Berge am fernen Horizont. Dann schluckte er vernehmlich und fuhr fort: »Ich habe ihm gesagt, wo Sie sind, und er stürmte davon, wobei er ein paar ziemlich finstere Drohungen ausstieß. Je mehr ich darüber nachdachte, desto besorgter wurde ich. Ich wusste nicht, ob er Ihnen Leid zufügen würde, ich wusste nicht, ob die Cheyenne zulassen würden, dass er Sie einfach so fortschleppt, nur weil er Ihr Mann ist. Also habe ich diese Männer hier angeheuert – alles gute Spurensucher –, die mich zu Lederhemd führen sollten.«

Roxanna klopfte dem jungen Mann beruhigend auf den Arm. »Sie hatten bestimmt einen langen staubigen Ritt, bis Sie uns gefunden haben! Der Armee ist es jedenfalls so ergangen.«

Larry ließ entmutigt die Schultern hängen. »Wir haben schon vor Tagen die Spur der Indianer verloren. Ich mochte meinen Augen kaum trauen, als ich gerade die Armeestreife sah und Sie mittendrin! Ihr Silberhaar ist ja nicht zu verkennen!«, fügte er mit einem verlegenen Lächeln hinzu.

»Ich habe Ihnen so viel zu erzählen, Larry!« Sie dachte an seinen Vater, der ja immer noch Lederhemds Gefangener war. Sollte sie ihm davon berichten? Es war besser, Cain die Bestimmung über das Schicksal Andrew Powells zu überlassen. Sie würde nur von ihrer Versöhnung mit ihrem Mann erzählen und davon, wie knapp sie beide dem Tod entronnen waren. Dann räusperte sich hinter ihnen der Korporal, und Roxanna hatte eine Idee.

Sie wandte sich an den Soldaten: »Korporal Fenshlage, dies ist Lawrence Powell, ein leitender Angestellter der Central Pacific Railroad und ein alter Freund von mir. Ich bin sicher, er wird mich gern zum Knotenpunkt begleiten, sodass Sie zu ihrem Regiment zurückkehren können.«

»Ja, natürlich!«, versicherte Larry sofort. »Der einzige Grund, warum ich mich in dieser unwirtlichen Gegend aufhalte, ist der, für das Wohlbefinden von Mrs. Cain zu sorgen.«

Verunsichert fuhr sich Fenshlage durch das bereits ergrauende blonde Haar. »Ich habe Befehl . . .« Er schwankte zwischen seinem Bedürfnis, die Banditen zu verfolgen, und seinem Pflichtgefühl. Aber der Name Powell war ihm bekannt. Und der Mann hatte ebenso viele Bewaffnete bei sich wie er selbst. Offensichtlich waren die Männer, die mit ihm ritten, erfahrene Veteranen, die die Gegend gut kannten. Die Frau kannte Powell, und der junge Mann schien gewillt zu sein, Fenshlage von ihr zu befreien.

»Ja, ich glaube, das wird gehen.«

Kapitel 23

Cain spürte ein Prickeln im Nacken, einen kaum wahrnehmbaren Schauer, der ihm den Rücken hinablief. Er kannte das Gefühl, das ihm oft mitteilte, dass ihn jemand beobachtete – meistens jemand, der ihm nicht wohl gesonnen war. Cain hatte sich von den anderen beiden Kriegern getrennt, nachdem sie die Spur zweier Ponys entdeckt hatten, die sich vom Fluss entfernt und den Weg nach Westen eingeschlagen hatten. Vom dritten Mann jedoch fehlte jegliche Spur, also hatte Cain seine Gefährten hinter den beiden Reitern hergeschickt und war selbst geblieben, um nach Hinweisen auf diesen Dritten zu suchen.

Cain hatte eine Ahnung, wer dieser dritte Mann sein mochte. Er hatte gerade einen kleinen Nebenarm des Flusses erreicht, als er beschloss, sein Vorgehen zu ändern. Er tat so, als wäre er erschöpft, stieg vom Pferd und beugte sich über die Wasseroberfläche, die fast unbeweglich wie ein Spiegel vor ihm lag. Nicht, dass ich mich wirklich verstellen müsste!, dachte der junge Mann mit einem Seufzer voller Bitterkeit. Der Sonnentanz hatte ihn sehr geschwächt, und in der Situation, in der er sich nun befand, konnte ein einziger Fehler fatale Folgen haben.

Kein Laut war zu hören, noch nicht einmal das Rascheln eines Blattes; dennoch spürte Cain, dass sein Verfolger näher kam. Langsam beugte er sich vor und ließ die linke Hand ins Wasser gleiten, sorgfältig darauf bedacht, die ruhige Oberfläche so wenig wie möglich zu stören. Er wollte gerade eine Hand voll Wasser an die Lippen heben, da erblickte er unter sich das Spiegelbild eines Mannes, der sich über ihn beugte.

Wieselbär schwang die Keule, mit aller Kraft in einem Tod bringenden Bogen, aber kurz bevor der Schlag sein Ziel erreicht hatte, warf Cain sich nach links und streckte gleichzeitig ein Bein vor, um den Angreifer aus der Balance zu hebeln. Der Cheyenne stolperte, ächzte überrascht und wütend, fing sich dann aber wieder.

Cain zog seine Smith & Wesson, Kaliber vierundvierzig, doch ehe er die Waffe in Anschlag bringen konnte, traf Wieselbärs Keule deren Lauf, und die Pistole flog in hohem Bogen in die Büsche. Das Halbblut sprang auf, trat einen Schritt zurück und zückte sein Messer.

»Keine Angst, *Cousin*.« Wieselbär stieß das Wort wie eine Beleidigung aus und warf die Keule fort. »Ich wollte dir nicht den Schädel zertrümmern, ich wollte nur dein kleines Gewehr aus dem Weg schaffen!« Wieselbär machte eine Handbewegung in Richtung der Pistole, die nun einige Meter von den beiden Männern entfernt lag, ließ aber seinen Cousin nicht aus den Augen. »Ich wusste, du würdest auf Art des weißen Mannes kämpfen wollen, nicht wie ein Cheyenne.« Nun zog er seinerseits das Messer und fing an, Cain zu umkreisen.

Cain blieb in der Hocke sitzen und bewegte sich so wenig wie möglich, veränderte seine Position jeweils so viel, dass er den Gegner immer vor Augen hatte. Mochte Wieselbär sich verausgaben, für Cain war es besser, seine Kräfte zu schonen und den Gegner ein wenig zu provozieren. »Du hast mehr Grund, dich zu fürchten als ich, Cousin. Der Große Geist mag keine Feiglinge. Bereits zum zweiten Mal hast du mich nun von hinten angegriffen! Du bist es doch, der nicht nach Art der Cheyenne kämpft!«

Mit einem Wutschrei stürzte sich der Verbannte auf Cain. Wieselbärs Messer kam von hoch oben und zielte direkt auf den Hals des Halbbluts. Es gelang Cain, den hinterhältigen Schlag mit der eigenen Klinge zu parieren, aber die Wucht, mit der Wieselbär ihn geführt hatte, schleuderte Cain nach hinten, und beide Männer gingen zu Boden. Jeder hielt den Messerarm des anderen mit eisernem Griff umklammert, und so machten sie, ineinander verkeilt, erst eine, dann eine weitere Rolle.

Cain versuchte, Wieselbär die Klinge aus der Hand zu schlagen, indem er dessen Arm gegen einen Felsen schmetterte, doch so leicht ließ sich der andere nicht entwaffnen. Dann überschlugen sich die beiden Körper noch einmal, wonach sich Wieselbärs Klinge nun unmittelbar über Cains Hals befand und sich langsam, aber unerbittlich ihrem Ziel näherte. Cain musste all seine Kraft zusammennehmen, um den Tod auf Abstand zu halten. Auf seiner Stirn sammelten sich Schweißtropfen. Seine Armmuskeln schienen ihm mit einem Mal so schwach zu sein wie die Beine eines neugeborenen Fohlens; er war ganz einfach nicht in der Verfassung, mit Wieselbär mithalten zu können. Er musste sich etwas einfallen lassen, um den anderen zu überlisten!

Abrupt ließ Cain den Arm, mit dem Wieselbär sein Messer hielt, los, zog zur gleichen Zeit die Beine an und trat zu, um sich vom Gewicht des über ihm liegenden Feindes zu befreien. Der ließ das Messer fallen, das Cains Nacken streifte und dann auf dem Boden aufschlug. Cain rollte sich flink zur Seite und war frei, aber über seine Brust floss ein dünnes Rinnsal Blut, und er musste einige Male tief und stoßweise nach Atem ringen. Fieberhaft versuchte der junge Mann, einen klaren Kopf zu bekommen. Wieselbär war nicht entgangen, wie schwach sein Gegner war – das konnte Cain am befriedigten Gesichtsausdruck des Abtrünnigen sehen.

»Wir werden bald wissen, wen der Große Geist vorzieht, Kurzhaar!«, zischte Wieselbär.

Cains sprang auf, um sich für einen neuen Schlagabtausch bereitzuhalten.

Die beiden Männer stießen mit ihren Klingen zu, blockten Schläge ab, zogen sich zurück, und stets war Cain darauf bedacht, nicht wirklich in Reichweite des stärkeren Gegners zu kommen. All seine Muskeln fühlten sich an wie aus Blei gegossen, die Nachmittagshitze hatte seinen ganzen Körper mit Schweiß überzogen, aber Cain zwang seinen Verstand unerbittlich dazu, sich zu konzentrieren, und bewegte sich langsam, fast unmerklich, immer weiter auf den kleinen Nebenfluss zu. Dort waren ihm nämlich, als er sich heruntergebeugt hatte, um zu trinken, dicht unter der Wasseroberfläche ein paar flache, moosbedeckte Steine ins Auge gefallen.

»Wenn ich dich besiegt habe, schlitze ich dir den Bauch auf, damit du ganz langsam stirbst«, verkündete Wieselbär voller Vorfreude.

Cain erkannte das blutdürstige Glitzern in den Augen des Gegners und erwiderte keuchend, jedoch mit ruhiger Gewissheit: »Du bist derjenige, der sterben wird!« Mit diesen Worten trat er ins Wasser, direkt vor die flachen Felsen, dort, wo der Untergrund weich und sandig war.

Wieselbär folgte und stieß erneut zu; Cain tat einen Satz nach vorn, parierte den Stoß und brachte Wieselbär so aus dem Gleichgewicht. Der trat einen Schritt zurück, um sich zu fangen, aber seine Mokassins landeten auf der rutschigen Felsoberfläche. Er glitt aus, kippte nach hinten und breitete, in dem verzweifelten Versuch, wieder Fuß zu fassen, instinktiv beide Arme aus.

Nun stieß Cain mit der ganzen ihm verbliebenen Kraft zu, und seine Klinge senkte sich bis zum Schaft in den Solar Plexus des Gegners. Wieselbär sackte in sich zusammen, sank rückwärts ins Wasser, und seine eigene Waffe glitt ihm aus den kraftlosen Fingern. Während er zu Boden ging, heftete sich sein ungläubiger Blick auf den mit Leder umwickelten Griff, der aus seinem Körper ragte. Dann tat der Mann einen letzten, atemlosen Seufzer und sackte im seichten Wasser zusammen, das sich vom Blut rasch rot färbte.

Einen Moment lang stand Cain schwankend im gleißenden Sonnenlicht und betrachtete den gefallenen Feind. Dann ging er hinüber und zog sein Messer aus Wieselbärs Körper. Das Wasser färbte sich noch tiefer rot, und Cain bemerkte, an den toten Cousin gewandt: »Was der Große Geist von mir hält, kann ich nicht sagen, Cousin. Aber für dich scheint er nicht viel übrig gehabt zu haben.«

Bald darauf traf Cain wieder mit den anderen Kriegern zusammen, die Lederhemd ihm mitgegeben hatte. Diese hatten zwar die beiden Gefährten Wieselbärs aufspüren können, aber keine Hinweise auf den Verbleib von Johnny Pony oder Powell entdeckt. Somit waren drei der Banditen tot, die mit Johnny geritten waren, und zwar genau die Verräter am eigenen Volk, die Dillon dazu gebracht hatten anzunehmen, schuld an den Überfällen auf die Union Pacific sei die Gruppe der Cheyenne, deren Häuptling Lederhemd hieß. Cain wusste, dass der Colonel bestimmt schon eifrig nach Lahmes Pony und Powell suchte und die beiden ja vielleicht auch schon gefunden hatte, was Cain allerdings eher bezweifelte. Er verabschiedete sich von den Cheyenne, die mit ihm geritten waren und deren Arbeit man nun als beendet betrachten konnte. Dann machte Cain selbst sich auf die Suche nach dem abtrünnigen Lakota und dessen Brotherrn. Kurz vor Sonnenuntergang gelang es ihm, Dillons Spur auszumachen, und eine Stunde später führte ihn der Duft von Kaffee in das Nachtlager der Kavallerie.

Sobald Cain die Wache beruhigt hatte, einen ganz jungen Rekruten, der völlig verängstigt lieber erst schießen und dann Fragen stellen wollte, ritt Cain zum Feuer, an dem Riccard saß und im flackernden Licht der Flammen eine Landkarte studierte. Der Offizier sah den jungen Mann vom Pferd steigen, goss eine weitere Tasse mit dem bitteren schwarzen Getränk ein, das er selbst gerade zu sich nahm, und reichte sie dem Halbblut.

»Hier, trinken Sie, sieht aus, als könnten Sie es gebrauchen«, meinte Dillon, denn der völlig erschöpfte Cain bewegte sich fast wie in Zeitlupentempo und hatte dort, wo Wieselbärs Messer ihn gestreift hatte, getrocknetes Blut an der Wange.

Dankbar nahm Cain den Blechnapf entgegen, aus dem es appetitlich dampfte, und trank einige Schlucke der belebenden Flüssigkeit. »Ich nehme an, Sie haben die Spur von Lahmes Pony noch nicht gekreuzt?«

Dillon schnaubte ungehalten. »Nein. Aber wie ich sehe, haben Sie ein paar der den Banditen erwischt.«

»Die Cheyenne aus Lederhemds Gruppe, die bereits verbannt worden waren, weil sie ihr Volk verraten hatten. Ich nehme an, dass Lahmes Pony inzwischen auf den Rest seiner Bande von Halsabschneidern gestoßen ist. Ich bin froh, dass wenigstens Roxanna in Sicherheit ist. Nun müsste sie sich auf dem Weg zu Jubal befinden.«

»Ich bin sicher, dass das so ist. Korporal Fenshlage hat sie in gute Hände übergeben.«

Cain blickte auf, und seine Augen verengten sich. »Was heißt das? Ich dachte, Ihre Männer würden sie ganz persönlich am Knotenpunkt abliefern!«

Roxanna legte sich auf den harten Boden, so müde vom Reiten, dass alle Unbequemlichkeiten längst keine Rolle mehr spielten. Sie hatten sich verirrt. Larrys Männer kamen aus Kalifornien und waren neu in Wyoming, hatte ihr der Freund ein wenig peinlich berührt erläutert, nachdem sie stundenlang geritten waren, ohne auf die Trasse der Union Pacific zu stoßen. Anscheinend hatten die Reiter in dem ihnen unvertrauten Gelände die falsche Richtung eingeschlagen und waren meilenweit ganz einfach parallel zu den Trassen geritten, über Medicine Bow hinaus nach Süden in Richtung Rock River.

Bei Tageslicht würde es einfacher sein, die Eisenbahnstrecke zu finden, und so hatte die Gruppe am Ufer eines kleinen Flusses das Nachtlager aufgeschlagen. Roxanna war schon fast eingeschlafen, da dachte sie noch einmal voller Mitgefühl an den armen Larry, dem die ganze Sache so außergewöhnlich peinlich war, dass er am Rande der Verzweiflung stand. Sie wusste, der junge Mann würde nicht schlafen können, dazu war er viel zu aufgebracht. Wahrscheinlich saß er die ganze Nacht wach am Feuer. Wenn Roxanna aufgrund ihrer Schwangerschaft nicht so unendlich erschöpft gewesen wäre, hätte sie sich zu ihm gesetzt, um ihm Gesellschaft zu leisten. Sie hätte ihm versichert, dass alles nicht so schlimm sei und auf jeden Fall ein gutes Ende finden würde.

Als Roxanna am Morgen erwachte, packten die Männer gerade das Nachtlager zusammen. Die junge Frau, immer noch bis in die Knochen erschöpft, richtete sich auf, rieb sich den Schlaf aus den Augen und lächelte Larry an. Er hatte sich wohl in der Nacht doch etwas ausruhen können, denn er erwiderte ihr Lächeln strahlend.

»Guten Morgen! Wenn Sie ein wenig gefrühstückt haben, machen wir uns wieder auf den Weg«, erklärte er.

Roxanna schüttelte den Kopf, stand auf und rieb sich den Rücken, der in letzter Zeit immer ein wenig zu schmerzen schien. »Nein, ich glaube nicht, dass ein Essen so früh am Morgen das Richtige für mich ist.«

»Also gut, dann werde ich...« Larry sprach den Satz nicht zu Ende, denn nun konnte man einen Reiter näher kommen hören.

Roxanna holte vor Erstaunen tief Luft, als sie sah, wie Johnny Lahmes Pony wie selbstverständlich ins Lager einritt, als würde er erwartet. Wieso war der Abtrünnige auf freiem Fuß? Als sie ihn das letzte Mal gesehen hatte, war er zusammen mit Andrew Powell Gefangener in Lederhemds Dorf gewesen! Hatte der alte Häuptling ihn freigelassen? Und wenn ja – was wollte er hier?

Johnny warf ein Bein über den Sattelknauf und sprang geschickt vor Larry aus dem Sattel, während die anderen finster dreinblickenden Männer sich um ihn scharten. »Für den hier arbeiten wir nicht mehr!«, verkündete der Lakota bestimmt und zeigte auf den jungen Powell. »Reitet zurück in unser Versteck, Männer, und wartet dort auf mich. Ich werde später alles erklären.«

»Was zum Teufel geht hier vor, Lahmes Pony?«, fragte Lawrence mit eiskalter Stimme.

Mit einem verächtlichen Grinsen wandte Johnny sich dem jungen Mann zu. »Du bist nur das Bärenjunge. Ich arbeite jetzt für den alten Bären.«

»Wartet! Ich zahle das Doppelte von dem, was er versprochen hat!«, rief Larry den Männern des Lakota zu. Einer der Weißen mit Namen Gibbs und ein mexikanischer Pistolero, den die anderen Coyote nannten, schienen sich das überlegen zu wollen, aber alle anderen schüttelten den Kopf und machten sich bereit, ihre Pferde zu besteigen. Lawrence drehte sich zu Lahmes Pony um und zischte wütend: »Du hast den ganzen Schlamassel auf dem Gewissen, nicht wahr? Du hast mich hintergangen, du Hurensohn, nachdem ich dich immer hochanständig bezahlt habe.«

Langsam machte sich ein breites Grinsen auf dem Gesicht des Halbbluts breit und enthüllte schiefe schwarze Zähne, deren Reihen bereits einige Lücken aufwiesen. »Jemand hat mir mehr geboten!« An Gibbs und Coyote gewandt, fügte er hinzu: »Bleibt ihr bei mir oder nicht?« Nun war das Lächeln verschwunden.

»*Sí, Jefe*, ich bin mit von der Partie«, erwiderte Coyote. Auch der Anglo lächelte zustimmend, und beide Männer traten zu ihren Pferden.

Die Bewaffneten schickten sich an fortzureiten, was Roxanna zutiefst erschreckte. Was würde mit ihr, mit Larry geschehen, da der Lakota sie nun in der Hand hatte? Dann machte Larry zu ihrem noch größeren Erstaunen Anstalten, seinen schicken Adams-Revolver zu ziehen, worauf Johnny Lahmes Pony sich ihm mit einem leicht amüsierten Ausdruck im kantigen Gesicht zuwandte.

»Was zum Teufel ...« Mit einem Mal schien der Mann zu ahnen, dass das ruhige Gebaren seines unerfahrenen Gegenübers todbringend war, und griff nach dem alten Armeerevolver, der an seinem Gurt hing. Aber dafür war es bereits viel zu spät.

Wie der Huftritt eines Maultiers traf die schwere Kugel aus dem Adams-Revolver die Eingeweide des Lakota, und als der Bandit zu Boden ging, drückte Larry noch ein zweites Mal ab.

»Ich hätte es besser wissen müssen! Einem Halbblut kann man nicht vertrauen!«, sagte der junge Mann ruhig und sah zu, wie der leblose Körper des Lakota vollends zu Boden sank.

»Das war ein schwerer taktischer Fehler – einer von vielen, die du hier draußen begangen hast. Deine Machenschaften passen fiel besser in Sitzungssäle. Für den Umgang mit gefährlichen Männern wie diesem hier sind sie nicht geeignet!« Mit diesen beleidigenden Worten kam Andrew Powell hinter einer Felsengruppe hervor und stieg direkt vor seinem Sohn vom Pferd. Seine Augen waren so blau wie der Himmel und wirkten so tot wie Murmeln. Die verwirrten Revolvermänner, die ihre Pferde gezügelt hatten, als Johnny zu Boden gegangen war, gaben ihnen jetzt die Sporen und suchten das Weite – nur fort von den beiden Männern des Eisenpferds!

Starr vor Entsetzen stand Roxanna auf der anderen Seite des Lagerfeuers. »Was haben Sie vor – wollen Sie Ihren eigenen Sohn töten?«, fragte sie den alten Mann und rückte näher an Lawrence heran.

Andrew warf ihr unter einer hochgezogenen grauen Braue einen kurzen Blick zu und erwiderte: »Das wäre nur angemessen angesichts der Tatsache, dass er eigenhändig meinen Ruin herbeiführte und zudem versuchte, die Konkurrenz der Union Pacific auszuschalten. Verrate mir doch, Larry, wolltest du dir als Nächstes Stanford und Huntington vornehmen, nachdem du mich erledigt hattest?«

Lawrence Powells Gesicht wurde ziegelrot, aber seine Stimme klang erschreckend ruhig, seine blassblauen Augen aber waren voller Hass. »Mit dir bin ich schon fertig«, entgegnete er verächtlich. »Bei der Central Pacific nimmt kein Hund mehr ein Stück Brot von dir. Aber du hast Recht – mein großes Talent liegt in der Firmenintrige. Schade nur, dass du meine Fähigkeiten immer so gering eingeschätzt hast. So war es ein Kinderspiel, in deinem Namen fingierte Materialien verschiffen zu lassen und das so verdiente Geld auf Firmen zu verteilen, die sich dank meines Geschicks alle zu dir zurückverfolgen lassen!«

»Deine Pläne wären aufgegangen – wenn mich Cain nicht in San Francisco aufgesucht hätte, um mich der Intrige zu beschuldigen«, gab Andrew düster zurück.

Als Larry den Namen des Bruders hörte, fiel einiges von seiner selbstzufriedenen Fassade ab, und seine blauen Augen schimmerten nun ebenso kalt wie die seines Vaters. »Cain!« Er sprach den Namen aus wie einen Fluch. »Dein Bastard ohne Fehl und Tadel! Mein ganzes Leben habe ich in seinem Schatten verbracht.«

»Ich gab dir alles und ihm nichts!«, widersprach der alte Mann voller Zorn.

»Oh ja, ich war der Erbe, der im Hintergrund wartete, unsichtbar, machtlos. Du hast mir noch nicht einmal zugetraut, einen Frachtbrief richtig zu verfassen. Wenn ich eine Meinung hatte, hast du sie verlacht, doch auf ihn hörtest du, ihn respektiertest du – und er ist doch nur ein dahergelaufener halb indianischer Revolvermann!« In einer perfekten Imitation von Andrew fuhr er fort: »›Warum kannst du nicht sein wie Cain? Der ist ein Halbblut, doch er hat mehr Verstand in seiner linken Hand als du in deinem ganzen Kopf, Larry!‹ Mein Gott, wie sehr ich es satt hatte, ihn immer vorgehalten zu bekommen, und dann der letzte, der größte Affront!« Er wandte sich zu Roxanna und griff grob nach dem Arm der jungen Frau.

»Larry, nein!« Sie versuchte, sich loszureißen, aber seine Finger bohrten sich in ihr Fleisch wie die Krallen eines Raubvogels, und er zog sie gewaltsam näher zu sich heran. Roxanna hatte ihn stets für einen zurückhaltenden, netten, ein wenig jungenhaft schüchternen, liebenswürdigen Mann gehalten. Nun nahm sein rundes Gesicht harte Züge an, die sie so nicht an ihm kannte. Er benahm sich so rücksichtslos, so unbarmherzig! Seine kalten blauen Augen glitten an ihrem Körper hinunter, um mit einem fast wahnsinnigen Blick auf ihrem Bauch zu verharren. Nie gekannte Furcht durchzuckte die junge Frau wie ein Blitz.

»Du dummes kleines Stück, ich habe dich begehrt, ich hätte dich sogar geheiratet, wenn du dich nicht hättest von diesen Wilden gefangen nehmen lassen!«

»Was ich sicherlich nicht mit Absicht tat, Larry!«, erwiderte

Roxanna so ruhig wie möglich. Er ist verrückt, erkannte sie. Total verrückt.

»Aber in Cain hast du dich verliebt, nicht wahr? Ich hätte ja all die hässlichen Gerüchte über deine Gefangenschaft einfach nicht beachtet und dich zu meiner Mätresse gemacht, sobald ich meine Pläne für den Ruin der Union Pacific und der Übernahme der Central Pacific in die Tat umgesetzt hätte, aber du musstest dich dem Halbblut an den Hals werfen. Kannst du dir überhaupt vorstellen, wie sehr es mich angeekelt hat, als du mir tränenüberströmt von deiner Liebe zu ihm erzähltest, damals, in Denver? Ich hätte dich mit meinen bloßen Händen erwürgen können.«

»Warum hast du mich dann die ganze Zeit am Leben gelassen?« Sobald Roxanna die Frage gestellt hatte, hätte sie sich am liebsten auf die Zunge gebissen – schürte sie damit nicht lediglich seinen Zorn?

Sein Ausdruck wechselte abrupt von wütend zu eiskalt. »Du wurdest Teil meines meisterhaften Plans, meine Waffe gegen das Halbblut. Zuerst versuchte ich es mit einem Sabotageakt gegen die kleine Vergnügungstour von Chicago – der sollte eigentlich Cain und die Hälfte der Leute der Union Pacific erledigen.«

»Du hast den Mann geschickt, der die Güterwagons abkoppelte?«

»Aber leider schlug das ja fehl. Dein Bastard von einem Ehemann hat mehr Leben als eine gottverdammte Katze.«

»Das stimmt allerdings, Larry!«, erklang plötzlich Cains Stimme. »Dein vorgetäuschtes Zugunglück war so schlampig inszeniert, wie der Revolvermann talentlos war, der im Lager auf mich schießen sollte und nicht traf.« Ganz ruhig trat Cain ans Lagerfeuer und blieb Andrew gegenüber stehen; Lawrence, der immer noch Roxanna fest im Griff hatte, stand zwischen den beiden.

»Also hat nicht Isobel versucht, mich zu töten – du hast einen gedungenen Mörder geschickt, um meinen Mann umzubringen«, sagte Roxanna zu Lawrence, und ihre Angst wuchs ins Unermessliche.

»Mein Mondgesicht von einem Bruder hier hatte viele Tricks auf Lager. Der Diebstahl ganzer Schiffsladungen Material war mir immer schon ein wenig zu plump vorgekommen – ganz und gar nicht dein Stil«, wandte Cain sich an seinen Vater. »Als du dann in Lederhemds Dorf auftauchtest, wusste ich, du warst auf der Suche nach Larry. Die ganze Sache stank meilenweit nach einer Falle.«

»Eine Falle, in die du auch sauber getappt bist!«, warf Lawrence mit einem gefährlichen Grinsen ein und drückte Roxanna seinen Revolver seitlich in die Brust. »Aber du musstest ja auch unbedingt hingehen und meine Pläne ruinieren. Ich hätte Jubal vernichten können, indem ich seine Enkelin und seinen designierten Nachfolger erledigte – und das so, dass er nie nach dem Mörder hätte fahnden lassen. Ich musste schnell handeln, ehe ihm die alte Schlampe Darby erzählen konnte, dass du gar nicht Alexa Hunt bist.«

»Du bist ein Narr, wenn du glaubst, der alte Schotte wüsste nicht längst Bescheid«, meinte Andrew, und ein Anflug von Lächeln huschte über sein kaltes Gesicht. »Ich bin vor Monaten bereits mit der Information an ihn herangetreten. Männer wie uns wirst du nie verstehen können, du mit deiner albernen Eifersucht eines Kleinkindes und all deinen verletzten Gefühlen!« In Andrews Stimme klang grausame Wut, vielleicht auch mehr ... Trauer, Verlust, Resignation? »Jubal erklärte mir, das wisse er bereits, er würde sich einen Dreck darum scheren – genauso hätte auch ich gekontert, wenn ich in seiner Lage gewesen wäre.«

»Eifersüchteleien eines Kleinkindes? Verletzte Gefühle?«, parodierte Lawrence hämisch. »Ich bin ein verdammtes Genie! Ich habe dich ebenso hereingelegt wie sie hier. Du hast gedacht, ich sei schwach und unfähig – und genau das solltest du auch von mir denken.«

»Du hast uns wirklich alle reingelegt, Larry«, bemerkte nun

Roxanna, und ihre Augen trafen auf die von Cain. Was können wir unternehmen?, schien sie zu fragen. Ihr Mann wirkte völlig ruhig, aber sie konnte die Angst spüren, die er tief in sich verbarg. Sie fühlte auch den Hass, den Larry versprühte, und versuchte, einen Schritt zurückzutreten, doch er bohrte die Revolvermündung noch tiefer in das weiche Gewebe ihrer Brust. Aber zumindest war Lawrence einen Augenblick lang abgelenkt, und es gelang Cain, einen Schritt vorzutreten. Er blieb sofort stehen, als der Bruder sich ihm wieder zuwandte.

»Wahrscheinlich hätte ich die Frau auch behalten und mein Bett wärmen lassen, wenn sie nicht dein Balg im Leib tragen würde!«, spottete Larry mit schneidender Verachtung, und sein Blick glitt zwischen Bruder und Vater hin und her. »Zumindest habe ich genügend Prinzipien, mich nicht zu einem halb indianischen Bankert zu bekennen.«

»Ich habe mich nie zu Cain bekannt«, erwiderte Andrew ruhig. »Vielleicht war das ein Fehler. Er hat meinen Verstand und meinen Mut, und beides wirst du nie besitzen. Du schlägst nach deiner lieben Mutter, um die ich nicht trauere, und nach ihrem heimtückischen, raffgierigen kleinen Clan. Geldgierig, aber kein Mumm in den Knochen.«

Die boshaften Worte fielen wie zerberstende Eiszapfen. Cain spannte jeden Muskel an und bereitete sich darauf vor, einen verzweifelten Satz zu machen, falls Larry seine Wut an Roxanna auslassen sollte, doch Lawrence konzentrierte sich jetzt ganz auf den Vater.

»Geldgierig? Kein Mumm?«, wiederholte er tonlos. Der Revolver, den er in Roxannas Seite gedrückt hielt, bewegte sich leicht, und die Augen des blonden jungen Mannes verengten sich, als er den Mann anstarrte, der ihn sein Leben lang herumkommandiert hatte. »Du hast mich klein gehalten, hast dich über mich lustig gemacht, hast mir Vorträge gehalten, mich angetrieben, mich bedroht...« Seine Stimme klang immer schriller und dünner, und um die Ruhe, die er zuvor zur Schau gestellt hatte, war es geschehen. »Du hast mit mir gespielt, als wäre ich ein Insekt in einem Schraubglas!«

»Ich habe versucht, einen Mann aus dir zu machen«, entgegnete Andrew völlig ruhig. Genau wie Cain hatte auch er es geschafft, näher zu kommen. Beide standen jetzt nur etwa zwei Meter von Lawrence entfernt. »Aber du wirst nie etwas anderes sein als ein verwöhnter kleiner Taschendieb. Collis Huntington wird dich bei lebendigem Leibe verspeisen.«

»Du verfluchter Hurensohn«, schrie Lawrence und richtete den Revolver auf seinen Vater.

Sobald sie den Druck der Revolvermündung nicht mehr spürte, riss Roxanna sich frei und warf sich dorthin, wo Cain stand. Dann fielen fast gleichzeitig zwei Schüsse. Andrews Kugel traf Lawrence mitten ins Herz, und der Junge fiel wie eine Stoffpuppe auf die harte, staubige Erde, sein Gesicht im Tode völlig ausdruckslos. Andrew blickte hinab in die blauen Augen seines Sohnes, das Einzige, was dieser von ihm geerbt hatte. »Es mag sein, dass ich der Sohn einer Hure bin... Du warst ganz sicher einer, mein Junge!«, flüsterte er, und dann trugen ihn seine Beine nicht länger.

Er ließ das Gewehr fallen und sank in sich zusammen, und auf seiner Brust breitete sich ein roter Fleck aus. Schnell schob Cain seinen eigenen Revolver, den er gar nicht hatte zum Einsatz bringen müssen, ins Halfter zurück, fing den Vater auf und legte ihn behutsam auf den Boden. Dann knöpfte er ihm das Hemd auf, um die Wunde zu untersuchen.

Mit einem dünnen Lächeln schüttelte Andrew den Kopf. Auf seinen Lippen bildete sich bereits ein leichter Blutschaum, und er murmelte: »Kein Sinn. Merkwürdig... anscheinend hatte er doch Mut... nur nicht genug... Verstand. Du warst... immer... ein... kluger Kopf. Du hast mich geschlagen... Cain... zufrieden?«

»Nein... ganz und gar nicht zufrieden«, antwortete Cain leise, als die schlanken aristokratischen Züge des Vaters im Tode erschlafften. Blicklos starrten blaue Augen in den Himmel, dann schloss Cain sie.

Sacht legte Roxanna ihrem Mann die Hand auf die Schulter, denn sie wusste, dass Cain trotz allem, was geschehen war, um den Vater trauerte, den er nie gehabt hatte.

»Ich frage mich, ob er die ganze Zeit schon vorhatte, Larry zu töten«, bemerkte Cain wie zu sich selbst.

»Wie dem auch sei, er hat uns beiden das Leben gerettet. Ich bin sicher, dass Larry erst alle seine Pläne realisiert und uns dann umgebracht hätte.«

»Ich habe mir nie vorstellen können, wie sehr Larry Andrew hasste. Ich war einfach zu sehr in meinen eigenen Zorn, meine eigenen Verletzungen verstrickt, um ihn wirklich wahrzunehmen.«

»Er hat nie jemandem gezeigt, wer er wirklich war, Cain. Ich habe tatsächlich geglaubt, er sei mein Freund!« Roxannas Stimme brach. Die schreckliche Erfahrung, vom Tod umringt zu sein, ließ sie plötzlich schwindelig werden.

Cain stand auf und nahm seine Frau in die Arme. »Als ich die ersten beiden Schüsse hörte, hatte ich so große Angst, zu spät zu kommen. Ich kam aus dem Busch gekrochen, kurz nachdem Andrew sich gezeigt hatte. Larry hielt dich so eng an sich gepresst, ich konnte keinen Schuss riskieren ...!«

Vom Hügel her waren weitere Schüsse zu hören. Roxanna zuckte zusammen, aber Cain streichelte ihr beruhigend über den Rücken. »Das wird Dillon sein, der sich um die Männer von Johnny Lahmes Pony kümmert. Ich hatte ihm das Versprechen abgenommen, sich zurückzuhalten, bis ich dich geholt hätte.«

Die junge Frau blickte Cain in die Augen: »Du wirst mich immer holen kommen, nicht wahr?« Sag, dass du mich liebst, Cain!, flehte sie stumm.

Er strich ihr eine aus dem Zopf entwichene Haarsträhne hinters Ohr und lächelte sie an. »Ja, ich werde immer kommen und dich holen, Roxanna. Sobald ich von Dillon erfahren musste, dass seine Männer dich Larry übergeben hatten, ritt ich wie vom Teufel gejagt, um dich zu finden.«

Erwartungsvoll wartete Roxanna auf weitere Worte, doch

Cain wandte sich beim Geräusch näher kommender Hufschläge von ihr ab. »Das werden Dillons Leute sein, aber wir sollten kein Risiko eingehen«, rief er, nahm ihren Arm und eilte auf eine kleine Felsgruppe zu, die sich in einiger Entfernung befand.

Dann tauchten jedoch die blauen Uniformen von ein paar Kavalleristen auf, sodass Cain und Roxanna ihr Versteck wieder verlassen konnten. Bei den Reitern handelte es sich um Dillon und einige seiner Männer, die ihre Pferde zügelten und sich umsahen. Riccard entdeckte Lahmes Pony und die beiden Powells.

»Mein Gott – hatten Sie hier einen kleinen Privatkrieg?«

»Und Sie, haben Sie all die ›Indianer‹ erwischt, die für die Überfälle verantwortlich sind?«, gab Cain zurück.

Der Colonel hob die Hand in einer Geste, die besagen sollte, dass er seinen Fehler zugab. »Sie hatten Recht. Sie haben alle für Powell gearbeitet«, entgegnete er und blickte auf Andrew hinab.

»Nicht für den alten Herrn – für Larry«, korrigierte Cain.

Dillon, der doch so wirkte, als könnte ihn auf der Welt nichts mehr erschüttern, ließ den Unterkiefer fallen. »Das junge Greenhorn?«

Selbst einem toten Lawrence Powell schien niemand richtig Respekt zollen zu wollen.

»Ja, das junge Greenhorn.«

Ein Kommando von Dillons Männern kümmerte sich um die Beerdigung der Renegaten. Die Powells wickelte man vorsichtig in Decken und band sie für die lange Reise zurück in die Zivilisation auf ihre Pferde.

»Wirst du sie nach San Francisco bringen?«, fragte Roxanna, als Cain und sie später am Tag mit der Militärkolonne weiterritten. In wenigen Stunden würden sie den Eisenbahnknotenpunkt am Rock River erreicht haben.

Cain zuckte die Schultern. »Es scheint, als wäre außer mir niemand dafür da.« Er musste ein wenig lächeln, denn so traurig die Sache auch war, sie entbehrte nicht einer gewissen Komik.

»Andrew hat sich immer so verdammt viel Mühe gegeben, damit niemand herausfindet, dass ich sein Sohn und Larrys Halbbruder bin. Und nun bin ich der einzige überlebende Blutsverwandte, der sich um ihr Begräbnis kümmern kann.«

»Ich komme mit dir.«

Cain betrachtete nachdenklich die schwarzen Ränder unter Roxannas Augen. Sie hatte in den letzten Wochen so viel durchgemacht, wofür zum großen Teil er die Schuld trug. Was würde er tun, wenn ihr und dem Kind etwas geschähe? Darüber mochte er lieber nicht nachdenken. »Du musst dich ausruhen, es geht nicht an, dass du fünf Tage lang in Überlandkutschen und Zügen verbringst.«

»Mir geht es hervorragend!«, gab sie zurück.

Cain schüttelte entschieden den Kopf. »Du trägst unser Kind unter dem Herzen, und du bist völlig erschöpft. Ich möchte, dass du wenigstens eine Woche lang in einem richtigen Bett schläfst, solange ich fort bin. Das große Haus, das Jubal in Cheyenne hat bauen lassen, dürfte inzwischen wohl fertig sein.«

Ein Anflug von Bestürzung glitt über Roxannas Gesicht, dann blickte sie ihren Mann verunsichert an. »Ich weiß nicht...«, sagte sie leise, denn es versetzte ihr immer noch einen leichten Stich, wenn sie an den Handel zwischen dem alten Mann und Cain dachte.

»Du musst dich mit ihm versöhnen, Roxanna. Ihn trifft weit weniger Schuld als mich. Ich bin zu ihm gegangen und habe angeboten, dich zu heiraten.«

»Und er ist auf den Handel eingegangen, um sich der Peinlichkeit zu entledigen, eine besudelte Frau am Hals zu haben, von der er annehmen musste, sie sei seine Enkelin.«

»Wenn sein Verhältnis zu dir so wäre, hätte er dich fortgejagt, als er herausgefunden hatte, dass du gar nicht Alexa bist!«, widersprach Cain. »Ich glaube, er hängt mehr an dir, als er je an irgendjemandem aus seiner Familie gehangen hat.«

Sie seufzte. »Das mag sein. Aber was immer er auch für mich empfindet, ich bin es ihm wirklich schuldig, die Sache offen anzusprechen und den ganzen Schlamassel zu klären.« Roxanna war eigentlich viel zu müde, um irgendetwas fühlen, geschweige denn denken zu können.

Sie verließen Dillon und sein Kommando am Knotenpunkt der Union Pacific und bestiegen, nachdem sie Jubal ein Telegramm geschickte hatten, den Nachtzug in östlicher Richtung, der sie nach Cheyenne bringen würde. Da sein Bauleiter abwesend war, beaufsichtigte Jubal selbst die Arbeitstrupps an der Trasse durch Utah. Cain hatte den alten Herrn in seiner Nachricht in groben Zügen über alles informiert, was geschehen war, seit Roxanna ihn verlassen hatte. Beim ersten Halt des Nachtzugs empfing das junge Paar ein Antworttelegramm von Jubal, in dem dieser mitteilte, er werde mit dem nächsten Zug nach Cheyenne zurückkehren und dafür sorgen, dass Roxanna in seinem neuen Haus gut untergebracht war, während Cain sich um seine Familienangelegenheiten kümmerte. Jubal hatte den etwas geheimnisvollen Zusatz hinzugefügt, um Isobel Darby müsse sich niemand mehr Gedanken machen.

Später am folgenden Tag brachte Cain die kleine Kutsche, in der er Roxanna vom Bahnhof hergefahren hatte, vor einem eindrucksvollen, neuen weißen Holzhaus in den Außenbezirken von Cheyenne zum Stehen. Das Gebäude hatte drei Stockwerke, einen hohen Turm an einer seiner Seiten und, wie bei einem Lebkuchenhaus, Schnitzereien an den Verandageländern. Die Fensterblenden und die Verstrebungen der Fenster waren in einem tiefen Grau gehalten, was dem ganzen Gebäude den Anschein gab, als wäre es bereits sehr alt. Zwei große Erkerfenster, deren Buntglas in Blei gefasst war, glitzerten in der Abendsonne.

»Fast so groß wie ein schottisches Schloss«, bemerkte Cain und hob Roxanna aus dem Zweisitzer.

»Es fehlt lediglich der Burggraben«, meinte Roxanna und blickte mit einer unguten Vorahnung auf den riesigen Turm. Dieser war aus Granitblöcken errichtet, die man in den Medicine Bows aus den Felsen geschlagen hatte, und ragte düster über dem Haus empor.

Die beiden jungen Leute gingen zu den Stufen der großen hölzernen Veranda und stiegen die Treppe zum Eingang empor. Ein lächelnder Li Chen öffnete die Vordertür und verneigte sich zur Begrüßung, als sie das Haus betraten. Er schnatterte aufgeregt auf Kantonesisch, um Cain zu erklären, dass Jubal Roxannas Koffer hierher hatte schicken lassen, nachdem das Haus fertig gestellt worden war, zusammen mit einigen wenigen Dienstboten, die sich um das junge Paar kümmern sollten, sobald Cain mit seiner ›Missy‹ zurückkehrte.

Cain bedankte sich bei Chen und wandte sich dann an seine Frau: »Er lässt dir ein Bad ein und hat das Abendessen fertig für dich, sobald du gebadet hast. Im Depot halten sie die Wagen auf, die nach Westen geschickt werden sollen, bis ich zurückkomme – ich muss mich also auf den Weg machen. Ruhe dich gut aus, während ich fort bin. Jubal wird in ein, zwei Tagen hier sein.« Er zog sie in die Arme, um sie zu küssen.

Roxanna klammerte sich an ihm fest, als sein Mund nun ihre Lippen zärtlich streifte. »Wir hatten keine Zeit zum Reden, seit dieser schreckliche abtrünnige Sioux in Lederhemds Lager geritten kam!«

»Wir haben alle Zeit der Welt, wenn ich aus San Francisco zurückkomme, um uns in Ruhe allein zu unterhalten – und auch für andere Dinge!«, antwortete Cain mit einem entwaffnenden Lächeln.

Wieder überlief Roxanna ein Schauer der Vorahnung, aber sie versuchte, ihn zu ignorieren. Dies war nicht der richtige Moment, Cain von ihrem Traum zu erzählen oder ihn zu bitten, ihr die Vision zu schildern, die er in der Lebenshütte empfangen hatte. Das sollte für sie beide ein besonderer Augenblick werden ... und ihr Mann musste den Anfang machen.

Cain spürte Roxannas Unruhe – oder war es etwas, das mit dem Haus zusammenhing? Das jedoch war absurd. Das Haus war funkelnagelneu. Hier spukte es bestimmt noch nicht. Er blickte Roxanna nachdenklich in die Augen, und auf seiner Stirn bildete sich eine Falte. »Roxy, ist etwas?«

Roxanna verspürte erneut ein vages Unbehagen, fast, als hätte jemand sie leicht mit einem Seidenschal berührt und sich dann wieder in die Dunkelheit hinausgeschlichen, die sich draußen vor dem Haus zusammenbraute. »Nein, es ist nichts, nur so eine Laune, wie schwangere Frauen sie nun einmal haben. Komm schnell zurück, Cain.« Ich liebe dich, fügte sie in Gedanken hinzu.

Er hob ihre beiden Hände an die Lippen, drehte sie dann um, um die Handflächen zu küssen, und zog Roxanna daraufhin an sich, um ihr noch einen letzten Kuss auf den Mund zu drücken. »Ruhe dich aus, während ich fort bin.«

Roxanna stand als Silhouette in der Türöffnung, bis Cains Wagen hinter der nächsten Straßenbiegung verschwunden war. Ruhe und Frieden würden ihr gut tun, und Jubal würde über sie wachen wie eine treue Bulldogge. Das wusste Cain genau. Dennoch verließ ihn das Gefühl drohender Gefahr nicht, als er den Zug gen Westen bestieg.

Kapitel 24

Jubal kletterte aus seiner Kutsche, wies den Mann auf dem Bock an, das Fahrzeug ums Haus herum zu den Ställen zu fahren, und blickte an seinem neuen Zuhause empor. Der alte Herr hatte vor, hier im Westen einen Neuanfang zu machen. Die Eisenbahn lag ihm im Blut. Stahlproduktion, Textilien, Frachtunternehmen – all die anderen Geschäftsbereiche, denen er sich im Osten gewidmet hatte, interessierten ihn nicht mehr. Jubal lächelte still vor sich hin und fragte sich, ob Cain wohl bereit wäre, in diesen doch recht vielschichtigen Unternehmen das Ruder zu übernehmen.

Jubal bezweifelte das. Auch sein junger Protegé wollte Eisenbahnen bauen, den ganzen Westen mit einem Trassenmuster überziehen, von Kalifornien bis nach Kanada, von Missouri bis Mexiko! Sie würden zusammenarbeiten, denn in Cain hatte Jubal endlich den Partner gefunden, auf den er schon gehofft hatte, als seine Tochter den nichtsnutzigen Aristokraten Terrence Hunt geheiratet hatte. Die Interessen im Osten würden Jubal gutes Geld bringen, das er dann in die Expansion der Eisenbahn und in den Aufbau einer entsprechenden Zulieferindustrie hier vor Ort investieren wollte.

Cheyenne, Hauptstadt des Wyoming Territory, war eine beliebte Zwischenstation an der Union Pacific und von daher ein idealer Ausgangspunkt für Jubals Unternehmungen. Zwar hatte der alte Herr den Telegrammen, die zwischen ihm und Cain hin- und hergegangen waren, nicht allzu viel entnehmen können, aber eines schien klar zu sein: Cain wollte von jetzt an versuchen, Kontakt zum Volk seiner Mutter zu halten. Ja, Cheyenne war genau die richtige Stadt! Doch nun musste Jubal zuerst einmal bei Roxanna um gut Wetter bitten.

Das Mädel war fraglos verteufelt wütend auf ihn! Verständlich, wenn sie annehmen musste, Cain und er hätten über sie verhandelt wie über ein Rennpferd oder eine Immobilie. Mit einem Seufzer ging der alte Herr auf sein Haus zu. Er konnte sich nicht daran erinnern, wann er je zuvor so nervös gewesen war – und dabei hatte Jubal ein ausgezeichnetes Gedächtnis.

Roxanna hatte nun drei Tage lang geschlafen, gegessen und in den Büchern gelesen, die die ausgezeichnet bestückte Bibliothek in Jubals Haus bereithielt. Sie fühlte sich rundherum erholt und fing an, ruhelos und gereizt zu werden. Höchste Zeit, einmal in die Stadt zu fahren und ein wenig nach einer sinnvollen Beschäftigung Ausschau zu halten. Die junge Stadt verfügte zwar noch nicht über ein Krankenhaus, aber einige Ärzte hatten sich bereits niedergelassen. Vielleicht könnte sie sich bei einem von ihnen als Krankenschwester nützlich machen.

Froh, endlich auf eine Idee gegen ihre Lageweile gekommen zu sein, nahm Roxanna energisch die Gabel zur Hand und widmete sich den letzten Resten einer umfangreichen Mittagsmahlzeit, die der um ihre Gesundheit besorgte Koch ihr vorgesetzt hatte. Der Mann bestand darauf, dass die Schwangere alles verzehrte. Offenbar war jeder in ihrer Umgebung der Meinung, Roxanna gehöre gemästet. Roxanna war gerade aufgestanden und hinter dem kleinen Esstisch im hinteren Wohnzimmer hervorgetreten, als sich die Tür öffnete und MacKenzies stattlicher Körper in der Türöffnung erschien.

»Jubal! Ich wusste nicht, wann ich dich erwarten sollte.« In Wirklichkeit hatte ihr das Zusammentreffen bevorgestanden, seit sie in seinem Haus angekommen war. »Hast du gegessen? Ich kann den Koch bitten, ein wenig kaltes Rindfleisch und Salat anzurichten.« Ihre Stimme klang unbeholfen und stockend.

Nachdenklich sah Jubal die junge Frau an, die sich mit einer Hand auf dem Tisch abstützte und ihm einen vorsichtigen, wachsamen Blick zuwarf. Das war nicht mehr sein ›Mädelchen‹, das ihn umarmt, geneckt und mit ihm Bourbon getrunken hatte.

»Herzlichen Dank, aber ich habe im Zug gegessen. Du siehst aus wie das blühende Leben. Mutterwerden steht dir.« Auch Jubal benahm sich steif und formell. Aber dann murmelte er einen leisen Fluch, trat mitten ins Wohnzimmer und platzte mit der Frage heraus, die ihn am meisten beschäftigte: »Alles in Ordnung zwischen dir und deinem Mann?«

»Ja. Ich glaube, er macht sich etwas aus mir ... ich denke, er hat mich nicht nur geheiratet, um dein Bauleiter zu werden...« Roxanna lächelte und fügte hinzu: »Besser gesagt: Wenn das anfangs der Fall gewesen sein sollte, dann hat es sich jetzt geändert. Als wir bei den Cheyenne waren, hat er für mich und das Kind schreckliche Qualen auf sich genommen. Zwischen mir und Cain ist alles in bester Ordnung.«

»Aber nicht zwischen dir und mir, was?« Jubal verzog den Mund, ohne wirklich zu lächeln.

»Wie hast du herausgefunden, dass ich nicht Alexa bin?« Die Frage hatte Roxanna keine Ruhe gelassen, seit ihr Mann ihr mitgeteilt hatte, dass der alte Schotte sowohl über Cains als auch über Roxannas Identität informiert war.

»Ich hatte von Anfang an einen ganz leichten Verdacht«, bekannte der alte Herr, durchquerte den Raum und wandte sich dann wieder Roxanna zu. »Du hast zwar rein äußerlich dem Kind ähnlich gesehen, an das ich mich erinnern konnte, aber dein Mumm erstaunte mich. Alexa war, glaube ich, ihren Eltern sehr ähnlich. Gesetzt, zaghaft, ängstlich jeder Herausforderung gegenüber. Wie hätte ein Mädchen, das sich jahrelang geweigert hat, ihr Heim in St. Louis zu verlassen, die Gefangenschaft bei den Indianern überstehen können?«

»Alexa hätte sich verändert haben können, weiterentwickelt«, erwiderte Roxanna. Sie erinnerte sich daran, dass die Freundin ihr von Jubals wiederholten Bitten erzählt hatte, zu ihm in den Westen zu ziehen. Roxanna wusste genau, dass Alexa den Schutz des Hauses an der Lafayette Street nie freiwillig verlassen hätte. Hätte Alexa in der Kutsche gesessen, als Lederhemds Krieger diese umstellt hatten, wäre sie auf der Stelle vor

Schreck gestorben. »Aber ich glaube, du hast Recht. Alexa wäre nicht in der Lage gewesen zu tun, was ich getan habe!«, gab Roxanna zu.

»Zuerst haben mir dein Mut, deine Schlagfertigkeit und dein Humor so viel Vergnügen bereitet, dass ich mir selbst auf die Schulter geklopft und mir eingeredet habe, das alles hättest du von mir geerbt.«

»Hast du Nachforschungen über mich anstellen lassen?«

Jubal schüttelte den Kopf. »Vielleicht wollte ich die Wahrheit ja gar nicht wissen. Aber dann kamen eines Tages, vielleicht einen Monat oder so nach deiner Heirat mit Cain, einige Dokumente einer Anwaltsfirma in St. Louis. Die Anwälte waren vom Gericht damit beauftragt worden, das Haus zu verkaufen und nach Alexas Tod deren Nachlass zu verwalten.«

Starke Gewissensbisse überfielen Roxanna, als sie in den Augen des alten MacKenzie nun Bedauern und Trauer über einen Verlust erkennen konnte. »Es tut mir so Leid, dass deine Enkelin tot ist. Als ich mit der Maskerade begann, glaubte ich nicht, damit jemandem wehzutun ...«

»Du hast mir nur Freude bereitet, mein Mädchen – darüber mach dir bitte keine Sorgen!«, entgegnete Jubal mit Nachdruck. »Ich las die Dokumente, die die Anwälte geschickt hatten, und dann wusste ich, dass Alexa an Schwindsucht gestorben war und ihre Gesellschafterin den Haushalt aufgelöst und die Beerdigung arrangiert hatte. Da war es nicht schwer, sich auszurechnen, dass diese Gesellschafterin wohl auch an Alexas Stelle statt gen Westen gereist war.«

Jubal zögerte einen Moment und fügte dann hinzu: »Sagen dir die Namen Tam O'Shanter und Elisabeth R. etwas?«

Von Erinnerungen übermannt, erblasste Roxanna und ließ sich auf einen Stuhl sinken. »Elisabeth R. war im Krieg mein Tarnname. Ein wenig hochgegriffen vielleicht«, fügte sie bitter hinzu, »ausgerechnet für mich den Namen der jungfräulichen englischen Königin zu wählen. Tam O'Shanter war der Tarnname des Mannes in Washington, an den ich meine Berichte schickte«, erklärte Roxanna langsam, und dann dämmerte es ihr. »Du ... du warst Tam O'Shanter?«

»Ich war Staatssekretär im Kriegsministerium von Lincoln und in dieser Funktion mit dem Aufbau und der Betreuung eines Spionagenetzwerks betraut. Lincoln dachte wohl, wer schlau genug ist, um sich gegen Männer wie Commodore Vanderbilt und Daniel Drew zu behaupten, sei genau der richtige Chef für einen Spionagering. Du warst meine beste Agentin im Felde.«

»Bis Vicksburg im Jahre dreiundsechzig.« Roxannas Stimme klang fast unhörbar. Sie starrte auf das Tischtuch und zog mit dem Finger das Muster darauf nach, weil sie Jubal nicht in die Augen sehen mochte.

»Ja. Ich erhielt die Nachricht, du seist im Gefängnis umgekommen«, berichtete Jubal mit ehrlicher Anteilnahme in der Stimme, zog sich einen Stuhl heran und nahm der jungen Frau gegenüber Platz. »Du warst wie vom Erdboden verschluckt.«

»So wollte ich es auch, Jubal.« Roxanna presste die Fingerspitzen an die Schläfen, als die Erinnerungen sie überfielen, so erschreckend klar und hässlich. »Ich habe nie jemandem erzählt, was wirklich in diesem Gefängnis geschehen ist.«

»Noch nicht einmal deinem Mann«, bemerkte der alte Herr gütig. Er wusste, dass sie es nicht getan hatte.

»Vielleicht werde ich eines Tages in der Lage sein, darüber zu reden, aber noch nicht ... jetzt nicht.«

Jubal streckte zögernd die Hand aus und tätschelte unbeholfen Roxannas Rechte. »Denk jetzt nicht daran. Als ich mich entschied, deine wahre Identität feststellen zu lassen, hatte ich nicht vor, dir zu eröffnen, dass ich weiß, dass du gar nicht Alexa bist. Ich war erstaunt, als die Berichte kamen, die mir mitteilten, du seiest Roxanna Fallon.«

»Roxanna Fallon, Spionin, Schauspielerin, gefallene Frau – nicht gerade das, was du dir als Erbin für dein Imperium vorgestellt hattest!«, murmelte Roxanna voller Bitterkeit.

»Und genau da irrst du, mein Mädelchen! Total. Du bist

genau die Frau, die ich mir als Enkelin gewünscht hätte, genauso wie Cain der Mann ist, den ich wählte, damit er sich für dich um all deine geschäftlichen Interessen kümmert.«

Erstaunt hob Roxanna den Kopf und las in Jubals Augen, wie ernst der ältere Herr seine Worte gemeint hatte. Vorsicht, Roxy, Jubal MacKenzie pflegte mit dem Commodore Poker zu spielen! Wie schön wäre es aber, seinen Worten glauben zu können!, dachte sie. »Erzähle mir von deinem Abkommen mit Cain. Wie ist es dir gelungen, mich zu verheiraten?«

Sie hatte die Worte so gewählt, dass Jubal zusammenzuckte. »Ach, Kind, wie du das sagst! Als wäre ich so kalt wie Loch Ness im Januar!«, beschwerte er sich in breitestem Schottisch. »Meine Absprache mit Powell bereute ich bereits, als ich sah, wie ihm sein blässlicher Sohn nachlief, als wäre er ein Schoßhündchen. Aber ich wollte die Verlobung nicht von mir aus lösen, weil ich befürchtete, das könne Anlass zu hässlichem Klatsch geben. Dann kam Cain zu mir. Er versicherte, weder er noch die Indianer hätten dich je angefasst.«

»Und du hast ihm geglaubt?«

»Ja. Ich habe immer viel auf meine Menschenkenntnis gegeben, Roxanna.« Schlau und prüfend ruhten Jubals Augen auf der jungen Frau. »Cain hatte dich nicht angefasst, jedoch nicht, weil er nicht gewollt hätte. Der Junge wollte dich mehr als den Job – viel mehr als er selbst es sich eingestehen konnte.«

»Aber du wusstest, wie sehr.«

»Ich dachte, ich wüsste es. Eine Zeit lang hat er dann so viel gearbeitet und dich ständig allein gelassen ... Da hatte ich Sorgen, ich könnte mich geirrt haben. Besonders als ich sah, wie sehr du ihn liebtest.«

»Von Liebe hat er nie gesprochen ...«, gestand Roxanna ein.

»Für einen Mann wie Cain ist das auch nicht einfach. Das Gleiche gilt für mich.« Jubals Gesicht, so zerfurcht und wettergegerbt wie immer, wurde knallrot, als er sich nun räusperte. »Du hast mir gefehlt, mein Mädchen. Du bist die Enkelin, die ich nie gekannt habe, die Enkelin, die ich zu lieben lernte. Du bist die einzige Familie, die ich habe, Roxanna, und du bist viel besser als alles, was ein alter Griesgram wie ich verdient.« Jubal sah Roxanna von der Seite an, und in seinen Augen schimmerten Tränen.

Roxannas Hals schnürte sich zusammen, als sie aufstand, um den alten Mann zu umarmen. Er tat es ihr gleich und schloss die jungen Frau etwas unbeholfen in die Arme. Sein ungestutzter Bart kratzte an ihrer Wange, und das, zusammen mit dem schwachen Aroma kubanischer Zigarren, der ihn umgab, war ihr so lieb und vertraut, als wäre Jubal ihr eigener Vater. »Du hast mir auch gefehlt, Jubal. Doch du hast Recht – du bist ein alter Griesgram!«

Jubal blieb noch einige Tage in Cheyenne und kümmerte sich um Eisenbahnangelegenheiten. Roxanna und er fanden zu ihrer alten Vertrautheit zurück, aßen gemeinsam, besprachen Probleme, die seine Arbeit betrafen, und schmiedeten Pläne für das Baby. Roxanna beschrieb ihm die Marter, der sich Cain bei der Zeremonie der Lebenshütte unterzogen hatte, und wie knapp Cain und sie dem Tod entronnen waren, den Lawrence Powell mit seinem Verrat für sie geplant hatte. Am Ende der Woche erhielt Jubal ein Telegramm vom Trassenende, in dem angedeutet wurde, dass ein Streik unabwendbar sei, wenn die Arbeiter ihren Lohn nicht erhielten.

»So gierig, wie die Herren Durant und Konsorten sind, das ist einfach dumm und fast schon kriminell! Die eigenen Taschen füllen sie mit den Dividenden der Crédit Mobilier, und in der Lohnkasse fehlt es an Barem!«, murrte Jubal, als er packte, um mit einem der westwärts fahrenden Wagen in das Lager am Bear River zu reisen.

»Du kannst nicht so weitermachen und die Männer aus eigener Tasche bezahlen«, ermahnte Roxanna ihn. »Du hast selbst gesagt, dass die Union Pacific noch Jahre nach dem Zusammentreffen beider Trassen keinen Profit erwirtschaften wird. Dazu muss doch erst einmal das Gebiet zwischen Kalifornien und dem Missouri besiedelt und entwickelt sein!«

Jubals graue Augen zwinkerten vergnügt. »Ja, aber die Zeit wird kommen! Und bis dahin lass ich mir meinen Ruf nicht ruinieren. Ich bin ein Arbeitgeber, der seine Angestellten auch bezahlt, damit sie weiter für ihn arbeiten! Die Männer sollen für mich in den Rocky Mountains die Trassen ausbauen, in den Nordwesten hoch und südlich bis Mexiko.«

»Große Träume hast du«, erwiderte Roxanna und küsste den alten Herrn auf die Wange, ehe er zur Tür hinauseilte.

»Ja, genau wie dein Mann. Pass auf das Baby auf, bis er zurückkommt!«

»Wir beide werden es uns gut gehen lassen,« versicherte Roxanna und tätschelte mit leisem Lächeln die leichte Rundung ihres Bauches.

Roxanna sah Jubals Wagen nach, der in einem leichten Schneegestöber hinter der Straßenbiegung verschwand. Das Wetter, das den ganzen Herbst über ungewöhnlich warm gewesen war, hatte sich plötzlich geändert, und der Winter klopfte an die Tür mit eiskalten Temperaturen und eisigen Winden, die heulend von Kanada her ins Land fielen. Dieser abrupte Wechsel der Jahreszeiten auf den High Plains war etwas, woran sich Roxanna in ihrem neuen Leben erst gewöhnen musste.

Sie schloss die massive Haustür aus Eiche hinter sich, wandte sich um, und wieder einmal blieb ihr Blick an der Wendeltreppe hängen, die zu einer Balustrade im dritten Stock führte, von der aus man den Turm betreten konnte. Ein Schauder rann ihr über den Rücken. »Das liegt nur am plötzlichen Wetterwechsel!«, versicherte sie energisch dem Echo der eigenen Schritte auf den blank polierten Schieferfliesen.

Einige Tage später erwachte Roxanna davon, dass eine strahlende spätherbstliche Sonne durch die Fenster ihres Zimmer schien. Wie groß, einsam und leer das Bett ohne Cain wirkte! Bald würde er jedoch aus San Francisco zurückkehren! Roxanna freute sich sehr darauf. Sie wollte ihren Mann überzeugen, sie mit ins Winterlager der Eisenbahner in Utah zu nehmen.

In diesem Winter sollten die Arbeitstrupps der Union Pacific ohne Unterbrechung durcharbeiten. Die Central Pacific hatte ihre Trassen bereits weit nach Nevada hinein verlegt, und mit jedem Tag, der verstrich, verschärfte sich der Wettlauf zwischen den beiden Eisenbahnlinien. Die Arbeiter würden es irgendwie schaffen müssen, heftige Stürme mit Böen in Orkanstärke, Temperaturen, die unter die Haut gingen, und unvorstellbare Schneemassen zu überstehen. Das gleiche hatten ihre Gegner in den Sierras durchmachen müssen. Die Arbeiten würden hunderte von Meilen entfernt von Salt Lake, der nächstgelegenen Siedlung, stattfinden. Ob Jubal und Cain das wohl sicher genug war für die schwangere Roxanna? Wenn nicht, hatten die beiden Männer leider Pech gehabt!

Roxanna zog sich das Nachthemd über den Kopf und warf einen kritisch prüfenden Blick auf das Spiegelbild ihres nackten Körpers, das sich im Ankleidespiegel zeigte. Es ließ sich nicht mehr übersehen: Ihre Taille war merklich umfangreicher geworden, und ihre Brüste hatten sich gerundet und schmerzten bei jeder Berührung. Alle ihre Kleider waren zu eng geworden, und ein Korsett käme selbst dann, wenn sie dies Kleidungsstück noch tragen würde, nicht mehr infrage.

»Zeit für einen Besuch in der Stadt bei der Schneiderin!«, bemerkte die junge Frau mit einem leisen Seufzer.

Wenn Cain mitbekam, wie sehr ihre Kleider über der Brust und an der Taille spannten, würde er an ihren ›delikaten‹ Zustand mehr Gedanken verschwenden, als Roxanna lieb sein konnte, während lockere Kleidung die Veränderung in ihrem Aussehen so lange wie möglich kaschieren würde. So würde sie Zeit gewinnen, ihn von ihren Plänen zu überzeugen. Zudem brauchte sie auch ein paar Kleider ohne Taille für die letzten Stadien der Schwangerschaft. Kein wirklich aufregender Einkaufsbummel also, der Roxanna da bevorstand – selbst wenn sie Anproben bei der Schneiderin grundsätzlich hätte, was allerdings nicht der Fall war.

Eine Stunde später hatte Roxanna ein reichhaltiges Frühstück, bestehend aus Rührei, Waffeln und Schinken, verspeist. Sowohl sie selbst als auch Li Chen freuten sich sehr darüber, dass sie ihren Appetit wiedergefunden hatte, aber die junge Frau befürchtete insgeheim, dass sie die Dienste eines Zeltmachers und nicht die einer Schneiderin in Anspruch würde nehmen müssen, wenn sie weiterhin so viel aß. Roxanna gab den Hausangestellten für den Nachmittag frei, was alle redlich verdient hatten, und zog los, um den Tag über Musterbüchern und mit der Feststellung ihrer neuen, üppigen Maße zu verbringen.

Gegen den Protest des Stallburschen bestand Roxanna darauf, die kleine zweirädrige Kutsche selbst zu fahren. »Ich weiß nicht, wie lange ich in der Stadt sein werde, und Sie, Juan, haben hier in den Ställen genug Arbeit. Ein wenig Bewegung wird mir gut tun. Es handelt sich ja auch nur um eine kurze Fahrt.«

»Seien Sie vorsichtig, Señora«, gab der Mann zurück und half Roxanna in den Zweisitzer, auch wenn er immer noch nicht überzeugt davon war, dass sie das Richtige tat.

Warum nur hielten alle Männer Frauen für hilflose Wesen – und besonders schwangere Frauen? Roxanna dachte an die Eigenständigkeit der Frauen in Lederhemds Dorf und musste lächeln. Bei den Cheyenne galt es als eine natürliche Sache, ein Kind zu erwarten, und nicht als Behinderung. Wenn nur die ›zivilisierte‹ Gesellschaft halb so vernünftig wäre!

Den restlichen Vormittag verbrachte Roxanna im Laden der Mrs. Whittaker in Cheyenne. Glücklicherweise dauerte das Maßnehmen und Anprobieren nicht so lange, wie die junge Frau befürchtet hatte. Cheyenne hatte sich als Zwischenhalt an der Strecke der Union Pacific zwar bereits gut etabliert, war aber immer noch eine eher kleine Stadt, in der es nur wenige ehrbare Damen gab, die die Künste einer Schneiderin in Anspruch nehmen konnten. Die Auswahl ließ einiges zu wünschen übrig, doch Roxanna entschied sich dann recht zufrieden für ein paar praktische, solide Stoffe, die für die Monate in der Wildnis, die vor ihr lagen, am vernünftigsten wären.

Auf dem Heimweg trieb Roxanna die muntere kleine Stute vor der Kutsche ein wenig an und betrachtete prüfend den Himmel, an dem sich am nordwestlichen Horizont dicke graue Wolken auftürmten. Die Luft war kühl geworden, und eine dünne Schneeschicht bedeckte den Boden. Stand womöglich der erste Schneesturm der Saison ins Haus? Roxanna trieb das Pferd zu einer rascheren Gangart an und freute sich auf ein paar Stunden Alleinsein, in denen sich kein Dienstbote besorgt in ihrer Nähe herumtreiben würde. Den ganzen Morgen über hatte man Nadeln um sie herum gesteckt, sie gedrückt, an ihr gezogen – ihr reichte es.

Sie lenkte die Kutsche um das Haus herum zu den Ställen und übergab sie dort Juan. Dann eilte sie den gewundenen Fußweg an der Rückseite des Hauses entlang, der zum hinteren Dienstboteneingang führte. In der Küche bereitete sie sich eine Kanne Tee, goss sich eine Tasse davon ein und nahm diese mit in die Eingangshalle. Ein perfekter Nachmittag, um sich mit einem der Bücher aus Jubals Bibliothek in einem Sessel zusammenzurollen! Vom Fenster ihres Wohnzimmers aus würde sie den Schneeflocken zuschauen und es selbst drinnen im Haus warm und gemütlich haben. Aber zuerst einmal galt es, aus der Sammlung, die die runden Wände des Zimmers im dritten Stock des Turms zierte, einen Band auszusuchen.

Roxanna betrat die Halle, und beim Anblick der steilen Wendeltreppe hinauf zum Turmzimmer beschlich sie wieder das unerklärliche prickelnde Gefühl. Irgendetwas an diesem Turm und der Treppe machte ihr Angst. Leise lachend versuchte die junge Frau, sich Mut zuzusprechen: »Das liegt alles nur daran, dass ich dabei bin, eine fette und faule Dame zu werden!« Energisch raffte sie mit der einen Hand ihren Rock, balancierte in der anderen Teetasse und Untertasse und stieg die Treppe hinauf.

Oben angekommen beschloss sie, demnächst einmal Jubal zu bitten, die Treppenstufen aus harter, polierter Eiche mit Teppich belegen zu lassen. Dann betrat sie das hohe Zimmer, in dem die Regale vom Boden bis zur Decke reichten, und machte sich daran, den Buchbestand in aller Ruhe durchzusehen. Einmal meinte sie, auf der Treppe Schritte gehört zu haben, und rief eine Frage, erhielt aber keine Antwort.

Es war kurz nach halb eins, und die Hausangestellten würden erst in einigen Stunden wieder zurückkehren. Roxanna zuckte die Schultern, versuchte, das Geräusch zu vergessen, und wandte sich erneut den Regalen zu. Letztendlich entschied sie sich dann für eine Sammlung mit Theaterstücken des Aristophanes und beschloss mit leisem Lächeln, dessen *Lysistrata* noch einmal zu lesen, wenngleich ja leider nicht im griechischen Original. Vielleicht gab es doch mehr als einen Weg, Cain davon zu überzeugen, dass er sie würde mitnehmen müssen!

Roxanna klemmte sich das Buch unter den Arm, nahm die leere Teetasse und trat durch die Tür. Sie hatte die Treppe fast schon erreicht, da erstarrte sie plötzlich. Tasse und Untertasse glitten ihr aus den Fingern, schlugen auf den Boden, und die einzelnen Scherben rieselten wie kleine harte Regentropfen auf die Kacheln tief unter ihr.

»Was machen Sie hier?«, fragte Roxanna so gefasst wie möglich.

Isobel Darbys Gesicht verzog sich in dem Hass, der seit mehr als fünf Jahren an ihrer Seele und ihrem Verstand nagte. »Ich bin hier, um zu richten!«, erklärte sie mit schriller Stimme und zog eine alte Pepperbox-Pistole aus den Falten ihres schweren lilafarbenen Samtkleides.

»Man wird Sie verhaften. Meine Diener...«

»Ich habe gehört, wie Sie die Diener für den Rest des Tages entlassen haben. Abgesehen von dem kleinen Latino ist hier niemand, und der arbeitet hinten bei den Ställen, viel zu weit weg, um irgendetwas zu hören.«

Bring sie zum Reden!, dachte Roxanna verzweifelt, legte die Hand auf das Treppengeländer und trat einen winzigen Schritt vor. »Wie konnten Sie hören, was ich zu meinen Dienstboten sagte?«

Ein fast kindisches Lächeln schlich sich in Isobels magere aristokratische Züge. »Aber ich bin doch hier, seit das Haus fertig wurde, ich bin auf dem Boden über dem Turmzimmer!« Sie richtete die Augen einen Moment kurz nach oben, hielt die Pistole jedoch sofort wieder gerade, als Roxanna einen weiteren Schritt näher kam.

»Ich hatte alles genau geplant, müssen Sie wissen. Ich habe mich eingeschlichen, als das Haus leer stand. Ich habe so viel Essen und auch Wasser bei mir gehabt, dass ich Ihre Ankunft in aller Ruhe abwarten konnte. Ich wusste, Sie würden früher oder später einmal allein im Haus sein. Viele Jahre habe ich gewartet, doch nun ist meine Geduld zu Ende.«

Regungslos verharrte Cain in der Eingangshalle, direkt unter den beiden Frauen. Guter Gott, sollte er zu spät gekommen sein? Als er am Knotenpunkt am Bear River eingetroffen war, hatte ihn dort ein Telegramm von Jubals Agenten in Mississippi erwartet: Die Dame Darby hatte Vicksburg verlassen, ohne ihre Plantage aufgesucht zu haben. Nur ihre fünfzigtausend Dollar waren am Tag ihres Verschwindens von ihrem Konto abgehoben worden.

Sofort war Cain in einen Zug nach Osten gestiegen und hatte den Lokomotivführer gebeten, die Ventile voll aufzudrehen. Nun stand er in der Halle des von allen anderen Bewohnern verlassenen Hauses und war machtlos, was die beiden Frauen betraf, die auf der Balustrade einander gegenüberstanden. Roxanna befand sich direkt in seiner Schusslinie. Würde er versuchen, weiter in den Raum hineinzugehen, um Isobel ins

Schussfeld zu bekommen, dann würde diese ihn sehen und Roxanna erschießen.

Was konnte er tun? Er musste irgendwie hinter Isobel gelangen. Die Dienstbotentreppe hinauf zum dritten Stock! Cain schob sich unterhalb des Balkons an der Wand entlang und rannte den teppichbelegten Korridor hinunter und zur Hintertreppe, während über ihm Isobel mit ihrer wahnsinnigen Schimpfkanonade fortfuhr.

»MacKenzie, der alte Narr, dachte, er hätte mich gekauft, aber ich habe ihn an der Nase herumgeführt. Ich habe meine Fahrkarte für den Zug um halb fünf gen Osten bereits in der Tasche. Nächsten Monat um diese Zeit führe ich längst ein bequemes Leben in London. Und Sie werden tot sein! Sie und das Balg des dahergelaufenen Halbbluts, das Sie in ihrem Leib tragen. Sie werden mit gebrochenem Genick unten an der Treppe liegen ... Alles andere ist dann wahrscheinlich auch gebrochen«, fügte sie mit Genugtuung hinzu. »Mein teurer Nathaniel wird endlich die Ruhe finden, die er verdient.«

»Ihr Nathaniel war ein Dieb und ein Verräter!«, sagte Roxanna. Sie wollte Isobel provozieren, in der Hoffnung, dass die Frau endgültig den Verstand verlieren und ungezielt in der Gegend herumschießen würde. Roxanna hielt den Band Theaterstücke immer noch fest unter den Arm geklemmt. Guter Gott, gib, dass ich treffe, wenn ich ihn werfe!, flehte sie stumm. »Er verdiente den Strick, nicht nur, weil er stahl ...«

»Sie lügen, Sie Schlampe! Sie haben ihn in Ihr Bett gelockt!«, rief Isobel hysterisch und trat näher an Roxanna heran, ihre Lippen zu einer grotesken Grimasse verzerrt, die ihre Zähne entblößte.

Roxanna musste schlucken, denn mit den Erinnerungen an Nathaniel Darby schlich sich ein fauler Geschmack in ihren Mund. »Ich gab Colonel Darby meine Jungfräulichkeit«, erwiderte sie, »und er gab mir sein Wort, mich aus der Hölle zu entlassen, die das Gefängnis von Vicksburg darstellte. Wissen Sie, wie viel das Wort Ihres Mannes wert war? Das Wort Ihres feinen konföderierten Kavaliers?« Während sie sprach, dachte sie beschwörend: Komm näher heran, Isobel!

»Ich werde mir nicht anhören ...«

»Nein?« Auch Roxannas Stimme klang schrill, als die Erinnerungen an die furchtbare Nacht, die wie schmutziger Unrat, wie unerträglicher Lärm stets am Rande ihres Bewusstseins gelauert hatten, nun mit aller Macht über sie hereinbrachen. »Er hat mich genommen, bis seine Lust gestillt war. Er hat mir sogar gesagt, wie gut dieser ›Fick‹ gewesen sei.«

Isobel wich schockiert zurück: »Nathaniel hat solche Worte niemals in den Mund genommen!«

»Genau das waren seine Worte! Nachdem er mich gelobt hatte, lächelte er und rief die Wache. Und statt des Pferdes und des freien Abzugs gen Norden, die er mir versprochen hatte, erwartete mich wieder die dreckige Zelle. Und drei Wärter darin.«

Roxanna zitterte, riss sich dann aber zusammen. Isobels Augen waren rund und schienen ihr fast aus dem Kopf fallen zu wollen. Es sah ganz so aus, als bereitete es ihr großes Vergnügen, die Demütigung ihrer Feindin geschildert zu bekommen. Aber Roxanna konnte nicht anders, sie musste die Erzählung nun beenden. Darin lag ihre einzige Hoffnung, dem sicheren Tod zu entrinnen.

»Diesen Tieren, diesem Abschaum hat Nathaniel mich übergeben. Den letzten, den allerletzten Vertretern der menschlichen Gesellschaft mit verrotteten Zähnen, faulem Atem, ungewaschenen Körpern. Sie rissen mir die Kleider vom Leib, die wieder anzuziehen Ihr nobler Nathaniel mir gestattet hatte. Und dann nahmen sie mich einer nach dem anderen ... die ganze Nacht lang ... bis sie mich noch nicht einmal mehr festzuhalten brauchten.«

Roxanna konnte die Tränen in der eigenen Stimme hören, fühlte, wie diese sich brennend hinter ihren Augen zusammenbrauten. Nicht, dass sie mir noch die Sicht rauben, dachte sie. Sie lockerte den Druck ihres Ellbogens gegen die Seite, ließ das Buch tiefer rutschen und hielt es nun mit beiden Händen umklammert. »Kurz vor Tagesanbruch ließen sie mich liegen. Sie hielten mich für tot und schnarchten im Wachzimmer, als ich aus der Zelle gekrochen kam. Ich stahl eins ihrer Pferde. Bis zum heutigen Tage weiß ich nicht, wie es mir gelungen ist, mich auf dessen Rücken zu halten und unsere eigenen Linien zu erreichen.«

»Du hast verdient, was du bekommen hast!«, zischte Isobel hinterhältig. »Mein Nathaniel ist tot. Du hast ihn in den Ruin getrieben!«

»Wissen Sie, was bei dieser ganzen Sache die wahre Ironie ist, Isobel? Ich hätte den Brief an General Johnston nie geschrieben, wenn Ihr Nathaniel Wort gehalten hätte. Ihr Mann könnte heute noch leben.«

»Nein! Sie lügen, die ganze Sache ist erfunden! Sie haben sich das alles ausgedacht!«

Roxanna warf das Buch, und fast gleichzeitig drückte Isobel auf den Abzug ihrer Pistole. Der dünne Band traf auf den Revolverlauf, und der Schuss ging daneben. Cain rannte die letzten Meter den Flur entlang, aber ehe er die Frauen erreichen konnte, hatte Isobel sich auf Roxanna geworfen, und die beiden stolperten rückwärts, wobei sie mit Zähnen und Klauen aufeinander losgingen. Voller Wucht stießen sie mit dem Geländer der Balustrade zusammen, das unter diesem doppelten Aufprall bedenklich knarrte. Isobel packte Roxannas Haare und riss so heftig daran, dass sich alle Haarnadeln lösten. Roxanna gelang es, der Gegnerin genau dort einen Faustschlag in den Magen zu verpassen, wo die schützenden Verstrebungen des Korsetts endeten.

Isobel stieß einen schrillen Schrei aus, in dem sich Wut und Schmerz paarten, und ging erneut zum Angriff über. Sie hatte es darauf abgesehen, Roxanna über das Balustradengeländer zu stürzen. Noch einmal prallten beide Frauen gegen die hölzernen Verstrebungen, doch Isobel lockerte den Griff ihrer Finger, die sich wie die Krallen eines Raubvogels um Roxannas Arm geschlossen hatten, um keinen Deut. Die Frau war unglaublich stark, wie Cain feststellen musste, als er die beiden Kämpfenden erreichte und versuchte, seine Frau aus der Umklammerung der Gegnerin zu befreien.

Cains Auftauchen schien Isobel nur noch anzuspornen. Mit eisenhartem Griff hielt sie Roxannas Arm umklammert und warf sich mit dem ganzen Gewicht beider Frauenkörper ein drittes Mal gegen das Geländer. Ein Krachen belohnte sie, denn nun endlich gab das Holz nach.

Fest stemmte sich Cain mit den Beinen gegen den Boden, umschlang seine Frau mit beiden Armen und zog. Er fiel, und der Ruck lockerte Isobels Griff. Roxanna und Cain hörten noch einen letzten verzweifelten Schrei – »Neiiiin!« –, dann folgte ein dumpfer Aufprall. Isobels Körper war auf die Schieferplatten der Eingangshalle geschlagen.

Roxanna fest in seinem Armen, rollte sich Cain zur Seite. Fürsorglich und liebevoll hielt er seine Frau an sich gedrückt, überglücklich, ihren Körper so warm und lebendig an seinem zu fühlen, beglückt, spüren zu können, wie sie um Atem rang. Er setzte sich und richtete auch Roxanna auf. »Bist du verletzt?«, fragte er besorgt.

Roxanna zitterte. »Nicht so schwer wie Isobel!«

Die beiden jungen Leute standen gemeinsam auf und warfen einen Blick über das zertrümmerte Geländer. Isobel Darby lag mitten auf dem Fußboden der Eingangshalle, alle viere von sich gestreckt, ihr Körper grotesk verbogen. Ihr schweres dunkles Samtgewand bauschte sich um ihre Hüften, und unter ihm, überall auf den Fliesen, lagen kleine Bündel Banknoten verstreut. Es schienen hunderte zu sein.

»Sie hatte wohl all das Geld, das Jubal ihr gegeben hatte, in ihren Kleidern versteckt«, murmelte Cain und drehte Roxannas Kopf zu sich, damit sie die blutüberströmte Leiche Isobel Darbys nicht länger würde sehen müssen.

Kapitel 25

Cain und Roxanna ließen die tote Isobel Darbys auf dem Boden der Eingangshalle liegen und gingen in Roxannas Wohnzimmer. »Wir müssen die Behörden benachrichtigen ... Wir müssen etwas mit der Leiche unternehmen ...!« Roxanna zitterte beim Gedanken an den Hass, den Isobels Augen versprüht hatten, als die Frau in den Tod gestürzt war.

»Ich werde mich darum kümmern. Mach dir bitte keine Gedanken!«, entgegnete Cain und bat seine Frau inständig, auf dem Sofa Platz zu nehmen. Er kniete sich neben sie und untersuchte die Kratzer auf ihren Armen und ihrem Gesicht. »Wenn ich daran denke, wie nah ich dran war, dich wieder zu verlieren ...« Seine Stimme brach. »Bist du sonst noch irgendwo verletzt?«

»Ich glaube, sie hat mir die Hälfte meines Haares vom Kopf gerissen. Abgesehen davon, sind es nur die paar Kratzer und Hautabschürfungen«, antwortete die junge Frau.

»Ich fühlte mich so hilflos, als ich euch beide da oben sah. Ich konnte keinen Schuss auf sie abgeben, du standest direkt in meiner Schusslinie. Ich rannte zur Hintertreppe, doch als ich bei dem Flur dort angekommen war, hattet ihr beide euch bewegt, und ich wagte erneut nicht zu schießen. Ich habe versucht, mich an sie heranzuschleichen, doch dann hast du das Buch geworfen.«

»Du hast mir wieder einmal das Leben gerettet.« Roxanna hielt inne und starrte auf ihre Hände, die sie krampfhaft gefaltet im Schoß liegen hatte. »Du hast alles gehört, nicht?«, fragte sie mit halb erstickter Stimme.

»Ja, Roxanna, ich habe alles gehört«, antwortete Cain und legte seine Hand über die ihre.

»Ich ... ich musste sie provozieren, wütend machen, sonst wäre sie nicht näher gekommen ... Zumindest habe ich mir das so eingeredet. Vielleicht wollte ich es ihr auch einfach alles an den Kopf werfen. Sie hatte mich so lange gequält ... und das alles eines Mannes wegen, der nur in ihrer Einbildung existierte!«

»Jubal sagte, du müsstest mir selbst davon erzählen ... wenn du es wolltest.«

Roxanna schluchzte auf und biss sich auf ihre kleine, krampfhaft zusammengepresste Faust. »Ich habe es alles noch einmal durchlebt – alles, was ich dachte, hinter mir gelassen zu haben ... Ich habe mich so besudelt gefühlt ... so schmutzig! Es ist, als wäre alles erst gestern geschehen. Ich werde die Erinnerungen nie loswerden!«

Cain setzte sich neben sie, legte die Arme um sie und hielt sie fest umarmt. »Roxanna, du hast dich nicht schuldig gemacht, nicht an Darby, nicht an den Wärtern! Du warst das Opfer dieser Männer, und sie mögen alle in der Hölle schmoren!«

Roxanna spürte Cains Hände, diese sanften, liebevollen Hände, die ihr Haar streichelten, die sie so sicher umfangen hielten. Er hatte sie nicht verstanden! Sie sah auf, direkt in seine Augen, und versuchte, ihre sich überstürzenden Gefühle in den Griff zu bekommen. »Ich habe mich verkauft, meine Ehre verkauft, um der Schlinge eines Henkers zu entgehen. Ich hätte für mein Land sterben sollen, wie ein Mann es an meiner Stelle getan hätte!« Ihr Gesicht fiel in sich zusammen. »Aber wie du schon sagtest: Eine Frau verfügt über Waffen, die ein Mann nicht hat. Ich habe dem Schwein Darby meine Unschuld gegeben – und die hätte ich eigentlich dir schenken sollen ...«

»Wenn du sie ihm nicht gegeben hättest, hätte ich dich nie kennen gelernt. Du bist so viel mehr wert als deine verdammte Unschuld, Roxanna!« Cains Hände spannten sich um Roxannas Schultern; seine Finger gruben sich in ihr weiches Fleisch, und er betete mit aller Kraft darum, dass sie ihm glauben möge.

In Roxannas Augen glitzerten Tränen, als sie Cain anschaute. »Sag mir nicht, es hätte dir in unserer Hochzeitsnacht nichts ausgemacht – darum hast du dann doch gedacht, ich hätte dich mit Larry betrogen!«

»Ich war ein Narr, Roxanna.« Cain versuchte, das Chaos in seinen Gedanken zu ordnen, nahm ihre Fäuste in seine Hände, löste sacht die verkrampften Finger und hob sie an die Lippen. »In unserer Hochzeitsnacht wusste ich nichts. Ich war noch nie mit einer Jungfrau zusammen, nehme jedoch an, dass das allseits überschätzt wird. »Was mich auf Larry eifersüchtig sein ließ, war um einiges komplizierter. Du weißt, wie ich meiner Cheyenne-Herkunft gegenüber empfand, der Tatsache, dass ich unehelich geboren war. Einmal, nur ein einziges Mal hatte ich den Preis bekommen, nicht mein Bruder. Du warst meine Frau, und ich war nicht willens, dich mit irgendeinem Mann zu teilen. Das hatte nichts mit dem zu tun, was geschehen ist, bevor wir uns trafen.«

»Aber ich habe dich angelogen und dir etwas vorgemacht, damit du denken solltest, ich sei eine behütete Schöne aus St. Louis.«

»Ich habe dich auf viel schlimmere Art betrogen. Ich habe dir meine Vergangenheit verschwiegen, und ich habe diesen Handel mit Jubal abgeschlossen. Ich habe die ganze Zeit versucht, mir einzureden, ich handelte so der Beförderung wegen, der Macht wegen – um der Rache an meinem Vater willen. Aber je mehr ich mich gegen dich wehrte, desto mehr wurde ich in deinen Bann gezogen. Und das störte mich sehr, Roxanna. Ich hatte Angst vor deiner Macht über mich. Ich konnte mir die Wahrheit nicht eingestehen, selbst nicht in Lederhemds Dorf nach dem Sonnentanz. Doch jetzt weiß ich, dass sie mich sogar zum Präsidenten der Union Pacific machen könnten, ohne dich wäre es mir keinen Pfifferling wert! Ich liebe dich, Roxanna, mehr als mein Leben, mehr als jeglichen Reichtum, mehr als alles auf der Welt!«

Roxanna blickte tief in Cains Augen, in denen unvergossene

Tränen schimmerten – und Liebe. Sie hob die Hand und strich mit den Fingerspitzen über die Narbe an seiner Wange, liebkoste sie sacht, genoss das Wunder dieses Augenblicks wie einen Frühlingsregen, klar und rein und funkelnd und voller neuer Hoffnung – so unendlich wundervoll, dass es ihr den Atem raubte. Cains Herz spiegelte sich in seinen Augen, offen und verletzlich. Er hat immer noch Angst, ich könnte ihn zurückweisen, erkannte sie da.

»Diese Worte habe ich von dir hören wollen, seit wir uns am Ufer des Niobrara trafen.«

Cain hörte das Zittern in ihrer Stimme, sah das Lächeln auf ihren Lippen, das sich in ihren Augen ausbreitete. »Dann ist es nicht zu spät?«

»Wenn du die Vergangenheit hinter dir lassen kannst, kann ich es auch, Cain! Wir zusammen können es. O Cain, ich liebe dich, ich liebe dich, ich liebe dich!«, rief Roxanna, und warf ihrem Mann mit einem Freudenschrei die Arme um den Hals. »In meinem Herzen habe ich diese Worte wohl schon tausendmal ausgesprochen, aber ich habe so lange darauf gewartet, sie offen sagen zu können.«

»Ich liebe dich, Roxanna – und dieses Geständnis werde ich dir jetzt jeden Tag machen, bis ans Ende unseres Lebens!« Cain spürte die Tränen auf seinen Wangen, und sie störten ihn nicht, denn Roxannas weiche Lippen küssten sie fort, während er dasselbe mit den salzigen Tropfen tat, die aus ihren Augen rannen.

Einen Augenblick saßen sie ineinander verschlungen da und freuten sich still. Dann griff Cain in seine Jackentasche und zog eine winzige Schachtel heraus, die er seiner Frau überreichte. Gespannt öffnete Roxanna das Geschenk und hielt mit einem Aufschrei den Atem an. Der schwere goldene Ehering, den sie ihm zurückgegeben hatte, als sie Denver verließ, lag neben einem wunderschönen, kunstvoll geschliffenen Diamanten, der in filigranes, fein gearbeitetes Gold gefasst war.

»Ich wollte dir immer schon einen Verlobungsring schenken. Ich bat Jubal, mir den Ehering nach San Francisco zu schicken, weil der Juwelier die beiden Ringe aufeinander abstimmen sollte.« Cain sah erwartungsvoll zu, wie Roxanna die Ringe an ihren Finger steckte.

»Das ist das Schönste, was ich in meinem ganzen Leben gesehen habe! Aber Cain, der Diamant ist so groß – der hat doch ein Vermögen gekostet!«

Cain lächelte, immer noch ganz verwirrt von den Enthüllungen der letzten Woche. »Ich kann es mir leisten. Ich kann dich mit Diamanten überhäufen, Roxy. Als ich in San Francisco angekommen war und die Vorbereitungen für die Beerdigung meines Vaters und meines Bruders traf, nahmen Andrews Anwälte Kontakt mit mir auf. Ich war doch zu ihm gegangen und hatte ihn beschuldigt, die Central Pacific bestohlen zu haben, und hatte gedroht, ihn zu ruinieren – nun, scheinbar hat er nach dieser Konfrontation sein Testament geändert. Und dann hat er sich auf die Suche nach Larry gemacht.« Cain wirkte verstört. »Was ihm wohl durch den Kopf gegangen sein mag? Er hat mir alles hinterlassen, mein Liebling – seine Aktien bei der Central Pacific, seine Frachtunternehmen, den gesamten Landbesitz.«

»Er hat also letztendlich eingesehen, dass du mehr wert bist als Larry – er hatte vor, dich als seinen Sohn anzuerkennen.«

Cain fuhr sich mit den Fingern durch das Haar und schüttelte den Kopf. »Verdammt, wenn ich das nur wüsste! Ich weiß, dass er meine indianische Abstammung nach wie vor verabscheute. Vielleicht war er auch deswegen so entsetzt, als er erfuhr, dass ich mich zum Fest der Lebenshütte verpflichtet hatte. Ich werde mich immer fragen müssen, ob er absichtlich hierher zurückgekommen ist, um Larry seines Verrats wegen zu töten – oder ob er meinem Bruder, wären die Dinge anders gelaufen, eine zweite Chance eingeräumt hätte.«

»Aber warum hätte er dann Larry aus seinem Testament gestrichen und alles dir hinterlassen?«

Cain seufzte: »Ich schien ihm wohl zu dem Zeitpunkt das kleinere von zwei Übeln zu sein.«

Roxanna hörte den Schmerz, der immer noch in der Stimme ihres Mannes mitschwang. »Vergiss nicht, dass er zu Larry sagte, er habe einen Fehler gemacht, dass er dich nicht anerkannt hat.«

»Nein, er sagte, das sei *vielleicht* ein Fehler gewesen. Seine letzten Worte waren: ›Du warst immer ein heller Kopf. Du hast mich geschlagen ...‹ Verdammt, für ihn war es stets ein Spiel! Er hat Larry und mich gegeneinander ausgespielt, unser Leben lang. Ich war der zähe Bursche, der gelernt hatte, sich allein durchzuschlagen. Er hat mich auf meinen Bruder gehetzt, wie einen verdammten Hund!«

»Larry hatte seine eigene Art, sich zu wehren, Cain. Du kannst die Schuld nicht gänzlich Andrew Powell in die Schuhe schieben – denn wenn er allein schuldig wäre, wärst du schlimmer geworden als dein Bruder!«

»Fast wäre ich das ja auch«, entgegnete er voller Bedauern. »Und du hast für meine Sünden bezahlen müssen.«

»Ich denke, du hast in der Lebenshütte selbst dafür bezahlt.«

Ein ironisches Lächeln spielte um Cains Lippen. »Als ich mich auf das Liebesritual vorbereitete, erklärte Sieht Viel mir, ich hätte für einiges Abbitte zu leisten.«

»Ein weiser Mann, der alte Schamane – und dein Großvater ebenfalls. Was wird aus ihnen werden, wenn die Armee und die Eisenbahn mehr und mehr in ihre Jagdgründe eindringen?«

»Dillon weiß, dass Lederhemds Leute friedfertig sind. Er wird sie in Ruhe lassen. Ansonsten ...« Cain seufzte. »Früher oder später werden die, die überleben, irgendwo in einem Reservat landen.«

»Können wir sie besuchen, wenn die transkontinentale Eisenbahn fertig ist? Ich denke, Lederhemd wird sich ebenso über seinen Urenkel freuen wie Jubal.«

Cain lächelte. »Du denkst also, es wird ein Junge? Ich hatte ja eher eine silberhaarige kleine Hexe vor Augen, die ihrer Mutter gleicht. Wie dem auch sei – wir können die Gruppe ausfindig machen, wenn das Baby da ist.«

»Lässt du mich diesen Winter bei dir sein? Doktor Milborne wird da sein und mich entbinden, und der Eisenbahnwagen, den Jubal uns gegeben hat, ist der reinste Palast. Bitte sag Ja, Cain!« Sie senkte die Lider und fügte schlau hinzu. »Es sei denn, du könntest es nicht ertragen, mich so in die Breite gehen zu sehen, dass ich von der Seite genauso aussehe wie von vorn!«

Cains Hände wanderten zur Taille seiner Frau und dann zu ihren Brüsten. »Bis jetzt kann ich noch gar nicht feststellen, dass du zugenommen hast. Heute Nacht werde ich...«

Unten in der Eingangshalle erklang ein lauter Fluch in derbstem Schottisch, gefolgt von Jubals Schritten auf der Treppe. Laut rief der alte Mann nach Roxanna und Cain.

»Hier sind wir, Jubal. Roxanna ist nichts passiert«, gab Cain zurück.

Kreidebleich und außer Atem lehnte der alte Mann in der Türöffnung. »Als ich dieses Teufelsweib da unten liegen sah – das hat mich zehn Jahre meines Lebens gekostet!« Er bemerkte Roxannas zerkratztes Gesicht und die zerzauste Frisur. »Wirklich alles in Ordnung mit dir, mein Mädelchen?«

Roxanna ging zu dem alten Herrn hinüber und schloss ihn liebevoll in die Arme. »Ja, alles ist bestens, dank meines Mannes.«

»Und dank Jubal. Er hatte einen seiner Agenten in der Kleinstadt neben der Darby-Plantage postiert, um die Frau im Auge zu behalten. Wenn ich nicht ein Telegramm dieses Mannes abgefangen hätte, wäre ich nie rechtzeitig hier eingetroffen«, erklärte Cain und legte Roxanna den Arm um die Schulter.

Jubal MacKenzie erkannte, dass das junge Paar Zeit für sich brauchte, und ging, um sich um die Beseitigung der sterblichen

Überreste Isobel Darbys zu kümmern. Eine Stunde später hatte die Polizei von Cheyenne die Geschichte geschluckt, der Dame sei ein ›tragischer Unfall‹ widerfahren – doch zuvor hatte der sparsame Schotte die Reste seiner fünfzigtausend Dollar an sich genommen. »Sie hat sich nicht an ihren Teil des Abkommens gehalten – also gehört das Geld mir.« Dann war der Totengräber gekommen und hatte Isobel mitgenommen, um sie auf dem örtlichen Armenfriedhof beizusetzen.

Später am Tag kehrten der Koch, das Zimmermädchen und Li Chen zurück, die alle von den schrecklichen Ereignissen des Tages nichts mitbekommen hatten. Das Abendessen stand pünktlich auf dem Tisch, und nachdem alle das Mahl genossen hatten, bat Jubal Roxanna und Cain, mit ihm ein Glas feinen, zehn Jahre alten Bourbon zu trinken. Der stattliche alte Mann schenkte die Gläser voll, hielt dann ein wenig unsicher, inne und erklärte: »Zuerst einmal möchte ich euch beide etwas fragen.«

Er sieht nervös aus!, dachte Cain erstaunt. »Mach schon, Jubal, heraus mit der Sprache!«

Auch Roxanna beugte sich erwartungsvoll vor und sah zu, wie Jubal sich räusperte und seine Krawatte lockerte. Was mag er nur vorhaben?, überlegte sie.

»Hast du eigentlich schon darüber nachgedacht, wie sich der neueste Direktor der Central Pacific nennen soll, Cain? Willst du wieder als Damon Powell auftreten?«

»Nun, zuerst einmal bin ich kein Direktor, sondern halte nur einen ziemlich großen Aktienanteil. Außerdem hatte ich nie einen rechtlichen Anspruch auf den Namen Powell. Und den habe ich immer noch nicht, auch wenn der alte Herr mir sein Vermögen hinterlassen hat. Ich glaube aber wirklich nicht, dass ich Powell heißen möchte.«

»Was hältst du vom Namen MacKenzie?« Jubals riesige Hände zitterten leicht, als er sie flach auf den Tisch legte und sich vorbeugte. Hier saß nicht mehr der eiskalte Pokerspieler. Der alte Herr trug seine Gefühle so sichtbar vor sich her wie nie zuvor in seinem Leben. »Wenn du einverstanden bist, würde ich dich legal als Sohn adoptieren und dich und Roxanna und eure Kinder als meine Erben einsetzen. Du brauchst noch nicht einmal ›Vater‹ zu mir zu sagen!«

Roxannas Augen füllten sich mit Tränen und die ihres Mannes ebenfalls, als dieser antwortete:

»Es wäre mir eine Ehre, ein MacKenzie zu sein ... dein Sohn zu sein.«

Die beiden Männer schüttelten sich die Hände, standen dann auf und umarmten einander, mit Roxanna in der Mitte. Als sich alle wieder gefasst hatten, reichte Jubal den beiden anderen die Gläser und hob seins. »Auf Amerika, das Land der unbegrenzten Möglichkeiten...«

»...und mit einem verdammt guten Whiskey!«, klang das Echo von den beiden neuesten MacKenzies.

Am Ende der kleinen Feier ging Jubal in sein neues Büro, um sich den Abrechnungen der Union Pacific zu widmen. Die beiden jungen Liebenden gingen hinauf in ihre Schlafgemächer... um sich anderen Dingen zu widmen.

Cain stand im Durchgang zwischen Wohnzimmer und Schlafzimmer und schaute zu, wie sich Roxanna die Haarnadeln aus der Frisur zog.

Sie sah im Spiegel, dass er näher kam, drehte sich zu ihm um und lächelte. »Erinnerst du dich an die ... na ja: Lektion – die du mir zu Teil werden ließest, als wir in Chicago waren?«

Cains Mund wurde mit einem Mal trocken. »Das werde ich nie vergessen. Willst du mir eine weitere Demonstration liefern?«, fragte er mit belegter Stimme.

»Nein, eher nicht«, erwiderte sie nachdenklich, stand auf, trat dicht vor ihn und ließ die Finger über seine Hemdbrust und die Schultern gleiten. »Ich denke, erst einmal solltest du mich ausziehen ... alles, nur nicht die Ringe.« Sie ließ den Diamanten vor seinen Augen aufblitzen, lachte vergnügt, als ihr Mann vor Behagen leise schnaubte, und fügte hinzu: »Und danach möchte ich dir zusehen.«

»Mir zusehen?«

»Manchmal möchte eine Frau, dass ihr *Mann* sich für *sie* auszieht, ganz langsam!«

Eine schwarze Braue hob sich, und auf Cains Gesicht breitete sich ein breites, sehr, sehr verschmitztes Grinsen aus. »Ist das so? Nun, man soll mir nicht nachsagen, dass ich meine Frau enttäusche!« Er nahm Roxannas Hände und führte die junge Frau zu dem großen Himmelbett in der Mitte des Zimmers, wo sie sich auf der Bettkante niederließ. Dann kniete er sich mit einem Bein auf einen kleinen Hocker, und zog ihr die Schuhe von den Füßen, wobei seine Hände den seidenumhüllten Spann ihrer Füße streichelte, bis sie vor Behagen fast schnurrte.

»Nun komm«, befahl er, stand auf und zog sie mit sich auf die Beine, und zwar mit dem Rücken zu sich. Mit geschickten Fingern löste er ein gutes Dutzend satinüberzogener Knöpfe aus ihren Haken und schob Roxanna den glatten butterweichen Kleiderstoff von den Schultern. Den Händen folgte sein Mund, heiß und insistierend, der Küsse auf die weiße cremige Haut über ihrem Hemd drückte.

Als das Kleid sich um Roxannas Hüften bauschte, schob er die Hände unter den reinen Seidenstoff ihres Hemdchens, umspannte ihre Brüste, hob diese an und murmelte in den Nacken seiner Frau: »Mhmm ... sie werden schwerer!« Er ließ die Daumen über die Brustspitzen fahren, die sofort hart wurden. Roxanna seufzte genussvoll auf und bog sich seinen Händen entgegen. »Empfindlicher scheinen sie auch zu sein.«

Nun glitten Cains Hände tiefer und umspannten Roxannas Taille. »Die ist noch nicht viel dicker«, lautete sein Kommentar, dann löste er rasch die Schleifen, die die Unterröcke hielten, und schob die ganze Satinfülle zu einem einzigen glitzernden Haufen um ihre Füße zusammen. »Jetzt zum kleinen Bauch!«, sagte er und ließ die Hand über die kaum wahrnehmbare Rundung fahren, während er seine Frau zu sich herumdrehte.

Roxanna hielt sich an Cains Schulter fest, als dieser die Schleife an ihrem Hemd löste. Er zog es ihr über den Kopf und ließ es auf den Boden gleiten, während er den Kopf senkte, um erst an der einen, dann an der anderen Brust zu saugen. Ehe Roxanna noch wusste, wie ihr geschah, glitten ihr schon die langen Spitzenunterhosen die Hüften hinab und landeten auch um ihre Knöchel. In einem Nebel aus Sinnesfreude trat die junge Frau aus dem Kleiderhaufen heraus und vergrub die Finger im langen, nachtschwarzen Haar ihres Mannes.

Cain trat zurück und sah seine Frau an, die, nackt bis auf den Hüftgürtel und die langen Seidenstrümpfe, vor ihm stand. Sie fühlte seinen Blick auf jedem Zentimeter ihres Körpers und konnte nicht anders, sie musste fragen: »Bin ich schon völlig formlos?«

Ein leises vergnügtes Lachen grummelte tief in Cains Brust, als er Roxanna nun in die Arme zog. »Du? Selbst wenn du im neunten Monat wärst, könntest du nicht formlos sein, Roxy, meine Liebe!« Er legte sie aufs Bett und setzte sich zu ihr, um ihr langsam den Hüftgürtel und die Strümpfe auszuziehen, wobei er auf beide Beine von der Hüfte bis zu den Zehen kleine Küsse verteilte, erst das Bein hinauf, dann hinab, bis sich die junge Frau vor Erregung auf dem Bett drehte und wendete.

Roxanna genoss mit jeder Pore Cains Hände überall auf ihrer glühenden Haut, genoss seine Lippen, die hier und da ein wenig kosteten und kleine, sanft streichelnde Küsse verteilten. Aber dann zog sich der Mann abrupt zurück und stand auf. Überrascht und ungehalten schlug Roxanna die Augen auf, hob den Kopf und richtete sich, auf einen Ellbogen gestützt, halb auf. Irritiert schaute sie Cain an.

»Ich sollte doch für dich strippen!«, meinte er und konnte nicht umhin festzustellen, dass sich bei diesen Worten die kleinen rosigen Spitzen ihrer Brüste noch stärker zusammenzogen.

Roxanna blinzelte, nickte atemlos und ließ ihre Augen voller Stolz auf Cains langem, schlanken Körper ruhen. Seine Augen schienen Funken zu versprühen und tanzten vor teuflischem Vergnügen, als er das schwarze Wolljackett von den Schultern schob und achtlos auf einen Stuhl fallen ließ. Seine Hände, diese wunderbaren Hände mit den langen, geschickten Fingern, langten zum Knoten an seiner Krawatte. Fast mühelos schien sich die stahlgraue Seide aus dem Knoten zu lösen, baumelte kurz an Cains Finger und glitt dann lautlos zu Boden. Cain hob ein Handgelenk, zog den diamantenen Manschettenknopf heraus, hob dann das andere und wiederholte seine Arbeit.

»Fang!«, rief er Roxanna zu und warf die Knöpfe einen nach dem anderen in ihre Richtung. Roxanna setzte sich auf und reckte sich nach den funkelnden Schmuckstücken, wobei sie eines auch fing, das andere jedoch verfehlte, weil sie die Augen nicht von ihrem Mann lösen mochte, der gerade die Knöpfe aus der Hemdleiste zog. Langsam schob er das gestärkte weiße Leinen zur Seite und entblößte das faszinierende Muster aus lockigen schwarzen Haaren, das seine Brust zierte. Dann ließ er langsam eine Hand über einen festen Brustmuskel streifen, berührte leicht eine der gerade erst verheilten Narben vom Sonnentanz, was Roxanna leise aufstöhnen ließ.

»Nicht aufhören«, bat sie mit tonloser Stimme, als er nun innehielt, das Hemd halb am Körper, halb bereits ausgezogen.

»Jeder Ihrer Wünsche ...« Cain schob eine Hand voll Juwelenknöpfe in die Hosentasche und ging anmutig hinüber zum Stiefelknecht, wobei er unterwegs das Hemd mit einem leichten Schulterzucken abstreifte. Dann stemmte er die Hände gegen die Wand, und entledigte sich seiner Stiefel, den Rücken ihr zugewandt.

Roxanna starrte auf das Spiel der Muskeln unter der bronzefarbenen Haut. Cain hielt die Arme ausgebreitet, was seine breiten Schultern und die schmale Taille betonte. Glattes schwarzes Haar, das immer noch keinem Friseur zum Opfer gefallen war, fiel auf seinen Nacken und reichte ihm fast bis zur Schulter. Roxanna erschauerte und dachte daran, wie sich dieses Haar anfühlte, wenn sie die Finger darin vergrub, seinen Kopf dicht an ihren heranzog, um seine heißen Küsse zu genießen.

Cain wandte sich halb um, eine Hand immer noch gegen die Wand gestützt, und zog erst eine Socke, dann die andere aus. Dann ging er langsam zum Bett zurück. »Wie halte ich mich bis jetzt?«

»Mach weiter!«, flüsterte Roxanna matt. Mein Gott, wie schön er war! Ihr Blick glitt begierig von Cains Gesicht mit den brennenden Augen unter schweren Lidern bis zu den Narben auf seiner Brust – ein Ehrenmal, ein Zeichen seiner Liebe. Bald würde sie ihm ihren Traum erzählen ... aber nicht jetzt! Die Ausbuchtung in seiner maßgeschneiderten Hose war der sichtbare Beweis für die Lust, die sie beide verspürten. Roxanna stockte ein wenig der Atem, als Cains Finger langsam die Gürtelschnalle lösten, den Gürtel zu Boden fallen ließen und sich dann den Hosenknöpfen zuwandten.

»Wenn du die abreißt – ich nähe sie dir später gern wieder an!«, drängte sie heiser.

Cain grinste, öffnete den Schlitz rasch und holte dann tief Atem, als sein Glied befreit aus der engen Umhüllung sprang. Eilig entledigte er sich seiner Hose und Unterhose. Dann stand er vor seiner Frau und blickte an sich herab. »Hattest du es dir ungefähr so vorgestellt?«, wollte er grinsend wissen und wiederholte so die Frage, die sie ihm damals auch gestellt hatte.

»Etwa in der Art«, antwortete Roxanna atemlos und erwiderte Cains schelmisches Lächeln. Der steil aufgerichtete Penis befand sich in ihrer Augenhöhe. Roxanna streckte die Hand aus, umspannte ihn in ganzer Länge und ließ ihre Finger sanft auf und ab gleiten. Da stieß Cain einen leisen Schrei aus, und sie bat: »Komm zu mir, Cain, komm ganz tief in mich hinein!«

Immer noch hielt sie sein Glied umspannt, als Cain nun auf das Bett kletterte und zwischen ihren gespreizten Schenkeln niederkniete.

Er bedeckte Roxanna mit seinem ganzen langen Körper und sie lenkte die Eichel zu ihrer intimsten Stelle. Tief, ganz tief senkte sich der Mann in sie hinein; er konnte sich nicht länger zurückhalten, nachdem er so lange gewartet hatte. Und einladend bog Roxanna sich ihm entgegen, die Schenkel um seine Hüften geschlungen, und zog seinen Kopf an ihre Brüste.

Küssend und saugend erfreute sich Cain erst an der einen, dann an der anderen rosigen Brustspitze, saugte abwechseln hier, dann dort und verfiel mit seinen Stößen in denselben tiefen, langsamen Rhythmus. Er entzog sich ihr, stieß zu, entzog sich, während sie ihm die Hüften entgegenhob, die Hüften rollte ... »Ich habe mich verzehrt ... wollte dies .. jeden Tag tun ... den ich nicht bei dir war«, stöhnte er und küsste sich einen Weg hinauf zu ihrem Gesicht, senkte die Lippen auf ihren Mund.

Roxanna stöhnte laut auf, als seine Zunge die ihre traf. Sie grub die Nägel in seine harten, von seidiger Haut überzogenen Schultermuskeln, zog ihn immer näher zu sich, immer näher, und die Wellen ihrer Lust schlugen in Spiralen höher und höher, bis sie dachte, sie müsse den Verstand verlieren. All die Lust und das Begehren, der schimmernde Höhepunkt, den sie herbeisehnte ... und doch wollte sie, dass diese süße, unendlich süße Reibung immer andauern möge, immer ... immer ...

Cain spürte, wie Roxanna den Gipfel der Lust erreichte, murmelte: »Jetzt!«, und ließ los, stieß härter zu, wurde schneller und immer schneller, schwoll an und ergoss sich tief in seine Frau hinein.

Cain brach über Roxanna zusammen, spürte ihre Arme, die ihn fest umschlungen hielten, während weiche, warme Küsse über sein Gesicht und den Hals hinunterflatterten. Er seufzte vor Behagen, als ihre Zunge ihm einen kleinen Schweißfilm von der Haut leckte.

Vorsichtig rollte er sich dann auf den Rücken, wobei er sie mit sich zog, ohne ihre Verbindung zu lösen. »Ich glaube, Sieht Viel wird einen neuen Namen für dich finden müssen«, bemerkte er lächelnd.

Roxanna stützte den Kopf auf die Hände, die auf seiner Brust verschränkt lagen und erwiderte: »Oh?«

»Geht Aufrecht ist wohl kaum ein guter Name für eine Frau, die buckeln kann und sich so windet und aufbäumt ...«

Roxanna versetzte ihm einen spielerischen Schlag, küsste dann seine Brust und ließ die Finger durch das widerspenstige schwarze Haar gleiten, wobei sie innehielt, um die Narben des Liebesrituals zu berühren und zu streicheln. »Tun die Narben weh, Bruder Des Geistbüffels?«, fragte sie.

»Nicht mehr. Ich habe dir meinen Traum nicht erzählt. Ich glaube ...«

»Zuerst habe ich dir etwas zu sagen, mein Liebster. Sieht Viel hat mir das so aufgetragen.«

Seine Brauen hoben sich erstaunt. »Was ist es denn?«

Sie erzählte ihren Traum von dem einsamen Büffelbullen und sah, wie ein erstaunter, ungläubiger Blick über sein Gesicht huschte.

»Wenn ich je einen Zweifel gehegt hätte über die Bedeutung meiner Vision in der Lebenshütte, du hättest diesen Zweifel nun für immer beseitigt. In meiner Vision hast du mich geheilt. Du ...«

»Eine Sonnen- und Mondfrau hat dich geheilt.« Roxanna nickte. »Ich war in Sieht Viels Zelt und habe ihm bei der Versorgung deiner Wunden geholfen, als du deine Vision erzählt hast. Meinen Traum kannte er bereits. Meinst du, er wusste auch, dass du in deiner Vision dann die letzte Erfüllung finden würdest?«

Cain lächelte seine Frau liebevoll an. »Wir werden ihn nächsten Sommer fragen.«

Promontory Point, Utah, 10. Mai 1869

Ein erwartungsvolles Schweigen hing über der Menge. Es war erstickend heiß, und kaum eine Brise bemühte sich, gegen die gleißenden Strahlen einer Sonne anzugehen, die bereits hoch am Himmel stand. Nur wenige Meter standen die beiden Lokomotiven voneinander entfernt, die Nase der einen zeigte nach Westen, die der anderen nach Osten. Auf dem kleinen Raum zwischen den beiden Maschinen drängten sich die Würdenträger und bereiteten sich darauf vor, den letzten Akt des Dramas zu vollziehen, das dutzende von Jahren und fünfzehnhundert Meilen zuvor begonnen hatte. Ein kleiner Mann mit einem grünen Schirm über den Augen hockte erwartungsvoll über seinen Telegrafenapparat gebeugt.

»Verflucht sei Leland Stanfords Redelust!«, brummte Jubal und versuchte, den Schweiß abzuwischen, der unter den gestärkten Kragen seines Hemdes zu rinnen drohte. »Ein Wort mehr von ihm, und die Schienen wären in der Sonne geschmolzen!«

Cain MacKenzie schmunzelte, als er sich vorbeugte, um den großen Sonnenschirm, den er in Händen trug, näher an seine Frau und seine Tochter Jubal zu halten. Seine kleine silberhaarige Hexe von einer Tochter blickte mit großen, schwarzen Augen bewundernd zu ihm auf und gab einen kleinen Laut von sich. Roxanna schaukelte lächelnd ihr Kind, und nun brach die Versammlung in ein Freudengeschrei aus.

Man hatte den goldenen Nagel in die letzte Schwelle getrieben, wodurch die Verbindung über den Kontinent, von Ozean zu Ozean, perfekt war. Hüte flogen in die Luft, Männer jubelten, und Frauen schwenkten aufgeregt ihre Taschentücher. Über die summenden Drähte schickte der Telegrafenbeamte die Nachricht zu allen Eisenbahnstationen in Ost und West. Die transkontinentale Eisenbahn war fertig! Langsam begannen die beiden Lokomotiven zu puffen und zu schnauben und bewegten sich Zentimeter für Zentimeter die wenigen letzten Meter, bis sich ihre fächerförmigen Bahnräumer berührten. Menschen verteilten sich über beide Züge, und alle lachten und redeten gleichzeitig.

Jubal wechselte einen Blick mit dem neuesten Direktor der Central Pacific, der zufällig auch sein Sohn und Geschäftspartner war, und sagte: »Ich will verdammt sein, wenn ich nicht fast ebenso gut Eisenbahnen baue wie Familien!«

Nachbemerkung

Das große Rennen quer über den amerikanischen Kontinent war weit mehr als der nur letzte Akt bei der Eroberung des amerikanischen Westens. Es war Piraterie im großen Stil, und die Opfer waren die amerikanischen Steuerzahler, die letztlich den Trassenbau finanzierten. Die Erbauung der transkontinentalen Eisenbahn verkörpert den amerikanischen Traum in seiner ganzen Größe und mit all seiner Raffgier; große Erwartungen gingen mit schnöder Geldgier einher. Für die Jäger der großen Ebenen, dutzende Stämme der amerikanischen Ureinwohner, bedeutete das Vordringen der Eisenbahn den Todesstoß, denn ihre Art zu leben wurde durch das Eisenpferd zerstört. Diese Epoche war voller Gewalt und Opulenz, tragisch und aufregend – der perfekte Hintergrund für die Geschichte eines rücksichtslosen Mannes und einer wagemutigen Frau.

Mein Cain sollte ein Außenseiter sein, den der Ehrgeiz zerfrisst, der verzweifelt bemüht ist, sich einer Welt und einer Familie gegenüber zu beweisen, die ihn zurückgestoßen haben. Als Halbblut steht er außerhalb der Gesellschaft der Weißen. Ich habe mich in diesem Fall entschieden, den Protagonisten gemischter Herkunft anders zu charakterisieren als gewöhnlich: Cain ist ein Held, der sein indianisches Erbe ablehnt. Er sehnt sich danach, ein Weißer zu sein, und schämt sich des ›Wilden‹, das er bei den Cheyenne wahrnimmt. Sein Weg hin zur Versöhnung mit den Menschen, die ihn lieben – roten und weißen –, ist lang und schmerzhaft.

Auch Roxanna ist als Person komplex und schwierig. Sie ist ein Chamäleon, eine Schauspielerin, die die Rolle ihres Lebens spielt. Cain verschweigt ihr seine Identität als unehelicher Sohn Andrew Powells, und Roxy entflieht ihrer tragischen Vergangenheit, indem sie zu Alexa wird. Wie der Ehemann, den zu lieben sie im Laufe der Zeit lernt, ist auch sie voller Schuldgefühle, weil sie die Menschen um sich herum täuscht.

Zwar sind unsere angstbesessenen Liebenden reine Dichtung, doch bei einer großen Anzahl der handelnden Personen in diesem Roman handelt es sich um wirkliche historische Persönlichkeiten oder aber schriftstellerisch leicht veränderte Versionen dieser Persönlichkeiten. Der jähzornige und gerissene Jubal MacKenzie ist ein Konglomerat aus Charlie Crocker und John Casement, während ich mich bei der Figur des alten und berechnenden Andrew Powell locker an James Stonebridge angelehnt habe, wobei ich ein wenig George Francis Train dazugab. An Charlie Cockers Stelle habe ich Cains Vater zu einem »der Großen Vier« ›befördert‹, die die Central Pacific leiteten. Leland Stanford, Mark Hopkins und Collis Huntington sind so genau porträtiert, wie es mir möglich war. Auch Dr. Thomas C. Durant und sein kriecherischer Handlanger Silas Seymour sowie die Brüder Oakes und Oliver Ames sind so dargestellt, wie die Geschichte sie uns überliefert hat. Ich habe mir allerdings die schriftstellerische Freiheit genommen, Mrs. Durant und Mrs. Seymour so zu charakterisieren, wie es für den Gang meiner Geschichte erforderlich war.

Weitere Freiheiten: Das Treffen zwischen den Führern der Union Pacific und der Central Pacific in Denver im Herbst des Jahres 1868 ist reine Fiktion; es wurden von Seiten der Union Pacific, besonders von Grenville Dodge, verschiedene Versuche unternommen, einen festen Treffpunkt für die Trassen der transkontinentalen Eisenbahn in Utah durchzusetzen. Aber erst als Ulysses Grant sein Amt als Präsident antrat, einigte man sich auf Promontory als Treffpunkt. Fort Russel außerhalb von Cheyenne war ein Stützpunkt der Infanterie, nicht der Kavallerie. Es gab erst ab dem Jahr 1870, nach der Fertigstellung der Brücke zwischen Omaha und Council Bluffs, eine direkte Verbindung zwischen Chicago und Cheyenne. Auch wenn Dr. Durant und Silas Seymour oft in den Westen reisten, ist die

Fahrt, die ich in der Geschichte beschreibe, reine Dichtung. Alle Kongressmitglieder im Roman sind erfunden, aber ihr verständliches Interesse an der transkontinentalen Eisenbahn ist dem wahren Leben entnommen. (Manche Leser werden Senator Burke Remington und seine Frau Sabrina aus *The Endless Sky* wiedererkennen).

Wir haben umfangreiche Forschungen angestellt, um diese facettenreiche und komplexe Epoche darstellen zu können. Wieder einmal habe ich mich stark auf den wohl wichtigsten Geschichtsschreiber der Cheyenne, George Bird Grinnel, bezogen, dessen zweibändiges Werk *The Cheyenne Indians* immer noch das Standardwerk für die Geschichte und Kultur dieser bemerkenswerten berittenen Indianer darstellt. In: Time-Life Old West Series (Dt.: Der Wilde Westen. (nicht mehr im Handel)) waren zwei Bücher besonders hilfreich: *The Townsmen* und *The Railroaders (Dt: Die Eisenbahner)*. Keith Wheeler hat beide Bände herausgegeben.

Zwei Bücher des wohl kenntnisreichsten populärwissenschaftlichen Darstellers amerikanischer Geschichte, Dee Brown, riefen die damalige Zeit für mich ins Leben: *Wondrous Times on the Frontier*, eine wunderbare Zusammenstellung des Humors des Wilden Westens und der wilden Geschichten, die über diese Zeit in Umlauf sind, und *Hear That Lonesome Whistle Blow*, eine Beschreibung des Baus der transkontinentalen Eisenbahn, in der jede einzelne ›Hölle auf Rädern‹ und ihre Einwohner in starken Farben geschildert werden.

A Great and Shining Road von John Hoyt Williams und *The Great Iron Trail* von Robert West Howard sind zwei gute Darstellungen des »Großen Rennens«. Meine Idee für die außer Kontrolle geratenen Güterwagons kam mir bei der Lektüre von Nellie Snyder Yosts Artikel *The Union Pacific*. Der Aufsatz erschien in einer Anthologie von Schriftstellern des amerikanischen Westens, die unter dem Titel *Trails of the Iron Horse* veröffentlicht wurde.

Carol und ich hoffen, dass Ihnen unsere Geschichte von

Schandtaten und Schönheit auf den Great Plains gefallen hat. Bitte schreiben Sie uns und teilen Sie uns mit, was Sie von Cains und Roxannas stürmischer Beziehung halten. Bei der Beantwortung freuen wir uns über einen frankierten und adressierten Rückumschlag.

Shirl Henke
P.O. Box 72
Adrian, MI 49221

Sie können uns auch eine E-Mail schicken:
shenke@c4systm.com

>»Eine geistreiche, gut geschriebene Romanze
voller Elan und besonderer Figuren.«
Publishers Weekly

Emma Van Court, aus gutem Londoner Hause, ist kurz nach
ihrer Hochzeit verwitwet. Allein lebt sie nun in einem kleinen
schottischen Dorf und verdingt sich als Lehrerin. Es erwartet sie zwar eine beachtliche Erbschaft – aber nur, wenn sie
wieder heiratet. Nur mit Mühe kann sie die zahlreichen
Verehrer im Ort abwehren. Da kommt ihr der Cousin ihres
verstorbenen Mannes, der Earl of Denham, zur Hilfe und
bietet sich als »vorübergehender« Ehemann an. Doch insgeheim hofft er, ihr Herz zu erobern. Denn schon lange
quält ihn ein wildes, stürmisches Verlangen nach der reizenden Emma ...

3-404-18671-0

Sieger in der Kategorie »Bester schottischer historischer Liebesroman« beim Romantic Times Award!

Schottland, 18. Jh. Die junge Janet Leslie ist in Neil Forbes verliebt, den Bastard des Braemoor Clans. Doch ihr Vater überzeugt Neil, dass sein »schlechtes Blut« eine Heirat unmöglich macht. Janet muss einen anderen heiraten. Als ihr Mann stirbt und man Janet des Mordes beschuldigt, sucht sie Hilfe bei ihrer Jugendliebe. Nach so vielen Jahren stehen sich die beiden erneut gegenüber und müssen erkennen, dass ihre Gefühle füreinander noch so stark sind wie zuvor. Neils größte Sehnsucht ist es, Janet wieder in seinen Armen zu halten und zu beschützen – doch kann er deshalb alles aufs Spiel setzen?

3-404-18673-7